LOUIS BROMFIELD

DER GROSSE REGEN

LOUIS BROMFIELD

DER GROSSE REGEN

Aus dem Amerikanischen
von Rudolf Frank

Bechtermünz Verlag

Titel des Originals: The Rains Came

Lizenzausgabe mit Genehmigung des Scherz Verlag,
Bern und München, für Weltbild Verlag GmbH, Augsburg 2000

Neuübersetzung für den Alfred Scherz Verlag, von Dr. Rudolf Frank

Umschlaggestaltung: DYADEsign, Düsseldorf
Umschlagmotiv: Photonica, Hamburg
Gesamtherstellung: Ebner, Ulm
Printed in Germany
ISBN 3-8289-6676-4

Für alle meine indischen Freunde,

die Fürsten, die Lehrer,

die Politiker, die Jäger, die Bootsleute, die Paria,

und für G. H.,

ohne die ich niemals die Wunder und Schönheiten

Indiens kennengelernt,

noch auch den Traum Indiens

verstanden hätte.

Zwei Männer saßen in einer Bar. Der eine fragte den andern:
„Sind Ihnen die Amerikaner sympathisch?"
„Nein", antwortete der zweite Mann mit Nachdruck.
„Sind Ihnen die Franzosen sympathisch?" wollte der erste weiter wissen.
„Nein", entgegnete der andere mit gleicher Entschiedenheit.
„Die Engländer?"
„Nein."
„Die Russen?"
„Nein."
„Die Deutschen?"
„Nein."
Eine Pause trat ein, der erste Mann hob sein Glas an den Mund und fragte schließlich:
„Wer ist Ihnen denn sympathisch?"
„Meine Freunde", kam ohne Zögern die Antwort.

Diese Anekdote verdankt der Autor
seinem Freunde Erich Maria Remarque

ERSTER TEIL

I

Dies war Ransome die liebste Stunde des Tages. Brandytrinkend saß er um Sonnenuntergang auf seiner Veranda. Einen Augenblick war das graugelbe, von scharlachfarbenen Schlingpflanzen umwucherte Haus, waren die Banyanbäume ringsum von der Zauberfülle goldenen Lichts überflutet. Dann versank die Sonne in jähem Sturz hinter dem Horizont, und das weite Land lag in Finsternis. Es war ein magischer Anblick, doch ewig fremd seiner nordischen Seele, welcher die langen, blauen, gedämpften Dämmerungen Nordenglands vertraut und verwandt waren. In dieser Stunde war ihm, als stehe die Welt mit einemmal still, eine Sekunde ganz still und stürze dann in den Abgrund der ewigen Dunkelheit. Etwas vom Grausen der Primitiven rührte ihn an bei diesen Untergängen der indischen Sonne.

Doch hier in Ranchipur gab es um diese Zeit noch anderes als die Schönheit des goldenen Lichts. Die Luft wurde starrer und schwerer von Düften brennenden Holzes, Jasmin und Ringelblume, Dung und gelblichem Staub, den das Vieh aufwirbelte, das des Abends von der versengten Weide bei der Rennbahn jenseits der Straße in die Ställe getrieben wurde, und man vernahm von den ausgedörrten Ufern des Stromes hinter dem Tierpark des Maharadschas gedämpfter Trommeln Klang und hörte die Schakale schreien, welche am Dschungelrand, die gelben Leiber feige geduckt, den Einbruch der Nacht erwarteten, um unter ihrem Schutz in der Niederung aufzuspüren, was am Tage verendet war.

Ihnen folgen bei Morgengrauen die Geier. Sie steigen aus ihren Höhlen und von den kotigen Dornbäumen auf und gieren nach dem toten Getier der vergangenen Nacht . . .

Um diese Stunde begann hauchzart das Getön einer Flöte. Die blies „Johannes der Täufer", am Gittertor hockend, der Abendkühle zum Willkomm.

„Johannes der Täufer" saß unter einem riesigen, geil wuchernden Banyan, der Jahr um Jahr seine Zweige bis auf die Erde senkte, daß sie sich in den Boden fraßen, Wurzel schlugen und wieder ein paar Quadratfuß des Gartens eroberten. Weiter im Norden bei Peschawar stand ein noch größerer Banyan, der ganze Morgen Landes bedeckte, ein einziger Baum und zugleich ein Wald! – ‚Wenn unser Erdball lang genug lebt', dachte Ransome, ‚kann der Baum völlig von ihm Besitz ergreifen, so wie die menschliche Bosheit und Dummheit, kann langsam beharrlich Zweig um Zweig vorwärtstreiben mit der ganzen Gier zäher indischer Lebenskraft.'

Selbst Schakale und Geier mußten, ihr Leben zu fristen, sich zeitig aufmachen und sich ohne Unterschied auf menschliche Leichen und das Aas von Affen, heiligen Kühen und Paria-Hunden stürzen. Wer da in erster Morgenfrühe aus der Stadt ins Freie hinausritt, sah rings in der braunen Weite in kleinen, sich in Kämpfen windenden dunklen Klumpen das Leben, wie es den Tod verschlang. Das waren Geier. Ritt er nur eine halbe Stunde später hinaus, so waren sie weg, und er fand dort, wo sie gehaust, nur weiße Häuflein rein abgenagter Gebeine, den einzigen Rest von dem, was gestern noch eine Kuh, ein Affe, vielleicht auch ein Mensch war.

In trägem Sinnen, das ihn bald dahin, bald dorthin führte, lauscht Ransome der schlichten Weise, die „Johannes der Täufer" flötete und selber erfunden hatte; die Melodie schien sich für westliche Ohren immerzu bis ins Unendliche zu wiederholen und dabei, wie Ransome herausfühlte, Johns Inneres zu befreien – das konnte er nur mit Musik und kunstvollen Arrangements von blauen Lilien und Ringelblumen, dem einzigen, was zu Ende des Jahres der Garten noch darbot. John schien keine Geliebte zu haben oder sich nur heimlich mit ihr zu treffen. Sein Leben war das seines Herrn und Meisters: des Herrn Tee beim Erwachen, des Herrn Frühstück, Mittag- und Abendessen, seine Hemden und Socken, seine Jodhpurs und seine Shorts, sein Brandy und seine Zigarren. Er war Christ, ein Katholik aus Pondicherry, und sprach lieber französisch als hindostanisch oder das Gujarati der Eingeborenen von Ranchipur, doch war es ein wunderliches Französisch; seine Zunge hatte es abgerundet, es weich ins Indische umgeformt; zum Gebrauch im Salon, im Modeatelier oder in der Diplomatie wäre es nicht geeignet gewesen. Sein wirklicher Name war Jean Baptiste, doch Ransome nannte ihn „John, der Baptist", das heißt: Johannes der Täufer; der kleine, sehr magere Diener kam ihm stets vor wie eine Miniaturausgabe jenes hageren Propheten, der sich von Heuschrecken und wildem Honig ernährte.

Im entschwindenden Licht hockte der kleine Täufer mit fünf Freunden zusammen; einer davon begleitete sein Flötenspiel mit fiebrigem Trommelschlag. Alle waren von Beruf „Boy" – beim

Obersten, bei Bannerjis und Major Safka, die beiden andern im Gästehaus des Maharadschas; aber wer bei wem diente, war schwer zu sagen, denn sie sahen einander unglaublich ähnlich.

Ransome auf seiner Veranda wußte: nun flöten und trommeln sie noch eine Weile, hören dann auf, verstummen deswegen aber noch lange nicht, sondern schwatzen; sie wissen ja alles, was sich in Ranchipur zuträgt. Nicht einer kann richtig lesen; keinem fällt es auch nur im Traum ein, in eine Zeitung zu gucken, und trotzdem erfahren sie alles, nicht nur Dinge wie Krieg, Erdbeben und andere Katastrophen aus den entferntesten Teilen der Welt, sondern auch Diebstähle, Ehebrüche, Durchstechereien und so weiter, und zwar mit allen Einzelheiten, die weder der Presse zu Bombay, Delhi oder Kalkutta noch ihren eigenen Herren und Meistern bekannt sind. Johannes der Täufer dient Ransome seit dessen Ankunft in Ranchipur, kennt ihn daher in- und auswendig und bringt ihm zuweilen eine erstaunliche kleine Neuigkeit. Er serviert sie zu Tisch, in aller Bescheidenheit selbstverständlich, wie eine Schale Reis oder den Tee: Mrs. Talmadges skandalöse Entführung durch Hauptmann Sergeant zum Beispiel hat der Täufer schon drei Tage, bevor sie erfolgte, vorausgesagt. Daraufhin hätte Ransome den Gatten warnen und so den Skandal verhüten können; er wollte sich aber nicht einmischen, wozu? –

Die sechs unter dem Banyan hörten zu spielen auf. Ransome sah die Silhouetten der Köpfe, die sie dicht zusammensteckten, im nächtlichen Licht. Doch ihr Gespräch übertönte ein furchtbares Lärmen. Über ihnen im Baum brach es plötzlich aus, eine Kakophonie aus Gekreisch und Geschnatter; durch die staubigen Wipfel der großen Mangobäume kam es dahergerast: eine förmliche Prozession von Affen, die heiligen Affen von Ranchipur, laute, schwarzgraue, stattliche, patzige Burschen, die von Urzeiten her darum wußten, daß niemand wagte, einem von ihnen ein Leid anzutun: kein Inder, denn sie hatten ja einst in der Schlacht auf seiten des göttlichen Rama gekämpft; kein Europäer, denn ein einziger Affenmord konnte den größten Aufruhr hervorrufen. Ransome haßte die Biester und mußte zugleich über sie lachen. Er haßte sie, weil ihm ihr Höllenlärm die Abendstille zerriß und sie mit Vorliebe die Blumen in seinem Garten pflückten oder in regelmäßigen Zeitabständen vom Dach des Geräteschuppens die Ziegel herunterrissen. Der Täufer und seine Freunde schauten nicht einmal in die Höhe. Sie waren zu sehr in ihr Gespräch vertieft. – Das Affengeschrei hatte den Bann der Abendstunde gebrochen. Ransome trank seinen Brandy aus, legte den Fächer beiseite, erhob sich, ging hinters Haus und sah nach dem Wetter ...

Das große Geviert des Gartens umgab hohes, aus Flechtwerk und gelbem Lehm errichtetes Mauerwerk, das zwischen dicht rankenden Begonien und Bougainvilleen sanft gesprenkelt hervorlugte. Noch herrschte Dürre. Das Erdreich war bis in die Tiefe von der Glut einer Sonne zerbissen, die, von keiner Wolke verhüllt, Tag für Tag sengte und brannte. Da und dort zeigte sich noch eine müde Ringelblume, eine verzweifelte Stockrose; der Gärtner hat ihre Wurzeln mit Wasser befeuchtet, das er aus der Zisterne am Gartenende herbeitrug; die dünnen, aufgeschossenen Stengel waren vom Sonnenbrande gezeichnet, ausgezehrt und erschöpft. Seit Tagen, ja schon seit Wochen wartete das ganze Land, Bauern, Händler, Soldaten und Staatsminister, auf eine Änderung: den Beginn der Regenzeit, die über Nacht mit reich flutenden Güssen Gärten, Felder und Dschungel aus einer dürren, schmorenden Wüste in eine grünende Masse verwandeln soll, die da lebt und sich gierig heranschlängelt, als wolle sie Mauern, Bäume und Häuser in sich hineinschlingen.

Selbst der alte Maharadscha hielt die langen Wochen der brennenden Hitze aus, wollte die Freuden von Marienbad und Paris nicht gegen Ranchipur eintauschen, ehe die Regen nicht kamen und er sein Volk vor Hungersnot sicher wußte.

Die Spannung war von Woche zu Woche gewachsen. Nicht nur die grausige Hitze riß mehr und mehr an den Nerven, auch die entsetzliche Angst vor Krankheiten und Hungersnöten, das Grauen vor diesem lodernden Sonnenball; es war unerträglich! Selbst der gute alte Maharadscha mit all seinen Kornkammern und Vorräten konnte keine zwölf Millionen Menschen vor Elend und Tod bewahren, wenn Rama, Wischnu und Krischna sich weigerten, Regen zu spenden. Panischer Schrecken befiel das Volk; man verspürte ihn selbst in den schattigen Gärten der reichen Kaufleute und auf den Veranden der Europäer, die in der angenehmen Lage waren, sich in die Berge zurückziehen zu können.

Diese Angst war wie eine ansteckende Krankheit; auch Ransome war davon befallen, dabei hatte er es nicht einmal nötig, in Ranchipur zu verweilen. Aber das große Bangen schlug schon seit Wochen alles in Bann; man spürte es ringsumher, zuweilen glaubte man es mit Händen greifen zu können.

Wieder begannen Flöte und Trommel. Klagend, gedankenvoll schwebte ihr Ton von der Umzäunung her über den Garten.

Das Haus war weiträumig und licht. Ursprünglich für britische Beamte gebaut (damals, als der „Ruchlose Maharadscha“ noch herrschte und zwei kriegsstarke Regimenter in Ranchipur lagen), war es für Ransome allein viel zu geräumig. Über seinen hohen Hallen ruhte ein Dach aus Ziegeln und dicken Schichten Binsen und Gras als Schutz gegen die Hitze. Darin raschelten, rauschten, schrien und quiekten nachts Eidechsen, Mäuse und Ichneumons so laut, daß manche Abendgesellschaft dadurch gestört wurde. Phantastisch: ein großes, massives Haus im Empirestil mit einem Binsendach, das eine Menagerie von Kleintieren beherbergte! Außen war es wie irgendein Haus im Londoner Westen, etwa in Belgrave, und drinnen tummelten sich Ichneumon und Echse! Ransome jedoch liebte dieses Getier, die scheuen, feinnervigen Ichneumons schon an und für sich und die Eidechsen, weil sie Moskitos vertilgten. Oft sah er sie beim Essen hinter einer Mogul-Miniatur hervorhuschen, hurtig einige Moskitos erschnappen und wieder hinter einem der Bilder verschwinden.

Wie ein plötzlich fallender Vorhang schloß sich die Finsternis über dem Garten, und alsogleich erschienen die Sterne in einer glitzernden Pracht, gegen welche die weltberühmten Brillanten der alten grimmigen Maharani verblaßten.

Gelassen ging Ransome über den Gartenpfad, vorbei an dem bambusumwachsenen Brunnen. Das Rohrdickicht flüsterte leise im Winde, der sich bei sinkender Sonne für kurze Minuten erhob. Vor seinen Füßen glitt schattenhaft eine Manguste über den Weg, um nach Mäusen, Schlangen und Schlangeneiern zu fahnden. Ransome verabscheute Schlangen, doch nun kam wieder ihre Zeit. Schon hatte der Täufer im Schloßpark gleich hinter dem Eingangstor eine Kobra erschlagen.

Wenn aber dann die ersten dicken Regentropfen herunterprasseln, so schwärmt es aus allen Mauerritzen und unter alten Wurzeln hervor: die Kobra, die Russell-Viper, die kleine wilde Schwarzotter und die riesige Pythonschlange. Trotz der Mauer, die den Garten umgibt, dringen sie ein. Jedes Jahr erlegen die Diener wohl ein halbes Dutzend Riesenschlangen. In der vorigen Regenzeit verendete das gezähmte Wildschwein Togo am Biß einer kaum fußlangen Otter.

Die Fenster des Hauses erhellten sich, für Ransome das Zeichen, daß der Täufer mit Flötenspiel und Geplauder fertig war und ihm das Abendbrot richtete. Hinter den Fenstern sah er ihn, nur mit einer Schamhose bekleidet, geisterhaft leise umhergehen. Er war klein, fast ein Liliputaner, doch keineswegs ein Krüppel; er glich eher einer in

Bronze in Unterlebensgröße gegossenen Statue eines Athleten. Seine Hagerkeit war die eines Mannes, welcher bei schmaler Kost schon als Kind schwer arbeiten mußte. In der heißen Zeit ließ ihn Ransome die Hausarbeit nackt verrichten. Das war vernünftig und sauberer; nur nackend hielt sich der Täufer rein. Sobald er weiße europäische Kleider trug, war er ein Dreckfink. Das blendendste Weiß war an ihm binnen fünf Minuten voll Staub, Asche, Kaffee- und Suppenflecken. Ihm fehlte jedes Talent für europäische Kleidung.

Nackt war er die Sauberkeit selbst. Seine Hindu-Ahnenreihe hatte ihm die Gewohnheit des täglichen Bades vererbt. Jeden Morgen eilte er zum Brunnen am Gartenende und wusch sich in praller Sonne von Kopf bis Fuß. Merkwürdig, sagte sich Ransome, daß die Inder der untersten Kaste sonst, sobald sie katholisch getauft sind, nicht mehr ans Waschen denken! Die protestantischen Inder sind reinlicher; darin sah er den Hauptunterschied zwischen jesuitischen und protestantischen Missionen. Diese lehrten bei ihrem Seelenrettungswerk auch Hygiene; jenen kam es, ob mit oder ohne Hygiene, allein darauf an, ihrer Kirche Machtbereich auszubreiten.

Ransome bewohnte nur einen Teil seines großen Hauses, ein Schlafzimmer, ein kleines Wohnzimmer und den Speisesaal im Erdgeschoß. Der nach Norden gelegene, mächtige, kühle ehemalige Gesellschaftsraum diente ihm als Atelier; er malte ein wenig aus Liebhaberei. Die übrigen Räume waren verschlossen und – außer von Mäusen und Eidechsen – unbewohnt.

Nachdem er sich im Schlafzimmer umgekleidet, betrat Ransome den Speisesaal, von dessen anderem Ende elektrische Ventilatoren ihm kühlenden Luftzug entgegenwirbelten. Sie waren zwar nicht so malerisch wie die altertümlichen „Punkahs", aber bedeutend wirksamer, und er dankte Gott, daß Ranchipur ein fortschrittlicher Staat war mit einem Elektrizitätswerk, das zwar seine Launen hatte und manchmal stillstand, aber immerhin besser war als überhaupt nichts. Es war nach den Staudammanlagen die erste Sehenswürdigkeit, die man fremden Gästen zu zeigen pflegte; danach mußten sie meist noch die schmalspurige Eisenbahn besichtigen, hierauf das Spital, den Zoologischen Garten und das Irrenhaus.

Der blanke Eßtisch trug in mächtiger Schale einen Berg Früchte: Granatäpfel, Melonen, Mangos, Gujaven, Papajas, ein Anblick voll Farbenpracht, Kühle und Wohlgeschmack, der Ransomes Malerherz in Entzücken versetzte.

Das Schakalgeschrei war verstummt. Die hitzige Jagd nach Aas

war in Schweigen und Dunkel gehüllt. Die Abendbrise hatte sich plötzlich gelegt. Die Nacht war still von Sternen beglänzt, es schien, so war es stets, wenn Monsun bevorstand, als seien sie unserer Erde näher. Die elektrischen Fächer erzeugten nur noch Geräusch, doch keine Abkühlung mehr.

Als der Täufer die Suppe – kalte Bouillon – servierte, war er nicht mehr nackt, sondern trug einen weißen Leinenanzug, der eben aus der Wäscherei gekommen war, aber am Ellbogen schon einen Aschenflecken und vorn auf dem Jackett eine Spur Suppe aufwies. Nachdem er die Schüssel abgestellt hatte, wartete er einen Augenblick, bis Ransome fragte: „Was gibt es heut für Klatsch, Johannes?", worauf er sich erst etwas zierte, doch über die Neugierde seines Herrn sichtlich erfreut war, denn diese gab ihm nicht nur ein Gefühl der eigenen Wichtigkeit, es festigte auch seine Stellung, wenn er dem Herrn und Meister Dinge erzählen konnte, die dieser nicht wußte. „Nicht viel, Sahib", antwortete er, „nur das von Miss MacDaid."

Die beiden hatten eine originelle Art, sich zu verständigen. Ransome sprach englisch, und sein Boy antwortete in fremdartig weichem Pondicherry-Französisch. So verstand einer den andern, und jeder sprach, wie ihm der Schnabel gewachsen war. „Also was ist mit Miss MacDaid?" fragte der Herr, und der Diener versetzte: „Sie liebt Major Safka, meint Antony."

„Liebt? Inwiefern?"

„Sehr nah!" grinste der Täufer Johannes.

„Hm! Und sonst?"

„Ein großer Sahib kommt auf Besuch zu Seiner Hoheit, und sein Weib kommt mit."

„Wie heißt er?"

„Lord Heston", gab der Boy an. Er sprach zwar den Namen französisch: „Eston" aus, doch wußte Ransome, wer damit gemeint war. „Antony sagt, sie sei sehr schön", fuhr der Miniaturprophet fort, „er hat sie in Delhi gesehen. Sie sei ein Teufel, sagt er, eine ... Teufelin ... une sorcière!"

Ransome war mit der Suppe fertig. Sofort verstummte der Diener und trug den Teller hinaus, und da er nie unaufgefordert das Wort ergriff, seine Informationen vielmehr nur auf Verlangen preisgab, ließ er sich auch jetzt nicht weiter auf Lord Heston und die „Teufelin" ein, sondern überließ Ransome die Lösung der schwierigen Frage, warum eines englischen Pairs schwerreiche Gemahlin zu einer Zeit nach Ranchipur kam, da jeder, der irgendwie konnte, ins Gebirge entfloh.

Ransome wußte sehr wohl, wer Lord Heston war. ‚Will er den Frieden von Ranchipur stören?' fragte er sich mit gerunzelter Stirn. Lady Heston ... Der Name weckte in ihm eine Erinnerung, woran ...? Darauf kam er nicht, und es war wirklich zu heiß, sich darüber den Kopf zu zerbrechen. Der Klatsch über Miss MacDaid bewegte ihn tiefer, er kam ihm so unglaubhaft vor und irgendwie tragikomisch.

Er hätte verreisen können. Ihn hielt ja nicht, wie den alten Maharadscha, ein Gefühl der Verantwortung vor dem indischen Volk oder wie Major Safka und Miss MacDaid die Pflicht zurück, für die Gesundheit von zwölf Millionen zu sorgen. Ihm waren auch nicht wie den Smileys die Kinder der „Unberührbaren" und der unteren Kasten anvertraut, noch hatte er wie Herr Bannerji eine reizende Inderin zur Frau, die als leidenschaftliche Nationalistin jeden Gedanken an Rückzug in einen Gebirgskurort abwies. Ransome blieb, fast könnte man sagen, aus Perversität. Er war reich, stand völlig allein und blieb doch in der glühenden Hitze, denn er wartete auf den Tag – wird er je kommen? –, da die Himmel sich auftun, die Fluten herabwogen, Felder und Dschungel brodeln, sich bäumen, wachsen und wuchern in einem unbeschreiblichen Dampfbad, furchtbarer als die heiße, staubige Trockenheit der „Wintersaison". Irgend etwas am Schauspiel der totgebrannten Erde, wie sie hineinspringt in eine unglaubliche Orgie des Lebens, wühlte ihn tiefer, erregender auf als jedes andere Naturereignis. Mit dem Monsun überkam ihn rasende Kraft. Tag für Tag wird er dann malen, solange es hell ist, triefend nackt in der dampfenden Hitze, bald in dem großen, leeren Saal, seinem Atelier, bald von Insekten gepeinigt auf der Veranda; er wird den Garten malen, der vor seinen Augen ins Ungeheure des Lebens wächst. Er sucht das Wunder zu fassen, zu halten und sieht am Ende, daß er versagt, vernichtet alles Geschaffene und kehrt zum Brandy zurück.

Nichts lockt ihn in die Ferne. Er hat kein Verlangen nach Simla, Darjeeling oder Utakamund, nach kleinen Leuten mit kleinen Begierden, Offizieren, Beamten mit Kind und Kegel, nach ihren eingebildeten Würden und eitlem Getue, ihren Vereinen und Vorstadtmanieren. Er hatte es zweimal versucht und unerträglich gefunden, viel unerträglicher als den Monsun.

Er hat das Abendessen, den eisgekühlten Kaffee – gottlob hat der Maharadscha eine Eisfabrik! – glücklich hinter sich, setzt seine Pfeife in Brand, greift zum Stock und begibt sich auf seinen Abendspaziergang. Durch das Tor der Gartenmauer tritt er ins Freie. Johannes der Täufer sitzt wieder mit seinen Freunden unter dem Banyan und flötet. Als Ransome vorbeikommt, stehen die musikalischen Klatschbasen auf, machen in der Stockfinsternis eine feierliche Salaam-Verneigung und murmeln: „Guten Abend, Sahib!" –

Er geht zur Stadt. Der Weg führt von der Rennbahn zum Alten Palais, das ganz aus Holz gebaut ist. Dort unter den Mangobäumen ist es ein wenig kühler; die Wasserwagen haben bei Sonnenuntergang die Fahrstraße besprengt, und sie ist noch feucht. Vorbei an der Wohnung seines Freundes, des Polizeiministers Raschid Ali Khan, gelangt er zum Hause Bannerji. Es liegt in Dunkelheit; der unvermeidliche Badminton-Trank aus Rotwein, Gurkensaft, Sodawasser, Gewürz und Zucker, den Bannerji für „fashionable" erklärte, ist also schon überstanden. Nur im Wohnzimmer brennt noch Licht. Einen Augenblick verharrt der einsame Wanderer beim Gittertor in der vergeblichen Hoffnung, Mrs. Bannerji auftauchen zu sehen, die er bezaubernd findet, zwar nicht als Weib, aber als eine Art Kunstwerk. Klassisch kühl und entrückt gleicht sie einer Gestalt aus den Fresken zu Ajunta. Ihr Gatte erregt in ihm nur ein sonderbares Gemisch aus Zuneigung, Heiterkeit, Mitleid, Verachtung: ein schwächliches Rohr im Winde, der bald von Westen und bald von Osten her weht.

Ransome wandte sich ab und den Hang hinunter zur Brücke. Der Strom lag träge, eine schlafende Schlange, in der drückenden Schwüle. Über ihm, zur Zierde des mittleren Brückenpfeilers, ragte eine pompöse Königin Viktoria aus Gußeisen. Das Wasser war ohne die leiseste Strömung: kein Fluß, vielmehr ein langes, grünliches, algenbedecktes Rinnsal, ein trüber Spiegel der Sternenpracht – das erst mit den Regengüssen zum reißenden Wildstrom wird und zwischen Basaren und Tempelbauten sich gelb durch die Stadtmitte wälzt und über die breiten Stufen, welche von Krischnas Tempel zum schleimig stockenden Wasser hinunterführen.

Hinter der Brücke bog er links ein, ging über die staubige Uferstraße und durch die zoologischen Anlagen an den Verbrennungsstätten vorüber. Hier leuchteten nur die Sterne. Nirgends ein Haus. Er war fern von den Menschen. Doch fühlte er keine Unruhe. In Ranchipur war es nicht gefährlich, wie in andern indischen Staaten; auch war Ransome stark, groß und sehnig. Außer im Krieg hatte er niemals physische Furcht verspürt; der Tod barg für ihn keine Schrecken. Seit langem war ihm das eigene Leben, das eigene Sterben gleichgültig.

Ein matter Lichtschein schimmerte von dem flachen Uferrand. Näherkommend gewahrte er Aschenglut dreier Totenfeuer. Zwei waren schon fast erloschen; das dritte, etwas entferntere, flammte noch und warf seinen phosphoreszierenden Schein in die Mangowipfel, über den reglosen Strom und den dunklen Pfad. Von dem rötlichen Lichtschein hoben sich die Silhouetten dreier Männer ab. Sie waren, bis auf die Lendentücher, nackt. Ransome blieb am Geländer stehen.

Einer der Männer, anscheinend der nächste Verwandte des Eingeäscherten, stach und schlug ungeduldig von Zeit zu Zeit in den Scheiterhaufen. Die Leiche, vom Feuer erst halb verzehrt, war noch nicht zu Asche zerfallen; aber wie es Ransome schien, hatten die drei Leidtragenden schon genug und begehrten nach Hause. Als er, die Tragikomik der Situation genießend, sich über das Geländer beugte, erblickte ihn einer der drei, ein hagerer Bursche in mittleren Jahren, trat auf ihn zu und lud ihn grinsend ein, näher zu treten. Der stille Beobachter lehnte ab. Der Anblick sei ihm nichts Neues, bemerkte er auf hindostanisch. Worauf der Mann ihm lachend erzählte, sie seien dabei, ihre Großmutter zu verbrennen, die unvernünftig viel Zeit benötige. Er ließ noch einen zweiten Witz vom Stapel, Ransome jedoch kehrte um und ging zurück in die Stadt.

Es war nicht das erste Mal, daß er nach Einbruch der Nacht den Gang zu den Verbrennungsstätten, den „Ghats", unternahm. Eine makabre Schönheit umschwebte den Ort, und aus dem Vorgang der Verbrennung sprach ihm ein Glaube, eine Gewißheit, welche ihm Frieden und Frohsein schenkte. Ihm war, als verneine dies Schauspiel die Bedeutung des Leibes und sage: „Was tot ist, ist tot." Darum beeilte man sich, den Körper, so rasch es nur anging, vor Sonnenuntergang noch, der Erde zurückzugeben, schlicht, ohne prunkvoll barbarische Aufbahrung und Ansprachen. Es gab weiter nichts als das unabänderliche Zeremoniell einer Trauer, die sich, so aufrichtig sie auch sein mochte, in einfachen überlieferten Formen gleich jenen der archaischen Tänze von Tanjore vollzog. Mit dem Eintritt des Todes war von dem Wesen, das seine Mitmenschen geliebt, vielleicht auch gehaßt hatten, nichts mehr vorhanden. Der Leib ist ihnen nur ein Triebwerk, das manches Mal Lust und sicher ebensooft Leiden erzeugt. Warum ihn dafür ehren? Er ist ja ein Nichts.

In dieser Trennung vom Toten liegt ein Wirklichkeitssinn, wie ihn ein Christ nie aufbringen wird. Bei uns im Westen ist es nur eine Behauptung, wenn man sagt, der Leib sei Staub. Hier ist es ein Glaube.

Im Westen bleibt der Mensch der erdgebundenen Körperlichkeit immerdar untertan.

Unter diesen Gedanken war Ransome beim Großen Platz angelangt, an dem sich die Fassade des verödeten Alten Palastes erhob mit ihren unzähligen hölzernen Balkonen und Gitterfenstern, hinter denen düstre Erinnerungen an schauerliche Mordtaten, an Gift, Dolch und Erdrosselung hausten. Bis zu dem großen Aufstand vor fünfzig Jahren hatte der Maharadscha dort residiert, nun lag die Stätte verwunschen da, nur noch ein riesenhaftes, verstaubtes, für immer verschlossenes Museumsstück. Doch es zog Ransome immer von neuem an; es schien ihm ein spukhaftes Denkmal der Finsternis und des Bösen, das über Ranchipur herrschte, ehe der jetzige Maharadscha, der Alte, von den Göttern (und England) gesandt, endlich Wandel schaffte. Kein Licht brannte im Innern des toten Palastes, doch leuchtete die weiße Fassade hell im Widerschein eines gegenüberliegenden Lichtspielhauses, in dem ein abgespielter, verjährter Chaplin-Film lief.

Die Vorstellung sollte eben beginnen. Ein elektrischer Gong übertönte gellend den Lärm der Besucher, die Rufe der fliegenden Händler mit Eisschnitten, Marke Eskimo, „Plätzchen“ und verdächtig gefärbten Patisserien. Im Vorübergehen wurde Ransome zuweilen von einem aus niederer Kaste erkannt und mit ehrerbietigem Salaam begrüßt, und er war froh, daß man seine Anwesenheit in Ranchipur als etwas Selbstverständliches ansah: daß er dazugehörte!

Die dritte Seite des Großen Platzes stieß an das „Große Becken“, ein ausgedehntes, rechteckiges, von Stufen eingefaßtes Bassin, seit zweitausend Jahren lebendiger Mittelpunkt dieser staubigen Welt, der es acht Monate im Jahr inmitten von Glut und Dürre Erquickung bot. Die Armen gingen hier baden, Wäscher und Wäscherinnen klopften ihre Gewänder, die alten Weiber kamen zu einem Schwatz, und die Kinder spielten. Einst wandelten hier auch die heiligen Kühe und Wasserbüffel und beschmutzten die breiten, niedrigen Stufen mit ihrem Kot. Jetzt war das längst untersagt. Die Tiere lechzten von weitem nach Wasser, aber die Polizei hielt sie von dem Großen Platz und dem Stadtzentrum fern.

Die Wasserfläche des Beckens spiegelte alle Lichter des Platzes: die üppig gleißende Fassade des Kinos, die Feuer der Reiskuchenbäcker und die Petroleumlampen in den Buden der fleißigen Silberschmiede, die auf gekreuzten Beinen dahockten und mit zierlichen Hämmern ihr feines Metall zurechtklopften.

Als Ransome den Platz überquerte, ließ der Lärm des Kino-Gongs und der Händler zufällig nach, so daß ein ganz anderes, doch nicht minder verworrenes, ebenso eindringliches Getön an sein Ohr schlug. Es kam aus dem Konservatorium, einem monströsen Steinbau im gotisierenden Stil der König-Albert-Gedächtniskirche zu Bombay. In allen Fenstern war Licht, und in jedem Zimmer wurde gelehrt und geübt. Ransome kannte die rohen Holzbänke wie die Schüler, die darauf saßen: Menschen jeder Altersstufe von Neunzig- bis herab zu Zwölf- und Zehnjährigen, alle gleichermaßen von Eifer erfüllt zu studieren, denn jede dieser Seelen schrie nach Musik. Er ging oft hin. Die Schüler und ihre Klänge, ihr Anblick bezauberte ihn.

Lange stand er im Tosen der Töne und Lichter, umringt von Hall und Widerschein, Schein und Widerhall, und sah die Fliegenden Hunde, groß wie Falken, von den lockenden Lichtern des Kinos zur gleißenden Spiegelfläche des Beckens hinüberfliegen, darüber kreisen, wenden und aber- und abermals in ziellos endloser Reise geblendet vom Lichtspiel zum Lichtersee wieder zurückkehren.

Er klopfte die Pfeife aus und ging auf das Konservatorium zu. Da fiel sein Blick auf das Hospital dahinter, den Teil, der die Entbindungsanstalt beherbergte; auch hier war alles beleuchtet. ‚Dort kam wohl jetzt ein neuer Inder zur Welt, oder zwei oder drei, und fügten die Last ihres künftigen Daseins zur Daseinslast von dreihundertsiebzig Millionen in Wüsten, Dschungeln und Städten in unermeßlichen Weiten. Miss MacDaid war gewiß zur Stelle; auch Major Safka, wenn ein schwerer Fall vorlag. Safka und Miss MacDaid . . ., was hat der Täufer da vorhin getratscht? – Ach, Unsinn! Zu so etwas ist die MacDaid viel zu nüchtern, zu herb, ein Arbeitstier und kein brünstiges Weibchen! Safka ist mindestens zehn Jahre jünger als sie und kann Frauen haben, soviel er nur will. Nein‘, ärgerte sich Ransome, ‚das ist weiter nichts als ein ganz blöder, unmöglicher Klatsch – allerdings, sprach eine Stimme in ihm, haben der Täufer und seine Freunde in solchen Dingen sich bisher noch nie geirrt.‘

Im Konservatorium ging er zuerst ins Büro seines Freundes, des kleinen Direktors Das. Dieser saß über seinem Hauptbuch, in welches er nach europäischem Vorbild in zahlreiche Rubriken alle möglichen Ziffern eintrug, wodurch es ihm tatsächlich glückte, seine Einnahmen und Ausgaben in hoffnungslosem Durcheinander zu halten. Er war ein zartbesaitetes, schüchternes Männchen, verrunzelt, mit grauem Haar, und wirkte trotzdem nicht unbedeutend, denn aus den großen dunklen Augen loderte eine feurige Seele. Er hatte nur eine Leidenschaft: indische Musik! Kein Mensch auf Erden verstand so viel wie er von den strengen, uralten liturgischen Kompositionen der Tempel Südindiens, von Klängen und Sängen der Rajputen, Bengalen und der muselmanischen Abkommen Akbars, wenn er auch letztere als zu modern innerlich ablehnte, denn dort gab es immerzu etwas Neues; der von Westen kommende Jazz hatte die heilige Tradition verschandelt.

Außer während der kurzen Stunden des Schlafes lebte Herr Das in einem Gewoge strudelnder Töne; seine Schule begann frühmorgens und schloß erst um Mitternacht. Der Unterricht war unentgeltlich. Der Maharadscha und seine Gemahlin, die Maharani, liebten wie weiland Akbar die Musik und wollten dem Volke nichts vorenthalten, was das Leben heiterer machte und heller, und so strömten aus allen Teilen Indiens zahllose Musikliebende in dies Haus, und wer dessen weite Hallen durchschritt, vernahm Kompositionen jeglicher Kaste, jedes Glaubens und jedes Volksstamms: der Moslems, Bengalen, Rajputen, Mahratten, Singhalesen und der dunklen Urvölker des Südens, der seltsamen wilden Bhils, die mit ihren Ziegenherden, im Kampf mit Panthern, an den jenseitigen Hängen der Abana-Berge zu Hause sind.

Als Ransome eintrat, schnellte Direktor Das auf, eilte ihm entgegen, ihm die Hand zu drücken. Er liebte ihn, denn Ransome liebte Musik und war der einzige Europäer in Ranchipur, der dem Konservatorium so viel Interesse entgegenbrachte, daß er es nicht nur einmal besuchte, und das schmeichelte der Eitelkeit des kleinen Direktors, dessen Sein von einem ständigen Drang zu gefallen verzehrt war, den er vergeblich zu unterdrücken suchte. Trotz der späten Stunde schien ihn die Ankunft seines Besuchers nicht zu verwundern; er war gekommen, Musik zu hören, das wußte Herr Das, und dies genügte ihm.

„Was möchten Sie heute hören?“ fragte er eifrig und zugleich zagend. Ransome wünschte den Sänger von Rajput zu hören.

„Jemnaz Singh!“ rief der Kleine entzückt, sprudelte etwas über das heiße Wetter und die Verspätung des Monsuns hervor, klatschte in die Hände, gebot dem eintretenden Diener, Jemnaz herbeizuholen, und geleitete den Gast in den kleinen Konzertsaal.

Selbst die Stimme des kleinen, sonst nur von Musik und Schule erfüllten Direktors hatte, da er den bisher ausgebliebenen Monsun erwähnte, angstvoll gebebt. Seit einem Monat schon hätte es regnen sollen. Es war die Furcht von mehr denn vierhundert dürstenden Generationen, die eingeborene Angst vor der Hungersnot, die ihn erzittern ließ.

Der Konzertsaal erinnerte im Aussehen an den Wartesaal erster Klasse in irgendeiner englischen Provinzstadt. Doch auf dem kleinen Mittelpodium zog sogleich eine Gruppe von ungewöhnlicher Schönheit die Augen auf sich und ließ die viktorianische Geschmacklosigkeit des Raumes mit einem Schlage vergessen. Jemnaz Singh saß mit gekreuzten Beinen, im Arm die Laute, ihm zur Seite zwei Knaben, der zur Rechten mit einer Flöte, der links handhabte eine große Trommel, die er zwischen den Knien hielt. Jemnaz war ungemein zart und klein, sein schmales Antlitz von außergewöhnlicher Schönheit. Er trug einen hohen Rajput-Turban, der in Giftgrün, Lila und süßlichem Rosa gemustert war. In seinem Atchcan aus Seidenbrokat vereinigten sich die gleichen Farben mit Silber und Dunkelviolett zu einem fremdartigen Blumenmuster.

Er war rachitisch. Unter der mattgoldenen Haut traten an den Backenknochen trübrote Flecken hervor. Beim Anblick Ransomes neigte er lächelnd den Kopf.

Der Zuhörer nahm Platz, der Direktor verfügte sich wieder zu seinem Kontobuch, und der Sänger begann.

Die langen, blassen Finger mit den bemalten, lackierten und überpolierten Nägeln glitten, noch tastend, über die Saiten; Jemnaz suchte nach einem Thema, einer Eingebung . . . Mit großen, dunklen Augen verfolgten die neben ihm harrenden Knaben jede Bewegung der schönen Hände.

Ein Motiv nach dem andern klang wie zur Probe auf und versank, bis endlich das Gesuchte gefunden war. Jemnaz sang das Thema mit leiser Stimme, die Knaben lauschten gespannt. Es war eine reine, liebliche Weise, die er ersonnen, ein kunstvolles Flechtwerk von Tönen. Er sang sie einmal, dann noch einmal leicht variiert. Nun hatten die Knaben verstanden und intonierten ex improviso ihre Begleitung, und wunderbar klar und doch schwierig verschlungen gleich einer Bachschen Fuge oder den weißen, marmornen Arabesken der Tempel am Berge Abu tönte es fort und fort, empor und hinab. Entzückt schloß Ransome die Augen, er wollte nur hören, denn Jemnaz Singh war ein gottbegnadeter Musiker; zuweilen aber öffnete er sie wieder, denn die Schönheit des Bildes, das sich ihm darbot, war nicht geringer als die der Musik. Er nahm des Sängers Gesicht, Gestalt, Bewegung und Lied in sich auf, und die Welt, die Nichtigkeit seines bisherigen Lebens, die dumpfe Planlosigkeit seines künftigen versanken im Hochgefühl des Genusses, und seine müde Seele erfüllte ein tiefes Glück.

Er spürte nicht, wie die Zeit verrann, bis mit einem Schlag ein gigantischer Donner ihn auffahren ließ und den Bann der Musik zerbrach. Allein der Sänger sang weiter, bis er die letzte der Variationen des Themas beendet hatte. Dann erst legte er seine Laute zu Boden und sprach ein Dankgebet an Kali. Endlich waren die Regen gekommen!

Das Gewitter, von einem jähen Sturm aus dem Arabischen Golf begleitet, kam in rasender Schnelle und zog einen dichten Vorhang vor das Sternengeschmeide des Himmels. Donnergrollen und zukkende, wilde Blitze scheuchten riesige Fledermäuse in immer neuen, ungestüm flatternden Scharen über das Große Becken. Während Ransome zum andern Ende des Platzes eilte, klatschten die ersten großen Regentropfen in den dicken Staub, die Kinolichter erloschen plötzlich; unter lautem Geschrei rafften die Händler Reiskuchen, Eskimoschnitten und sonstiges Zeug zusammen und stoben erschrokkenen Küken gleich nach allen Richtungen auseinander. Der Sturm wuchs an. Die Bäume bogen sich, wankten. Keine Möglichkeit, trockenen Fußes nach Hause zu kommen. Die flinken kleinen Tongas, die sonst vor dem Alten Palaste warteten, waren verschwunden. Ransome ging den kürzesten Weg über die Brücke und an der Rennbahn vorbei, beeilte sich aber nicht allzusehr. Noch war er von der Musik berückt, und nun riß die Urgewalt des Gewittersturms ihn in Entzücken.

Grellweiß folgte Blitzschlag auf Blitzschlag. Wie von gigantischen Leuchtfeuern war seine Straße erhellt. Die dicken Tropfen fielen immer dichter und schneller, bis alle Wasser des Himmels sich in einem einzigen maßlosen Katarakt ergossen. Beim Hause Bannerji war er bereits so durchnäßt, als habe er in Kleidern den Strom durchschwommen.

Beim Aufleuchten eines Blitzes sah er einen Radfahrer aus Leibeskräften gegen den Sturm ankämpfen und erkannte beim nächsten Blitz den nassen, kleinen Pedaltreter als seinen Freund Smiley von der amerikanischen Mission. An der Lenkstange baumelte ein Früchtekorb. Ransome brüllte der kläglich strampelnden Gestalt durch die Dunkelheit einen Gruß zu, doch der Sturm verschlang seinen Ruf. ‚Wem hatte der Emsige noch zu so später Stunde zu helfen?‘ fragte er sich. Bis zur Mission waren es drei gute Meilen.

Als er durch das Mauertor seinen Garten betrat, klebte der Leinenanzug fest an seinem hageren Leibe, doch nun war er unter Dach.

Durch einen Verbindungsgang ging er zur Gartenveranda, zog das nasse Zeug ab und stand nackt. Sein Herz, seine Augen weilten im Sturm.

Schwarz peitschten die Mangozweige ins wilde Leuchten der Blitze. In Sturzbächen stürzte das Wasser hinein in das ausgetrocknete, lechzende Erdreich. ‚Morgen wird alles wunderbar grünen; das Monsunwunder geschah!' Er schritt die Stufen hinab in den Garten. Der warme Regen klatschte auf seine bloße Haut. So stand er und fühlte sich neu geboren. Aller Überdruß, alle Müdigkeit war aus seiner Seele gewichen.

II

In der Entbindungsanstalt des Hospitals lief Miss MacDaid immer wieder von einer Abteilung zur andern. Sie war groß, kräftig, nicht fett, jedoch hatte die drückende Schwüle sie derart in Schweiß versetzt, daß man hätte meinen können, sie käme aus einem Wolkenbruch. Umsonst suchte sie einen freien Augenblick zu erwischen, um sich rasch im Office umzuziehen und – wenn auch nicht abzukühlen, so doch wieder so adrett zu sein, wie es sich für eine Oberschwester gehört. Es wäre ja alles viel leichter, lägen die schwangeren Weiber alle auf ein und derselben Abteilung, doch da Nummer eins nur eine Reinmachfrau, Nummer zwei eine Bunya, das Weib eines kleinen Kaufmanns, ist, eine dritte wiederum einen Maurer zum Mann hat, müssen sie getrennt liegen. Der Maharadscha trat zwar sonst für die Menschenrechte der Parias rückhaltlos ein, aber für die Entbindungen hatte er doch eine Konzession gemacht; die Kaste der Ausgestoßenen sollte abgesondert gebären. Und nun machten das Bunyaweib und die Maurersfrau die größten Schwierigkeiten, dieweil die „Ausgestoßene" ihre schwere Stunde wie ein wildes gesundes Tier leicht überstand.

Das Bunyaweib glaubte wohl bloß, es ihrer höheren Kaste schuldig zu sein, zu jammern, zu klagen, allein die Maurersfrau war ein schwieriger Fall.

Ihr Becken war deformiert. Die Wehen zogen sich endlos hin. Das einzige Ergebnis war eine immer größere Erschöpfung. Die Frau war geduldig, aber so hoffnungslos, wie der Mensch in großer, beständiger Armut wohl werden kann. Sie war eine der vielen Millionen, die in Indien geboren werden und sterben, ohne in all der Zeit auch nur einen einzigen Tag genug zu essen zu haben. Die Beckenverkrümmung rührte von einer frühen Rachitis her. Die Kreißende war erst sechzehn; es war ihre erste Geburt. Wie ein krankes Tier erfaßte sie instinktiv, daß etwas nicht stimmte. Sie schrie nicht. Aus der Tiefe des aschgrauen Gesichts starrten angstvoll die dunklen, weitgeöffneten Augen.

Miss MacDaid hätte die Pariafrau getrost einer ihrer beiden Helferinnen anvertrauen können; es war ja ein leichter Fall, bei dem nach menschlichem Ermessen alles seinen natürlichen Verlauf nahm, und beide Pflegerinnen waren genügend geschult. Die erste, eine unverheiratete Nichte des Maharadschas, war sechsundzwanzig und arbeitete schon seit fünf Jahren im Hospital; die zweite, die Witwe Gupta, war die Schwester eines Adjutanten der Maharani. Beide waren geduldig, ausdauernd und gescheit, aber von jenem bedingungslosen Fatalismus, dem Miss MacDaid schon bei so vielen Indern begegnet war und der ihr schottisches Herz mit Mißtrauen füllte. Denn ihre Kirche lehnt die Prädestinationslehre ab, und daher war sie entschlossen, kein Mittel unversucht zu lassen und bis zum Schluß zu kämpfen, heute wie immer. Erst wenn sich das Schicksal stärker erweisen sollte als ihr schottischer Dickkopf, fügte sie sich, denn dann hatte das Schicksal ehrlich gesiegt.

Die zwei Hilfskräfte taten jede ihnen zugewiesene Arbeit, aber nicht mehr. Denn wie alle Selbstherrlichen beraubte Miss MacDaid ihre Umgebung jeder Initiative, und diese Tyrannei legte sich wie Meltau über all ihre Mitarbeiter, mit Ausnahme Major Safkas, dessen überlegener Einsicht sie sich unterwarf. Wenn ihr etwas über den Horizont ging, rief sie gewöhnlich nach Safka.

In der Paria-Abteilung war es soweit. Das Kind kam, war da, und Miss MacDaid stand dabei und sah, daß es gut war. Erleichtert lag die Pariamutter in ihrem schmalen Eisenbett und sah stumm zu ihr auf. Überstanden waren die Schmerzen, die Augen glänzten vor Dankbarkeit. So glich sie einer wilden Gazelle, die, eingefangen, sich in ihr Schicksal ergibt.

Wie noch jedesmal war Miss MacDaid tief erschüttert von der ungezähmten, tierhaften Schönheit dieser „Unberührbaren", die von anderer Rasse sind als die Angehörigen aller andern Kasten und deren Ursprung in fernste Vorzeit hinabreicht. In Ranchipur wurden sie nicht übel behandelt; die Schranken des Vorurteils waren, außer bei den streng orthodoxen Hindus, gefallen. Miss MacDaid waren Parias lieber als alles, was sonst ins Spital eingeliefert wurde; ihr schottisches Herz liebte deren Zähigkeit und trotzige Lebenskraft. Sie hatten auch ausreichend Nahrung. Selten, daß sie ausgehungert daherkamen wie die Armen der niedrigen Kasten. Seit fünftausend Jahren sind sie gewöhnliche Gassenkehrer, leben ungehemmt durch Verbote und Riten eines erstarrenden Glaubens und sind daher nie so verkümmert, so häßlich wie jene Maurersfrau oder die Weiber der Bunya, deren Kost immer die gleiche ist. Pariafrauen essen viel Fleisch; man merkt es an ihren feurigen Augen und der zähen Kraft ihrer Leiber.

Das Neugeborene war gebadet und lag, ein dunkelpurpurnes Äfflein, zur Seite der Mutter, runzlig, doch drall, und kreischte so kräftig, daß es sogar das fernher eindringende Tönegewirr des Konservatoriums überschrie. Die Nichte des Maharadschas, eine Prinzessin, hatte das Pariakind gebadet.

Noch immer konnte Miss MacDaid es nicht fassen: daß nach einer einzigen Generation diese junge Angehörige der stolzesten Kriegerkaste fünftausendjährige Vorurteile abstreifen und gelassen Paria-Arbeit verrichten konnte.

Freundlich lächelte sie der Prinzessin zu, wandte sich dann an die Wöchnerin, lobte auf gujaratisch ihr Kleines und sah im nämlichen Augenblick mit der ihr eingeborenen gälischen Intuition, fast visionär, diese Nichte eines kriegerischen Maharadschas mit dem neugeborenen Äfflein der Pariafrau als Sinnbild des künftigen Indiens, als dessen Rettung und Heil, und es flossen daraus gewaltige Ströme des Hoffens und Glaubens und umfluteten sie, die Fremde, in einem Lande, dem ihre Liebe galt und das ihre Heimat geworden war. Aus dem weisen Friedensgeist dieser Pflegerin und der Kraft dieses Pariakindes, so schien ihr, werde einst eine große Nation erstehen und eine ganze Zivilisation wiedergeboren werden. Sie wußte es nicht verstandesmäßig, doch dank dem wachen Instinkt ihres Volkes erkannte sie es wohl klarer als alle Stubengelehrten am andern Ende der Welt.

Das Schreien der Bunyafrau rief sie ab; sie lief in die andre Abteilung. „Das Kind kommt", rief Frau Gupta, die Schwester des Adjutanten. Miss MacDaid schob sie rasch beiseite und sah nach, ob alles den rechten Verlauf nahm. Komplikationen lagen hier keine vor, allein ein qualvolles schweres Ächzen von drüben, vom Eisenbett, in dem die Maurersfrau lag, kündigte an, dort sei das Schlimmste zu fürchten. Mit einer normalen Geburt war nicht mehr zu rechnen; die Frau war mit ihrer Kraft am Ende, und davor hatte Miss MacDaid bei Hindu-Patienten immer am meisten Angst. Die Frau hatte sich selbst aufgegeben, lag in dumpfer Ergebenheit da, nicht gewillt, nur noch die leiseste Anstrengung zu unternehmen; es war schrecklich.

Miss MacDaid aber meinte, die Gebärende müsse am Leben bleiben, auch gegen den eigenen Willen. Sie wandte sich an die Pflegerin: „Eine von euch muß Major Safka holen; die andere soll alles zur Operation vorbereiten. Wer zum Major geht, soll auf alle Fälle jemand zur Begleitung mitnehmen. Allein soll keine weg.“

Die Nichte des Maharadschas erbot sich freiwillig; sie hatte ihr Fahrrad im Hospital und brauchte die Launen der alten Maharani nicht so zu fürchten. Auch kannte sie sich in dem weitläufigen, unübersichtlichen Schlosse gut aus und fand ohne weiteres den direkten Weg zu den Gemächern der Herrin. Sie warf einen Mantel um, rief den Torwächter, und beide fuhren auf ihren Rädern davon – fast im gleichen Moment, da das gewaltige Donnerkrachen das zarte Tongewebe zerriß, welches der Sänger aus Rajput für Ransome gesponnen hatte.

III

Miss MacDaid hatte darum so spät, vielleicht zu spät, nach Major Safka geschickt, weil sie ihm an diesem Abend gern alles Unangenehme fernhielt. Die ganze Woche arbeitete er für drei, aber am Freitagabend ging er in den Palast, um mit der Maharani Poker zu spielen, nicht etwa aus Pflichtgefühl oder Respekt vor dem Willen der hoffärtigen Dame, sondern zu seiner eignen Entspannung und weil ihm wie ihr das Spiel über alles ging.

Der Torhüter und die Pflegerin gelangten durch die ersten fallenden Tropfen bis zum Technikum. Dort brach das Unwetter richtig los und durchnäßte sie binnen drei Minuten bis auf die Haut. Geblendet von grell aufzuckenden Blitzen und den die Gesichter peitschenden Fluten, bogen sie beim ersten Seitentor in den Park ein und erreichten, unter wogenden Bäumen dahinradelnd, die gewundene Auffahrt und den Palast. Seine Türme, Zacken und Vorbauten stachen schwarz in den blitzeflammenden Himmel.

Durch eine Hintertür traten sie ein. Die Prinzessin wußte, wo sie den Chirurgen zu suchen hatte; es war nicht das erste Mal, daß sie ihn von hier entführte. Der Maharadscha durfte von den Pokerpartien der Maharani nichts wissen. Wenn sie in Monte Carlo, Deauville oder Baden-Baden ihr Geld verlor, hatte er nichts dagegen. Nur hier im Schloß, inmitten des eigenen Volkes, untersagte er es. Doch hatte er ihr im Verlauf ihres langen Zusammenlebens schon vieles verboten, und sie hatte es trotzdem getan.

Sie saß mit Major Safka, Generalmajor Agate, zwei ihrer Neffen und einem Adjutanten in ihrem Privatsalon an einem Mahagonitisch. Die Neffen hatten in Cambridge pokern gelernt und spielten es ebenso konservativ wie stumpfsinnig, während sich General Agate ganz seinem Temperament überließ. Da dieses sehr impulsiv war, verlor er in einem fort. Doch buchte er seine Verluste auf Konto Reisespesen und deklarierte den Pokerabend als „diplomatische Visite". Es war zwar kein offizieller, vom Vizekönig angeordneter, sondern ein mehr privater Besuch. Aber war er deshalb etwa weniger wichtig und wertvoll? Im Gegenteil. Er hatte sogar seine Reise nach Puna kurzerhand abgebrochen, nur um einige Tage bei den Herrschern von Ranchipur zu verbringen.

Der dickliche Herr war etwa sechzig, sein Gesicht puterrot, sein Schnauzbart breit und weiß. Er hatte sein halbes Leben in Indien verbracht, und es war, als habe sich hier die Natur bemüht, die Literatur zu kopieren, und als sei er just aus einer Erzählung Kiplings herausgestiegen, nicht bloß in seinem Äußern, nein, auch in seinem Charakter, Gehaben und Temperament. Auf seinen breiten Schultern trug er „die Last, die man mit diesen dunkelfarbigen Völkern hat", und bezeichnete sich Neuankömmlingen gegenüber gern als „Hauptstütze des Empire". Was er jetzt mit den Beherrschern Ranchipurs spielte, war wichtiger und weit schwieriger als das Pokern; dieses bereitete ihm höchstens Verdruß, denn er war von Temperament zwar cholerisch, im Denken jedoch phlegmatisch und steif und fest davon überzeugt, er diene dem britischen Empire im Geist ruhmreicher Traditionen, also nicht allein durch seine soldatische Tüchtigkeit (die seine zahllosen Ordensauszeichnungen bezeugten), sondern nicht minder durch sein politisches Verständnis.

Diese indischen Fürsten waren bedeutungsvoll; sie waren reich und daher mächtig und kannten sich in der europäischen Politik so gut aus wie in der indischen. Es handelte sich hier keineswegs um ein obskures Ländchen unter einem alten Tapergreis, o nein! Ranchipur, das erkannte sogar General Agate, konnte sehr wohl gefährlich werden, denn es hatte die schöne Theorie von „der Last, die der Weiße mit diesen dunkelfarbigen Völkern hat", total über den Haufen geworfen. Der alte Herr, der da in einem andern Teil des Schlosses, dreihundert Meter von diesem Spielzimmer entfernt, in tiefem Schlummer lag, regierte schon fünfzig Jahre und hatte in dieser Zeit sein Land aus der Malaria-Apathie und dem Aberglauben Altindiens in einen modernen, vorbildlich verwalteten Staat verwandelt, hatte bewiesen, daß die Inder gute Verwaltungsbeamte und Wirtschafter sind, und hatte das schwierige Problem der unterdrückten Kasten und Klassen zu lösen gewußt. Schon war Ranchipur zivilisatorisch fortgeschrittener als mancher Teil Englands oder Amerikas, etwa die Midlands oder Pittsburgh. Für den General zählte allerdings Amerika gar nicht; es war für ihn überhaupt nicht vorhanden. Er wäre am liebsten auf einem Elefanten an der Spitze seiner Heeresmacht in Ranchipur eingezogen, und die Bevölkerung hätte zu beiden Seiten der Straße, von der Rennbahn bis zum Alten Palast, vor ihm platt auf dem Bauch liegen müssen! So hatte ein britischer General Einzug zu halten, nicht wie ein kleiner Beamter per Eisenbahn, um am Bahnhof mit verdächtiger Herablassung von einem Neffen des Maharadschas in einem Rolls-Royce abgeholt zu werden und von ihm die erbärmliche Ausrede zu vernehmen, der Herr Onkel ließe vielmals bedauern; die Gicht feßle ihn ans Haus. Gicht? Wieso hat ein Maharadscha die Gicht? Dies Leiden ist ein Privileg pensionierter britischer Generäle. Wenn es nach ihm ginge, würde Indien ganz anders behandelt; dann gäbe es keine „indische Frage"; er würde schnell damit Schluß machen. Aber das „India Office", diese verbohrten Zivilisten in Whitehall bildeten sich ja ein, sie verstünden alles besser als er, Generalmajor Agate, der die Hälfte seines Lebens an der Nordwestgrenze zugebracht hatte!

Er hielt sich für einen vollendeten Diplomaten und war überzeugt, die stattliche, schwarzäugige alte Dame ihm gegenüber betrachte ihn als ihren treuesten Freund und das sanftmütigste Lamm. Dabei las sie hinter ihren Pokerkarten all seine Gedanken und wußte, was sie von seiner „Freundschaft" zu halten habe. Er war für sie ein langweiliger alter Prahlhans, den man leider ertragen mußte. Es gehörte zu jenem großen, endlosen Abwartespiel, das es mit unerschüttertem Pokergesicht so lange zu spielen galt, bis sich Europa zerstört hatte oder von selber zerfiel. Immerhin war es noch angenehmer, mit ihm zu pokern als sein Gerede mit anzuhören: man müsse die britischen Mütter und Mädchen an der Nordwestgrenze zum Schutz vor Vergewaltigung durch die schönen Männer der wilden Moslem-Stämme hinter Stacheldraht bergen, ein Vorschlag, welcher der alten Herrscherin, wenn auch aus anderen Gründen, immerhin zusagte.

Der Salon war eine Nachahmung eines Zimmers, das die Maharani in Malmaison gesehen und bis in die kleinsten Einzelheiten hatte kopieren lassen, nur war hier der Aubusson-Teppich mit weißem Baumwollstoff zugedeckt. Diese Schutzhülle wurde jeden Morgen, ehe Ihre Hoheit aufstand, entfernt und durch eine frischgewaschene ersetzt. Hätte jemand unter den Tisch gesehen, so hätte er dort nur ein einziges Paar Schuhe, die Stiefel des Generals, erblickt. Die Neffen, der Adjutant und der Major trugen nur Strümpfe, während sich die mit Smaragden, Rubinen und Diamanten geschmückten Zehen und lackierten Nägel der Maharani und ihrer Hofdame nackt präsentierten.

Sie war noch immer schön, diese Frau, trotz ihrer siebenundsechzig Jahre, denn ihre Schönheit beruhte nicht auf dem Fleisch und dem rosigen Teint, sondern lag im Knochenbau des Gesichtes. Ihre großen Augen funkelten schwarz aus einem faltenlosen Antlitz, dessen sanfte Färbung an lichten Milchkaffee erinnerte. Die Lippen waren scharlachrot gemalt, desgleichen das kleine Symbol über dem stolzen Bogen der kühn gemeißelten Nase, das ihre königliche Würde kundgab. Lebhaft bewegt war das Gesicht und nicht allein schön, sondern außergewöhnlich, das Angesicht einer Frau, die mit dreizehn eine halbwilde Prinzessin der Berge gewesen und noch heute des Schreibens und Lesens unkundig war. In vertrauten Gesprächen nannte sie Ransome „die letzte Königin".

Im Augenblick, als ihre Nichte, die Pflegerin, durch den Hintereingang hereinkam und in dem langen Gang über schlafende Wachen hinüberstieg, nahm sie ihre fünf Karten auf, darunter vier Pik: zwei, drei, fünf und sechs. Ihr Antlitz blieb unbewegt. Die Reihe zu geben war an Safka, der groß, zufrieden und stattlich dasaß, im Mundwinkel die Zigarre. Auch der General nahm seine Karten auf. Drei Asse! Die Neffen hatten nichts, Safka zwei Paare: König und Acht! Die Karten der Maharani waren durchaus nach ihrem Geschmack; zahme Dinge wie etwa ein „Dreiständer" oder ein „Flush", fix und fertig zum Geben, ohne daß man zu ziehen brauchte, lagen ihrer wilden Art nicht. Sie liebte Hindernisse.

Die Neffen paßten. Die Tante begann mit steinerner Miene zu bieten. Hochrot, leicht schnaufend bot ihr der General Trumpf, worauf Safka ihm seinerseits Trumpf bot. Ihre Hoheit begnügte sich damit, eine Karte zu ziehen; der General zog zwei, Major Safka eine. Ehe sie ihre Karten ansahen, blickten der General und die Maharani auf den Major, jener hitzig gereizt, diese noch immer steinern.

Als erster musterte der General seine Karten, und als er sein viertes As fand, wurde sein Kopf vor Freude noch röter. Als die Maharani nachsah, entdeckte sie die Pik-Vier, wie vom Schicksal beschert! Die schwarzen Augen leuchteten kurz auf, zu kurz, als daß es der General hätte merken können, doch genügend lang für Safkas Beobachtungsgabe. Ihm entging nichts; darum spielte ja auch die Maharani so gerne mit ihm. Er war ihr gewachsen. Beim General war es für sie ein Kinderspiel.

Und nun begann das Trumpfen, erst wie zur Probe, wobei Safka nur noch zwei Runden mittat; er kam dahinter, daß die andern nur blufften, legte die Karten hin und verfolgte mit einem Glitzern in seinen blauen Augen den weiteren Kampf. Die beiden andern übertrumpften einander wieder und wieder, und es erkannte der stille Beobachter: dies war nicht einfach ein Kampf um Pokergewinn; es ging tiefer. Die stolzeste, stattlichste indische Maharani stritt gegen das ganze britische Heer; in ihrem Trumpfen entlud sich die Hochspannung ihres Hasses auf alle Anmaßung, die ihr hier und allenthalben entgegentrat. Ihr Ausdruck jedoch blieb unbewegt; nur die Augen, die schwarzen, blickten noch härter.

Der General mit seinen vier Assen begann Anzeichen von Schwäche zu zeigen. Sein rotes Gesicht wurde immer röter, beim fünften Trumpf war es wie reiner Purpur. Seine Ehre stand auf dem Spiel. Keine Sekunde durfte er zögern und zögerte dennoch, bis ein spöttischer Blick der Maharani ihn antrieb. Abermals übertrumpften die beiden einander und noch einmal. Dann sagte die Dame freundlich, doch etwas von oben herab: „General, ich möchte Sie nicht in Konkurs treiben. Ich habe einen straight flush“, und legte die Karten hin. Das war für den alten Militär, als sei er im Felde mit seiner Streitmacht durch eine wesentlich kleinere Truppenzahl schmählich geschlagen worden. Wütend warf er die Karten hin, ja, er war nahe daran, der Maharani die Freude zu machen, als würdeloser Verlierer dazustehen und vollends die Haltung zu verlieren, dachte jedoch noch rechtzeitig an seine gute Erziehung, den sportlichen Anstand, den er in Eton gelernt, und das war sein Glück. Die Unbeherrschtheit, mit der er die Karten hingeschmissen, genügte. Die Maharani hatte ihre Genugtuung. Und wußte, sein „Spesenkonto“ werde diesen Monat enorm sein.

In diesem Augenblick betrat ihre Nichte den Spielsalon. Das Wasser triefte aus ihrer Schwesterntracht auf den blendend weißen Teppichbelag.

Major Safka sprang auf. Langsam wandte die Herrscherin das Gesicht der Eintretenden zu; auf dem Silber und Schwarz ihres Sari funkelten die Juwelen.

Das Mädchen verneigte sich vor ihr, sprach rasch einige Entschuldigungsworte in Mahrattisch, dann auf hindostanisch mit dem Major, und dieser auf englisch zur Maharani: „Entschuldigen mich Eure Hoheit; ich bin bald wieder da.“ Nach einer Verbeugung vor dem General verließ er mit der Prinzessin das Zimmer.

Die Erscheinung der Pflegerin hatte den Zorn des aufgeregten Generals zweckdienlich abgelenkt, womöglich sogar ihn vor einer Blamage bewahrt und damit dem vollen Triumph der „letzten Königin“ die Spitze abgebrochen. Auf einmal verdroß ihn nicht mehr die Niederlage seiner vier Asse, sondern allein die Unterbrechung des Spiels. „Wozu muß er weg?“ wandte er sich an die Maharani. Absichtlich sagte er nicht „Major Safka“, sondern bloß „er“, und vermied damit einmal den Titel „Major“, der nicht vom britischen Government, sondern „nur“ von einem Maharadscha verliehen war, und gab zum andern seiner Verachtung für so ein unbedeutendes Wesen wie diesen Chirurgen entsprechenden Ausdruck. Die Maharani verstand.

„Er hat eine Operation vorzunehmen“, versetzte sie unbewegt, „ein Weib niederer Kaste liegt im Spital in den Wehen; das Kind will nicht kommen.“

„Schön“, schnaufte der General, „machen wir weiter! Wer gibt?“

IV

Obwohl sie sich entsetzlich anstellte, bekam die Bunyafrau ihr Kind ohne besondere Schwierigkeiten. Es war ein Junge, ein sehr dürftiges, verhutzeltes Kerlchen. Während es von der Pflegerin gebadet wurde, brach Miss MacDaid in die zornigen Worte aus: „Wieder so ein typischer Hindu, der aufwachsen, heiraten und einen Haufen ebenso hinfälliger Kreaturen erzeugen wird, die niemals die richtige Nahrung erhalten!“

Ja, die Ernährung! Das war das ärgste indische Leid, die wahre indische Krankheit. Dieses Neugeborene war ja nicht deshalb so matt und schwach, weil seine Mutter keine hinreichende Kost hätte auftreiben können, nein! Sie war eine Bunya, und ihr Mann quetschte aus seinem Handel, wie alle Händler mehr schlecht als recht, so viel Geld, daß die Familie sich davon anständig hätte ernähren können, wenn – ja, wenn die Priester mit ihrer abergläubischen Religion nicht wären. Miss MacDaid hatte nicht bloß Kinder, sondern sogar Erwachsene gesehen, welche dank zweckmäßiger, rechtzeitig vorgenommener Ernährung aus spindeldürren, skrofulösen, malariakranken Jammergestalten mit geschwollenen Bäuchen zu kraftstrotzenden Gesunden wurden. Manchmal hätte sie vor Verzweiflung und Wut alle Priester totschlagen und aus dem Leib des leidenden Indiens die Religion wie ein bresthaftes Organ herausschneiden mögen. „Sie sehen nie so ein elendes Paria- oder Moslemkind wie das da", bemerkte sie zu ihrer Gehilfin, „es ist mit diesen Hindukasten von vornherein hoffnungslos. Das sehen Sie übrigens auch an Gandhi, der der Kaste nach ebenfalls Bunya und der Rasse nach Gujarati ist. Er ist klein und verschlagen."

Unmöglich, näher auf das Thema einzugehen; sie hatte an Dringlicheres zu denken. Die Maurersfrau lag halb bewußtlos ... Wird Major Safka rechtzeitig eintreffen, um Mutter und Kind zu retten? Miss MacDaid weiß: stirbt die Mutter, so wird das den Ehemann nicht sehr bekümmern, doch wenn das Kind ein Sohn ist und stirbt, gibt es ein irrsinniges Gejammer.

Drüben in der anderen Abteilung schlief friedlich die junge Pariamutter und hatte ihr Kleines bei sich. Draußen heulte der Sturm. Der Regen ergoß sich in mächtigen Fluten, in denen selbst das Getöse des Konservatoriums ertrank. Die Hitze jedoch war nicht gewichen; sie schien sogar noch ärger geworden zu sein. Ranchipur schmorte in einem undurchdringlichen Dampfbad.

Drinnen aber im üppigen Busen der Miss tobte ein Sturm, der dem draußen nichts an Heftigkeit nachgab. Sie sollte mit Safka zusammen sein; das war ein Glück, das sie für diesen Abend nicht mehr erwartet hatte. Das deformierte Becken der Maurersfrau hatte also doch noch sein Gutes gehabt.

Es war wie eine Krankheit, die sie befallen, sie wußte nicht einmal genau wann; so unmerklich war es gekommen, ganz ohne Vorboten; die gegenseitigen Neckereien zu Anfang ihrer Bekanntschaft zählten wohl kaum.

Eigentlich hatte es sich für sie schon auf den ersten Blick entschieden: vor vier Jahren, als der junge Mann geradewegs aus dem Londoner Spital nach Ranchipur kam und Chefarzt wurde. Sie sah ihn noch vor sich, wie er im Rolls-Royce Seiner Hoheit vorfuhr. Hoheit saß neben ihm und freute sich kindlich, einen so klugen, geschickten, tatkräftigen Jüngling ergattert zu haben. Wie dann der Major ausstieg, die Stufen heraufkam und sie mit freundlichem Lächeln begrüßte – sie wird das Bild nie vergessen.

Er war ganz in Weiß, groß, muskulös, die Augen blau, die Haut blaß, ‚ein Bramahne aus Puna', hatte sie sogleich gedacht und sich schrecklich gefreut, als sie ihre Annahme bestätigt fand. Sie hatte es immer dumm gefunden, wenn Europäer behaupteten, alle Inder sähen einander ähnlich; sie glichen sich weit weniger als Europäer, denn ihre verschiedenen Rassen waren längst nicht so miteinander vermischt. Bestand auch nur die geringste Ähnlichkeit zwischen der wilden Männlichkeit der nordwestlichen Grenzstämme und den zart geschnittenen Profilen derer aus Rajputana, zwischen dem leicht mongolischen Typ der Bengalen und dem zähen kleinen, kampflustigen Mahratten, der sie immer an einen Terrier erinnerte!?

Auf den ersten Blick hatte Miss MacDaid sich verliebt – vielleicht weniger in das Individuum selbst als in die Vorstellung, die sie sich von ihm machte. Als er aus dem Wagen auf sie zugekommen war, hatte sie sich gesagt: so könnte das Indien ihrer Seele, ihr Indien sein! Im Verlaufe einiger Wochen hatte sie dann auch festgestellt: er war wirklich ein so geschickter, glänzender Operateur, wie es der Maharadscha verheißen hatte. Seine langen, muskulösen Hände waren zart wie die einer Frau und bei der Arbeit so sicher wie der Gang einer Angorakatze. Als sie dann im Spital, meist zur Nachtzeit beim Tee, den sie bereitete, eine Arbeitspause verplauderten, erfuhr sie noch mehr: Seine Mutter war Vorkämpferin der Bewegung zur Säuberung der Hindureligion von Aberglauben, Degeneration und Fatalismus und zur Wiederherstellung ihrer ursprünglichen Reinheit. Er selbst hatte in Cambridge studiert, war Mitglied der Universitäts-Rudermannschaft und ein hervorragender Kricketspieler. Briefe, die sie aus England erhielt, bestätigten den Bericht des Maharadschas und ihre eigene Wahrnehmung: Safka war ein ausgezeichneter Chirurg und hätte, obwohl Inder, in England eine glänzende Laufbahn einschlagen können. Er aber hatte Ranchipur vorgezogen, denn dies war sein Land, sein Volk, und der Maharadscha bewilligte ihm jeden Betrag, den er für sein Spital benötigte.

Anfangs hatte sie in ihm nur den großen Jungen gesehen; dabei war er bei seiner Ankunft schon dreiunddreißig. Sie hatte bis dahin in Männern niemals den Mann gefühlt. Ihr Dasein war ohnedies ausgefüllt; selbst vierundzwanzig Stunden täglich reichten ihr nicht. Da sie eine Frau von Format war, hatte sie sich den Männern, die ihr bis dahin begegnet waren, stets überlegen gefühlt, nicht nur als Weib, auch als Mensch, und so war ihr dieser junge Chirurg zunächst nur als eine, wenn auch sehr anziehende, Verkörperung eines Ideals erschienen, dessen Verwirklichung sie ihr Leben und ihre schier unerschöpflichen Kräfte gewidmet hatte.

Ihre eigene Lebensgeschichte hatte im Hause ihres Vaters, eines exzentrischen schottischen Arztes, begonnen, der sich in Surabaja niedergelassen hatte. Dort übte er, soweit man danach begehrte, eine Praxis aus, widmete sich jedoch mehr seinem Laboratorium für Tropenfieber und wenig erforschten Krankheiten. Er war weit in der Welt herumgekommen, hatte tiefe Einblicke in Leben, Leiden und Leiber des wimmelnden Ostens getan; in ihm rumorte der seltsame schottische Wanderdrang, ein Trieb, sich in fernen Gegenden niederzulassen, zu kolonisieren und lieber eine ganz neue Welt zu schaffen, als nach englischem Vorbild die alte Welt mit sich herumzuschleppen. Der Osten nahm von seiner Seele Besitz; er kam nie wieder nach Europa und starb an einer unerforschten Krankheit, die er lange studiert hatte. Seine Tochter wuchs im Osten auf, aber nicht wie die Töchter von Beamten und Kaufleuten in einer der ausländischen Niederlassungen und bei Missionsschwestern, um dann eine Höhere Schule in England zu absolvieren, sondern fast wie eine Eingeborene mit Kindern eingeborener Händler und halbwüchsigen Sprößlingen holländischer Plantagenbesitzer. Als Zehnjährige sprach sie schon fließend Holländisch und Malaiisch, mit dreißig perfekt Hindostanisch und Gujarati. Mit zwanzig sah sie zum ersten Male etwas anderes als den Orient. Sie fuhr nach England, und ihr gefielen die zart umflorten Berge der schottischen Heimat, die stillen Rasenflächen der englischen Parks. Doch kam ihr alles so eng und eintönig vor, denn vor ihrem geistigen Auge stand der Osten in all seiner Pracht, seinem Ungestüm, seinem Schmutz. Das Klima hatte für sie etwas Trauriges; die kalten schottischen und englischen Nebel bedrückten sie mehr als die brennende indische Hitze. Hier gab es keine erhabenen Sonnenaufgänge, keine gewaltigen Überflutungen, Erdbeben und nicht dies lebensfüllige Keimen und Knospen; da war nichts von dem wilden Glanz, der die Welt ihrer Kindheit erfüllt hatte, und der Schmutz, der ihr in den Midlands und den Vorstädten Londons entgegenstarrte, als sie dort ihre Ausbildung in Krankenpflege erhielt, war nicht minder abscheulich als alles, was sie in dieser Beziehung auf ihren Fahrten mit dem exzentrischen Vater, Doktor MacDaid, im Orient hatte erleben müssen. Die Armut des Ostens kam ihr erträglicher vor als jene des Westens, denn sie war nicht in enge, finstere Gassen, in feuchte Mietskasernen zusammengepfercht; Licht und Luft flutete über sie hin. Und dann die Vorurteile, auf die sie bei ihren Landsleuten, selbst bei klugen Männern der Wissenschaft, stieß, die Voreingenommenheit gegen Menschen anderer Rasse und

Farbe! Sie waren ihr ebenso unverständlich wie Europas Stolz auf seine physische und ökonomische Überlegenheit. Sie war eine der Heiligen, die ohne Rücksicht auf Nationalität, Religion, Farbe und Rasse in jedem menschlichen Wesen den Menschen sehen. Darum war auch ihre Seele reicher als die der meisten anderen Menschen. Nach Ablauf von vier Jahren kehrte sie aus der fremd gewordenen Heimat ohne Bedauern nach Indien zurück und atmete tief beglückt von neuem die Größe des Ostens, seine prangende Buntheit, die der britischen Insel unbekannt ist.

Zunächst blieb sie in Bombay, und dort – es war noch kein Jahr seit ihrer Ankunft verflossen – traf sie ein Angebot, welches wohl keine andere Europäerin in Bombay auch nur in Erwägung gezogen hätte, das ihr Herz jedoch mit Wärme und Freude erfüllte. An einem Dezemberabend stand sie im Büro des Gesundheitsamtes einem untersetzten indischen Herrn in europäischer Kleidung gegenüber, welcher ihr einen Vorschlag machte, den sie auf der Stelle annahm. Dieser Herr war der große Maharadscha von Ranchipur.

Er wollte ein Hospital nebst Pflegerinnenschule errichten, die Säuglings- und Kinderpflege in seinem Land kultivieren, Pest, Cholera und die Malariakrankheiten, die am Mark seines Volkes zehrten, bekämpfen und ausrotten. Bisher gab es dort nur eine Art Notspital; er aber dachte an eine Musteranstalt gleich jenen, die er in Mitteleuropa besichtigt hatte, und wenn er da eine Leiterin fände, die, wie er sich ausdrückte, bereit wäre, zunächst einmal alle Mühsal auf sich zu nehmen, sich nicht beirren zu lassen durch Hofintrigen, Beamte, Minister, sondern den Kampf mit Krankheit und Unsauberkeit, mit Dummheit und Vorurteilen bei Europäern wie Indern in Ranchipur aufzunehmen, werde er dafür sorgen, daß ihr das nötige Geld zur Hälfte vom Staat, zur Hälfte aus seiner Privatschatulle uneingeschränkt zur Verfügung stehe.

Einen Moment war Miss MacDaid von den Möglichkeiten, die sich ihr da eröffneten, wie überwältigt; vor Erregung brachte sie kaum ein Wort hervor. Endlich sollte sie selber befehlen, nicht nur immer gehorchen, endlich der Hinterlist, dem Klatsch und Geschwätz, jener Enge entrinnen dürfen, in der sie lebte, diesem östlichen Ableger provinziellen Europäertums, endlich selbst Autorität sein, Macht besitzen, nach Herzenslust arbeiten, organisieren und schaffen dürfen! In ihr lebte etwas vom Geist David Livingstones und Mungo Parks, jene Leidenschaft, die in Tausenden schottischer Kulturpioniere in allen Breiten glühte und in der sich die Lust am Abenteuer mit der ernsten kalvinischen Sehnsucht vereinte, der armen Menschheit Helfer zu sein.

Während sie dem dicklichen kleinen Herrn zuhörte, machte sie sich in ihrem gälisch-schottischen Herzen ein Bild von ihm. Er war ein schlichter, gütiger Mensch, das las sie aus seinem Blick. Daß er märchenhaft reich war, einer der Reichsten der Erde, war ihr bekannt. Sonst wußte sie damals noch nichts von ihm, nicht, daß er einer der größten Männer des Orients war, eine der bedeutendsten Persönlichkeiten seiner Zeit; sie fühlte nur seine Einfachheit und seine Güte. Er besaß nicht das zweifelhafte Talent, die Augen aller Welt auf sich zu lenken. Sei es durch Zufall, sei es mit Absicht, waren seine Großtaten verborgen, verhüllt. Und das war gut. Denn sein Kampf war nicht ohne Gefahr. Er zielte darauf, seinem unterdrückten Volk Ansehen und Würde zu sichern. Und doch war er nur einer von Tausenden, die zu jener Zeit den Schlaf von ihren Lidern abtaten und Indien, den ganzen Osten mit der Pflugschar gläubigen Stolzes aufrissen.

Sie sahen wohl eine Minute einander an, der stämmige kleine Maharadscha und die junge klare Miss, und ein Verstehen, ein freundschaftliches Gefühl flutete zwischen ihnen, das keine Ränke, kein Vorurteil, keine Mutlosigkeit jemals zerreißen sollte. Die Schottin erwiderte schlicht: „Ja, Eure Hoheit, ich komme."

„Es wird nicht leicht für Sie sein, Miss MacDaid", bemerkte der Maharadscha.

„Ich habe mein ganzes Leben im Osten verbracht, Hoheit, ich kenne die Schwierigkeiten. Auf eine solche Möglichkeit, sie zu überwinden, habe ich immer gewartet."

„Es wäre gut, wenn Sie noch eine Schwester mitbringen könnten."

„Ich will es versuchen. Vielleicht Miss Eldridge . . ." Miss Eldridge, die Tochter eines angesehenen Importeurs in Madras, ein blasses, hochaufgeschossenes Mädchen, schwärmte für Miss MacDaid und wäre ihr überallhin gefolgt; sie folgte ihr auch nach Ranchipur. Es war April, einige Wochen vor Eintritt der Monsunregen; das Wirken des Maharadschas stand noch in seinen Anfängen.

Die Stadt bot damals einen seltsam chaotischen Anblick, nicht nur rein äußerlich – aufgerissene Straßen und Wege, neue und alte; niedergerissene Slums; aufschießende Neubauten –, auch geistig, seelisch schien das ganze Volk durcheinandergebracht und verwirrt, da sein Herrscher mit einigen fähigen Untertanen sich anschickte, die bisherigen Daseinsbedingungen von Grund aus umzugestalten. Schon waren die parasitären Priester dazu gezwungen, entweder zu arbeiten oder das Land zu verlassen; man hatte nur die zum ordnungsgemäßen Tempeldienst notwendigen im Amte gelassen. Die Maharani hatte ein Buch geschrieben, in dem sie die Frauen dringend ersuchte, aus der „Purdah" herauszutreten, lesen und schreiben zu lernen und einen Beruf zu ergreifen. Sie hatte eine Höhere Mädchenschule eröffnet; darin mußten, ob gern oder ungern, Töchter von Fürsten, Brahmanen und hohen Beamten neben den lernbegierigen Pariatöchtern sitzen; das war Befehl. Noch keine zwei Jahre waren seit jenem denkwürdigen Festmahl verstrichen, das der Maharadscha für die Parias seiner Hauptstadt veranstaltet und bei welchem er selber in ihrer Mitte gesessen hatte, um so den anderen Hindus ein Beispiel zu geben. Auch zu Kammerdienern nahm er sich Parias. All dies hatte in Ranchipur zu Aufruhr, Mord, Verschwörung und allerhand Ränken geführt, und mitten in diesen Wirrwarr kam Miss MacDaid mit ihrer blassen, mageren Trabantin Eldridge.

Sie fanden ein Hospital mit Lehmfußböden, undichtem Dach und eine Eingeborenen-Apotheke, der ein Quacksalber vorstand, dessen Aufmerksamkeit weniger dem Befinden der Kranken als dem Schnitt seiner europäischen Anzüge galt. Und ein paar Ärzte taten da Dienst, deren geistiges Rüstzeug aus längst überholter Wissenschaft und abergläubischer Hebammenweisheit bestand. Kindbettfieber, Rückfallfieber, Pocken, Malaria grassierten; die Spuren der letzten Pest waren noch nicht geschwunden. Außer Dienstmädchen niederer Kaste stand noch kein Wartepersonal zur Verfügung. Mit Schmierseife und Karbol mußte Miss MacDaid sich selbst an die Arbeit machen. Nach der ersten Woche waren selbst ihr zäher Körper und Geist erschöpft.

Aber besiegt war sie nicht; das war sie noch nie und sollte es niemals werden. Sie arbeitete weiter. Ärger als Dreck, Dummheit und Untüchtigkeit, womit sie aufräumen mußte, waren der sture, stumme Widerstand von halb Ranchipur, die Kabalen und Lügen der Hindu-Orthodoxie und die Obstruktion der Beamtenschaft gegen die mit außerordentlichen Vollmachten ausgestattete Europäerin. Gewiß stand der Maharadscha mit all seinem Reichtum und Ansehen ihr bei, doch gab es Zeiten, in denen er unerreichbar war und ihr Hilferuf nur in entstellter Form, durch orientalische Schliche und Lügereien abgeschwächt, ihn erreichte und wirkungslos blieb. In solchen verzweifelten Augenblicken fragte sie sich, was nur in aller

Welt diese Teufel zu Lug und Betrug veranlaßte; warum sie jede Bemühung vereitelten, dem Volke Bildung, Gesundheit und gute Sitten zu schenken, und fand stets nur die Antwort: Ursache ist ihre Religion, besser gesagt: jener Aberglaube, den sie für Religion erklärten. Je frömmer sich einer gebärdete, um so feindlicher war er ihr und dem Maharadscha gesinnt.

Dieser zwar zeigte Geduld; nicht so die schöne, unbändige Maharani. Sie entließ Staatsbeamte oder gab ihnen Hausarrest. Schließlich wurde auf Betreiben von Miss MacDaid und der Maharani der Dewan selbst, ein strenggläubiger Hindu mit Zopf und einem Eheweib in schwärzester Purdah, seines Postens enthoben, was neue Unruhe hervorrief. Der Dewan, trotz Aberglaubens ein fähiger Kopf, legte beim Vizekönig in Kalkutta Berufung ein. Gerüchte über Unordnung in Ranchipur, die schon seit geraumer Zeit die Regierung beunruhigten, schienen dadurch bestätigt. Man sah sich zu einer Untersuchung veranlaßt, die jedoch nur eine Farce blieb. Ranchipur war ein reicher, mächtiger Staat. Der Vizekönig wollte sich nicht in die Nesseln setzen.

Aber der Zwischenfall hatte zwei schwerwiegende Folgen: einmal wurde die stolze Maharani durch diese Demütigung, denn als solche empfand sie das Vorgehen, zur ewigen Feindin der britischen Beamtenherrschaft; zum andern machte er Miss MacDaid ihr Verhältnis zu den Briten in Ranchipur ein für allemal restlos klar. Von nun an erwartete sie von ihren Landsleuten keinerlei Hilfe oder Verständnis mehr. Die Untersuchung hatte ihr nur zu fühlbar bewiesen, mit welcher Kälte die hohe Regierung mitsamt ihrem weitausgedehnten Verwaltungsapparat jener Aufgabe gegenüberstand, der ihr Leben geweiht war. Unmöglich konnte sie den Verdacht loswerden, daß ihr Erfolg und der des Maharadschas „oben“ unerwünscht sei und ihr reformatorisches, aufklärendes Zusammenwirken mit Indern mißbilligt werde. Ehe der Maharadscha sich mit ganzer Macht und Leidenschaft für seines Volkes Ansehen und Aufstieg einsetzte, war doch dies Ranchipur, strotzend von Schmutz und Unwissenheit, ein so friedfertiger Staat, ein so ausgezeichnetes Absatzgebiet für Manchester-Baumwollzeug und die Stahlwaren aus Leeds und Hull gewesen, während jetzt schon die Rede ging, der Maharadscha werde im eigenen Lande Fabriken errichten, in denen sein Volk die gleichen Waren selbst herstellen könne. Auch Radikale, Reformer und Agitatoren schien Ranchipur neuerdings anzuziehen. Wenn anderwärts ihnen der Boden unter den Füßen brannte, fanden sie hier ein Asyl.

Der gelinde Versuch des Ostens, sich zu neuer, gläubiger Zukunftshoffnung emporzuschwingen, dünkte die Herren störend und unerfreulich. So war es denn auch gekommen, daß Miss MacDaid bei der Untersuchung von kleinen Regierungsbeamten wie ein Zwischending von Verräter und Putzfrau behandelt wurde. Ein unbedeutender Wichtigtuer aus Clapham, der sich gegen die Maharani unverschämt benommen hatte, mußte zwar zur Strafe für den von ihm hervorgerufenen „Zwischenfall" aus dem Staatsdienst entlassen werden, doch als Miss MacDaid nach zehn verlorenen kostbaren Arbeitstagen wieder nach Ranchipur zurückkehrte, wußte sie, was es heißt, ein Paria zu sein. Sie war eine Paria ihres eigenen Volkes geworden.

Kämpfend, entschlossen und unbesiegbar ging sie von nun an ihren eigenen Weg, gewillt, ihre Mission erfolgreich zu Ende zu führen. Alle Zweifel waren geschwunden, ihr Entschluß stand fest. Der Typhusepidemie, die bald darauf ausbrach, fiel als eine der ersten Miss Eldridge zum Opfer. Miss MacDaid suchte keinen Ersatz.

Jahraus, jahrein arbeitete sie den heißen Staubwinter, den kochenden Monsunsommer hindurch, durch Hungersnöte und Seuchen, durch fremde Kabalen und die eigene Verzweiflung. Sie gönnte sich keinen Tag Ferien. Aber – o Wunder! – das projektierte Spital wurde Wirklichkeit; Haus nach Haus wurde aus Backsteinen aufgebaut und war schmuck, sauber und hell. Aus Dienstmädchen wurden tüchtige Pflegerinnen. Der Qacksalber und die Kurpfuscher wurden entlassen. Neue Männer traten an ihre Stelle, gewiß keine Leuchten, doch immerhin besser als ihre Vorgänger. Es gab kaum einen Tag, an dem Miss MacDaid, außer zum Schlafen, ein paar Stunden für sich erübrigen konnte. Nun ließen sich auch schon Frauen höherer Kasten, Witwen und solche, die aus freien Stücken oder durch einen unglücklichen Zufall ledig geblieben waren, zu Pflegerinnen ausbilden; ein paar Gebildete hatten ihnen dazu geraten. Das Krankenhaus heilte nicht bloß leidende Körper, sondern auch kranke, verwundete Seelen. Dies war bei der Prinzessin und der Tochter des Adjutanten der Fall.

Um die Zeit, als der junge Dr. Safka erschien, war das neue Hospital Tatsache geworden, ja, man konnte es wohl eine wahrhaft vollendete Tatsache nennen; es war in vielem vollkommener als manches Krankenhaus, das Miss MacDaid in Europa gesehen hatte. Und sie hatte es aus eigener Kraft, nur mit Hilfe von Indern, zustande gebracht.

Doch hatte sie schwer dafür gezahlt. Ihr zäher Körper war von dem langwierigen Krieg gegen Hitze, Aberglauben und Intrigen erschöpft, und sie war neunundvierzig Jahre geworden. Ihr Haar war dünn, spröde und glanzlos, die Haut ihres offenen, guten Gesichts wie aus Leder und voller Falten.

Aber sie hatte gesiegt, und ihr Herz barg ein Geheimnis, das nur wenige aus dem Westen ahnten: Die Lebensfülle, Größe und Leidenschaft ihres Ostens war nicht gestorben, nicht erschlagen von den Krämerseelen des Westens. Indien hatte nur eine Weile geruht.

V

Sie erwartete den Major in dem kleinen, an der Gartenfront gelegenen Vorzimmer, sah seinen Ford im strömenden Regen in das Gartentor einbiegen – die Scheinwerfer fegten die Auffahrt entlang, streiften die kahle Eibischhecke, deren letzte Blüten am Nachmittag von einer wandernden Affenhorde abgerupft worden waren – und dachte ‚Wär' ich nur jung und hübsch! Wär' nur nicht alles so schwer gewesen!', und fast visionär überkam sie die Ahnung, wie es wohl sein möchte, wenn ein Weib dem Geliebten zulieb unbesorgt alles andere wegwirft ...

Der Wagen fuhr vor. Der Major sprang heraus, hinter ihm die Prinzessin, der Torwächter und noch eine vierte, erbarmungswürdig durchnäßte Gestalt, in der Miss MacDaid den amerikanischen Missionar Smiley erkannte, der einen großen Korb voll Melonen und Bananen schleppte. „Ist sie bereit?" fragte der Chirurg. Die Oberschwester bestätigte: „Auch Mantel und Gummihandschuhe."

Niemand kümmerte sich um den Missionar; der Major eilte in den Operationssaal, Miss MacDaid mit der Prinzessin auf die Abteilung, um die Maurersfrau auf dem Rolltisch hinüberzufahren, und alles vollzog sich so glatt und vortrefflich, daß zwölf Minuten darauf eines Maurers Erstling auf gleiche Weise ins Dasein befördert wurde wie einst der Sage nach Julius Cäsar: durch Kaiserschnitt. Nach einer weiteren halben Stunde war die Entbundene aus der Narkose in Schlaf gesunken, das Kind gebadet, und im Büro der Oberschwester saß Miss MacDaid mit Smiley und Dr. Safka bei Tee und Kuchen. Zwar hatte letzterer schon das Riesendiner bei der Maharani hinter sich und obendrein einige der Fleischbrötchen vertilgt, die immer neben dem Pokertisch standen, behauptete aber trotzdem, Hunger zu haben, und griff wacker zu; er wußte, es würde Miss MacDaid verstimmen, wenn er sogleich wieder fortginge.

Mr. Smiley war klein und mager, und seine Brille, die viel zu groß war, ließ ihn noch unansehnlicher erscheinen. Er war zweiundvierzig, sah aber zehn Jahre älter und furchtbar abgespannt aus. Das war nicht nur der Sonne, der Hitze und den unvermeidlichen Malariaanfällen zuzuschreiben, sondern vor allem auch seiner rastlosen Hingabe an die gleiche Sache, die Major Safka und Miss MacDaid miteinander verband. Selbst in der Regenzeit wich Smiley nur selten von Ranchipur. Von morgens früh bis ein Uhr mittags gab er in der Innenstadt in seiner „Knabenschule für Parias und niedere Kasten" Unterricht und nachmittags im Mädchenwaisenhaus bei der Mission, womit jedoch sein Aufgabenkreis noch keineswegs geschlossen war, denn er hatte außerdem im Auftrage des „Missionsamts von Iowa, USA", das immer die höchsten Ansprüche stellte, eine umfangreiche, verwickelte Buchhaltung zu führen und stand ferner seinen Schülern und deren ihm wohlbekannten Angehörigen zu jeder Tages- und Nachtzeit zur Verfügung: bei Geburten, Krankheiten, Todesfällen, Prozessen oder Konflikten mit der Polizei. Zuweilen mußte er auch Miss MacDaid beispringen und einem Paria gut zureden, wenn dieser aus Angst und Unwissenheit nicht ins Spital wollte oder sich gegen einen notwendigen Eingriff sträubte. Aber zu all dem kam noch ein ständiger Verdruß mit seinem unmittelbaren Vorgesetzten bei der Mission, Reverend Burgess Simon, der sich immerzu bitter über Smileys „mangelnden Glaubenseifer" beklagte: er gäbe sich zuwenig Mühe, seine Schüler zum Christentum baptistischer Observanz zu bekehren.

Das stimmte nun allerdings; Mr. Smiley scherte sich nicht einen Deut darum, ob seine Schüler Christen, Hindus, Mohammedaner oder reine Heiden waren, wie im Feldgebirge die wilden Bhils, so wenig, wie es ihn kümmerte, daß Reverend Simon, „der Evangelist", genauso ein Snob war wie gewisse anglikanische Missionare, mit deren Großmannssucht er zu wetteifern suchte. Er sprach nur immer von „Seelen", Smiley jedoch war auf Körperhygiene bedacht, auf Mathematik- und Geschichtsunterricht (unter besonderer Berücksichtigung Indiens), vor allem aber auf liebevolles Verhalten zu seinen Mitmenschen. Wie Miss MacDaid und Safka wußte er nur zu gut, daß Indien und die Inder nicht durch Bekehrung zum Christentum oder sonst einer Religion zu retten waren, sondern allein durch eine Erziehung, die sie von dem sie trennenden schrecklichen Haß und der gegenseitigen Feindschaft befreite.

Er hatte seit langem die Kunst der Verstellung gelernt, denn nur so vermochte er dem Volk, das er liebte, zu nützen. Mit Rücksicht auf das amerikanische Stammhaus der Baptistenmission und auf Reverend Simon, der hinter Smileys Rücken, wie dieser längst entdeckt hatte, frömmelnde Denunziationen nach Iowa sandte, verstellte er sich und tat, als sei er der aufrichtigste Baptist. Im Grunde seines Herzens aber zweifelte er angesichts der Entwicklung und des ganzen Verhaltens der westlichen Christenheit gar gewaltig, daß die Bekehrung selbst bei Hindus niederer Kaste auch nur die geringste Besserung bringe. Außer zu Safka, Miss MacDaid und seiner Frau, die ihm beipflichtete, äußerte er sich hierüber zu keinem Menschen. Diese vier aber waren gleichsam miteinander verschworen und fest entschlossen, ohne Rücksicht auf die abergläubischen Hindus und die Fundamentalisten-Sekte des Mittleren Westens der Vereinigten Staaten hier in Indien ihr Bestes zu tun. Hätte Missionar Smiley sich offen über seinen Glauben geäußert, er hätte vermutlich angegeben: wenn er überhaupt etwas sein müsse, sei er ein guter Muselman.

Und nun war der Gute ins Hospital gekommen, um mit seinen Früchten und ein paar Krügen Sülze die Pariawöchnerin zu erquikken, denn diese war die Mutter eines seiner besten Schüler, der nun schon sechzehn war und den der Maharadscha, bei gleichbleibenden guten Leistungen, nach Amerika auf die Columbia-Universität zu schicken gedachte. Die Sülze hatte Frau Smiley selbst eingedickt. „Drei Geburten in einer Nacht", bemerkte der Missionar, „großartig, direkt ein Rekord!"

„O nein", lächelte Miss MacDaid, „wir hatten schon einmal sieben; wissen Sie noch, Major?"

Der Major wußte. Kein Auge hatten die beiden in jener Nacht zugetan. Mitten aus einem von Bannerjis „fashionablen" Dinners hatten sie aufbrechen müssen.

Smiley nippte bescheiden an seinem Tee, ‚wie eine Maus', fand die Oberschwester, die ihn beobachtete, ‚wo er nur all die Vitalität hernimmt?' und kam nicht darauf, daß ihn, ganz wie sie, nur die Kraft seiner Überzeugung aufrechterhielt.

Während das Kind auf die Welt kam, hatte der Missionar sein triefendes Zeug abgelegt und eine weiße Operationsgarnitur des Majors angelegt. Er verschwand beinah darin. Der Anzug, der jenem so trefflich paßte, hing wie eine Zeltleinwand um seine Schultern. Ärmel und Hosen hatte er eingerollt, die Jacke nicht zugeknöpft. Man machte Witze darüber, bis Miss MacDaid eine Kanne frischen Tee holen ging, um Safka noch etwas länger bei sich zu halten.

Als sie zurückkam, erzählte dieser, wie General Agate von der Maharani im Poker geschlagen worden war. „Der alte Herr ging fast in die Luft; das hätten Sie sehen sollen! Poker ist für den Engländer nicht das richtige Spiel; dazu ist er zu primitiv.“ Er sah auf die Uhr, und Miss MacDaid erschrak. „Jetzt muß ich aber gehen“, bemerkte er, „Hoheit wird zürnen, wenn ich länger wegbleibe, als für eine Entbindung unbedingt nötig ist. Ich sehe sie ordentlich, wie sie in einem fort nach der Uhr schaut und das Spiel mit dem General im stillen verflucht.“ Er wandte sich an den Missionar. „Kommen Sie mit, Smiley? Sie werden doch nicht in diesem Guß heimradeln wollen?“

„Meinetwegen schwimme ich heim“, lächelte der Angeredete; „es soll nur hübsch weiterregnen. Ein Unglücksjahr wie vor elf Jahren möchte ich kein zweites Mal erleben!“

„Das war noch gar nichts“, bemerkte die Miss. „Sie hätten vor fünfundzwanzig Jahren hier sein sollen! Das war eine Hungersnot ersten Ranges mit Pest, Typhus, Cholera ... Jetzt haben wir wenigstens gute Eisenbahnen; da kommt so etwas nicht mehr vor. Ja, wenn Sie das gesehen hätten: wie die Menschen reihenweise auf der nackten Erde wie die Fliegen dahinstarben. Damals starb auch die arme Eldridge ...“

„Nein, solche Zeiten kehren nie wieder; das glaube ich auch.“ Der Major stand auf, und ihr Herz sank. Er wollte noch etwas bemerken, doch ein heftiger Donnerschlag schlug ihm das Wort vom Munde. Er wartete, stand stattlich da in den weißen Jodhpurhosen, dem schwarzen Atchcan-Hemd mit Diamantknöpfen, dem schmukken roten Ranchipur-Turban. Keine schönere Tracht ließ sich für einen solchen Mann denken; sie brachte die breiten, athletischen Schultern, die schmalen Hüften zur Geltung und zeigte die muskulösen Arme. Wieder mußte Miss MacDaid denken: ‚Es gibt keine schöneren Rassen als die der Inder. So etwas Edles! Wer lange genug bei ihnen gelebt hat, dem kommt das schönste europäische Gesicht wie ein knochen- und blutloser Teig vor.‘

„Ich bringe Sie samt Ihrem Stahlroß heim, Smiley“, sagte der Major, „und fahre von dort zum Schloß“, und auf Smileys höflichen Einspruch, „es ist nur ein Umweg von drei bis vier Meilen; keinen Hund jagt man in so einer Nacht vor die Tür!“

Miss MacDaid mußte ihn ziehen lassen. Bis zum Tor gab sie den Scheidenden das Geleit. Der kleine Smiley im weißen Leinenanzug des langen Doktors wandte sich noch einmal um, winkte mit hocherhobenen Armen, daß die Ärmel im Sturm gleich Flügeln eines seltsamen Vogels flatterten, und rief: „In dem Aufzug sollte mich Reverend Simon sehen; da hätte er wieder Stoff für eine Meldung nach Iowa!" Damit stiegen die zwei in den Wagen, winkten und waren alsbald wie hinter einer Wand im Regen verschwunden.

Ja, diese drei waren die besten Freunde: die Schottin MacDaid, die in Surabaja geboren war, der kleinstädtische amerikanische Pfarrerssohn Smiley aus Iowa und Major Safka, der dem stolzesten aller Bramahnengeschlechter entstammte ...

Die Oberschwester trat vor den Spiegel im Waschraum und musterte ihr Gesicht. Doch selbst mit dem Rouge – hoffentlich war es niemandem aufgefallen! – und trotz dem Haarfärbemittel, das sie benutzte, gab ihr das Spiegelbild keine Ermutigung. „Ich bin ja verrückt", sprach sie halblaut, „in meinem Alter! Ich sollte weiß Gott gescheiter sein ... Aber ich kann nichts dagegen tun."

Doch zugleich war ihr Herz froh; eine innige Wärme durchströmte sie; ja, sie fühlte sich jung. Sie ergriff Smileys Korb, stellte Früchte und Sülze vorn in den Eisschrank, damit die Schwester des Adjutanten sogleich ihrer gewahr würde und die Pariafrau morgen früh beim Erwachen Melonen bekäme.

Der Major hatte inzwischen den Missionar vor einem großen, kasernenähnlichen Haus abgesetzt, in welchem Smiley mit seiner Frau und deren Tante hauste. Gegenüber wohnte Reverend Simon mit seinem Weib und zwei Töchtern, Fern und Hazel.

Nun ging's zum Schloß. In dem dunklen Gang schliefen noch immer die Wachen in rot-goldenen Uniformen. Safka stieg über ihre Beine hinweg und betrat das Spielzimmer der Maharani. Ihre Hofdame, die alte juwelengeschmückte Fürstin Bewanagar, saß aufrecht in ihrem Sessel und schlummerte fest. Doch das Spiel ging wie besessen weiter.

Es war zwei Uhr früh, es dämmerte schon, als sich endlich die Maharani erhob und den Herren gute Nacht wünschte. Sie war um siebenhundertundachtzig Rupien reicher geworden. Davon stammten etwa sechshundert von General Agate.

VI

Der erste Gewittersturm, der die Dürre in Ranchipur brach, drang gegen Osten nicht über Delhi und Agra hinaus. Trotz seiner Heftigkeit und den Fluten, die auf ein Gebiet fast von der Größe Frankreichs herniederströmten und in denen Belgien und Holland hätten ertrinken können, verlor er sich in den unermeßlichen Weiten Indiens und endete mit ein paar Spritzern, die irgendwo an der Grenze von Udaipur in den roten Staub fielen. Im Postzug aus Bombay verspürte man nicht einmal jenes schwache Gefühl der Erleichterung, das nach sengender Hitze der Anblick und das Geprassel des Regens hervorrufen.

Lord und Lady Heston lagen schlaflos in zwei getrennten Schlafcoupés ihres Salonwagens wie in einem Backofen. Selbst die Eisblöcke, die in Tücher gewickelt vor jedem der elektrischen Ventilatoren lagen, konnten daran nichts ändern, ja, zuweilen schien die dampfende Feuchtigkeit des geschmolzenen Eises alles nur zu verschlimmern. Selbst tief in der Nacht fühlten sich alle Metallteile glühend heiß an. In großen, die Augen beizenden Wolken wirbelte rötlichgelber Staub um den fahrenden Zug, kroch durch die extrafeine Kupfergaze, die Lord Heston für den Salonwagen eigens bestellt hatte, verwandelte die umwickelten Eisblöcke in Schmutzklumpen und bedeckte den Boden und alles ringsum mit einer dünnen Schicht, die jedesmal aufstäubte, wenn der Luftstrom des elektrischen Fächers sie traf.

Der Lord in seinem Coupé rauchte eine Zigarre nach der andern, trank Whisky, klingelte seinem Diener, hieß ihn ein Fenster schließen, ein anderes öffnen, die Ventilation anders einstellen oder einen frischen Block Eis bringen; er versuchte sogar zu arbeiten: Telegramme aufzusetzen oder ein Zahlenchaos auf einem Notizblatt, das vor ihm lag, in Ordnung zu bringen. Umsonst!

Er war achtundvierzig Jahre alt, groß von Gestalt und trotz Reiten, Massage, Gymnastik schwer von Gewicht. Sein Kopf war dick und rund, das Gesicht unnatürlich fett und sehr häßlich. Der vorgeschobene Unterkiefer und der dünnlippige Mund verstärkten den Eindruck rücksichtsloser Brutalität. Die rotgeäderten Backenknochen, die Purpurnase verrieten den Trinker. Schon längst funktionierte sein Hirn nur noch richtig, wenn er sich mit Brandy oder Whisky berauschte. Als einfacher Mister Albert Simpson, welcher vor langen Jahren im Osten Stahlwaren aus Leeds und Hull verkaufte, hatte er angefangen zu saufen; es sei gut gegen die Hitze, hatte er damals sich eingeredet, doch als er wieder daheim in England war, soff er weiter „gegen das naßkalte Wetter" und um „die müden Lebensgeister aufzufrischen". Und als er dann immer reicher und die Zukunft für ihn immer verwickelter wurde, griff er zum Alkohol, weil ihn sein eigner ungeheurer Erfolg zu zermalmen drohte. Das Saufen ging ihm in Fleisch und Blut über; er war nun schon so daran gewöhnt, daß es sein Denken eher klärte als trübte. Er konnte nicht anders mehr arbeiten. Auch jetzt war er nicht vom Whisky, nur von der erstickenden Hitze betäubt.

Im Westen galt er als eine „Größe“, das heißt, er war weder ein großer Krieger oder Staatsmann, wie Akbar oder Napoleon, noch ein bedeutender Denker, wie Plato oder Mohammed, sondern ein ganz gewöhnliches, gerissenes, raffiniertes Krämerlein in zehntausendfacher Vergrößerung. Statt über Erbsen, Nüsse und Bohnen verfügte er über Gummiplantagen in Insulinde, über indische Jutepflanzungen, ägyptische Baumwoll-Lager, Zeitungen in den Midlands und London, transozeanische Schiffahrtslinien, englische Stahl- und Eisenwerke, die aber zur Zeit kaum mehr rentieren, iranische und afghanische Ölvorkommen, mit denen er schweren Verdruß hatte, sowie über Munitionsfabriken; die waren für ihn das weitaus lukrativste Geschäft. Den Handel mit englischen Textilien hatte er aufgegeben; damit war es wohl ein für allemal aus. Die Japaner und Inder beherrschten den asiatischen Markt, „kein Wunder bei ihrer verdammt niedrigen Lebenshaltung“!

All dies war in dem Zifferngewirr auf dem Notizblatt da vor ihm enthalten, aber wie sollte er sich bei der entsetzlichen Hitze darin zurechtfinden? Die Grundlagen seines Riesenvermögens hatte er noch als einfacher Mister Simpson gelegt; die Pairswürde hatte er nicht geerbt (er war der Sohn eines Liverpooler Bauunternehmers), sondern erst vor wenigen Jahren käuflich erworben. Dank einem skrupellosen Premierminister war sie leicht und billig zu haben gewesen.

Die Hitze war ihm ein Greuel; sie steigerte seinen ohnedies hohen Blutdruck. Ihm war, als müsse sein Schädel zerspringen, und da er im Augenblick nichts Gescheiteres anfangen konnte, verfluchte er den Entschluß, in diese höllische Gegend gekommen zu sein. Zwar hatte man ihn gewarnt, es sei heller Blödsinn, im April nach Indien zu reisen; er aber hatte den Warner verlacht: „Da kennst du Lord Heston schlecht, lieber Freund; dem macht Hitze nichts aus! Er hat Somaliland, Java und Neu-Guinea bereist.“ Nur war er damals in Neu-Guinea ein junger Bursche Anfang der Zwanziger namens Albert Simpson und stark wie ein Ochse gewesen, hatte Nerven wie ein Athlet und noch nicht die geringste Ähnlichkeit mit dem großen Lord Heston gehabt, dieser schwammigen Masse, welche in Sorgen um ein mit List und Schläue zusammengerafftes Vermögen verging.

Er war auf Wunsch der Regierung nach Indien gereist; er konnte sich dem nicht entziehen, solange er noch auf weitere Ehren und Vorteile Wert legte, und das tat er in hohem Maß. Zudem entsprach die Fahrt seinen eigenen Absichten; erstens mußte er notwendig einmal das Juteproblem an der Quelle studieren, und zweitens sah er in Bombay eine einmalige Chance, etliche Baumwollspinnereien aus indischem Besitz um einen Pappenstiel an sich zu bringen. Zwar war das Baumwollgeschäft in England erledigt, in Indien aber standen die Aussichten günstig, sogar gegen Japan. Ob Westen, Osten, Indien oder Europa, war ihm vollkommen einerlei. Ihm ging es nur um Lord Hestons Macht, und daneben lag ihm noch etwas an seiner Frau und an Pferden. Wenn es gelänge, die indische Regierung zu hohen Schutzzöllen gegen den japanischen Baumwollimport zu veranlassen, würde das Baumwollgeschäft wieder interessant, zwar nicht in England, wohl aber in Indien. Auf alle Fälle: jetzt hieß es zugreifen.

Seine Zeit war genau eingeteilt: eine Woche Ranchipur, das wenigstens kühler als Bombay war; ein Tag in Bombay, wo für alles schon telegraphisch vorgesorgt war, damit es nur ja keinen Aufenthalt gab; hierauf mit dem „Lloyd Triestino“ nach Genua, zehn bis vierzehn Tage auf seiner Jacht im Mittelmeer, es sei denn, daß ihm die verflixten Bolschewiki Schwierigkeiten mit dem Petroleum machten; in diesem Fall mußte er eben direkt nach London. Er wollte zu seiner Fahrt nicht die Schiffahrtslinie benutzen, an der er selbst ausschlaggebend beteiligt war; ihm kam es auf Höchstgeschwindigkeit an, das war bei ihm eine Manie, und diese verdammten „Wops“ besaßen die Frechheit, ihm Konkurrenz zu machen. Es wäre, fand er, Pflicht seiner Regierung, den Italienern das Handwerk zu legen und durch entsprechende Zwangsmaßnahmen einen Druck auszuüben und ihren Schiffahrtsplan zu verlangsamen. Aber seit diese Burschen der Labourpartei ihre Hand im Spiele hatten, war in der Regierung kein Schneid; sie traute sich nicht mehr, andern Nationen zu drohen und unterjochten Völkern den Herrn zu zeigen.

Manchmal bedauerte der große Lord, daß er nicht fünfzig Jahre früher geboren war, als das Empire noch ein Imperium war; das hätte ihm seinen Aufstieg wesentlich leichter gemacht. Er hatte statistisch festgestellt (denn das Jonglieren mit Zahlen machte ihm Spaß), daß man aus Indien während des achtzehnten und neunzehnten Jahrhunderts für jedes dort investierte englische Pfund nicht weniger als eine halbe Million Pfund herausgeholt hatte. Kolossal! Ein Mann wie er hätte in jenen Zeiten die ganze Welt in die Tasche gesteckt.

Nach Ranchipur führte ihn hauptsächlich seine tolle Pferdeliebhaberei. In Simla hatte er nach dem Dinner, im Gespräch mit einigen Kavallerieoffizieren, von der Kathiawar-Zucht gehört, jenen kleinen und zähen Rossen der wilden Halbinsel am Rande des Indischen Ozeans. Er wußte von ihnen, hatte jedoch noch nie eines gesehen. Sie seien, vernahm er, der arabischen Zucht ziemlich ähnlich, nur schwerer gebaut, ausdauernder, ungewöhnlich schnell, kräftige Träger (was für ihn wichtig war) und von jeher die Lieblingspferde der kriegerischen Mahratten und Rajputen. Von denen mußte er einige haben, sogleich, unbedingt, aber keine vom Durchschnitt, sondern die allerbesten. Die aber fanden sich, hatten die Offiziere erzählt, nur in den märchenhaften Stallungen des Maharadschas von Ranchipur. Der Vizekönig hatte sich selber für Heston bemüht: in Ranchipur wird ihn der Maharadscha empfangen und bei sich aufnehmen, natürlich nicht in dem „Gästehaus", sondern, wie es sich für einen so großen Herrn aus dem Westen gebührt, in einem seiner kleineren Schlösser. Dann konnte er auch dem schlauen alten Dewan von Ranchipur seine Aufwartung machen und ihn dazu überreden (im Notfall bestechen), daß er ihm zum Erwerb der Bombayer Baumwollspinnereien verhelfe. Dieser Dewan war ein politischer Machtfaktor Indiens. Heston konnte auf diese Weise zwei Fliegen mit einer Klappe schlagen; darin war er von jeher groß.

Der Vizekönig war überzeugt, sein Freund, der Maharadscha, werde dem werten Gast einen Hengst und sechs Stuten verkaufen; die könnte dieser dann mit nach England nehmen. Das war aber auch der einzige Lichtpunkt dieser verdammten Reise. Die Aussicht auf Geldgeschäfte mit anleihehungrigen Khojas und Parsen in Bombay reizte Lord Heston kaum. Hätte er etwas Selbsterkenntnis besessen, so wäre dies für ihn ein Zeichen gewesen, daß es unaufhaltsam mit ihm bergab ging.

Schon wieder ein Anfall von Hitze! Er drückte die Klingel neben dem Bett. Niemand kam. Er klingelte ärgerlich noch einmal, ein drittes Mal rasend. Da öffnete sich die Tür. Schlaftrunken und blaß vor Hitze kam Bates, sein Kammerdiener, herein.

Der Lord stützte sich schwerfällig auf. „Verdammt, wo stecken Sie?" brüllte er. „Ich klingle seit zehn Minuten!"

Der Kammerdiener, ein hagerer, kalter Mensch, unbeteiligt, doch von besonderer Tüchtigkeit, war ganz das, was ein Herr vom Schlage Lord Hestons brauchte. Er bat nie um eine Gefälligkeit, zeigte nie Zuneigung oder Verehrung; auch jetzt zitterte er keineswegs, sondern sagte nur: „Verzeihung, Sir, ich war wohl eingeschlafen“, eine Antwort, die Seine Lordschaft nur noch mehr aufbrachte: „Zum Donnerwetter, was haben Sie einzuschlafen, wenn ich hier nicht schlafen kann? Das schwarze Schwein soll sofort Eis bringen. Das hier ist schon alles beim Teufel!“

„Sehr wohl, Sir.“ Bates zog sich zurück, äußerlich völlig und innerlich einigermaßen unbewegt. Mit derlei hatte er sich schon seit zwölf Jahren abgefunden; es berührte ihn kaum mehr. Das einzige Gefühl, das er für Seine Lordschaft hegte, war kalter, leidenschaftsloser, unwandelbarer Haß. Aber der Posten war gut, glänzend bezahlt, angesehen, ließ viel freie Zeit und bot außerdem alle möglichen Nebeneinnahmen, von denen der Lord oft nichts wußte. Wenn er erst einmal genug auf der Bank hatte, wollte Bates, etwa in einer Nacht wie dieser, einfach verschwinden. Es war bald soweit, und dann – hol' der Teufel den Lord! – wird er in ein Zweifamilienhaus in seiner Vaterstadt Manchester ziehen, in die Kommunistische Partei eintreten und ihr seine gesamten Kenntnisse über die Brutalitäten, Schiebungen und verräterischen Geschäfte Lord Hestons und Konsorten gern zur Verfügung stellen.

Merkwürdig, daß Mr. Bates sich so lange dort hatte halten können, wo blendendere, gewandte, erfolgreiche Leute gescheitert waren. Es war wohl nur seinem Gleichmut zu danken, daß er den fetten Posten nun schon zwölf Jahre lang innehatte. Er hatte in dieser Zeit Teilhaber, Sekretäre, Buchhalter, Chauffeure und manchen Butler kommen und gehen sehen, die einen entlassen, andere aus eigenem Antrieb, weil sie es nicht mehr aushalten konnten, doch alle gebrochen, erniedrigt. Bates kannte nur zwei Personen, die Heston nie hatte demütigen oder kleinkriegen können; die eine war er, die andere Lady Heston; nur darum waren beide noch bei Seiner Lordschaft. Würden der Diener oder die Dame je Schwäche zeigen, am gleichen Tage noch würden er wie sie den Weg aller anderen gehen.

Im Nebencoupé hatte die Lady das Gebrüll ihres Gatten gehört. Die dröhnende Stimme übertönte sogar das eintönige Rädergehämmer auf den holprigen Schienen und weckte sie aus der Betäubung, in die sie gesunken war. ‚Wenn er jetzt nicht schlafen kann‘, dachte sie, ‚kommt er und fällt über mich her‘, aber auch das war ihr gleichgültig; daran war sie längst gewöhnt. Noch einmal und noch einmal, darauf kam es nun auch nicht mehr an. Sie wird dabei einfach an jemand anders denken, an irgendeinen Mann, ‚meinetwegen den Schaffner oder Gepäckträger, das wäre noch reizvoller als

Albert Heston!‘ Elender, als sie schon war, konnte sie nicht mehr werden . . .‘.

Matt richtete sie sich auf, hielt das rosa Crêpe-de-Chine-Kissen über den Bettrand und schüttelte die gelbe Staubschicht herunter. Auch im Mund und im Haar saßen die höllischen Staubteilchen. Sie knipste das Licht an und besah sich im Spiegel.

Ihr Gesicht war gelb von Staub, und der Staub vermengte sich mit dem Schweiß, und der Schweiß floß in schmierigen Rinnen über die Haut, deren berühmter Teint sie ein Vermögen gekostet hatte. Vor Schreck schrie die Lady leicht auf, sank schlaff in die Spitzenkissen zurück und dachte: ‚Das Schlimmste kommt noch. Um vier Uhr früh muß ich aufstehen, mich anziehen und auf einem Perron auf die Schmalspurbahn nach Ranchipur warten . . . Ich glaube, hier erfolgen Ankunft und Abfahrt der Züge immer nur zwischen Mitternacht und Frühdämmerung; das geht nun seit Wochen so! Man bleibt wach und wartet auf einen Zug, der um zwei Uhr nachts abfährt, steht um vier wieder auf und steigt um. Der private Schlaf- und Salonwagen ist nur auf den Hauptstrecken zu gebrauchen, nicht bei den Schmalspurbahnen . . .‘ Sie nahm noch einige Schlaftabletten – ‚dann merke ich es nicht so . . .‘

Fast lag sie schon wieder betäubt, als die Tür aufging und Heston hereinkam.

VII

In der Frühe, als Johannes der Täufer seinem Herrn Tee brachte, war das Unwetter vorbei. Die Sonne brannte, als habe es nie geregnet. Die Dürre herrschte noch uneingeschränkt, ein schlimmes Zeichen, erkannte Ransome. Wenn der Monsun so launisch begann, geschah es mitunter, daß die Regenfälle zwar heftig, doch nur in langen Abständen erfolgten, und das reichte nicht. Das zarte, junge Grün, das sie hervorbrachten, wurde gleich wieder von der feindlichen Sonne verbrannt. Ihre Strahlen riefen in jedem Auge, das sich an diesem Morgen zu Ranchipur auftat, einen besorgten Ausdruck hervor.

Ransome fühlte sich ganz besonders beunruhigt. Er hatte den größten Teil seines Lebens zwischen dem feuchten, grünen England und dem Mittleren Westen Amerikas mit seinen wogenden, fruchtbaren, grünen Gefilden geteilt. Er lechzte mit Leib und Seele nach Regen, weniger, weil derselbe dem Lande und ihm Ernährung verbürgte, sondern mehr, weil er die schreckliche Trockenheit aufhob.

Der Anblick dieser verbrannten, staubigen Welt hatte für ihn etwas Unheimliches.

Er nahm den Tee, duschte mit lauwarmem Wasser, betrat die Veranda, aß seine Früchte und trank französischen Kognak.

Das Gewitter hatte den Garten verwandelt. Frische Triebe waren den dürren Pflanzen, den Reben, welche das alte Gemäuer bedeckten, in wenigen nächtlichen Stunden entkeimt; an ihren Wurzeln die Erde, gestern ein einziger glühender Staub, lag dunkel, gesättigt. ‚Doch bis zum Abend', sagte er sich, ‚hat sie die Sonne wiederum hartgebrannt.' Trotzdem leerte er rasch sein Glas, holte aus dem Gartenhaus eine Hacke und begann, das Erdreich zu lockern. Falls kein Regen mehr fiel, würde sich auf diese Weise die Feuchtigkeit einige Stunden länger halten.

Er fing am äußersten Ende des Gartens beim Brunnen zu hacken an, kaum aber hatte er richtig begonnen, als sein Wachtelhund anschlug. Er blickte auf. Eine Horde Affen drang dicht beim Haus in den Garten ein. Er rief dem Hund und zog sich beobachtend unter die Bäume zurück.

Er kannte den Trupp, der sonst in den Wipfeln der Parkbäume beim Schloß jenseits des Stromes hauste, wo sich die Tiere von den Früchten der Bananen- und Mangobäume ernährten, auch von den Speiseresten, die die Palastdiener ihnen des Abends vorwarfen. Zuweilen jedoch begaben sie sich auf Wanderschaft, nicht aus Hunger, sondern aus Lust an Zerstörung, Abenteuer und Unfug.

Meist bekämpfte Ransome sie rücksichtslos. In seiner Abwesenheit hatte der Täufer Befehl, sie, sobald sie sich blicken ließen, davonzujagen, und dieser hatte als gläubiger Christ kein Bedenken, die heiligen Affen in Trab zu bringen. Nun aber war die Horde schon etliche Male eingefallen, als niemand außer abergläubischen Hindudienern zugegen war, hatte den Garten durchstreift und von jeder Pflanze, jeder Ranke systematisch alles Bunte und Grüne abgerissen – nicht etwa, um es zu fressen, nur um es in den Schmutz zu schmeißen, wobei die gerissenen Tiere aus Furcht vor dem nahenden Rächer von Zeit zu Zeit sich vorsichtig umsahen. ‚Wie im Krieg eine Invasionsarmee!' hatte Ransome gefunden und bei dem Anblick, der sich ihm bei seiner Heimkehr bot, an verwüstete Ortschaften denken müssen, die er einstmals gesehen, an die eingeschlagenen Fenster und Türen, den halben Hausrat draußen im Straßenschlamm . . .

Heute besaß die Bande auch noch die Frechheit, ihn völlig zu ignorieren. Etwa dreißig bis vierzig Stück kletterten auf die Veranda und von da die Dachrinne empor – lauter Äffinnen bis auf den großen Anführer, welcher erhaben oben auf der Gartenmauer hockenblieb und Umschau hielt, ob kein Feind nahe. Es fehlte auch nicht an Affenkindern, halbwüchsigen und Säuglingen an der Mutterbrust; Ransome schätzte sie wohl auf ein Dutzend. Eines, das fünf bis sechs Tage alt sein mochte, lernte gerade gehen. Die Mutter hockte auf ihren Schenkeln; ein zweites Affenweibchen, vielleicht eine Tante, kauerte mit ausgebreiteten Armen einige Meter entfernt. Die Mutter schüttelte ihr Kleines ab und gab ihm einen leichten Stoß nach vorne. Es kam sogleich wieder zurück, und sie schubste es abermals weg. Wieder wackelte es zu ihr zurück, worauf die erboste Mutter ihm einen Klaps versetzte. Es quäkte, brachte jedoch ein paar Torkelschritte zuwege, bekam noch einen Klaps, zottelte weiter und war auf einmal näher bei seiner Tante als bei der Mutter. Da hielt es inne. Das winzige Affengesicht starrte komisch erschrocken von der einen zur andern. Zum erstenmal war es vor eine Entscheidung gestellt. Es erkannte, die Tante sei nicht so weit weg wie die Mutter, entschied sich für sie und torkelte auf sie zu. Einen Augenblick durfte es an ihrer Brust ausruhen, wurde dann wieder energisch auf die Beine gestellt und erhielt den Ermunterungspuff. Als es auch hier haltsuchend wieder umkehrte, erzwang ein Schlag die Rückkehr zur Mutter, die nun endlich ihr Junges unter Affengeschnatter voll Zärtlichkeit tröstend umarmte.

Dreimal hatte schon Ransome von seinem Versteck aus die gleiche Gehlektion mit innerer Heiterkeit verfolgt, als sich plötzlich hinter dem Affenbaby auf der Veranda ein wilder Radau erhob. Sein Frühstückstisch war voll von Affen, die unter lebhaftem Geplapper das Brot, die Bananen und die Mangonen vertilgten. Eine der Äffinnen hatte sich seiner Teetasse bemächtigt und drehte sie hin und her, ohne sich anscheinend darüber klar zu sein, was sie damit anstellen könne, dieweil eine andere in dem geöffneten Fenster saß und den Vorhangstoff untersuchte; ihr Junges hielt sich fest an sie geklammert. Ransome lachte in sich hinein, hielt es jedoch für angebracht, nicht länger untätig zu verharren, zog eine Schleuder aus seiner Tasche, die er aus einem gegabelten Mangoast und Gummistreifen von einem alten Pneu verfertigt hatte, hob sacht einen runden Kiesel auf, paßte ihn in die Schleudertasche und zielte genau. Das war die einzige Möglichkeit, geheiligte Affen in Schach zu halten. Sie einfach wegzuscheuchen, hatte nicht den geringsten Zweck. Sobald man den Rücken wandte, kamen sie wieder, rissen die Ziegel vom Dach und bewarfen einen womöglich damit. Nach Ransomes Erfahrung war es am besten, in ihren gewitzigten Hirnen die Vorstellung einer verborgenen Gefahr zu erwecken, die ihnen im Gartenbereich drohe, und dies geschah am sichersten mittels eines am Hintern brennenden Schmerzgefühls, hervorgerufen durch etwas ganz Eigentümliches, das plötzlich geheimnisvoll lautlos und von selbst aus der Luft daherflog.

Der Kiesel schnellte los und traf den Rumpf eines der Weibchen, die sich um den Tisch zusammendrängten. Es stieß einen wilden Schrei aus, fiel über seine Nachbarin her, biß, kratzte und kreischte wie eine Furie. Ein Hexensabbat brach los. Das Essen flog über die ganze Veranda, das Teegeschirr ging in Trümmer, und mit einemmal flutete die ganze Affenschar durch die Jasminranken die Mauer empor und von da in die unteren Äste der Mangobäume. Eine Nachzüglerin hieß noch eine weiße Serviette mitgehen, an der sie anscheinend Gefallen gefunden hatte. Einzig der alte Oberaffe hielt auf der Mauer noch schnatternd und schimpfend stand. Ransome bückte sich nach einem zweiten Wurfgeschoß, war aber nicht hurtig genug. Ehe der Schütze ihn noch aufs Korn nehmen konnte, war der Affenälteste unter Gekreisch schon in den Wipfeln. Die letzten sah Ransome von Baum zu Baum in lautem Tumult sich in die Hut des Maharadschaparkes verziehen und dachte bei sich: ‚So, wie jetzt ich, muß sich mitunter Gott vorkommen.'

Er begab sich wieder an seine Gartenarbeit, doch statt sich an das Nächstliegende zu halten, an die frische Erde, die neuen Blütenwunder, die frischen Gemüse, denen er mit jedem Hieb seiner Hacke Bahn brach, wanderten seine Gedanken auf seltsamen Wegen ins Weite, in die Ferne, in die amerikanische Heimat . . . ‚Wie konnte diese junge, reiche und neue Welt der gleichen Dekadenz wie Europa anheimfallen . . . ? Warum fehlt es auch dort an Persönlichkeiten, groß genug, um der Welt würdige Ziele und die Wege zu ihnen zu zeigen . . . warum auch dort nichts als Mittelmäßigkeit, politischer Opportunismus und hysterisch brutale Machthaber . . . ? Ist diese Zeit, unser Jahrhundert, das Wirtschaftsleben und vor allem der Mensch mit seinen Begehrlichkeiten uns so über den Kopf gewachsen ? Vielleicht hat sich dies ganze wankende Riesengefüge dermaßen ausgedehnt, durcheinander- und ineinandergeschachtelt, daß auch die stärkste Persönlichkeit nicht mehr damit fertig wird, nicht einmal mit einem Bruchteil! So muß es gewesen sein, als das römische Weltreich zerfiel. Vollzog sich dies alles nach einem bestimmten Universalgesetz, von der Art der Mendelschen Vererbungslehre, dergestalt, daß der Mensch baut und baut, bis ihn am Ende sein eigenes stolzes Bauwerk zermalmt ...?'

Der Gedanke erweckte in ihm das Gefühl der eigenen Bedeutungslosigkeit und eine mitleidige Verachtung menschlichen Dünkels, anmaßender Hohlheit. ‚Da mühen sich ein paar Menschen mit Seuchenbekämpfung ab und mit Krankenheilung, und gleichzeitig arbeiten andere wie Heston und seine Sippschaft auf ein allgemeines Gemetzel hin, in dem nicht die Pest, nicht Bazillen, sondern Menschen Millionen von Mitmenschen töten! Entspricht es wirklich einem unumstößlichen Naturgesetz – daß die Natur dank der Betriebsamkeit des Menschen immer von neuem Handhaben bekommt, den Menschen in die Knie zu zwingen, so wie er es ehedem mit Ägypten getan, mit dem Römischen Reich und besonders mit diesem Volke, in dessen Mitte ich lebe? Von alter Herrlichkeit ist es in Abhängigkeit gestürzt, eine Beute des Aberglaubens, der Dummheit, der Krankheit und Mutlosigkeit.'

Ihm war, als sei ihm erst hier in Indien die Welt klargeworden. Nun sah er sie, wie sie war, in allen Einzelheiten.

Seine Gedanken kehrten zu Heston zurück. Wozu kam dieser Mensch nach Ranchipur? Mußte er dessen Frieden mit seiner erbarmungslos rohen, breitspurigen Anwesenheit zerstören? Er erinnerte sich seiner noch unbestimmt aus der Zeit nach dem Weltkrieg 1914/18, da er ihn in Whitehall kennenlernte. Er hatte ihm nicht gefallen. Hestons Verschlagenheit, seine Tatkraft, die schlimmen Dingen galt, und sein Gerede vom „Empire" konnten ihm nicht imponieren. Wenn er wirklich nach Ranchipur kam, bedeutete dies für niemanden etwas Gutes, am wenigsten für den alten Maharadscha, der in seiner Herzensgüte dabei nur hereinfallen konnte.

Und Lady Heston ...? Der Name beunruhigte ihn, er war ihm vertraut und zugleich weit entrückt ... Zu lange schon, seit bald fünfzehn Jahren, mied er die glänzende Welt des Londoner Lebens. Jener Name war für ihn versunken und sagte ihm ebensowenig wie all die bedeutenden Namen, die ihm samt Bild aus dem Tatler, aus Sketch und Bystander entgegenstarrten. Er war dieser lauten Welt müde und nicht der einzige, der ihr zu entrinnen suchte. Millionen gab es, welche gleich ihm Ruhe ersehnten. In Fabriken, Läden, Schulen, Büros lebten sie und konnten doch nicht hinaus wie er. Kein Großvater hatte für sie aus der Sierra Nevada ein Riesenvermögen gegraben.

Heftiger hackte der Sinnende in das Erdreich. ‚Ja, nur die Erde birgt für die Menschen heute noch Frieden und Hoffnung. Die künstliche Welt, die der Mensch sich zurechtgemacht hat, kennt nur einen künstlichen Frieden. Abgeschmackt ist sie, schal, ausgelaugt; sie hat mich krank gemacht. Sie schreitet von einer Notlösung zur anderen, von Kompromiß zu Kompromiß, zu den nämlichen Übeln und Missetaten, die seit Anbeginn Völker, Staaten, Kulturen zerstörten.‘

Der Friede, den er im Osten spürte, glich mehr einem Rauschgift, und danach verlangte ihn nicht. In diesem Betäubungszustand sah er die Samenkörner des Todes. ‚Fortgerannt bin ich‘, dachte der Mann mit der Hacke, ‚fort aus meiner eigenen Welt, der glaubens- und hoffnungslosen, die langsam und müde sich selber zerstört . . .‘

Hacken und Denken beschäftigten und erregten ihn so, daß er darüber der Zeit und der Hitze nicht achtete, bis der Täufer, nur mit einem komischen Schamtüchlein bekleidet, herbeieilte und bestürzt fragte, ob der Sahib daheim zu speisen gedenke? Es sei doch Samstag und schon ein Uhr; da müßte er längst unterwegs zur Mission sein, um bei Smileys zu essen!

Ransome ließ seine Hacke fallen, lief ins Haus, wusch sich kalt ab, zog sich an und eilte zum Schuppen, um seinen Wagen zu holen. Dieser war – mit den Rolls und Packards in der Garage des Maharadschas – eines der sieben Automobile von Ranchipur. Außer zur Monsunzeit benutzte es Ransome nur selten, denn es gab nur zwei Landstraßen: die eine führte zu dem oberhalb Ranchipur gelegenen künstlichen See, der als Wasserreservoir diente; die andere, vor dreihundert Jahren unter der Mogulherrschaft erbaut, zur Ruinenstadt El-Kautara am Fuß des Berges Abana.

Sein alter Buick stand im Schuppen. Unbarmherzig brannte die Sonne auf die ungeschützte Karosserie, denn die heiligen Affen waren vor Ransome dagewesen, vielleicht schon frühmorgens, bevor sie den Garten und die Veranda plünderten, und hatten sich damit vergnügt, alle Dachziegel herunterzuwerfen. Er lachte auf.

„Da haben also doch noch die Affen gesiegt!“

VIII

Die American Mission bestand aus zwei kasernenartigen Gebäuden und lag knapp zwei Meilen hinter der Rennbahn. Ursprünglich, zur Zeit nach dem Großen Aufstand, hatten beide Häuser die Offiziere der in Ranchipur liegenden britischen Truppen beherbergt. Die Zeit hatte den kahlen Steinkästen eine gewisse charaktervolle Schönheit verliehen. Wilder Wein, Klematis, Geißblatt, Bougainvilleen und andere Schlinggewächse bedeckten die Mauern; Eukalyptus, Mango- und Pfefferbäume umschatteten sie, auch standen sie nicht direkt an der staubigen Landstraße, sondern ein Stück dahinter. In dem einen wohnte Reverend Burgess Simon mit seiner Frau und den Töchtern Hazel und Fern, in dem zweiten Mr. und Mrs. Smiley mit ihrer Großtante Phoebe.

Die Wesensart beider Familien ließ sich allein schon an der Beschaffenheit und Pflege der Gärten ablesen. Der des Reverends zeigte nicht eine einzige Blume, nur struppige, unempfindliche Ranken und Büsche, die weder Dürre noch Wasserfluten und Kälte umbringen können und die keiner Pflege bedürfen. An und für sich hätte der Garten nicht einmal übel ausgesehen, nur neben dem Smileyschen wirkte er trostlos, denn dieser prangte selbst während der trockenen Jahreszeit in üppiger Blumenfülle, schöner als irgendein Garten im Staate. Da gab es Salvien, Petunien, Geranien, Ringelblumen und Zinnien, alle die guten altväterischen Gewächse, wie Tante Phoebe sie schon vor fünfzig Jahren daheim im hintersten Iowa gezüchtet hatte, und auf der Verandabrüstung standen Stiefmütterchen und Begonien in irdenen Töpfen. An den unteren Ästen der Bäume aber hingen alle möglichen Blumengefäße, grünangestrichene Konservenbüchsen, Bambuskörbchen, mit Draht zusammengehaltene schadhafte Schalen, und auch dies war ein Werk der guten Tante, welche vor lauter Heimweh die Mangobäume zu Ranchipur auf dieselbe Art schmückte, wie sie es vor einem halben Jahrhundert als Iowaer Farmersfrau mit den kanadischen Pappeln getan. Es wuchsen in diesen schwebenden Vasen allerhand Farnkräuter, Petunien und Lilien; allein Tante Phoebes höchster Stolz waren die Bambuskörbchen voll Orchideen, welche die Pariabuben aus Smileys Schule aus dem Dschungel geholt und ihr mitgebracht hatten; die Körbchen hatten sie im Handfertigkeitsunterricht gemacht. Und aus diesem Grund, schrieb die Tante den Verwandten in Iowa, habe sie Indien so gern. „Hier wachsen das ganze Jahr Orchideen im Vorgärtchen, direkt vorm Haus!"

Die gleiche Mühe, die sich Smileys mit ihrem Garten gaben, verwandten ihre Nachbarn, die Simons, auf ihre zwei Tennisplätze und eine geräumige Geißblattlaube am anderen Ende des Gartens. Diese war der Lieblingsplatz von Mrs. Simon, einer drallen, noch hübschen Frau in den besten Jahren. Wer sie zum erstenmal sah, konnte nichts von der Willenskraft ahnen, die in ihr lebte. Sie war klein, rundlich, und ihre blonden Locken zeigten fast noch kein graues Haar. Sie war einundvierzig. Ihren Gatten hatte sie mit zwanzig Jahren im Baptisten-College in Cordova im Staate Indiana kennengelernt, hatte in holder Ahnungslosigkeit angenommen, Liebe sei etwas rein Geistiges und habe nichts mit ihrem Körper zu tun, und da ihre Gefühle für Mr. Simon einigermaßen geistig waren, hatte sie ihn geheiratet. Hintennach merkte sie dann den Unterschied zwischen Körper und Geist, ließ sich jedoch als gescheite Frau nichts anmerken. Als dann Fern und Hazel geboren waren, wußte sie: sie war hereingefallen und beschloß, aus der Not eine Tugend zu machen, das heißt das, was sie unter Tugend verstand. Jedenfalls hatten ihr Mann und die Töchter, Hazel und Fern, mit ihrer „Tugend" oft eine rechte Not.

Schuld an allem war ihre Erziehung und das Milieu, aus dem sie stammte: die fromme Baptistenfamilie der kleinen Mississippistadt gab ihr von vornherein einen falschen Begriff vom Leben im allgemeinen und dem der „großen Welt" im besonderen. Mit zwanzig Jahren hatte sie, von Glaubenseifer erfüllt, den Missionarsberuf für das Höchste gehalten. Allmählich erst, nachdem sie ihre hinterwäldlerische Familie und die psychopathische Atmosphäre der kleinen Sektierer-Universität für immer verlassen hatte, begann sie, das Leben unbeeinflußt auf ihre Art zu betrachten und zu erkennen, sie sei, trotz aller an sie ergangenen göttlichen Rufe, durchaus nicht „berufen", es sei denn zu etwas ganz anderem als zur Missionarin, zu etwas Besserem! Dazu aber war es zu spät. Sie mußte sich mit ihrem Schicksal abfinden, blieb aber, was sie von Anfang an war: die Mississippimiss mit dem eisernen Willen, der sich geschickt hinter einer viktorianisch sittsamen Fassade verbarg. Dieser Kampf, den sie wie so manche Amerikanerin siegreich bestand, hatte mitunter etwas Heroisches, das ihr jedoch selbst nie bewußt wurde.

Ihre Umwelt – der Mann, die zwei Töchter, die Smileys samt Tante Phoebe, ja selbst Maharadscha und Maharani – existierte für sie einzig und allein in bezug auf ihr kostbares Ich, das mit Zähigkeit danach strebte, dieses Milieu auf irgendeine Art zu heben und in irgendwas umzugestalten, was es nicht war. Sie selbst aber blieb unverändert. Weder jene Jugendschwärmerei, die sie getäuscht und dazu verleitet hatte, sich an einen Mr. Simon wegzuwerfen, noch der elende Zustand des Volkes, unter welchem sie lebte, noch auch die Worte Christi hatten diese Missionarsfrau im Innern beeinflussen können. Sie war entschlossen, etwas Bedeutendes zu werden, etwas Vornehmes, und hielt es daher für notwendig, ihren Mann und die Töchter vollkommen zu beherrschen, besondere Allüren anzunehmen, das kleine Einkommen, das ihr aus dem ererbten Hotel in der Mississippi-Kleinstadt zufloß, mitsamt dem kargen Gehalt ihres Gatten draufgehen zu lassen, um während der Sommermonate in Puna großartig dazustehen. Und wenn dann irgendein Bekannter, ein neuer Freund zu ihr sagte: „Das hätte ich nie gedacht, daß Sie die Frau eines Missionars wären", frohlockte sie.

Mrs. Simon konnte die meisten Leute nicht ausstehen, am wenigsten aber die Smileys, weil sie diese stets vor der Nase hatte, was ihr ein ewiger Vorwurf war: Gewissensbisse in Menschengestalt! Denn Smileys hielten während der schrecklichen Monsunmonate, in denen sie selber in Puna die kühle Bergluft genoß, in Ranchipur aus, arbeiteten rastlos bei Tag und Nacht und verwandten ihr Geld nicht auf Autos und Tennisplätze, sondern auf Mitmenschen, denen sie halfen, wo sie nur konnten. Immer standen ihr diese Smileys vor Augen und erinnerten sie durch ihr bloßes Dasein an jene ferne kurze Jugendzeit, da sie noch von der Nachfolge Christi und den Wonnen aufopfernder Hingabe träumte.

„Sie bringen all diese Opfer ja nicht aus Güte, sondern nur um uns zwei zu ärgern, damit wir uns klein und erbärmlich vorkommen", sagte sie dann wohl in heißer Erbitterung zu ihrem Mann, und dieser antwortete: „Nein, meine Liebe, nicht übertreiben! Sie sind gute, schwer arbeitende Menschen, wenn auch nicht wie wir auf der Höhe der Zeit!" Reverend Simon besaß nämlich ein großes Talent, sich selbst zu betrügen; er log seine Schwäche, sogar seine kleinen Laster in Tugenden um, redete sich ein, mit seinem Auto und seinen zwei Tennisplätzen sei er ein „neuzeitlicher Missionar" und diene dem Herrn durch gesundheitsförderndes regelmäßiges Tennisspiel besser, als wenn er sich auf mühseligen Krankenbesuchen mit dem Fahrrad abstrapaziere.

Er war der einzige Mensch auf der Welt, dem Mrs. Simon kein Theater vormachte, aber mitunter jagte der Anblick ihrer nackten Weltlichkeit sogar ihm Schrecken ein. Da gab es keinen Selbstbetrug mehr; das konnte er weder vor sich noch vor seinem Herrgott in eine Tugend umlügen. Er war im Grunde ein harmloser, etwas beschränkter Mensch. Aber er sah gut aus, was seine Frau nachts zuweilen recht tröstlich fand. Ja, ihr Regime, das sich auf Tennis, Ferien und gute Küche stützte, hielt ihn trotz dieses gräßlichen Klimas bei Kräften und jugendlich. Mit seinem glatten, gepflegten Äußeren hatte er immer noch etwas von einem kleinen Jungen; die Stürme des Lebens und Leidens ringsum berührten ihn nicht; sein Wahlspruch war: „Alles wird sich zum Guten wenden!"

Auch jene Briefe, die er ans Missionshaus in Iowa schrieb und in denen er über den Amtsbruder Klage führte, waren nicht seine Erfindung gewesen; die Frau hatte ihn dazu bestimmt, und anfangs hatte er sie zwar geschrieben, es jedoch absichtlich verbummelt, sie auf die Post zu geben. Erst als vom Missionshaus nie Antwort kam, hatte Mrs. Simon Lunte gerochen und die Beförderung selbst in die Hand genommen. Ihr Ziel war die Abberufung der Smileys. Sie wünschte sich ein Gegenüber, dem sie imponieren konnte, das ihre Toiletten bewunderte, ihre Teegesellschaften und ihre Gäste, meist provinzielle Engländer, die sie in Puna aufgabelte, und englische Offiziere der Garnison Ranchipur im Leutnants- und Hauptmannsrang, die sie mit ihrem Tennisplatz köderte und mit Leckerbissen, die es nirgendwo gab außer bei ihr. Vor allem wollte sie in dem Haus gegenüber Bewohner, durch die sie nicht täglich und stündlich daran gemahnt wurde, daß sie weiter nichts sei als das Weib eines Missionars.

Sie wollte höher hinaus. Ihre Töchter, Hazel und Fern, sollten ihr Leben nicht als Gefährtinnen von Missionaren vertrauern. In ihren romantischen Anwandlungen sah sie dieselben, vor allem Fern, die ältere, als Herrin auf einem englischen Landsitz in Kreisen, die sie zwar selber noch nie gesehen, von denen sie aber viel in Romanen gelesen hatte. Eine Zeitlang hatte sie es auf Mr. Ransome abgesehen, den Sohn eines Grafen, den Enkel des alten MacPherson, des weltberühmten Sterling-Millionärs; sie hatte sogar in ihrer Verzweiflung zu ihrem Kinderglauben Zuflucht genommen und eines Tages hinter verschlossenen Türen auf ihren Knien gelegen und gebetet: „Lieber Gott, hilf mir, daß Mr. Ransome zu uns zum Tee kommt, o Gott, nur ein einziges Mal laß ihn zum Tee kommen!"

Als aber Gott nichts in der Richtung veranlaßte, begann sie Ransome zu hassen, ohne jedoch ihr weiteres Vorgehen von diesem Gefühl durchkreuzen zu lassen. Sie haßte ihn, weil ihm ihre Gesellschaften so gleichgültig waren wie ihre verblühenden Reize. Seine gemessene Höflichkeit versetzte sie in einen Zustand von Raserei, in welchem sie, wie sie zu ihrem eignen Entsetzen bemerkte, die Augen rollte wie eine Besessene, den Kopf zurückwarf und sich in Schultern und Hüften wand. Sie beneidete ihn um das Ansehen, das ihm mühelos zufiel, weil er nie etwas vortäuschen wollte, was er nicht war, dieweil sie sich abplagte und nichts erreichte. Sie haßte ihn, weil man ihn in ganz Ranchipur zum Lunch, Tee oder Dinner einlud und es zwei Stellen gab, deren Einladung er nie ablehnte: die zu Hof und die zu Smileys.

Sie haßte ihn auch, weil er mitunter bei dem Inder Bannerji zum Tee oder Dinner war, und wegen seiner dicken Freundschaft mit Raschid Ali Khan, denn der war nicht nur Inder, sondern dazu noch Mohammedaner! In dem engen und wirren Hirn der Missionsfrau hatten zwei Vorurteile sich tief eingenistet: das eine gegen alle, deren Haut dunkler war als die ihre, das zweite gegen die Anhänger Mohammeds, die sie für wahre Teufel hielt; in ihren üppigen Harems fanden ja unter dem Schutz der Eunuchen ununterbrochen die lasterhaftesten Orgien statt! Da Mrs. Simon von Weltgeschichte, Geographie, Völkerkunde, Kulturgeschichte keine Ahnung hatte, warf sie Inder und Neger in einen Topf und schmorte diesen über dem Feuer der Vorurteile, die sie aus ihrer Jugendzeit daheim in den Südstaaten mitgebracht hatte: dem Haß des „armen verfolgten Weißen" gegen den „tückischen Nigger". So haßte sie auch Maharadscha und Maharani, weil diese trotz ihrer dunklen Hautfarbe die Höchsten in Ranchipur waren. Mochte sie auch dagegen eifern, soviel sie wollte, das Herrscherpaar war für Ranchipur sogar wichtiger als Lily Hogget-Clapton und der britische Resident. Mußte sie es nicht schon allein darum hassen, weil sie und ihr Mann nur einmal im ganzen Jahr in den Palast eingeladen wurden, und mit wem? Mit Smileys und einigen unbedeutenden Unterbeamten! „Ich verstehe einfach nicht", beschwerte sie sich bei ihrem Gatten, „daß man uns gerade so behandelt wie die Spießer vis-à-vis, wir sind doch etwas Besseres!"

„Für Seine Hoheit sind wir genau dasselbe: Ausländer und Missionare."

„Dann mußt du eben dem alten Herrn den Unterschied klarmachen."

„Er würde es nicht verstehen. Du darfst nicht vergessen, er ist Inder, ein Orientale."

„Empörend!"

„Es wird sich alles zum Guten wenden!"

„Hör auf, mir wird schlecht!"

„Ja, was kann ich denn deiner Ansicht nach dagegen tun?"

„Bitte um eine Audienz und erkläre Hoheit, was du schon alles für ihn getan hast!"

Nach solchen und ähnlichen Gesprächen pflegte Simon sie zu vertrösten: „Ich will es mir durch den Kopf gehen lassen; es wird sich schon ein Weg finden." Worauf sie unfehlbar drohte: „Wenn du nicht gehst, geh' ich hin. Das bist du Fern und Hazel schuldig. Wir dürfen uns so nicht behandeln lassen, es ist eine Schande; wir sind keine Smileys!" Darauf Simon einigermaßen verzweifelt: „Vor den Augen des Herrn sind wir gleich."

„Augen des Herrn? Quatsch!" schrie Mrs. Simon.

Weiter erfolgte nichts, nur hielt die Ehrgeizige ihren Mann in ständiger Angst, sie könne die Drohung wahrmachen und bei Hof einen Skandal provozieren. Es war ihr zuzutrauen, daß sie in ihrer Besessenheit den Palast stürmte, die Shiks beiseite stieß und sich den Zutritt zu Hoheit erzwang.

Das Bewußtsein, daß vieles von dem, was sie sagte, zutreffend war, machte ihn gleichzeitig schwach und stark, denn er war ein unklarer Denker und schätzte seine Ruhe und die gute Meinung seiner Bekannten höher als klare Erkenntnis und eine entscheidende Tat; er war sehr für Kompromisse und verschwommene Reden. Von Natur war er wie geschaffen zu einem braven Spießer mit einem Lädchen im Mittleren Westen, zum Mitglied aller möglichen Vereine und Logen, zu einer Leuchte des Rotary-Klubs einer Kleinstadt. Traurig, daß er statt dessen in dieses Wirrsal des Orients verstrickt war, darin alle Vorzüge seines simplen Wesens völlig verlorengingen! Es schmerzte ihn oft. Doch gegen die Hofintrigen, welche aus bloßer Freude am Intrigieren, nicht aus besonderer Feindschaft gegen ihn angezettelt wurden, war er ebenso wehrlos wie gegen den engherzigen Dünkel der kleinen englischen Kolonie und das ungehobelte Auftreten der Subalternbeamten bei den Einladungen seiner Frau. Die war stärker als er und ging über solche Geschichten mit Volldampf hinweg. Aber Smileys waren noch stärker; für sie war das alles gar nicht vorhanden. Sie merkten es nicht einmal.

Simon wußte, wieviel die Mission für Ranchipur schon geleistet hatte, weniger dadurch, daß sie zahlreichen Untertanen das Himmelreich erschlossen hatte, vielmehr auf weit materiellere Weise. Daß die Übertritte geistig bedeutungslos waren, sah er genau. Die Hindureligion hatte auf eine geheimnisvolle Art, die ihm über den Horizont ging, das Christentum samt allen Riten und Heiligen erfolgreich in sich hineingeschluckt. In Dschaipur hatte er einen der Frommen fließend den Rosenkranz beten hören: „Krischna, Wischnu, Rama, Jesus Christus ...", und im Vorhof des Großen Tempels zu Ranchipur stand eine gußeiserne Muttergottes! Obgleich er immer das Gegenteil behauptete, wußte er: die ganze Bekehrungssache war hoffnungslos. Die Wohltaten, welche die Missionare dem Lande brachten, waren nicht himmlischer, sondern sehr irdischer Art. Intelligente Parias stürzten sich auf das Christentum wie auf ein Essen, denn mit der Taufe waren sie keine Parias mehr, sondern befanden sich in den Augen der orthodoxen Hindus im gleichen verfluchten, erbärmlichen Stande wie sämtliche Europäer, den Vizekönig und den Kaiser von Indien nicht ausgenommen. Aber das war ihnen gleichgültig. Die Bekehrung rentierte sich. Als Neubekehrte waren sie wirtschaftlich und sozial unabhängiger, konnten sich niederlassen und leben, wo und wie es ihnen gefiel. Die wilden Nomadenstämme in den Bergen aber verwandelten ihr neuerworbenes Christentum auf der Stelle in eine Art Medizinmann-Religion und fingen gleichzeitig an, Ackerbau zu treiben, zu weben und sich in Dörfern seßhaft zu machen, wodurch die Kämpfe und Unruhen, welche ihr früheres primitives Nomadentum ständig hervorrief, zum Glück aufhörten.

Reverend Simon war dadurch entmutigt und niedergedrückt, und wenn er nicht bei ausgezeichneter Gesundheit gewesen wäre und seine Drüsen nicht einwandfrei funktioniert hätten, würde ihn die ganze Sache entweder in einen noch tieferen Selbstbetrug oder in selbstmörderische Verzweiflung versetzt haben. So aber erschien ihm trotz der Verschrobenheit seiner Gemahlin und den Zukunftssorgen für Fern und Hazel sein Dasein noch immer recht angenehm. Was ihn aber vor allem von jedem entscheidenden Vorstoß zurückhielt, war die Erkenntnis, daß er und seine Frau für Indien und alle Maharadschas von äußerst geringem Wert waren. Ihre Missionsaufgabe beschränkte sich auf das rein Geistige. Smileys hingegen leisteten in Schulen und Werkstätten vorzügliche Arbeit und brachten bleibende Werte hervor. Simon verkannte nicht, daß auch der Maharadscha dies wußte.

IX

An jenem Samstag, als Ransome zum Mittagessen zu Smileys kam, hatte Mrs. Simon wieder einmal ihren frommen Tag, kniete hinter verschlossenen Türen vor ihrem Bett und flehte zu Gott, er möge ihr Mr. Ransome zum Tee schicken. Da sie jedoch dem Herrn in diesen Dingen nicht restlos traute, hielt sie Augen und Ohren offen, um den Ersehnten beim Eintreffen abzufangen. Er mußte bald kommen; sie wußte, er kam ja fast jeden Samstag zu jenen Veranstaltungen, die sie in der Wut als „Smileys Verräterlunchs“ zu bezeichnen pflegte, denn alles, was dort zu erscheinen pflegte, interessierte sich nur für

Indien. Sogar Frau Naidu und Dr. Ansari, die „schwarzen Verräter", wie sie sie nannte, hatten anläßlich ihres Besuches in Ranchipur dort vorgesprochen, und Raschid Ali Khan und Herr Jobnekar, beide in Ranchipur wohnhaft, erschienen fast jeden Samstag. An diesem Samstag jedoch verlangte es Mrs. Simon ganz besonders nach Mr. Ransome; es sollte gewissermaßen eine Abschiedsfeier sein, bevor sie sich mit Fern und Hazel ins Gebirge begab. Infolgedessen trat sie, als der verbeulte Buick vorfuhr und ehe noch Ransome einen Fuß auf die dampfende Erde gesetzt hatte, wie zufällig aus dem Hause und ging ihm über den Rasen entgegen. Der Rasen war ungepflegt, ihr blondes Haar jedoch frisch gelockt und das neue, knisternde Seidenkleid noch keine Spur verschwitzt.

Er ahnte sogleich, was sie im Schilde führte; ein Widerwillen stieg in ihm auf; er war doch schließlich in Ranchipur, um solchem Volk zu entfliehen. Er sprach ein Stoßgebet: „Himmel, laß Donnerstag werden!", denn am Donnerstag wollte Mrs. Simon reisen, das wußte er. Dann hatte er eine Atempause von mindestens drei Monaten, in denen er von ihren Tenniseinladungen verschont blieb. Gleichwohl spürte er unter der Schwelle des Bewußtseins ein leises Verlangen, wieder einmal unter banalen Menschen zu sein und über sie oder mit ihnen zu lachen ...

Mrs. Simon streckte ihm die Hand entgegen und schüttelte die frischgewellten Locken. ‚Sie ist für ihr Alter wirklich noch hübsch', sagte er sich und zog den Hut, ‚wenn sie nur damit zufrieden wäre! Aber sie hat scheint's Angst, man könnte ihre Vorzüge übersehen; sie stellt sie zur Schau; ihre Augen gehen immerzu auf den Strich, und in der blauen Iris lauert es kalt und hart ...'

„Heut morgen habe ich an Sie gedacht", sprach sie ihn an, „wir haben heute eine Abschiedsgesellschaft, und da habe ich meinem Gatten gesagt: wir bitten natürlich auch Mr. Ransome. – ‚Gewiß, sagte er, ich komme ohnedies bei ihm vorbei' – hat er Sie angetroffen?"

‚Purer Schwindel!' sagte sich Ransome; er fand die Situation etwas peinlich, aber so ging es auch andern mit dieser Frau. Man fühlte sich förmlich gezwungen, ihr lügen zu helfen – warum, war ihm selbst nicht recht klar; wahrscheinlich aus purer Ritterlichkeit.

Um ihr die Blamage zu ersparen, auf einer so albernen Lüge ertappt zu werden, machte er gute Miene zum törichten Spiel und erwiderte: „Es muß ihm in der Stadt etwas dazwischengekommen sein; ich komme gerade von zu Hause, da hätte er mich unmöglich verfehlen können."

„Macht nichts“, gurrte Mrs. Simon in ihrem mississippischen Dialekt: „ich hab' Sie zum Glück ja doch noch erwischt. Nicht wahr, Sie kommen?“ und warf ihm dabei einen Blick zu! Jede nicht derart instinktlose Frau wäre sich der schamlosen Eindeutigkeit dieses Blickes bewußt gewesen. Ransome hätte über dieses sexuelle Aufgebot für ein Nichts am liebsten laut herausgelacht; er hatte sie das törichte Spiel ja bereits gewinnen lassen. Aber da tönte aus Smileys Haus dumpf grollend Raschid Ali Khans zornige Stimme: „... nur minderwertige Burschen ... kommen nach Indien nicht einer Aufgabe wegen ... nur so zum Zeitvertreib ...“ Man hörte nur die paar Satzfetzen; der Gegensatz zwischen dieser Mrs. Simon und Raschid Ali wirkte auf Ransome entwaffnend komisch.

„Gewiß, ich komme gern“, hörte er sich zu der Dame sagen, und sie: „Wie mich das freut, es freut mich ja so ... wo Sie immer so schwer zu haben sind!“

Er warf lachend den Tropenhut wieder auf das dichte, dunkle Haar, denn die Monsunsonne brannte gleich einem Hochofen. „Grüßen Sie Mr. Simon von mir!“

„Danke, er wird sich gewiß sehr freuen, ich kann gar nicht verstehen, wieso er Sie verfehlt hat, ja und ...“

Sie wollte kein Ende finden, ihn nicht mehr loslassen. Ihm riß wie immer bei ihrem Getue die Geduld. ‚Unerträglich! Sieht dieses Weib denn nicht, wie es sich mit jeder Gebärde prostituiert? Hat es jedes Gefühl für die Verlogenheit ihres Geredes verloren?‘ Wie jedesmal, wenn er sich nach gleicher Methode von ihr gestellt sah, war er im Geist ganz woanders und gab auf ihre Fragen verkehrte oder gar keine Antworten. Er merkte nur, daß sie in einen immer unverständlicheren Mississippijargon verfiel, immer dicker auftrug, von Baumwollplantagen und alten Negermammies plapperte; es war eine immer härtere Zumutung an seinen gesunden Menschenverstand. „Gehen Sie in den Schatten“, bemerkte er schließlich. „Sie bekommen sonst einen Sonnenstich!“

„Also auf Wiedersehen heute nachmittag! Es ist weiter keine große Gesellschaft – nur noch ein paar von unsern Jungens.“ Mit „unsern Jungens“ meinte sie Offiziere vom Hauptmann abwärts.

X

Während er unter Tante Phoebes hängenden Orchideen und Petunien auf das Haus Smileys zuschritt, dröhnte wiederum, jetzt von der Küche her, Raschid Ali Khans Rede: „. . . sie wissen, sie sind hier nur vorübergehend; das ist das Unglück. Ihre Arbeit erledigen sie nebenbei in der Zwischenzeit zwischen zwei Urlauben. Wenn sie es sich leisten können, fahren sie mit der italienischen Linie, bloß um schneller daheim zu sein. Andernfalls nehmen sie notgedrungen den englischen Postdampfer. Die Inder und Indien sind ihnen gleichgültig."

Ransome betrat das Haus und hörte weiter: „England hat Indien darum verloren, weil solche Gesellen sich mit einem Inder nicht einmal zu einer Tasse Tee an den Tisch setzen!" Aha! Man sprach also wieder einmal von den Beamten.

Er ging durch die leere Wohnstube und über den Flur in die Küche; er wußte: dort waren die Freunde versammelt.

Quer durch den großen, angenehm kühlen Raum wandelte vor Erregung brüllend der hochgewachsene Mohammedaner immerzu auf und ab, in seiner Rechten einen langen Rettich, mit dem er jede seiner Äußerungen und Gesten markant unterstrich. Am Herd stand Mrs. Smiley in einer sauberen Schürze und rührte in einem Topf herum. In einer Ecke saß der Führer der „Unterdrückten Klassen", Jobnekar, im Winkel ihm gegenüber in ihrem echt amerikanischen Schaukelstuhl Tante Phoebe und fächelte sich mit einem breiten Palmblattfächer; darauf stand in dicken schwarzen Buchstaben: GEHEN SIE INS TUCHGESCHÄFT FREUNDLICH, MAIN STREET 19, CEDAR FALLS, IOWA. DORT GIBT ES DAS BESTE. Die Achtzigjährige war klein, dünn, ihr Leib von fünfzigjähriger Farmarbeit verkrümmt, doch in den blauen Augen hinter der Stahlbrille glühte das Feuer der Jugend. Sie liebte gewaltige, stattliche Männlichkeit, und da Raschid Ali just eine seiner besten Vorstellungen gab, fühlte Phoebe sich wohl. Fast zwei Meter maß er und war muskulös wie viele indische Mohammedaner. In seinen Adern floß arabisches, türkisches, afghanisches, persisches Blut, vielleicht noch ein Schuß ungarisches und eine Spur tatarisches. Vom indischen Hindu hatte er jedenfalls nichts. Gewiß war ein Mann wie Major Safka auch groß und stattlich, aber da bestanden doch deutliche Unterschiede. Der Mohammedaner Raschid war unbändig wild, der Brahmane Safka anmutig und freundlich. An Raschid war alles offen und geradeheraus, während diese positiven Eigenschaften bei Safka taktvoll, mitunter auch diplomatisch verdeckt erschienen. Der Mohammedaner war ein Mann der Tat, visionär und romantisch – der Hindu passiv und mystisch veranlagt, und dies war nach Ransomes Ansicht einer der Gründe, weshalb sich ein paar Millionen Mohammedaner gegen dreihundert Millionen Hindus zu behaupten vermochten.

Mit blondem Haar hätte Raschid wie ein typischer Nordländer ausgesehen; seine Haut war hell, die Augen graublau. Aber sein Haar war blauschwarz und lockig, und das arabisch scharfe Profil verlieh ihm ein stolzes, herrisches Aussehen. ‚So denke ich mir die Reiter des Großmogul Baber', dachte Ransome und daran, daß in den Adern des Mohammedaners von urgroßmütterlicher Seite her englisches Blut floß. Obwohl er nie davon sprach, war Raschids Urgroßmutter die Tochter eines englischen Kaufherrn der Ostindischen Kompanie gewesen. Lang vor dem Großen Aufstand hatte sie in Kalkutta gelebt.

Für Raschid Ali Khan war die Urahne vergessen. Obwohl sie fast hundert Jahre alt wurde und über Großvater und Vater gewiß manche Geschichte von ihr auf ihn, den Urenkel, gekommen war, sprach er nie über sie, und wer nach ihr fragte, erhielt keine Antwort. Es war, als wolle er alles vergessen, was ihn mit den Zerstörern des morschen Mogulreiches verband.

Ransome suchte sich ein Bild dieser jungen englischen Bürgersfrau zu machen, die aus den engen Bezirken Alt-Kalkuttas mit dem jungen Premier eines unbedeutenden Moslemstaats durchgebrannt war ... Ein fremdartiges Gewächs im ehrbaren Garten des englischen Mittelstandes war sie gewiß gewesen, eine exotische Pflanze, die dort wohl häufiger und phantastischer in Samen schießt als im Bereich andrer Nationen. Ransome dachte an Byron, an Lady Hester Stanhope, an Doughty, Lawrence, Gertrude Bell und hundert andre mehr oder weniger Berühmte, deren Seelen befreienden Frieden inmitten von Völkern gefunden hatten, die von dem ihren verschieden waren wie Tag und Nacht. Ein Konterfei jener Urahne befand sich noch in Raschids Besitz; Ransome hatte es selber gesehen, doch ließ sich ihm nicht viel entnehmen. Es war eine Malerei in der bewußt dekadenten, stark stilisierten Manier vom Ende des achtzehnten Jahrhunderts und zeigte eine Moslemfrau, die mit gekreuzten Beinen auf einem Kissen saß. Durch eine Wölbung hinter ihr sah man den tiefblauen sternenbesäten Himmel. Ihr Haar war schwarz. Das merkwürdigste war, daß sie, die doch Mohammedanerin geworden, überhaupt porträtiert war, und sogar unverschleiert. Als Ransome seinen Freund Raschid deswegen einmal befragte, versetzte dieser ein wenig unwillig: „Sie war nie im Purdah, auch nicht meine Großmutter, nicht meine Mutter und nicht meine Frau. Mohammed hat nichts vom Purdah gesagt. Meine Urgroßmutter hat die Freunde meines Urgroßvaters bei sich empfangen und ging frei umher. Sie beherrschte ihn und sein Volk, wußte in all seinen Angelegenheiten Bescheid und gab ihm dann und wann einen guten Rat. Der echte, reine Islam kennt keinen Purdah. Das war eine Entartungserscheinung, die im Krieg aufkam."

Zweifelsohne war sie eine beachtenswerte Persönlichkeit. Als sie schon eine sehr alte Dame war, wurde ihr Gatte ob seiner Verdienste um friedliche Beilegung des Großen Aufstandes in den Fürstenstand erhoben. Sie starb hoch geehrt von ihrem Heimatlande, das sie seit ihren Mädchenjahren kaum mehr gesehen hatte. Ihr romantisches Wesen hat keine Spur britischen Gleichmuts oder berechnenden Krämersinns auf ihre Nachkommenschaft vererbt. Es war, als habe Gott sie von Anbeginn zur Moslemfürstin bestimmt und zu diesem Zweck so und nicht anders geschaffen.

Aus Tradition und mehr noch aus Überzeugung war Raschid ein guter Mohammedaner. Der Islam, unverfälscht, schien ihm die anständigste und brauchbarste Religion der Erde; unter seinen Propheten befand sich Jesus so gut wie Jesaias und Moses. Christus war nach Raschids Ansicht zu unpraktisch und phantastisch und seine Lehre, ursprünglich einfach und klar, von Priestern und Kirche verdorben. Wohl gäbe es auch beim Islam Verfälschungen und Ketzersekten, doch hätten sie sich nie so unheilvoll ausgewirkt, nie seien seine Priester so übermächtig, heuchlerisch und verweltlicht gewesen wie bei den Christen.

Er hatte die Geschichte des Christentums eingehender studiert als Ransome oder irgendein diesem bekannter Christ das Wesen des Islams und pflegte zu sagen: „Die andern Religionen sind nur klägliche Gaukelei. Vielleicht taten die Russen ganz recht daran, ihren Staat und die menschliche Brüderlichkeit zu ihrer Religion zu machen." Auch im Islam habe sich der Gedanke der Brüderlichkeit erhalten. Wie jeder gute Moslem betrachtete Raschid den schwärzesten Nordafrikaner, den gelbsten Malaien als seinen Bruder im Glauben. Hierin, erklärte er, habe die Christenheit versagt, sie habe sich nach Nationen und Rassen in Klüngel und Gruppen gespalten; das sei ihr Unheil. Daran werde der Westen zugrunde gehen. „Während der Islam von den Säulen des Herkules bis zum Chinesischen Meer unversehrt dasteht, werden die Christenländer von Heulen und Zähneklappen erfüllt sein, eine von Banden durchzogene, immer wieder geplünderte Wildnis", rief er zuweilen mit Donnerstimme, und seine graublauen Augen schossen Blitze. Oder ein andermal: „Der Koran verbietet seinen Gläubigen, Geld zu wechseln oder gegen Zins zu verleihen. Sprach Christus jemals davon?"

Er sprach ein fließendes, dichterisch pomphaftes Englisch. Er war Asiate genug, um gerne in langen, prunkenden Sätzen zu schwelgen, und so viel Europäer, um mit Genuß zu polemisieren. Freilich schoß er darin mitunter über das Ziel hinaus; dann konnte ihn selbst seine natürliche Frische nicht davor bewahren, den Zuhörern auf die Nerven zu gehen. Mit seiner stattlichen Figur und der dröhnenden Stimme wäre er wohl im Westen ein hervorragender Volksredner geworden. Sein Hauptfehler als politischer Führer Indiens war jedoch seine Aufrichtigkeit, und gewisse Taktlosigkeiten, von denen diese mitunter begleitet war, machten viele seiner Bemühungen zunichte und riefen bei Europäern wie Orientalen heftige Opposition hervor. Da er wie ein Blitz in die Gegensätze hineinschlug und die Intrigen aller Parteien beleuchtete, wollte am Ende keine mehr etwas von ihm wissen. Bei einer Revolution oder im Krieg wäre er sicher der richtige Mann gewesen. Bei Kompromissen und Kuhhändeln jedoch war er auf keiner Seite erwünscht. Es war sein Unglück, daß er mit seiner Urwüchsigkeit zu spät – oder zu früh – auf den Plan getreten war, das wußte er selbst am besten. Jetzt, mit vierzig Jahren, war er Polizeichef von Ranchipur: als Mohammedaner politischer Polizeifunktionär eines Hindustaates! Doch war diese Situation nicht so unmöglich, wie es den Anschein hatte. Religiöse Aufstände oder auch nur Reibereien waren im Staate Ranchipur seit einem Vierteljahrhundert nicht mehr vorgekommen, ein Friedenszustand, den man im übrigen Indien nicht kannte und der vor allem dem Wirken, dem Willen und der Machtvollkommenheit des alten Maharadschas zu danken war. In Ranchipur waren alle Glaubensfragen in den Bereich der Tempel und der Moscheen verwiesen. Fanatiker und Aufwiegler wurden nicht geduldet – weder solche der Hindus noch solche der Moslems und auch solche nicht, wie sie zuweilen vom Ausland kamen, die mehr mit politischen als religiösen Argumenten arbeiteten.

Raschid Ali Khan war der Inbegriff der Gerechtigkeit. Selbst nicht die strenggläubigsten Hindus hatten ihn je einer Parteinahme für mohammedanische Glaubensgenossen beschuldigen können. So tief er auch dem eigenen Glauben verbunden war, mit dem Augenblick, da er sein Amt übernommen, war er Fanatiker der Gerechtigkeit.

Quer über seine Stirn bis tief in sein dichtes, blauschwarzes Kraushaar ging eine tiefe Narbe, welche er einst in der arabischen Wüste im Kampf mit Banditen empfangen hatte, ein Jahr nach dem größten Kriege der Christenheit. Er war, nur von einem einzigen Glaubensgenossen begleitet, auf dem Kamel von Haifa nach Mekka durch Wüsteneien geritten, um von dem Schaden Kunde zu geben, welchen „der christliche Krieg" der Heiligen Stadt des Islams zugefügt hatte. Es war eine langwierige, abenteuerliche Reise durch Wüstensand bei glühender Hitze und eisiger Kälte. Er hatte sie aber nicht deshalb unternommen, weil er im Herzen an die Heiligkeit jener Stadt oder des Heiligen Grabes glaubte, sondern weil er wußte: das Heilige Grab war ein Symbol, welches die ganze islamische Welt von Marokko bis Makassar einte, und dieses Symbol werde dem Islam als Wahrzeichen seiner Brüderlichkeit notwendig sein, wenn der große Tag einmal käme. In Raschids Herz lebte eine zwiefache Treue: die eine zum Islam, die andre zu Indien. Mitunter fiel es ihm schwer, die beiden miteinander in Einklang zu bringen.

XI

An Samstagen hatte bei Smileys der Koch Ausgang; Mrs. Smiley kochte und richtete sich dann nach eigenem Gutdünken ein, es sei denn, daß ihr eine Krankheit oder sonst ein Mißgeschick in der Familie einer ihrer Schülerinnen dazwischenkam. Sie kochte gern und gut und hatte die indische Küche zeitweilig herzlich satt; vor allem würzte der treffliche indische Koch für den Geschmack der Smileys zu stark, und wenn er auf europäische Art kochte (was seine Herrin ihm beigebracht hatte), schmeckte merkwürdigerweise jedes Gericht gleich fad und kleistrig. An Samstagen konnte also Mrs. Smiley die Lieblingsgerichte des Gatten und Tante Phoebes auf ihre Art zubereiten: gezuckerte Yamswurzeln, die in Ranchipur in Fülle wuchsen, Schaumgebäck mit Zitronenfüllung und Plätzchen. Jeder Samstagnachmittag war ein Fest, und da dies die einzige Zeit war, da ihre Freunde zu Besuch kommen konnten, wurde an diesem Tag ihre Küche zum Lunchklub. Dessen Mitglieder aber waren außer Smileys und Tante Phoebe: Raschid Ali Khan, Ransome, Jobnekar, wenn er sich nicht gerade auf Reisen befand, Miss MacDaid, wenn sie sich im Spital frei machen konnte, und manchmal auch Major

Safka. Oft hatte Raschid als Feinschmecker und exzellenter Koch, der er war, der Versuchung nicht widerstehen können und mit eigener Hand das Iowa-Menü ihrer Klubmittage durch mohammedanische Spezialgerichte belebt. Während er Vorgerichte in Gestalt knuspriger Omelettes und Fisch- und Fleischcroquettes bereitete, stellte Mrs. Smiley den Hauptgang und das Dessert her. Um religiöse Speisevorschriften scherte sich die sonderbare Korona so gut wie gar nicht; die Protestanten kannten keine Verbote, auch für den Paria Jobnekar galten sie nicht, und der Brahmane Safka sah in der Kuh schon längst kein heiliges Tier mehr. Nur für Raschid als Mohammedaner gab es noch eine Schranke: das Schweinefleisch. Das Schwein war für ihn unrein, sein Fleisch im heißen Klima von Ranchipur ungenießbar.

Mrs. Smiley war klein und schmächtig; ihr Gesicht, das wohl nie hübsch gewesen, war angenehm anzusehen, denn es strahlte von jener Herzensgüte, die uns so oft aus den Mienen einfacher Menschen anspricht. Das heiße Klima und fünfundzwanzig arbeitsreiche Jahre in Ranchipur, welche nur einmal durch einen einjährigen Urlaub in Cedar Falls unterbrochen worden waren, hatten an ihr gezehrt und ließen sie zehn Jahre älter erscheinen. Doch legte sie darauf so wenig Wert wie auf ihre Kleidung. Ihre Vorzüge lagen tiefer als in gefälligem Äußern und modischem Aufputz. Irgend etwas an ihrer Erscheinung ließ jedermann aufmerken, sobald sie das Zimmer betrat; man fühlte: Das ist keine gewöhnliche Frau! Doch war sie sich dieser Wirkung nicht etwa bewußt; für so etwas hatte sie ebensowenig Zeit wie für Kosmetik und Modefragen. Ihr Tag hatte nie genug Stunden für das, was es notwendig zu tun gab. Und wenn sie alt würde wie Tante Phoebe, ja bis zu ihrem Grab wird diese kleine Frau niemals Zeit finden, auch nur einen Moment an sich selber zu denken.

Die Freundschaft zwischen Ransome und Smileys war nicht allein für Mrs. Simon, sondern für die ganze europäische Kolonie ein Rätsel. Unbegreiflich, was „ein Mann wie er" an diesem „armseligen Frauchen" und ihrem Ehemann fand!

Die Lösung des Rätsels war einfacher, als man dachte. Ihm gefiel ihr natürliches Denken, ihre einfache Art und die zähe Ausdauer, mit welcher sie, kaum durch besondere Körperkräfte, sondern allein dank ihrem beharrlichen Geist in all den Jahren der brennenden Hitze, dem Typhus und etlichen Malariaanfällen getrotzt hatte. Er liebte ihre Anspruchslosigkeit, ihre seelische Reinheit, und daß sie es sich an den Samstagnachmittagen erlaubte, für ein paar Stunden Indien von sich abzutun und das zu sein, was sie im Herzensgrund immer gewesen: die gute Iowaer Hausfrau. Er schätzte sie, weil sie sich nicht unterkriegen ließ, und bewunderte die Festigkeit ihrer gesunden Weltanschauung, die bei ihr nie Gleichgültigkeit, nie irgendwelchen Zynismus aufkommen ließ. Über Wahn, Enttäuschung, Falschheit, Herzensträgheit und Engstirnigkeit, die ihr in der eigenen Kirche und in der Schule, auch bei den Pariabuben und -mädchen, für die sie ihr Leben ließ, die ihr vor allem im politischen Leben, ja überall in dem ganzen, unermeßlichen Lande begegneten, schritt sie frohgemut hinweg und ging unbeirrt ihres Weges. „Ja, so geht's nun einmal!" Dies Zauberwort aus ihrem Munde schien jegliches Ungemach zu beheben, von der angebrannten Omelette bis zu den hinterlistigen Denunziationen der Simons.

Doch trieb sie dabei keine Schönfärberei wie der Reverend, machte weder sich noch anderen blauen Dunst vor. Aus ihrer bloßen Gegenwart schöpften die Menschen Kraft, und das war es, warum am Samstag alle bei ihr in der großen Küche saßen: Jobnekar, Ransome, Miss MacDaid und selbst der kraftstrotzende Raschid. Denn jeder von ihnen fühlte sich manchmal niedergeschlagen, in Angst oder verzweifelt. Aber nie hätte Mrs. Smiley gedacht, daß sie aus diesem Grund kämen. Sie war nur froh, daß sie bei ihr saßen.

XII

Für Raschid hatte Mrs. Smiley stets etwas Unerklärliches. Der Paria Jobnekar, wenn er in der Küchenecke lauschend auf seinem Schemel saß, verstand sie schon besser, denn er kannte Amerika aus eigener Anschauung.

Er war klein, dunkel, elastisch, sehnig wie ein Panther und besaß die unverwüstliche Zähigkeit und Vitalität der Parias. Nach seiner Theorie waren die Parias die Urbevölkerung Indiens und erst von den siegreichen Eindringlingen versklavt worden. „Darum", pflegte er in der ihm eigenen, merkwürdig schweren Aussprache zu sagen, „haben wir auch die größere Widerstandskraft. Die andern, das sind die Eingewanderten. Wir waren von jeher hier, und weil wir hierher gehören, sind wir gegen die meisten indischen Krankheiten immun." Er sprach, im Gegensatz zu Raschid, der in Oxford, Paris und Berlin studiert hatte, ein schreckliches Englisch, das er bei Smileys Vorgänger gelernt und während eines vierjährigen Aufenthaltes in den Vereinigten Staaten nur wenig verbessert hatte. Höchstens, daß er seitdem in leidenschaftlichen Diskussionen mit einem vulgären „You bet – wetten, daß . . .?" oder „By Golly – zum Deibel!" dazwischenfuhr.

Jobnekar hatte damals in Amerika auf Kosten des Maharadschas studiert. Nun war er das geistige Haupt der „Unterdrückten Klassen", der Organisator in jenem Chaos von Völkern, Rassen, Bekenntnissen, welches wir „Indien" nennen. Er reiste vom einen zum andern Ende des Landes und kreuz und quer von den Großstädten Britisch-Indiens bis in jene barbarischen Kleinstaaten, wo noch der Hindu den Paria ungestraft töten durfte, wenn er sich damit entschuldigte, er sei durch Berührung mit dessen Schatten befleckt. Jobnekar war der genaueste Kenner des Pariatums. Die „Unberührbaren", die in Ranchipur einigermaßen in Freiheit und Sicherheit lebten, waren ihm ebenso vertraut wie jene, die sich, gleich wie die Geier, vom Aas der Kühe, Esel und Ziegen ernährten, welche des Nachts in den Gassen, an Straßen, Hecken und Feldwegen vor Hunger oder Altersschwäche verendeten, und er konnte sich jetzt, in seinem vierzigsten Lebensjahr, noch sehr gut jener nicht allzu fernen Zeit erinnern, da es in Ranchipur ebenso zuging. Als Kind hatte er noch mit anderen Kindern bei jenen hohen Haufen krepierter Tiere gespielt, die damals den kleinen schmutzigen Platz im Zentrum des Pariaviertels verunzierten. In Hungerszeiten litten jedoch die Parias weniger als die übrigen Armen, denn sie konnten sich immer noch, ehe die Geier nahten, über die allnächtlich verendeten Tiere hermachen. Solche Orte und Zustände gab es noch heute vielfach in fast ganz Indien.

Jobnekar war verschlagen, geduldig, gescheit, gebildet und trotz seiner sonderbaren Aussprache ein ausgezeichneter Redner. Er war so etwas wie ein Symbol für das Erwachen des Parias, und der Maharadscha war stolz auf ihn, fast wie ein Vater auf seinen begabten Sohn. Denn vor Jobnekar hatte das Pariavolk keine Führung besessen, es war ein Spielball ehrgeiziger Politiker und unklarer Schwärmer gewesen. Nun war es anders, und kein andrer als dieser leidenschaftliche Jobnekar hatte mit heiligem Eifer die Umwälzung bewirkt. Tante Phoebe war von dem kleinen Großen begeistert. Er erinnerte sie so an Hiob Simmons, als der noch ein Jüngling gewesen, daheim in Wesaukee . . .

Als Phoebe Indien für sich entdeckte, war sie schon siebzig, und noch jetzt mit einundachtzig entdeckte sie jeden Tag etwas Neues, Unglaubliches und Bezauberndes. Damals, als Smileys von ihrem einzigen Heimaturlaub aus Iowa zurückfuhren, hatte sie sich ihnen angeschlossen.

Die zwölf Monate in Cedar Falls hatten Smileys vollkommen genügt. Nachdem die erste Wiedersehensfreude und die Begrüßungsreden zu Ende gewesen, war ihnen eigentlich alles dumm und langweilig vorgekommen. „Wissen Sie, das kam daher, daß –“, erklärte Mrs. Smiley dies Mr. Ransome, „daß wir in Indien Wurzel geschlagen haben. Hier gehören wir hin. In Cedar Falls gab es für uns weiter nichts als Besuche bei Verwandten und Freunden, und denen lag nicht einmal etwas daran, und warum? Wissen Sie, die wollten nur ihre Neugier befriedigen, und nachher wurden sie wütend, weil wir Indien gern haben und sie sich einbilden, so etwas Schönes wie Cedar Falls und Amerika gäb's auf der ganzen Welt nicht. Wie wir damals aus Indien wegfuhren, haben wir wunder gedacht, wie herrlich es wäre, Iowa wiederzusehen. Es war's aber nicht. Nach ein paar Wochen wünschten wir uns beide wieder zurück und machten uns Sorgen um unsere Schule, unsere Freunde und Schützlinge hier. Komisch! Als wir das erstemal herkamen, fanden wir alles gräßlich: den Dreck, den Staub, die Hitze und sogar die Menschen, aber nach und nach wurde uns alles lieb und wert. Jetzt möchte ich nirgends anderswo leben. Auf Urlaub daheim ist mir das erst zu Bewußtsein gekommen. Das ganze Leben dort schien mir so oberflächlich und alles so klein, die Häuser, die Gassen und sogar der Strom. Es war, als sei Cedar Falls in der Zwischenzeit zusammengeschrumpft, alles ein ödes Grau . . .“ Als dann die Koffer zur Rückreise gepackt waren, erzählte sie weiter, sei plötzlich eines Nachmittags Tante Phoebe in ihrem schönsten Gewand von ihrer Farm angefahren gekommen, habe sich zu ihnen gesetzt und sei nach langem Herumgerede schließlich damit herausgerückt: „Höre, Bertha, ich möchte gern mit nach Indien.“ Sie sei fast auf den Rücken gefallen, fuhr Bertha Smiley in ihrem Bericht fort: „Wo sie doch schon neunundsechzig war, Mr. Ransome. Aber sie war noch rüstig und quicklebendig, und ihre Gründe ließen sich hören.“ Hierzubleiben, habe die Alte erklärt, sei blöde; sie wolle die Farm ihren Kindern lassen; denen sei es ganz recht, sie auf gute Art loszuwerden und nicht mehr ihre unerbetenen Ratschläge hören zu müssen. Sterben werde sie doch einmal, und das könne sie ebensogut in Indien. Aber ehe es soweit sei, hätte sie gern noch etwas vom Leben: Abwechslung! „Die hat mir immer gefehlt. Pa hat sie ja zur Genüge gehabt. Als er sich hier ansiedelte, war alles noch eine Wildnis und voll Indianer. Iowa war mir von jeher zu zahm, und weiter als bis Chikago bin ich niemals herausgekommen. Ich bin auch noch ganz gut beisammen, etwas Geld hab' ich mir auch erspart. Ich könnte im Haushalt helfen; ich bin stark und gesund und schaffe wie eine Frau in den besten Jahren! Das Leben dort wäre für mich die reinste Erholung." Bertha Smiley habe sie zwar auf die Hitze, den Staub und allerhand Krankheiten aufmerksam gemacht, aber das habe sie nicht gelten lassen wollen. Hitze bekomme ihr glänzend, und heißer als in Iowa bei gutem Erntewetter sei es in Indien gewiß nicht. Alte Weiber würden nicht so leicht krank wie junge – und Staub? Vor Staub habe sie sich noch nie gefürchtet. Für ihren Unterhalt käme sie selber auf; sie falle niemandem zur Last, im Gegenteil, sie werde sich nützlich machen. Weder ihre Schwester noch ihre Söhne, noch der Herr Pfarrer konnten sie umstimmen. „Es wird sein, als finge ich ein neues Leben an", sagte sie, und hat ihren Kopf durchgesetzt. „Es war wirklich für sie der Beginn eines neuen Lebens!" versicherte Bertha Smiley dem Gastfreund. „Weder Hitze noch Schmutz, Staub und Krankheiten konnten ihr etwas anhaben; statt zu altern und zu verzagen, lebte sie auf. Manches Mal ist mir, als sei sie unsterblich. Warum? Weil sie die Menschen liebt und immerzu etwas Neues an ihnen und an den Dingen entdeckt. Sie hat wirklich mit ihrem Leben noch einmal von vorne begonnen. Während wir in der Missionsschule unterrichten, besorgt sie das Haus. Sie hat so viel Hindostanisch gelernt, um sich mit den Indern, und genug Gujarati, um sich mit den Dienstboten verständigen zu können, und kommt noch besser mit ihnen aus als ich, denn wegen ihres hohen Alters und ihrer unverwüstlichen Kraft erfreut sie sich eines besonderen Ansehens. Anfangs hat man zwar ihrem schlichten, natürlichen Wesen nicht recht getraut. Uns ging das zuerst genauso; die Dienenden sind hier alle getauft, und man hat ihnen viel von der Lehre Christi erzählt, daß alle Menschen Brüder seien. Aber gesehen haben sie davon noch nichts, am wenigsten bei ‚weißen Leuten vom Westen'. Nun aber ist ihr Verdacht so ziemlich beseitigt, denn sie sehen, daß weder wir noch die Tante sie ausbeuten."

Aber das Wesen Phoebes verstanden die meisten deswegen doch nicht. Wieso war sie so ganz „uneuropäisch"? Woher dieser Charakter, diese Einstellung zum Leben . . .? Nur der kluge Jobnekar, der in ganz Amerika herumgekommen war, erfaßte sie etwas genauer, wenn auch weniger mit dem Verstand als mit dem Gefühl, und auch da tappte er noch etwas im dunkeln. Phoebes Wesen unterschied sich so sehr von allem, was er bisher erfahren hatte. Er wußte nur, daß es fern im Innern der Staaten noch so etwas wie Tante Phoebes Schlichtheit, Ehrenhaftigkeit und Güte gegeben hatte. Damals, als er zwei Sommer lang, teils, um Geld zu verdienen, teils, um Land und Leute kennenzulernen, in Kansas und Iowa Erntearbeiter gewesen, hatte er sich davon überzeugt, daß Phoebes Art zwar nicht im Osten der USA, wohl aber im Westen zu finden war. Die Oststaaten waren nach seiner Meinung nur ein Talmi-Europa. Was er aber nicht wußte, war, daß die Welt und Wesenheit Tante Phoebes auch in Kansas und Iowa dahinschwand. Phoebe jedoch wußte es, und dies war ein Hauptgrund für sie gewesen, nach Indien zu gehen. Ihr Herz konnte es nicht ertragen, daß die gute, alte, geliebte Zeit daheim unterging und sie es mit ansehen sollte.

Und nun saß sie mit zweiundachtzig Jahren in der Küche des weitläufigen, kühlen scheunenartigen Hauses, rings um sich her eine neue Welt und Freunde, die sie mit über siebzig Jahren sich gewonnen hatte: Raschid Ali Khan, der Nachfahr von Eroberern unter Mogul Baber; Jobnekar, der „Unberührbare"; Ransome, halb Engländer und halb Amerikaner, und Miss MacDaid, eine Schottin, in Surabaja geboren.

Und Phoebe saß in ihrem Schaukelstuhl und fächelte, schaukelte und amüsierte sich, wie geschickt Raschid Omelettes umwenden und gleichzeitig sein politisches Glaubensbekenntnis hervordonnern konnte. „Aber die Fleischbällchen, Mr. Raschid", unterbrach sie ihn mitten im schönsten Redestrom, „dürfen Sie nicht so heiß servieren. Heut vor acht Tagen hätte ich mir beinah Mund und Magen damit verbrannt. Ich glaube, ihr Moslems habt Mägen aus Leder."

Sie fühlte sich restlos glücklich, und nur ein dunkler Fleck stand ihr vor Augen: die Simons. Den Reverend hielt sie für einen Schwindler, was leicht übertrieben war, und seine Frau mit ihrem dummstolzen Rassedünkel war ihr ein Greuel.

XIII

Bei Tisch saßen alle so, daß jeder den umzäunten Teil des Gartens vor Augen hatte, der Smileys kleine Menagerie beherbergte. Denn da sie keine Kinder hatten, zogen sie Tiere auf. Zur Zeit waren da unter anderm zwei Wildschweine, eine Gazelle und eine Hyäne, die nicht ein bißchen stank und zahm wie ein Schoßhündchen war. Vor den stechenden Strahlen der Sonne geschützt, lagen die Tiere im Schatten der Mangobäume. Nur zwei Ichneumons huschten immerzu hin und her, als könnten sie es vor Neugierde wegen des Samstagslunchs nicht mehr aushalten. Am Tisch waren zwei Plätze leer.

„Wahrscheinlich ist Miss MacDaid noch im Krankenhaus festgehalten“, bedauerte Bertha, „aber ich lass’ das Gedeck ruhig stehen, auch das vom Major. Wo er nur bleiben mag?“

Dann sprachen alle ängstlich vom Wetter und ob noch mehr Regen fallen werde, aber Jobnekar konnte sie beruhigen. Er wußte es. Zehntausend Jahre Indien lebten in ihm. Raschid und selbst Major Safka und beider Stammesgenossen waren, verglichen mit ihm, ja nur Eingewanderte. „Spüren Sie nicht die leichte Brise? Schauen Sie nur die Bäume: wie sich die Blätter nach außen drehen. Sehen Sie, wie der Staub sich kräuselt? Die Brise wächst. Sie werden sehen! Noch vor Mitternacht kommt ein Platzregen.“

Der Wind kam und wuchs, schuf aber keine Erleichterung, er trieb nur Staub und schreckliche Hitze bis ins Herz des dickwandigen Hauses.

Bertha stand auf und nahm das mit Zitronengelee gefüllte Schaumgebäck aus dem indischen Ofen. Locker und leicht gebräunt lag das geschlagene Eiweiß darüber, ein Meisterstück! „Ja, diese altertümlichen Öfen sind besser als all das neumodische Zeug“, ließ sich Tante Phoebe vernehmen, „sie geben eine so gleichmäßige Hitze. Daheim hatten wir einen Backofen; der stand draußen auf dem Hof. Ich war damals noch ein junges Mädchen, aber ich habe seitdem nie wieder so gutes Brot gegessen.“

Ein Wagen fuhr unter den Bäumen vor. Safka chauffierte; neben ihm saß Miss MacDaid, frisch und kühl trotz der Hitze; nur hätte sie nicht soviel Rouge auflegen sollen ...

„Ich kann mich nicht lange aufhalten“, rief der Major, „ich muß rasch zum alten Bannerji; er hat einen Anfall von Angina pectoris, aber ich komme gleich wieder.“

„Schrecklich“, klagte Miss MacDaid den übrigen, „daß er nie einen Augenblick für sich selber hat!“ und sah zu, wie er sich nach kurzer Begrüßung wieder auf seinen Sitz schwang und weiterfuhr. Dann nahm sie Platz.

Ransome beobachtete sie vom oberen Ende der Tafel und dachte an das, was ihm gestern der Täufer erzählt hatte.

„Es ist unmenschlich, was der Major zu arbeiten hat“, versicherte Miss MacDaid, „er brauchte unbedingt mehrere Assistenten, die mit Angina pectoris und ähnlichen Dingen Bescheid wissen. Ich suche ihm ja soviel wie möglich abzunehmen, aber was ist das schon! Oh, Zitronenpastete! Natürlich, heut ist ja Zitronenpasteten-Tag, das hätte ich beinah vergessen, ich glaube, wir bekommen heute noch

Regen; unser Torwächter hat es gesagt, und der hat sich noch nie geirrt. Mrs. Simon soll ja heut wieder mal eine von ihren Gesellschaften haben ..."

'Wenn sie nur nicht immerfort reden möchte!' dachte Ransome bei sich. 'Sie will sich nichts anmerken lassen und macht es nur auffallender, mein Gott, die Arme!'

„Drei Cholerafälle in der Unterstadt", fuhr die Nervöse fort, „heut früh waren wir dort, zwei sind gestorben, der dritte wurde ins Hospital eingeliefert."

„Hoffentlich greift es nicht um sich", fiel Tante Phoebe ein. – „Heutzutage nicht mehr", versicherte die Oberschwester, „jedenfalls nicht bei normalen Verhältnissen; da werden wir der Sache schon Herr."

„1912!" sagte Smiley nachdenklich. „Das Jahr werde ich nie vergessen ..."

„Das ist heute doch etwas ganz anderes", ereiferte sich Miss MacDaid immer mehr. „Flecktyphus wird durch Läuse übertragen, und heut ist Ranchipur fünfundachtzig Prozent sauberer als damals." – „Die Monsunmonate", wandte Raschid ein, „sind die schlimmste Typhuszeit. Die Pest stirbt aus, und der Typhus grassiert."

„Darüber brauchen Sie sich keine Gedanken zu machen", widersprach Miss MacDaid abermals, „Ranchipur ist ziemlich auf der Höhe der Zeit, und ein Mann wie der Major versteht es, derartige Krankheiten in Schach zu halten. Die Menschheit ist nicht mehr ihr hilfloses Opfer wie ehedem!"

Sie hörte nicht auf zu reden, sprang vom einen zum andern Thema, ohne ein einziges zu erledigen, und dachte in einem fort an Safka. Deutlich, als stehe sie dabei, sah sie ihn das Herz Bannerjis Senior, des alten Gauners, belauschen, redete fort und fort und spürte im Grund ihres Herzens: ihre Liebe war lächerlich. Furcht erfüllte sie, der Angebetete könnte ihr streng gehütetes Geheimnis entdekken oder sonst irgendein anderer es erraten, verraten, und dabei verriet sie sich selbst (sie hätte es wissen müssen, sie war ja lange genug im Osten) mit jedem Wort, jeder Bewegung an den kleinen dunklen Pariadiener, der ihre Botengänge besorgte.

'Bald werden auch Europäer dahinterkommen, erst einer, dann immer mehr.' Ransome beobachtet sie, spürt über die ganze Tafel hinweg, was in ihr vorgeht, und weiß mit tödlicher Sicherheit: der Täufer hat recht gesehen. Oh, wie blind, wie grausam waltet doch die Natur! Und es schnürt ihm die Kehle zusammen.

XIV

Im Haus gegenüber erhob sich Mrs. Simon abgespannt, schlaff von ihrem Nachmittagsschläfchen. Es war einer jener seltenen, sie tief beunruhigenden Augenblicke, in denen sie sich unwillkürlich die Frage stellte: ‚Wozu der ganze Krampf? Wozu schmeiß' ich nicht alles hin, mach' mir's bequem und freue mich meines Daseins?' Aber das hätte sie selbst mit der größten Mühe nicht fertiggebracht. Irgend etwas saß ihr im Nacken und hetzte sie, auf ihre Art ebenso geschäftig zu sein und sich kaum mehr Schlaf zu gönnen als Smileys.

Schweißtriefend lag sie auf ihrem Bett und machte sich Sorgen wegen der Kuchen, des Tees, der Kleider Hazels und Ferns und über das Wetter. Wie Jobnekar wußte auch sie, es werde Regen geben, doch kam ihre Wissenschaft aus anderer Quelle, nämlich aus ihrem Hühnerauge, das sich in solchen Fällen zu melden pflegte. „Herr, laß es erst regnen, wenn meine Gäste weg sind!" murmelte sie vor sich hin. Regnete es nämlich schon vorher, so mußte sie mit der ganzen Gesellschaft ins Haus, und das war allemal katastrophal. Draußen konnte man Tennis spielen und Badminton trinken; da war Stimmung und reichlich Platz; die Gäste unterhielten sich auf eigene Faust. Im Zimmer hingegen langweilte sich alles, und sie konnte dagegen nichts tun, sie wurde dabei nur immer nervöser. Wenn bloß Tante Phoebe sich nicht wieder auf Smileys Vorderveranda setzen und zu ihr herübergucken würde! Sie und Smileys waren nämlich nicht eingeladen, das taten Simons schon längst nicht mehr. Unter all den vornehmen Gästen, behauptete Mrs. Simon, fühlten sie sich ja selbst nicht am Platze, und in der Tat hatten Smileys diesen gesellschaftlichen Ausschluß mit einem Gefühl tiefer Erleichterung aufgenommen. Nun brauchten sie nicht mehr in Festgewändern herumzustehen und zu tun, als unterhielten sie sich glänzend. Bis dahin hatte es sie stets Überwindung gekostet hinzugehen; sie hatten in ihrer Treuherzigkeit nur immer gefürchtet, Mrs. Simon durch eine Absage zu verletzen. Diese jedoch, während sie sich auf ihrem Lager rekelte, dankte ihrem Herrgott, daß sie schon vor fast zwei Jahren den Stier bei den Hörnern gepackt und ihrem Gatten rundweg erklärt hatte, Smileys würden nun nicht mehr eingeladen. „Es kann ihnen ja nur recht sein; dann brauchen sie nicht mit ihrem scheußlichen Mittelwest-Akzent steif wie Besenstiele herumzustehen und uns durch ihren trostlosen Anblick in einem fort daran zu erinnern, daß wir nur Missionare sind!"

„Wir sind es aber“, hatte der Gatte bescheidentlich eingewandt.

„Aber doch eine ganz andere Kategorie! Wir sind neuzeitliche Missionare.“

Seitdem verunzierten Smileys keine von Mrs. Simons Gesellschaften mehr. Dafür ärgerte sie jedoch Tante Phoebe, und zwar ebenso drollig wie eindrucksvoll. Sobald die subalternen Herren und Mrs. Hogget-Clapton eintrafen, zog sie mit ihrem altamerikanischen Schaukelstuhl auf die Veranda und begann zu schaukeln, um sich mit dem Fächer der Firma Freundlich in Cedar Falls Luft zuzufächeln und Limonade zu schlürfen. Selten, daß sie einem der Simonschen Gäste einen Gruß zunickte; sie kannte ja kaum einen. Sie saß bloß da, grotesk und grimmig, und jedermann, der sie ansah, empfand: ich bin auf einer Missionsgesellschaft. Denn sie trug das spießigste Kattunkleid, das sie nur auftreiben konnte, und Fächer, Schaukelstuhl und Limonadeglas taten ein übriges, um das Schauspiel vollkommen zu machen. Mrs. Simon konnte der Alten unmöglich das Betreten ihrer eigenen Veranda verbieten. Doch sie war fest davon überzeugt, Tante Phoebe tue das alles aus purer Bosheit.

Unter der brütenden Hitze kreisten Mrs. Simons Gedanken um die Gerüchte von der bevorstehenden Ankunft Lord Hestons und seiner Gemahlin. Ob Ransome sie kannte? Wie lange sie wohl in Ranchipur blieben? Ob sie ihnen vorgestellt würde? ‚Unwahrscheinlich‘, sagte sie sich, ‚außer wenn ich Ransome dazu veranlassen kann!‘ Sie wußte doch, wie es in Ranchipur zuging: keiner ihrer heutigen Gäste, außer Ransome, hatte auch nur die geringste Aussicht, den hohen Besuch zu Gesicht zu bekommen, es sei denn majestätisch zurückgelehnt in einem Hof-Rolls-Royce auf der Fahrt durch die Straßen der Residenz. ‚Sie werden im Alten Sommerpalast wohnen und nur die Minister, den General, ein paar einflußreiche Inder und Ransome empfangen – nicht einmal Mrs. Hogget-Clapton oder Eisenbahndirektor Burrage! Die wirklich Prominenten, die übersieht man natürlich! In Britisch-Indien wäre so etwas ausgeschlossen.‘ Und sie sann nach, wie sie wohl ihren Gatten dazu veranlassen könnte, um Versetzung in eine kultiviertere Gegend einzukommen, wobei sie jedoch unter „kultiviert“ nicht etwa verfeinerte Bildung, Kunst, Wissenschaft, Geist und Seelenadel verstand, denn das war ihr alles zu hoch, sondern vielmehr eine Welt, in der das hochgestochene Spießertum obenauf ist.

Die heiße Brise bewegte die Jalousien. Ächzend erhob sie sich, zog sie in die Höhe und schaute den Himmel an. Kein Wölkchen zeigte sich noch, senkrecht brannte die Tropensonne. ‚Gut', dachte sie, ‚es scheint sich vorläufig noch zu halten.' Dabei wußte sie, der heitere Himmel besagte gar nichts. Zur Monsunzeit kam ein Unwetter im Handumdrehen.

Sie warf einen Umhang über, ging zur Tür und rief hinaus: „Fern! Hazel!" Aus der Tiefe der weiten Halle ihres alten Hauses gab Hazel Antwort. Fern hielt dergleichen für überflüssig! „Zieht die alten Tenniskostüme an und schaut, ob draußen alles in Ordnung ist! Nicht die neuen Sachen anziehen, sonst sind sie verschwitzt, ehe unsere Jungens da sind!"

Die Töchter waren Mrs. Simons Stolz und Schmerz. Keine entsprach ihren Erwartungen, keine von beiden schien ihre ehrgeizigen Wünsche erfüllen zu wollen. Fern, nun bald einundzwanzig, war die hübschere, sah ihrer Mama ähnlich, hatte auch viel von deren Eigensinn, nur war sie noch launenhafter als diese und frech. Trotz aller Erziehung und obwohl sie seit frühester Jugend in Indien lebte, war und blieb sie, entgegen allen mütterlichen Ermahnungen und hochfliegenden Plänen, das amerikanische bildhübsche Kleinstadtgirl. Von Gott und Natur bestimmt, in einer Hängematte zu liegen und auf der Ukulele zu klimpern, hatte das Leben sie ins hinterste Indien verschlagen, in einen Staat, in dem sich ihr keine anderen Herrenbekanntschaften boten als kleinbürgerliche Jünglinge aus England, die sich mit Vorliebe rüpelhaft aufführten und die sie deshalb unausstehlich fand. Am wohlsten fühlte sie sich daher auf ihrem Zimmer bei der Lektüre von Filmmagazinen, welche ihr eine amerikanische Cousine zusandte, und zwar im Austausch gegen exotischen Kram, wie billige indische Tücher, Brokatreste für Pantöffelchen und dergleichen. Und wenn sie dann nicht gerade in „Die Geheimnisse der Filmstars" vertieft war, spann sie im Geist die phantastischsten Fluchtpläne. Wohin es gehen solle, war ihr zwar noch nicht ganz klar, doch schien ihr Hollywood durchaus geeignet; das ging schon aus den Filmmagazinen und den Fortsetzungsromanen hervor, die ihre geistige Nahrung bildeten und ihr Weltbild geformt hatten. Aber davon verriet sie niemandem etwas, am wenigsten ihrer Mama. Sie war davon durchdrungen, daß sie eine Schönheit und überall besser am Platze sei als in Ranchipur. Ihr ganzes Trachten war auf Pelze, Juwelen, Anbeter, Autos und andere mechanische Zivilisationsprodukte gerichtet. So entwickelte sie in ihrer einsamen Kammer ein närrisches Traumleben, das sie mehr als den halben Tag völlig in Anspruch nahm und nach und nach an die Stelle des wirklichen Daseins trat. Die Mutter aber hatte für dieses Verhalten nur die schlichte Bezeichnung: „Sie schmollt."

Ihre Schwester Hazel hatte mit ihr nicht die geringste Ähnlichkeit. Über dem molligen, plumpen Unterbau stand ein Gesicht wie der Vollmond. Wie viele Amerikaner des Mittelwestens und auch ihr Vater schaute sie satt und gutmütig drein, war ganz im Gegensatz zu ihrer Schwester folgsam, genügsam und „schmollte" nie. Doch, ach! Sobald Fern sich nur von weitem blicken ließ, hatten „unsere Jungens" für die brave, häusliche Hazel kein Auge mehr.

„Hätte doch Fern den Charakter Hazels und Hazel das Aussehen Ferns!" wünschte Mrs. Simon sich immer wieder und ließ, von diesem Wahn befangen, die beiden Mädchen niemals in Ruhe, schalt Fern ob ihrer grämlichen Laune und Hochnäsigkeit, die sie gegenüber den heiratsfähigen Jünglingen Ranchipurs gerne zur Schau trug, nörgelte und krittelte ewig an Hazel herum, sie solle sich gradhalten, nicht soviel lachen und gickern, entzog ihr die besten Speisen, sie sei schon dick genug, und verbot der Ärmsten sogar zu schwitzen.

Auf diese Weise gelang es ihr, Hazelchens letzten Rest Selbstvertrauen kaputtzumachen.

Was sie aber beiden Kindern immer als höchsten Lebenszweck pries, war die Ehe; und als sie nun gegen fünf Uhr in ihrem geblümten Seidenkleid, immer noch ängstlich nach Wolken schielend, alle Vorbereitungen für die Gesellschaft getroffen fand und Fern allein im Wohnzimmer antraf, bemerkte sie ganz obenhin: „Mr. Ransome kommt übrigens auch", was Fern mit einem wurstigen „So?" quittierte.

„Daß du ja nett zu ihm bist!" mahnte die Mutter.

„Der sieht mich doch überhaupt nicht an."

„Wie kannst du nur so was behaupten?!"

„Er nimmt auf der Straße nicht einmal Notiz von mir; ich bin für ihn Luft."

„Weil du ihm noch nicht vorgestellt bist; das wirst du heut, und dann mußt du besonders nett zu ihm sein."

Fern äußerte nichts, aber sie puderte ihr Gesicht. Der Puder schien in der Hitze zu schmelzen. Forschend sah ihr die Mutter zu, bis Fern, der die mütterlichen Gedanken geläufig waren, hervorknurrte: „Wenn du dir einbildest, ich wollte ihn heiraten, bist du schief gewickelt."

„Warum nicht? Er ist schwer reich, stammt aus einer der ersten Familien Englands und ..."

„... guckt mich deshalb überhaupt nicht an", fiel Fern ihr ins Wort.

„Du hast ihm ja schließlich auch was zu bieten."

„Er entspricht aber nicht meinem Gattenideal", versetzte die Tochter geziert, worauf sich die Mutter nach der Beschaffenheit dieses Ideals erkundigte.

„Ich will selbst etwas Großes werden", erklärte die Tochter, „nicht irgendwem seine Frau."

„Etwas Schöneres, als Mrs. Ransome zu sein, kann sich ein junges Mädchen wie du gar nicht wünschen."

„Hier vielleicht nicht, aber in Amerika!" widersprach Fern. „Wenn ich heirate, muß ich die Hauptperson sein und der Mann nur mein Mann."

In ihren Wachträumen gewährte sie ein Interview nach dem andern und las es gedruckt im Filmmagazin: „Blythe Summerfield" – dies der Künstlername, den sie sich ausgedacht – „von ihrem Gatten auf den Händen getragen ...", „Blythe Summerfield, des Ostens schmachtende Blume", „Blythe Summerfield, die bestgekleidete Frau der Filmwelt ..."

„Ganz egal", versetzte die Mutter. „Gib dir gefälligst Mühe und nimm dir an deiner Schwester ein Beispiel! Hazel ist immer so freundlich!"

„Die hat's auch nötig. Wenn ich so mies wäre ..." – „Pfui, schäm dich!" – „Ich denk' nicht dran. Wozu überhaupt immer diese blöden Gesellschaften?! Ich bin viel lieber oben in meinem Zimmer. Was hier in Ranchipur 'rumläuft, ist alles un-aus-steh-lich." – „Ich bitte dich, Fern, alteriere dich nicht!" Schon sah Mrs. Simon durch die offene Tür die ersten Gäste kommen, als erste Mrs. Hogget-Clapton mit einem von „unseren Jungens".

Diese Dame war aus unerfindlichen Gründen, in erster Linie aber, weil sie es selber behauptete, das Haupt der einzigen sogenannten Gesellschaft, für die (und die für) Mrs. Simon tragbar war. Ihr Begleiter, Harry Loder, war in Fern trotz ihres schlechten Benehmens verliebt. Er hatte mit seinen dreiunddreißig Jahren an Alter und Aussehen durchaus nichts von einem „Jungen", sondern eher etwas von einem Bullen. Seine Männlichkeit grenzte an Brutalität, was auf Mrs. Simon angenehm anregend wirkte. Daher stellte sie sich in den heißesten Nachmittagsstunden, in denen die Phantasie mit ihr durchging, oft vor, wie es mit Harry Loder statt mit Reverend Simon ginge. Auch jetzt, da sie seiner ansichtig wurde, überlief sie ein wollüstiger Schauer. „Da kommen Mrs. Hogget-Clapton und Harry! Sei nur ja recht nett!"

„Der Teufel hole die Hogget mitsamt deinem Harry, die ganze Blase kann mir . . ." Plötzlich brach sie in Tränen aus und rannte hinauf. Nein, die Eltern hatten kein Recht, sie in diesem öden Nest ihre Jugend vertrauern zu lassen. „Warum haben sie mich in die Welt gesetzt?" schluchzte sie. „Ich habe sie nicht drum ersucht!"

Sie warf sich aufs Bett, heulte ein Weilchen, stand endlich auf, wusch ihr Gesicht in Wasser, das von der Hitze brühwarm war, legte frisch Rot auf und begab sich nach unten. Weich glitt ihre Hand über das Treppengeländer, mit gnädigem Lächeln schritt sie im Wohngemach an ein paar Damen vorüber, schwebte über den Rasen, die Tennisplätze und zu dem im Schmuck indischer Begonien prangenden Pavillon. Sie war in Sphären versetzt, in denen selbst die mütterliche Veranstaltung ihr nichts mehr anhaben konnte. Nicht Fern Simon war es, die nun den „Jungens" holdselig entgegentrat, sondern Blythe Summerfield, die schmachtende Blüte des Ostens.

Die Gesellschaften bei Simons erinnerten Ransome auffallend an jene Schafherden, zwischen denen er einige Zeit in der Sierra Nevada gelebt hatte. Ja, damals schon, wenn er so eine Herde sah, wie sie vor einem Präriehund Reißaus nahm, mußte er immer denken: ‚Die Schafe, das sind die Kleinbürger des Tierreichs. Sie müßten von Rechts wegen in Vororten wohnen, konservativ wählen und sich in regelmäßigen Abständen von ihren Börsenberatern anschmieren lassen. Beim ersten Anzeichen von Gefahr, selbst von bloßer Veränderung werden sie zappelig, drängen sich und stoßen einander, denn jeder Schafskopf möchte um jeden Preis den gesicherten Mittelpunkt seiner Herde bilden.' Genauso fand Ransome Mrs. Simons Gäste: kein eigener Wille, keine Persönlichkeit. Wenn er sie ansah, schämte er sich seiner Zugehörigkeit zum Menschengeschlecht, doch gleich darauf seines Hochmuts.

Dies war auch einer der Gründe, weshalb er von zehn Einladungen neun absagte. Wie die Schafe suchten die Leute hier nur Sicherheit und Futterplätze. Die Welt der Ideen und Taten beunruhigte sie. Ihn aber machte es sterbenskrank, daß er sein Lebtag immer nur hatte hören müssen: diese Klasse, diese Gesellschaft, die aus mindestens einem Jahrhundert der Industrie, der Erfindungen, der Mechanisierung, des Krämertums, des Kapitalismus aufgestiegen war, stelle nun den Gipfel menschlichen Strebens und Wirkens dar, und oft war ihm nicht anders, als trage einzig und allein dies beschränkte Bürgertum mit seiner elenden Kriecherei, seiner verlogenen Sentimentalität, seinem Nationalismus und wirrem Denken Schuld an der Krankheit und dem Zerfall des Westens. Die kleine Kolonie hier in Simons verwahrlostem, staubigem Garten, ausgesondert inmitten der unerschütterten, unheimlichen Weite des Ostens, erschien ihm wie eine zwecks mikroskopischer Untersuchung isolierte Bazillenkultur.

Kurz nach sechs verließ er, angeödet von dem Gedanken an den ihm bevorstehenden Abend, das Haus der Smileys und begab sich über die Straße zu Simons hinüber.

Die Hitze war noch erstickend. Wie geschmolzenes Kupfer hing die Sonne am Himmel. Der Wind hatte nun schon die Stärke eines richtigen Monsuns, der vom Arabischen Golf oder dem Indischen Ozean weht. Unter den Bäumen bei Simons fand es der Gast so heiß wie nur irgendwo, und auf Simons Rasen traf er genau, was er sich vorgestellt hatte. Keinen einzigen Inder, dafür aber an Tischchen und in der Geißblattlaube die gleiche Gesellschaft, wie sie sich zu solchen Einladungen in Amerika oder England zusammenfindet, nur daß hier vor dem tropischen Hintergrund die Klasseneigentümlichkeiten jedes einzelnen wie der Gesamtheit grotesk übertrieben erschienen. Die Stimmen klangen schriller, die Albernheiten alberner, und die verschiedenen Jargons, ein Durcheinander von Londoner Cockney, Mittelwestlerisch, krampfhaftem Oxfordenglisch und Mrs. Simons kokettem Niggerslang, machten besonders für Ransome, dem dieses Vokabular ziemlich fremd war, das ganze Gewäsch nahezu unverständlich. In diesem abgesonderten fernen Bezirk gab es zwar keinen Herzog, keine Herzogin, keinen Großbankier und Milliardär, keinen Premier, keinen Handelskammerpräsidenten, dafür aber machte sich jeder der Anwesenden, durch keine derartige Erscheinung eingeschüchtert, nach Gutdünken breit und bemühte sich aus Leibeskräften, den Platz der fehlenden Riesengestalten gehörig auszufüllen.

Mrs. Hogget-Clapton, ein üppiges Weibsbild mit eigentümlichem Akzent und Idiom, übernahm die Rolle der Herzogin, deren Vorfahren, wie sie gern einfließen ließ, „in Shropshire begütert" waren, und kein Mensch in Ranchipur konnte nachweisen, daß es einfache, brave Bauern mit einer kleinen Molkerei gewesen. Mr. Burrage, der irgend etwas mit der Schmalspurbahn zu tun hatte, trat auf, als sei er der Lord Heston von Ranchipur. Mr. Hoskins, stellvertretender Oberbuchhalter der Ranchipur-Bank, verkörperte und vereinigte in seiner kleinen Person die Würden eines Lord-Schatzkanzlers und des Präsidenten der Bank von England, und „unsere Jungens" mit ihren Polo- und Tennisschlägern waren die leibhaftigen Lords Londale und Derby. Verloren, verkommen in einem mächtigen indischen Staat, fern der Pracht, den goldenen Geweben, dem Rokokozauber Delhis, benahmen sie sich wie die Rüpel und vermeinten damit einen schlagenden Beweis ihrer vornehmen Abkunft zu liefern. Sie schwelgten in einer Unkultur, die ihre Kleinbürgerseelen für aristokratisch hielten, und einzig allein die Missionarsfrau Simon ging in diesem Theater der großen Rollen leer aus, denn der einzige Missionar, der es ihres Wissens je zur Berühmtheit gebracht hatte, war Livingstone, und selbst wenn sie hätte angeben können, sie sei eine geborene Livingstone, wäre das nicht besonders mondän gewesen.

Wenn Ransome sich unter diesen Menschen bewegte, mußte er immer von neuem staunen, daß so etwas Enges, Beschränktes überhaupt existieren und ahnungslos in den Tag hineinleben konnte, ohne Gefühl für die schöne, glutvolle Welt, die sie umgab, für ihre Großheit, Tragik und Qual. Nur der Gefahren wurden sie wie alle Schafe gewahr. Nie verließ sie die Furcht, aufgeschluckt und vergessen zu werden. Nur um sich Mut zu machen, wurden sie anmaßend und lächerlich. Unter sich nannten sie das „den Nacken steifhalten" und drängten sich dabei wie verängstigte Schafe dicht aneinander. Nur Miss MacDaid, Smileys, Tante Phoebe und zwei sonderbare alte Jungfern, Miss Dirks und Miss Hodge, die Leiterinnen der Höheren Mädchenschule der Maharani, welche sich nie in Gesellschaft zeigten, waren Ausnahmen: Ausgestoßene aus der Schar Schafe, Sonderlinge und Einzelgänger.

Den Anblick der Teegesellschaft fand Ransome mitleiderregend. Dies arrogante Genäsel, Gemecker, Geblök in den unmöglichsten Ausdrücken kam ihm nicht anders vor als das Pfeifen des Kindes, das sich im Dunkeln fürchtet. Doch es gab eine Vergeltung. In Ranchipur konnten diese Herrschaften noch Gott weiß wie wichtig tun und sich ein Ansehen geben. ‚Aber laßt sie nur erst wieder daheim sein', sagte er sich, ‚wie sie da in ihrer alten Vorstadtmisere verkommen!' – Wohl merkte er, daß er bei keinem von ihnen beliebt war, sah aber auch, daß alle miteinander, ausgenommen zwei, drei eingebildete Subalterne, von ihm beeindruckt waren. Als er über den Rasen schritt, geriet die kleine Gesellschaft mit einem Schlag in Bewegung. Die Herren wandten sich nach ihm um, die Damen wurden lebhaft erregt, und Mrs. Simon kam eilends zu seiner Begrüßung angesegelt, wobei ihre Linke den Primadonnenhut hielt, der sich bei jedem Stoß des zunehmenden Monsuns von ihrer Frisur zu trennen suchte. ‚Wenn ich ein Unbekannter wäre, ohne Geld und adelige Verwandtschaft', dachte Ransome, ‚weiter nichts als ich selbst, man würde sich nicht einmal nach mir umsehen.'

Es wurde gerade ein Tennismatch ausgetragen. Hochrot und schweißüberströmt spielten der freundliche Reverend und Mrs. Burrage gegen die tolpatschig herumhüpfende und trotz des mütterlichen Verbotes ausgiebig schwitzende Hazel und einen hurtigen kleinen Beamten namens Hallett. Die übrigen waren zum größten Teil in der Geißblattlaube am Ende der Tennisplätze um Mrs. Hogget-Clapton geschart, welche, bequem in einem Korbsessel gelagert, sich in der Rolle der gnädigen Herzogin gefiel, die gerade den städtischen Wohltätigkeitsbasar eröffnet. Sie war nicht eigentlich dick, aber doch umfangreich, eine handfeste blonde Melkerin, die mit den Jahren nicht etwa verblüht, sondern nur in die Breite gewachsen war. Vor dreißig Jahren hatte sie als Schönheit gegolten und hielt in ihrer Kleidung noch treu an der Mode der Zeit Eduards des Siebenten fest. Nun aber bauschte der Monsun ihr den Chiffon und trieb mit dem Basar-Eröffnungs-Hut seine neckischen Spiele.

Seit fast dreißig Jahren lebte Lily Hogget-Clapton als Frau eines Direktors der Imperial-Bank in Indien und hatte sich währenddem ein wunderliches Kauderwelsch aus Englisch, Hindostanisch und östlichem Seefahrerslang angewöhnt. Whisky-Soda hieß bei ihr chota peg, ein Brief nie anders als chit, die Rupien chips, und ihr Mann war: burra sahib. Alle übrigen Menschen teilte sie in ihrem simplen Gemüt in Pukka und Nichtpukka ein. Ihre Aufnahmefähigkeit für Brandy war die größte von Ranchipur; selbst Ransome kam da nicht mit. Ihr Mann sah sie selten, denn er war meist geschäftlich in Kalkutta, Madras oder Bombay, und wenn er sich einmal in Ranchipur aufhielt, so trafen seine Dispositionen fast nie mit den ihren zusammen. Kinder waren keine vorhanden. Mit ihrer Zeit wußte sie nichts Besseres anzufangen, als still zu saufen, Besuche zu machen und mit „unsern Jungens" zu flirten. Bei Ransome, Safka und Miss MacDaid hatte sie den Spitznamen: Pukka-Lil.

XV

Von einem gewissen Zeitpunkt an zeigten auf allen Gesellschaften bei Simons die Gäste Zeichen von Ungeduld, und zwar besonders die Herren. Stundenlang Tennis mit Albernheiten bei alkoholfreiem Getränk war zuwenig, und Alkohol gab es nicht; man war eben doch in einem Missionarshaus, und der Schatten des Board of Foreign Missions in Iowa lag überall, wenn auch nur in Gestalt Tante Phoebes in einem Schaukelstuhl. Außerdem versetzte Mrs. Simon aus innerer Unsicherheit ihre Gäste in ständige Unruhe; sie brachte es nicht fertig, Gruppen und Paare, die sich zusammenfanden, sich selbst zu überlassen; sie mußte immer neue und unpassende Kombinationen zusammenzwingen und litt selber am meisten unter dem Mangel jeglicher Stimmung. Ihre einzige Genugtuung, wenn die Gesellschaft sich endlich verlief, war der Wahn, sie habe es seit den Tagen zu Unity Point im Staat Mississippi doch herrlich weit gebracht.

So umkreiste, umschnupperte und umbellte sie nun wie ein Schäferhund Mr. Ransome und trieb ihn von einer Gruppe zur andern, als müsse sie die Gunst des glücklich Gekaperten gleichmäßig über Gerechte und Ungerechte verteilen. Dabei schielte sie mit einem Auge auf das nahende Unwetter, mit dem andern auf das Haus Smiley, in ständiger Angst, Tante Phoebe könne, wie der Engel des Jüngsten Gerichts mit Feuer und Schwert, mit Fächer und Schaukelstuhl auftauchen. Als sie Ransome glücklich in die Gruppe um Mrs. Hogget-Clapton lanciert hatte, drehte sich dort das Gespräch gerade um Hestons. „Ihr Vater Ronald Doncaster" – ließ die „Herzogin" sich vernehmen – „war doch ein guter Freund König Eduards; sie ist eine geborene Doncaster: Edwina Doncaster. Die Familie hat ihre Güter in derselben Gegend wie wir, in Shropshire . . . Mr. Ransome kennt sie gewiß." Damit streckte sie ihm ihre breite, schwammige, schon leicht tatterige Rechte huldvollst entgegen, als wolle sie ihn zu sich heranziehen. Er aber versetzte steif: „Nein, bedaure."

Es war eine Lüge. Nun erinnerte er sich genau und war nur bemüht, seine Ruhe zu wahren. Im Moment, da die ausgezeichnete Kennerin der Rubrik „Hof und Gesellschaft" den Namen Edwina aussprach, tauchte aus seinem Unterbewußtsein alles Vergangene auf, das von den Erlebnissen der letzten fünfzehn Jahre verdrängt worden war. Er hatte der Welt Edwinas den Rücken gekehrt, sie zu vergessen gesucht; und nun stand sie mit einemmal da – nicht auf Mrs. Simons Tennisplatz, sondern wie einst, im Trubel des Nachkriegs-London, von Elegants umringt, von den Klängen der Jazzband umflutet, jung, schön und verführerisch, in kostbarer, wundervoller Gewandung, die wahrscheinlich noch nicht bezahlt war. Ihr Ruf war schon damals nicht mehr ganz makellos. Ransome aber hatte geglaubt, sie zu lieben. Jäh, heiß durchflutete ihn die Erinnerung.

Einst hatte er zu ihrer Welt gehört; seine Qual war auch die ihre gewesen, jenes seelische Leiden, das Dichter und Journalisten auf eine Reihe von Jahrgängen und eine bestimmte Schicht beschränken und das doch viel weiter und tiefer reicht; Edwina und er waren nur zwei besonders ausgeprägte Fälle. Die alte Generation, die noch die Illusion einer für immer verschwundenen Sicherheit hegte, ahnte von dieser Krankheit nichts, hätte sie gar nicht verstanden, und die Jungen, die in ihr geboren waren, betrachteten sie als den normalen Zustand.

Höflich lächelnd entzog er sich weiteren Gesprächen; seine Gedanken flohen Mrs. Hogget-Clapton und ihre Sippschaft und umkreisten Edwina. ‚Wie mag sie jetzt sein?' Er glaubte die Antwort zu wissen: ‚Genau wie andere Frauen ihrer Zeit und Klasse.'

Mrs. Simon hatte ihn eine Weile sich selbst überlassen und sich den Erfrischungen zugewandt, als plötzlich, wie aus dem Boden gewachsen, ihre Tochter Fern vor ihm stand und ihn ansprach: „Kann ich Sie einen Augenblick sprechen, Mr. Ransome?"

Er hatte sie nie recht beachtet und merkte erst jetzt ihre Hübschheit, die durch ein verschämtes Erröten gesteigert war. Und da Edwina noch immer vor seinem geistigen Auge stand, verglich er die beiden geschwind miteinander und fand, Edwina habe nie so jugendfrisch ausgesehen wie diese Fern, sei nie in so fiebernder Erregung gewesen und wohl in ihrem ganzen Leben niemals so hold errötet. Doch er nahm sich zusammen und antwortete: „Gewiß, jederzeit."

„Wollen wir auf die Terrasse?" fragte das Mädchen und wurde noch röter. „Es handelt sich um etwas ganz Persönliches, was ich Sie fragen möchte."

Sie gingen über den verwahrlosten, dürren Rasen; der Wind nahm an Stärke zu und wirbelte Strudel von Staub auf. Die letzten sichtbaren Spuren des Regengusses waren schon wieder verschwunden. Nun hatte auch Tante Phoebe ihren Posten auf Smileys Veranda bezogen und starrte streng auf die Gesellschaft hinab. Jobnekar hatte eben sein Zweirad bestiegen, winkte Ransome einen Abschiedsgruß und fuhr die Tennisplätze entlang. Niemand von den dort Versammelten hielt es für nötig, von der Anwesenheit des Hauptes vieler Millionen Inder Notiz zu nehmen, geschweige denn den Paria zu begrüßen.

Am entfernteren Ende der Terrasse, in einem von Mohnblumen umrankten Winkel, stand ein Schaukelstuhl, auf welchen Fern lossteuerte. „Natürlich, ich weiß ...“, kam es mühsam von ihren Lippen, „ich bin für Sie eine Null, ich bin für Sie überhaupt nicht vorhanden.“

Ransome versicherte, er habe sie längst bemerkt, solange er in Ranchipur sei. Er wollte nicht sagen, er habe sie nur als Kind betrachtet und sehe sie erst jetzt als weibliches Wesen an.

„Vielleicht halten Sie mich für verrückt“, fuhr sie fort, „aber hier ist ja kein Mensch, mit dem man reden kann. Wenn ich einem von diesen Leuten nur etwas andeuten würde, wüßte es eine halbe Stunde danach ganz Ranchipur. Ich muß von hier weg“, platzte sie heraus, „ich werde sonst wahnsinnig!“

Dieser Aufschrei kam nicht von „der Perle des Ostens, Blythe Summerfield“, sondern aus einem zerquälten, sehnsüchtigen, glücklosen Mädchen, das sich von einer fernen Heimat nie hatte loslösen können. „Überall wäre ich lieber als hier; ich kann dieses Gelichter nicht ausstehen, was soll ich hier? Ich will weg!“ Und Ransome dachte mit großen Augen: ‚Sollte ich sie unterschätzt haben? Aber was kann ich ihr darauf antworten?‘ Er schwieg, fühlte sich angesichts ihrer leidenschaftlichen Verzweiflung uralt und war doch erst achtunddreißig, kaum zwanzig Jahre älter als sie. Unermeßlich schien ihm der Unterschied.

„Wie ist das mit dem Schiff, und was sonst dazu nötig ist? Ich habe mir etwas gespart, ich will mich in Bombay einschiffen; bis man dahinterkommt, ist es zu spät, mich zurückzuhalten.“

„Wo wollen Sie hin?“

Fern zögerte einen Moment, dann gestand sie: „Nach Hollywood!“

Unwillkürlich mußte er lachen, bedauerte es jedoch sogleich und sagte ernst: „Das ist nicht so einfach.“

„Was man ernstlich will, setzt man durch. Ich bin jung. Hübscher als die meisten beim Film bin ich bestimmt.“

Prüfend sah Ransome sie an. ‚Stimmt‘, stellte er fest, ‚vielleicht ist das ihre Chance; man kann nie wissen ...‘ Ein unbehagliches Gefühl überkam ihn, das Gefühl der Verantwortung, das ihm, je älter und einsamer er wurde, um so drückender vorkam. Nur keine Entscheidungen treffen müssen! Er haßte das und verstand nicht, warum man ihm immer wieder Verantwortung aufbinden wollte.

‚Was ermutigt die Leute dazu?' Er müßte dem Mädchen hier dringend abraten, selbst wenn kein zwingender Grund dazu vorlag – nur weil niemand in fremde Schicksale eingreifen soll. Aber während er noch so dachte und ihr in diesem Sinn gut zuredete, bohrte in ihm die Frage: ‚Bin ich denn schon so alt? Früher hätte ich sie ermutigt, durchzubrennen und aus dem Leben, das viel zu kurz ist, alles an Lust und Abenteuer herauszuschlagen.'

Er konnte sie nicht überzeugen. Plötzlich brach sie in Tränen, in ungestümes, besessenes Schluchzen aus. Ihre ganze Not und die Quälereien, die ihrer Mutter Ehrgeiz ihr zufügte, brachen aus ihr hervor. „Sie will, ich soll einen von diesen Bengeln heiraten, und sieht nicht, daß keiner von diesen lausigen Laffen für mich auch nur das geringste Verständnis hat. Ich halt' es nicht aus, Sie müssen mir helfen, Sie sind der einzige Mensch auf der ganzen Welt!"

„Ruhe, Ruhe ...! Wenn Mrs. Hogget-Clapton Sie in dieser Aufregung bei mir sieht, gibt es den schönsten Tratsch. Sie sagen, ich soll Ihnen helfen. Wie stellen Sie sich das vor?"

„Ich brauche", stieß sie schluchzend hervor, „noch ungefähr fünfzig Pfund."

„Allerhand!" lachte er. „Ich meine nicht wegen des Geldes."

„Ich zahle es Ihnen zurück, mein Wort darauf!"

„Darum handelt es sich nicht, Kindchen. Sehen Sie denn nicht, in was für eine Situation Sie mich bringen?"

Ein scharfer, harter Blick war die Antwort. „Das hätte ich nicht von Ihnen gedacht", stieß sie hervor, „daß Sie so spießig wären wie alle die andern", und heulte von neuem und lauter noch als zuvor. „Ich will nicht wieder mit ihr nach Puna; ich mag diese gräßlichen Leute nicht sehen!"

Trotz allen Bemühungen, ernst zu bleiben, mußte Ransome lachen, es brach in ihm los und schüttelte ihn. Hier mußte etwas geschehen, und zwar auf der Stelle. Der Sturm war da, der Himmel von Wolken schwarz. Gleich würde die ganze Gesellschaft ins Haus flüchten. „Wenn Sie jetzt ruhig hinaufgehen und sich die Tränen abwaschen", versprach er, „werde ich Ihnen helfen, so gut ich kann."

Wie auf Kommando hörte das Schluchzen auf, und wieder traf ihn ein scharf abschätzender Blick. „Versprechen Sie das?"

„Ja, aber Sie müssen gefälligst gleich auf Ihr Zimmer gehen!"

„Mr. Ransome, ich werde es nie vergessen." –

‚Kein Wunder', lachte er in sich hinein, ‚sie vergißt es bestimmt nicht', und lachte sich aus, daß er, der Weltmann, sich mit der größten Gemütsruhe von einem Mädchen erpressen ließ, an welchem ihm nicht das mindeste lag.

Lärm auf den Tennisplätzen machte ihn aufhorchen. Was war da im Gang? Die Hüte festhaltend, rannte ein Teil der Weiber zum Haus, ein anderer war auf die Gartentische gestiegen, Mrs. Hogget-Clapton versuchte an einem Baum hochzuklettern, und die „Jungens", mit Stühlen und Tennisschlägern bewaffnet, bildeten einen Halbkreis, um den Rückzug der Damen gegen eine Gefahr zu decken, die für Ransome vorläufig noch nicht sichtbar war.

Er ließ Fern stehen, eilte ans andere Ende der Terrasse und entdeckte die Ursache des Tumults. Über den Rasen trottete, auf der Suche nach Kuchen, geradewegs auf die Gesellschaft los, Smileys zahme Hyäne.

Mit kaum unterdrücktem Gelächter sprang Ransome von der Terrasse zur Rettung herbei, und siehe, die Bestie, die ihn erkannte, kam sogleich unter zärtlichem Gewinsel auf ihn zu; er nahm sie beim Wickel und führte sie aus dem Bereich der Erschreckten in das der Smileys hinüber, wobei er nicht versäumte, lachend ein „Sie ist harmlos, tut keinem Baby etwas!" zur allgemeinen Beruhigung zurückzurufen, wobei ihm zu spät einfiel, daß er durch diesen Zuruf die mit Tennisrackets und Stühlen bewaffnete Kampfreihe und nicht minder die in ihrem King-Eduard-Staat auf dem untersten Baumast schwebende Hogget-Clapton gräßlich blamierte, was er selber als taktlos empfand. ‚Ganz wie die Schafe', lachte er vor sich hin, während er mit seiner Hyäne an Smileys Veranda vorbeikam.

Dort schaukelte Phoebe in ihrem amerikanischen Stuhl und bemerkte in ernstem Ton: „Ich wäre hinüber und hätte sie geholt, aber ich bin ja nicht eingeladen." Dabei zwinkerten ihre klaren, blauen Augen eine Sekunde und sagten Ransome: die Großtante hatte das Pförtchen im Zaun absichtlich offengelassen, damit die holde Hyäne die Party besuche. Und da mit einemmal war ihm auch klar, wieso ihm die alte Frau schon beim ersten Anblick so bekannt vorgekommen war. Sie glich seiner Großmutter MacPherson, die einst mit der Pistole in der Hand seinen Großpapa, den Zehnprozent-MacPherson, zur Hochzeit gezwungen hatte.

Während er die Hyäne in ihre Umzäunung brachte und die Gartenpforte verschloß, fielen die ersten klatschenden Tropfen, von denen jeder eine halbe Teetasse Wasser zu enthalten schien. Menschenleer lag Simons Tennisgefilde. Pariadiener eilten zur Rettung der Erfrischungen herbei. Mrs. Simon hatte den Kampf mit dem Monsun um ihren Filmstar-Hut aufgegeben und schrie ihnen im Sturmgebraus ihre Befehle zu.

XVI

Auf seinem Heimweg geriet Jobnekar in den Platzregen. Ransome fand ihn bei der Branntweinbrennerei unter einem Mangobaum und nahm ihn samt seinem Rad in seinen Wagen, wo er ihm von der Hyäne und Tantchens Geniestreich erzählte.

„Das sieht ihr ähnlich", fand Jobnekar, „sie liebt solche kräftigen Scherze und liebt auch die Menschen. Nur das gespreizte Getue verabscheut sie. Im Westen Amerikas bin ich ähnlichen alten Leuten öfters begegnet. Sie waren gut und freundlich zu mir. Die meisten hatten nie einen Inder gesehen; mit ‚Inder' bezeichneten sie eine Rothaut, doch waren ihnen beiderlei Inder lieb."

Sie fuhren über die Brücke beim Tiergarten am Königin-Viktoria-Denkmal vorüber, das eine von Disraeli verfaßte Inschrift trug, und hinab ins Pariaviertel, einem unübersehbaren Gassengewirr, das während eines Jahrtausends ohne Plan oder Bauordnung rings um den Platz mit den Brunnen und Becken der Unberührbaren gewachsen war. Vor nicht sehr langer Zeit war hier noch eine Art allgemeiner Schuttablagerungsplatz gewesen, mit hohen Haufen von Tierkadavern an seinem einen Ende; da konnte sich jeder bedienen oder auch infizieren. Jetzt aber war alles anders geworden, das Viertel, sauber und wohlgeordnet, befand sich in besserem Zustand als manches von Hindus bewohnte Quartier. Zum Teil, erklärte Jobnekar seinem Begleiter, verdanke man diese Umgestaltung dem Maharadscha, zum größeren Teile jedoch der Tatkraft und dem Unterricht des Ehepaars Smiley.

Als der Wagen über den Platz zu dem dort gelegenen Hause des großen Parias fuhr, strömte der dampfende Regen in breiten Kaskaden die Stufen des Beckens hinab. „Sehen Sie, sehen Sie!" rief Jobnekar tief bewegt. „Was ist schöner als Wasser! Es ist der Trank der Erde."

Sein Haus glich den andern am Platz, nur hatte es über dem Erdgeschoß noch ein Stockwerk und war in hellem Rosa getüncht, das jedoch schon von der Feuchtigkeit Flecken bekommen hatte. Die Fenster waren mit billigen Spitzenvorhängen versehen, was in Verbindung mit dem rosa Bewurf von ferne an Häuschen kleiner Ladeninhaber in Nizza und Toulon erinnerte. Beim Nachbarhaus war eine patschnasse Alte in aller Eile dabei, die vor der Hauswand gestapelten Kuhfladen einzubringen; sie durften nicht aufweichen, sonst waren sie nicht mehr als Brennstoff zu gebrauchen.

Da Jobnekar seinen Freund nicht ohne Bewirtung ziehen lassen wollte, ließ dieser den Wagen stehen und folgte ihm durch einen engen Gang und die Stiege hinauf in den Hauptraum, woselbst sie Frau Jobnekar im Gespräch mit den beiden Leiterinnen der Höheren Mädchenschule, Miss Dirks und Miss Hodge, antrafen. Die Hausfrau, ein kleines Persönchen mit auffallend großen, schwarzen Augen und kupferfarbener Haut, kam den Eintretenden aus ihrer dunklen Ecke mit freundlichem Gruße entgegen. Sie trug einen Sari aus blaßblauer Wolle. Sie war nie aus Indien herausgekommen; trotzdem war ihr Englisch fast einwandfrei, was sie allein dem Pflichteifer und der Geduld der alten Jungfern dankte, die dort in der Ecke auf steifen Stühlen steif dasaßen. Um Mutter Jobnekars blaßblauen Sari drängten sich ihre Kindlein. Sie waren vier, drei und zwei Jahre alt, aber sie schienen zeitlos, vollkommen, gleich den Gestalten indischer Miniaturen oder persischen Püppchen, vollendet, einzigartig und schön...

Der Tee stand schon da. Die beiden Jungfern nippten an ihren Tassen wie seltsame Vögel. Es war ein grotesker Anblick, wie starr und steif sie in diesem Hause, wo man sonst bequem auf dem Boden hockte und es keinen Tisch gab, neben der Nähmaschine saßen.

„Ich hole Ihnen einen Stuhl", wandte sich Jobnekar an den Gast, „von unten; wir holen sie, wenn Besuch da ist, immer herauf." Ransome trat näher, um mit den Lehrerinnen zu plaudern.

Er kannte sie kaum. In all den Jahren, seit er in Ranchipur war, hatte er sie nur zweimal gesehen, als er ihrer Schule einen Besuch abstattete. Sie lebten ganz für sich, kamen weder mit Europäern noch mit Indern zusammen, besuchten keine Veranstaltungen, ließen sich weder bei Hof noch bei Simons, Bannerjis und nicht einmal bei Smileys blicken. Außer zur Schule gingen sie nur aus dem Haus, wenn es wie heute zum Besten der Schule war. Sie wohnten beim Technikum, gegenüber dem Großen Tor am Schloßpark, in einem freundlichen Bungalow. ‚Sie stammen aus einem Dorf in Nordengland', dachte Ransome bei ihrem Anblick, ‚wohnten dort in einem Haus aus Granit, und die Sonne schien ihnen nur zehnmal im Jahr. Und hier brennt von früh bis spät, von Oktober bis Juni, Glutsonne auf sie herab.'

Miss Dirks war hager und lang, ihr Haar eisgrau. Sie trug einen Tropenhut, von welchem ein grauer Schleier hinten herunterhing. Ihr weißes Leinenkleid war ebenso praktisch und sachlich wie Safkas Operationsmantel, ihr Gesicht wie gegerbtes, rissiges Leder und äußerst unschön, bis auf die schmalen Augen, die von dunkler Trauer erzählten. Miss Hodge wirkte zunächst weniger herb, denn sie trug weder einen Tropenhelm mit Schleier noch so ein grimmig praktisches Kostüm wie ihre Mitarbeiterin, vielmehr einen weißen Filzhut, den eine einsame künstliche Rose schmückte, und ein Gewand aus malaiischem, im Garn rosa gefärbtem Ginghamstoff mit kleinen zierlichen Rüschen an Hals und Handgelenk. Ihr Gesicht aber war ebenso unschön wie das ihrer Gefährtin und unterschied sich von diesem nur dadurch, daß es, statt wie aus rauhem Granit gehauen, aus klumpigem Lehm geformt schien.

Sowenig schüchtern er war, dies Lehrerinnenpaar schüchterte Ransome ein. Als ihm Miss Dirks die Hand gab, kam er sich ungefähr vor wie ein braver Hund, den eine Dame sehr vorsichtig anrührt, weil sie davon überzeugt ist, daß Hunde ekelhaft sind und stinken. Auf Jobnekar wirkten sie ebenso, nur versetzten sie ihn in kein verlegenes Schweigen, nötigten ihn als orientalischen Gastgeber vielmehr zu übertriebener Liebenswürdigkeit, die um so unechter klang, je mehr er sich anstrengte. Als er mit den Stühlen zurückkam, herrschte ein tiefes Schweigen. Er aber verdoppelte seine Bemühungen, die Unterhaltung in Fluß zu halten, und man sprach, während seine Frau frischen Tee holte, vom Wetter, erwähnte die Schule, den Typhus, die Cholerafälle, welche die Armenviertel beunruhigten, und alles in steif daherstelzenden Worten. Miss Dirks, merkte Ransome, war die Fähigkeit, mit den Mitmenschen zu fühlen, abhanden gekommen. Miss Hodge war zwar auch verknöchert und scheu, hatte jedoch Augenblicke, in denen die Worte wie ein Bächlein hervorsprudelten – doch ebenso schnell, wie es hervorgebrochen, war das Bächlein schon wieder versiegt, und unter der blassen Haut zeigte sich ein kaum wahrnehmbares Erröten.

Während der ganzen, keine Viertelstunde währenden Unterhaltung spürte Ransome: die grämliche Dirks lauert nur auf eine Möglichkeit, sich zu verabschieden – als hätten er und Jobnekar Typhus und Cholera. ‚Vielleicht haben wir sie bei ihrem Besuch gestört‘, rechtfertigte er die beiden, und wie zur Sühne für seine ungute Meinung erbot er sich: „Ich werde Sie nach Hause fahren; Sie können unmöglich durch diese Sintflut!“

„Danke schön", versetzte die Dirks geziert, „wir gehen lieber zu Fuß. Wir haben uns vorgesehen. Unten sind unsre Galoschen, Schirme und Regenmäntel."

„Gegen den Monsun hilft Ihnen das so gut wie gar nicht", lachte Ransome, doch ein scharfer Blick der Schulleiterin ließ ihn verstummen. ‚Ich wollte mich nicht über sie lustig machen', dachte er zerknirscht. Miss Hodge schien etwas sagen zu wollen, öffnete schon den Mund, besann sich jedoch und schloß ihn wortlos. Frau Jobnekar kam mit einem Jasminkranz und einem Gewinde aus Ringelblumen, sprengte Rosenwasser darüber, und als die zwei Jungfern aufbrachen, hängte sie ihnen dieselben über den Kopf, reichte jeder eine Scheibe Kokosnuß und ein Stück brokatenes Sarigewebe, worauf Miss Dirks und Miss Hodge, beide auf indische Art, ihre Hände schüttelten, sich vor den Herren verneigten und die Dirks das Zimmer verließ. Miss Hodge jedoch machte auf der Schwelle noch einmal kehrt und sprach, urplötzlich kühn geworden, über die ganze Länge des Zimmers hin: „Mr. Ransome, besten Dank für Ihr Anerbieten. Vielleicht ein andermal! Wir hatten uns darauf eingerichtet, zu Fuß zu gehen; wir haben sonst zu wenig Bewegung." Sie schien noch etwas sagen zu wollen, zauderte unbeholfen und scheu, doch da scholl schon die Stimme der Dirks von unten: „Elizabeth, was machst du so lang?" – „Ich komme, ich bin ja schon da", rief diese und hastete die Stiegen hinab.

‚Mir scheint, sie wäre gern noch ein bißchen geblieben', dachte Ransome und sah den beiden vom Fenster aus nach, wie sie sich in der großen Flut einen Weg um Wasserlachen, Pfützen und Becken zur Mündung der Straße suchten, die zum verlassenen Alten Palast gegenüber dem Kino führte. Steil schritt die Dirks als Pfadfinder voraus, von ihrem Hut hing der triefende Schleier wie der Schwanz eines Waschbären. Die Hodge folgte ihr auf den Fersen. Um die Wettermäntel der beiden hingen Jasmin und Ringelblumen, in der Hand trugen sie ihre Gastgeschenke, Kokosnuß und Brokat. Das Bild der beiden Einsamen hatte etwas so düster Trauriges, daß Ransome der Wunsch überkam, ihnen das Dasein ein wenig aufzuhellen – ‚aber wie?' fragte er sich vergebens. Als er vor einiger Zeit mit Miss MacDaid über die Lehrerinnen gesprochen, hatte diese fast feierlich den Kopf gewiegt. „Daran läßt sich nichts ändern; so sind sie nun einmal", hatte sie festgestellt. „Ob Birmingham oder Ranchipur – sie tun ihre Pflicht, wo es auch sei. Ich habe mir mit ihnen die größte Mühe gegeben, war denkbar herzlich und lieb zu ihnen, aber erregte damit nur ihr Mißtrauen. Was ihnen an mir mißfällt, ist, daß ich mich bei Indern so wohl wie bei den besten Freunden fühle, während sie vor lauter Pflichtgefühl nirgends daheim sind."

Über die im Regen entschwindenden Jammergestalten sah Ransome in ihre Vergangenheit ... Sie war ihm nicht fremd; es war ja an ihr nichts Einmaliges. Es gab viel derartige Existenzen im Westen, jede eine Kleinwelt für sich, achtbar, verschrullt, ohne Feuer und Farbe. Das bißchen Geld langte knapp vom einen zum andern Jahr. Morgens um acht ging der Vater in sein Büro, kam abends um acht zurück, schaffte treu, schwer und geduldig und erhielt dafür vom Chef gerade so viel, daß er nicht samt Familie verhungerte. Das war die Tragödie der Dirks und Hodge. Sie hatten nie gelebt, kaum richtig geatmet. Wie konnte ihnen da Indien etwas bedeuten? Als sie noch jung genug waren zu lieben, hat ihnen die Enge, aus der sie kamen, alle Männerliebe versagt und vergällt.

Er sah sich um. Die drei Kinder hingen am Sari der Mutter, die ihrem Gast noch eine Tasse Tee eingoß. Wie hübsch sie war! Wie gut ihr der blaßblaue Sari stand; er paßte zu der kupferfarbenen Haut. Und hinter ihr im Rahmen des hohen Fensters die weite Landschaft mit den fruchttragenden Mangobäumen, den Feuern zu beiden Seiten des Flusses, dahinter die Felder mit Hirse und Mais und in der Ferne der sagenumwobene Abana. Sanft stieg er aus der stillen Ebene auf, das Haupt von einer Wolke aus weißen Jainatempeln gekrönt.

„Sonderbare Geschöpfe ...", sprach Ransome halblaut. Er dachte noch immer an Miss Dirks und Miss Hodge.

„Sie sind aber gut", antwortete Frau Jobnekar und reichte den Tee hinüber. „Wenn es Ihnen zum Beispiel schlecht ginge, täte Miss Dirks alles für Sie, Sie dürften sich nur nicht bedanken, dann wäre sie wütend. Es gibt solche Engländerinnen. Sie zeigen ihre Gefühle nicht; sie bringen es einfach nicht fertig. Aber gut sind sie. Ich weiß es, glauben Sie mir!"

Sie lächelte, und er staunte, wie gründlich sich diese Frau, die Indien noch nie verlassen, in den Seelen der beiden Ausländerinnen auskannte. Und dieses Verständnis beruhte bestimmt nicht auf Gegenseitigkeit.

Noch lange sah er im Geiste die Lehrerinnen, wie sie in ihren Lodenmänteln plattfüßig die Fluten durchquerten, bekränzt von Jasmin und Ringelblumen, um die der Duft von Rosenöl schwebte.

XVII

Schweigend, im Gänsemarsch, haben die Lehrerinnen den Platz bei dem alten, verwunschenen Palast überquert, sind das Große Becken entlang an dem Konservatorium vorbeigewatet, in dem des Abends Schüler, welche tagsüber ihrem Beruf nachgingen, rege zu musizieren beginnen. Unter dem Großen Tor des Schloßparks gibt die Militärkapelle des Maharadschas ihr Abendkonzert. Die beiden Lehrerinnen sind bei ihrem Landhaus angelangt. Miss Dirks zieht einen Schlüssel, schließt die Haustür auf und läßt Miss Hodge den Vortritt.

Das Haus ist nicht mehr neu, seine physiognomielose Architektur von Schlingpflanzen und Passionsblumen verdeckt. Es ist infolgedessen feucht, und Miss Dirks hat Rheuma. Ein indischer Bauunternehmer, der anscheinend für Liverpooler Vorortstil eingenommen war, hat es vor fünfundzwanzig Jahren, als die beiden ins Land kamen, für sie erbaut. Es eignet sich in keiner Weise für das Klima von Ranchipur. Wären die Ranken, die es bedecken, wilde Reben statt exotisches Rankengewächs, das Häuschen könnte ebensogut in jedem englischen Vorort stehen und The Nook, also etwa „Zum stillen Winkel“, heißen. Kein Mensch würde bei seinem Anblick stutzen. Innen hat es sich mit der Zeit seinen Bewohnerinnen vollkommen angepaßt. Wie Seidenwürmer haben sie sich darinnen im Laufe der Jahre mit allem möglichen Zeug umsponnen; nun sieht es dort aus wie in einem Wohltätigkeitsbasar. Jedes halbwegs freie Plätzchen ist mit Kissen und Deckchen belegt, die Miss Hodge in ihren Mußestunden an heißen, einsamen Abenden stickte und häkelte. Auch fehlt es nicht an indischen Handarbeiten und wohlfeilem Messinggerät aus Benares, und an den Wänden hängen viele gerahmte Photographien von daheim, zum Beispiel Schloß Windermere, die Cheddarschlucht und das Grampiangebirge, und schüren das Heimweh.

Die beiden Damen stellen die Schirme beiseite, schütteln ihre Mäntel aus und hängen sie an die Messinghaken des Eichenbretts, an denen sie und ihre Vorgänger seit einem Vierteljahrhundert gehangen haben. Aber trotz Regenschirmen und Wettermänteln sind die zwei teils von außen und teils von innen her naß wie gebadete Katzen; ein Mantel, der für das schottische kühle Klima bestimmt ist, erzeugt im indischen Monsun unfehlbar ein wandelndes Dampfbad. „Geh nur gleich baden, Elizabeth“, sagte die Dirks, während sie ihren

Mantel auswrang, „ich richte inzwischen das Essen", aber Elizabeth widersprach: „Nein, Sarah, überlaß das mir; bade du zuerst!"

„Bitte, Elizabeth, tue, was ich dir sage!" Und es begann eine ihrer täglichen, ewigen Auseinandersetzungen, bei welchen jede für sich nach der Märtyrerkrone strebte. Ehedem waren derartige Streitereien zwar selten, aber dafür aufrichtig und einer echten Besorgnis entsprungen. Jetzt ist davon nichts mehr zu spüren. Es ist, als ob sich jede nur martere, der andern durch Schaustellung ihrer Wundmale weh zu tun: So habe ich um deinetwillen gelitten, so oft schon dir nachgegeben!

Der Streit um die Reihenfolge im Bad währte fast zehn Minuten und endete mit dem Sieg der ausdauernderen und härteren Miss Dirks.

Von gegenüber klang durch die offenen Fenster das indische Konzert herüber, den europäischen Ohren der Schulleiterinnen ein wildes, schneidendes, monoton an- und abschwellendes Mißgetön, an das sich besonders Miss Dirks nicht zu gewöhnen vermochte. Zumal wenn sie von der drückenden Hitze erschöpft ist, wird ihr das Tongepräge unerträglich, und Heimweh nach einem guten Konzert auf der Strandpromenade von Bournemouth erfaßt sie mit Macht. „Ich kann diese Musik nicht mehr aushalten", brach es aus ihr hervor, „sie macht mich wahnsinnig, ich ziehe aus, ich suche eine andere Wohnung!"

„Wie wäre es, wir verreisen den Sommer über?" schlug Elizabeth vor. „Nehmen ein Schiff der Ostasienlinie, wir haben ja Zeit, und bleiben zwei Monate in England. Geld ist genug da."

„Nein!" schrie die andere. „Ich geh' nicht zurück, nie; das habe ich dir schon tausendmal gesagt."

Für einen Augenblick ließ ihr Ausbruch die Hodge verstummen, dann faßte sich diese ein Herz und sprach mit Bedeutung: „Das ist nicht recht von dir, Sarah. Die Luftveränderung täte dir gut. Wir sind beide schon so lange weg."

Sarah wurde beängstigend blaß, wild starrte sie Elizabeth an. „Du willst wieder dorthin? Nach allem, was du erlebt hast? Bist du verrückt? Ich will England nie wiedersehen, nie!" Zornestränen traten ihr in die Augen. Miss Hodge erschrak, nicht allein ob der Heftigkeit ihrer Kollegin, sondern vor allem, weil die Erinnerung an alte, ungerechte Verdächtigungen, Demütigung, Täuschung und Lüge sie immer noch aufwühlte und störte. „Das war vor fünfundzwanzig Jahren", sagte sie leise, versöhnlich.

„Und wären es hundert Jahre, keine zehn Pferde kriegen mich

mehr zurück!" Sarah stürzte hinaus, die Tür laut hinter sich zuschlagend. In Heimweh und Einsamkeit will sie sich verkriechen, doch immer stehen vor ihren Augen Bilder sanft grünender Landschaft, anmutiger Gärten, die keinen Monsun kennen, kein Erdbeben, keine Schlangen und nicht diese schauderhafte, barbarisch wilde Musik. Elizabeth machte keine Anstalten, ihr nachzulaufen, sie ging ruhig in ihr Bad.

Sie hat seit einiger Zeit eine seltsame, fast körperliche Unruhe in sich, die sie von Sarah mehr und mehr trennt. Sie fühlt sich stark und elend zugleich und empfindet diesen Zustand unbegreiflicherweise zuweilen sogar als Genuß. Regt sich dieses Gefühl nur erst leise, so äußert es sich in dem Verlangen, Sarah in Wut zu versetzen und aus der kleinsten Kleinigkeit eine Affäre zu machen. Doch wenn es heftiger wird, überkommt sie ein leidenschaftliches Verlangen, aus dem engen Gewahrsam des eintönigen Daseins auszubrechen, das Gespinst aus Aufopferung, Pflichten, Gewohnheiten, das von Jahr zu Jahr dichter und drückender wurde, mit jähem Ruck zu zerreißen und frei zu sein. In solchen Momenten ist sie ein anderer Mensch; dann denkt sie nicht mehr an Sarah, nicht mehr daran, daß sie beide auf Erden niemanden besitzen, nirgends Treue und keine Liebe als die zueinander.

Sie ist wehrlos dagegen. Es überwältigt sie, überflutet sie gleich einer gewaltigen Sturzwelle, die sie in Gewissensbissen zurückläßt, und mit dem Vorsatz, die Gekränkte zu versöhnen. Doch verteidigt oder entschuldigt sie sich deswegen nicht bei ihr. Wortlos, nur durch den Ton ihrer Stimme, wenn sie über Alltägliches redet, über das Wetter oder das Essen, in einer sorgenden Gebärde, einer kleinen Handreichung drückt ihre Reue sich aus.

Aber jede neue Sturzwelle ließ eine Spur neuer Entfremdung zurück. Das Gefühl ihrer Zusammengehörigkeit ging verloren, der Boden schwand ihr unter den Füßen, Verwirrung und Jammer faßten sie an. Manchmal, besonders in letzter Zeit, fürchtete sie, wahnsinnig zu werden.

Sie liegt im Bade, lauscht der wildbewegten Musik; eine neue Sturzwelle unterdrückter Gefühle wogt heran. Ihr ist, als habe sie einen Sieg, habe Kraft und Selbständigkeit errungen. Triumphierend kostet sie Rache aus und weiß nicht, wofür. Die Sturzwoge spült ihr vernünftiges Denken hinweg. Sie hat in all den Jahren Sarah nie weinen sehen. Aber Sarah weinte. So manches Mal hat Elizabeth durch die verschlossene Tür ihr Schluchzen gehört.

Während die indischen Abendkonzerte Miss Dirks an den Nerven rissen, fand Elizabeth Hodge von Mal zu Mal mehr Genuß an ihnen. Und nun erfüllt sie die Musik mit wilder Freude bei dem Gedanken, Sarah sei hinfällig, alt, sie selber robust, jünger als die Gefährtin, und vor ihrem erregten Gemüt gaukeln Möglichkeiten all dessen, was hätte geschehen können, wäre ihr Leben anders verlaufen.

Schwerfällig ruht ihr nackter Leib, das Tageslicht schwindet rasch in die aufziehende Nacht, doch ihre Seele schwebt unterm Getöse des ungestümen Orchesters zu wildromantischen Höhen empor, und sie fühlt sich als Weib wie eine der Heldinnen Flora Annie Steels.

Als sie, dem Bade entstiegen, sich trocken rieb, musterte sie ihr Gesicht im Spiegel, studierte eingehend seine Züge und Runzeln, probierte mit ihrem dünnen Haar verschiedene Frisuren und malte sich das Mädchen aus, das sie gewesen wäre, hätte sie nur ein wenig mehr Schwung und nicht diese am Rücken verdickte Stupsnase, ein festes, kein schwabbliges Kinn und statt der fleckigen, öligen eine reine, rosige Haut.

Langsam zog sie sich an; ihre Gedanken kreisten um Thomas Ransome und seine gute Figur. Sie hätte bei Jobnekars gern noch ein wenig mit ihm geplaudert; seine blauen Augen in dem schottisch schmalen, brünetten Gesicht gefallen ihr ebensogut wie sein liebenswürdiges Wesen. Der Ruf des ausschweifenden Lebemannes, der ihn umgibt, erregte sie noch mehr; er läßt sie Dinge ahnen, deren Geheimnisse sie sich im einzelnen nicht einmal vorstellen kann.

Wie wäre es wohl gekommen, wenn Sarah ihr niemals begegnet wäre? Sie hätte vielleicht einen netten, kleinen, dummen Handlungsgehilfen bekommen (mehr auf keinen Fall), wohnte in Birmingham in einem Zweifamilienhaus mit Hintergarten und hätte Kinder, ihre eigenen. All dieser Möglichkeiten war sie durch Sarah beraubt, eingewickelt in Abhängigkeit und Bevormundung. Und was erhielt sie als Entgelt? Nichts von dem, was der gedachte Handlungsgehilfe in Birmingham ihr hätte bieten können.

Die Musik ist zu Ende. Die Nacht ist da. Die Welle der Freiheit, der Auflehnung und des Abenteuers sinkt wie ein angestochener Kinderballon in sich zusammen. Zu spät, zu spät ... Sie muß bei Sarah ausharren bis zum Ende, in diesem schrecklichen Lande sterben und sich in einer Erde begraben lassen, die niemals kühl und gleichmäßig durchfeuchtet ist wie die heimische, sondern staubig und heiß.

Schon überfielen sie die Gewissensbisse. Hastig beendet sie ihre Toilette. Sie will den Tisch gedeckt und das Nachtmahl bereit haben, ehe sich Sarah gefaßt hat und der Hausarbeit zuwendet. Sie eilt in die Küche, gibt den zwei Pariamädchen, die nach der Schule hier arbeiten, rasch Weisungen, wie sie jede Schüssel so lecker wie möglich garnieren sollen, wirft ihren Mantel über, pflückt im Garten einige junge Schößlinge Bougainvilleen, eilt dann hurtig zurück zum Eßzimmerbüfett, dem sie ihr selbstgearbeitetes feinstes Tafeltuch mit Hohlsaum entnimmt, welches sie sonst nur auflegt, wenn die Maharani mit ihren Damen zum Tee kommt, also einmal im Jahr. Damit deckt sie den Tisch, geht an Miss Dirks' Schlafzimmertür, klopft und teilt ihr mit, das Abendessen sei fertig.

Miss Dirks erscheint, müde und alt, mit geschwollenen Augenlidern. Elizabeth stockt das wankelmütige Herz. Noch eben im Bad hat sie unbeherrscht Sarah den Tod und sich die Befreiung gewünscht. Jetzt kann sie tief erschrocken nur denken: ‚Was fang' ich an, wenn ihr etwas zustößt? Was wird dann aus mir?'

Der Anblick der beiden schwer Alternden, die Betrachtung all dessen, was sich hier zur Tragödie auswuchs, warf Ransome in eine jener Perioden melancholischen Nachdenkens zurück, die ihn von Zeit zu Zeit wie eine Krankheit befielen, und die auf den Weggang Miss Dirks' und Miss Hodges folgende Unterredung mit Jobnekar über dessen Wirken für das indische Volk trug zu diesem Stimmungsumschwung noch wesentlich bei. Aus Höflichkeit gegen den europäischen Gast saß auch der kleine Große auf einem steifen Stuhl und berichtete, er habe in Bombay einen Neuen gefunden. „Christ, wie die meisten Anführer der Unberührbaren." Seine Augen blitzten hoffnungsfroh und erregt. Jedesmal, wenn er einen neuen Mitarbeiter entdecke, sei ihm nicht anders zumute, als erwache er an einem klaren, kühlen Morgen bei strahlendem Sonnenschein. Der neue Kämpfer hieß Bikaru und kam aus den Vereinigten Provinzen. „Es greift um sich! Schneller als irgend jemand zu hoffen wagte, verbreitet es sich über ganz Indien. Weiß Gott, wir kommen vorwärts. Wir sind organisiert. Das haben wir vom Westen gelernt: Organisation, Bank- und Börsenwesen und sogar Technik, zum Donnerwetter! Warten Sie nur, es dauert nicht allzulange, dann haben wir unsere eigenen Ingenieure und mit ihrer Hilfe Baumwollfabriken, Stahlwerke, Staudämme. Die Briten haben uns viel gelehrt, aber seit kurzem lernen wir mehr von den Amerikanern. Wir wachen auf. Unser Indien ist ein riesiger Leib – er braucht viel Zeit zum Erwachen."

Lernt nicht zu viel, wollte Ransome einwerfen, sonst geht es euch wie den Japanern, und ihr zerstört euch nur selbst. Doch angesichts dieser enthusiastischen Gläubigkeit hielt er mit dem Einwurf zurück. Er beneidete Raschid und Jobnekar um ihre Glaubenskraft. Ja, diese Menschen hatten noch etwas, woran sie glauben konnten, eine wundersame, fast mystische Zukunft, der sie ihre Seelen und Leiber zu opfern bereit waren. Was konnte einer in England, Frankreich, Amerika wirken? Bestenfalls Geld und weltliche Ehrungen scheffeln. ‚Aber das ist kein Leben, nur ein stumpfes, trauriges Dahinleben. Ohne Glauben', sagte sich Ransome, ‚gibt es kein Leben.'

Plötzlich jedoch nahm er die Pfeife aus dem Mund und unterbrach Jobnekars Redestrom. „Das ist es, was die Feinde Rußlands nicht sehen wollen. Glauben! Sie sehen es nicht; vielleicht geht es auch über ihre Fassungskraft, daß der Glaube belebender ist als Seidenstrümpfe und die Massenfabrikation von Stecknadeln. Er ist der erregendste Antrieb auf Erden, das einzige, was das Leben lebenswert macht. Welcher Mensch, welches Volk im Westen hat heute noch solchen Glauben? Will dort jemand mehr als bürgerliche Sicherheit und Geldverdienst? Nein, der Westen ist müde und matt. Kein Mensch, kein Volk ist da noch stark genug, jung genug, sich ins Zeug zu legen." Er fühlte die alte, furchtbare Niedergeschlagenheit von neuem heranschleichen und stand auf. „Ich muß jetzt gehen." In diesem Zustand war er in Gesellschaft unmöglich. Nur Einsamkeit konnte er dann noch ertragen.

Frau Jobnekar trat ein. Sie trug ein Gewinde Jasmin und Ringelblumen und gab es ihm um. Ransome empfing es gerührt. Er war unvermutet ins Haus geschneit; der Kranz war nicht vorbereitet gewesen. Es freute ihn, daß Frau Jobnekar und ihre Schwestern Europa nicht nachzuäffen suchten. Unversehrt wahrten sie noch jene Reinheit, die des Glaubens treueste Begleiterin ist.

Er entsann sich des Augenblicks, da er den krankhaften Zustand zum erstenmal an sich wahrnahm. Es war ein Abend in Flandern, kurz nach seinem zwanzigsten Geburtstag, zwei Tage vor seiner zweiten Verwundung, ein regungslos blauer Sommerabend. Kaum merklich entschwand das Licht, so ganz anders als hier in Ranchipur. Er saß auf der Erde, gelehnt an die Wand eines Hauses, das vergangene Nacht einen Treffer erhalten hatte. Halb abwesend, wie meist, horchte er auf das entfernte Heulen und Einschlagen deutscher Granaten, welche mit systematischer Gründlichkeit die Ortschaften im Hügelgelände hinter Boschaepe in Trümmer legten. Er hatte flämisches Dünnbier getrunken und dazu reichlich Käse gegessen. Sein Körper war friedlich entspannt in dem Bewußtsein, noch diese Nacht Ruhe zu haben. Daß es danach in die vorderste Linie ging, regte den Zwanzigjährigen nicht mehr auf. Er war abgestumpft gegen das Grauen.

Er dachte an das wiesenumgrünte, friedvolle Dorf und Schloß Nolham, und was die Eltern in diesem Augenblick wohl tun mochten. Er überlegte, was er selbst, wenn der Krieg je ein Ende nahm, anfangen solle: nach Nolham zurückkehren, eins ihrer Landgüter übernehmen? Oder eine Zeitlang nach Oxford? Oder lieber gleich in die Ferne, Kanada oder Südafrika, und dort sich sein eigenes Leben aufbauen, befreit von allem, was ihn daheim abstieß?

Aufrüttelnd schrille Querpfeifen drängten sich in seinen Wachtraum. Er wandte den Kopf. Von Ypern her auf der Landstraße rückten die zwölf Kompanien des Regiments Midland mit der Bestimmung, die belgischen Linien zu übernehmen. Er hatte sie schon des öfteren gesehen. Seit zehn Tagen lagen sie hier in Ruhestellung. Es war gar nichts Außergewöhnliches an ihnen. Doch, jetzt auf einmal – es war wie eine Art Zweiten Gesichts – sah er in ihnen nicht Menschen mehr, sondern Affen. Ein Regiment Affen, aber nicht drollig grotesk, wie Affen sind, sondern trauervoll tragisch.

Sie kamen auf ihn zu, marschierten an ihm vorüber, lauter kleine, knorrige, brummige, wackere Kerlchen. Wacklig, krumm, mißgestalt, zogen sie im Takt der gellenden Querpfeifen an ihm vorüber, und tiefes Erbarmen befiel ihn. Ihm war, als sähe er unter den schlechtsitzenden, schmutzigen Uniformen die rauhe, gegerbte Haut, die von jahrelanger Fabrikarbeit oder Grubenarbeit verunstalteten und gebleichten Leiber. Die meisten waren nicht größer als anderthalb Meter. Er sah ihnen bis ins Herz und tiefer noch, bis in den Urgrund der Zeit.

Welche Macht hat dies Regiment von Gnomen erschaffen? Zu Tausenden, zu Millionen sah er sie in seinem halb träumenden Zustand daherfluten; nicht nur aus den finsteren Midlands rückten sie an, sie kamen aus Frankreich, aus Deutschland, aus Amerika, aus Italien, aus der ganzen westlichen Welt, und alle waren von ihrem Elend entstellt. Verräucherte Fabriken, erstickende Kohlengruben hatten sie geboren, Hunger, Elend, Streiks, Aussperrungen, die Gier der Menschheit, die gottlose Scheinheiligkeit des Jahrhunderts ihnen Gestalt gegeben, und welche Gestalt! Sie marschierten, marschierten, eine riesige Wolke von Jammergestalten, und erfüllten die eintönige flämische Landschaft, das Hügelgelände. Der ganze Himmel füllte sich mit marschierenden Krüppeln.

Das Getön der Querpfeifen verhallte. Er erwachte aus seinem Dämmerzustand, fühlte sich krank und bedrückt. ‚Ich habe wohl schlapp gemacht?' fragte er sich, aber sein Herz wußte mit tödlicher Sicherheit: dieser Traum war Wahrheit. In der Nacht, der letzten, kostbaren Ruhenacht, fand er keinen Schlaf. Am Morgen ging es nach vorne. Er war in Verzweiflung und wie betäubt. Er spürte nichts, keine Gefahr, keine Angst, keinen Jammer. Zwei Tage darauf glückte ihm an der Spitze seiner Abteilung ein kühner Handstreich. Damals bekam er den Schenkelschuß und Monate darauf eine Ordensauszeichnung. Niemand ahnte, daß ihn nicht Tapferkeit, Selbstvertrauen und Vaterlandsliebe, sondern allein selbstmörderische Verzweiflung nach vorne getrieben. Er hatte den Tod gesucht, weil er nicht länger die Schande ertragen konnte, ein Milliardstel von dem zu sein, was sich stolz „der zivilisierte Westen" nannte.

Seine Depression schwand nicht mit der Genesung. Als sein Vater kam und ihm vorschlug, sich an einen „Druckposten" versetzen zu lassen, wozu ihm die zweimalige Verwundung und das Viktoriakreuz ein Anrecht gaben, ging er zur allgemeinen Überraschung darauf ein. Er hatte dem wahllosen Menschenmord abgesagt. Schluß. Sollte er je wieder einmal einen Mann töten, so mußte er diesen Menschen kennen und mußte wissen, warum.

XVIII

Als dann der Krieg zu Ende war, wollte die Neurasthenie nicht weichen. Sie blieb und wurde bei jedem Anfall stärker. Unmöglich zu einem „normalen" Leben zurückzukehren und in der Kulturwelt, die England hieß, eine Stätte zu finden. Er versuchte ein Dutzend Dinge, jedesmal nur, um sie alsbald wieder aufzugeben: ein Geschäft, eine Chance im Foreign Office, eine in der Industrie, ein Landgut in Sussex – immer das gleiche. Der Augenblick kam, da Ekel und Apathie ihn übermannten und er sich nicht mehr zu befleißigen, ja, an dem begonnenen Unternehmen auch nicht den mindesten Anteil mehr zu nehmen vermochte. Dabei glaubte er deutlich zu fühlen, daß die Krankheit nicht ihn allein, sondern die ganze Nation, die gesamte Zivilisation befallen hatte. Er stürzte sich in ausschweifende Tollheit, hoffend, er werde daraus erfrischt und gereinigt emportauchen. Anfangs schien das Mittel zu wirken; sein Verhalten zog ihm jedoch den Ruf eines haltlosen Wüstlings, eines Verschwenders und Bummlers zu. Bis er eines Morgens nach einer mit Weibern durchzechten

Woche kurzerhand einen Dampfer bestieg und nach Amerika fuhr, von wo seine Mutter stammte. England sah er seitdem nicht wieder.

Was er in den Staaten suchte, war ihm selbst nicht klar. Er wußte es erst, nachdem er dort mehrere Jahre verbracht und sich vermählt hatte. Es war etwas, das ihm von den Großeltern her im Blute lag. Aus England war er geflohen, teils weil Europa ihm unerträglich war, teils weil er hoffte, die Neue Welt frischer und freier zu finden. Dunkel war er sich eines Verlangens bewußt, zurückzukehren zu dem vertrauten Quell seiner Jugend, und dieses verlangende Suchen verband sich in seinem Geist mit der kleinen, tatkräftigen Gestalt seiner Großmutter, nicht der Gräfin von Nolham, sondern dem Weibe des „Zehnprozent-MacPherson". So gelangte er nach Grand River, dem einzigen ihm in den Staaten wirklich bekannten Ort.

XIX

Als Siebzehnjährige hatte Großmutter Grand River verlassen, war mit ihrem Vater nach Kalifornien Gold suchen gegangen und nach ihrer Verheiratung mit MacPherson als steinreiche Frau ins alte Grand River zurückgekehrt, um sich da am Steilufer des Ohio ein großes Haus mit vielen Türmchen zu bauen. Hier gebar sie Ransomes Mutter und deren Bruder; hierher kehrte sie immer wieder zurück, so fabelhaft auch die Abenteuer, so bedeutend die Menschen auch waren, die sie in New York und London erlebte. Auch nachdem ihr Gemahl als Botschafter der Vereinigten Staaten in London amtiert hatte, kam sie wieder. Grand River und das vieltürmige große Haus waren ihr auf Erden der liebste Ort.

Noch lange nach ihrem Ableben dachte der Enkel an sie und sah sie mit einer Klarheit wie niemals zu ihren Lebzeiten; sie war ja an dem Tag seiner zweiten Verwundung gestorben und er damals noch ein zwanzigjähriger Bursche. Aber je älter er wurde, je mehr er litt, um so tiefer verstand er sie und die Lauterkeit ihres Herzens, die er in solcher Reinheit bei keinem andern Menschen gefunden hatte. Dieser echte Biedersinn war es, der sie immer wieder nach Grand River führte, denn dies war ihr Boden; hier kannte, verstand und liebte sie jeden Menschen, dies war die Welt, in der sie sich heimisch fühlte, hier konnte sie mit den Marktweibern und den Kaufleuten handeln, nannte die halbe Bevölkerung beim Vornamen, und wenn sie die Lust anwandelte, legte sie ihre berühmten Perlen beiseite, stieg hinunter in die riesige Küche und buk einen Kuchen oder briet Pfannkuchen, besser als sie der verschwenderischste Küchenchef fertigbrachte.

Ransome, das jüngste ihrer Enkelkinder, war ihr Liebling, und daher hatten seine Eltern nichts dagegen, daß er jeden Sommer bei ihr in dem turmreichen Hause zu Grand River zubrachte. Es waren Sommer des Entzückens und zugleich des Verdrusses für ihn. Zwar erfreute er sich uneingeschränkter Freiheit, die er von England her nicht im entferntesten kannte, wurde jedoch von den Buben ob seines eleganten Eton-Akzents ausgelacht. Viel später erst ging ihm auf, wie ungewöhnlich diese seine Kindheit war, die seine Erziehung und geistige Entwicklung zwischen dem vornehmen Internat im alten England und dem ungebundenen Leben in einer aufschießenden Stadt des Mittleren Westens der USA hin und her zerrte. Eingehende Analysen, die er mit sich anstellte, erkannten in den zwiespältigen Erlebnissen jener Zeit die Ursache seiner späteren Neurasthenie, Schwäche und Mutlosigkeit. Es war zu viel, was da der kindlichen Seele zugemutet wurde: jedes halbe Jahr ein neuer, schockartiger Wechsel, ein gänzliches Umlernenmüssen. Es war nicht anders, als sei seine Kindheit zwischen dem Aufenthalt in einer chinesischen Mandschu-Familie und dem in einem schottischen Presbyterianer-Haus aufgeteilt.

Aus Liebe verwöhnte ihn die Großmutter, und als ihr Mann das Zeitliche segnete, zog sie ihn ganz und gar an sich, sprach mit ihm wie mit einem Erwachsenen und vertraute ihm, wenn sie des Abends allein in ihrem hohen, geschmacklos getäfelten Speisesaal saßen, die merkwürdigsten Geschichten aus ihrem Leben an: von der Goldgräberstadt in Nevada, in der sie mit zwanzig Jahren ein Logierhaus für Goldgräber geleitet und immer mit dem Revolver unterm Kopfkissen geschlafen hatte; vom Leben bei Hof, dem König von England, Botschaftern und Premierministern, und im Sommer 1914, vor Ausbruch des Krieges, kurz vor ihrem Hingang, vertraute die Zweiundachtzigjährige dem Enkel Dinge an, die kein anderer jemals erfahren hatte. Ahnte sie ihr nahes Ende? Wollte sie ihres Lebens seltsame Begebenheiten nicht mit sich ins Grab sinken lassen? Unter anderm erzählte sie ihm, wie sie zu ihrem Mann gekommen war:

Ihr Vater war tödlich verunglückt und hatte die Neunzehnjährige mutterseelenallein und mittellos in einem kleinen Goldgräber-Camp der Sierra Nevada zurückgelassen. Da sie gut kochen konnte, eröffnete sie ein Logierhaus, das sich nicht schlecht rentierte. Unter ihren Gästen befand sich ein junger pennsylvanischer Goldgräber schottischer Abstammung, ein stämmiger, stattlicher, hochgewachsener Mensch, der sich in sie verliebte. Prompt verliebte auch sie sich in ihn, und zwar dermaßen, daß es für sie außer ihm in ihrem ganzen Leben keinen andern Mann mehr gab.

„Es war eine unbedeutende Niederlassung am Rand einer Felsschlucht", erzählte sie, „höchstens sechzig Hütten mit sieben Weibern, eins immer schlechter als das andere. Aber, mein lieber Junge, ich wünsche dir weiter nichts, als daß du dich auch einmal so in ein Mädchen verliebst wie dein Großvater in mich und daß ihr zwei miteinander so glücklich werdet wie wir. Aber so etwas gibt es vielleicht einmal unter zehntausend Fällen; da habe ich leider für dich keine große Hoffnung. Eine Kirche gab's in dem Nest natürlich nicht, und der nächste Pfarrer saß gut dreihundert Meilen entfernt in Sacramento. Auf den haben wir zwei natürlich nicht erst gewartet, kannst du dir denken, wäre ja auch lächerlich gewesen. Hättest nur deinen Großpapa als jungen Mann sehen sollen! Da hätte sich kein gesundes, vernünftiges Frauenzimmer hingesetzt und auf den Herrn Pfarrer gewartet, so ein Blödsinn." Erst als sie dann merkte, daß sie in andern Umständen war, habe sie es für richtig gehalten, einen Monat Ferien zu machen, um sich in Sacramento trauen zu lassen. „Er hat aber gar keine rechte Lust gezeigt, dein Großvater", fuhr die Zweiundachtzigjährige munter fort, „er hatte so ein merkwürdiges Gefühl, wenn er jetzt ordentlich weitergrabe, müsse er auf die ersehnte reiche Goldader stoßen. Ich glaube, er hat die ganze Zeit über schon in den Knochen gespürt, daß da Gold war. Er hielt mich hin, von einer Woche zur andern, aber ich hatte mir in den Kopf gesetzt: ehe das Kleine zur Welt kommt, müssen wir richtig getraut sein. Aber das war seine Art. Wenn er auf etwas Bestimmtes aus war, ließ er alles andere fahren. Dadurch war er ja auch in allen seinen Unternehmungen so erfolgreich. Er ließ nie locker, bis es geschafft war. So hatte er ja auch mich herumgekriegt. Na, so ging ein Monat nach dem andern dahin. Was sollte ich tun? Es war höchste Zeit für mich, die Geschichte selbst in die Hand zu nehmen. Ich packte daher eines Morgens alles Notwendige zusammen, nahm meine Pistole und ging zur Mine, an der er schürfte. Er war gerade auf die ersten Spuren Gold gestoßen und mächtig aufgeregt, wußte genau: dahinter steckt mehr, eine ganze Masse! Ich aber richtete die Pistole auf ihn und sagte: Jamie MacPherson, jetzt gehn wir nach Sacramento heiraten! Ich sage dir, Junge, der Mann hat mich erst angeguckt wie die Kuh das neue Scheunentor, und dann setzte er sich auf den Hintern und lachte – also ich habe in meinem ganzen Leben nie wieder einen Menschen so lachen hören wie deinen Großvater; ich dachte, er stirbt noch vor Lachen, und schrie ihn ordentlich an: Los! Hör endlich auf und pack! Da ist er denn mit mir den Berg heruntergekommen, hat unser Zeug den zwei Mauleseln aufgepackt, hat aber immer noch weiter gelacht, und so ging's nach Sacramento. Fast vierzehn Tage haben wir bis hin gebraucht; es war eine furchtbare Reise, von Weg kaum eine Spur, immer durch dick und dünn, und ich immer mit meinem Schießeisen, und er hat immer wieder laut herausgelacht. Hintennach hat er mir gestanden, er habe mich nie so geliebt wie in der Minute, als ich mit der Pistole vor ihm stand. Er hätte doch, sagte er, niemals auch nur im Traum dran gedacht, sich vor der Heirat zu drücken! Ich hab' das auch gar nicht anders erwartet; ich wußte nur, daß er alles gern auf die lange Bank schiebt. Dann war also Hochzeit, und als wir wieder zurück bei unserer Mine waren, dauerte es gar nicht lang, da kam der Bub zur Welt: dein Onkel Edward. Ein kräftiges, strammes Kerlchen. Sonst hätte er ja auch das Gerüttel beim Ritt nach Sacramento und wieder zurück nicht aushalten können. Zwei Tage nach der Geburt ist dein Großvater auf die Hauptader gestoßen. Donnerwetter! Jetzt konnte der Mann sich sehen lassen: eine Million-Dollar-Mine und ein Sohn! Ein paar Tage dachte ich, weiß Gott, er platzt noch vor Stolz. Aber die Heirat, die hat dein Großvater nie bedauert, soviel ich weiß. Sie hat ihm Glück gebracht. Manchmal, wenn es nicht recht weiterging, habe ich mitgeholfen, und dann ging's. Ich hab' ihn mein ganzes Leben lang so wie damals geliebt, und ich liebe ihn heut noch genauso, und wenn ich manchmal nachts aufwache, denke ich an ihn und die alte Zeit. Dann ist mir, als erlebe ich alles noch einmal."

XX

Großmutter MacPherson blieb in Ransomes Erinnerung immer lebendig. Lebhafter selbst als die eigene Mutter, ihre Tochter, stand sie ihm vor Augen. Denn in der zweiten Generation nahm der Entartungsprozeß schon seinen Anfang. Der Mutter war Europa lieber als Grand River. Gegen den Willen der Großmutter MacPherson heiratete sie einen Engländer, gab ihr eigenes Wesen preis und wurde zu einem Bestandteil adliger Tradition. Auch sie war nun tot; Ransome vermochte sie sich mitunter gar nicht mehr recht vorzustellen. Was ihm vorschwebte, war eine blasse Frau, die von Jahr zu Jahr trauriger wurde, ein verirrter, entwurzelter Mensch. Kurz vor ihrem Tod hatte sie heimlich zu trinken begonnen.

Als er nun nach dem Krieg wieder nach den Staaten und Grand River fuhr, war es Großmutter MacPherson gewesen, die Ransome wiederzufinden bemüht war: ihr Wesen und den Sinn ihres Daseins. Er fand davon nichts mehr vor. Nur ihre machtvolle Gegenwart hatte dem Ort ein Gepräge gegeben, der so für den Enkel zum Ausdruck ihres Wesens geworden war. Aber bei seiner Rückkunft fand er nichts mehr von ihrer Einfachheit, ihrem Sinn für Gleichheit, ihrer Reinheit und Rechtschaffenheit. Grand River war zur Europa-Imitation geworden; Geradheit und Einfalt des Herzens waren geschwunden; der Mensch wurde nicht mehr nach seinem Charakter und seinen besonderen Fähigkeiten geschätzt, sondern nur noch nach seinem Geldsack. Die Krankheit, die ihm in Europa begegnet war, fand er auch hier. Überdruß; Rücksichtslosigkeit, Verzweiflung, betäubt durch Alkohol, und die Verelendung der Arbeiterklasse waren ihre Symptome. In dem Ort, der kaum älter als hundert Jahre war, zeigte sich ihm die gleiche seelische und ökonomische Zerrüttung wie in den tausendjährigen Großstädten, ja, die Krankheit schien hier noch bedenklicher als in der Alten Welt. Die der Jugend aufgepfropfte Senilität wirkte grotesk und erschreckend. Es gab keinen anderen Glauben als den an Autofabriken und Aktien.

Unsinnigerweise nahm Ransome ein Weib.

In Ranchipur, jetzt nach Jahren, kam es ihm vor, als habe die Ehe niemals bestanden, so schattenhaft und unwichtig war sie für ihn geworden. Mary Carstairs hatte ihn eine Zeitlang gereizt, und er hatte sie heimgeführt, weil er wieder in Grand River leben und die verlorene großmütterliche Welt wiederentdecken wollte. So zog er mit seiner jungen Frau in das vieltürmige Haus, das seit dem Tode der alten Großmutter MacPherson leer stand, und tat sein möglichstes, aber es nutzte nichts. Später begriff er, sein Versuch mußte scheitern: es lag an ihm. Für die Kreise, denen sein Weib angehörte, war und blieb er ein Außenseiter, ein Sonderling. Als er dann ihres Körpers überdrüssig geworden war, stand sie in ihrer ganzen Oberflächlichkeit, Vornehmtuerei, Kulturlosigkeit, läppischen Streberei und brutalen Barbarei vor ihm. Die Täuschung, in der er sich eine Weile gewiegt, konnte nicht länger standhalten. Die Frau sah in ihm einen faden Griesgram, weil er nicht mit ihr nach England wollte, in eine Welt, auf die sie ein Recht zu haben behauptete und die ihr von weitem so glanzvoll und anziehend dünkte. Eines Tages ging Ransome in aller Stille auf und davon. Gleich darauf ließ er sich scheiden, und alles war wie zuvor. Mary heiratete vom Fleck weg den Sohn des Generaldirektors einer Autofabrik. Das alte turmreiche Haus wurde abgerissen, Mary zog in ein imitiertes Rokokoschlößchen, das sie von einem Innenarchitekten aus New York einrichten ließ, und Ransome ging weiter nach Westen, dorthin, wo seine Großeltern sich gefunden und geheiratet hatten. Er hoffte, Neuland zu finden, doch was er sah, war das Alte und unterschied sich nur wenig von dem, wovor er geflohen war. Man redete viel von Demokratie und unbegrenzten Möglichkeiten, aber in Wirklichkeit, merkte er, gab es das alles nicht mehr. In zwei, drei Generationen waren Errungenschaften, mit denen sie prahlten, dahingeschwunden, als hätten sie nie existiert. Unweit des Ortes, an dem Großmutter MacPherson ihr Logierhaus geleitet hatte, stieß er auf Kohlengruben. Dort wurden hungernde Kumpels samt ihren Frauen und Kindern niedergeknallt von Verbrechern, die man aus dem Osten holte und die ein frommer Baptist bezahlte, der über so viele Millionen Dollar verfügte, daß er nicht wußte, wohin damit. Den darbenden Kumpels gab er davon keinen Cent Zuschlag für ihre schwere, ehrliche Arbeit, spendete vielmehr Wohltätigkeitsvereinen beträchtliche Summen für „gute Werke“, um so die Raffsucht, den Betrug und den Schwindel, die ihm sein Riesenvermögen geschaffen hatten, mit dem Mantel der Nächstenliebe zu bedecken.

Nur da und dort fand Ransome einzelne alte Leute, welche noch die entschwundene Welt gekannt hatten, die es nie in Europa und nur sehr kurz im amerikanischen Westen gegeben hatte. Doch deren Anschauung und redliche Sitte galten allenthalben als altmodisch und wurden nicht selten verlacht. Ihm jedoch schien es, als strahle aus diesen schlichten Gemütern noch ein besonderer Glanz, eine eigene Schönheit. Darum hatte er auch Tante Phoebe vom ersten Augenblick an ins Herz geschlossen. Kein Zufall, daß sie seiner Großmutter MacPherson so ähnlich sah.

Dieser Angloamerikaner fühlte sich mehr als Amerikaner denn als Brite. In England war er eigentlich immer ein Fremdling geblieben, der gegen die Starrheit der Lebensformen sich auflehnte. Die krassen wirtschaftlichen Gegensätze und der Kastengeist, der dort herrschte, dünkten ihn zeitweilig ebenso unerträglich wie die entsprechenden Zustände, die er in Indien antraf. Im Grunde war er weder ein Europäer noch das, was man einen guten Amerikaner nennt. Denn dieser glaubt an Universalmittel und betrügt sich gern selbst; das tat er nicht. Auch dessen Anbetung des Dollars und des Erfolges teilte er nie.

Er war nicht dies und nicht das. Er war (und dies bedrückte ihn schwer, denn er wußte es nur zu genau) ein nutzloser Liberaler alten Schlages in einer kranken Welt, die nach Gewalt, Rücksichtslosigkeit und Revolution verlangt, um zu sich zu kommen. Er aber war ein enttäuschter, einsamer Idealist, der voll Bitterkeit auf die räuberische, verlogene Umwelt blickt. Am schwersten war ihm die bittre Erkenntnis geworden, daß er selber ein Unnützer war, den sein düsterer Pessimismus lähmte. Er fand sich nicht nützlicher als jene heiligen Sadhus, die er nackt auf den Tempelstufen zu Benares hatte sitzen sehen.

Kurze Zeit hatte Ransome in Ranchipur Frieden und Ruhe gefunden und war gefährlich nahe daran gewesen, sich den von den Hindus gepriesenen „Tod im Leben" zu eigen zu machen. Zum Glück war die Versuchung noch rechtzeitig an ihm vorübergegangen; nun war die Gefahr vorbei. Die Errettung war ihm aus seiner eignen Verbitterung und Verzweiflung gekommen: er hatte entdeckt, was es bedeutet, zu hassen. Er konnte noch hassen und sah diesem Haß eine neue Stärke entkeimen. Denn in dieser Zeit, fand er, waren Haß und Gewalt die einzigen Mittel, durch welche die große Krankheit zu heilen war, und darum hatte auch Raschid, der große Hasser, ihn gleich von Anfang an angezogen.

Dieser gewaltige Muselman stammte aus einem Volke, das seinen Glauben niemals auf Sanftmut und Non-resistance gestellt hatte und dessen Haß und Reformeifer niemals, wie beim Christentum, zu einer Beschäftigung mit Moraltheologie und religiösen Streitfragen herabgesunken war. Als treuester Anhänger des Islams sah Raschid Ali Khan in der Habgier, der Heuchelei, der Unehrlichkeit unendlich größere Verbrechen als in Vielweiberei, Ehebruch und jeder Art Unzucht. Die christliche Kirche jedoch, sagte sich Ransome, hatte fort und fort aus Verbrechen gegen die Menschlichkeit Nutzen gezogen und achtete dieser auch jetzt nicht in ihrem krankhaften Eifer, den sie auf sexuellem Gebiet an den Tag legte. Raschid, erkannte Ransome, hatte Glauben und daher Kraft; sein Islam hieß Mohammed. Er aber besaß keinen Glauben, denn in der christlichen Welt war keiner zu finden. Doch er begann, das Hassen zu lernen. Er fühlte: durch Haß bin ich zu retten.

XXI

Auf dem Heimweg hielt er beim Konservatorium. Schnell war er den Direktor Das los und konnte nun lauschen, einsam und unbehelligt; die Sänger redeten ihn nie an. Wieder sang Jemnaz Singh für ihn, und seine beiden Schüler spielten dazu. Kein Donner und kein Blitz störte. Nur der Regen rauschte gleichmäßig nieder; der Wind hatte keine Gewalt mehr. Und zur Begleitung des Regens sang Jemnaz, der Schöne, glanzvoll in Atchcan und Turban gekleidet, die Dankeshymne an Krischna für die Erlösung von Dürre und Hungersnot, ein uraltes Lied, Jahrtausende mochte es alt sein; der Text war noch in der Sprache der Rajput-Krieger. Ransome verstand kaum ein Wort davon, doch während er hörte, zog Friede in seine Seele ein, denn die Ewigkeit rauschte in diesem Gesang, der da lautet: „Staaten kommen, Reiche vergehen. Könige steigen und stürzen. Reichtümer, die da sind, über Nacht sind sie zunichte. Wir aber, Erde und Volk, sind ewig."

Es war Nacht, als er das Konservatorium verließ, um den Hals noch immer das Blumengewinde, und es kam ihm nicht einmal lächerlich vor, so im Monsunregen herumzufahren, ein Europäer in einem alten Buick. Nur der Tourist kann so etwas noch komisch finden. Für ihn gab es in Indien nichts Neues, sondern nur ein Altes, ein Ewiges, ungeheuer Geräumiges, das, wenn auch unwillig, vielerlei Völker, Sitten und Religionen beherbergt und Jesus samt Buddha und Mohammed in sich einsog.

Bei der Brücke am Tierpark mußte er warten und einen Rolls-Royce von jenseits herüberlassen. Es war ein Wagen des Maharadschas. Über und über mit roter Erde bespritzt, rollte er schwer über die Brücke. Drinnen saßen zwei Menschen; unter dem Deckenlicht sahen sie wie Wachspuppen aus: der Mann schwer, aschblond, mit knallrotem Gesicht; die Frau, eine Schönheit undefinierbaren Alters, starrte ausdruckslos im Vorbeifahren auf den alten Buick, während der Mann, ohne aufzublicken, auf einem zusammengefalteten Blatt sich Notizen machte. ‚Die Hestons!' wußte der einsame Blumenbekränzte. ‚Man hat ihnen die Staudamm-Anlagen gezeigt.'

Hätte er nicht gewußt, daß es Edwina sein müsse, vom bloßen Ansehen hätte er sie kaum wiedererkannt. Nicht als ob sie sich ungewöhnlich verändert hätte, aber das Gesicht, das er sah, war wie tot, eine mit äußerster Realistik geschickt gefertigte Maske, die hochblonde Frisur wie eine Perücke, das weiße Seidenkleid zu vollendet, zu makellos, als daß eine Lebende es mitten im indischen Monsun tragen konnte. Da sie von seiner Anwesenheit in Ranchipur keine Ahnung hatte, konnte sie den Bekränzten in seinem von der Sonne gebleichten alten Wagen unmöglich erkannt haben. Möglich auch, daß sie sich gar nicht mehr seiner erinnerte. Zu viel war seit ihrer letzten Begegnung geschehen.

‚Genauso habe ich sie mir vorgestellt', dachte er und wollte losfahren, drosselte jedoch in Gedanken den Motor, und da er nun einmal stand, setzte er den Wagen nicht wieder in Gang, sondern dieser verharrte zur Seite der gußeisernen Königin Viktoria mit Ridikül und Regenschirm.

Der Fluß ist nicht länger ein stiller Kanal, in dessen grünlicher Oberfläche Sternenbilder sich spiegeln. Er ist in Bewegung geraten. Gelb, aufgeregt klatscht er gegen die flachen Stufen der Ufertreppen, die vom Wasser hinauf bis zu Krischnas juwelengeschmücktem Altar führen. Höher und höher, von Stufe zu Stufe steigen und schlagen die Wasser. ‚Der Strom tritt ins Leben', empfand der von neuem erregte Mann. ‚Schritt für Schritt dringt er bis zur Höhe der Straße, aber dort macht er nicht halt; er klimmt bis hart an den Tempel. In dampfenden Nächten wird man ihn brüllen hören.' Sprach nicht das Volk noch immer davon, wie einst unter der Herrschaft des Ruchlosen Maharadschas der Strom immer weiter gestiegen, gestiegen, den Krischnatempel ertränkt und die heulenden Fluten, mit sich reißend Bäume und Häuser und Leichen von Mensch und Tier, sich ausbreiteten über die ganze Stadt? ‚Es muß ein hinreißendes Schauspiel gewesen sein', stellt Ransome sich vor: ‚die wild empörte Natur vernichtet das klägliche Menschenwerk!' Nach dieser Katastrophe herrschten im ganzen Reich Hungersnot, Pest und ein großes Sterben. Er mustert das schwerfällige Standbild der Königin und denkt: ‚Wenn es wieder so käme, würde die gute Queen, die Hausfrau eines Imperiums, wie Krischnas Tempel ertrinken.'

Doch nein, so etwas kann sich nicht wiederholen. Der Maharadscha hat vorsorglich die schärfsten und engsten Windungen des Stromes abtragen lassen, und majestätisch gelassen, der Kobra gleich, die einen Gartenpfad überquert, strömt und rauscht es nun durch die Stadt.

Wie im Traum sieht der Einsame sich und Edwina damals im Leben der ersten Nachkriegszeit ... ‚Wie lang ist das her ...' Er fühlt sich uralt und grenzenlos traurig.

Sie gefiel ihm immer, ja, es gab eine Zeit, da er sie liebte. Und wie er nun auf diese Epoche zurückblickt, auf diese entschwundene Zeit, hält er es wohl für möglich, daß ihre Liebe sich damals vertieft, eine Ehe geschaffen und ihnen beiden den Halt gegeben hätte, der ihnen not tat. Aber die Zeit, in der sie lebten, das Milieu, aus welchem sie stammten, war nicht dazu angetan. Mit seinen sporadischen Anwandlungen von Melancholie und Ausschweifung hätte er einen schlechten Ehemann abgegeben und sie mit ihrer anerzogenen Oberflächlichkeit, Leichtfertigkeit und windigen Unmoral eine ebenso schlechte Ehefrau. Wie hätten sie einander treu sein können, da es in ihrem Leben nichts gab, woran sie glaubten? Bedenkenlos hatten sie zweimal am Weekend ein rasches Vergnügen erhascht, auf welches keine Gewissensbisse gefolgt waren, sondern nur Überdruß. Die Liebe nahm ein Ende. Sie blieben gut Freund, und von dem erotischen Intermezzo war, soviel er sich jetzt noch entsinnen konnte, nie wieder die Rede. Heut ist ihm nicht anders, als seien sie niemals zusammen allein gewesen, sondern immer nur in großer Gesellschaft, als grause ihnen vor dem Alleinsein selbst in der Zweisamkeit. Edwina und ihresgleichen, damals auch seinesgleichen, verjagten ihn aus England und aus Europa. Sie waren krank, alle ... Millionäre, Finanzmagnaten, Politiker ...

‚Wir strahlten einmal vor Jugend', denkt er. ‚Wir waren die Ersten, wir waren der Fortschritt. Und jetzt ...? Gottverdammich!'

Es ist, als hypnotisiere ihn der Anblick der gelben nächtlichen Wasser; ihr Brausen und Rauschen ist ihm ein Winken, ein Locken, sich von der Brücke hinuntergleiten zu lassen, um nie wieder aufzutauchen. Die Krokodile werden das Ihrige tun, sein Leichnam wird niemals gefunden werden. Dies ist der richtige Augenblick! Noch zwei Tage Regen, und der Fluß wimmelt von Schlangen, ist voll von schwimmenden Trümmern und Leichen von Tieren, welche den Geiern entgingen und nun eine Beute der Krokodile werden. Seit Monden zum ersten Male treten Selbstmordgedanken, einst seine treuesten Begleiter, wieder an ihn heran. Es wäre so leicht, es wäre etwas so Herrliches, sich über die Brüstung fallen zu lassen – und weg! Wer wird ihn vermissen? Mary in ihrem Rokokoschlößchen am Grand River? Sein Vater, die Brüder? Alle haben ihn schon jetzt vergessen. Und in Ranchipur? Sehr wenige würden ihn vermissen. Raschid vielleicht, die Smileys, Jobnekar, möglicherweise sogar der Maharadscha. Wie lange? Ein paar Wochen höchstens. Er ist ja kein Teil ihres Daseins, niemandem notwendig, wie Raschid Ali Khan oder Jobnekar dem kommenden Indien oder die Smileys den Armen und Elenden im Lande. Nein, es gibt keinen logischen Grund, weshalb er sich nicht zerstören sollte; es gibt nur den einen unlogischen: er hat keine Lust mehr dazu.

Durch den Nebel seiner Gedanken und das Rauschen des Stromes klingeln silberne Glöckchen. Pferdehufe trappeln. Eine Tonga kommt in lebhaftem Trab an ihm vorüber und über die Brücke, ein herzlicher grüßender Zuruf erschallt; dann verschwindet das fröhliche, rotbemalte, mit Spiegelgläsern gezierte Gefährt in Regenströmen und Finsternis. Doch im Vorüberjagen hat Ransome die kräftige Stimme und die unter dem niedrigen Verdeck zusammengeduckte Hünengestalt erkannt: Raschid, den Krieger, den Sarazenen, zu spät und zu früh in diese Welt geboren. Er kam vom Dienst und fuhr jetzt zu seiner Frau und den sieben prächtigen Kindern.

Der Einsame preßt den Fuß auf die Kupplung und läßt den Strom, die gußeiserne Königin und den Tod hinter sich.

Daheim hat inzwischen Johannes der Täufer mit seinen Freunden die Dachziegel, welche die Affen heruntergeschmissen, wieder an Ort und Stelle gebracht. Nun hocken sie drinnen beisammen, spielen Flöte und schwatzen.

Er fand zwei Briefe vor. Der eine lud ihn auf Donnerstag zum Dinner mit Lord und Lady Heston; er kam von Mr. Bannerji. Der zweite, mit Stern, Pallasch und Turban des Maharadschas geziert, enthielt eine Einladung ins Schloß, um dort mit den gleichen distinguierten Besuchern zu speisen.

Wie ein schwarzer Vorhang hängt vor den Fenstern die Finsternis.

Er zündet alle Lichter an. An den Wänden des Speisesaals hat sich schon Schimmel gebildet. Einen Moment ist ihm, als höre er schon das Brüllen des nahenden Stromes. Doch es war nur ein fernes Summen oder das feine Getön aus der Flöte des Täufers, das wiederum anhob. Er steht und horcht gespannt, als gelte es noch ein anderes Tönen einzufangen, ein Klingen, nur geistigen Ohren vernehmbar: das Singen wachsender Dinge, wandernder Wurzeln, aufbrechender Knospen, rankender, saftiger Schlinggewächse, den Klang eines endlosen Erdteils, der mit dem Regen lebendig wird.

XXII

Es war das letzte höfische Dinner bis zur Beendigung der Monsunzeit, in der nur kleine Leute wie Smileys mit Tante Phoebe, Miss Dirks und Miss Hodge oder Kämpfer wie Raschid und Jobnekar in Ranchipur verbleiben. Sonst verzog sich nun alles, Milliardäre, Vizekönige, hohe Militärs und Großindustrielle vom Schlage Hestons, in Höhenkurorte über den Regenwolken, welche die Ebenen tränken. Auch das heutige Bankett erfolgt nur auf besondere Bitte des Vizekönigs an seinen Freund, den Maharadscha: Lord Heston und seine Gemahlin in allen Ehren und Formen bei sich zu empfangen.

Aber weder der Maharadscha noch Ransome, noch Heston versprechen sich von der Veranstaltung einen Genuß, trotz Anwesenheit Raschid Ali Khans, dessen Lebensfrische sonst allenthalben Frohsinn verbreitet, und am allerwenigsten erwarteten von dem Abend die alte Maharani und Lady Heston. Denn erstere sieht sich gezwungen, einen ganzen Abend lang erhaben und herablassend liebenswürdig zu tun, was ihr schon längst gründlich verleidet ist, und letztere interessiert sich für überhaupt nichts mehr; ihr bißchen Neugier auf Indiens bizarre Wunderwelt ist schon gesättigt. Die einzige Person, die das Fest mit Freude begrüßt, zählt nicht zu den Geladenen. Es ist Elizabeth Hodge.

Schon seit halb acht sitzt sie rot vor Erwartung gegenüber dem Hauptportal des Palastes unter dem Eingangsdach auf der Veranda ihres kleinen Hauses und tut, als sticke sie. Die wilde Militärmusik hat sie in gehobene Stimmung versetzt. Auch mit der Dirks gab es schon einen kleinen Auftritt, und zwar wegen der Frage, ob man, um die Auffahrt der Gäste besser verfolgen zu können, das Vorgartentor offenlassen dürfe oder nicht. Sarah machte mit Recht geltend, man könne bei dieser Dunkelheit ohnedies niemand erkennen, doch für Miss Hodge spielte das keine entscheidende Rolle, denn sie erkannte jeden Geladenen an seinem Fahrzeug, mochte es nun die kleine Miet-Tonga Jobnekars oder ein purpurner Rolls-Royce sein, wie ihn der Maharadscha Gästen von Distinktion zur Verfügung stellte. Die Insassen der Wagen konnte sie sich zur Not vorstellen. Zwar verlief der unerquickliche Disput ohne dramatischen Höhepunkt, Tränen, Rührung, Versöhnung, doch hinterließ er in Elizabeth trotz ihres Sieges Beklommenheit.

So überlegen sie auch auf ihrer Veranda sitzt, kann sie den Streit doch nicht vergessen. In ihren Triumph mischt sich ein Gefühl der Scham. Wieder hat sie über die andre gesiegt; das Tor ist offen, die Aussicht frei, aber noch immer bewegen sich ihre Lippen in einem stummen Selbstgespräch, von dem Sarah dicht hinter ihr im Zimmer am Fenster nichts ahnt.

‚Ist es nicht lächerlich, daß Sarah das Tor geschlossen wünschte, bloß, damit kein Vorübergehender einen Blick in ihren Garten wirft?' räsoniert die Hodge. ‚So etwas Übertriebenes, direkt krankhaft! Man meint, ich hätte von ihr verlangt, sie solle nackt über den Großen Platz ins Kino gehen. Lächerlich so etwas! Ohne Sinn und Verstand!' Sonst hätte sie selbst ohne weiteres nachgegeben, wie immer. Aber diesmal, nein, diesmal ist sie im Recht! Deshalb lief sie auch, ehe die Auseinandersetzung zu Ende war, einfach hinaus, durch den Garten zum Tor, und machte es auf. Sarah konnte es ja, wenn sie wollte, wieder schließen. Aber sie hätte es dann wieder geöffnet. Schließlich brauchte sie sich nicht immer und immer von Sarah ducken zu lassen, konnte auch einmal den eigenen Kopf aufsetzen!

Aber die Dirks ließ das Tor offen und sah Elizabeth, als diese wieder ins Haus kam, nur einmal ganz merkwürdig, ohne etwas zu sagen, an und nahm ihr Buch wieder auf. Und nun revanchierte sie sich, tat abgespannt und erhaben und ließ jeden Versuch Elizabeths, sich mit ihr zu unterhalten, mit eisiger Höflichkeit an sich abprallen. Was tut's? Gesiegt hat sie trotz alledem und ist froh darüber. Ihr Herz schlägt höher und schneller, ihre Wangen glühen.

Vor ihr, jenseits des Großen Tores, erhebt sich mit vielen hellerleuchteten Fenstern vor einem stürmenden Himmel das massige Schloß. Wolken jagen vorüber, einen Augenblick hört der Regen auf. Zwischen Wolkenfetzen glitzern einzelne Sternbilder. Hoch zu Roß halten in der gedeckten Torfahrt zwei berittene Sikhs mit hohen Turbanen Wacht. Gekleidet in Scharlach und Gold sitzen sie reglos, stumm auf ihren Rappen; ihre starren Lanzen tragen die purpurgoldenen Wimpel des Maharadschas, ihres Gebieters. Ihre langen, schwarzen Bärte, die nie ein Schermesser berührt, sind bei dieser Ehrenwache von feinen Netzen unter dem Kinn zusammengehalten.

Seit fünfundzwanzig Jahren sah Miss Hodge die berufsmäßigen Krieger Seiner Hoheit die Wache beziehen, und immer wieder wirkte der Anblick der schlanken, sehnigen Gestalten auf ihr Gemüt. Diese stolzen Gesichter, die feingeschnittenen Nasen, ihre prunkvollen Tuniken aus Scharlach und Gold – es war fast zuviel für Elizabeths romantisches Gefühl. Das waren Männer! Herrliche, kühne und bärtige Männer, mit ihren Rossen verwachsen! Sie verstand selber nicht recht, wieso sie sich derart für sie begeisterte; sie schämte sich sogar ein wenig der stürmischen Empfindung, die sie in ihrem Busen erregten, ging ihr jedoch nie auf den Grund. Es war teils eine einfache Reaktion der weiblichen Drüsen, teils waren es Nachwehen ihrer Schwärmerei für die Romane von Flora Annie

Steel. Wenn die Dirks nicht zugegen war, stand sie mitunter am Fenster im Oberstock, schob den Vorhang beiseite, um die Sikhs zu erspähen, und zarte Gefühle bewegten sie, ihr Herz schlug schneller, und sie war fröhlich. Es war wie ein Rauschgift und ihr wie ein solches zu einer Gewohnheit und Notwendigkeit geworden, von der sie nicht lassen konnte. Mit der Zeit lernte sie die einzelnen Individuen auseinanderhalten, was nicht leicht war, denn alle waren vom gleichen Typ, groß, hager, mit Habichtsnasen. Sie kannte keinen mit Namen und dachte sich darum für einzelne einen Namen aus. Da sie nie einen Sikh-Namen gehört hatte, waren es lauter gut englische Vornamen, die sie ihren Günstlingen gab: John, Geoffrey, William, Herbert und Cecil. Einige sah sie von Jünglingen zu reifen Männern heranwachsen. Manchmal verschwand einer und wurde nie mehr gesehen. Oder es kamen neue, die sie bei jedem Wachdienst eingehend daraufhin musterte, ob sie wert seien, in die Reihe ihrer Lieblinge aufgenommen zu werden. Manchen lehnte sie ab. Der Favorit unter ihren Lieblingen aber war Cecil, und als er das Regiment verließ, um in den Norden zurückzukehren, befiel sie wochenlang, sooft sie zur Wache hinübersah, eine tiefe Niedergeschlagenheit. Wohl hoffte sie anfangs, er sei nur auf Urlaub und kehre wieder; doch dies geschah nie, und sie hatte nicht einmal die Möglichkeit, festzustellen, was aus ihm geworden war.

Während ihre Blicke auf den zwei Reitern unter den großen durchbrochenen Kupferlaternen ruhen, nahen die Gäste. Sie unterscheidet Raschids mächtige, in der kleinen glitzernden Tonga zusammengeduckte Gestalt, ihm zur Seite in reinem Weiß seine Gattin. Sie erkennt des Dewans altmodischen französischen Kraftwagen, Ransomes fünf Jahre alten Buick, der früher Monsieur Descans gehörte, den kotbespritzten Ford Major Safkas, einen Packard, in dem vermutlich der General sitzt, den kleinen Austin, in dem Mr. Banerji seine schöne Frau chauffiert, und endlich den surrenden purpurnen Rolls mit Lord und Lady Heston. Eine jähe Erregung bemächtigt sich der Zuschauerin. Die Deckenbeleuchtung im Wagen ist eingeschaltet – einen Moment sieht sie den Weltberühmten und seine vornehme Gemahlin in ihrem Staat. Oh, sie weiß genau Bescheid, daß Lady Heston eine Edwina Doncaster war, „eine der berückendsten jungen Erscheinungen aus der großen Gesellschaft“ und seinerzeit die intime Freundin des Prince of Wales. Miss Hodge ist eifrige Leserin der Sparte „Hof und Gesellschaft“, liest in der Morning Post alle Geburten und Todesfälle, auch wenn die Zeitung erst Monate nach Erscheinen in Ranchipur eintrifft und ihr Kunde bringt von einer Welt, die sie niemals sehen wird.

Als letzte zotteln Jobnekars in einer Miet-Tonga an. Elizabeth sitzt noch eine Weile und wartet, dreht sich dann um und sagt: „Sarah! Das waren wohl alle: Hestons, Mr. Ransome, Raschids, Bannerjis und die Jobnekars."

Keine Antwort. ‚Aha, sie redet nicht mehr mit mir', vermutet Elizabeth, ‚das ist denn doch die Höhe!' Sie sieht genauer hin; Miss Dirks sitzt mit geschlossenen Augen. Das Buch „Neue Methoden des Algebra-Unterrichts" liegt auf ihrem Schoß; die dünne Rechte ist gegen den Leib gepreßt. Erschrocken springt Elizabeth auf. „Sarah! Sarah!"

Die Dirks schlägt die Augen auf. Ihr Blick scheint aus weiter Ferne zurückzukehren. „Ja, Elizabeth? Entschuldige, ich war ganz in Gedanken."

„Ist dir nicht gut?"

„Nein, nein, nur etwas müde, sonst nichts." Sie setzt sich gerade und nimmt das Buch in die Hand.

„Ich mache dir etwas Tee", sagt Miss Hodge.

„Nur keine Umstände, bitte!"

„Doch, doch!" Sie läuft in die Küche, um Wasser aufzusetzen. Ihre Hände zittern. Sie hat Gewissensbisse, schämt sich ihres Sieges wegen des offenen Gartentors, will die vorige Halsstarrigkeit wiedergutmachen; sogar zu einer Entschuldigung ist sie bereit, wenn nur das zerrissene Band zwischen ihnen sich wieder knüpfen läßt.

Miss Dirks hat nicht geschlafen. Sie grübelte mit geschlossenen Augen und kämpfte gegen Schmerzen, die seit einiger Zeit immer heftiger auftraten und gegen die keine Willenskraft half, sowenig es nutzte, sich einzureden, sie seien nicht vorhanden. Sie waren da; manchmal verzogen sie sich ein bißchen, aber dann kehrten sie mit erneuter Heftigkeit wieder. Sarah glaubt selber nicht mehr, es werde je wieder gut werden. Nur keine Selbsttäuschung! Sie weiß: ich komme nie wieder zu Kräften. Schon längst hätte sie einen Arzt zu Rate ziehen müssen, aber in Ranchipur gab es nur einen, der dafür in Betracht käme: Major Safka – und der kam gerade für sie nicht in Betracht, nein! Zu ihm hinzugehen, sich auszuziehen, ihren Körper von jemand betasten zu lassen, der nicht nur ein Mann, sondern dazu noch ein Inder und schön, jung und charmant ist – das hält sie nicht aus! Dann lieber nach Bombay. Aber auch da gibt es ja keine weiblichen Ärzte, und schließlich und endlich: in ganz Indien, im ganzen

Osten ist kaum ein beßrer Chirurg als der Major. Sie hat es hin und her überlegt und kann sich nicht überwinden. Der bloße Gedanke schon macht sie krank. Lieber sterben.

Die Schmerzen, sosehr sie ihr zusetzen, könnte sie wohl noch ertragen, wie sie schon so vieles in ihrem Leben ertrug. Aber ihr ganzer Zustand und ihre Lage beunruhigten sie noch mehr. Sie lebte in ständiger Angst und hatte niemanden, zu dem sie hingehen, mit dem sie sich aussprechen könnte. Elizabeth? Mit ihr am allerwenigsten; sie würde nur wieder hysterisch und durch ihr Getue und alle möglichen unwillkommenen Aufmerksamkeiten die Krankheit gar noch verschlimmern. Selbst wenn die Schmerzen vorübergehend aussetzten, würden Elizabeths Fragen und Klagen sie nur von neuem an sie erinnern.

Der Tee kam, und wenn er auch den gräßlich nagenden Schmerz nicht linderte, fühlte sich Sarah doch etwas erleichtert. Sie schämte sich für die Freundin ob deren kindischen Gebarens; diese Geste machte einiges wieder gut.

XXIII

Der Palast, ein Riesenbau, liegt in einem weitausgedehnten Park, der seine Entstehung dem Bestreben verdankte, die Vornehmheit und wohlgeordnete Unregelmäßigkeit englischer Landsitze nachzuahmen. Türmchen, Dachreiter, Türme und Kuppeln wachsen in unübersehbarer Fülle ohne architektonische Notwendigkeit aus einem Wust von Erkern, Balkonen und Galerien und dies in einem Stilgemenge aus nordafrikanischen, persischen, indischen und europäischen Motiven. Dem Europäer, der dieses Palais zum ersten Male bei Tageslicht sieht, ist es ein architektonischer Alpdruck. Aber bei Nacht, unter dem tiefblauen sternenbesäten indischen Himmel erscheint es ihm mit seinen zahllosen hellerleuchteten Fenstern traumhaft wie ein verzaubertes Feenschloß. Mondlicht löst dann alle steinerne Härte in Schatten auf, und die gewaltige Masse wächst gleich der Geisterstadt in der „Geschichte des Fischers“ über die dunklen Bäume empor.

Der Park mit seinen Banyan-, Mango-, Eukalyptus- und Palmbäumen, welche die Stelle der Ulmen, Eichen und Zedern englischer Gärten vertreten, wirkt nicht minder phantastisch als das Palais. Anfangs bemühte sich der schottische Gärtner der Maharani mit heldenmütiger Ausdauer, in der schweren rötlichen Erde englische

Bäume, Sträucher und Blumen Wurzel schlagen zu lassen. Doch die indische Erde weigerte sich, die Fremdlinge an Kindes Statt anzunehmen. Sie verdorrten, verkümmerten, starben dahin unter der sengenden Sonne.

Der Park besaß einen Weiher und dieser einen Zementboden, damit das kostbare Naß in der Trockenzeit nicht versickerte. Doch nicht das durchsichtig kühle, lilienumkränzte Antlitz eines englischen Teiches wendete er dem ehernen Himmel zu, sondern ein grünlich totes, auf dem eine Petroleumschicht lag, die die Malariaträger, die Moskitos, von ihren Brutstätten fernhielt. In einem Jahr wie diesem, da sich der Monsun verspätete und das Wasser kostbarer wurde als Wein, ließ man den Teich austrocknen. Und nun war da nichts als eine große, flache, leere zementene Schale mit netten Vergnügungsbötchen darin, trocken und schmutzig, die grausigste Karikatur eines Weihers.

Mit dem Park konnte sich Ransome nie anfreunden; schon die dort herumtobenden heiligen Affen zerrissen jede harmonische Stimmung. Anders jedoch empfand er den Palast. Seit er ein wenig von Indien verstand, nicht als Tourist, vielmehr als ein Liebender, war es ihm klar, daß diese phantastische Baulichkeit nicht nur für Ranchipur das Richtige war, sondern zugleich eine architektonische Gipfelleistung. Da war nichts von der trostlosen Kahlheit seines eigenen Wohnhauses, im klassisch georgianischen Stil à la Belgrave Square, dessen Öde er glücklich mit Schlingpflanzen und Ziersträuchern überkleidet hatte. Da war auch Gott sei Dank nichts nach Art der britischen Regierungsgebäude zu Delhi, mit denen man Indien imponieren wollte und nichts anderes erreichte, als daß nun die grandiosen Ruinen aus der Mogulzeit durch eine Regent-Street-Kopie verunstaltet waren. Der Palast aber in all seiner Extravaganz, Phantastik und Regellosigkeit war ein Kind Indiens, im Überschwang aus Indiens Muttererde geboren. So mußte er sein. So war er am Platze, genau wie die Banyan-, Mango-, Eukalyptus- und Palmbäume, welche die schottischen Ulmen und Eichen verdrängt hatten. Auf diesem schweren rötlichen Erdreich, in dieser kochenden Atmosphäre konnte wahrlich kein anderes Bauwerk in Samen schießen als dieser Gigant unter den Palästen. Ransome erkannte: er ist nicht nur richtig, er ist auch sehr schön.

Das Riesenschloß ist zum Schutz gegen die Hitze errichtet, daher die tiefen Torfahrten und Fensterdickungen, die hohen Decken und die sieben weiträumigen Innenhöfe. Darin wachsen Bäume und Blumen, und aus Fontänen und Quellen rieselt es Tag und Nacht. Durch Orchideen und hängende Reben stoßen afrikanische Palmen empor in das Licht, das von oben auf marmorne Balkone und Galerien fällt. In der Mitte jedes der sieben Höfe schwimmen in Marmorbecken Goldfische über Mosaiken aus Chrysopras, Jade und anderen Halbedelsteinen. Sie stellen Blumen dar und sind alten Originalen aus den Mogulpalästen zu Agra und Fatehpur-Sikri nachgebildet. In den Wipfeln der Betelpfefferpalmen hängen goldene Käfige mit unzähligen buntgefiederten indischen Vögeln, und über ihnen an den marmornen Dachtraufen haften Waben der indischen Bienen, die sich in einem einzigen mächtigen Schwarme zusammenhalten, durch- und übereinanderkriechen, nacheinander verenden und von den im Innern des Schwarmes gehegten ersetzt werden. Im ganzen Staate Ranchipur gibt es keine so kühle Zufluchtsstätte mehr wie diese tiefen, feuchtschattigen Gärten, auf deren Grund niemals ein Strahl der Glutsonne dringt. Nur dem nächtlichen Himmel stehen sie offen.

Rings um die inneren Höfe liegen im ersten Stockwerk die Räumlichkeiten der Königlichen Hoheiten, im zweiten die ihres Gefolges und im Parterre hohe unbewohnte Hallen und Appartements, voll von Möbeln, Kunstgegenständen und Andenken aller Art, die hier ungesichtet und planlos herumstehen. Bunt durcheinandergewürfelt stehen da Schränke, Schränkchen, Vitrinen mit köstlichen Stickereien und Vasen, edelstes Kunsthandwerk, aus dem verwunschenen Schloß des Ruchlosen Maharadschas einstmals hierhergebracht, und daneben der ärgste moderne Kitsch. Über unschätzbar wertvollen Gefäßen aus Jade, Achat und rosa Quarz, die im Lauf der Jahre von der Maharani gesammelt wurden, hängen Prachtschinken von Kaulbach, Piloty und Gabriel Max. Altpersische Gobelins, noch aus den Zeiten Akbars, bedecken die Wände von Sälen, an deren Fenstern Spitzenvorhänge aus Nottinghamer Fabriken angebracht sind. Einige dieser Geschmacklosigkeiten kaufte die Maharani auf ihren ersten Europareisen auf Ausstellungen, die den Triumph der Maschinen und ihrer Produkte verherrlichten. Damals machten die raffinierten Fabrikate und Kinkerlitzchen noch Eindruck auf sie. Erst als ihr Europa nichts Neues mehr war, kam wieder ihr eigner Geschmack zur Geltung; sie sah: was sie da eingekauft hatte, war ein Greuel, und stopfte es kunterbunt, wie es eben kam, zum Überschuß ihrer Schätze in diese verlassenen, kaum je betretenen Räume. Einige der hier verstauten Sachen waren auch Geschenke indischer Vereine, die sie oder ihr Mann irgendeinmal gefördert hatten, und Ehrengaben, die ihr die Regierung Edwards VII. überreicht hatte.

An das äußerste Ende des Ganges, der sich die ganze Palastfront entlangzieht, stößt ein großer Garderobenraum, in dem die heute geladenen Herren die Hüte ablegen. In diesem Raum ist eine Ecke, die Ransome in stiller Heiterkeit zu betrachten pflegt. Über einem wundervollen chinesischen Götterbilde aus Bronze hängen zwei eingerahmte Schweißhunde mit einem Terrier von Landseer, und vor einem in Zeichnung und Farben erlesen schönen Gebetsteppich aus der Mogulzeit steht eine süßliche moderne Psyche aus Alabaster, die man anscheinend einem neapolitanischen Hausierer abgekauft hat.

XXIV

Jeder der Ankommenden schreitet die breite weiße Marmortreppe empor und gelangt in eine weite Halle im tiefen Blau indischer Nächte. In die Wände eingelassen die berühmte Sammlung der Maharani von Malereien der Mogulzeit, dazwischen silbern leuchtende Sterne. Durch hohe Fenster blickt man über den weiten Park zum fernen Berge Abana. Diese Fenster sind mit einem Netzwerk aus weißen Schnüren bespannt, zum Schutz vor Riesenfledermäusen und der Zudringlichkeit heiliger Affen. Von der Mitte des Plafonds hängt ein von Lichtern glitzernder großer kristallener Lüster; zu Tausenden summen die Bienen darin. Unter ihm empfangen die Herrscher von Ranchipur ihre Gäste.

Die Maharani trägt einen weißen, silbergesäumten Sari im Mahrattenschnitt. Die sehr lange Schleppe umfließt ihre kleinen Füße und rauscht beim Gehen majestätisch hinter ihr her. Sie trägt keinen anderen Schmuck als Smaragde – an den Ohren, den Handgelenken, den Fingern, den Fußzehen und um den Hals nur Smaragde, die sie aus Leidenschaft für edles Gestein überall in der Welt sammelte: von der Fifth Avenue bis zur Bond Street und der Place Vendôme, von Moskau bis Jaipur und Peking. Heute nacht ist sie nicht die gewitzigte alte Frau, die pokert wie ein gewerbsmäßiger Spieler in einem Goldgräber-Camp, schlau, schlagfertig und mitunter von pantagruelscher Derbheit, sondern die geistig überlegene Lady, im tiefsten Innern noch immer halb wild, und eine große Königin. Obwohl klein von Gestalt, von vollendeter Zartheit wie eine Tanagrafigur, ruft sie in dem Besucher den Eindruck majestätischer Größe hervor. Hoch aufgerichtet steht sie da und bewegt sich mit der Würde des Weibes, das seit je die wackeligen Absätze erster Pariser Schuhkünstler verschmähte. ‚Die letzte der Königinnen', denkt Ransome wiederum, als er sie beim Eintreten unter der Lichtflut des bienenerfüllten Kronlüsters erblickt. ‚Im Westen bemühen sich Königinnen, möglichst so auszusehen wie gutbürgerliche Hausfrauen, weil dies ihre einzige Rettung ist.'

Der greise Dewan ist schon zugegen und Raschid mit seiner dunklen bescheidenen kleinen Frau und Bannerji mit seiner Gemahlin, der kalten Schönheit. Der Maharadscha blickt müde und alt; er ist in weißer Gewandung, aus dem Scharlach des Ranchipur-Turbans blitzt ein einziger, von Smaragden gefaßter großer Brillant. In seiner Nähe Stabsoffiziere, Adjutanten, die beiden alten Fürstinnen Bewenagar, die Freundinnen der Maharani; doch von der ganzen Gruppe fesselt am meisten Frau Bannerji die Aufmerksamkeit Ransomes. Sie lehnt an einem der hohen, netzebespannten Fenster, schön, entrückt und gelöst wie die Frauengestalten der Malereien in den tiefblauen Wänden des Saales. Sie ist für eine Inderin ausnehmend groß und hellhäutig. Ihre Miene hat etwas aufreizend Verächtliches, verwirrend Herausforderndes, das von seltsamer Gleichgültigkeit überlagert ist. Wie immer scheint sie den ganzen Raum zu beherrschen. Lange Zeit faszinierte sie Ransome mehr als irgendein anderes Weib in Indien, und dies ganz ohne ihr Zutun. Den Lebensmüden reizte nicht allein ihre Schönheit, jene stumme Entrücktheit, die zu sagen schien, ich lebe dahin, ohne mich dessen zu freuen; nicht dies allein erregte seine erotische Neugier, sondern noch mehr ihre Kühle, die zugleich alles zu versagen und nie erfahrene Abenteuer zu verheißen schien. Normale Verliebtheit kam da nicht in Frage; dazu sind sie einander zu fern und würden es bleiben. Selbst in der Leiber engster Vereinigung blieben sie voneinander getrennt. Er könnte sich ebensogut in einen Eisblock in Weibesgestalt verlieben. Allein ihr Anblick erregte in ihm jedesmal eine perverse Lust, sie zu unterjochen, zu demütigen, zu notzüchtigen und ihren Stolz in die Knie zu zwingen. Das wäre für ihn ein aufregendes Erlebnis, doch wie er es dahin bringen soll, davon hat er nicht die leiseste Ahnung. Immer wieder versuchte er einen Anstieg zu dem eisigen Gipfel, auf dem sie lebt, sprach von der Swadeshi-Bewegung, an der sie interessiert schien, von Philosophie, von Liebe, von den Tieren in ihrem Gehege, den Pekinesenhündchen, Papageien, Ibissen, Kranichen und ihrem Honigbär – irgend etwas mußte bei dieser kinderlosen Schönheit verfangen! Aber es kam zu nichts als höflichen, etwas geistesabwesenden

Antworten, die ihn davon überzeugten, daß weder durch den Verstand noch durch das Gefühl ein Weg oder ein Umweg in ihr Inneres führte. ‚Sie ist Indien', dachte er einmal, ‚und wenn dereinst Indien wiedergeboren wird, wird sie ins Leben treten.' Doch diese Wiedergeburt gehört zu den Dingen, die weder er noch sie erleben wird. Ein andermal aber, als er tüchtig getrunken hatte, sagte er sich: ‚Sie ist weiter nichts als schön, dumm und faul.'

Sie sprach nur, wenn sie auf eine Frage zu antworten hatte. Die längsten Gesprächspausen, die keine Westlerin aushalten würde, genierten sie nicht im geringsten. Sie saß, beobachtete und hörte versunken zu, äußerlich gleichgültig, ja gelangweilt, und war dabei so völlig da und so vollkommen wie keiner der Anwesenden. In manchen Augenblicken wurde der stete Blick ihrer schwarzen Augen so beunruhigend und gebieterisch, daß er die Unterhaltung der anderen lähmte und alle menschliche Fühlung rings um sie her banal und idiotisch erschien.

Als sie sich zu Beginn des Empfanges von Ransome beobachtet fühlte, warf sie ihm unter den langen Wimpern einen kurzen Blick zu, nickte hochmütig knapp zum Zeichen, daß sie ihn erkannte, setzte sich auf einen Diwan, entnahm einem Jadebüchslein ein zierlich gerolltes „Pan" Limone und ein Betelblatt und begann zu kauen. Die meisten Inderinnen mit ihrer Vorliebe für das Pan-Kauen kamen Ransome mitunter wie wiederkäuende Kühe vor, diese Frau nicht; und wieder, während er ihr so zusah, bemächtigte sich seiner die alte, erstickend heiße Erregung, und er sprach zu sich: ‚Sie haßt mich, weil ich kein Inder bin.'

Durch das Gewoge der funkelnden Gewänder im weiten Saal sieht er jetzt die Hestons einziehen. Seine Lordschaft im Frack, krebsrot im Gesicht, gleicht einem übelgelaunten, griesgrämigen Stier. Ihm zur Seite wandelt die Frau, unsäglich zerbrechlich und bleich.

Nach fünfzehn Jahren sieht Ransome sie zum ersten Male wieder. Sie ist wie die Maharani in Weiß gekleidet, trägt aber nicht nur Smaragde, sondern außerdem Diamanten und Rubine in einer Zusammenstellung, die sich auf dem weißen Hintergrund wundervoll ausnimmt und dem Schmuck der indischen Königin kaum etwas nachgibt. In der tiefen Bläue des Raumes, im unvergleichlichen Glitzerlichte des Lüsters ist sie ebenso schön, doch in jeder Beziehung anders als Mrs. Bannerji. Bei dem indischen Weibe schwelt selbst unter dem Eise ein dunkles Feuer. Bei einer Edwina Heston merkt man auf der Stelle, im Tiefsten betroffen: das Feuer, wenn es je in ihr glühte, erlosch für immer. In ihrer Blasiertheit lag eine tödliche Fühllosigkeit gegenüber jedem und allem, als habe sie schon zu viel hinter sich, als daß irgend etwas andres die Macht besäße, sie zu entzünden, als allenfalls Juwelen und neue Toiletten. Das Lächeln, das sie der Maharani bot, war voller Trauer, doch ohne Klang, ein Lächeln so alt wie die Zeit.

„Eure Hoheit waren außerordentlich gütig zu uns, ich wüßte nicht, wie es uns sonst ergangen wäre." Ihre Stimme klingt merkwürdig matt und flach.

„Oh, bitte sehr", lacht die Maharani kehlig und voll, „für Freunde des Vizekönigs tun wir gern unser möglichstes." Ihre Stimme ist lebensfrisch, ihr Blick voll Feuer, und Ransome denkt: ‚Sie ist an Jahren doppelt so alt wie Edwina und an Gefühl zehnmal so jung.' Selbst das Sprechen hat bei Edwina etwas Automatenhaftes, ihre Höflichkeit und auch ihr Charme etwas Ausgeleiertes, Abgenutztes; beides wurde schon seit Jahrhunderten allzuoft angewandt. Es gab Momente, in denen ihr müder Überdruß fast beleidigend wirkte.

Als sie sich umwandte, gewahrte sie Ransome.

Im ersten Augenblick sieht sie ihn ausdruckslos an, im zweiten mit wachsender Aufmerksamkeit. Ist dies Gesicht nicht eines aus ihrer Vergangenheit? Plötzlich wird sie beinahe lebendig. „Du, Tom? Mir hat wer gesagt, in Ranchipur gäbe es einen Ransome, aber ich kam nicht im Traume darauf, das könntest du sein!"

„Daß du dich noch an mich erinnerst, Edwina . . .?!"

„Lang genug ist es her. Gewiß schon sieben, acht Jahre."

„Mehr als zehn."

„Und jetzt sind wir alte Leute", lachte sie.

„Fast."

Es ist, als entzünde sich in ihr ein Licht, als zucke ihr Herz beim Anblick eines Geschöpfes aus ihrer früheren Welt, die eng war und heimisch, froh und wild, mitunter auch zum Verzweifeln, aber wenigstens freundlich, nicht unermeßlich; frei von Rudeln fremder, langweiliger und gewichtiger Personen, die sie seit ihrer Vermählung mit Heston ertragen mußte, Tag für Tag, jeden von ihnen für ein paar Stunden, und dann nie wieder . . . „Was machst du hier?" fragte sie.

Er zögerte. Bisher hatte noch niemand ihm diese einfache Frage gestellt; die Antwort fiel ihm nicht leicht. „Weiter nichts", sagte er schließlich. „Ich male ein wenig . . . ich trinke ein wenig . . . ich bummle ein wenig . . ."

„Klingt nicht gerade aufregend."

„Ist es auch nicht."

„Ich muß dich mit Albert bekannt machen."

„Ich kenne ihn noch aus der Zeit, als ich in die Industrie wollte; er wird sich wohl kaum mehr an mich erinnern." –

Lord Heston erinnerte sich auch nicht. Er erinnerte sich grundsätzlich nur an Leute, die er gebrauchen, aus denen er Kapital schlagen konnte, und dieser Personenkreis wurde von Jahr zu Jahr enger; er bestand nur noch aus einer Handvoll Finanzgrößen, der königlichen Familie, einer beträchtlichen Anzahl skrupelloser Politiker und zwei bis drei Einflußreichen, vor denen er Respekt empfand, weil sie größere Vermögen gescheffelt hatten als er. Zu sonst jemand auch nur höflich zu sein, hielt er für überflüssig. Kaum daß er ein widerwilliges „How-d'you-do?" hervorgrunzte.

Mittlerweile erschien auch General Agate und – für sein arrogantes Empfinden viel zu dicht hinter ihm – das Paria-Ehepaar Jobnekar, das von einem Großteil der Anwesenden im vollsten Sinne des Wortes als „unberührbar" empfunden und dementsprechend behandelt wurde. Heston und der General kannten sich noch von früher, konnten aber einander nicht leiden, weil beide gleich eitel und egoistisch waren.

‚Verkalkt sind sie beide', denkt Ransome, ‚aber der eine ist außerdem schlecht und gefährlich. Der General hat etwas von dem ausgestorbenen Vogel Alk. Man braucht ihn nicht mehr. Das britische Empire ist errichtet, und Heston darf es zerstören.'

XXV

Der „kleine" Weiße Speisesaal, in den man die Gäste geleitet, ist ein Riesenraum und hat an beiden Längsseiten hohe Bogenfenster, die ebenso wie jene des Blauen Saales mit Netzen bespannt sind, in denen sich wieder und wieder eine der großen Fledermäuse verfängt, zappelt und so lange schreit, bis ein Pariadiener herbeieilt und sie befreit.

Auf der einen Seite gehen die Fenster auf einen Innenhof, zwischen dessen Betelpalmen ein Springquell plätschert; von der gegenüberliegenden blickt man über den Park bis zum Großen Platz mit dem Großen Becken, dem Kino und dem nachtdunklen Alten Palast. Es hat zu regnen aufgehört. Die Lichter des Platzes spiegeln sich im Wasser.

Auf Hestons Wunsch gibt es ein indisches Menü mit Ranchipur-Spezialgerichten, wie dem berühmten Krebscurry, Palmherzen und Guaven mit Zucker. Auf dem Dach eines abgelegenen Palastflügels spielt ein Orchester. Entgegen der Tradition, die nur das Musizieren zu zweit oder zu dritt erlaubt, hat die Maharani ihre Kapelle auf dreißig Mann gebracht. Außer Lauten, Trommeln, Flöten und indischen Violinen gibt es da Specksteinschalen, die mittels Heben und Senken des darin befindlichen Wassers aufeinander abgestimmt werden, und ein Akkordeon, wie es vorzeiten von christlichen Missionaren zur Begleitung ihrer frommen Gesänge nach Indien gebracht wurde, wo es sich zum typisch indischen Instrument für Tanzmusik und Lobeshymnen auf Schiwa und Krischna entwickelte. Die fernen Klänge wehen über die weiten, mit Türmchen gezierten Dächer des Schlosses in den weißmarmornen Speisesaal.

Ransome sitzt zwischen den Damen Bannerji und Jobnekar schräg gegenüber dem Maharadscha und Edwina. Die Nähe der schönen Tischdame zur Rechten reizt ihn ein wenig – erfolglos wie immer. Schweigsam speist sie, ohne von der Gesellschaft Notiz zu nehmen, mit Anmut und Appetit; ihre lieblichen Hände langen nach Reis, nach Krebscurrysoße, nach einer süßen Speise aus Kokosnuß. Frau Jobnekar plaudert angenehm, vermag aber Ransomes Aufmerksamkeit nicht zu fesseln, die zwischen den Schönheiten Bannerji und Edwina geteilt ist; wenn sie ihn etwas fragt, muß er sich gewaltsam zusammennehmen, um eine halbwegs vernünftige Antwort zu geben. Nach einiger Zeit fühlt er sich von Edwinas forschenden Blicken beobachtet; sobald er diese jedoch aufzufangen und zu erwidern sucht, wendet sie sich ab und ganz ihrem Tischherrn, dem Maharadscha, zu.

Seine Erinnerungen schweifen zurück, und er sieht sie wieder, wie sie einst war, als sie auf den Landsitz nach Sussex kam: die gleiche porzellanene Schönheit wie heut, aber lebendig, voll nervösem, maßlos gesteigertem Lebensverlangen, als reiche die Zeit nicht aus, die erregenden Abenteuer der Liebe in sich zu trinken, alle! ‚Genauso stellte ich sie mir jetzt vor‘, muß er abermals denken, ‚darin lag ihre Tragödie – und meine. Wir haben beide die Kerzen unseres Lebens an beiden Enden entzündet und brennen lassen, bis nichts mehr da war. Und nun kommt das Alter.‘

Kaltblütig und zugleich gierig heiß, ohne Illusionen und dabei toll, in also seltsamem Gegensatz der Empfindungen trachteten sie beide nach dem Erlebnis. Aber in allem, was sie auch taten, war nie ein höheres Reines und Unbekanntes, und nun, da es zu spät ist, erkennt er: sie haben beide niemals erfahren, was Liebe ist. Ohne ein tiefes, reines Empfinden gibt es sie nicht, nur sexuelle Neugier und Habgier, und beide sind nur zu rasch gesättigt. Zur Liebe, zur bleibenden, mußt du von etwas bewegt und erfüllt sein, das es vielleicht in der Realität gar nicht gibt. Du hast es von Natur, oder du hast es nicht, und betäubst dich dann mit Gewalt, läßt dich von einer Nacht wie dieser in Bann schlagen, von den ungezügelten, fernher wehenden Klängen ihrer Musik, dem Rieseln der Wasser zwischen den Betelpalmen, dem Piepsen der Fledermäuse im Netzwerk der hohen Fenster. ‚Wir hatten kein Glück, Edwina und ich', denkt er bitterlich, ‚alle zarte Seligkeit des Gefühls jagten wir schon zum Teufel, ehe es nur begann.'

Wie nie zuvor sieht er sich jetzt aus Zeitenferne, wie er aus dem großen Kriege zurückkam, unglücklich und verbittert, voll Gier nach Weibern, Erlebnissen, Lustbarkeiten, als müsse er den Verlust der drei besten und schönsten Herzensjahre im Nu einholen: Das kann dir niemand zurückerstatten, und darum kann dich kein Mensch dafür tadeln, wenn du dir holst, was dir gebührt, alle Lüste und Abenteuer, wo du sie findest, beim Schopf packst. Denn in dir sitzt eingenistet der kranke Wahn, dein Dasein sei allzu kurz und es blieben dir nur noch zwei Stunden zum Leben. Die Alten kannten so etwas nie, die Jüngeren würden es niemals kennen. Er aber kannte es und Edwina auch. Seine Wunden in Rücken und Schenkel waren ein Nichts, das Fleisch war wieder gewachsen, der Leib war ganz. Der Geist war nicht so geschickt. Ihm kamen französische Worte in den Sinn, die er vor Jahren gelesen hatte:

Dans la damnation est la moindre chose; le supplice propre au damné est le progrès infini dans le vice et dans le crime, l'âme s'endurcissant, se dépravant toujours, s'enfonçant nécessairement dans le mal de minute en minute en progression géométrique vers l'éternité.

Das war's. Edwinas Fall und der seine.

Plötzlich hört er durch die ferne Tafelmusik, die murmelnden Tischgespräche und das liebe Geplauder Frau Jobnekars, dem er mit halbem Ohr zuhörte, Lord Hestons Stimme. Die Maharani zog ihn wohl, wie sie mit dem General zu tun pflegte, ein wenig auf, und nun kläffte er sie an: „Eine unerhörte Beleidigung!"

In den schwarzen Augen der also Brüskierten zwinkert es verräterisch, und Ransome denkt: ‚Die läßt sich nicht bange machen.

Mit seinen im Westen beliebten Methoden kommt der Mann hier nicht durch; darüber amüsiert Hoheit sich bloß.' Er sieht in Hestons aufgedunsenes Gesicht. ‚Er ist ja krank; da stimmt etwas nicht. Ein normaler Mensch keift nicht so.' Die vorquellenden blauen Augen des Unbeherrschten stieren glanzlos, verschleiert. ‚Ob er wohl auch Edwina derartige Szenen macht ...?'

Plötzlich wurde die Tafel aufgehoben. Die Maharani, schimmernd in weißer Seide und Edelsteinen, ging ihren Gästen voraus. Um ihre sehr kleinen Füße, die mit Smaragden aus vier Kontinenten geziert waren, rauschte die lange Schleppe ihres Mahratten-Sari.

XXVI

Im Blauen Saal war alles für die Unterhaltung der Gäste vorbereitet. Auf einer niedrigen Estrade vor einer der hohen Fensternischen saß, mit gekreuzten Beinen in blau-silbernem Sari, Lakshmi Bai, eine der bedeutendsten Sängerinnen Indiens. Sie ist nicht schön, nicht häßlich und nicht mehr jung, doch weder ihr Alter noch ihr Äußeres sprechen bei ihrer Darbietung mit. Es ist nicht das Weib, das man sieht und vernimmt, sondern ein bis ins kleinste Detail vollendetes Kunstwerk, eine wohlabgewogene Komposition aus Stimme, Begleitung, blau-silbernem Sari, Lacknägeln der Finger und Zehen, Scharlach der Lippen, juwelenbesetzten Füßen und vor allem erlesen schönen Bewegungen, mit denen die durchgeistigten Hände die Laute schlagen; sie faszinieren Ransome besonders, sie sind ausdrucksvoller als die jeder Europäerin. Auch Edwina, die neben ihm sitzt, scheint von dem Anblick gefesselt; und wie er nun beide Frauen betrachtet, scheinen sie ihm in ihrer halb dekadenten Vollendung einander sonderbar ähnlich.

Im ganzen Saale lauschten und schauten nur Ransome und Edwina stumm in ungeteilter Aufmerksamkeit. Die Inder, für die Musik nur eine Art geselligen Hintergrunds bildet, unterhielten sich miteinander, und Heston und General Agate hatten an derartigen Vorführungen überhaupt kein Interesse. Dabei aber nahm Ransome Edwinas Vollkommenheit sehr genau in sich auf: ihre beherrschte Haltung, die kultivierte Gewandung, das Haar, den Schmuck und die lässig anmutige Art, mit der sie sich beim Zuhören zurücklehnte, und mit einemmal dünkte ihn, er habe erst jetzt die Quintessenz ihres Wesens entdeckt. ‚Sie ist das letzte Exemplar einer Gattung, aus einer Welt, die nun keine Zeit, keinen Raum mehr für sie hat. Sie ist nicht wie dieser Heston als wuchernder Spaltpilz vom einen zum andern Tag aus dem Unrat der Gegenwart aufgeschossen; sie ist das Produkt von Jahrhunderten, von Mußestunden vieler Generationen, von Privilegien aus alter Zeit, von Pflichten und Rechten. Nun aber ist die Kulturepoche, welcher sie angehört, beinahe zu Ende, kein Platz mehr für ihre und meine Art. Wir sind im Verfall. Davor konnte auch Großmutter in ihrem vieltürmigen Haus im fernen Grand River mich nicht mehr retten. Wir sind im Innern zerfallen.' Und jäh kommt es ihm zum Bewußtsein, daß Heston es war und seine rohen gemeinen Götzen, die sie zerstörten.

Nach Lakshmi Bai nimmt eine kleine Kapelle vor der Estrade Platz. Zwei Tänzerinnen, Mutter und Tochter, erscheinen, auch sie nicht mehr jung, die Mutter sogar recht alt. Sie traten vor Jahren aus dem Tempeldienst zu Tanjore in die Dienste des Maharadschas. Doch Alter und Körperformen haben mit ihrer Kunst nichts zu tun, ja, wären die beiden jung und bildschön, sagt sich Ransome, so würde es von der Schönheit des Tanzes ablenken, und man achtete mehr auf Leib und Gesicht als auf die archaischen Tanzbewegungen und Figuren, Ergebnisse einer tausendjährigen Verfeinerung.

Wieder sind Edwina Heston und Thomas Ransome mit ihrer Aufmerksamkeit so allein, daß erst die eine, dann auch die andere Tänzerin ihre Anteilnahme bemerken, was sich alsbald anfeuernd auf ihre Bewegungen überträgt. Sie tanzen die Legenden von Krischna und den Copis, von Rama und Sita. Doch ist nichts Realistisches in diesem Tanz. Alles Pantomimische, jede einzelne Regung ist seit Jahrtausenden vorgezeichnet, das Ganze ein zaubriges Filigran, in sich geschlossen, von allem Äußeren losgelöst. Darüber hinaus gibt es nur noch Verfall, Zerstörung und neues Beginnen.

Das Tanzpaar verschwindet mit den Musikern. Edwina sitzt mit geschlossenen Augen, zurückgelehnt.

„Wann fährst du?“ fragt Ransome nach einer Weile.

„Ende der Woche. Von Bombay mit der Victoria.“

„Schade. Man trifft zusammen, nur um getrennt zu werden.“

Leises Lachen, das wie ein Seufzen klingt. „So ist heute die Welt“, und sie erzählt, wozu sie nach Indien gekommen seien, Ranchipur aufgesucht hätten: wegen der Kathiawar-Pferde. Sie erwähnt die Hitze, den Staub, die öde Plackerei mit hochoffiziellen Dinners, und er wirft ein: „Ich staune, wie du bei all dem aussehen kannst, als kämest du mitten in der Londoner Saison gerad von zu Hause!“

„Nur eine Geldfrage“, lacht sie, „weiter nichts; ich habe zwei

Mädchen mit; das eine ist eine vorzügliche Coiffeuse. Es ist nicht mehr wie früher, wo ich mir nur alle drei Wochen den Gang zum Friseur leisten konnte."

„Man sah es dir aber nie an; du sahst ebenso tadellos aus."

„Ich war jünger; da kommt's nicht drauf an."

„Kommt es denn jetzt drauf an?"

Sie sah ihn listig an und lachte: „Ja, ebenso, aber so wie jetzt ist es mir lieber. Ich bin ein Luxusgeschöpf, ich bin so geboren; ich mag alles, was einem das Geld nur verschaffen kann."

‚Alles?' wollte er fragen, aber er schluckte die allzu intime Frage herunter; dazu sind sie sich, schien ihm, in der kurzen Zeit noch nicht wieder nahe genug gekommen, doch ließe sie sich gewiß vor keinem der Anwesenden so gehen wie jetzt. Die alte Verbindung zwischen ihm und ihr ist noch vorhanden in dem Bewußtsein, daß sie zu einer kleinen, absterbenden Welt gehören, an die sie sich bis zum Äußersten anklammern und halten bis zum Ende, auch wenn dieses Ende Absturz und Untergang ist. Niemand im Saale hier kann es wissen, was sie miteinander verbindet.

Das Wiedersehen erregt ihn zunehmend. Es ist gut, ein Wesen bei sich zu haben, bei dem es keiner Erklärung, keiner Rechtfertigung, keiner Analyse bedarf, das von selber empfindet, wie verzweifelt und unnütz man ist und im Innern wie morsch.

„Du kommst wohl einmal zu mir zum Tee", sagt er, „ich wohne in einem alten georgianischen Haus, das den Schwamm hat. Da male ich dann und wann. Es ist sehr unordentlich; du wirst lachen."

„Warum bleibst du im Monsun hier?" – „Weiß ich nicht. Ich könnte ebensogut woanders sein." Er lacht in Selbstverachtung.

„Ich müßte mir die Zeit dazu stehlen, aber ich will sehen, daß es geht. All diese Veranstaltungen!" Sie seufzt, mustert ihn abschätzend, fragt sich: ‚Lohnt es sich, noch einmal anzufangen? Kann sich Verlorenes wiederfinden?'

Er sagte nicht: Bring deinen Gatten mit! ‚Dieser Gatte mit seiner Hast aus Langeweile kommt mir nicht ins Haus! Er zerstört alles Gemeinsame.' Er sagt: „Ginge es Donnerstag nachmittag?"

„Donnerstag?" Sie zündet eine Zigarette an. „Bist du zufällig abends auch bei den Bannerjis?" Er bejaht und merkt befriedigt, daß sie darüber erfreut ist. „Was ist das eigentlich für ein Mensch, dieser Mr. Bannerji?" fragt sie weiter. „Ich meine, so im Wesen? Äußerlich macht er mir einen etwas zappeligen Eindruck; aussehen tut er wie ein Chinese."

„Über den könnte ich ein ganzes Buch schreiben. Ein Inder, verirrt zwischen Ost und West."

Pause. Dann fragt sie: „Wer ist da drüben dieser Apoll aus Bronze?"

Ohne hinzusehen, weiß er, wer gemeint ist: Major Safka natürlich; er spricht mit der Maharani, auf Kommando vermutlich, da sie sich sonst langweilt.

Als er sich über den Major und sein Können lobend vernehmen läßt, hört sie ihm fast so geistesabwesend wie die schöne Bannerji zu, wendet dabei aber keinen Blick von ihrem Apoll. Ransome bricht kurz ab. Augenscheinlich sind es nicht die chirurgischen Qualitäten, die sie an dem Inder interessieren. In ihren blauen Augen liegt etwas Berechnendes, als spekuliere sie auf den straffen, glatten Brahmanen. Eine jähe Eifersucht erfaßt Ransome, und er denkt: ‚Sie ist doch ein Aas; das hätte ich doch von ihr nicht gedacht.'

„Er sieht so romantisch aus", bemerkt Edwina.

„Ist es aber nicht. Er ist Chirurg und Mann der Wissenschaft, im übrigen fischblütig", berichtigt Ransome unwillig. Und mit einem Anlauf zu Brutalität: „Liebe ist für ihn bloß Koitus, eine rein biologische Angelegenheit", wobei ihm klar ist, daß, wenn er ihr Interesse für den Major töten wollte, er gerade das Verkehrte gesagt hat. ‚Aas!' beschimpft er sie abermals in Gedanken. Ihre Antwort kann er nicht mehr verstehen; sie wird vom Dröhnen des plötzlich losbrechenden Wolkenbruches verschlungen, der auf das Dach des Palastes klatscht. Die Platzregen haben wieder begonnen.

Sie lachte und suchte das trommelnde Brausen zu übertönen: „Das ist etwas anderes als unser gemächlicher englischer Sprühregen. Können wir nicht in ein anderes Zimmer gehen? Ich mag hier nicht sitzen und schreien, daß jeder jedes Wort hört."

„Wir könnten zur Abwechslung ja einige andere Räume besichtigen. Hoheit wird nichts dagegen haben. Ich will gleich die Erlaubnis einholen."

Die Maharani sprach mit dem Dewan über den neuen Anbau der Höheren Mädchenschule und lachte, als Ransome ihr seine Bitte vortrug. „Aber natürlich, gehen Sie, wohin Sie Lust haben!" Als er umkehrte, hörte er noch ein „Viel Vergnügen!"

Er stutzte betreten. War es nicht, als wolle die Inderin damit sagen: Die Sorte von Engländerinnen kenne ich: dekadente, wollüstige, berechnende, mannstolle Weiber!

Er empfand die Bemerkung der Maharani als eine Beleidigung Lady Edwinas, mußte sich aber trotz seines Ärgers gestehen, sie habe recht. Auch erschien ihm das von der alten Menschenkennerin Angedeutete keineswegs unangenehm, im Gegenteil sogar notwendig. Es mußte geschehen.

Er sagte dem Adjutanten, er kenne sich in den unteren Gemächern aus, eine Führung sei überflüssig.

XXVII

Sie gehen durch die verlassenen Räume zu der großen Durbar-Halle, mit Wänden aus Plattgold und Sandelholz; sie schlendern an den in Regengüssen ertrinkenden Höfen vorüber, durch viele Gemächer und Kammern, durch aufgestapelte Schätze und Scheußlichkeiten. Er ist aufgeregt und nervös wie ein Knabe, der furchtsam und unwissend der ersten Erfüllung seines Verlangens entgegensieht. Sie sprechen kaum mehr über das Durcheinander der sie umgebenden Kostbarkeiten und Kunstgreuel, als ob bei dem Tosen des Platzregens jede Verständigung zu beschwerlich, in der drückenden Hitze zu lästig sei, bis sie schließlich nach den letzten spärlichen, teilnahmslosen Glossen des Mannes über irgendeine besondere Seltenheit oder Lächerlichkeit am Ende des Flügels in ein Zimmer gelangen, das genau unter der Stelle liegt, an der kurz zuvor die Musikanten der Maharani aufspielten. „Bleiben wir einen Augenblick hier", bittet das Weib, „ich will eine Zigarette rauchen, du auch? Ich bin zu erschöpft von der Hitze."

Sie setzen sich auf den Diwan, rauchen und schweigen, bis der Mann das Schweigen nicht mehr aushält und fragt: „Denkst du dasselbe wie ich?"

„Natürlich, du Dummer", ist ihre lachende Antwort, und zum ersten Male seit Jahren wird er sich eines schwärmerischen Gefühles bewußt, als er sagt: „Du bist sehr schön, Edwina ... noch schöner als damals."

„It's a long way from Tipperary, wir haben allerhand hinter uns, beide."

„Ist es nicht", fragt er, immer romantischer angehaucht, „als habe es so kommen müssen: daß wir zwei uns auf diese Weise im Schloß eines Maharadschas begegnen ...? Da ist irgend etwas in allem, was diesen Abend geschah, das mich tiefer berührt; es sprach zu mir aus der Musik, dem Regen, den Tänzen ..."

Sie lacht. „Ganz wie bei Elinor Glyn."

Er wehrt ab: „Nicht so!"

„Sogar das Tigerfell ist vorhanden.“ Ihr Fußspitze stößt in die Diwanvorlage.

„Es ist zwar ein Pantherfell, aber du bist ein freches Luder.“ Seine Erregtheit wächst.

Sie lacht wiederum. „Mitten im Monsun, in Schwüle und Regen – einfach aufreizend toll!“

Da steht er auf, schließt die Tür, schiebt noch eine Truhe davor und löscht das Licht. Durch die Finsternis tastet er sich zu ihr hin ...

„Warte, warte nur, nicht so schnell!“ hört er ihre Stimme. „Gib acht auf die Zigarette!“

XXVIII

Zur gleichen Zeit feilscht oben in einem der kleineren Räume der Lord, ihr Gemahl, mit dem alten Maharadscha umständlich um einen Kathiawar-Hengst und drei Stuten.

Seine Leidenschaft für Pferde machte sich schon in seiner frühesten Jugend geltend. Bei dem Grand-National-Rennen harrte der kleine Albert Simpson, eingekeilt in die wartende Menge, sehnsüchtig auf die Ankunft der Großen, Reichen und Tonangebenden, fuhr an freien Tagen auf seinem Fahrrad oft viele Meilen hinaus aufs Land, nur um von fern einen Blick auf die rotberockten Reiter zu werfen, sie eine Hürde nehmen zu sehen. Später, als junger Mann, als er im Fernen Osten Baumwoll- und Eisenwaren verkaufte, war Albert Simpson immer von dem Gedanken getrieben, Pferde sein eigen zu nennen, denn Pferde, das war ein Etikett, das noch von keinem einzigen Simpson, seit das Geschlecht der Simpsons auf Erden wandelte, verwendet worden war. Er mußte einmal einen Rennstall haben, ein halbes Dutzend Vollblüter mindestens und zur Frau die schönste, eleganteste Dame Englands. Zu diesem Zweck brauchte er ein großes Vermögen.

Das alles hat er jetzt: Vermögen, Pferde und eine Frau, die jeder andern im britischen Empire an Haltung, Rassigkeit und Eleganz den Rang abläuft. Der kleine Albert Simpson aus Liverpool hat es weit gebracht, er hat sich Vollblüter gekauft und den Rennstall und die Frau und den Titel Lord. Und auf die gleiche Weise will er sich nun die vier schönsten Kathiawar-Rosse der Erde kaufen.

Aber anscheinend versteht dieser alte Maharadscha gar nicht, was handeln heißt, jedenfalls nicht nach den Methoden, die Albert vor Jahren, da er in den Malaienstaaten an chinesische Händler sein Eisen verkaufte, als außerordentlich wirksam erprobte. Er ist zwar bereit, Heston drei Stuten und einen Hengst der Kathiawar-Zucht abzulassen, nur nicht gerade die, welche der hohe Lord nach dreimaligem Besuch der Ställe ausgesucht hat. Heston besitzt nämlich einen ausgesprochenen Pferdeverstand, fand daher richtig den besten Hengst und die schönsten Stuten heraus und ist nun wütend, weil er nicht seinen Kopf durchsetzen kann. Seine Wut wächst. Er verliert die Haltung, bietet immer höhere Summen, wird zunehmend gereizter, denn während er mit dem Herrscher verhandelt, muß er Dinge wahrnehmen, auf die er vordem noch niemals gestoßen ist.

Es war schon für ihn erniedrigend, jemandem zu begegnen, der reicher als er ist. Um wieviel demütigender mußte es für ihn sein, mit einer solchen Person zu handeln! Ihm war nur zu gut bekannt, daß der freundliche alte Herr ihm vis-à-vis ihn ohne weiteres aufkaufen könnte – Jute und Gummi, Munitionswerke, Zeitungen und Dampferlinien –, und zwar gegen bar und ohne dadurch ärmer zu werden. Das ist ja das Schlimme! Dieses Inders Reichtum ist etwas Konkretes, ist greifbar; er existiert nicht bloß in Form von Krediten, Aktien und Obligationen, in einem so komplizierten Finanzsystem, daß sogar Heston selber daraus zuweilen nicht klug wird. Hestons Reichtum kann sich heute um eine Million Pfund Sterling vermehren und morgen ohne weiteres um eine Million abnehmen. Den freundlichen alten Inder jedoch berühren keine Wirtschaftskrisen, keine Börsenkrachs und Fehlspekulationen; er ist von dem gigantischen, rohen, trügerischen, berüchtigten Gefüge, im Westen „Weltwirtschaft" genannt, völlig unabhängig. Dem Lord kommt es vor, als verhandle er mit einem zähen alten Bauern, der ein schuldenfreies Besitztum und unter der Matratze den Strumpf voll Goldstücke hat. Wie jener Bauer befindet sich dieser Maharadscha in uneinnehmbarer Position. Dies war die erste unliebsame Wahrnehmung, die Heston bei der Verhandlung machte, und da er das Gefühl, unterlegen zu sein, nicht mit Anstand zu tragen vermag, tobt er.

Hoheit jedoch tobt nicht, schlägt nicht auf den Tisch, schreit nicht, behauptet auch nicht, die Pferde seien viermal soviel wert, als sie in Wirklichkeit sind. Er bleibt freundlich, heiter und würdevoll. Einen Preis nennt er überhaupt nicht, denn diese Pferde sind ihm nicht feil. „Ich kann Ihnen den Hengst und die Stuten nicht verkaufen, weil ich an ihnen hänge. Ich habe sie selbst aufgezogen. Wenn ich sie Ihnen verkaufte, gäbe ich den Erfolg fünfzigjähriger Arbeit und Auslese preis. Es sind die schönsten Kathiawar-Pferde, vielleicht die schönsten Pferde der ganzen Welt, jedenfalls für mich und meinen Freund Mohammed Begg, der mein Gestüt seit dreißig Jahren betreut. Wenn ich sie hergäbe, bräche es ihm das Herz, und sehen Sie, von allem andern abgesehen – das möchte ich nicht."

Lord Heston drückt seine Zigarre aus, und die widerwärtige Handbewegung, mit der dies geschieht, scheint zu sagen: Der Deibel hole deinen Freund Mohammed und dich mit! Sein Mund aber spricht: „Ich zahle, was Sie wollen. Ich baue Ihnen eine Schule." Er wartet. „Oder ein Eisenbahnnetz. Ich sorge für die Ernährung Ihrer hungernden Armen."

„Wir haben keine hungernden Armen."

„Ich zahle, was Sie wollen!" Es ist, als habe sich all seine Leidenschaft für Pferde auf diesen einzigen Hengst Asoka und die drei Stuten konzentriert, und ohne sie könne er nicht leben.

„Es handelt sich nicht um Geld, Lord Heston. Sie, der Sie selbst ein Gestüt haben, sollten das doch verstehen."

„Ich will nicht mit einer Koppel zweiten Ranges nach England kommen."

Der Maharadscha verlor nicht die Ruhe. „In meinen Ställen ist nichts Zweitrangiges; da brauchen Sie keine Angst zu haben. Die Pferde, die ich Ihnen verkaufe, sind noch so gut wie die besten Pferde von England."

Schon will ihm Heston eine heftige Antwort hinschleudern, da besinnt er sich. Vor diesem alten Herrn fühlt er sich merkwürdig unsicher und ist schlau genug, zu wissen, daß sein Verhandlungspartner nicht nur auf unerschütterlich festem Boden steht, sondern auch unheimlich gut über ihn und seine Verhältnisse Bescheid weiß, sogar über gewisse Affären . . .! Also sagt er rasch: „Dann muß ich halt nehmen, was mir Hoheit verkaufen, und mich zufriedengeben."

„Sie werden zufrieden sein", betont der Alte freundlich, „Sie werden sehen, es sind prachtvolle, sehr schöne Geschöpfe, gescheit und von erstaunlicher Ausdauer. Es wäre vielleicht interessant, sie mit Ihren besten Rennpferden zu kreuzen. Lassen Sie mich bitte wissen, wann und wie Sie sie verschiffen wollen! Mohammed wird dann für alles weitere sorgen. Nur eins: Lassen Sie sie nicht jetzt in der Hitze verladen; sie würden darunter leiden."

„Das ist also Ihr letztes Wort?" macht Heston noch einen letzten Versuch.

Der Maharadscha bedauert. Er könne Mohammed Begg das nicht antun. „Aber machen Sie mir das Vergnügen", setzt er hinzu, „den andern Hengst und die Stuten von mir zum Geschenk anzunehmen!"

Das Blut steigt Albert Heston zu Kopf. Er möchte am liebsten herausschreien: Behalte deine Gäule und scher dich zum Teufel, wo du hingehörst; ich lass' mir von so einem verdammten Inder nichts schenken ...

Aber er fühlt sich unsicher. Sprach der Maharadscha aufrichtig? Kam sein Geschenk von Herzen? Oder sollte es eine Beleidigung sein, ein Trinkgeld, das der Herrscher dem Händler hoheitsvoll hinwirft? Es stand noch mehr hinter der fürstlichen Geste, was ihn verwirrte und seine Wut zur Ohnmacht verdammte: seine Erinnerung an einen längst Verstorbenen, der ihn stets genauso behandelt hatte, herablassend und liebenswürdig. Es war ein Bankrotteur: Edwinas Vater. Edwina behandelt ihn ja im Grunde nicht anders, und dabei hat sie ihm alles zu verdanken; damals vor der Verlobung hat er noch ihre ganzen Rechnungen bezahlt.

„Ich danke, zu gütig, aber nach allem, was Sie bereits für uns getan haben, kann ich das unmöglich annehmen."

„Wie Sie wünschen", antwortete der Maharadscha sanft, „mein Angebot kam von Herzen."

Sein Ton, seine Haltung ließen Lord Heston fühlen, wie flegelhaft er sich durch seine Ablehnung zeigte. Er stand vor sich selbst da wie ein Trödler, ein kleiner Wechsler, der alles im Leben nach Silber und Münzgeld bewertet. Und er sah sich als das, was er ist: ein aufgeblasener Lümmel.

XXIX

Bei seinem zweiten Unternehmen ist der Erfolg nicht größer.

Der Dewan, ein Greis mit langwallendem weißem Bart, gleicht einem alttestamentlichen Patriarchen. Sein genaues Alter weiß niemand. Seit fünfzig Jahren übt er auf die indische Politik maßgebenden Einfluß aus und ist immer noch rüstig und lebhaft im Geist. Seit die Maharani vor vierundzwanzig Jahren jenen brahmanischen Dewan vertrieb und damit den großen Skandal verursachte, ist er des Maharadschas Premierminister und Helfer bei seinen Bauten und den Reformen zur Förderung des Volkswohlstandes, der Ordnung, des Friedens. Aber während der Maharadscha sein Ziel auf geradem Wege und offen verfolgt, ist der Dewan ein Machiavelli, und da für ihn der Zweck alle Mittel heiligt, gelangte er durch Gerissenheit und Intrigen oft dort zum Erfolg, wo das schlichte, ehrliche Vorgehen des Herrschers versagte. Als selbstbewußter Inder erstrebte er die gleichen guten Ziele wie dieser, doch dessen Glauben an die Güte im Menschen teilt er nicht. Er liebt die Intrige um der Intrige willen und hat daher während fünfzig Jahren nicht nur Großes erreicht, sondern dabei auch Spaß und seine Freude gehabt. Von Konfession ist er Hindu, nicht orthodox, sondern das, was man einen Ur-Hindu nennen könnte; sein Glauben gründet sich auf die Anfänge dieser Religion, als sie noch einfach war und darum stark und gut, rein und unverzerrt von Aberglauben, Selbstpreisgabe und all den Göttern und Götzenbildern von Wischnu bis zu den Phallus-Symbolen, wie sie an Straßenkreuzungen in modrigen Pagoden stehen. Er verschmäht den Fleischgenuß, führt ein einfaches Leben und teilt seinen Tag wie die alten Hellenen nicht nach Stunden, sondern in Abschnitte der Arbeit und der Ruhe, erstere wiederum in solche der geistigen und der körperlichen Tätigkeit ein. Politische Versammlungen verläßt er, sobald er die langen Reden als nutzlos empfindet und seine Stunde des einsamen Nachdenkens da ist. Dafür ist er bekannt, und aus diesen Gründen hat er sich trotz seines unvorstellbar hohen Alters elastisch, frisch, munter und geistvoll erhalten.

Heston betrachtete er als ein neues Spielzeug. Als dieser die Spinnereien von Bombay erwähnte, wußte er auf der Stelle, was der Engländer im Schilde führte, stellte sich jedoch dumm und zwang ihn auf diese Weise, alle Finessen beiseite zu lassen und seine Karten aufzudecken. Trotz Hestons eingehenden Nachforschungen kannte der alte Dewan sich in Spinnereien weit besser aus als dieser, tat jedoch, als verstünde er davon nichts, und zeigte sich höchlichst darüber erstaunt, daß die japanische Konkurrenz den indischen Markt zu erobern trachte. Damit zwang er den Gegner in offnes Gelände und zu der Bitte, bei den Parsen und Khojas zu Bombay seinen Einfluß dahin geltend zu machen, daß sie in ihren Forderungen auf ein vernünftiges Maß zurückgehen möchten: denn wenn er die Spinnereien in die Hand bekäme, wolle er dort die neuesten Methoden und Maschinen einsetzen, und das werde sich sicher rentieren. Mild lächelnd lauschte der Patriarch.

„Ich schaffe Arbeit für Tausende hungernder indischer Weber", brüstete sich Heston, „das kann ich natürlich nur, wenn ich die Fabriken zu einem annehmbaren Preis in die Hand bekomme."

Wie zu allem, was Heston vorbrachte, nickte der Dewan, sogar zu seinen deutlichen Drohungen, ohne sich festzulegen, ohne dem

Gegner Mut zu machen, bis dieser nach langem Herumgerede damit herausrückte: „Vielleicht würde es Sie interessieren, mit mir zusammenzugehen. Ich würde schon dafür sorgen, daß Sie auch etwas davon haben."

„Was?" fragt der Dewan.

„Einen Gewinnanteil oder so etwas."

Nun hat der alte indische Edelmann seinen Gegner da, wo er ihn haben wollte. Er hat den mächtigen Millionär aus dem Westen gezwungen, eine Bestechung zu offerieren, wie irgendein schofler Krämer in einem Basar. Die schwarzen Äuglein zwinkern, und er sagt: „Nein, sehen Sie, in meiner Stellung kann ich mich nicht auf Geschäfte einlassen", doch sein Lächeln spricht: ‚Ich mache ganz gern ein Geschäft, aber Ihr Vorschlag ist faul. Da kenne ich tausend bessere Möglichkeiten.'

„Sie wollen mir also nicht helfen?"

„Wenn sich die Gelegenheit bietet, ein Wort für Sie einzulegen, will ich dran denken."

Heston erkannte, er hat nicht das mindeste ausgerichtet, ebensowenig wie beim Maharadscha. Auch dieser zweite Kauf ist ihm mißlungen. Fünfhundert Meilen reiste er durch Staub und Hitze, kam schweißgebadet in Ranchipur an und erreichte – nichts.

In denkbar schlechter Laune begab er sich zurück in den Blauen Saal, wo sich die Maharani von ihren Gästen verabschiedete. Beinahe gleichzeitig mit ihm tauchten auch Tom und Edwina wieder auf. ‚Aha', vermutete er, als er ihrer ansichtig wurde, ‚da hat sie wieder mal einen ihresgleichen gefunden; das soll sie mir schwer bezahlen! Nun spielt sie sich wieder tagelang auf', und trat auf sie zu. „Wir gehen." Ransome würdigte er keines Wortes.

„Sobald du willst", antwortete sie.

Ehe sie gehen, kann ihr Ransome noch zuflüstern: „Also Donnerstag zum Tee?"

„Wenn ich es einrichten kann", lächelt sie, „es ist nicht ganz einfach." Sie ist heiter, weiß, glatt, golden und porzellanen, als sei nichts geschehen.

Als Tom der Maharani gute Nacht wünscht, sieht sie ihm in die Augen, als wolle sie sagen: ‚Ich weiß, was ihr da unten getrieben habt.' Dann tanzt ihr Blick belustigt davon.

Plötzlich schämte er sich vor sich selbst. Dieser Blick hat ihn zum Hanswurst degradiert. Was da unten geschah, ist für sie nur ein komisch unsauberer Schundroman.

XXX

Die Gäste waren gegangen. Die Maharani entließ Adjutanten, Hofdamen und zuletzt die alten Fürstinnen Bewanagar, ihre Freundinnen, um eine Weile mit ihrem Ehegatten allein zu sein.

Es folgen Minuten, in denen beide nicht König und Königin, sondern nur Mann und Frau sind, einfache Sterbliche, wie man sie ebensogut im Pariaviertel findet. In diesen seltenen Minuten streift die hochfahrende Majestät allen Stolz ab, den sie noch eben zur Schau trug, spricht weder französisch, englisch noch hindostanisch, sondern mahrattisch, so wie sie beide als Kinder im Staub der sonnendurchglühten Dörfer von Dekhan einst sprachen.

„Was macht die Gicht?“ fragt sie.

„Heut' abend ein bißchen besser“, antwortet er, setzt sich aber doch hin, um die schmerzenden Knie und Füße zu erleichtern.

„Ende nächster Woche müssen wir aber nach Karlsbad; du darfst nicht so lang in der Hitze hierbleiben.“

„Wenn der Regen anhält, können wir gehen.“

„Du hast mit den Pferden nicht nachgegeben.“

„Nein, ich habe nicht nachgegeben.“

„Dieser Vizekönig schickt einem doch das übelste Zeug auf den Hals.“

„Er muß. Was soll er dagegen tun?“

„Der Heston war doch seit langem das dreckigste.“

Der alte Mann schweigt, denkt nach und sagt dann: „Er ist nicht glücklich.“

Die alte Frau kichert. „Während er mit dir handelte wie ein Bunya, hat sich seine Frau drunten wie eine läufige Hündin aufgeführt.“

„Mit wem?“ fragt der Alte erheitert.

„Mit Ransome.“

„Ransome?“ Wieder denkt er nach. „Das ist auch kein besonders glücklicher Mensch. Wenn es ihn glücklich machte ...“

Die Frau kichert wieder. „Hat es nicht“, und beide Hoheiten ziehen sich in ihre Gemächer zurück.

Der Blaue Saal liegt verlassen und still. Nur der Regen prasselt; es summen die wilden Bienen in den Kristallen des Mittellüsters. Ein Pariadiener erscheint, befreit eine große Fledermaus aus einem Fensternetz und löscht die Lichter.

XXXI

In der Vorhalle wartet der Hofkrankenpfleger Bauer mit dem Rollstuhl auf seinen Herrn. Er ist ein großer, blonder Schweizer, etwa fünfunddreißig Jahre alt und bei dem Maharadscha seit jenem Tage in Dienst, da ihn dieser vor nunmehr fünf Jahren in Ouchy am Strande entdeckte, wo er Schwimmunterricht erteilte. Denn der hohe Herr liebt wie alle Inder schöne Männergestalten und gibt daher diesem sehnigen, kräftigen Wärter den Vorzug vor einem einfältigen Knochengestell. Der Schweizer ist liebenswürdig, ruhig und gewissenhaft; seine Schönheit erinnert in mancher Hinsicht an die des Hengstes Asoka. Die ihm zugewiesene Arbeit verrichtete er stets treu und fleißig, aber sein Herr war doch manchmal besorgt, es könne dem Pfleger in Ranchipur schließlich zu langweilig werden; was konnte die Stadt ihm bieten?

Herr Bauer schob den Maharadscha im Rollstuhl durch eine Flucht von Korridoren bis zu dem Flügel, von dem aus man einen weiten Überblick über die Hauptstadt genoß. In einem Vorzimmer warteten Major Safka und Raschid Ali Khan. Der Muselman und der Brahmane saßen friedlich beisammen, rauchten und plauderten. Hoheit begrüßt sie und bittet sie, sich noch einen Augenblick zu gedulden, bis ihn Herr Bauer zu Bett gebracht habe. „Sie sehen, ich bin etwas müde." –

Bauer schiebt das silberne Bett an ein Fenster, durch welches man Park und Stadt überblickt, bettet den Müden und fragt, nachdem er die Fensternetze gerichtet hat: „Sonst nichts, Eure Hoheit?"

Der alte Herr dankt und heißt den Diener, Major Safka hereinzubitten.

„Gute Nacht, Eure Hoheit."

„Gute Nacht."

Dr. Safka erscheint. „Nun, Eure Hoheit, mit der Gicht scheint es ja heute abend besser zu gehen?"

„Ja, die Knie sind etwas besser."

„Sie hätten nur nicht den ganzen Abend stehen sollen."

„Ich stand nur, wenn ich mußte. Gewisse Höflichkeitsformen darf man nicht außer acht lassen."

„Gewiß, aber Eure Hoheit kann sich darüber schließlich hinwegsetzen."

„Das ist nicht so einfach", lacht der alte Herr, „Sie würden das selber bald einsehen, wenn wir einmal die Rollen vertauschen wollten ...", er hob skeptisch die Hand, „aber das ist leider unmöglich. Sie könnten zwar meine Arbeit ohne weiteres leisten, aber ich nie die Ihre."

„Hoheit brauchen vor allem Klimawechsel. Sie sollten baldmöglichst nach Karlsbad."

„Ich reise, sobald es angängig ist."

Der Arzt nimmt eine Untersuchung vor, kontrolliert die Arzneien auf dem Lacktischchen neben dem Bett, verneigt sich und wendet sich schon zum Gehen, als ihn der Patient zurückruft. „Halt, Doktor!"

„Ja, Herr?"

„Setzen Sie sich! Ich möchte etwas mit Ihnen besprechen."

„Ja, Herr?"

„Etwas Ernstes."

„Ich bitte, Eure Hoheit!"

„Doktor – warum haben Sie nie geheiratet?"

Safka grinst höflich. „Ich weiß selber nicht." Er scheint nachzudenken, als habe er sich darüber noch nie Gedanken gemacht, und erklärt: „In England hat sich die Richtige nicht gefunden, und als ich dann wieder hier war, gab es so viel zu tun, daß ich zu nichts anderem kam. Ich habe mich an das Junggesellendasein gewöhnt."

„Ja, aber ...", der alte Herr bot ihm eine Zigarre, „rauchen Sie nur, Sie fühlen sich dann behaglicher! Aber wie halten Sie das denn so aus?"

Safka nimmt, dankt, zündet die Zigarre an, zieht und antwortet: „Zu Anfang war's auch nicht leicht, aber jetzt habe ich es längst so geregelt, daß meine Arbeit darunter nicht leidet. Ich fand etwas Passendes, schon vor drei Jahren."

Hoheit wartet, von Neugier geladen, was Dr. Safka nicht entging. „Es ist", fährt er fort, „eine der Tanzsklavinnen: Natara Devi, wissen Sie, Hoheit, die Kleine mit dem tiefschwarzen Haar und den blauen Augen; die aus Nordindien."

„Hübsches Kind", lächelt der Maharadscha, „sehr hübsch! Aber so eine Tänzerin ist etwas Kostspieliges; Sie müssen sich doch auf Ihre alten Tage etwas zurücklegen."

Safka grinst verlegen. „Natara beansprucht kaum etwas, Hoheit. Ab und zu eine Kleinigkeit ... ich glaube, Herr, sie liebt mich."

„Und Sie lieben sie auch?"

Der Major zögert. „Das habe ich mich selber noch nie gefragt." Er stockt wiederum. „Nein, ich glaube nicht. Sie ist ein reizendes Ding, aber ..."

„Sie könnten sie also aufgeben?"

„Wenn es sein müßte ... Es braucht nicht unbedingt Natara Devi zu sein; ein anderes hübsches und nettes Geschöpf wäre mir ebenso lieb."

„Und wenn ich nun eine passende Frau für Sie wüßte, hätten Sie dann etwas dagegen, zu heiraten?"

„Nein. Wenn sie mir gefällt! Aber wissen Sie, die Sache hat ihre Schwierigkeiten. Ich bin Brahmane, aber nicht rechtgläubig. Meine Mutter hat schon mit mir vom Heiraten gesprochen, fand aber nie das Richtige. Mit einer Orthodoxen komme ich nicht zurecht, ich möchte ihr auch nicht raten, es mit mir zu versuchen; es ginge doch nicht. Die meisten Inderinnen und ihre Familien könnten sich niemals mit meinen Anschauungen befreunden."

„Gewiß", gibt der Maharadscha zu, „ich weiß aber ein junges Mädchen, das wäre vielleicht gerade die Rechte. Ihr Vater, ein bedeutender Gelehrter in Bombay, ist mein Freund. Ihre Mutter stammt aus San Franzisko, eine Amerikanerin. Beide lernten sich kennen, als er im dortigen Museum arbeitete. Nun hält es natürlich schwer, für das Mädchen die passende Partie zu finden; sie ist weder dies noch das."

„Ist sie hübsch?"

„Sogar sehr. Ich kann mir keine bessere Frau für Sie denken."

„Gut, Herr. Sonst habe ich weiter keinen Einwand, es sei denn, ich gefiele ihr nicht. Ich selbst bin nicht allzu anspruchsvoll."

„Ich werde also dem Vater schreiben, und im Herbst, wenn ich wieder hier bin, lade ich die ganze Familie nach Ranchipur ein."

„Sehr wohl, Herr", Safka stand auf, „ich stehe gern zur Verfügung."

„Verstehen Sie auch, warum mich die Sache beschäftigt?"

„Ich denke ja, Hoheit."

„Wir brauchen mehr Inder wie Sie, Safka, und ich hoffe, Sie werden viele der Art in die Welt setzen."

Safka grinste noch eindringlicher als zuvor. „Das hoffe ich auch, Herr; es liegt kein Grund vor, weshalb es nicht sein sollte."

„Gute Nacht, Doktor! Bitten Sie Raschid herein! Und Dank für alles, was Sie für mich getan haben."

„Es ist nur meine Pflicht, Herr." Safkas Gesicht wird zum ersten Male bei der Visite ernst. „Und es ist wichtiger als alles andere, für uns alle, für Ranchipur und für Indien, Sie bei voller Gesundheit zu halten."

„Gute Nacht, Doktor. Ich weiß, Sie sind nicht reich, auch nicht das junge Mädchen, von dem ich gesprochen habe. Aber ich denke an Sie."

Während der Major die endlosen Gänge durchschreitet, beschäftigen sich seine Gedanken, seltsam genug, nicht mit Natara oder der schönen neuen Braut, sondern mit der unschönen, alternden Miss MacDaid, seiner Oberschwester. Seine Vermählung würde sie schmerzen, das weiß er, und er hat sie gern. Sie weiß um Natara und stößt sich anscheinend nicht daran; sie kennt den Osten zu gut, um dafür nicht Verständnis zu haben. Aber mit einer Heirat ist es doch etwas andres. ‚Da wird die Arme wohl eifersüchtig werden, wird Qualen leiden und sich die größte Mühe geben, es nicht zu zeigen. Das wird die Zusammenarbeit schwerer und schwerer gestalten, und doch ist diese Arbeit wesentlicher als alles, was ihr oder mir an Schlimmem oder Gutem widerfahren kann.' Plötzlich taucht in ihm der sonderbare Gedanke auf, ob er die ganzen Jahre hindurch nicht wegen Miss MacDaid alle Heiratsideen von sich gewiesen hat ...

‚Aber vielleicht versteht sie es und söhnt sich damit aus, wenn ich ihr erkläre, ich heirate nur, um Kinder zu haben, sehr viele Kinder, die einmal unsern großen gemeinsamen Gedanken mit ausführen helfen und ihn fortführen können....'

Während er durch den Regen dahinfährt, beschließt er, ihr in einem geeigneten Augenblick alles darzulegen. So gelangt er zu seinem Hause, wo ihn Natara erwartet. Bei dem grazilen Geschöpf, an ihrer Haut von der Farbe des Milchkaffees, ihrem Leibe, der zart ist und sanft wie ein Liebesgedicht, vergißt er Miss MacDaid und den Maharadscha und alle Unberührbaren. Diese Stunden gehören ihm ganz allein, nicht dem Chirurgen, dem Arzt, dem Major, dem Politiker Safka, sondern dem Manne, der jung ist und kräftig, der das Leben liebt, mit all seinen Sinnen umarmt und alle Freuden ausschöpfen will, welche das kurze Dasein sich abringen läßt. Denn für alle Pein, die der Mensch durch den Körper erleidet, schuldet ihm dieser unendlich viel Lust. So verlor er sich jetzt in Natara tiefer und völliger als selbst in den Schlaf.

Erst bei Tagesanbruch verläßt sie ihn. Eine kleine rote, mit Spiegelchen und bunten, vom Straßenkot bespritzten Federn gezierte Tonga trägt sie zu ihrer Wohnung unweit des alten verwunschenen Holzpalastes.

*

Eine Zeitlang sprach der Maharadscha mit Polizeiminister Raschid Ali Khan hindostanisch über Staatsangelegenheiten, von notwendigen Veränderungen auf dem Gutshofe des Gefängnisses, von der Ansiedlung wilder Bergstämme auf staatlichen Ländereien, denn schon seit langem setzte er in die Ergebenheit dieses Mannes unbedingtes Vertrauen und suchte seinen mitunter zwar allzu heftig verfochtenen, doch immer klugen und aufrichtigen Rat. Er war sich bewußt, als Araber, Afghane und Türke werde Raschid nie einsehen, daß man in Indien langsam, entnervend langsam vorgehen müsse. Aber wo seine hindostanischen Ratgeber mit ihrer ganzen lichtvollen Einsicht gerade durch ihre unendlich umsichtig ausgearbeiteten Pläne einen Fortschritt unmöglich erscheinen ließen, fand Ali Khan allemal einen Weg, die Neuerung durchzusetzen und wirksam zu machen. Diesen Ausgleich zwischen mohammedanischem Ungestüm und Hindu-Behutsamkeit suchte der Maharadscha während seiner fünfzigjährigen Regierungszeit immer und immer wieder, und dies war die gleiche Methode, nach welcher der weise und gute Akbar dreihundert Jahre zuvor über Indien herrschte.

Nachdem der Hindu, machtvoll und massiv auf einem gebrechlichen goldenen Stühlchen sitzend, seine Pläne betreffend der Bergvölker entwickelt hatte, kam der Herrscher zur Hauptsache. „Sie müssen wissen, ich bin sehr krank, kränker, als irgendwer außer Safka weiß, und da es nicht besser wird, muß ich für den Fall meines Todes Bestimmungen treffen."

„Nein, Hoheit, noch besteht keine Gefahr ..."

„Trotzdem, Raschid, ich muß daran denken, denn ich habe als Nachfolger nur einen fünfzehnjährigen Knaben. Daher spreche ich heute mit Ihnen. Ihre Hoheit, die Maharani, wird Regentin; ich hoffe, sie wird noch recht lange leben. Sie hat eine glücklichere Natur als ich; sie hat ihr Leben genossen. Im Grunde ist sie heute noch ebenso jung wie bei unserer Hochzeit. Ich hinterlasse ihr das Land. Wir haben fünfzig Jahre zusammen gearbeitet. Sie weiß besser als irgendein anderer, was ich will, und will dasselbe. Aber so stark sie auch ist, die Aufgabe ist zu groß für sie. Sie braucht Hilfe, und dazu habe ich zwei Persönlichkeiten ausersehen. Die eine: der Dewan ..." Er sah Abneigung und Ablehnung das offene Gesicht des Moslems beschatten. Raschid und Dewan mochten einander nicht, doch war das dem alten Herrscher nichts Neues. Gerade durch diesen Gegensatz hoffte er das feinste Gleichgewicht zwischen besonnenem Urteil in der einen und planmäßiger Energie in der anderen Schale herzustellen. Die Maharani wäre das Zünglein der Waage. Sie würde alles ins Gleichgewicht bringen, und er gedachte sie zu diesem Zweck mit hinreichender Machtvollkommenheit auszurüsten, auf daß sie mit des Dewans Intrigen wie mit Raschids taktlos hitziger Offenheit fertig zu werden imstande sei. – „Und die zweite Persönlichkeit: Sie", setzte er seine Rede fort. „Mit euch dreien ist Ranchipur gut und sicher regiert. Was meinen Sie dazu?"

Ali Khan runzelte die Stirn. „Dewan-Methoden liegen mir nicht."

„Ihrer Hoheit auch nicht", lächelte der alte Herr, „da haben Sie sie schon als Verbündete."

„Ihre Hoheit ist etwas sehr stürmisch."

„Das hat sie mit Ihnen gemein. Der Dewan wird Öl in die stürmischen Wogen gießen."

„Ich nehme das Angebot an, Hoheit, ich muß nur auch die Schwierigkeiten bedenken."

„Ja, Schwierigkeiten", lachte der alte Herr, „wird es in Fülle geben. Aber mein Enkel, der Thronfolger, ist nicht schwierig. Soviel ich weiß, will er schon jetzt das gleiche, was wir für Ranchipur immer wollten. Mit einundzwanzig Jahren soll er an die Macht und sich bis dahin die Welt gründlich ansehen, damit er zu allem die richtige Einstellung bekommt, vor allem den Sinn für Größenverhältnisse. Er soll sehen, wie unwichtig Ranchipur ist und wie wichtig es sein kann. Ich will, daß er Völker und Individuen jeder Farbe und Rasse studiert. Vielleicht wollen Sie mit ihm gehen?" – „Wenn Hoheit es wünscht." Hoheit schwieg einen Augenblick, die Schmerzen im Bein unterdrückend. „Vortrefflich", sagte er dann. „Wir werden darüber noch im einzelnen sprechen, vielleicht morgen um drei, wenn Sie da frei haben." – „Ich werde mich frei machen, Hoheit."

Der alte Herr richtete sich unter Schmerzen in seinem Bette auf. „Kommen Sie, Raschid, nehmen Sie meine Hand!"

Ali Khan trat an das Lager, hob das Moskitonetz in die Höhe; der Maharadscha ergriff seine Hand: „Ich danke Ihnen für alles, was Sie für Ranchipur getan haben."

Kein Hindu reicht sonst einem Moslem die Hand. Doch das schlichte Herz dieses alten Mannes kannte keinen Unterschied der Kasten, Religionen und Rassen. Er und Raschid wirkten für die nämliche Sache, und so war dieser sein Bruder, gleichgültig, ob Moslem oder Christ, Hindu oder Jude, Buddhist oder ein Wilder.

XXXII

Unten in der hohen Halle fand Raschid seine Frau, die ihn dort auf einem hohen imitierten Renaissancestuhle, steif aufrecht sitzend, erwartet hatte. Sie war ein stilles, schüchternes Frauchen und immer in einer gewissen Bestürzung darüber, daß sie die Gemahlin eines so bedeutenden Feuerkopfes war. Sie sah in ihm einen Gott, und neben ihren sieben Kindern repräsentierte er für sie obendrein Menschheit und Welt. Während sie in der bescheidenen roten Tonga durch den strömenden Regen nach Hause fuhren, erzählte er ihr, Hoheit wolle ihn zusammen mit der Maharani und dem Dewan zum Mitregenten des Landes ernennen.

„Du wirst ein großer Mann sein", sagte sie, als er mit seinem Bericht fertig war. Und dann unterhielten sie sich über die Gesellschaft, besonders die Hestons, die dem Ehepaar rätselhaft waren. Als sie bereits durch das Gartentor auf ihr Haus zufuhren, erwähnte die Frau, während sie auf ihn gewartet habe, sei die russische Dienerin der Maharani unten durch alle Räume gelaufen. „Sie hat mich nicht gesehen. Sie ist vom einen zum andern Zimmer, als ob sie nach etwas suche. Was mag das wohl gewesen sein?"

„Weiß nicht", lachte Raschid, „aber wie ich die alte Dame kenne, hat es bestimmt etwas zu bedeuten."

XXXIII

Der Maharadscha ist allein. Aber er schläft nicht. Er sitzt aufrecht auf seinem Lager und kämpft mit dem Schmerz, bis ihn das Morphium davon befreit. Müde und etwas wirr sinkt er in die Kissen zurück.

Obwohl allein in dem hohen und weiten Schlafgemach, graut ihm nicht vor der Nähe des Todes. Er heißt in seiner Ermattung ihn vielmehr willkommen, so wie ein müder Mann den Schlummer begrüßt. Er prüft sein Herz, und sein Gewissen findet nicht viel, was es ihm vorwerfen könnte. Er ist ein guter Mensch, ein schlichter, einfacher Mann, und sieht sich daher so, wie er ist: glanzlos, ohne besondere Talente, aber als einen, der, solange er zurückdenken kann, bemüht war, für sein Volk sein Bestes zu tun. Wie er so daliegt, gibt er sich keiner Täuschung darüber hin, daß all seine Reichtümer, seine Herrschergewalt und sein Ruhm ihm nicht dank eigener Leistungen, sondern vor langer Zeit durch eine Verkettung glücklicher Umstände zufielen. Ohne sie lebte er jetzt vermutlich irgendwo in den weiten, staubigen Landstrichen des Dekhan als ein mildtätiger alter Bauer.

Doch da ihm nun einmal Reichtum, Macht und Ansehen gegeben waren, hat er mittels seines Reichtums Schulen, Bibliotheken und Hospitäler errichtet, Hungers- und Wassernöte gebannt; hat, um den Wohlstand des Volkes zu heben, Fabriken und Werkstätten bauen lassen; hat seine Macht gegen die alteingefressenen Vorurteile eingesetzt, diese Eiterbeulen am Riesenleib Indiens; hat schurkische Priester und schmarotzende Brahmanen aus dem Lande gejagt und die „Unberührbaren“ aus ihren Elendsvierteln befreit, in denen der Aberglaube sie gefangenhielt. Er war niemals bigott, tyrannisch, lasterhaft oder bestechlich, obwohl ihm zu jeder Art Laster und Tyrannei alle Wege offenstanden. Aber bei allem war er nie Freund, sondern Feind der Religionen, denn schon vor sehr langer Zeit lehrte ein Engländer ihn, Beschränktheit, Aberglauben und Entstellungen, diese Bestandteile jeder Sekte, aufzugeben für einen höheren Glauben, der nicht bei Götzenbildern, nicht bei unsichtbaren, unglaubhaften Göttern zu finden ist, sondern, wie der Glaube des großen Akbar, in der Menschheit selbst.

Er besaß treue, wertvolle Freunde. Er kannte edle und feine Menschen. Da waren Raschid und Miss MacDaid und der junge Doktor Safka, die Smileys und Jobnekar, die seinen Glauben und sein Vertrauen reichlich belohnten. Da waren auch diese zwei seltsamen englischen Lehrerinnen; sie waren ihm zwar in ihrer Art unverständlich: so kalt, so unweiblich, so ungesellig und vereinsamt, aber in ihrer Pflichttreue wandten sie ihr ganzes Sein ausschließlich dem einen Ziele zu, ihm und den Frauen von Ranchipur eine Hilfe zu sein. In den fünfundzwanzig Jahren, seit sie in Ranchipur lebten, hatte er noch keine fünfundzwanzig Worte mit ihnen gesprochen, und dennoch verstanden sie ihn und wirkten für seinen Gedanken. Und da war alle Zeit jene Frau, die man mit Recht „Ihre Hoheit“ nannte, und war, wie er von Anbeginn wußte, glanzvoller und begabter als er, aber zugleich auch hitziger, wankelmütiger, sprunghafter; auch dies wußte er von jeher und verhehlte sich nie, daß unter der anmutigen, verbindlichen, würdevollen Oberfläche viel unbändige Wildheit geblieben war. Oft lagen sie miteinander in Streit; sie war halsstarrig und aufsässig, und doch konnten sie nicht ohne einander sein, sie hatten es niemals in all den Jahren gekonnt. Fast ein halbes Jahrhundert waren sie durch Demütigung und Enttäuschung, durch Sieg und Triumph hindurchgegangen und mußten ihre zwei Söhne, verdorben durch ihre Erziehung im Westen, tragisch entwurzelt und unstet, nacheinander dahinsterben sehen. In einer einzigartigen Übereinstimmung in ihren Zielen hatten sie stets und stetig für die gleiche Sache gewirkt: er, weil ihn in seiner Kindheit und Jugend John Lawrence lehrte, ein guter Herrscher zu werden; sie, weil sie in hochfahrendem Stolze nichts anderes dachte, als daß Indien aufwachen und wieder leben werde wie in den Zeiten Asokas und Akbars, in Frieden und Freiheit. Darum kämpfte sie dafür, Ranchipurs Frauen von Aberglauben und Unbildung zu befreien. Darum hatte sie selbst, ein gläubiges Weib, ihren Glauben beiseite geschoben, um Unberührbare berühren und ihrer Befreiung entgegenführen zu können. Jetzt als alte Frau hatte sie einen Glauben, größer und stärker als der an Götter und Riten und abergläubischen Wahn.

Da er in dieser einsamen Stunde auf fast fünfzig Jahre zurückblickt, erscheint ihm ihr ganzes Leben und Wesen kaum faßbar. Er sieht sie wieder, wie sie mit dreizehn war, als sie aus den Bergen herabstieg, um ihn zu heiraten, ein Kind, das nur die Sprache der Mahratten verstand, nicht lesen, nicht schreiben konnte, anmaßend, scheu, unbändig und still, ein weiches junges Panthertier. Heute noch hat sie ihre ungezügelten, wilden Tage, nur von Scheu ist nichts mehr an ihr, und er liebt sie – nicht wegen ihrer Schönheit, ihrer Großheit, sondern um ihrer Menschlichkeit willen. Nichts Menschliches ist ihr fremd. Sie steckt voll Neugier, Laune und Umtrieben; ihre Streiche und Glossen reißen ihn oft zu tollem Gelächter hin, mag es sich auch um Dinge und Worte handeln, über die er bei andern keine Miene verziehen würde; bei ihr kann er sich darüber vor Lachen ausschütten, weil sie noch immer so jung ist. Es beruhigt ihn, daß er nun vor ihr sterben wird, denn ohne sie fände er am Leben keinen Geschmack.

Er liegt im Dunkel. Er lauscht dem Regenfall, der das Land von Unfruchtbarkeit befreit. Gesichter tauchen auf, längst vergessene, von Männern, die ihm gedient, ihm gut geraten, ihn böse verraten haben, böse und gute, kluge und dumme Köpfe. Ohne Zusammenhang ziehen sie an ihm vorüber, ohne Abstand voneinander und dabei unheimlich klar, wie er sie niemals gesehen. Die Gesichter der beiden Söhne, unbändig und herrlich und getötet von westlicher Zivilisation . . . das weisheitsvolle Gesicht der seltsamen Witwe des „Ruchlosen Maharadschas“, die den ihr geraubten Reichtum und ihre Macht vielleicht besser verwandt hätte als er. Doch klarer als alle erkennt er das Gesicht seines alten Erziehers John Lawrence. Er selber war erst zwölf Jahre, konnte nicht lesen, nicht schreiben, verstand nur die Sprache mahrattischer Krieger – da sandten ihm ihn die Briten. O dieses Gesicht!

Es war schmal, lang und voll Güte, die Augen hell, klar und blau, und dieses Gesicht mit dem struppigen Bart flößte dem Kinde, das frisch von den Bergen, von Kuh- und Ziegenherden kam, die es dort gehütet, auf den ersten Blick Zutrauen ein. Jetzt noch, im hohen Alter, erinnert er sich seiner knabenhaft trotzigen Scheu. Mißtrauisch, erschreckt hatte er dagestanden, als seine zerlumpte Kuhhirtentracht mit den prächtigsten Gewändern aus Seide und Goldbrokat vertauscht wurde und statt der vier Lehmwände seiner Berghütte ihn der goldene Prunk des Palastes umgab, dessen verlassene hölzerne Mauern und Wände nun gegenüber einem Kinotheater ihren Zerfall erwarten. Hinter seiner Bangnis aber und seinem mißtrauischen Trotz stand der Gedanke: ‚Ich bin ein Krieger aus kriegerischem Stamm. Ich muß mich vor diesen Bleichhäuten von jenseits des Meeres bewähren!' Er hatte nie von Europa gehört, wußte nur ungefähr, daß an Indiens Rand ein unfaßbar großer Ozean beginnt. Finster, voll Argwohn beobachtete er die Bleichen beim Essen, beim Reden, in all ihrem Tun und sagte sich: ‚Ich bin ein König, ein Kämpfer, ich will mich vor ihnen nicht schämen müssen.' Dann aber kamen Tage, da ihn der Jammer erfaßte und er sehnsuchtsvoll nach dem kahlen, staubigen Bergland und seinen Herden zurückbegehrte. In diesen Zeiten war es allein John Lawrence, der ihn vor Verbitterung, vor Menschenverachtung und vor aller Schlechtigkeit bewahrte; das weiß er jetzt, weiß, wie groß für ihn die Gefahr war, einer der vielen bösen, ausschweifenden, verderbten, halb wahnsinnigen Tyrannen zu werden ... Doch als unter all den fremden, bleichen Gesichtern, die ihn umgaben, das gute Gesicht des Erziehers auftauchte, fühlte der Zwölfjährige auf der Stelle, ihm werde er immer vertrauen können.

Lawrence lehrte ihn Lesen, Schreiben, Englisch, Französisch, Hindostanisch und erschloß ihm die Welt, Osten und Westen. Denn dieser Brite, dies weiß der Maharadscha jetzt, betrachtete Menschheit und Welt nicht mit englischen Augen, sondern von hoher Warte, leidenschaftslos, menschlich und rein. So zeigte und erklärte er dem indischen Hirtenknaben, dessen Welt in dem halbwilden Dekhan beschlossen lag, mit klaren, einfachen Worten Vorzüge, Fehler und Laster der Regierenden und der Regierten der Weltreiche, auf daß er erkenne, was gerecht und ungerecht, gut oder böse sei.

Es war John Lawrence, der in seinem Schüler die Erkenntnis weckte und festigte, er sei nur ein einfacher Mensch unter anderen Menschen und trage eine schwere Verantwortung. Voll Einsicht und Güte pflanzte er in die kindliche Seele das Verständnis der wahren Menschlichkeit. Dem Knaben, der einmal unumschränkt über ein weites Land und zwölf Millionen Seelen herrschen sollte, brachte er die Erkenntnis, daß Religionen im weitesten Umfang aus Aberglauben bestehen und entstanden sind aus der urmenschlichen Hilflosigkeit und triebhaften Angst.

Es war John Lawrence, der Brite, welcher zum Vorbild seines jungen Zöglings den großen Mohammedaner Akbar erkor, den weisen, gerechten Herrscher, der für sein Volk eine Zukunft erträumte, deren es niemals teilhaftig wurde. Denn es war ihrer nicht wert.

Sehr deutlich sieht Ranchipurs Herr den alten Erzieher, wie er ihm gegenübersaß an einem großen Tisch im Alten Palast oder im Garten des Hauses, das er mit seiner behäbigen Frau und seinen acht Kindern bewohnte. Im gleichen Hause wohnt jetzt Tom Ransome.

‚Männer wie Lawrence', denkt der alte, leidende Mann in seinem Bette, ‚kommen heute aus dem Westen nicht mehr zu uns.' Was heute von dort herüberkommt, ist brutal wie Heston, voll Habsucht und Schlechtigkeit oder verschroben wie Ransome, unnütz und müde. Er weiß: Ransome ist krank, er leidet an der Krankheit Europas; Heston ist schlecht, er leidet an einer anderen Art Krankheit, aber auch diese kommt aus dem Westen. Lawrence jedoch, das sieht er so deutlich wie noch nie, träumte den gleichen Traum wie Miss MacDaid, Jobnekar, Safka, die Smileys und pflanzte ihn seinem Zöglinge ein. Denn er liebte Indien. Wie Miss MacDaid, seine Landsmännin, kehrte er einmal nach England zurück und kam wieder. Denn sein Herz war im Osten geblieben. Er starb in dem Hause, das jetzt von Ransome bewohnt war.

Der alte Herr sieht es klar und deutlich: Lawrence erkannte in dem halbwilden, zwölfjährigen Buben ein Werkzeug; er formte und schliff es aus Liebe zu Indien; er machte aus ihm den Mann und Herrscher, der seinen Traum hegte und der Erfüllung um ein Stück näherbrachte.

Fast muß er lachen. Welche Dummheit haben doch diese Briten, die, Heston gleich, Indien nur ausbeuten wollten, begangen, als sie ihm einen Erzieher wie Lawrence schickten! Doch nur ein Seufzen entringt sich ihm. Längst schickt England uns keinen Lawrence mehr! Vielleicht gibt es nach Lawrence dort keine solchen Männer ... Denn gäbe es deren, wieviel Verbitterung, wieviel Streit, wieviel Böses wäre vermieden worden! Und Indien wäre am Tage, da es aufersteht, der größte Freund Englands! Doch dieser Teil des großen Traumes ist nun dahin, durch die Trägheit und Enge menschlicher Herzen für immer entschwunden.

Mehr und mehr schläfert das Morphium ihn ein. Nur noch einen Grund hätte er, am Leben zu hängen: wenn er ein einiges Indien erleben könnte, frei von Armut, Unbildung und Aberglauben, eine große, stolze Nation. Doch dazu bedarf es noch der Lebenszeit manchen Mannes. Er aber ist alt und matt und oft mutlos. Halb im Schlaf streckt er die Hand aus, um nach Herrn Bauer zu klingeln. Dann fällt ihm ein, der schlafe wohl längst. Er bringt es nicht übers Herz, ihn zu wecken.

Aber Herr Bauer schläft nicht, ist nicht einmal auf seinem Zimmer. Etwas später, um drei Uhr morgens, öffnet er, noch angekleidet, sachte die Schlafzimmertür seines Herrn, schaut, ob alles mit ihm in Ordnung ist, und entfernt sich leise.

XXXIV

Die Russin, die Raschids Frau durch die Parterre-Räume des Palastes laufen sah, ist die Tochter eines Moskauer Professors und nimmt bei der Maharani die inoffizielle Stellung einer Vertrauten, Gesellschafterin, Vorleserin, Hüterin der märchenhaften Juwelen und Garderobenschränke, Dolmetscherin und Unterhändlerin bei Einkäufen ein. Verzweifelt, mittel- und obdachlos wurde sie kurz nach der russischen Revolution von der Maharani im Karlsbader Kurpark aufgelesen. Die Neugier und das menschliche Verständnis der Maharani näherten sie einander. Die alte Dame wünschte einen vertraulichen persönlichen Bericht, wie das nun eigentlich mit der Revolution gewesen sei und wie es sich unter dem Sowjetregime lebe. Für ein ausgezeichnetes Essen und eine Flasche Champagner entsprach Maria Lischinskaja dem Wunsche, allerdings etwas oberflächlich, wie es ihre Art war, und reichlich verbittert, denn sie hatte beim Zusammenbruch des Zarismus alles verloren: den Vater, den Bräutigam, Heim und Vermögen. Allein die Verbitterung währte nicht lange. Das Mahl war noch nicht zu Ende, als Maria bereits ihre Chance erfaßte; ihre Bitterkeit schlug um in muntere Laune, und diese war, wie alles an einer Russin, sogar echt.

Dank dieser natürlichen Heiterkeit faßte die Maharani Zuneigung zur Lischinskaja, denn es verband sich auf ganz besondere Weise mit dieser Heiterkeit ein selbständiges Denken, kecker Humor und eine wurstige Weltanschauung: Gibt's heut nichts zu essen, dann vielleicht morgen! Bisher war sie meistens satt geworden. Nach außen hin war Maria, wo es geboten erschien, die unterwürfige Dienerin Ihrer Hoheit. Waren die beiden jedoch allein, so wurde sie augenblicklich zur Freundin und ließ ihrer Spottlust, ihrem zynischen Humor, ihrer Verspieltheit, dem Hang zu Intrige und Neckerei die Zügel schießen. Endlich hatte die Maharani eine Europäerin entdeckt, für deren Art sie volles Verständnis hatte.

Maria Lischinskaja war ein ausgesprochenes Zwischending, nicht starr und fest geprägt, wie die meisten Europäer, nicht einfach Ehrgeiz oder Geilheit, Sentimentalität oder Treue, auch keine Kombination aus zwei oder drei dieser Eigenschaften, vielmehr eine Mischung von allen zusammen und dazu einigen andern, wandelbar und widerspruchsvoll, und eben dadurch für ihre Herrin so amüsant und verständlich. Sie war im einen Augenblick hemmungslos und im nächsten vornehm, einmal bieder, ein andermal verschlagen, eben noch pudelnärrisch und gleich darauf melancholisch, romantisch, gefühlsselig, denn ihr Herz war asiatisch und keine Spur europäisch. In ihr fand die Maharani die seit dreißig Jahren gesuchte Gesellschafterin, von der sie sich, wenn sie im Westen waren, in Theater, Konzerte, Spielsäle und Nachtklubs begleiten ließ und die ihr, solange man in Ranchipur weilte, in ihrer glänzenden Abgeschiedenheit angenehmen Zeitvertreib bot. Nun hatte sie jemand, mit dem sie in ihrem majestätischen Schlafgemach plaudern und tratschen konnte, der mit den Idiosynkrasien der Inder wie denen der Europäer gleichermaßen vertraut war und ihr in Europa in jedem Einzelfalle erklären konnte, warum sich die Europäer und Europäerinnen so benahmen, wie sie es taten. Auch verstand Maria, mit Hoteliers, Juwelieren, Schneidern und Schneiderinnen zu verhandeln und zu handeln, ein Spiel, dem sie sich mit wahrer Leidenschaft und mit vollem Verständnis für die orientalische Lust am Feilschen widmete. Obwohl sie darüber im Bilde war, daß Ihre Hoheit das feinste Palace Hotel, in dem sie nun auf einige Wochen Wohnung nahmen, glatt aufkaufen konnte, ohne daß es ihr deshalb auch nur vorübergehend an Geld fehlen würde, wußte sie, es bereitete ihrer Dame weit größres Vergnügen, wenn sie den Zimmerpreis drückte oder in der Hotelrechnung einen Fehler entdeckte. Oder die Maharani entwarf für einen Juwelenkauf an der Place Vendôme einen Feldzugsplan, und Maria, nachdem sie ihn durch einige glänzende Einfälle ergänzt hatte, führte ihn dergestalt aus, daß der Juwelier, ehe er wußte, wie ihm geschah, seine feinsten, schönsten Juwelen an eine der reichsten Frauen der Welt zu einem Spottpreis verkauft hatte. Die Lischinskaja besaß auch die nicht umzubringende orientalische Lebenskraft. Sie konnte mit ihrer Herrin bis Tagesanbruch im Kasino am Roulette verharren und anschließend bis Mittag Läden besuchen, ohne einen Augenblick Müdigkeit oder üble Laune zu zeigen.

Wenn aber die alte Dame selbst übler Laune war und das Bedürfnis empfand, jemand zu quälen, kam ihr Maria zu diesem Zweck gerade gelegen.

Als sie nach Verabschiedung der Gäste und dem Gespräch mit ihrem Gemahl sich in ihre Gemächer zurückzog, fand sie die Lischinskaja auf der Chaiselongue bei der Lektüre eines Romans von Mauriac. Die Gesellschafterin war etwa fünfunddreißig, nicht hübsch, nicht häßlich, doch von geschmeidiger Gestalt und hatte grünliche, leicht geschlitzte Augen wie die Tataren. In manchen Momenten, fand ihre Herrin, hatte sie eine merkwürdige Ähnlichkeit mit Raschid Ali Khan, nicht bloß äußerlich, sondern auch in der ihr eigenen Vitalität. „Ihre Vorfahren“, sagte einmal die Maharani zu ihr, „sind wohl von den nördlichen Hängen des Himalaja zur selben Zeit nach Rußland gezogen, als Raschids Ahnen von den südlichen nach Indien auswanderten.“ Aber damit war wohl die Ähnlichkeit auch zu Ende. Von Raschids Glauben und Lebenszielen hatte Maria nichts. Sie glaubte an gar nichts. Sie war eine schnöde Opportunistin; es verlangte sie nicht einmal mehr in die Heimat.

Beim Eintritt der Herrin legte die Russin ihr Buch beiseite, stand auf, gähnte und fragte: „Nun?“

„Terrible ... terrible ...“, gab Ihre Hoheit auf französisch zurück.

„Und Hestons?“

„Terrible ... terrible ...“

Die Pariamädchen entkleideten die Maharani, massierten ihr das Gesicht, rieben Öl in das feine schwarze Haar; die Dame öffnete ein goldenes Döschen, fing an, Betelnüsse zu kauen; Maria half ihr, die schweren Smaragde abzulegen, tat sie nacheinander in das betreffende Etui und fragte: „Comment, terrible?“

„Er ist ein Geldsack, ein Bulle, ein Rüpel, und sie nichts als eine mondäne englische Schnepfe. Ist gleich mit Ransome verschwunden und ward fast den ganzen Abend nicht mehr gesehen. Mir haben sie gesagt, sie wollten unten die Räume besichtigen.“

„Ja?“ machte Maria aufmunternd. „Und was ist unten geschehen?“

„Na, was meinen Sie, was da geschehen ist?“ fragte die alte Dame. „Daß man das ‚besichtigen‘ nennt, war mir allerdings neu.“

„Ich habe gedacht, Ransome sind Frauen gleichgültig“, sagte Maria.

„Wie meinen Sie das?“ Die Maharani fixierte sie. Sie hatte Tom Ransome gern, und wie auf jeden Günstling der Herrin war die Gesellschafterin auch auf ihn eifersüchtig. „Ach, nichts, ich meinte nur so“, wich sie dem scharfen Blick aus, als sie merkte, der ausgestreckte Fühler werde unfreundlich aufgenommen. Es war eine Art Spiel, das sie beim Plaudern auch sonst miteinander trieben.

„Er ist ein müder Mensch“, sagte die Maharani.

„Eben, eben, das meine ich ja“, grinste Maria vergnügt, „er hat alles durchprobiert.“

„Mag sein.“ Einfühlsam spürte die alte Dame eine gewisse Erregung der jüngeren und sah ihre Phantasie nach allerhand Richtungen schweifen. „Ransome gefällt Ihnen?“ fragte sie forschenden Blicks.

„Ich weiß nicht, ich kenne ihn kaum; er ist ein hübscher Kerl ... auf seine Art. Wissen Eure Hoheit, ob unten etwas passiert ist?“

„Wissen! Wissen kann man das nur, wenn man unter dem Bett gesteckt hat.“

„So etwas sieht man jemand doch an, hintennach ...“

„Engländern nicht, nicht einmal eine Sekunde danach. So wenig, wie man unsereinem ansieht, ob er ein Glas Wasser getrunken hat. Gehen Sie doch hinunter und schauen Sie nach! Es muß in einem der Zimmer gewesen sein.“

„Ach nein, so was könnte ich nicht.“

‚Wahrscheinlich‘, dachte die Maharani, ‚rennt sie, wenn ich im Bett bin, von Zimmer zu Zimmer, um es herauszufinden‘, und plötzlich kam ihr die Erkenntnis: ‚Die Lischinskaja ist im Grunde nicht anders als die Heston und Ransome. Gleichgültig, skeptisch, angeödet, ohne ein höheres Ziel, bleibt ihr wie diesen am Ende, da alles in die Brüche ging, nur noch – der Körper, der Kitzel, die Sinnenlust. Was wird sie anfangen, wenn ihr Harry Bauer nicht mehr ist?‘

„Wissen Eure Hoheit schon, wann wir nach Karlsbad gehen?“ fragte die Lischinskaja.

Natürlich wußte es Hoheit. Voraussichtlich Ende der Woche. Aber sie wollte der andern nicht das Vergnügen machen, es auch zu wissen. Der Schatten der Hestons, der immer noch über ihr lag, rief in ihr eine Art grausamer Gereiztheit hervor. „Wenn es so weiter regnet“, antwortete sie, „fahren wir bald. Seine Hoheit will nicht eher weg, als bis er darüber beruhigt ist, daß der Regen anhält."

‚Wenn ich Harry erst in Europa habe', dachte die Russin, ‚bring' ich ihn auch zum Heiraten; dann kommt er mir nicht mehr aus. Bei den Hoheiten ist unsere Zukunft gesichert; sie engagieren uns beide auf Lebenszeit.' Sie hatte die Ungewißheit und Wurzellosigkeit ihres Daseins satt. Laut sagte sie: „Ihre Hoheit wird heute wohl zeitig zu Bett gehen?"

„Ich bin nicht müde", versetzte die Hoheit und dachte: ‚Aha! Sie hat heute wieder einmal eine Bauer-Nacht!' Es reizte sie, die unruhig Gierende noch länger bei sich zu behalten und zu diesem Zweck sich von ihr etwas vorlesen zu lassen. „Sie könnten mir noch ein bißchen vorlesen . . ."

Die Enttäuschung, die sich in den Mienen Marias malte, stimmte sie etwas milder. ‚Wenn sie ein Weilchen gelesen hat, will ich so tun, als sei ich schläfrig, und sie laufen lassen', beschloß sie bei sich und fuhr fort: „. . . aus dem französischen Klassiker!"

„Les Liaisons dangereuses?"

„Ganz richtig. Es interessiert mich, wie so etwas bei den Franzosen ist. Merkwürdig ähnlich wie bei den Chinesen, kommt es mir vor. Bei allem haben sie ihre bestimmte Form und ein besondres Verhalten." Damit legte sie sich, aufs beste mit all ihren Cremen und Salben versehen, zu Bett. Die Lischinskaja setzte sich neben sie und begann im eintönigen Rauschen des Regens aus den „gefährlichen Liebschaften" vorzulesen, las Satz für Satz der Analyse des Liebesverlangens, in der Süchte und Eifersüchte, Ränke und Wiederfinden mit minuziöser, leidenschaftlicher Meisterschaft dargestellt sind, jedes Wort ein Aphrodisiakum, jedes Komma ein Stachel der Begehrlichkeit. Mit Befriedigung und Ergötzen beobachtete die Maharani unter ihren langen Wimpern, wie der Atem der Vorleserin immer kürzer ging, wie sie sich bei einzelnen Stellen verhedderte, als tanzten die Worte ihr vor den Augen, und auf der olivenfarbenen Stirn Schweißtröpfchen hervortraten. Schon faßte Maria kaum mehr den Sinn des Gelesenen. Alles vermengte sich ihr mit dem Verlangen nach der weißen Athletengestalt ihres Harry. ‚Er hat einen guten Körper', dachte die Maharani, ‚ist hübsch. Aber dumm.' Sie achtete kaum mehr der Worte, welche Maria marterten, wunderte sich nur noch darüber, daß sie sich einen so beschränkten, unterwürfigen Mann zum Liebhaber nehmen konnte, wenn er auch noch so hübsch war, und bedachte, wie qualvoll es sei, als Sklave des eigenen Leibes zu leiden, wie jetzt Maria unter der Sehnsucht nach diesem Schwimmlehrer.

Unverwandt betrachtete sie das Mädchen, befriedigt und ohne Teilnahme. Aus vielen Bitterkeiten ihres Daseins, aus Demütigungen, Fehlschlägen und Verdruß stieg mitunter ein Antrieb zu Grausamkeit in ihr empor, durch den ihr stürmisches Herz sich Luft schaffen wollte. In vergangenen Zeiten hätte eine Monarchin wie sie in solchem Fall nach einem Sklaven oder Verbrecher geschickt und ihn gemartert, bis sich die aufgebrachten Nerven beruhigten; aber das war heut nicht mehr angängig. Sie mußte auf feinere, ausgefallenere Mittel sinnen, denn ehe sie nicht gefoltert hatte, fand sie keinen Schlaf.

Aber nachdem die Vorlesung über eine Stunde gedauert hatte, nahte ihr dennoch der Schlummer. Sie drehte sich auf die andere Seite und sagte: „Es langt, Maria. Nur noch eine Kleinigkeit!"

„Ja, Hoheit." Ihre Stimme klang völlig erschöpft. Sie wischte sich das Gesicht mit dem Taschentuch.

„Gehen Sie hinunter, suchen Sie das Zimmer und schauen Sie nach, ob etwas geschehen ist!" – „Ja, Hoheit." – „Und dann kommen Sie wieder herauf und berichten mir! Wenn ich schon schlafe, brauchen Sie mich nicht zu wecken." – „Ja, Hoheit."

Die Russin war weiß, schlaff und schlapp wie ein ausgewundenes Handtuch. Aus halbgeschlossenen Augen sah die Maharani sie hinaustaumeln. Und hatte an einer Heimatlosen für die Demütigungen, die seit fünfzig Jahren ihr Stolz von Europa hinnehmen mußte, ein wenig Rache geübt.

XXXV

Schwindlig, fast ohnmächtig, taumelte die Lischinskaja die Treppen hinunter, die Korridore entlang, von Zimmer zu Zimmer, von Saal zu Saal, um irgendwo eine verdächtige Unordnung zu entdecken. ‚Im nächsten Raum muß es sein', sagte sie sich von Mal zu Mal, ‚dann kann ich zu Harry. Mein Gott, gib, daß es im nächsten Zimmer geschah, damit ich zu ihm kann!' Jedesmal war ihr Suchen und Flehen umsonst, sie eilte und spähte weiter und weiter, und es überlief sie eiskalt bei dem Gedanken, ihr Harry könne, des Wartens müde, sich auf sein Zimmer neben dem Schlafgemache des Maharadschas begeben; dort konnte sie ihn nicht besuchen, wagte es nicht. ‚Gott, halte ihn noch ein Weilchen fest!' betete sie. ‚O diese verdammten unnützen Räume! Halte ihn auf, mein Gott, bis ich zu ihm kann!' Endlich fand sie das Zimmer.

Sie brauchte sich darin nicht lange aufzuhalten; ein Blick genügte. Der Diwan war zerwühlt, das Pantherfell beiseite getreten, Zigarettenenden, eilig gelöscht, auf dem Boden verstreut. ‚So ein dreckiges Weibsbild, mir all die Scherereien zu verursachen! Nicht einmal etwas Ordnung hat die Hure gemacht!' Und in eiligem Lauf ging sie durch alle Räume und Korridore zurück, vorbei an der wartenden Gemahlin Raschids, und wieder hinauf in die Gemächer der Maharani. Vorsichtig öffnete sie die Schlafzimmertür, hörte den ruhigen Atem der Herrin, war überzeugt, sie schliefe, und schloß die Tür unhörbar leise.

Aber die Maharani hatte sie unter ihren dunklen Wimpern hervor gesehen, und als die Tür geschlossen war, sank sie beruhigt in Schlummer.

XXXVI

Zornig, empört, in schlechtester Laune hatte Harry Bauer gewartet, aber, gottlob, er hatte gewartet! Maria Lischinskaja merkte nicht einmal etwas von seiner Verstimmung, und daher vergaß sie sich, kaum daß ihr erstes Verlangen gestillt war, so weit, ihn wieder mit Heiratsplänen zu plagen, ihm, während sie bei ihm ruhte, zu drohen, sie werde sich das Leben nehmen, wenn er sie nicht zur Frau nehme. Allein Herrn Bauer, obwohl sein Zorn nun verflogen war, rührte die Drohung nicht; er gähnte und wollte jetzt schlafen.

Er dachte gar nicht daran, sie zu heiraten. Eine hysterische Russin, die mit Selbstmord droht und sich darüber beklagt, sie habe nicht genug von ihm, ist das letzte, was er sich als Frau wünscht. Er hat andere Pläne. Wenn es heuer nach Europa geht, will er Lina Storrel heiraten; das ist die Richtige, eine solide, wirtschaftliche, zuverlässige Person. Während sie in Europa weilen, gedenkt er ihr ein Kind zu machen, ihr erstes, und dann wieder mit Seiner Hoheit nach Indien! Noch ein Jahr, dann hat er das Geld beisammen, um den Weinberg oberhalb Vevey zu kaufen. Jetzt, nachdem er sich ausgetobt hat, empfindet er für Maria nur noch Verachtung. Kann sie denn nicht begreifen, daß so etwas, rein aus Gesundheitsgründen, ab und zu nötig ist? Bei dieser Hitze! Wozu daraus ein Trara machen, einen Liebesroman mit anschließender Hochzeit?

Bauer weiß, was er will. Er ist, was sein Name besagt, ein Bauer, nicht viel mehr, vor allem aber nicht krankhaft und auch nicht besonders kultiviert.

Während er sich ankleidet, schluchzt und jammert Maria weiter, sagt, sie wolle sich aus dem Fenster stürzen; aber er achtet nicht darauf, sondern zieht sich ruhig fertig an. So etwas wird sie nicht tun; das weiß er ganz genau. Das gäbe ja einen Skandal, und sie würde die schöne Stelle verlieren, die ihr der Zufall beschert hat. Er weiß ebenso genau, daß sie ihm stets zur Verfügung steht; er braucht nur zu winken.

XXXVII

Ransome fuhr vom Palast auf gewundenen Parkwegen langsam den Weg nach Hause, verirrte sich einige Male; denn der Regen nahm ihm die Sicht, die Scheinwerfer seines alten Buick zeigten ihm einen Baumstamm höchstens dann, wenn er dicht davor, oder ein überschwemmtes Blumenparterre, wenn er schon hineingefahren war. Bei dem Brückchen wäre er fast in den zementierten Weiher gesaust, der sich schon wieder mit Wasser füllte. Die vergoldeten, zierlich geschnitzten und überdachten lustigen Ruderbootchen waren wieder flott und zerrten an ihren Ketten.

Der Regen ist wie eine dicke, nasse Mauer, in die sich der Wagen mühsam, langsam hineinpreßt.

Bis er „das richtige Gefühl in die Hände bekam", hatte Tom keinen andern Gedanken als: ‚Renne ich irgendwo an oder rutsche ich in den Teich? Es ist wie an der Front, wenn ich ohne Scheinwerfer fahren mußte!' Und als er dann aber „das richtige Gefühl" in den schmalen, nervösen Händen hatte, befiel ihn ein tiefer Depressionszustand – oh, er kennt ihn nur zu gut von jener Zeit her, da er seine Kräfte vergeudete und tagelang nicht schlafen konnte. Es ist eine seltsame schale Erschlaffung, dazu ein niederdrückendes Gefühl der eigenen Untauglichkeit, eine Verzweiflung des Körpers, der Seele.

Es ist nicht Scham, was ihn bedrückt; höchstens schämt er sich nun der eigenen Narrheit, die ihn glauben ließ, durch diese flüchtige Umarmung Edwinas könne er für sie und sich etwas von den Gefühlen zurückgewinnen, von denen sie einstens erfüllt waren. Jetzt ist ihm klar, sie sind beide zu alt und ausgekocht, um noch einmal solcher Verzückung teilhaftig zu werden. Da ist nichts mehr von jugendlichem Feuer und freier Sorglosigkeit. ‚Es ist keine Sorglosigkeit, solange man nichts aufs Spiel setzt; man ist nicht unbekümmert, wenn man Dinge tut, um die kein Mensch sich kümmert, die nicht einmal einen selbst innerlich angehen.' Das einzige, was ihnen ihr Beieinander eintrug, war das Vorgefühl und ein rein animalischer Genuß – der Rest war flache, abgeschmackte Routine. Nicht einmal das Bewußtsein, seinen Haß gegen Heston befriedigt zu haben, indem er ihm sein Weib nahm, gewährte Thomas Ransome Befriedigung. Das wäre höchstens der Fall, wenn Heston dahinterkäme, aber das wird Edwinas Gewandtheit verhüten. Vermutlich würde er sich nicht einmal etwas draus machen; er kennt seine Gemahlin wohl zur Genüge. Die allzu bereite, kalte Lasterhaftigkeit ihrer Umarmung, die Schamlosigkeit ihres ganzen Verhaltens ließ nur zu deutlich auf Hunderte ähnlicher Zufallsaffären schließen, auf „Liebesstündchen", hastig erhascht, da oder dort, auf einer Jacht, am Strande, in einem Winkel, im Wagen. Im Augenblick, da sie in den Blauen Saal unter den bienenumschwärmten Kronleuchter trat, fühlte er, sie ist abgestorben. Aber daß sie so tot sei, hätte er nicht gedacht. Heston hatte es wohl schon seit langem erkannt.

Während er durch den nächtlichen Regen dahinfuhr, wuchsen sein Ekel, sein Widerwillen, als trüge Edwina an der instinktlos gemeinen Ausschreitung mehr Schuld als er. ‚Nein', ermahnte er sich, ‚das ist Selbsttäuschung: die altbekannte doppelte Moral macht sich da wieder einmal geltend.' Doch er vermochte es sich nicht auszureden, daß sein Instinkt wahrer und tiefer war als alles, was er dagegen vorbrachte. Das Geschehene war im Hinblick auf sie schlimmer als bei ihm. Es mußte nicht so sein, aber es war so. Er wußte: Sie wird über kurz oder lang das Opfer ihrer Lasterhaftigkeit; vielleicht ist sie es schon. Er aber bebt entsetzt vor dem Abgrund zurück, in den sein Blick fiel. In dem, was sie verübten, sah er nicht eine Spur von Gefühl, nur Neugier und tierisches Tun, gleich dem von Hunden, die sich bespringen, doch ohne den triebhaften Zwang, der diese beherrscht.

Deutlicher als zuvor erschien ihm nach diesem seichten Erlebnis die Gestalt der Maharani und klarer als die Edwinas. Weiß sie nicht von jedermann alles? Nicht bloß, was Klatsch und üble Nachrede der Intriganten auf hunderterlei unterirdischen Wegen an sie herantragen, nein, auch verborgene Dinge, Charakterzüge, Gedanken. Hier ist die eine Maharani, die er vom Pokertisch kennt, und dort steht jene, die eine große Königin ist und großartig ihre Pflicht tut. Diese beiden verstand er. Aber da gab es außer ihnen noch eine, die sich ihm nie zeigte, die sehr kompliziert war und geheim, wild und überfeinert und von erstaunlichem Ahnungsvermögen. Er hat es selber erlebt, wie sie sich mitten im Gespräch aus einer durch und durch europäischen unproblematischen Frau in eine wilde, unergründliche Bergkönigin verwandelte, die keine Gewissensbedenken und jede Grausamkeit kennt. In solchen Momenten fand er sie beängstigend und zugleich bezaubernd. Und jetzt?

Er hat keinen Grund sich vor ihr zu fürchten und hat doch Furcht. ‚Sie weiß, was sich da unten abspielte, sie allein, und jetzt spricht sie vermutlich mit dieser eingebildeten Person, der Russin, davon; meinetwegen, mir kann es gleich sein, wenn es alle erfahren, und Edwina erst recht!' sagt er sich, doch die Furcht will nicht weichen. Es ist eine sonderbare Beklommenheit, dumpfe Scham, wie die eines Kindes, das bei einer Schweinerei ertappt wurde. ‚Lächerlich, infantil! Ich glaube, ich werde krank. Oder denke ich mir bei jedem Menschen zuviel ... viel mehr, als in ihm ist? ...'

Das Brausen des Stromes sagt ihm, er müsse schon in der Nähe der Brücke sein, und im gleichen Moment fallen auch schon die Scheinwerferlichter auf die untersetzte Gußeisen-Königin, die inmitten von Regen und Sturmgebraus, ihren Schirm und das Ridikül mit eisernen Händen umklammernd, unverrückt dasteht.

Er fährt am Anwesen Bannerjis vorbei, sieht in Raschids Hause noch Licht, und als er in die Einfahrt zu seinem eigenen Hause einbiegt, überfällt ihn die ganze Einsamkeit seiner trostlosen Heimkehr in diese feuchte georgianische Gruft. ‚Ja, wäre meine Ehe so glücklich gewesen, wie sie unglücklich war, dann brauchte ich jetzt nicht in diese öde Behausung zu Ranchipur; ich könnte wieder einkehren in das vieltürmige großmütterliche Schloß in Grand River!' Er stellt den Wagen ein.

Aber was ist das? Hat er dem Täufer nicht ausdrücklich befohlen, das Haus wegen der Moskitos dunkel zu halten? Im Schlafzimmer brennt Licht.

Statt durch die Tür von der Anfahrt her das Haus zu betreten, geht er im Schutze der Dunkelheit über die Veranda bis an sein Schlafzimmerfenster. Da sitzt, den Rücken ihm zugekehrt, in seinem bequemen Sessel eine weibliche Gestalt in gewöhnlichem Regenmantel, auf dem Kopf einen von Nässe formlos gewordenen Hut. Sie muß den anfahrenden Wagen gehört haben; sie läßt den Tatler, in dem sie gelesen hatte, sinken und sieht gespannt nach der Tür.

XXXVIII

Beim Alten Sommerpalast entstiegen Lord und Lady Heston dem purpurnen Rolls-Royce, schritten schweigend über den roten Läufer die Marmorstufen hinauf, und als sie sich oben trennten, um sich in ihre Gemächer zu begeben, wandte die Lady sich noch einmal um, wünschte dem Lord gute Nacht und setzte hinzu: „Wie geht's? Fühlst du dich nicht wohl?"

Er brummte: „Danke, mir fehlt weiter nichts. Bloß diese verdammte Hitze und diese verfluchten Inder! Morgen will ich hier weg. Schlimmer als hier ist es in Bombay auch nicht, aber wenigstens zivilisierter. Hier ist man wie in einem Narrenhaus."

„Wie du willst. Ich habe genug von Indien. Hoffentlich sehe ich es nie wieder."

Ja, sie hatte genug von Indien. Beim Auskleiden dachte sie noch darüber nach, ließ ihrem Denken freien Lauf und kam zum Ergebnis, sie hätte ebensogut oder besser daheim bleiben können. Die einzige Erinnerung, die sie mitnimmt, besteht aus Staub, Hitze, Gestank, anstrengenden Banketten, langweiligen Beamten und ihren noch langweiligeren Weibern und geschmacklosen Töchtern. Vielleicht gibt es ein Indien, sagte sie sich, das auch ihre erschlafften Süchte erregen könnte; doch wo es zu finden sei, wußte sie nicht. Irgend etwas mußte an Indien sein, daß es einen gescheiten und ruhelosen Menschen wie Tom bereits fünf Jahre zu fesseln vermochte. In einzelnen Augenblicken hatte sie selbst einen Anhauch von diesem Indien zu spüren vermeint; doch wenn sie ihn fassen wollte, war er verweht. Die Inder, mit denen sie bisher sprach (was sie jedoch wegen der damit verbundenen Anstrengung nach Möglichkeit vermied), hatten in Oxford gelebt, verbargen vor ihr alles Indische und plauderten mit ihr so europäisch wie irgendein Tischnachbar bei einem Dinner in London über Kricket, Night-Clubs und Pferde.

Zum ersten Male kam ihr in den Sinn, daß man ihr nicht allein Indien, sondern so ziemlich alles in ihrem Leben verhehlt hatte. Ihr war, als sei sie infolge des Vorzugs, eine geborene Doncaster und vermählte Heston zu sein, und der damit verbundenen Privilegien, Sitten und Konventionen immerwährend geschützt, protegiert und in Watte gewickelt gewesen. Zwar hatte sie ihr halbes Leben lang niemals Vermögen besessen, und doch hatte sie eben infolge ihrer gesellschaftlichen Stellung nie gelernt, was Armut bedeutet. Immer hatten sich Leute gefunden, die ihr Kredit gaben, Gefälligkeiten erwiesen und Summen vorstreckten, mit deren Rückzahlung sie nicht rechneten.

Einen kleinen Augenblick beneidete sie sogar diese kleinen Leute, die über Indien regierten, um ihr stumpfes Dasein; ja, selbst die Kommis und ihre Familien in den Vorstädten, überall in der Welt, beneidete sie um ihr Leben. Trauriger und stumpfsinniger als das ihre konnte es auch nicht sein; es war nur eine andere Art von Stumpfsinn. Und jäh erlebte und fühlte sie dieses Einsamsein so grenzenlos in sich und um sich, als sei sie eine Art Gespenst, das in der Welt umgeht, ohne Berührung mit ihr, ein Schatten ohne Substanz, ohne Wirklichkeit. Das einzig Reale an ihr, sah sie plötzlich, war ihr Leib und die damit verbundene Lust, ihn herauszuputzen, jung zu erhalten und zum Genuß zu gebrauchen. Da waren ihre Gedanken glücklich wieder bei Ransome. Sie bewunderte ihn, weil er dem Leben, in das er hineingeboren und das einem Höhepunkt nahe war, kurz entschlossen den Rücken gekehrt und ein anderes gesucht hatte. Ob er es und ob er überhaupt etwas gefunden hatte, wußte sie nicht. Aber er hatte sich wenigstens darum bemüht. Das war schon viel. Für sie war es zu einem Fluchtversuch jetzt zu spät. Wußte sie, ob ihr Vorsatz noch morgen galt? Sie gab sich darüber keinerlei Illusionen mehr hin. Lieber, als daß sie sich die Arbeit machte zu fliehen, hielt sie bei Heston und in ihrem bisherigen Leben aus. Tom hatte weiß Gott recht gesehen, als er ihr da unten beim Pantherfell in amerikanischem Slang ein Wort an den Kopf warf, dessen Bedeutung er ihr erst noch erklären mußte und das besagte, sie sei „ein kaltes Poulet".

Sie warf ein loses Nachtgewand über, gab ihre Armreifen dem Mädchen Parker und wünschte ihr gute Nacht. „Das wär' es für heute."

„Mylady sehen müde aus."

„Bin ich auch; bei dieser feuchten Hitze! Wäre ich nur erst in Cannes!"

Das Mädchen ging, und ihr Gefühl der Verlassenheit steigerte sich zu qualvollem Entsetzen: vor Indien, seiner grenzenlosen Weite, seinem Ungestüm, der staubgeschwängerten Gluthitze, den Millionen Menschen und Tieren, den Schakalen, Geiern, der Feindseligkeit, von der sie sich umzingelt sah und an der Tiere, Menschen, Klima, die ganze Natur gleichen Anteil hatten. Angst jagte ihr der unglaubliche Regen ein, der aus den überströmenden Dachtraufen prasselnd auf das Palastdach knallte. Wie, wenn irgend etwas dazwischenkäme, ihre Abreise verhinderte, und sie müßte ewig in dieser gräßlichen, schändlichen Gegend bleiben? Schon schien es, als wolle sie die Nerven verlieren, schreien, loskreischen, sich auf den Boden werfen, aus dem Palaste hinausrennen, ‚nach Bombay, noch diese Nacht! In eine Stadt, die doch ein bißchen was von Europa hat, und wenn es auch ein ödes und fades Europa ist – bloß nicht mehr dieses niederträchtige Indien!' Aber sie biß noch zur rechten Zeit die Zähne aufeinander. ‚So geht das nicht weiter. So war ich doch noch nie. Es muß an der Hitze liegen.'

Sie öffnet ihre Reisetasche, entnimmt ihr ein Schlafmittel, nimmt die doppelte Dosis ein, legt sich ins Bett unter das Moskitonetz und beruhigt sich; die Tabletten machen sie schläfrig und lüstern. Auf einmal wünscht sie nicht mehr, am nächsten Tag abzureisen, will vielmehr bis Ende der Woche bleiben, damit sie beim Tee am Donnerstag mit Tom sein kann. Sie legt sich zurück und überläßt sich wollüstigen Gedanken an ihn. Sie hat seine hagere Härte gern . . . und sein dichtes, dunkles Haar, die knochigen Wirbel hinten am Hals, sie mag seine gerade Nase, die vollen, weichen Lippen. ‚Er ist einzig in seiner Art; hat Intelligenz und dazu einen famosen Körper. Komisch, daß Athleten meist keinen Verstand und die Intellektuellen Bäuche haben!' Wie es innerlich um Ransome bestellt ist, vermag sie sich beim besten Willen nicht vorzustellen, nicht im entferntesten. Der Mann, mit dem sie vorhin etwas hatte, war der Tom von damals in London; sie hatten, soweit überhaupt, auch nur von damals, von ehemaligen Bekannten geredet und was wohl aus ihnen geworden war. Wenn er noch immer so süß, zartfühlend und nett ist, wie es den Anschein hat, mag es sich vielleicht lohnen, die Sache zu etwas Dauerndem werden zu lassen. Dann käme sie vielleicht auch dahinter, wie es innerlich in ihm aussieht. ‚Es steckt in ihm, trotz allem; da muß etwas existieren, auch wenn ich ihm noch nicht auf die Spur kam; ich bin selber dran schuld, ich bin nie unter die Oberfläche gedrungen . . .', denkt sie. Sie denkt nicht: ‚Vielleicht könnte ich mit ihm glücklich sein.' Denn mit einem Mann glücklich oder unglücklich zu sein, bezog sich bei ihr seit langem nur noch auf das rein Körperliche. Sie lügt sich selber nichts vor. Wenn sie sich überhaupt noch je glücklich fühlt, dann nur bei einem Erlebnis wie diese Nacht, da sie im Schloß ein blödes Festessen erwartete und dann Tom Ransome und mit ihm das muntere, hurtige Abenteuer in dem einsamen Zimmer fand. Anscheinend brachten ihr nur noch derartige Überraschungseffekte in Verbindung mit dem perversen Vergnügen, Lord Heston zu hintergehen, die gewünschte Erregung. ‚Ich komme mir vor wie eine

Promenadenhündin', denkt sie kaltlächelnd, ,weiß Gott! Aber was kann ich dagegen tun?'

Selten, daß sie nach einem solchen Vorfall den Betreffenden wiederzusehen wünschte, und wenn eine solche Begegnung nicht zu vermeiden war, erstickte sie den leisesten Versuch einer Fortsetzung der Vertraulichkeiten im Keim. Daß sie selber danach verlangte, war eine seltene Ausnahme. Jetzt aber will sie Tom unbedingt wiedersehen, nicht allein wegen der Lust an sich, die er als vollendeter Liebhaber ihr verschafft, sondern weil das Erlebnis in ihr noch keinen Abschluß gefunden hat; sie weiß nicht, was er für sie empfindet. Vielleicht Abscheu wie vor einem schmutzigen Weibsbild. Soweit kennt sie ihn, seine tugendhaften Anwandlungen und gelegentlichen Gewissensbisse, die ihr im übrigen Spaß machen, weil sie ihm gut zu Gesichte stehen. Zu ihrem eignen Erstaunen verspürt sie sogar etwas wie Scham und den Wunsch, sich vor ihm zu verteidigen, zum mindesten ihm seinen Abscheu hinwegzuschmeicheln.

Plötzlich merkt sie, daß sich die Verbindungstür zu Hestons Appartement öffnet; Licht fällt herein. Heston erscheint.

Er trägt einen Schlafrock, den sie abscheulich findet. In der richtigen Annahme, er entspräche seinem Geschmack, kaufte sie ihm das Stück vor vier Jahren zu Weihnachten. Er war entzückt. Der Schlafrock war seitdem x-mal gereinigt und schon ganz fadenscheinig geworden, aber er wollte sich nicht von ihm trennen, und wenn sie ihm riet, er solle das abgetragene Ding endlich wegwerfen, behauptete er, es bringe ihm Glück. Denn diese Schlafzimmertracht war von oben bis unten mit Pferden gemustert! Rennpferden im gestreckten Galopp, beim Sprung über Hindernisse, sich bäumend, im Finish ...

Stumm kommt der Mann an ihr Bett, hebt das Moskitonetz in die Höhe und setzt sich ans Fußende auf den Bettrand. Schon will sie rufen: ,Ich bitte dich, geh! Laß mir nur diese einzige Nacht meine Ruhe!' Aber da merkt sie, er hat keine Absicht auf sie; er sieht grauenhaft aus. An seinen Hängebacken treten Muskelknötchen hervor, wie immer, wenn er ihr eine Szene zu machen beabsichtigt. „Edwina, wer ist dieser Kerl", beginnt er, „der Ransome?"

„Du kennst ihn ja: Nolhams Bruder. Vor Jahren hast du ihn kennengelernt." Was liegt ihr daran, ob er die Wahrheit ahnt! Solche Szenen hat er ihr schon zu Dutzenden gemacht – immer wenn ein Mann von Niveau ihm das Gefühl geistiger Unterlegenheit gab. Ihre Freundschaften mit Sportsleuten berührten ihn kaum. Aber sein angeborener Hang, es den „höheren Kreisen" gleichzutun, erzeugte in ihm eine Wut auf jeden, der von Geburt etwas vor ihm voraushat, was er nie und nimmer erreichen kann. ‚Das sind die Folgen unseres Kastenwesens', sagte sich Edwina gleichmütig.

„Du bist anscheinend sehr mit ihm befreundet?"

„Wir haben uns ja auch sehr gut gekannt; nach dem Krieg in London waren wir die besten Freunde. Ich habe ihn seit bald fünfzehn Jahren nicht mehr gesehen."

Seine Kinnbacken strafften sich. „Wo war er seitdem?"

„Was weiß ich! In der ganzen Welt. Jetzt lebt er hier."

„Ausgerechnet."

„Aus Liebhaberei."

„Ein schöner Esel!"

„Dafür halte ich ihn nun grade nicht. Er sucht sich wieder aufzuraffen."

„Was ist mit ihm los? Wozu will er sich aufraffen?"

„Es würde zu weit führen, das zu erzählen; es ist für dich auch nicht weiter interessant."

Heston steckt sich eine Zigarre an. Sie möchte ihn bitten, das Rauchen zu lassen, sagt sich aber, wenn sie ihn gewähren läßt, wird sie ihn um so eher los. Sie verspürt dringendes Schlafverlangen.

„Anscheinend auch so ein verdammter Radikaler!" knurrt der Mann.

„Wenn du meinst."

„Sollte sich lieber nach Hause scheren und die Regierung unterstützen! Möchte bloß wissen, wozu du dir immer solche Schafsköpfe aussuchst."

Sie lacht, nicht über seine Bemerkung, nur über seine Dummheit. Sie hat durchaus keine Vorliebe für Radikale, Intellektuelle und dergleichen; Männer wirken auf sie nicht durch Geist. Sie lacht nur darüber, daß der Ehemann immer zuletzt die Wahrheit erfährt.

Sie ist nicht nur körperlich, sie ist auch seelisch müde. Schon zu oft hat sie derartige Szenen durchgemacht, kennt alle seine Fragen und ihre Antworten darauf im voraus und weiß, sie ist ihm in diesem Duell überlegen. Und als er in seinen erbitterten, schon allzuoft vernommenen Vorwürfen fortfährt, hört sie gar nicht mehr zu. Sie überläßt sich den eigenen Gedanken: ‚Ich könnte einmal etwas mit einem Inder anfangen, wie wäre das? Da ginge er erst in die Luft!' Während er weiterredet, läßt sie die Inder, die sie hier kennenlernte, Revue passieren. Der Major Soundso, den Ransome als Chefarzt von Ranchipur bezeichnete, steht ihr besonders deutlich vor Augen: die breiten Schultern, die lichte Haut, die blauen Augen . . . ‚ja, das wär' ein Spaß!' Sie stellt sich vor, wie Liebe mit einem Inder wäre, und bemerkt auf einmal, daß Hestons großes Gesicht krebsrot geworden ist und seine Augen verschleiert sind. Erst denkt sie, er hat getrunken, ‚aber nein, wenn er betrunken ist, sieht er anders aus!' Er will weiterreden, es kostet ihn Anstrengungen; er bringt kein Wort heraus. Sie sieht auf den geschmacklosen Schlafrock; ihr ist wie im Traum: als seien die vielen Pferde mit einemmal lebendig geworden, sie bäumen sich, galoppieren und springen ihr buchstäblich in die Augen, daß ihr Hören und Sehen vergeht. Nicht die Eifersuchtsszene, die dummen Rösser sind daran schuld, daß sie die Selbstbeherrschung verliert, die sie in solchen Fällen sonst stets bewahrte. „Warum hackst du immer auf Männern wie Tom herum?" hört sie sich zu ihrer eigenen Verwunderung sagen. „Weil du alles Edle hassest? Weil sie besser sind als du?!"

Das breite, schwere Maul halb offen, starrt er sie an, würgt mühsam hervor: „Was soll das heißen?"

„Weiter nichts."

„Dann rede auch keine Dummheiten! Ich bin stolz darauf, Albert Simpson zu sein; ich habe es weitergebracht als irgendeiner von deinen heruntergekommenen Adligen. Ich bin auf alles stolz, was ich in meinem Leben zustande gebracht habe!"

„Ja, das stimmt", gibt sie zu seinem Erstaunen zu, „du hast vollkommen recht, daß du darauf so großen Wert legst", und ehe er noch eine Antwort findet, fährt sie fort: „Sag, was verlangst du von mir? Wenn es dir nicht gefällt, daß sich deine Frau mit Männern unterhält, hättest du eine brave Bürgersfrau heiraten sollen, aber nicht mich! Aber du hast mich ja nur genommen, weil ich Edwina Doncaster war, hast nur zeigen wollen, daß du dir alles leisten kannst, was du willst. Ich hatte in allen Illustrierten die größte Publizität; der Preis war nicht hoch. Du hast ihn gezahlt und konntest mit mir nach Belieben großtun. Mich hast du ja gar nicht gewollt. Wir hatten weder Verständnis füreinander noch Sympathie. Du wolltest von mir nur den äußeren Rahmen, nicht mich. Mich hätte damals, als du mich nahmst, kein Gentleman geheiratet, um keinen Preis!"

Er betrachtete stumm das Ende seiner Zigarre. Sie weiß, jetzt nimmt er sich zusammen; er zählt bis zehn, damit ihm kein Wort entfahre, das er vielleicht zurücknehmen muß. Er bleibt der schlaue Geschäftsmann, auch hier. Sie kannte das von seinen Verhandlungen mit andern Geschäftsleuten.

Aber bei ihm handelte es sich nunmehr um etwas Größeres. Sein umnebelter Kopf erkennt auf einmal die Möglichkeit, zum ersten Male seit seiner Verheiratung, die Wahrheit kennenzulernen. Und er hat Angst. Er zögert. Er fragt sich, ob es nicht klüger sei, weiter in Ungewißheit und Zweifeln zu leben. Dann aber tut er wie einer, der noch vor dem Sprung ins eiskalte Wasser zurückbebt, beißt die Zähne aufeinander und springt. „Warum hast du mich geheiratet?"

„Weil mein Vater und ich pleite waren, einen Haufen Schulden hatten und du reichliche Versorgung botest. Weil ich mir sagte, es sei nett, enorm reich zu sein, und es mir nicht mehr darauf ankam, wen ich heiratete." Sie besinnt sich und setzt hinzu: „Das mir garantierte Vermögen war wohl das Entscheidende. Es bedeutet für mich Unabhängigkeit auf jeden Fall."

Fr sieht sie an, erkennt zum ersten Male die bodenlose Kaltherzigkeit der Frau, die er einst heiratete, steht schweigend auf und zerquetscht die zur Hälfte gerauchte Zigarre auf der Marmorplatte des altmodischen viktorianischen Toilettentisches. In dieser einen Bewegung liegt ein solches Maß aufgestauter Brutalität, daß sie denken muß: ‚So würde er jetzt am liebsten auch mich zerquetschen; er hat bloß zuviel Angst. Er ist nicht mehr der große, pompöse Lord; er ist wieder der armselige, aufgeblasene, unsichere A. Simpson, der vor jedem Adligen in die Hosen macht.'

Er will etwas sagen, setzt zum Reden an, doch nur ein „Gute Nacht" kommt heraus. Damit verläßt er ihr Zimmer. Die Tür fällt hinter ihm zu. Sie hat ihn getroffen, hat in dem großen Lord, der sich für unangreifbar hielt, die verwundbare Stelle gefunden.

Er tut ihr nicht leid. Es ist die Rache für seine ganze Rücksichtslosigkeit, Arroganz, Gemeinheit, Taktlosigkeit, für die rohe, kaltschnäuzige Art, in der er ihren Leib zu genießen pflegte, rasch, ohne jede Feinheit, Kunst oder Empfinden, wie jemand ein Glas Kognak hinunterschüttet. Jetzt wird er sie vielleicht endgültig in Ruhe lassen. Auf alle Fälle ist sie dank der Vermögensfestlegung für immer hinreichend mit Geld versehen.

Die Wirkung des Schlafmittels war verflogen. Edwina knipste die Lichter an und nahm ein Buch zur Hand, betitelt „Das tolle Indien", worin laut Ankündigung auf der Umschlagseite alles Wissenswerte von Indien enthalten sein sollte. Sie las, fand aber nichts Wissenswertes, sondern nur Langeweile. Doch zwischen den Worten, den Zeilen, den Seiten, die sie ohne zu denken durchflog, sah sie die hohe Gestalt des indischen Arztes, die blauen Augen, die blitzenden Zähne – ‚ein hinreißender Mensch . . . Da wird Albert in die Luft gehen!‘

Schließlich warf sie das Buch beiseite, stand auf, nahm noch ein paar Schlafpulver, eine letzte Zigarette und legte sich nieder. Es klopfte. „Wer ist da?“ rief sie.

„Bates, Mylady“, antwortete es von draußen.

„Herein!“

Das heißfeuchte Gesicht des Kammerdieners ist leichenhaft bleich. Das Klima machte ihm schwer zu schaffen. Schlaff, doch immer noch achtungsvoll, tritt er ein. „Was gibt's?“ fragt sie ihn. Er bittet, die nächtliche Störung zu entschuldigen: mit Seiner Lordschaft sei etwas nicht in Ordnung; es sei ihm nicht wohl.

„Was fehlt ihm?“

Er habe keine Ahnung, versetzte Bates. „Wahrscheinlich Fieber. Ich wollte seine Temperatur messen, aber er ließ es mich nicht tun. Sie wissen ja, wie er ist. Er gibt es nie zu, wenn er sich nicht wohl fühlt.“

„Haben Sie keinen Arzt kommen lassen?“

„Davon wollte er auch nichts wissen. Es gäbe ja doch keinen anständigen Arzt unter diesen Indern.“ Ein unheimliches Lächeln zieht über das Gesicht des Mannes, als er hinzufügt: „Er hat noch etwas kräftigere Ausdrücke gebraucht, aber das hat er ungefähr gemeint.“

Das Grinsen, die ganze Redeweise des Burschen mißfallen ihr gründlich. Es ist, als wolle er sagen: ‚Wir zwei kennen den alten Schweinehund.‘ Das gehört sich nicht. Mag auch er so wie sie den Lord hassen, solange sie bei ihm sind, dürfen sie es einander nicht zeigen.

Daher schweigt sie erst. Mancherlei schießt ihr durch den Sinn. Dann erst gibt sie die Antwort: „Danke, Bates – wenn es bis morgen nicht besser ist, lasse ich den Arzt kommen. Lord Heston wird dann nichts dagegen haben. Gute Nacht, Bates.“

„Gute Nacht, Mylady.“

Bates geht. ‚Ein schlechter Diener‘, findet sie, ‚nicht, daß er dumm oder untüchtig wäre; er ist nur am Wohl derer, denen er dient, weniger interessiert als an seinem eigenen. Wird vermutlich insgeheim zu den Kommunisten halten . . . Ganz der Dienertyp wie in Kriminal- und Schundromanen. Von Berufs wegen markiert er äußerste Diskretion, aber ich trau' ihm keine drei Schritte über den Weg; das habe ich im Gefühl.‘ Sie empfindet bei diesem Gedanken ein seltsames Unbehagen, als sei es Bates gelungen, sie zu seiner Komplicin zu machen. Zwar hat er sich in keiner Weise verraten, weder durch Blicke und Worte noch durch einen besonderen Tonfall. Trotzdem weiß sie: seine Gedanken beschäftigen sich mit Hestons Tod, und es bereitet ihm ein Vergnügen zu wissen, daß auch sie daran denkt. Aber sie wünscht ja nicht Alberts Tod. Sie kann nur den Gedanken nicht loswerden, daß dadurch ihr Dasein freier würde, erleichtert durch den Besitz des vielen Geldes, das er über die frühere Zuwendung hinaus ihr wohl hinterlassen wird, ungeachtet des heutigen Auftritts.

Wieder schaltet sie das Licht aus, aber auch jetzt kann sie lange nicht einschlafen. Der Regen rauscht immer gewaltiger. Immer verbissener summen die Mücken und sitzen und kriechen in dichten Mengen auf dem weißen Moskitonetz. Sie liegt zwischen Wachsein und Traum, und abermals packt sie die krankhafte Indienangst. Endlich versinkt sie in einen schweren, qualvollen Traum, in dem sie verzweifelt nach etwas sucht, ohne zu wissen, wonach. Die Angst, die sie im Wachen empfand, hält sie noch immer gepackt. Sie geht zu Fuß über weite, staubige Felder, durch übelriechende Gassen und gerät in ein tropisches Dickicht. Da deucht ihr, sie höre das Wachsen der Pflanzen, das Ausschlagen der Bäume, das Treiben der Farne und Ranken; sie wähnte schon, das, was sie suchte, hinter dem nächsten Berge zu finden – da schließen die Schlingpflanzen sich um sie zusammen, und schreiend erwacht sie.

XXXIX

Während Ransome von der Veranda in sein Schlafzimmer blickte, ging ihm ein ganzer Zug Frauen durch den Sinn. Alle kamen aus seiner verzweifelt leichtsinnigen Vergangenheit, da er wahllos überall Liebe suchte, keine Gelegenheit ausließ. Es waren Weiber jeder Gattung und Sorte. Welche von ihnen war es, die sich um seinetwillen im Monsun nach Ranchipur aufmachte? Wollte sie ihn in die Knie zwingen? Welcher von allen lag so viel an ihm? Welcher war er ein Wert? Er gedachte beklommen einer Pflanzersfrau auf den malaiischen Inseln, die bei seiner Abreise Schreikrämpfe bekommen hatte; einer mannstollen Russin, die sagte, sie werde nie von ihm lassen; einer jungen Engländerin in Schanghai, die wahrscheinlich erfahren hatte, er habe, des Wanderns müde, sich in Ranchipur niedergelassen. Aber es konnten ebensogut sechs andere sein oder eine, auf die er sich nur noch mit Mühe besinnen konnte. Was sollte er, bei dem kleinstädtischen Muckergeist Ranchipurs, dann anders anfangen als sie heiraten, was ihm ein Greuel war. Am ehesten noch jene Russin – bloß nicht in Ranchipur!

Dies zuckte ihm, als er die Frau im Schlafzimmer sah, durch den Sinn, er ging auf die Tür zu; beim Geräusch seiner Schritte drehte die Frau sich um, und mit großer Erleichterung sah er, es war nur Fern Simon.

Sie trieft vor Nässe. Ihr altes Tenniskostüm klebt ihr am Körper, und dieser ist, wie es Ransome zum ersten Male auffällt, ebenso anmutig wie ihr Gesicht. Sie sieht ihn an, lächelt schamhaft und wirft ein leichtes „Hallo“ hin, wie eine Dame von Welt, die sich zum Stelldichein einfand, und zugleich wie eine Schauspielerin mit schlecht gelernter Rolle, ein bißchen unsicher in der Stimme.

„Hallo“, gibt er zurück, „was tun Sie hier?“

„Ich bin von daheim weggelaufen und gehe nie wieder hin.“

Er grinst, denkt: ‚eine nette Geschichte!‘ und sagt: „Das geht nicht.“

„Warum nicht?“

„Weil ich nicht die Verantwortung übernehmen kann.“

Die Unsicherheit ihrer Stimme und ihres Benehmens hängen wohl damit zusammen, daß sie trotz drückender Hitze am ganzen Leibe zittert. Sie muß an sich halten, nicht mit den Zähnen zu klappern. Ihn befällt seine alte Furcht vor Fieber, doch fürchtet er nicht für sich, nur für sie. „Sie müssen sofort nach Hause“, sagt er besorgt, „kommen Sie, ich bringe Sie im Wagen hin!“

Sie rührt sich nicht, spreizt sogar etwas die Beine und stemmt die Fußsohlen gegen den Boden, als befürchte sie Anwendung körperlicher Gewalt, was ihn sichtlich erheitert. So viel Entschlossenheit hätte er ihr nicht zugetraut. Mit Zwang ist da nichts auszurichten. Sie wäre imstande, sich auf den Boden zu werfen, wie ein Kind zu schreien, zu weinen, auch wenn sie damit nichts erreichte. „Sie sollten vor allem trockene Kleider anziehen. Wie Sie zittern! So können Sie doch nicht bleiben.“

„Was soll ich anziehen?“

„Etwas von mir. Damenkleider habe ich leider nicht vorrätig.“

Sie hat nichts dagegen. Ihre Scheu verliert sich. Sie lebt in ihrer Rolle als Blythe Summerfield, die Perle des Orients . . . Ein glänzendes Szenarium dieser Umzug: Blythe zieht die Kleider ihres Geliebten an und tritt im nächsten Bilde in Hosen auf! Inzwischen kann sie außerdem etwas zu sich kommen. Sie sitzt und wartet, bis ihr

Ransome Handtücher, Shorts und ein Sporthemd bringt. „Jetzt gehen Sie hübsch ins Badezimmer", spricht er ihr wie einem Kinde zu, „trocknen sich gut ab – recht fest reiben! –, ziehen das an, und dann fahre ich Sie nach Hause." Er sieht sie genauer an. „Sie hatten noch keine Malaria? Haben Sie Fieber?"

„Nein! Ich weiß wirklich nicht, wieso ich zittere." – ‚Mein Gott, so ein Kind kann doch noch nicht aus einem anderen Grunde zittern? ...'

Während sie weg ist, holt er eine Flasche Brandy und zwei Gläser. Den alten Regenmantel und den zerbeulten Hut, den sie liegenließ, hängt er auf. Er muß innerlich lachen. ‚So ein Theater! Die Jungfrau und der Roué.' Er verspürt den perversen Wunsch, Edwina wüßte, was sich hier abspielt. ‚Es wäre entzückend!' Aber da fällt ihm Johannes der Täufer ein, und plötzlich ist er nicht mehr entzückt. Wenn der Bursche ein Mädchen hier weiß, behält er die Neuigkeit keine Stunde für sich. Seine flötenden Klatschbrüder sagen es ihren Freunden weiter, und bald weiß es ganz Ranchipur.

Er stellt Flasche und Gläser ab, geht auf die Veranda und späht nach dem Gartenhaus, in dem der Täufer schläft.

Alles ist dunkel. Nichts regt sich. ‚Wie ein Murmeltier schläft er; er weiß von nichts', folgert Ransome. Ob er sich nicht etwas genauer davon überzeugen soll? ‚Ach was!' denkt er. ‚Wenn ich die paar Schritte hinüber mache, werde ich durch und durch naß.' Er läßt es sein.

Als Fern aus dem Badezimmer zurückkehrt, zittert sie nicht mehr. Zwar ist ihr das Sporthemd etwas zu groß, aber die Shorts passen ausgezeichnet, denn Tom hat schmale Hüften. Sie wirkt in seinen Sachen sogar noch vorteilhafter als in den eigenen: schmissig, stramm, gar nicht wie eine kleinbürgerliche Missionarstochter. ‚Sie hat entschieden Möglichkeiten', denkt er. Er denkt sogar in seinem Enthusiasmus: ‚fast unbegrenzte Möglichkeiten!', bremst jedoch auf der Stelle: ‚Ruhe, nur Ruhe!' und reicht ihr einige Pillen: „Nehmen Sie die und trinken Sie das hinterher! Zu Hause nehmen Sie dann noch zwei sogleich und zwei morgen früh. Stecken Sie die Schachtel da in die Hemdtasche!"

Sie nimmt das Glas Brandy mit Wasser und wiederholt: „Mir fehlt nichts. Chinin mag ich nicht, es schmeckt abscheulich."

„Tun Sie trotzdem, was ich Ihnen sage!"

Ihre klarblauen Augen betrachten ihn erst erstaunt, dann schluckt sie wie ein folgsames Kind ihre Pillen, trinkt Wasser mit Brandy nach und schneidet ein Gesicht. „Ich bin kein kleines Kind", begehrt sie auf.

„Das behauptet kein Mensch. Sie sollen sich nur kein Fieber holen."

„Es ist kein Fieber. Ich zitterte nur vor Aufregung."

Er nimmt ihren Regenmantel und Hut. „Und jetzt gehen Sie heim." Auf der Stelle setzt sie sich hin und wiederholt eigensinnig: „Ich geh' nicht heim, ich kann nicht, ich geh' nie wieder nach Hause."

„Warum nicht?"

„Weil ich einen Zettel dort gelassen habe, daß ich nie wiederkomme. Jetzt kann ich nicht mehr zurück. Ich kann meiner Mutter nicht mehr unter die Augen treten."

„Man soll nie Zettel hinterlassen", sagt er und grinst, „weil man seinen Sinn immer noch ändern kann."

„Machen Sie sich nicht über mich lustig!"

„Keineswegs. Der Zettel hat übrigens nichts zu bedeuten; jetzt in der Nacht sieht ihn niemand. Bis morgen früh können Sie ihn zehnmal zerrissen haben."

Fern fängt auf einmal zu weinen an, wie jüngst bei der Tennisgesellschaft. „Ich kann nicht zurück, ich kann nicht, ich will mit dem Stumpfsinn dort nichts mehr zu tun haben!" Ihr Schluchzen macht ihn rasend. Er möchte davor am liebsten ins Gartenhaus zum Täufer fliehen, aber das geht nicht wegen des Regens. Es wäre nicht das erste Mal, daß er vor Frauentränen Reißaus nimmt, vor Gefühlsausbrüchen, die mehr von ihm fordern, als er zu geben bereit ist. Und in diesem Fall, wo er sich unschuldig fühlt, will er überhaupt nichts geben, höchstens guten Rat; es hat ja doch keinen Zweck. Er verspürt nicht die mindeste Lust, sich von einem jungen Mädchen, an dem ihm nichts liegt, aus Ranchipur vertreiben zu lassen.

„Meine Mutter", schluchzt sie, „meine Mutter will, ich soll Harry Loder heiraten, und ich will nicht."

‚Harry Loder?' besinnt sich Ransome. ‚Wer von den Boys ist das nur gleich?' Ja, richtig, der feiste Lange, der ihm von all ‚unsern Jungens', soweit er sie überhaupt einer Betrachtung würdigt, am meisten zuwider ist, ein Trinker und Großsprecher. ‚Der also will sie heiraten? Merkwürdig, daß dieser Mensch mit seinem hohlen Offiziersdünkel sich dazu herabläßt, eine Missionarstochter zu ehelichen! Immerhin: Fern ist die hübscheste Europäerin in Ranchipur, vielleicht von ganz Indien, und da Loder anscheinend scharf auf sie ist und sie nur mit dem Ring am Finger bekommt, ist das für ihn wohl

Grund genug. Hat er sie erst, wird er ihrer bald überdrüssig, holt sich andere Frauen, und ihr wird er dabei immerzu vorhalten, welche Gnade er ihr damit erwies, daß er sie zur Frau nahm: eine ganz gewöhnliche Missionarstochter! Nein, diesen Loder kann sie auf keinen Fall heiraten!' Zum ersten Male seit langer Zeit erwacht in ihm ein Gefühl jugendlicher Ritterlichkeit. Wie übertrieben ritterlich war er doch früher, phantastisch! Er hat dadurch die größten Unannehmlichkeiten gehabt, jeden vernünftigen Maßstab darüber verloren; er machte sich lächerlich. Seitdem ist er auf seiner Hut. In dieser Welt ist kein Platz mehr für Ritter. Der Kavalier ist ein Narr. „Nein", sagt er, „den können Sie nicht heiraten. Hat er denn um Sie angehalten? Richtig?"

„Ja, er hat mich gefragt und es auch der Mutter gesagt; daher weiß sie es ja. Nun ist es noch schlimmer als vorher."

Er ist auf der Hut. „Das gehört nicht in mein Gebiet", schützt er vor, „ich wüßte nicht, was ich dagegen tun könnte."

Ihr Weinen stockt. Sie sieht ihn mit dem gleichen entschlossenen Ausdruck an, der ihn schon vorher überraschte, und erwidert: „Ich wüßte, was Sie dabei tun könnten: wenn Sie groß wären – so groß, wie ich dachte, als ich hierherkam."

Wieder steht ihm das Lachen nah, doch fragt er nur: „Was meinen Sie damit?"

„Wenn ich heute nacht bei Ihnen bleiben darf und man mich morgen hier findet, erfährt es jeder, und dann will Loder mich nicht mehr heiraten; es gibt einen Skandal, und meine Mutter muß mich aus Ranchipur wegschicken, verstehen Sie? Dann kann ich fort und so leben, wie ich will. Ich gehe nie wieder zurück. Was die Leute hier über mich reden, ist mir egal." Sie wußte klar, was sie wollte. Seine Lachlust schlug jäh in eine Bewunderung ihrer Willenskraft um. „Ja, und ich?" fragt er nur.

Ihre Antwort kommt so geschwind, daß er merkt, sie hat alle möglichen Einwände im voraus bedacht: „Für Sie macht es nichts aus, Sie haben gelebt, haben alles mögliche hinter sich; ich sehe nicht ein, wie es Ihrem Ruf schaden könnte."

Die Selbstverständlichkeit, mit der dies herauskam, erhellte ihm blitzartig, wie ihre enge, von ihm verachtete Welt über ihn dachte. Mochte man ihm auch noch so sehr nachlaufen und um sein gnädiges Lächeln buhlen, in Wirklichkeit sahen diese Schmeichler in ihm einen Wollüstling und sittenlosen Verschwender, der seiner Väter Gut im Ausland verpraßt und dem jede Niedrigkeit zuzutrauen ist. In diesem

Sinn wurde von ihm gesprochen, sogar in Gegenwart der Töchter. Die Wut packte ihn – nicht auf Fern, sondern auf die Gesellschaft, aus der sie kam. ‚Diese verdammten Speichellecker! Wagen es, sich als Richter über mich aufzuspielen!' „Wie kommen Sie zu dieser Annahme?" fragte er kühl.

Ihre Antwort brach seinem Zorn die Spitze ab, setzte ihn sogar etwas in Verwirrung. „Ja, ich dachte, Sie kümmern sich nicht um so abgeschmacktes Zeug wie Anstand, oder wie man es nennt. Es sei Ihnen gleichgültig, was die Leute reden und von Ihnen denken. Es wäre von Ihnen eine edle Tat; fühlen Sie das nicht?"

„Sagen Sie mal: Das haben Sie doch irgendwo gelesen?"

„Nein, so denke ich."

Ihre Tränen sind im Eifer des Gefechts vergessen. „Ich verstehe Sie, ich weiß, wie Sie sind. Jenes Leben ist Ihnen verhaßt, wie mir. Ich will ich sein, will alles, was das Leben zu bieten hat. Auf Anstand und solchen Blödsinn pfeife ich."

Dies ist also das Bild, das sie sich von ihm macht! ‚Ja, einst stimmte es wohl, aber jetzt ...?' Plötzlich schämt er sich seiner müden Blasiertheit. „Alles schön und gut", sagt er, „aber dazu muß einer stark sein, stärker als ich. Vielleicht hat niemand die Kraft."

„Ich bin nicht für Dinge, die leicht zu haben sind."

„Aber warum sind Sie zu mir gekommen? Wenn es sich bloß darum handelte, Sie zu kompromittieren, konnten Sie ebensogut zu jemand anders gehen, zu einem der ‚Jungens' beispielsweise."

Sie beugt sich vor, nimmt eine Zigarette vom Tisch, will sie anzünden, aber das Zündholz ist feucht, will nicht brennen; sie wird vor Verlegenheit rot, läßt aber nicht locker, beim zweiten Versuch hat sie Erfolg. Sie zieht und pafft wie eine Schülerin, die zum ersten Male raucht.

Gerührt und von ihrer Jugend bestrickt, erwartet er ihre Antwort; die lautet: „Ich konnte nur zu Ihnen gehen, weil nur Sie mich verstehen und meine Lage nicht ausnutzen." Nach kurzem Schweigen setzt sie hinzu: „Und weil ich Sie mag. Sie sind, glaube ich, der einzige Mensch hier am Ort, den ich nicht verabscheue." Die Zigarette, das weiß er nun, hat sie nur angezündet, um sich zu dem Geständnis Mut zu machen und sich frei zu fühlen.

„Sie kennen mich ja gar nicht."

„Doch."

Er lächelt ironisch. „Der große, starke Einsame ...? Von Geheimnis umwittert, kühl und eigen ..."

„Necken Sie mich nicht wie ein kleines Kind! Ich bin kein Kind mehr. Ich bin eine Frau."

Er schwankt, sagt: „Sie ließen mich nie merken, daß Sie mich mögen ...", nimmt sich jedoch gleich wieder zusammen; in dieser Richtung lauert Gefahr.

Ihr Haar ist fast trocken. In blonden Löckchen ringelt es sich um den kleinen Kopf. Es ist ihm beim besten Willen nicht möglich, ihre Reize zu übersehen, die jungfräuliche Zartheit, die langen Beine, die schmalen Fesseln. Sein Dreß steht ihr wahrhaft gut. Eine groteske Situation! Von allen Männern soll ausgerechnet er all dieser Anmut und Frische Widerstand leisten, die sich ihm auf dem Präsentierteller darbietet? Er gießt sich noch ein Glas ein und denkt, von ihrem Liebreiz benommen: ‚Sie kann von Glück sagen, daß ich erst vorhin etwas mit Edwina gehabt habe; und mich bewahrt es vielleicht vor einer großen Dummheit. Seltsame Fügung! – Eigentlich müßte ich sie jetzt mit Gewalt an die Luft setzen!' Aber er fühlt sich dazu nicht stark genug. Wenn er auch der Versuchung nicht nachgeben will, empfindet er sie dennoch als etwas Köstliches, Seltenes. Wie lang ist es her, daß er nach etwas verlangte, an etwas sich freute, das jenseits sexueller Befriedigung lag!

Sie hat das ganze Glas Brandy mit Wasser getrunken. ‚Ich hätte ihr nicht soviel geben sollen', denkt er, ‚wahrscheinlich nimmt sie zum ersten Male Alkohol zu sich.'

Sie spricht: „Ich mag Sie ja schon seit langem. Ich habe Sie auf der Straße beobachtet. Ich habe jeden Samstag am Fenster gewartet, wenn Sie zu Smileys gingen; ich wollte Sie sehen. Ich habe Sie immer liebgehabt, und Sie haben mich als Kind behandelt, ach was! nicht einmal mit mir geredet haben Sie."

‚Nein, sie ist, weiß der Teufel, kein Baby mehr! Sie weiß, was sie will, und nichts kann sie halten.' Er hat sein Glas Branntwein geleert, denkt unter dessen Einwirkung: ‚Warum nicht? Ob ich es bin oder ein anderer? Das Leben ist kurz und beschissen', sagt jedoch: „Gehen Sie, ehe es zu spät ist!" Er saß, an die Tischkante gelehnt, nun aber steht er mit einem Ruck auf und stellt energisch sein Glas auf den Tisch.

„Jagen Sie mich nicht weg, lassen Sie mich, bitte, hier!"

Er lehnt sich wieder an. „Wenn Sie bleiben – was ist dann? Ich heirate Sie nie."

„Will ich ja gar nicht. Ich will mich nicht binden."

„Und was soll daraus werden?"

Die Antwort kommt wieder erstaunlich schnell. „Ob es meiner Mutter recht ist oder nicht, ich muß aus Ranchipur weg. Ich will nach Amerika; da habe ich Chancen. Ich könnte nach Hollywood. Da kann ich was leisten."

„So leicht ist das nicht, besonders zu Anfang!"

„Ich bin zu allem bereit." Er sieht sie scharf an; sie weicht seinem Blick aus und fährt fort: „Jawohl, zu allem. Was bedeutet das schon, wenn es einem Freiheit bringt und man kann nachher tun, was man will! Es spielt für mich keine Rolle; in einer Minute ist es geschehen. Was ist das Körperliche! Mein wahres Ich ist es nicht."

Wieder schwankt er benommen. ‚Das ist ja unmöglich. Höre ich richtig? Sonderbar: ich habe früher genauso gedacht.' „Es kann scheußlich sein. Sie haben nicht die leiseste Ahnung, wie abscheulich ein Mann sein kann."

„Drum kam ich hierher." Sie zaudert. Sie muß erst Mut fassen, ehe sie gesteht: „Darum wollte ich, daß Sie es sein sollten, das erste Mal. Ich weiß, Sie wären nicht abscheulich zu mir. Das erste Mal möchte ich jemand, den ich mag. Können Sie das verstehen? Können Sie es verstehen? Was nachher geschieht, ist mir ziemlich gleich. Ich verlange nicht viel von Ihnen."

‚Mein Gott', denkt er leicht erbebend, ‚von einer solchen Versuchung hätte sich selbst der heilige Antonius nichts träumen lassen', und erwidert: „Ich verstehe Sie nur zu gut. Und eben darum müssen Sie jetzt nach Hause. Wenn Sie nicht wollen, muß ich Ihre Mama holen gehen." Mit diesen Worten trat er vor sie hin und hielt ihr den Mantel. „Kommen Sie!"

Sie rührt sich nicht. Sie weint nur wieder. „Bitte, nein! Behalten Sie mich bei sich! Zwingen Sie mich nicht zurück!"

Er verfällt wieder in seine alte Schwäche. Ermattet weiß er: er wird in einen Kompromiß willigen, die Entscheidung hinausziehen, Versprechungen geben, die er nicht zu halten denkt – wie auf der Veranda bei der Tennisgesellschaft – jetzt hat er die Folgen! „So etwas will überlegt sein", hört er sich sagen und muß selbst drüber lachen.

„Unmöglich! Wenn meine Mutter aufwacht, sie hört doch das Auto, und fragt, wo ich herkomme?!"

Ihr Einwand trifft ihn nicht unvorbereitet. „Wir fahren nicht bis ans Haus. Ich halte ein Stück vorher und bringe Sie zu Smileys; da können Sie übernachten und am Morgen über die Straße hinüber in Ihr Haus schlüpfen und immer noch zeitig genug den Zettel vernichten."

„Ich will nicht zu Smileys. Mrs. Smiley haßt mich."

„Sie kennen sie ja gar nicht. Sie haßt keinen Menschen; sie hat gar keine Zeit für so was."

Noch immer weinend, erhebt sie sich. „Schicken Sie mich nicht weg, ich will nicht gehen. Ich gehe nur, wenn Sie versprechen, daß wir uns wiedersehen und Sie lieb zu mir sind."

„Das verspreche ich."

„Und helfen mir?"

„Ja."

„Es ist gar nicht wahr, was ich sagte: ich habe Sie gar nicht lieb; es ist mehr ..." Sie schlüpft in den Mantel. „Ich glaube, ich liebe Sie – sonst ginge ich jetzt nicht nach Hause."

‚Um Himmels willen!' denkt Ransome.

XL

Das Wasser strömt in den Straßengräben, überflutet an einer Stelle die Straße und wird zum See. Der alte Buick, dessen Lichter gegen die Regenmauer nicht ankommen, platscht hinein. Beide Insassen werden vom Wasser bespritzt. Sie schweigen. Seit Ferns Geständnis steht zwischen ihnen die Schranke der Scheu. Ihre Zungen sind wie gelähmt. Das ist kein Shakespearesches Lustspiel mehr, in dem Ransome die Rolle des weisen Narren spielt. Ihm ist klar: Fern spielte nicht; es war ihr todernst. Wenn er auch nichts von Blythe Summerfield, der Perle des Orients, ahnt – daß sie bei ihm mit guteinstudierter Rolle erschien, entging ihm nicht; doch sie fiel aus der Rolle.

Er sann angestrengt auf irgendwelche passenden Worte, ein zwangloses Gespräch, um dadurch ihre Beziehungen in ein harmlos alltägliches Geleise zu bringen, aber alles, was ihm einfallen wollte, war schal und lächerlich, ließ zu sehr die Absicht merken. ‚Sie merkt es gleich; sie ist nicht dumm.' Ihre aufrechte Art machte jedes Ablenkungsmanöver von vornherein aussichtslos.

Sie sitzt trotzig in ihre Wagenecke gekauert. Er rührt sie nicht an, er sieht sie nicht einmal an und spürt sie doch so nah und hat sie so deutlich vor Augen: hold und verlockend in den alten Sporthosen, dem offenen Hemd, reizend wild. Noch vor ein paar Stunden hätte er nicht einmal sagen können, wie sie aussah.

Kurz hinter der Brennerei bringt er den Wagen zum Stehen. „Wir gehen jetzt besser zu Fuß, sonst weckt der Motor noch jemand auf."

„Ich kann allein weiter, Sie werden sonst naß."

„Macht nichts; ich fahre gleich wieder zurück. Wie steht's mit Ihrer Erkältung?"

„Ich bin nicht erkältet; mir fehlt nichts."

‚Das also ist Fern Simon', denkt er, und während sie Seite an Seite durch den Regen dahinstapfen, geht ihm plötzlich ein schreckhaftes Licht über sich selber auf: während der ganzen zwei Stunden hat sich irgend etwas in ihm immerzu damit beschäftigt, sie Stück für Stück kaltblütig zu taxieren, ihren Hals, die Brüste, die Schenkel, das Blondhaar, und sich ein Zusammensein vorzustellen. ‚Ich bin doch ein alter Lustgreis', wirft er sich vor; ‚an ihr Innenleben dachte ich nicht. Ich sollte mich schämen; ich bin doch erst achtunddreißig. Ist das alles, was blieb? Das einzige, was mich noch aufregt?'

Smileys Haus lag in Dunkelheit. Doch abgesehen von einem Schlag gegen den Kopf, den Tom von einem der schwebenden Petunientöpfe Tante Phoebes erhielt, verursacht es keine Schwierigkeiten, den Weg ins Haus zu finden. Smileys Tür ist nie abgeschlossen; die Fenster sind immer geöffnet; da kann man Tag und Nacht ungehindert in des Hauses Herz eindringen. Anfangs machten wohl hin und wieder auch Unbefugte von dieser Möglichkeit Gebrauch, bald aber sprach es sich herum, hier sei nichts Stehlenswertes zu finden; seitdem hatten sie Ruhe.

Ransome weiß, wie er zu gehen hat, bittet Fern, im Vorzimmer zu warten, leuchtet sich mit seinem Benzinfeuerzeug über den Gang zum Schlafzimmer und klopft an ohne Angst, das Ehepaar zu erschrecken. Sie sind es gewohnt, bei Krankheits- oder Todesfällen in den Familien der Unberührbaren oder niederer Kasten nächtlicherweile geweckt zu werden. Auf sein zweites Klopfen hört er die schläfrige Stimme Homer Smileys: „Hallo, wer ist's?"

Ransome meldet sich: „Kann ich Sie sprechen?", und gleich tönt es munter zurück: „Gewiß! Einen Augenblick!"

Die Tür geht auf; Smiley erscheint in einem baumwollenen Schlafanzug, hinter ihm seine Frau im Kimono mit nächtlicher Schneckenfrisur. Sie knipst das Licht an. Ransome entschuldigt sein ungewöhnliches nächtliches Auftreten: Fern sei von daheim weggelaufen; erklärt auch die Gründe, weshalb sie jetzt nicht zurückkehren wolle und es vorziehe, bei ihnen zu übernachten. Dabei verriet er jedoch nicht mehr, als unbedingt nötig; vor allem verschwieg er die Tatsache, daß er sie in seinem Schlafzimmer angetroffen hatte, gab vielmehr vor, er habe sie bei strömendem Regen im Freien aufgelesen.

Smileys sind nicht überrascht, nicht einmal, als sie im Vorzimmer

Fern in den kurzen Hosen, reichlich verlegen, herumstehen sehen. „Oh, hallo, Fern!“ begrüßt die Frau sie wie ihre beste Freundin und heißt sie willkommen.

Für Fern ist die Sache schwieriger. Sie verachtet ihre Gastgeber als verrückte, frömmelnde Arbeitstiere, allein Frau Bertha, die Ferns Hochnäsigkeit wohl niemals beachtet hat, kommt leicht über alle Schwierigkeiten hinweg. Sie behandelt das Erscheinen des Mädchens als etwas so Natürliches, als sei es nur gerade über die Straße herübergelaufen, um ein Löffelchen Backpulver auszuleihen. „Sie schlafen im Zimmer neben uns; da brauchen Sie keine Angst zu haben.“

„Ich habe keine Angst“, trotzt sie, und Ransome erkennt: sie ist doch noch ein richtiges Kind; und als ihn nun Smileys zum Bleiben auffordern und nötigen, etwas zu sich zu nehmen, kommt er sich just wie ein armer, verirrter Wanderer vor, der in Wetter und Sturm eine einsame, gastfreundliche Hütte entdeckt, in der niemand neugierige Fragen stellt.

Hinten im Gang öffnete sich ein Türspalt, und Tante Phoebe lugte heraus. „Was gibt's? Kann ich was helfen?“

„Nein, es ist nichts“, beruhigte Bertha sie, aber die Tante hatte bereits Ransome und die behoste Tochter der rassestolzen Mrs. Simon gesichtet und schoß hervor, wie sie war, in einem Nachtgewand mit hochgeschlossenem Kragen und langen Ärmeln, das dünne weiße Haar in Papilloten. Ransome, wohl wissend, sie werde verfängliche Fragen stellen, entfloh, sagte jedoch erst Fern gute Nacht.

Sie blickte ihm offen in die Augen, so frei, daß ihm nicht ganz geheuer war, sagte aber nur: „Danke!“

Ihr Blick sagte mehr. Er ließ ihn wissen, zwischen ihnen sei es noch nicht zu Ende; es sei zwecklos, sie mit Versprechungen abspeisen zu wollen.

XLI

Als er durchnäßt und bedrückt den Wagen unter der Torfahrt einstellt, ist ihm zum erstenmal klar, wie nahe er daran war, sich in Ranchipur unmöglich zu machen; und als er sich trockengerieben und den Rest der Flasche geleert hat, sind ihm die einzelnen Stadien zunehmender Hemmungslosigkeit und Verwirrung von vorhin noch klarer, in denen er gedacht hatte: ‚Zum Teufel, es ist das einzige im Leben, was Sinn hat; und wenn ich sie mir nicht nehme, werde ich es bis an mein Lebensende bereuen!‘ In seinem bisherigen Leben bereute er eigentlich nur jene guten – und schlimmen – Taten, die er nicht ausgeführt hatte. Sie erschienen ihm im Rahmen seines Seins wie Löcher, die ein leichtfertiger Weber stehenläßt, womit er die volle Wirkung des Gewebes zerstört. Hintennach lassen sich solche Lücken nie wieder schließen. Was geschehen ist, ist geschehen, und was einmal nicht geschah, wird niemals geschehen. Alles, was ihm jetzt außerordentlich wichtig dünkt, Ehre, Verantwortung, Furcht vor Gerede, hat dereinst kein Gewicht mehr. ‚Vielleicht', sagt er sich, ‚sind es die Starken, die diese Skrupel genau kennen und doch ohne Rücksicht auf sie vorgehen und handeln.' Er hält sich nicht für stark, und als Fern ihm vorhin einladend und erpicht gegenübersaß, war er erst recht nicht stark. Seine Bedenken werden schwinden; bleiben wird nur ein trübsinniges Bedauern, sich um ein glühend wunderbares Erlebnis gebracht zu haben.

Es war Major Safkas Lebensanschauung, der er sich mit diesen Gedanken näherte: der Leib bringe uns so viel Leiden, daß er uns dafür ein gerüttelt Maß Sinnenlust schuldig sei. „Verdammt", murmelt er leicht betrunken, „Tom, der Gentleman, Tom, der Moralist, die beiden müssen mich immer lahmlegen und aus allem ein großes Wesen machen!" Nicht einmal die bewußt kaltblütig gesuchten Ausschweifungen, in die er sich von Zeit zu Zeit stürzte, um diesem Ding in ihm den Garaus zu machen, konnten es umbringen. Es war noch da, lag lange Zeit hindurch im Schlaf, um jäh zu erwachen, wenn er es am wenigsten wünschte, und stieß ihn trotz allem in eine Rolle hinein, die er längst angeekelt, vorsätzlich und mit wohlbedachter Willensanspannung von sich gewiesen hatte.

Er löscht das Licht, legt sich ins Bett unter das Moskitonetz und denkt: ‚Immer blieb ich bewußt. Immer stand ich ein wenig außerhalb der Dinge. Immer beobachtete ich mich selbst und sah, wie schmählich wertlos ich bin und wie lächerlich ...' Ob wohl einmal der Tag käme, an dem er endlich all diese Dinge zu Boden schlüge und den geraden Weg fände ...? Doch dieser Tag, das weiß er sogar in seiner Betrunkenheit, wird nicht allein die Befreiung seines Leibes bedeuten, sondern zugleich den Tod all dessen, was in ihm lebt.

Schlaflos, ruhelos in der Hitze liegend, geplagt vom Gesumme der zahllosen Fliegen, die das Licht anlockte, wird sein Bedauern nicht einmal durch den Trost einer edlen Tat gelindert. Er ist zu ehrlich, sich nicht einzugestehen, daß es nicht ihm, sondern allein Edwina zu danken ist, daß ihn Fern als virgo intacta verlassen konnte. Wäre vor wenigen Stunden nichts mit der Lady geschehen, so hätten körperliches Verlangen und Langeweile ihn dazu gebracht, der seltsamen

Jungfrau Wunsch zu erfüllen. Ja, seltsam, das war sie, mehr noch, sie war bezaubernd. Unter ihrer Naivität, ihrem Unsinn und der Auflehnung gegen ihre Eltern und ihre Umwelt steckte etwas, das der Entdeckung wert war. ‚Verrückt', geht es ihm wiederum durch den Kopf, ‚daß die gefühlskalte, vergiftete Edwina ahnungslos eine Unschuld rettete! Wovor?' hallt es in seinem Hirn. ‚Vor etwas, das ihr doch eines Tages und wohl schon bald zustoßen und sie sogar erleichtern wird. Bei mir hätte sie wenigstens diese Befreiung auf erfreuliche Art gefunden.'

Plötzlich ist ihm, als sei jemand draußen auf der Veranda am Fenster. Er hört nicht die Schritte der nackten Sohlen, sieht nicht die dunkle Gestalt. Er fühlt nur, ruhelos heiß, daß etwas da ist, springt aus dem Bett, nimmt die Taschenlampe und stolpert hinaus.

Gedämpft, zerstreut durch den Guß, fällt das Licht wider die Wand des Platzregens, immerhin kräftig genug, ihm eine nackte, dunkle Gestalt zu zeigen, die gespensterhaft quer durch den Garten zum Gartenhaus huscht.

Ein lautes „Verdammt!" entfährt ihm. Erst als er wieder im Bette liegt, lacht er auf bei dem Gedanken: ‚Geradeso gut hätte ich es tun können. An mir bleibt es über kurz oder lang ja doch hängen.'

Es hat keinen Sinn, dem Täufer zu drohen oder ihn bestechen zu wollen. Weder Belohnung noch Strafe, weiß Ransome genau, wird diesen Burschen hindern, einen so saftigen Bissen in die Runde seiner musikalischen Kumpane zu tragen. Bei jeder Wiederholung wird die Geschichte anschwellen, immer weitere Kreise ziehen, von Diener zu Diener sich fortpflanzen, bis sie am Ende das Ohr einer Hogget-Clapton erreicht, und dann – viel Vergnügen! Er kennt sein Ranchipur. Im Mund einer „Pukka-Lil" wird es heißen: er habe Fern sinnlos betrunken gemacht und hierauf genotzüchtigt.

‚Genausogut hätte ich es tun können, zum Donnerwetter! Da sieht man wieder einmal ...' Was „man wieder einmal sieht", vermag er nicht mehr zu erkennen; er ist zu benebelt vom Brandy. Ihm ist, als wolle die Nacht, die weiß und kühl, bleich und golden mit Edwinas Auftreten in der Blauen Halle begann, niemals ein Ende nehmen.

Eh ihn der Schlaf umfängt, hebt er noch einmal den Kopf und lauscht. Nein, keine Einbildung, diesmal nicht ... Man hört es sogar durch den brausenden Regensturm. Der Strom brüllt.

Wieder fällt ihm Edwina ein, und er denkt: ‚Dazu sind Dirnen ja da.'

XLII

Derweil stand Fern bei Smileys blöde herum, wartete auf das kattunene Nachthemd und die Bettücher, die Phoebe und Bertha ihr zum Behagen brachten, wobei sie über die Regenfälle redeten und wie schwer es sei, bei dem Wetter das Bettzeug trocken zu halten. Doch fiel kein Wort über den Aufzug, in dem sie angekommen war, auch nicht über Ransome und darüber, daß sie sich bei dem Unwetter nach Mitternacht noch auf der Straße herumgetrieben hatte. Nur einmal, höchstens zweimal warf ihr die Tante einen durchdringenden Blick zu, doch lag in ihm nichts Feindliches oder Verurteilendes, sondern eine prüfende Wißbegier, natürlich auch eine Portion Neugier und ein leicht bewunderndes Staunen, als spräche die Alte: ‚So viel Mut hätte ich dir nie zugetraut!' Aber davon merkte das Mädchen nichts, es war viel zu eingeschüchtert und wie gelähmt, sah aber, wie hier zwei Frauen, viel älter als sie, alles zu ihrer Bequemlichkeit rüsteten, wie die Tante ihr eine Flasche Wasser auf den Tisch neben das Bett stellte, Bertha das Moskitonetz über den Rahmen zu spannen suchte und Tante Phoebe um Nadel und Garn bat, um rasch einige Löcher auszubessern: „Das Zeug fault einem ja fast unter den Händen!"

Ab und zu kam ein verlegenes: „Ach, ich danke Ihnen, Mrs. Smiley", oder: „Es geht schon. Machen Sie sich doch nicht soviel Umstände meinetwegen", oder auch: „Lassen Sie nur; ich kann es ja selbst ..." Fern Simon begann zu verstehen, wer Bertha Smiley war: nicht der Inbegriff aller Missionsöde, kein Schreckgespenst, dessen ständige dräuende Anwesenheit im Haus gegenüber ihr immer und ewig zu Gemüte führte, sie sei und bleibe mit all ihren schönen Luftschlössern am Ende doch nur das Missionarskind, zeitlebens in die „Missionsatmosphäre" gebannt – nein, diese Mrs. Smiley war in Wirklichkeit ja so voll Leben, ein Mensch mit den gleichen Leidenschaften, Leiden und Schwächen wie sie.

Trotz Jugend und Unerfahrenheit ahnte Fern Simon dunkel, daß Bertha Smiley all dies leidenschaftliche Wesen seit langem gemeistert und in rechte Bahnen gelenkt hatte; es dämmerte ihr, diese Frau habe auf ihre Art Verstrickungen des Daseins entwirrt und das Trübe geklärt, und sie fand es schön, so gelassen und sicher zu sein; denn um Mrs. Smileys Ruhe und Sicherheit zu spüren, brauchte man sie nicht erst näher zu kennen. Es gab sich in ihrem Lächeln kund, in jeder ihrer Bewegungen, schon in der handfesten Art, in der sie die

Laken über das Bett fliegen ließ, und der frohen Behendigkeit, mit der sie die Löcher in dem Moskitonetz ausbesserte. Da war etwas, das dem Mädchen gerade in dieser Stunde, da ihre Sinne aufgewühlt und geschärft waren, bewußt werden ließ, wodurch sie recht eigentlich aus ihrem Hause und in Mr. Ransomes Schlafzimmer getrieben worden war. Nicht durch Neugierde oder Lasterhaftigkeit, auch nicht durch jene Liebe, die eine romantische Phantasie ihr vorgaukelte. Nein, sie hatte der hohlen, verlogenen Welt ihrer Eltern, die sie bisher umgab, den Rücken gekehrt, weil sie sich in ihr elend und eingesperrt fühlte. Sie wollte mit sich ins reine kommen und endlich zu sich kommen, und dazu schien ihr der einzige Weg, fortzulaufen und es dem Manne zu überlassen, an ihr zu vollziehen, was jedem Weibe geschehen muß, auf daß es die Tiefe und die unendliche Fülle des Lebens ermesse.

Bertha und Phoebe gingen. Fern lag allein im Dunkeln, in Berthas Nachthemd gehüllt, doch sie konnte nicht schlafen. Der Brandy und die Aufregung ließen ihr Denken so rasch und klar arbeiten wie nie zuvor. Alles ging ihr im Kopf herum und brachte ihr die Erkenntnis: Obwohl sie aus allen möglichen Gründen, nur nicht aus reiner Liebe zu Ransome gerannt war, denn da war nur eine romantische Schwärmerei vorhanden gewesen, so war diese Liebe doch plötzlich wirklich und wahr geworden. Sie fuhr auf, saß im Bett, dachte: ‚Ich liebe. So also ist es, wenn man liebt.' Es war ganz anders als in Romanmagazinen oder im Film.

Daß sie verliebt war, erkannte sie daraus, daß sie mit einemmal nicht nur sich, sondern auch ihn anders empfand. Er war nicht, wie sie vermeinte, ein Held, schweigsam, melancholisch, romantisch und von Geheimnis umwoben, wie in Romanen oder im Film; er sprach auch nicht so, sondern einfach, schlicht, aufrichtig, viel unbefangener und netter, als sie es sich ausgemalt hatte, als sie durch den Regen seiner Wohnung zugestrebt war. Niemand hatte bisher so zu ihr gesprochen, als sei sie eine fertige Persönlichkeit. Alle andern, an deren Gerede sie sich erinnerte, hatten stets etwas beschönigt oder vor ihr geheimgehalten, und dadurch war alles an ihnen verkehrt, verschroben und irreführend. Sie lebten wohl alle in immerwährender Furcht vor Verarmung, Entlassung, Skandal, Verleumdung oder – der Wahrheit. Ihre Vornehmheit und tausenderlei Nichtigkeiten waren ihnen so wichtig, daß alles, was sie redeten, fühlten und dachten, ungesund verkrampft und verzerrt herauskam. Und sie selbst? Log sie sich nicht in Gestalt der Blythe Summerfield eine Welt zusammen, die um kein Haar echter war als die der Mutter, des Vaters, Mrs. Hogget-Claptons oder eines der „Jungens“? Hatte sie nicht bereits Ransome die mysteriöse Rolle des harten, seltsamen, mitunter ungestümen Zynikers angedichtet, die genauso verlogen war? In ihrer dunkeln Einsamkeit schämte sie sich dessen, was sie bei ihm geredet und wie sie sich aufgeführt hatte; wie vieles war da nicht falsch und albern gewesen! Und auf einmal fiel ihr aufs Herz, wie gütig er zu ihr gewesen war.

Sie wußte: wäre geschehen, was sie hatte erzwingen wollen, sie hätte keine Gewissensbisse, fühlte sich auch nicht sündig, denn es wäre das Wahre gewesen; sie konnte sich selbst nicht erklären, wieso. ‚Ich liebe‘, dachte sie immer wieder, ‚so also ist es, wenn man liebt‘, und es war so viel netter, wärmer und aufregender als all das blöde Zeug, das sie sich vorgestellt hatte.

Nicht mehr als mysteriöser Schatten aus seinem Leben, das sie nicht kannte, stand er vor ihr, sondern als Wirklichkeit. Sie empfand keine Scheu mehr vor ihm. Sie kannte ihn. Unbewußt hatte sie vielerlei an ihm wahrgenommen; an seiner sonnengebräunten Stirne den Ansatz des dichten dunklen Haares; sein leichtes, entschuldigendes, fast trauriges Grinsen, mitunter glitt es mitten im Gespräch über sein Gesicht; seiner Stimme genauen Tonfall, der so angenehm streichelte, in vollkommener Klarheit nahm sie ihn wahr im einsamen Dunkel des fremden Hauses, auch die Form seiner Hände. Sie waren sehr schön und hatten, als er das Glas erhob, leise gebebt.

Einmal noch zeigte sich Blythe Summerfield, als sie halblaut vor sich hin flüsterte: „Seine Hände ... seine geliebten Hände ...“, doch schon errötete Fern im Dunkel und schämte sich des Verrats an ihrer neugefundenen Wirklichkeit.

Doch am meisten liebte sie ihn deshalb, weil sie nun wußte, was sie sich nie hätte träumen lassen, daß er so unglücklich war wie sie. Sie verstand, warum er zu Smileys so freundlich war, so oft und gern in ihr Haus, so ungern und selten in das ihrer Mutter kam, und warum er dort niemals er selbst war, sondern so, als habe er nur einen Stellvertreter geschickt, der höflich, liebenswürdig so tat, als glaube er an die Narrenwelt, die sich dort vor ihm auftat. ‚Er und Mrs. Smiley‘, dachte Fern Simon, ‚wissen um Dinge, die wir auf der andern Seite der Straße nicht kennen‘, und verspürte den Anhauch einer anderen Art von Menschheit, jener Art, zu der sie gehörte, darin das Leid Tiefe hatte, das Streben Größe und jede Lust Inhalt. Sie fühlte den Reichtum der Welt.

Nicht länger war sie ein kleines Mädchen. Als sie endlich in Schlaf sank, schien ihr, als werde die Nacht, die mit der Flucht hinaus in den Regen begonnen hatte, niemals ein Ende nehmen. Zum ersten Male hatte in dieser Nacht sich etwas in ihr vollzogen. Sie hatte entdeckt, Leben sei nicht einfach ein Ding, das durch die Uhr nach Sekunden, Minuten und Stunden geregelt wird. Manchmal regt es sich tagelang, jahrelang nicht, und dann erlebt man in ein, zwei Stunden Unendliches. ‚Merkwürdig, dieser Gedanke . . .'

XLIII

Als Bertha Smiley wieder in ihr Schlafzimmer kam, brannte noch Licht, aber ihr Mann war in seiner Hälfte des Doppelbettes, in dem sie Sommer wie Winter schliefen, schon wieder im Einschlummern. Sie weckte ihn nicht. Er sollte keine Minute Schlaf entbehren; er hatte ihn nötig. Vorsichtig schlüpfte sie unter das Netz, damit ihn das Knarren der rostigen Sprungfedern nicht störe. Es hätte auch keinen Sinn gehabt, ihn zu wecken und über Fern zu reden; sie wußte, wie es mit ihr stand und was sie vorhatte, und war gewiß, Homer wußte es ebenfalls. Also, wozu die Sache noch breittreten? Daß Fern nicht glücklich war, wußte sie nur zu gut, auch die Gründe waren ihr längst bekannt, und sie konnte sehr wohl verstehen, weshalb die Flüchtende gerade zu Ransome gerannt war. Daß er ihr nichts getan hatte, war für sie selbstverständlich. Trotz der schlechten Meinung, die er von sich hatte, so etwas sah ihm nicht ähnlich.

Über all dies aber war sie sich klar, obwohl sie in ihrem Leben wenig Sinnbetörendes an sich erfahren hatte. Sie ahnte, wie es damit bestellt war. Sie war zum Verständnis des Leids und aller menschlichen Torheit geboren.

Jenes „Ego", dem der Egoismus entspringt, besaß Bertha Smiley nicht. Sie dachte niemals an sich, wußte kaum, wie sie aussah, fand und suchte auch nie die Zeit, sich äußerlich oder innerlich zu studieren. Den Spiegel benutzte sie nur morgens, um ihr Haar so weit zu richten, daß es ihr nicht herunterfiel. Doch selbst dann betrachtete sie nicht ihr Gesicht, sondern nur Haare und Hände, so daß es nicht anders schien, als hätten sie nicht mehr mit ihr zu tun als etwa ein Kuchen oder ein Laib Brot, den sie buk. Schon als Kind kannte sie kein Ich. Sie war wohl schon von Geburt demütig, und diese angeborene Bescheidenheit verstärkte und veredelte sich noch dadurch, daß sie acht Geschwister hatte. Nie fühlte sie sich zurückgesetzt, vernachlässigt oder ausgenutzt und war als junges Mädchen in Cedar Falls durchaus damit zufrieden, von Hübscheren, Schlaueren oder Selbstbewußteren in den Schatten gestellt zu werden. Sie fand im Gegenteil noch ein Vergnügen daran, still zuzuhören und zu beobachten, und war am glücklichsten, wenn sie andere fröhlich sah. Infolgedessen wurde sie bald die Vertraute aller, mit denen sie in Berührung kam, ließ schon in jungen Jahren sich durch nichts mehr aus der Fassung bringen oder moralisch entrüsten, und sammelte so mehr Weisheit und Lebenserfahrung als die meisten, die leidenschaftlich heftig dahinleben und immer wieder die gleichen Dummheiten, Fehler und Sünden begehen. Daß sie keine Anbeter hatte, tat ihr nicht weiter leid; das Schicksal der andern nahm ihr Denken und Tun zu sehr in Anspruch. Leid taten ihr eher die Glanzvollen, Anziehenden, denn sie sah oft, daß diesen ihre Schönheit und andere Vorzüge nur Leiden und Unglück zuzogen. Eifersucht, Neid, Verbitterung und Enttäuschung waren ihr fremd, und so fühlte sie sich in ihrem Mauseloch recht glücklich.

Und dann kam Homer Smiley des Weges, unansehnlich, bescheiden, von ihrer Familie scheel angesehen, denn er war „nur ein Baptist", und unterstand sich, in Cedar Falls um ein Mädchen aus einer Kongregationalisten-Familie zu werben. Allein Homer Smiley, der Scheue, Gewissenhafte mit dem reinen und warmen Herzen, war der einzige, der Menschen und Dinge so sah wie Bertha, und sie nahm ihn trotz allem, was man ihr vorhielt, wurde Baptistin, Missionarin und begleitete ihn nach Indien, nicht aus hysterischer Überspanntheit oder religiösem Eifer, sondern weil es für sie wie für ihn das Natürlichste war, Ausdruck ihres Wesens, das immer in anderen lebte, nichts für sich wollte, ohne Stolz, der verletzt werden, ohne Ehrgeiz, der fehlschlagen, ohne Ansprüche, die zurückgewiesen, und ohne Eigentum, das ihnen gestohlen werden konnte. Dies war ihr ganzes Geheimnis, dem Ransome im Laufe der Zeit auf die Spur kam.

Nachdem sich die beiden gefunden hatten, war keines von ihnen mehr einsam, doch behaupteten sie deswegen nicht, aus glühender Liebe geheiratet zu haben. Sie waren sich beide bewußt, daß sie für solchen Überschwang nicht besonders begabt waren. Sie waren ihre Ehe in der demütigen Erkenntnis eingegangen, einander zu verstehen, Menschen und Welt mit gleichen Augen zu sehen und ihr höchstes Glück im Dienst an den Mitmenschen zu finden. Bertha wußte nichts von den Entzückungen des Fleisches und begehrte sie nicht. Doch fand sie ihren Mann lieb und aufs angenehmste erwärmend.

Eine Weile lag sie noch wach und überlegte, wie Fern Simon zu helfen sei. Obwohl sie längst wußte, daß diese einsam und unglücklich sei, hatte sie es bisher für zwecklos gehalten, zu ihr zu gehen. Nun, da sie von selber gekommen oder vielmehr von Ransome ins Haus gebracht war, schien Hilfe eher möglich. Unter diesen Gedanken schlummerte sie ein, wurde jedoch schon im Morgengrauen durch erneutes Klopfen geweckt.

Draußen steht ein Knabe aus ihrer Klasse. Er stammt aus der Kaste der Töpfer und meldet, sein Bruder und seine Mutter seien an Flecktyphus erkrankt. Er sprach auch noch von vier weiteren Fällen im Töpferquartier.

Bertha ist sogleich angezogen, weckt Fern, schickt sie nach Hause und denkt, während sie neben dem Töpferjungen geht: ‚Sie sind unverbesserlich! Wo Flecktyphus ausbricht, sind Läuse.' Nun muß sie mit ihrem Mann einen neuen Feldzug eröffnen, wie schon so oft. ‚Sechs Typhusfälle in einer Nacht, in einem Quartier, das ist zuviel!' Ihr Wirken und Mühen ist hoffnungslos ...

XLIV

Schnell wie durch Zauberei haben die Regenfälle Ranchipurs Leben und Landschaft verwandelt. Innerhalb weniger Stunden senden die Reben in Ransomes Garten lange, zarte, lattichgrüne Schößlinge aus; sie kriechen überall hin und entwickeln dabei eine Beharrlichkeit, die niemand ihrer Zartheit zutrauen würde. In die Ritzen der Stein- und Lehmmauern, in Leitungsröhren und durch offene Fenster brechen sie ein, umwinden, umschlingen alles Erreichbare, Säulen, Gartenstühle, die alten Banyanbäume, die Pumpe des tiefen Brunnens, in einer Ekstase wollüstigen Wachsens. An allen Wegrändern, ja, mitten auf kahler Straße springen zarte Sämlinge auf, hervorgelockt und genährt von den warmen Himmelsgüssen. Die welken, verstaubten Ringelblumen und Stockrosen werden wieder jung; nicht länger verbrennt die Sonne Blätter und Knospen vor der Entfaltung. Und der uralte Banyan, die mächtigen Mangobäume erscheinen wieder in der ganzen Erhabenheit ihres tiefgrün leuchtenden Blattwerks; der Staub ist heruntergewaschen, nichts mehr hängt schlaff und gelb unter ausdörrender Sonne.

Der verstaubte Weiher im Schloßpark füllt sich bis zum Rande; die frivolen rot-goldenen Vergnügungsbootchen, nicht länger gestrandet in einem See von Zement, leben und schaukeln in all ihrer

Munterkeit; die weiten Blumenbeete, vor einer Woche in Staub verendend, wachsen ausschweifender, saftiger als je in irgendeiner Gartenanlage des feuchten Englands. Von den Fenstern des Hauses Jobnekars sieht man die fernen Hirse- und Maisfelder smaragdgrün und braungolden liegen, als sei vom Rande des Pariaviertels bis zum zaubrigen Abana und der toten Stadt El-Kautara ein bunter Riesenmantel gebreitet. Im Garten der amerikanischen Mission treiben und blühen und wachsen Tante Phoebes Petunien, Geranien und Orchideen in den baumelnden alten Konservenbüchsen und Bambuskörbchen unter den triefenden Bäumen mit einer derartigen Vehemenz, daß die alte Dame im Regenmantel jeden Morgen mit einem Bandmaß in den Monsun hinausläuft und das Wachstum mit der Elle nachmißt; das fügt sie dann der Statistik ihrer Monsunchronik bei, die sie alljährlich nach Cedar Falls schickt, wobei sie am Rande vermerkt: „Ich übertreibe nicht; ich habe selbst nachgemessen. Das Wachstum betrug innerhalb vierundzwanzig Stunden vier Zoll", womit sie der Wahrheit noch gut um zwei Zoll voraus ist. Beim Hause der Damen Dirks und Hodge, gegenüber dem Schloßtor, überwuchern die regengenährten Ranken die Fenster, färben das in die Zimmer einfallende Licht fahlgrün und lassen die alten Jungfern wie seltsam uralte Meermädchen erscheinen, die hier tief unter Wasser speisen und schlafen und sticken und Schulhefte korrigieren.

Schlangen kommen heraus. Träge zuerst, dann mit zunehmender Freßgier winden sich Pythonschlagen und Kobras, Ottern und Vipern den Strom entlang und durch Gärten und Felder. Im Hospital mehrt sich Miss MacDaids Arbeit durch die Behandlung von Schlangenbissen: das Fleisch wird weggeschnitten und Serum eingespritzt. Wer von Kobras und Vipern gebissen ist, kann, wenn das Herz gesund ist, gerettet werden. Gegen den Biß der häßlichen kleinen, „Krait" genannten Otter ist kein Kraut gewachsen.

In allen Häusern und im Schloß tritt an den Wänden Schimmel in breiten Flecken hervor. Den ganzen Tag brennen Feuer zum Trocknen der Leintücher, die sich über Nacht von Nässe vollsaugen. Die Insekten vermehren sich ins Unheimliche. Wenn man nachts aufwacht und Licht macht, ist das Moskitonetz schwarz und dick von dem Geschmeiß überdeckt, als sei ein erstickender Mantel aus schwarzem Stoff über das Bett geworfen. Tagsüber lauern sie in dichten Wolken unter den Möbeln, Kissen und hinter Bilderrahmen, ein Fest für die quiekenden kleinen Echsen, die aus den Rohrschichten der Dächer hervorkommen.

Im Basar und auf dem Großen Platz vor dem Alten Palast sind die Verkäufer von Süßigkeiten und Eskimoschnitten samt ihren Kunden verschwunden. Nicht mehr im Freien in lodernder Sonne, sondern in finsteren, höhlenartigen, engen, stickig-feuchten Gewölben wikkeln sich die Geschäfte ab. Niemand hockt mehr am Rande des Großen Beckens. Nur in den wenigen kurzen Stunden, in denen der Regen stockt, eilen förmliche Prozessionen von „Dhobis" über den Platz, um am Becken ihre Wäsche zu klopfen.

Die Regen kamen mit überwältigender Wucht. Sie ließen in vier, fünf Tagen den Strom über die Ufer treten und die Bassins überlaufen. Selbst die ältesten Leute erinnerten sich keiner derartigen Regenfälle. So beispiellos war ihre Heftigkeit, daß das Volk, sobald sich der erste Freudentaumel über ihr Eintreten legte, in Unruhe geriet, und ein Geraune hob an von der legendären Großen Flut zur Zeit des Ruchlosen Maharadschas.

Doch die Flußregulierung hielt stand, und der Strom nahm seinen stürmischen, ungehinderten Lauf durch die Stadtmitte und die grünenden Ebenen bis zu den Hügeln jenseits des Abana. Die Stufen zum Krischna-Tempel verschwanden unter den gelben Fluten. Der Unterbau des Heiligtums war von abgebrochenen Ästen, Kadavern und allerhand Unrat übersät. Als Raschid Ali Khan auf seinem Heimweg von der Arbeit den Mißstand wahrnahm, postierte er dort einen Säuberer, der, mit einer langen Stange bewaffnet, Tag und Nacht Trümmer und Unrat in die Strömung zurückstieß. Sonderbarerweise hatten die Hindus der Verunreinigung ihres Tempels keine Beachtung geschenkt. Erst der Mohammedaner Raschid nahm Anstoß daran.

Wichtige Persönlichkeiten fuhren mit ihren Familien in Gebirgsorte, in denen es weder verschimmelte Wände noch Insekten und Schlangen gab: der Dewan mit seinen beiden Söhnen, vier Enkeln und deren Frauen, sieben Urenkeln, einer Schwester und zwei Neffen samt seinem ganzen patriarchalischen Haushalt; Bankdirektor Burgess mit seiner Frau und deren Tante und Schwester; der Stadtkommandant, General Agate; und im Palast überlegten die Maharani und die Lischinskaja, welche Juwelen und Saris Ihre Hoheit in Karlsbad, London und Paris anlegen solle. Der Maharadscha gab endlich Befehl zur Abreise am kommenden Samstag von Bombay mit der Victoria, war jedoch für die Reise nicht eben eingenommen; er fühlte kein Verlangen zu gehen, war müde und krank und wünschte, inmitten seines Volkes zu sterben. Erst der Beharrlichkeit Safkas und der

Maharani gelang es, ihn zur Reise zu überreden. Als er ihnen sagte, es stehe in seinem Horoskop, er werde dies Jahr nicht überleben, lachten sie. Er aber wußte es besser.

Ransome verharrte freiwillig in seinem dumpfigen alten Hause, erregt und erfüllt von dem Schauspiel des Monsuns. Doch am Morgen nach dem Bankett erwachte er niedergeschlagen und unruhig. Es dauerte einige Zeit, bis ihm die Vorgänge der verflossenen Nacht gegenwärtig waren, und dann wollte er keinen Menschen mehr sehen, weder Edwina noch Fern, noch den Täufer.

Als dieser ihm seinen Tee brachte, verriet er durch nichts, daß ihm von den nächtlichen Vorgängen etwas bekannt war, blieb stumm wie gewöhnlich, und Ransome stellte ihm keine Fragen, es war wohl besser, keine Affäre daraus zu machen, sonst glaubte der Täufer womöglich noch, alle Europäerinnen benähmen sich wie Miss Simon.

Er beendete seine Toilette und entwarf seinen Tagesplan. Er wollte aufs Land hinaus bis zur toten Stadt El-Kautara fahren; es war dies die einzige Möglichkeit, ganz für sich allein zu sein, denn trotz aller Zurückgezogenheit gab es so etwas in Ranchipur nicht. Da war ein ewiges Kommen und Gehen. Auf der Straße ließen Freunde und Bekannte sich nicht übersehen. Überall standen Türen und Fenster offen. Bei Monsun konnte sich niemand abschließen und allein sein.

Lord Heston konnte seine nächtliche Drohung, die Stadt an diesem Morgen zu verlassen, nicht ausführen; dazu war er viel zu krank.

Um acht wurde seine Gemahlin nicht ohne Schwierigkeiten von Bates geweckt, der ihr mitteilte, seine Lordschaft sei ohne Zweifel so krank, daß ihm unmöglich zu glauben sei, wenn er behaupte, es habe damit weiter nichts auf sich. Matt und betäubt von den vielen Schlafpulvern hörte Edwina ihn reden, bis ihr bewußt wurde, sie sei nicht in ihrem Hause in der Hill Street in London, sondern in Ranchipur. Seine Lordschaft, erklärte Bates, sei nicht recht wach, sondern – so drückte er sich aus – „wie beduselt", habe sich daher auch nicht wehren können, als er sich erlaubte, sein Fieber zu messen. Das Thermometer zeige volle drei Grad über normal. „Ich fürchte, Mylady, er hat ein Tropenfieber."

Sie hätte am liebsten geantwortet: ‚Sie fürchten es nicht, Sie hoffen es', aber sie nahm sich zusammen und sagte: „Man muß einen Arzt kommen lassen. Wenn ich nur einen wüßte . . ."

„Wenn Mylady ein paar Zeilen an Seine Hoheit schreiben wollten, könnte ich einen Boten damit ins Schloß schicken."

„Ich will erst einmal nach ihm sehen; dann schreibe ich. Gehen Sie vor, Bates; ich komme gleich nach."

Sie schminkte sich, brachte ihr Haar in Ordnung, warf ein Morgenkleid über und ging. Sie fühlte sich etwas besser, doch war ihr noch immer zumute, als sei ihr Gehirn in Wolle gepackt. Ihre Hand war bleischwer, so fremd und taub, als gehöre sie gar nicht zu ihr.

Es war das erste Mal, daß sie diese Zimmer betrat, und als sie nun in dem saalartigen, mit roten Teppichen ausgelegten viktorianischen Schlafgemach seiner ansichtig wurde, kam sie zuerst ein Lachen an; sein übergroßes, groteskes Bett war aus Teakholz und mit Perlmutter-Intarsien verziert. Dann aber erfüllte sein Anblick sie mit Entsetzen und Abscheu. Ihr war, als habe sie ihn noch nie richtig gesehen. Wie plump, wie dick diese bewußtlose Masse war! Der Funke, die Energie, welche sie sonst belebte und kraftvoll erscheinen ließ, war von ihm gewichen. Stumpfsinnig, leer und schwer lag er da, die harte Linie der Backenknochen war weggewischt; das Gesicht hing schlaff. Er war nur noch ein abstoßender Fleischklumpen.

Sie besann sich verschwommen auf den Vorfall im Schloß letzte Nacht und den nachfolgenden Streit mit Heston an ihrem Bett und schämte sich, ekelte sich vor sich selbst. Nicht wegen Ransome, nicht wegen ihrer Verbuhltheit; keines ihrer außerehelichen Abenteuer verursachte ihr moralische Beschwerden. Sie schämte sich einzig deshalb, weil sie nun bald zehn Jahre mit diesem Wanst dort gelebt hatte, daß sie sich dem Fleischsack im Bett aus Teakholz mit Permutter-Einlagen immer wieder gleichmütig hingegeben hatte. Alle andern, die sie gekostet hatten, waren, jeder in irgendeiner Art, schön. ‚Wie schlank und fest', mußte sie augenblicks denken, ‚ist Toms Körper geblieben, obwohl er sich nicht geschont hat', und auf Heston herabblickend, nahm sie sich vor, nie wieder mit ihm zu schlafen, auch wenn er wieder gesund werden sollte. Aber das wollte sie nicht. Frei von Scham wünschte sie jetzt seinen Tod, denn sie wußte: ihr Leben lang wird sie ihn nie anders vor Augen haben als krank, entstellt, schwer, dick, schlaff, fieberrot, mit halboffenem Maul, und wird dann jedesmal daran denken müssen, wie sie ihm ihren schönen und zarten Leib wieder und wieder preisgab. Bei ihm nur, dem Ehemann, fühlte sie sich immer als Prostituierte. Bei den andern war es Lust, ja manchmal auch Liebe, bei Heston nur immer das Geld gewesen.

Sie beugte sich über das Krankenlager, fühlte in ihrem Rücken die Augen des Dieners, die ihr Verhalten mit dunkler Neugier verfolgten. Nun mußte sie ein Theater machen, das ihn vermutlich nicht täuschte, aber sie wollte wenigstens tun, als ob. Er wußte nach Art der Bediensteten schon zu viel über sie. „Albert", flüsterte sie wie eine besorgte Gattin, „Albert! Ich bin's, Edwina."

Die stumpfen, bläulich fahlen Augen öffneten sich ein wenig. Aber sie trafen sie nicht; sie starrten ins Leere, weit über sie weg. Ein schwaches Grunzen drang an ihr Ohr, die Augen fielen ihm zu. Ein zweiter Versuch, ihn zu Bewußtsein zu bringen, hatte den gleichen Mißerfolg. „Ich werde der Maharani ein Kärtchen schreiben", sagte sie Bates; „ich bringe es Ihnen; es soll sogleich weg. Bleiben Sie inzwischen hier!"

In ihrem Salon klappte sie ihr Schreibnecessaire auf, nahm ein Riechfläschchen und schrieb: „Eure Hoheit..." Weiter kam sie nicht. Ihr fiel plötzlich ein, es sei gescheiter, sich an Ransome zu wenden. Sie hatte Angst vor der Maharani; sie wußte selbst nicht, warum. Einiges an der alten Dame, ihre Erscheinung, Haltung, Würde und nicht zuletzt ihre durchdringende Schlauheit, machte die Westlerin beklommen, beschämt. ‚Als sie vergangene Nacht unter dem bienenumschwärmten kristallenen Lüster stand, Spott in den Augen, da wußte sie, ehe wir es selber wußten, wozu es uns trieb.' Hinter dem Spott hatte Edwina eine Entrüstung gespürt, die zu ihr sprach: ‚Kraft Ihrer Geburt und Stellung tragen Sie eine Verantwortung. Jenen zwar engen, doch kulturell wertvollen Bezirk, den Ihre Ahnen schufen und hegten, sollten Sie achten und wahren. Sie aber entwürdigen ihn. Sie würdigen sich und diejenigen, welche Sie umgeben, herab. Sie hatten eine Mission, aber Sie waren zu feige dafür.' So dachte die Maharani über die Britin vom Stamm der Eroberer und Kauffahrer, und diese verstand und – schrieb nicht. Es war ihr unmöglich. Sie konnte nicht darum bitten, ihr den verlockenden Major Soundso zu schicken. Hoheit würde das Ansinnen auf der Stelle lächelnd durchschauen, und Lady Heston erschiene ihr niedrig und schmutzig wie Staub zu ihren Füßen. Ransome hingegen konnte sie um jede Gefälligkeit ersuchen. Zwar durchschaute auch er sie, aber was tat's! Er war wie sie unten durch und über alles hinaus und verstand sie daher. Und war kein Inder.

Sie hatte gegen Inder kein Vorurteil, wenigstens nicht bewußt; dazu war sie zu intelligent und entwurzelt, hielt jedoch alle für rätselhaft, unverständlich. Vielleicht war diese Einstellung ein Überbleibsel des Märchens von der britischen Überlegenheit, das Albert Heston ihr immer einpauken wollte, ein letzter Rest Vorurteil, gleich den Knorpeln und Knochen in einer Walfischflosse, ‚und möglicherweise', dachte Edwina, ‚werden einmal sämtliche Engländer so wie diese keine Arme, Beine, Finger, Gelenke mehr haben, sondern nur noch Flossen. Allein, vielleicht‘, setzte sie in Gedanken gleichsam zu ihrer Rechtfertigung hinzu, ‚könnte ich durch diesen Major Soundso das wahre Indien ausfindig machen. Vielleicht könnte er jenen letzten Rest Vorurteil in mir ausrotten.‘ Sie schrieb:

„Lieber Tom,

Albert ist ernstlich erkrankt. Wir brauchen einen tüchtigen Arzt. Was ihm fehlt, weiß ich nicht. Da war doch gestern im Schloß so ein netter Mensch, Major Soundso – der Name ist mir leider entfallen (‚klingt doch ganz ungezwungen?‘), ein hervorragender Mediziner, sagtest Du nicht so? Würdest Du ihm ein paar Zeilen schreiben und ihn zu uns bitten?

Wir hatten blödsinnigerweise vor, schon heute nach Bombay zu fahren. Ach, das weißt Du ja noch gar nicht! Aber ich habe Dich gestern nicht angelogen. Der Entschluß entstand erst, als wir zu Hause waren. Jetzt verpassen wir die Victoria, und wer weiß, wann sich dann wieder eine Reisemöglichkeit bietet!

Wenn Du Zeit hast, lasse Dich doch einmal sehen. Ich brauche dringend Aufheiterung; wahrscheinlich findest Du mich im Bett, was soll man bei so einem Wetter auch anderes anfangen! Staudammanlagen, Gefängnis, Irrenhaus usw. habe ich besichtigt. Komm zum Lunch, unser Koch ist nicht übel. Auf alle Fälle sehen wir uns morgen abend bei Mr. Bannerji. Wenn es mit Albert einigermaßen geht, werde ich dort sein. Es ist interessanter, Indien zu erleben, als Bücher darüber zu lesen. Donnerstag komme ich zu Dir. Edwina“

Sie steckte den Brief, ohne ihn noch einmal durchzulesen, in ein Kuvert und versiegelte ihn besonders sorgfältig, nicht so sehr wegen Bates’ Späheraugen als gegen die wißbegierigen Blicke von Indern, durch deren Finger das Schreiben gehen könnte. In Simla hatte man ihr hierüber die tollsten Dinge erzählt.

XLV

Der Läufer aus dem Sommerpalast überbrachte Edwinas Billett, als Ransome gerade seinen Wagen zur Fahrt nach El-Kautara bestieg. Er las, gab dem Burschen ein Trinkgeld und hieß ihn ausrichten, er werde kommen. Den einmal gefaßten Plan wollte er aber nicht aufgeben, nicht mit ihr speisen noch ihren Besuch empfangen. Vergangene Nacht war ihm ihre Anwesenheit lieb gewesen; er hatte sich gern in die Zeit seiner Jugend versetzt, aber jetzt? Jetzt stand ihm nicht mehr der Sinn danach. Der reichlich genossene Brandy verursachte körperlichen und seelischen Katzenjammer, und hinsichtlich seines Verhaltens Fern gegenüber bestand eine völlige Gefühlsunklarheit; in mancherlei Selbstvorwürfe mischte sich eine gewisse Genugtuung. Hier mußte eine vernünftige Lösung gefunden werden. Eher gab es für ihn keine Ruhe. Seit dem Abenteuer mit diesem Mädchen trug er nach Edwina so wenig Verlangen wie nach der Lektüre einer gestern gelesenen Geschichte.

Sie hatte richtig vermutet: er durchschaute ihr Schreiben, hatte auf den ersten Blick die verteufelt beiläufige Erwähnung Safkas ebensogut verstanden wie die Bemerkung, sie wolle lieber Indien erleben als Bücher darüber lesen. Doch ihre Schamlosigkeit ließ ihn so kalt, als sei sie kein Weib, sondern ein Apparat. Was ihn aufbrachte, waren ihre Absichten auf den Major. Er wollte nicht dulden, daß sie Safkas friedliche Kreise störte. Er vertraute ihm, aber er hatte zu oft erlebt, daß Inder im vertrauten Umgang mit einer Europäerin völlig den Kopf verloren. Und nun erst eine so hübsche Person wie Edwina! Wenn sie genug von ihm hatte, warf sie ihn weg. Er gedachte auch der armen Miss MacDaid. Wenn Safka sich von Edwina kirren ließ, litt sein Werk, und tiefer noch als sein Werk dessen erste Mitarbeiterin.

Dann aber erinnerte er sich der heiligen Affen in seinem Garten; ein Grinsen zog über sein Gesicht, und er sagte sich: ‚Hände weg! Mit meiner Schleuder kann ich nicht Jehova spielen.' Es gab in der Tat keine Möglichkeit, den tüchtigsten Arzt Ranchipurs, ja ganz Indiens einem Patienten vom Range Lord Hestons fernzuhalten. Einem kleinen Pinscher wie Safkas Assistenten, Dr. Pindar, konnte man die Behandlung des großen Handels- und Industriekönigs nicht überlassen. Ransome zerriß Edwinas Billett. ‚Sie hätte nie herkommen dürfen. Sie paßt nicht nach Indien', sagte er sich. ‚Sie verursacht bloß Störung. Das Ende? Skandal. Sie ist ein Funke im Pulverfaß.'

Im Spital fand er weder den Major noch Miss MacDaid. Sie waren zusammen in den alten Kasernen beim Gefängnis, um alles zur Aufnahme der Cholera- und Typhus-Erkrankten vorzubereiten. Den großen Saal im ersten Stock durchhallten schon ihre Befehle über Bettenaufstellung, Reinigung und Desinfektion, die sie einer Schar dienstbarer Geister erteilten. Beide waren sie hochgemut; Ransome sah es ihnen an und verstand sie. Die vor ihnen liegende Aufgabe, etwas seit Jahren nicht Dagewesenes, hielt sie nun Tag und Nacht in

Atem. Für die Dauer der Epidemie konnte Miss MacDaid mit Sicherheit darauf zählen, den Major für sich allein zu haben; da schlief er im Hospital und dachte nicht an Natara Devi. Er hatte einen großen Glimmstengel im Mund, lachte und redete laut. Mit wahrem Neid sah Ransome den Geschäftigen eine Weile zu, bestellte dann seinen Auftrag, und der Major versprach, sogleich mitzukommen; Miss MacDaid werde hier schon allein fertig. „Das geht keinesfalls, daß wir bei uns in Ranchipur so ein großes Tier krank sein, womöglich noch sterben lassen! Der Maharadscha und der Vizekönig würden uns das gewaltig krummnehmen, und erst die Herren Aktionäre!"

„Ist die Epidemie denn so schlimm?" fragte Ransome.

Miss MacDaid verneinte. Immerhin hätten sie heute früh elf Fälle hinzubekommen. Die einzige Möglichkeit sei, das Übel an der Wurzel zu packen. Damit wandte sie sich an den Major. „Er wird wohl eine Pflegerin brauchen?"

„Vermutlich zwei."

„Unter den gegenwärtigen Umständen", erklärte die Oberschwester, „muß er mit einer zufrieden sein. Ich denke, wir schicken Miss de Souza; sie kann noch am besten Englisch."

„Sie soll sich sogleich fertigmachen; ich will es ihr sagen."

„Als ob wir nicht schon genug Arbeit hätten!" brummte Oberschwester MacDaid. „Schade, daß er nicht in Bombay erkrankt ist!"

Im Sommerpalast ging Safka direkt zu Bates. Ransome setzte sich im Vorzimmer auf ein Roßhaarsofa und wartete auf seine Rückkehr. Ihm gegenüber hing ein scheußliches, schimmelfeuchtes Porträt des Maharadschas; ein Jünger der Bombayer Kunstschule hatte es gemalt.

Wozu sollte er sich bei Edwina melden lassen! Er hatte weder Lust, sie wiederzusehen, noch hielt er sie eines Trostes für bedürftig oder höchstens, weil sie nun ohne Zweifel den Dampferanschluß verpaßte. Es vergingen zwanzig Minuten, eine halbe Stunde. ‚Nun wird sie wohl mit dem jungen Doktor soweit sein', vermutete der Ungeduldige. Das Porträt ging ihm schon auf die Nerven. Ein absurdes Produkt! Instinktiv indisches Stilempfinden war künstlich verkitscht durch etwas, was der Maler anscheinend für moderne europäische Kunst hielt. Außer dem Schimmel war an dem Bild nichts Urwüchsiges; die Vermählung der beiden Stilarten wirkte katastrophal und kindisch. Es kam dem Betrachter vor wie Bannerjis Seelenzustand: ‚Der weiß auch nicht, was er in Wirklichkeit glaubt und wo er hingehört', sinnierte er vor sich hin. Da erschien Edwina in meergrünem Morgengewand, kühl und reizend.

„Warum bist du nicht hereingekommen? Eben hörte ich erst, du wärest hier!"

„Ich bin kein Arzt", antwortete er gemessen. „Steht es schlimm?"

„Ja. Major Safka weiß nicht, was es ist."

(‚Aha! Den Namen hat sie sich schon gemerkt ... Ein Fortschritt! Heißt jetzt nicht Major Soundso ... o diese läufige Hündin!') „Peinlich", bemerkte er nach kurzem Schweigen. „Nun kannst du wohl nicht reisen?"

„Bestenfalls in zwei bis drei Wochen."

Leichtes Grinsen. „Dann erlebst du ja gleich, was ein richtiger Monsun ist."

„Bleibst du zum Lunch?"

„Nein."

„Warum nicht?"

„Ich bin nicht in Stimmung." (‚Hat sie an Safka noch nicht genug?')

„Ich brauche etwas Aufheiterung; es würde mir helfen ..."

„Es geht nicht."

„Hast du etwas gegen mich? Ich verspreche dir, ich bin brav. Liegt denn irgendwas vor?"

(‚Herrgott, warum läßt sie mich nicht in Ruhe! Was gibt ihr das Recht, Versunkenes aufzurühren, mit Vergangenem auf mich loszustechen? Zum Teufel, was hat die Person hier verloren?') „Es liegt weiter nichts vor", versetzte er ruhig, „als daß ich neurotisch bin und allein sein muß; ich habe wieder einmal meine Zustände."

„Dann trink! Darf ich dir etwas anbieten?"

Er wurde wütend. „Verstehst du nicht, was ich sage? Ich bin krank, irr, überflüssig, verdammt! Ich muß für mich allein sein. Ich sehe nicht ein, wozu du überhaupt in Ranchipur bist."

„Das sehe ich auch nicht ein. Ich habe ja nicht hierhergewollt. Ich will dir durchaus nicht zur Last fallen. Wenn du bei besserer Laune bist und glaubst mich vertragen zu können, laß es mich bitte wissen! Ich werde mich ohne dich schrecklich langweilen."

Fast hätte er ihr geantwortet: ‚Mit diesem Urbild aller Männlichkeit, Major Safka, der nun Tag für Tag bei dir aus- und eingeht, wird dir die Zeit nicht lang werden. Ich weiß doch genau, was du vorhast ...' Doch hütete er seine Zunge und steckte sich eine Zigarette an. Dann gab er die Antwort: „Ich werde es dich wissen lassen; vielleicht, daß ich schon morgen wieder soweit bin."

„Kannst du mir ein paar Bücher leihen?"

„Soviel du willst. Kannst sie jederzeit abholen lassen."

„Danke."

Und dann war sie weg, und er, allein, konnte sich über die kurze, doch ungewöhnliche Unterhaltung seine Gedanken machen. ‚Eine Mundsperre nach der andern! ... Was herauskam, war nichts. Das Ungesagte war deutlich und sagte: Wir verstehen uns; wir verstehen einander verdammt gut. Weil wir Schweine sind – beide!'

Kaum war Edwina verschwunden, als der Major eintrat. Ransome nahm ihn wie ein Voyeur in Augenschein. Ob sie bei ihm schon Erfolg erzielt hatte? – Dem Major war nichts anzumerken. „Nun?" fragte Ransome.

„Ich weiß nicht, was er hat. Es ist noch zu früh, etwas Bestimmtes zu sagen. Es bestehen drei, vier Möglichkeiten."

„Bedenkliche?"

„Ernste: Malaria, typhöses Fieber, Typhus, sogar Pest."

„Selbst hohe englische Herren", grinste Safka, „sind angeblich schon von Flöhen gebissen worden." Er nahm eine Zigarre aus seinem Etui. „Kennen Sie ihn näher?" – „Nein."

„Offenbar Alkoholiker, was alles noch verschlimmert."

Der Regen hatte für einen Augenblick aufgehört.

Der Große Platz, den Ransome auf seiner Weiterfahrt überquert, lebt auf. Aus den Häusern und Läden stürzen, die kurze Zeit zu nutzen, Diener, Laufburschen, Verkäufer, Händler, Hausfrauen zum Basar; Wäscherinnen eilen zum Becken. Hinter dem Konservatorium biegt er in die Technikum-Straße ein; sie heißt eigentlich Beaconsfield Avenue, aber kein Mensch nennt sie so.

Als habe Gott eine Riesendusche aufgedreht, braust es von neuem herab. Durch die Flut gewahrt Ransome zu seiner Rechten einige Schritte vor sich die Umrisse von Miss Dirks. In Lodenmantel und Männerhut schleppt sich das arme alte Wesen dahin. Er beschließt anzuhalten, ihr die Fahrt zu ihrem Ziel anzubieten. ‚Wenn sie mir aber wieder nein sagt, ist es das letzte Mal!'

Sie war wohl mit ihren Gedanken weit, weit weg. Denn als er nah an sie heranfährt und sie anruft, sieht sie ihn so verwirrt an, als kenne sie ihn kaum, als habe sie ihn seit Jahren nicht mehr gesehen.

„Darf ich Sie ein Stück mitnehmen?"

„Guten Morgen", antwortet sie und dankt, ohne zu lächeln. Sie gehe gern im Regen; sie habe sonst zuwenig Bewegung.

(‚Schön, dann lauf! Der Teufel soll mich holen, wenn ich dich noch einmal einlade!') Doch ihr Gesicht wurde bei ihren Worten so erschreckend rot, daß sich Ransome verwundert fragt, ob wohl jedes Gespräch mit einem Herrn so auf sie wirke. Schon hat er den Fuß auf dem Gashebel, um endlich nach El-Kautara zu kommen, als sie von neuem ansetzt: „Merkwürdig, ich hatte eben an Sie gedacht." Sie muß husten und fährt dann fort: „Dürfte ich Sie heute nachmittag aufsuchen?"

Soll er eine Ausrede gebrauchen, um sich zu drücken? Mitleid und Neugier verhindern es, und noch etwas: sein Engländertum. Er fühlt sich dieser grimmen Altjungfer blutmäßig verbunden und fühlt ihre Vereinsamung nach, das Alleinsein in dieser Regenstadt, in der alles anders ist, als es aussieht. Beide leben sie im Exil, fern allem, was sie einst tiefer berührte. „Freilich", antwortet er, „aber Sie brauchen sich nicht zu bemühen; ich kann zu Ihnen kommen."

„Nein", wehrt sie hastig, „besser bei Ihnen. Daheim bin ich nicht allein." Sie muß wieder husten. „Es handelt sich um etwas rein Persönliches, Sie verstehen . . ."

„Ganz wie Sie wünschen. Wann darf ich Sie erwarten? Zum Tee?"

„Ja, das wäre gut. Vorher kann ich ohnedies nicht von der Schule weg."

„Ich erwarte Sie also gegen fünf."

Die jähe Röte ist aus ihrem Gesicht gewichen. Blaß wie der Tod verabschiedet sie sich: „Es ist sehr gütig von Ihnen", wendet sich ungelenk, eckig ab und geht ihres Weges.

Der Weg zum Abana ist völlig verschlammt. Die gelbe Wasserflut schießt, nur noch mit wenigen Ellen Spielraum, unter den Brückenbögen hindurch, die jener Schweizer Ingenieur vor dreiundzwanzig Jahren erbaute. ‚Warum er sie bloß so niedrig gebaut hat?' fragt sich der Mann im Buick. ‚Die Wölbungen müßten höher und weiter sein; sonst stauen sie eine einbrechende Flut nur noch mehr auf!' Er fährt langsam weiter. Der Berg tritt aus dem Regen hervor, steht groß, pyramidenhaft über der Ebene.

Zur Regenzeit sieht man nur wenig Pilger. Der lange Weg über die Stufen, die aus der Ebene zum tempelgekrönten Gipfel emporführen, wimmelt nicht von farbenprächtigen Pilgerscharen der Jaina aus allen Teilen Indiens, die sonst hier hinauf- und hinunterwallen. Auf dem Gipfel führen die Priester ein einsames, regenumflutetes Dasein, ‚ein gutes', denkt Ransome, ‚wären es nicht der Priester so viele!'

Wegen des Schlamms und um nicht ins Schleudern zu kommen, geht die Fahrt nur sehr langsam voran. Erst nach zwei Stunden ist er beim hohen, roten, verfallenen Sandsteintor von El-Kautara. Die kunstreichen Steinornamente und Bildwerke der Mogulzeit sind fast ganz von Ranken und Steingewächs überwuchert. Stumm liegt die tote Stadt am Fuße des Berges, ihre dicken Mauern von einem Festungsgraben umgeben. Jetzt ist er voll Wasser. Man könnte sich vorstellen, wie einst die Stadt aussah, als noch Krieger und Händler, Bajaderen und Tänzerinnen, Rosse und Elefanten ihre Straßen, Moscheen und Plätze belebten. Doch im Nu verschwindet das Phantasiebild, und Ransome sieht nur noch die tote Ruinenstadt, welche die Erde wieder zurückbegehrt als ihr Eigentum.

Durch die Ruinen der Gassen und Plätze ist ein Weg gebahnt, eben breit genug für den Wagen. Nur in langsamer Fahrt vermag Ransome die Wasserlöcher, die sich da und dort bildeten, zu umfahren. Auf den Höfen, zuweilen auch durch die Mauern von Palästen und Häusern wachsen Banyan- und wilde Feigenbäume und verdrängen die Ziegel, die man vorzeiten von Norden aus Delhi, Agra und Lahore heranschaffte.

An Indiens Geschichte gemessen ist El-Kautara keine antike Stadt. Erst vor einhundertfünfzig Jahren blickte der letzte Untertan eines Mogul auf ihre verlassenen Mauern zurück, aber schon ist sie dahin, samt ihrer Geschichte verschlungen, tot, und niemand kennt mehr die Todesursache. ‚So ist Indien', sinnt Ransome, ‚alles verschluckt es, menschliches Streben, Gläubigkeit, Kunde und Ruhm, Städte und Sieger, alle, mit Ausnahme Akbars und seiner Nachfolger. Sie sind für den orientalischen Zeitbegriff noch vorhanden, als hätten sie gestern gelebt. Alexander der Große und Asoka sind Sage, halb Menschen, halb Götter, wie Rama und Krischna.'

In den öden Höfen hängen die Bäume voll fliegender Hunde. Sie erwarten die Nacht, um zu Wolken geballt über die Ebene gen Ranchipur auszuschwärmen.

Immer wieder, wo noch ein Dach vorhanden ist, trifft den Besucher ein jäher, finsterer Blick aus wildem, von schmierig-schwarzen Haaren umrahmtem Gesicht. Das sind die Bhils, die wilden Ureinwohner aus dem Bergland jenseits des Abana. Im Großen Regen suchen sie mit ihren Kindern und Ziegen Schutz in verfallenen Häusern und Tempeln. Auf seiner Fahrt durch die leeren Straßen ist es Ransome, als werde er unablässig beobachtet.

An einem großen Platz vor den Ruinen einer Moschee hält er an und verharrt lange Zeit. Friede zieht in ihn ein. Die Krankheit weicht; eine schaurig-bittere Freude erfüllt sein Herz, und es spricht die düstere Umwelt: ‚Schau, dies war einst eine reiche, mächtige Stadt. Sie ist dahin, und alle die andern, die nach ihr kommen, gehen den gleichen Weg.‘ Und sie sagt aller Welt, Diktatoren, Staatsmännern, Bankherren und Bonzen: ‚Seht! Dahin kommt ihr durch eure Gier, Bosheit und Torheit. Alles, was ihr errichtet, zerfällt, und Fledermäuse, Panther und Wilde werden die Trümmer heimsuchen, schaut!‘

XLVI

Nachdem sie sich angezogen hatte und alle, auch Bates, fort waren, begab sich Edwina in Hestons Gemach, setzte sich aber nicht neben das Bett, sondern rückte den Stuhl weiter ab ins Innere des Raumes. So sah sie den Mann, frei von Bindungen irgendwelcher Art, wie einen fremden Gegenstand und verweilte lang in Gedanken und Schauen versunken. Er rührte sich weder bei ihrem Eintritt, noch schien er ihre Anwesenheit zu bemerken; schwer und gedunsen lag er, das Gesicht purpurner noch als drei Stunden zuvor. Der Arzt hatte ihr das Betreten des Krankenzimmers untersagt, bis die genaue Diagnose gestellt sei; es könne Pest und daher für sie sehr gefährlich sein. Aber wie manchmal Soldaten im Kampf hatte sie kein Gefühl für Gefahr, und wie in diesen lebte in ihr der Glaube, ihr könne nichts zustoßen. Sie war eine Spielernatur. Soll sie die Pest bekommen, sagte sie sich, so wird sie ihr nicht entgehen. Sie war noch einmal zurückgekehrt, weil der kranke, bewußtlose Heston etwas wie eine schauerliche Anziehung auf sie ausübte. Der Anblick des Geschlagenen, zum ersten Male Hilflosen gewährte ihr eine fast sadistische Befriedigung. ‚Da liegst du‘, dachte sie, ‚und bist nicht mehr der großtuerische Lord, der nach Gefallen sich brüstet, auftrumpft und aufkauft, was ihm gefällt, sondern ein ganz gewöhnlicher, simpler A. Simpson, Sohn eines kleinen Bauunternehmers in Liverpool, der sich zu hoch verstieg. Du hast keinem Menschen Gutes erwiesen, außer es brachte dir Nutzen und Ruhm, hast Männer und Frauen, die deiner Macht, deinem Reichtum vertrauten, zugrunde gerichtet. Oh, du hast wohltätige Stiftungen gemacht, doch nur, um es in deinen Zeitungen auszuposaunen. Gekostet hat es dich keinen Cent, dir fehlte es an nichts, und wer dich nicht kannte, pries deinen Edelmut. Aber du wolltest dich damit nur reinwaschen, Schurkenstreiche verdecken und die Kritik deiner Gegner zum Schweigen bringen. Um einen Schilling, um eine Unze Machtzuwachs verrietest du dein Land. Du verkauftest den Türken Gewehre und Munition, mit denen sie bei Gallipoli deine Landsleute töteten, bessere Männer, als du es warst, Tapfere, die in den Tod zogen, während du, feige daheim, aus der tragischen Not deines Volkes Kapital schlugst und Leitartikel in deine Presse lanciertest, um den Krieg zu verlängern. Noch vor vierzehn Tagen schriebst du aus Delhi einen Artikel für alle Heston-Blätter, schürtest Verbitterung und hetztest zum Krieg. Das Kabelgramm hat dich einen Haufen Geld gekostet, das macht dir aber nichts aus; ein Krieg bringt es dir ja millionenfach wieder ein. Du weißt nicht, daß ich den Beitrag gelesen habe. Ich tat es. Es gibt vieles, was du nicht von mir, aber ich von dir weiß. Bates und ich könnten ein Buch über dich schreiben, das dich ins Zuchthaus oder ins Irrenhaus brächte. Schlau bist du, du nutzest deine Presse, deine Minen, Fabriken, Schiffe in endloser Kette und ziehst aus ihnen Profit auf Kosten der Arbeiter, Aktionäre und vor allem der Menschlichkeit. Nie hattest du einen Freund, den du nicht kaufen mußtest. Sogar dein Weib hast du gekauft – ein schlechtes Geschäft für dich, vielleicht dein schlechtestes! Was war es nur, das dich einst, wohl schon als Kind, so werden ließ, daß du um deiner Begehrlichkeit willen jeden menschlichen Anstand preisgabst? Lag das schon alles in dir, als du noch in Malaya billige Messer und Taschenuhren verkauftest? Wer tat dir etwas zuleide? Wer setzte dir in den Kopf, Macht und Geld seien das einzig Wertvolle? Was ließ dich glauben, du könntest Dinge wie Liebe, Treue, Achtung und Bildung kaufen? Wie sieht es in dir aus? Was fühlt einer wie du, der so rücksichtslos, böse, allein ist wie du und jeden haßt, der ihm nicht die Stiefel leckt? Nie wirst du es jemandem sagen, denn du weißt es selbst nicht, du kannst es nicht; du bist wie eine grausige Mißgeburt, die nie ahnte, was es heißt, schön, edlen Wuchses, anmutig und jung zu sein. Dein Hirn, deine Seele müssen entsetzlich verkrüppelt sein, und dies ist um so schlimmer, weil man es nicht von außen sieht. Schon als Kind warst du wohl scheußlich, voll Gier, imstande, selbst deine Mutter zu verkaufen. Mit all dem aber hast du dich zerstört, Simpson, du bist erledigt. Die Welt ist fertig mir dir. Du bist dir selbst zum Ekel, niedergeworfen durch deine eigene Gaunerei und dein Strebertum, und stirbst in dem Indien, das du hassest, an einer widerwärtigen Krankheit. Kein Mensch auf der Welt nimmt sich deiner an, selbst nicht deine Frau, nicht dein Diener und nicht dein Sekretär, den du nach Bombay vorausschicktest. Der wunderbare Salonwagen, der dich über die Menschheit emporheben sollte, fährt ohne dich zurück. Kann sein, man bringt deine Asche auf einem schönen Schnelldampfer heim, vielleicht nicht einmal dies. Denn du bist nichts mehr, du Gottverhaßter. Du kommst nicht mehr lebend aus diesem furchtbaren Bett, um mich wie ein Tier zu beschlafen, wirst nicht mehr Bediente anbrüllen wie Hunde, und ich werde mich nicht mehr vor aller Welt schämen müssen, daß ich dir gehöre. Meiner Seele und mir hast du Furchtbares angetan. Ich ließ es zu aus Gleichgültigkeit, weil ich kaputt war, aber du hättest mir helfen können, ein wenig helfen, sehen können, was mir not tat, um mich zu retten; es war so wenig... Du sahest es nicht. Du hattest nicht die Zeit. Geld schobst du mir zu, sonst nichts. Nun bist du fertig, im Sterben, Vermodern. In ein paar Jahren weiß niemand mehr, wer du warst. Du hast keinen Erben, und ich bin froh, daß ich dir keinen schenkte und aus deinem scheußlichen Samen kein Leben entstand. Niemand weint dir eine Träne nach, du bist zu Ende. Geifere, schnaufe nur, dickes Vieh, das du bist! Du dachtest einmal meinen Stolz zu brechen und mich so gemein wie dich selber zu machen, doch es gelang dir nicht. Ich bin Sieger geblieben, noch letzte Nacht, als ich dich, Schleicher, aus meinem Zimmer trieb. Dir fehlte Güte, Moral, Sittlichkeit; darum konnte niemand dich treffen als ich. Denn ich kenne dich und weiß, wo du verwundbar bist. Ich bereue es nicht, denn du zwangst mich dazu. Wäre ich nur noch grausamer verfahren! Wüßtest du nur, wie oft ich dich betrogen habe, aber niemals mit einem, der nicht besser gewesen wäre als du – anständiger, lieber, herzlicher, schöner – und besser als Liebhaber, jeder einzelne . . .! Mit der Zeit sieht man aus, wie man ist. Du, Albert, warst ein Schwein; und wie du jetzt daliegst und schnaufst und dich mit deinem Speichel begeiferst, bist du das vollendete Schwein. Nun stirbst du. Dein Ende ist ein Glück für die ganze Welt. Selbst die kleinsten Bälger auf den Straßen Chinas und Indiens werden glücklicher leben, weil du nicht mehr bist.‘

Sie fühlte ein ungestümes Verlangen, vor ihn hinzutreten, ihn anzuspeien, und tat es nur darum nicht, weil sie sich selber kein solches Theater vormachen wollte. ‚Was hab’ ich nur?‘ fragte sie sich. ‚Bin ich am Ende schon krank? Ich sollte hier nicht sein. Aber wenn ich mir auch etwas hole, was tut’s! Mir ist es gleich. Was rege ich mich überhaupt über Alberts Abscheulichkeit auf, als wäre ich eine Hysterische!‘

Sie ging in ihr Zimmer, warf sich aufs Bett und merkte auf einmal, daß sie weinte. Lautlos flossen die Tränen ihr übers Gesicht. Das Kissen aus Seidenkrepp erhielt einen garstigen Fleck. Sie konnte sich selber nicht denken, warum sie weinte. Sicher nicht wegen Heston oder aus Todesfurcht; davor hatte sie keine Angst (vielmehr davor, alt zu werden und den Glanz ihres blonden Haares, die Zartheit des Teints zu verlieren). Seit ihrer Schulmädchenzeit hatte sie nicht geweint. Jetzt war es das gleiche grundlose Weinen wie damals, ein Weinen, das von den Nerven kam und erleichterte. Wollust und Melancholie mischten sich hinein, und es tat ihr wohl. ‚Seit wann habe ich Nervenzustände?' fragte sie sich. ‚Es liegt wohl an diesem verdammten Land, diesem verfluchten Klima, an Regen, Hitze und Langeweile ...'

Sie richtete sich wieder auf und fühlte sich leichter. Dann betrachtete sie sich in ihrem Handspiegel, ihre Augen waren rot geschwollen, ihre Frisur in Unordnung. ‚Bin ich das wirklich? Unmöglich!' Aus dem Spiegel sah eine Frau in mittleren Jahren sie an, unordentlich, unelegant, ohne den Schmelz der Jugend. Sie legte erschrocken den Spiegel hin.

‚Wenn ich nun hier nicht mehr wegkomme, immer in diesem furchtbaren Land bleiben muß? Wenn mein Aussehen dahin ist, was habe ich dann einem Mann noch zu bieten?' Sie überlegte ... ‚Ich muß mich beeilen, zufassen, solang ich noch kann. Ob ich wohl Major Safka so vorkam wie eben mir im Spiegel?' Sie hatte sich vorhin vor ihm die größte Mühe gegeben, und er war noch verlockender, als er ihr vorgeschwebt hatte. Wäre es nicht seinetwegen, sie ginge jetzt auf und davon. ‚Zum Teufel mit Albert! Zum Teufel von mir aus auch mit dem Major!' Sie beugte sich über das Tischchen, um nach ihrer Zofe zu klingeln, daß sie auf der Stelle die Koffer packe – doch mitten in der Bewegung stockte sie. Nein, das durfte sie nicht. Schon Alberts wegen, redete sie sich ein, durfte sie jetzt nicht weg.

XLVII

Miss Dirks verspätete sich, nicht weil sie nicht rechtzeitig aus ihrer Schule gegangen wäre, sondern weil sie von da noch in einige Läden, in die Bibliothek und obendrein ins Museum ging, um dort nach altpersischen Miniaturen Umschau zu halten, als Vorlagen für Aquarelle und Handarbeiten ihrer Schülerinnen. In ihrer ersten Zeit in Ranchipur drehten sich auf der Straße sogar die Inder, die sich sonst über nichts wundern, nach ihr um und schauten ihr nach, nicht allein ob der seltsam geschlechtslosen Erscheinung, auch weil sie etwas an sich hatte, was sie von aller Umwelt schied, etwas Unmittelbares, Verbissenes. Pflicht war eine Herrin, von Indern weder gekannt noch anerkannt. Jetzt achtete kaum einer noch auf sie. Sie gehörte zum Stadtbild wie die Statue der Queen auf dem Mittelbogen der Brücke am Tierpark.

Der Weg zum Tee bei Ransome war für sie hart. Immer wieder sank ihr der Mut; sie wollte umkehren, doch ihr Pflichtgefühl ließ es nicht zu. Sie hatte zugesagt, Mr. Ransome erwartete sie. Um Wort zu halten, würde sie unentwegt durch Feuer, Wasser, Schlachtgetümmel und Pest schreiten. Seit einem Vierteljahrhundert hatte sie keine Europäer mehr und noch nie in ihrem Leben einen Mann besucht.

Vor ein paar Jahren, als sie sich noch stark wie ein Roß fühlte, wäre es ihr wohl leichter gefallen, aber jetzt war sie geschwächt, und wie sie sich so durch den Regen kämpfte, hätte sie sich am liebsten wie ein verwundetes Tier in ein Bambusdickicht verkrochen, um in Ruhe allein zu sterben, es der Welt überlassend, mit ihren marternden Plagen fertig zu werden, sich hinfallen lassen wie ein altes treues Roß, das keinen Schritt weiter kann; und dieser Wunsch wuchs, während sie sich in ihren schweren Stiefeln durch die Nässe weiterschleppte, zur unstillbaren Sehnsucht nach einem Glück, das einem erst im Himmel zuteil wird. Und es war, als zöge die qualvolle Versuchung sie wie ein Bleigewicht durch viele Jahre der Abgeschlossenheit zurück in ihre Kinderzeit. Wie eine Greisin ging sie, die sich nicht mehr an gestern erinnert, sondern nur noch an ihre Jugend. Sie war nicht mehr Miss Dirks, die anerkannte, fähige Vorsteherin der Höheren Mädchenschule der Maharani, für die sie unter den schwierigsten Umständen Hervorragendes geleistet hatte; sie war nur noch die Tochter des Schnittwarenhändlers Dirks in Nolham, die häßliche Sally, und war auf dem Wege zum Schloß, um dort bei dem alljährlichen Wohltätigkeitsbasar zum Besten der Waisenkinder mitzuwirken. Die gleiche scheue Ehrfurcht, wie damals mit siebzehn, erfüllte das Herz der Fünfzigjährigen bei dem Gedanken, mit Ransome Tee zu trinken. Das Bild des Schlosses, der gepflegte Rasen, die kleinen Basarbuden, der Regenschauer, der die Lustbarkeit jedesmal unterbrach, und inmitten des muntern Getriebes Lady Nolham, die Mutter Ransomes, in Spitzenkleid und malerischem Hut, geschäftig ziellos umherwandelnd, die Leute aus dem Städtchen begrüßend, denen sie trotz allem fremd war – all dies stand Sarah Dirks unerhört klar vor Augen, auch das drei- oder vierjährige Kind, das sie bei der Hand faßte, dieser hübsche, dunkelgelockte Junge, das Nesthäkchen der Familie, das Thomas Ransome war.

Unsinn, sagte sie sich, wegen eines Besuches bei einem Mann, der dem Alter nach ihr Sohn sein könnte, so außer Fassung zu geraten, und suchte sich ihre Befangenheit auszureden – umsonst. Sie blieb, was sie mit siebzehn gewesen war, die bleiche, unscheinbare, schüchterne Tochter des Dorfkrämers, die nur einmal im Jahr aus Anlaß des mit einer Gartenbauausstellung verbundenen Basars den Grund und Boden der Schloßherren betrat, welche seit dreihundert Jahren Dorf Nolham hüteten.

Mit heftig pochendem Herzen naht Sarah um halb sechs der Veranda, auf der Ransome sie brandytrinkend erwartet. ‚Wie er seinem Vater gleicht!' denkt sie gerührt. ‚Wenn er nur nicht so viel trinken möchte, es macht ihn alt und müde. Aber das hat er wohl von der Mutter.' Im letzten Brief, den sie noch aus Nolham erhielt, schrieb ihre Schwester, sie habe gehört, Lady Nolham sei unglücklich und habe sich heimlich dem Trunke ergeben.

Kaum hatte sie die Kraft, die fünf Stufen zur Veranda emporzusteigen, nicht nur aus Müdigkeit und vor Schmerzen, sondern weil sie das Gewicht einer Flut von Erinnerungen zu tragen hatte, die bei seinem Anblick über sie hereinbrach.

Er nimmt ihr freundlich den Mantel ab, legt für sie noch ein Kissen mehr in den tiefen Lehnstuhl. Sie spürt: seine anmutige Liebenswürdigkeit kommt von Herzen. ‚Echte Edelleute, das waren sie stets. Genauso täte sein Vater.' Oh, wie gut sie sich an den alten Lord Nolham erinnert, wie er zuweilen zum Zeitvertreib in ihres Vaters Kramladen kam! ‚Er hatte denselben hoffnungslosen Blick ... ein schöner Mann, und trug einen Backenbart wie Lord Lonsdale.'

„Hoffentlich störe ich nicht", eröffnet sie das Gespräch. Der Ton ihrer eigenen Stimme gibt ihr ein bißchen Mut.

Sein liebenswürdiges Lächeln entblößt seine blendenden Zähne. ‚Ein Jammer', scheint ihr, ‚daß ein so stattlicher junger Mensch sich durch Müßiggang augenscheinlich zugrunde richtet!' Seine Antwort bestätigt es: „Ich habe ja sonst nichts zu tun. Wenn man wie ich nichts zu tun hat, ist das Leben in Ranchipur ziemlich eintönig."

Der Täufer bringt schweigend den Tee. Seine großen, dunklen Tieraugen beobachten. „Soll ich eingießen?" fragt Miss Dirks.

„Bitte! Für mich nicht, danke!"

Sie gießt sich ein. Die große, knochige Hand zittert vor Schwäche und Aufregung. „Ich habe gehört, Sie malen ...?"

Wieder lacht er. „Das zählt nicht. Ich bin talentlos. Es ist nur, um die Zeit totzuschlagen."

Immer wieder stockt das Gespräch; es ist nicht leicht. Sarah nuschelt vor lauter Schüchternheit so, daß er sie kaum versteht. Beide scheinen auf etwas zu warten: Sarah darauf, den Grund ihres Besuches zu nennen, und Ransome darauf, ihn endlich einmal zu erfahren. Sie sprechen vom Regen, der Cholera, der Schule, der bevorstehenden Abreise des Herrscherpaares; Ransome spürt schon die Ungeduld, die ihn jedesmal packt, wenn ein Mensch im Gespräch nicht aus sich herausgeht, sondern vorsichtig, ängstlich zurückhält. Es gibt ihm stets ein Gefühl, als ob er mit einem Schatten fechte oder als suche er einen Gegenstand, von dem er genau weiß, er muß da sein, ohne daß er ihn finden kann. Und während der ganzen Zeit sitzt die Miss steif und achtunggebietend da wie vor ihrer Schulklasse. Zuweilen ziehen die Muskeln des herben Gesichts sich zusammen, und sie wird leichenblaß, bis endlich der Täufer das Geschirr wegräumt und sich entfernt. Nun kommt sie zur Sache. „Wann waren Sie zuletzt in Nolham?"

„Nolham?" Er setzt sein Glas, das er eben hob, mit jähem Ruck nieder. „Was wissen Sie von Nolham ...? Es sind mindestens zehn Jahre her ..."

„Erinnern Sie sich an den Schnittwarenhändler Dirks?"

„Old Dacy Dirks!" ruft Ransome. „Und ob ich mich an ihn erinnere! Sind Sie mit ihm verwandt?"

„Er ist mein Vater. Wir waren zwei Kinder; meine Schwester lebt noch in Nolham und führt den Laden."

Endlich ist es heraus und das Eis gebrochen. Sarah ist wie erlöst. Auf einmal ist es, als seien sie alte Freunde. Sie hätte laut herausheulen mögen.

„Warum haben Sie mir das nie gesagt?"

„Ich kannte Sie ja nur flüchtig und konnte nicht wissen, ob Ihnen etwas daran liegt. Ich hielt es für ..." Sie stockt unglücklich und verbessert sich: „Ich wollte nicht aufdringlich erscheinen."

„Hätten Sie es nur ruhig gesagt! Ich habe die Namen, Ihren und den in Nolham, nie in Verbindung gebracht; es fiel mir nicht weiter auf. Ihr Papa starb ja auch schon, als ich ein Junge war. Seit mein Bruder die Nachfolge antrat, war ich nicht mehr dort."

„Diesen Herbst sind es einundzwanzig Jahre seit Vaters Tod."

„Mhm ... ich war damals doch wohl schon achtzehn. Ich war mit meinem Vater bei der Beerdigung; ich weiß noch ganz gut: ich hatte Urlaub."

„Er starb, als ich schon hier draußen war."

„Und was hören Sie von Nolham?"

Das grimmige Antlitz Sarahs verdüstert sich. „Nicht viel. Wissen Sie ... Ich habe es mir abgewöhnt, nach Hause zu schreiben, und seit Jahren schon keinen Brief mehr bekommen."

Aber nach fünfundzwanzig Jahren gedenkt sie noch Nolhams, der grünen Gemeindeweide, des schilfbewachsenen Flüßchens als ihres Daheims, und Indien ist für sie ein „hier draußen" ...

„Ja, man verliert den Kontakt", bestätigt er. „Ich habe auch schon seit drei, vier Jahren nichts mehr von dort gehört. Die letzte Nachricht kam von dem Nachlaßverwalter Banks wegen der Hinterlassenschaft meines Vaters."

„Lebt er denn noch? Der alte Morgan Banks?"

„Nein, es ist sein Neffe ... wissen Sie, der mit den roten Haaren."

Sie waren im Schuß und lebten auf einmal inmitten alter Bekanntschaften, mit denen sie längst nichts mehr verband. Allein die Beziehung zwischen Schloß und Dorf hatte sich in nichts geändert. Sie bestand noch genau, als hätten die beiden nie Nolham verlassen und sich zufällig statt auf einer Veranda in Ranchipur im „Peacock Tea Room" getroffen.

Sie sprechen von Personen im Städtchen und was dort seitdem anders geworden sein mochte. Der Eifer, den Sarah dabei entwickelt, versetzt ihn in tiefe Trauer. Sie errötet, zittert und beichtet endlich: „Ach, wie ich mich manchmal danach gesehnt habe, mit Ihnen von Nolham zu sprechen, aber ich traute mich nicht. Wissen Sie, Elizabeth – ich meine Miss Hodge – war niemals in Nolham; sie ist aus Birmingham. Da versteht sie doch nichts von Nolham ..."

Sie hat anscheinend völlig vergessen, daß sie mit ihm über etwas „rein Persönliches" sprechen wollte. Endlich fällt es ihr ein. „Aber das war es eigentlich nicht, weshalb ich herkam." Sie ist plötzlich sehr ernst. „Ich muß über etwas ganz anderes sprechen, genauer gesagt: über Major Safka."

„Wir sind gut befreundet."

„Eben darum. Wissen Sie ... seit einigen Monaten bin ich krank, und ...", sie errötet abermals, „ich muß mich vielleicht operieren lassen."

„Er ist der beste Chirurg von ganz Indien."

Wieder zieht die fliegende Röte über Sarahs Gesicht. „Das bezweifle ich nicht. Aber ... ich meine ... wie ist er so als Mensch ...?"

Es dauert ein Weilchen, bis Tom die merkwürdige Frage erfaßt hat, und dann möchte er am liebsten herausplatzen. Doch er nimmt sich zusammen, so daß nur ein beruhigendes Lächeln zu sehen ist. „Er ist durch und durch Gentleman", versichert er, „ich wüßte kaum jemand, der menschlicher und vertrauenswürdiger wäre", und um sich ihr vollends verständlich zu machen, setzt er hinzu: „Er hat das vollste Verständnis für alles. Seine Einstellung zu derartigen Dingen ist rein wissenschaftlich und beruflich."

„Sie raten mir also, zu ihm zu gehen?"

„Zu keinem andern in ganz Indien! Nur keine Angst; bei ihm können Sie völlig beruhigt sein." (‚Meine Güte, jetzt bin ich noch Seelenbeistand für alte Jungfern mit Angstkomplexen!')

„Ich habe nie Nachteiliges über ihn gehört", versichert Miss Dirks. „Das einzige: er ist Inder. Ich komme nie drüber hinweg, daß die so ganz anders sind."

„Er ist von der gleichen Rasse wie wir; er hat sogar blaue Augen."

„Gewiß, gewiß – aber anders sind sie halt doch."

‚Nun könnte sie sich verabschieden', denkt er, doch geschieht nichts dergleichen; sie macht wieder Konversation, spricht von seinem Garten, dem Täufer, bis sie endlich damit herausrückt: „Ich wollte Sie noch etwas fragen ... es handelt sich um Miss Hodge."

„Wenn ich Ihnen irgendwie dienlich sein kann, mit dem größten Vergnügen."

Wieder die heftige Röte. „Wir sind seit langem befreundet. Sie wurde immer abhängiger von mir, fast zu abhängig. Sie ist ganz unselbständig, außer ..." ein Zaudern, dann kurz entschlossen, „außer wenn sie rebelliert. Dann verliert sie jede Urteilsfähigkeit und ihr seelisches Gleichgewicht; sie ist dann wie jemand, der jahrelang zu Bett lag und das erstemal aufsteht und im Zimmer herumgeht ..." Sie sieht ihn nicht an, nestelt an der alten Handtasche in ihrem Schoß. „Es wird immer schlimmer mit ihr. Manchmal ist es fast, als ... als wäre sie nicht recht bei Trost." Immer rascher nuschelt das alte Fräulein, als habe es Anlauf zu nehmen: „Ich habe keine Beziehungen mehr zu Verwandten und Freunden daheim, Miss Hodge auch nicht. Ich bin so in Sorgen, wenn mir nun bei der Operation etwas zustößt ..." Tränen schießen ihr in die Augen, aber sie fließen nicht. Sie rühren von nagendem Schmerz und Erschöpfung her. Mit Aufbietung aller Kräfte drängt sie sie zurück, und Ransome denkt teilnahmsvoll: ‚Wenn sie nur alles sagte, was ihr Herz bedrückt! Wenn sie ihren Gefühlen nur freien Lauf ließe!' Doch dazu ist es zu spät. Wie Elizabeth ist auch Sarah eine Gelähmte, wenn auch auf andere Art. „Wissen Sie", fährt sie fort, „wenn mir etwas passiert, steht

Elizabeth völlig allein da. Was ich hinterlasse, soll ihr gehören. Es ist nicht viel, aber es reicht für ein sorgenfreies Leben. Ich habe mir etwas gespart, und dann ist da auch noch der Anteil, den mir meine Schwester für den Laden in Nolham ausgezahlt hat; mein Vater hat ihn uns gemeinsam vermacht. Meine Schwester ist mit Tom Atwood verheiratet, dem Apothekerssohn, wenn Sie sich noch an ihn erinnern ..."

„Gewiß, genau!"

„Sie wollte meinen Anteil, und da habe ich ihn ihr halt verkauft. Und nun die Hauptsache. Elizabeth steht hier draußen allein – ich darf gar nicht dran denken! Sie ist so nervös, so fahrig, und da wollte ich Sie fragen, ob Sie nicht jemand wüßten, eine Art Treuhänder, der auf ihr Vermögen schaut, damit sie nicht in Schwierigkeiten gerät. Ich wende mich an Sie, weil Sie hier der einzige sind – ich meine nicht bloß, weil wir sonst niemand kennen, sondern weil meiner Überzeugung nach nur Sie für unsere Lage Verständnis haben. Wenn mir etwas zustößt, ist es mir lieber, Elizabeth fährt nach England. Ich bin hoffentlich nicht zu anspruchsvoll, ich ..."

„Ich selbst", unterbricht Ransome die Aufgeregte, „kann es zwar nicht übernehmen; ich bin dazu zu unzuverlässig; es könnte mir jederzeit einfallen, für immer von hier wegzugehen. Ich kann aber unsern Familiensyndikus darum ersuchen, die Sache in die Hand zu nehmen. Er tut mir gern den Gefallen; dann können Sie hinsichtlich Ihres Vermögens beruhigt sein."

Wieder steigen ihr die Tränen auf, wieder drängt sie sie zurück. „Sehr gütig ... es beruhigt mich mehr, als Sie ahnen. Ich bin doch für sie verantwortlich; es ist meine Schuld, daß Elizabeth hier draußen ist und alle Verbindungen mit daheim verlor. Ich war immer die Kräftigere, meine Gesundheit war glänzend. Daß mir so etwas zustoßen kann, hätte ich nie gedacht. Es ist sehr, sehr gütig von Ihnen. Nun ist alles leichter."

„Sie können dem Mann vertrauen. Er weiß genau, was da am besten zu tun ist."

„Das Geld liegt zum Teil bei Lloyd in Bombay, zum Teil in England. Was hier ist, reicht für die Heimreise." Wieder ein Zaudern. „Es ist doch nicht ganz so einfach. Denken Sie nur, wenn mir etwas zustößt und sie ... den Kopf verliert, hoffentlich nur vorübergehend, da wäre es sehr gut, wenn Sie sich nach ihr umsehen möchten, daß man sie gut behandelt und wohlbehalten nach England bringt. Ich weiß, es ist eine Zumutung für Sie, aber ich wüßte sonst keinen

Menschen. Es quält mich schon lange, und dann dachte ich an Nolham ..."

„Sie brauchen sich meines Erachtens keine Gedanken darüber zu machen, daß Ihnen etwas passiert, speziell bei Safka; der bringt Sie bestimmt in Ordnung, verlassen Sie sich darauf!"

Er ahnt, was sich in ihr abspielte, unbewußt, so daß sie es nicht auszudrücken vermag. Ihre Bedrängnis führte sie zu den Wurzeln ihres Stammes zurück, in das entschwundene Feudalsystem, von dessen letzten Überresten sie beide längst abgetrennt waren. Sie aber ging aus dem Dorfe hinauf ins Schloß, um Hilfe zu erbitten – ironischerweise zu ihm, dem einzigen Glied derer von Nolham, das sich gegen seine Standespflichten aufgelehnt hatte. Es freut ihn, daß sie gekommen ist, und zugleich schämt er sich der halbfeudalen Befriedigung, die er darüber empfindet. Er findet es zugleich herzerwärmend und etwas hochstaplerisch, daß er nun plötzlich als patriarchalischer Gutsherr dasteht. Doch da kommt ihm mit einmal die Großmutter im heimischen türmereichen Hause zu Grand River in den Sinn. Sie würde unter den gleichen Umständen die Verantwortung für Miss Hodge übernehmen und der armen Dirks beistehen – nicht mittelalterlich feudal, sondern schlicht und menschlich. Wäre sie jetzt nur hier! Wieviel mehr könnte sie diesem einsamen armen alten Mädchen nützen als er, nicht nur weil er, von allem andern abgesehen, ein Mann ist, sondern auch weil weder er noch die beiden innerlich über das alte Verhältnis Schloß – Dorf recht hinwegkommen können.

„Jetzt glaube ich", sagt Sarah, „wir taten wohl unrecht, so abgesondert zu leben. Elizabeth wollte manchmal jemand besuchen oder zum Tee einladen, aber dann kam es halt doch nicht dazu, und nun kennen wir keine Seele."

Während sie so sprach, flogen seine Gedanken von der Großmutter zu Tante Phoebe, zu Smileys. Nun sah er den richtigen Weg. ‚Wenn Miss Dirks etwas geschieht, sind Smileys ganz die Richtigen, um für Miss Hodge Sorge zu tragen. Eine Last mehr spielt für sie keine Rolle. Sie werden sich ihrer so liebevoll annehmen, als sei Elizabeth ihre Nachbarin, die krank und allein daliegt.' „Vielleicht", sagt er aus diesen Gedanken heraus, „ist es noch nicht zu spät, Miss Dirks, ein paar Seelen kennenzulernen und Miss Hodge mit einigen netten Leuten bekannt zu machen." Er merkt, wie sie bei „einigen netten Leuten" zusammenzuckt, fährt aber fort: „Sollte Ihnen wider Erwarten doch etwas zustoßen, ich glaube, wie gesagt, nicht daran, so wäre sie nicht allein. Wie wäre es, wenn ich einen Tee gäbe? Würden Sie mir dann das Vergnügen machen, Miss Hodge mitzubringen?“

Sie kann nicht gleich ja sagen. Sie hat eine herzbeklemmende Angst vor dem Umgang mit Menschen. Sie kämpft dagegen an und sagt endlich: „Ja, es wäre nett von Ihnen“, und wieder, blaß vor Angst, „es wird aber schwerlich gehen. Wenn man weiß, daß wir kommen, werden alle absagen.“ – „Das bilden Sie sich nur ein.“

Sie sieht ihn forschend an, ob er das, was sie ihm jetzt sagen will, verständnisvoll aufnehmen wird; findet in seinem Gesicht, was auch Fern darin fand, etwas Ermutigendes und schöpft daraus Mut zu der Andeutung, man habe über sie und Miss Hodge in Ranchipur unzüchtige Geschichten verbreitet.

Mit beruhigendem Lächeln versichert er ihr, mit Leuten, die derartige Dinge redeten, verkehre er nicht, werde sie daher auch nicht zu sich bitten. Er denke vielmehr an seine Freunde Smiley und deren Tante, an Miss MacDaid, Major Safka und vielleicht Raschid Ali Khan und Frau. Raschid könnte Miss Hodge sehr nützlich sein.

Da bekam das angstbleiche Gesicht wieder etwas Farbe. Die Antwort verzögerte sich zwar noch einen Moment – der Inder wegen, wie Ransome merkte –, dann stimmte sie zu. Es sei sehr nett von ihm, und sie könnten die Einladung dann auch erwidern; Elizabeth sei gewiß selig, bei sich daheim einen Tee geben zu dürfen; sie wünsche sich schon seit Jahren, die hübsche Wohnungseinrichtung netten Menschen zu zeigen.

„Also abgemacht. Ich werde Sie wissen lassen, welcher Tag allen passen würde.“

Sie steht auf, langt nach dem Regenmantel. Beim Hineinhelfen merkt er an dem Zittern, das durch ihren ganzen Körper geht, welch furchtbare Anstrengung sie der Besuch gekostet hat.

„Ich kann bei der Gelegenheit auch gleich mit Freund Safka wegen der Untersuchung sprechen. Er steht Ihnen bestimmt gern jederzeit zur Verfügung. Nur keine Angst! Er ist der verständnisvollste und gütigste Mensch.“

„Ich danke Ihnen. Sie haben mir sehr geholfen.“

„Wenig! Hoffentlich plaudern wir bald wieder über Nolham; ich habe direkt Heimweh bekommen.“ Er hätte das nicht sagen sollen, merkt er sogleich. Sie wird ja den Heimatort, dessen Bild immerzu vor ihr schwebt, mit leiblichen Augen nie wieder sehen. Sie würgt hervor: „Ja ... manchmal ist mir sehr bang nach unserer Gemeindewiese und nach dem Flüßchen und Vaters Laden ...“

Auch jetzt will sie sich nicht nach Hause fahren lassen, tritt allein in den Regen hinaus und läßt Ransome bei seinem Brandy-Soda zurück. Sein Blick folgt der Entschwindenden. Seine Gedanken weilen in Nolham. Wie lebendig es vor ihm steht, von Gestalten bevölkert, die ihr Gespräch heraufbeschwor: Old Dacy Dirks, der Apotheker Atwood und Morgan Banks; der Markt, die Gemeindewiese, das Wirtshaus sind voll Menschen, von denen keiner jemals den engen Wohnsitz mit einem andern vertauschte. All dies liegt nun so weit zurück, daß er das Hassenswerte vergessen kann: die viktorianische, unangenehm gönnerhafte Art seines Vaters, die snobistische Arroganz seines älteren Bruders, die Verstörtheit der lebensuntüchtigen, unglücklichen Mutter, dank deren Geld sich Schloß Nolham noch halten ließ; die starre, lähmende Unnatur, die er bei seiner Rückkehr aus der Freiheit von Grand River stets so drückend empfand; der unbeugsame Kastengeist, den er bis unten in die Waschküche spürte – all dies erscheint ihm nun unwesentlich. Sentimental sieht er nur noch die guten Seiten eines Systems, in das er nie paßte: Sicherheit, Ruhe und die innere Verbundenheit von Dorf und Schloß, Schloß und Dorf. Wo ist sie heute? Im englischen Parlament ist Nolham von einem Sozialisten vertreten. Die Güter wurden eines nach dem andern verkauft; es blieb nichts als zwei Gehöfte und der große, unnütze Schloßpark. Selbst das mütterliche Vermögen, das Großvater einst aus der Sierra Nevada grub, reichte nicht, den Besitz zu erhalten.

Von allen Gestalten aus seiner Kindheit steht Old Dacy Dirks am deutlichsten vor ihm – wohl weil er so etwas Düsteres, Dräuendes an sich hatte, wenn er in seinem unvermeidlichen Gehrock mit weißer Binde in der Ladentür stand und böse über den kleinen Marktplatz zum „Krug" oder dem „Hasen" hinüberblickte, wo sich so mancher hoffnungsvolle junge Mann ruinierte. ‚Wie gut ich mir doch neulich bei Jobnekars Umwelt und Herkunft der Dirks vorstellte', denkt Tom, ‚und hatte keine Ahnung davon.'

Old Dacy gehörte der Plymouth-Bruderschaft an. Kein froher Ton wurde in seinem Hause geduldet. Die Wohnräume hinter dem Laden waren so lichtlos und trist wie der Verkaufsraum. Am „Sabbat" herrschte die Bibel, sonst nichts. Nie spielten die Töchter mit gleichaltrigen Buben. Sie wurden gelehrt: mit Ausnahme von Dacy sei jeder Mann eine Bestie und Liebe nichts als eine bedauerliche Notwendigkeit, wie das Bedürfnis, das man in dem Häuschen im Hintergarten verrichtete. Seelisch verkrüppelt, stolperte Sarah aus diesem

Milieu, das ihr immer ein Hemmnis blieb, bis auf die andere Seite des Erdballs, um, fern von Nolhams umgrünter Stille, zu sterben, und erfuhr all die Zeit keine Freuden als jene, die ihr die tyrannisch verbissene Pflichterfüllung gewährte. So ging Sarah Dirks in den Tod. Als sie ihm gegenübersaß, war sich Ransome bewußt, ein totes Weib zu bewirten. Er täuschte sich einzig in der Annahme, sie wisse es selber nicht.

XLVIII

Als Elizabeth Hodge über den Platz beim Kino eilte, war sie noch immer darüber erstaunt, daß Sarah nichts gegen das neue Foulardkleid gesagt hatte, das sie während des ganzen Nachmittagsunterrichts getragen hatte. Vielleicht war es ihr auch nicht aufgefallen; ihr entging ja in letzter Zeit vieles. Immerhin, das neue Foulardkleid, das sie erst vor zwei Jahren in Bombay im Bekleidungslager Army and Navy gekauft und seitdem nur dreimal angezogen hatte, bei zwei Schulfeiern und bei einer Durbar der Maharani, daß Sarah das nicht bemerkte, war ein erstaunlicher Glücksfall.

Nachdem sie sich vor dem Kino von ihr mit der Bemerkung verabschiedet hatte, sie habe noch Besorgungen vor und sei erst nach sechs zurück, ging Elizabeth ruhig am Großen Becken entlang in Richtung des Technikums. Es war eine Kriegslist. Kaum war Sarah außer Sicht, als sie wie eine Rothaut auf Kriegspfad die eigene Spur zurückverfolgte und in die Basarstraße einbog.

Sie hatte wieder einmal eine ihrer „Sturzwellen“, und diesmal wogte die Auflehnung gegen Sarah so heftig und hoch, daß sie sogar das Foulardkleid trug, obwohl es ihr Vorhaben hätte verraten können. Aber das war ihr gleich. Käme es zu einem Auftritt, so wollte sie Sarah trotzen und ihr Vorhaben trotzdem ausführen. Sie war kein Kind und keine Sklavin. Heute war Ranchipur voll interessanter Menschen; da gierte sie danach, endlich einmal jemand anders als immer nur Sarah zu sehen.

Sie ging an der Moschee vorbei zum Portal des Sommerpalastes, schritt zwischen der rot-goldenen Ehrenwache, zwei bildschönen Sikhs, die sie noch nicht gesehen hatte, hindurch und die strömende Anfahrt hinauf. Kurz vor dem Eingang ging ihre Sensationslust in einer tödlichen Verlegenheit unter, in welche sie ein ihr bisher noch nicht aufgegangenes Problem versetzte: Wie macht man bei jemand Besuch, der in einem Schloß wohnt? Bei der Durbar war es verhältnismäßig einfach gewesen; man suchte seine Reihe, seinen Platz und setzte sich hin. Aber so ohne Einladung? Wenn man einfach hineinplatzt? In einen Palast! Klopft man an? Muß man klingeln? Schon wollte sie kehrtmachen, um den Fall gründlich zu überdenken, fand jedoch, sie werde dann durch und durch naß werden, stellte sich also gleich nebenan in der Toreinfahrt unter, wo sie alsbald ein rot-golden livrierter Diener des Maharadschas gewahr wurde, mit tiefem Salaam begrüßte und das schwere Problem durch die Frage löste: „Womit kann ich der Mem Sahib dienen?"

Erbebend, mit rotem Kopf, stieg sie die Stufen empor, kramte in ihrem Täschchen nach den Visitenkarten; die Tasche entglitt den zitternden Händen, ihr Inhalt entleerte sich auf den Fußboden, der Diener las alles zusammen, auch die Karten; sie faßte Mut und übergab ihm zwei mit den Worten: „Lady Heston, bitte!"

Fünfundzwanzig Jahre lang hatte sie nicht eine einzige Karte gebraucht und sich ihrer dennoch sogleich erinnert, als ihr die Idee zu dem Seitensprung kam. Sie hatte sie einstens bei Stebbins in Birmingham drucken lassen und wußte auch, wo sie sie verwahrte: sie ruhten in dem Teakholzschrein bei ihren Tagebüchern und dem Aufsatz über die Dominions, mit dem sie als Siebzehnjährige einen Preis errungen hatte. Doch, o Schreck, die Visitenkarten waren vergilbt und durch den Dunst von fünfundzwanzig indischen Monsunen schimmlig geworden. Nur die in der Mitte des Schächtelchens waren noch halbwegs gut; zwei waren sogar noch wie neu und nur an den Ecken ein klein wenig gelb; es sah beinahe wie absichtlich aus: Elfenbeingelb, ins Weiße spielend. Der Aufdruck lautete: „Miss Elizabeth Hodge, Heathedge School". Sie strich das „Heathedge School" säuberlich durch und setzte statt dessen: „Stellvertretende Leiterin, Höhere Mädchenschule der Maharani, Ranchipur". Seit dem schrecklichen Tage, an dem man Sarah und sie unerklärlicherweise zur Abdankung genötigt hatte, war ihr der Name „Heathedge School" nicht mehr begegnet, doch als sie ihn wieder las, überkam sie das gleiche Schwächegefühl wie damals, als Miss Hillyer, ihre Prinzipalin, sie beide aus ihrem Amte gestoßen hatte; sie wußte heut noch nicht recht, warum. Sarah hatte es ihr nie erklären wollen und sie lediglich geheißen, keine dummen Fragen zu stellen, Würde zu wahren und nicht an einer Stelle zu kleben, wo man nichts von ihr wissen wolle. Aber der Rückfall in jenes alte Schwächegefühl verging schnell; es war ja eine Ewigkeit her, und vor dem geplanten, sensationellen Besuche bei Lady Heston trat jetzt alles andre in den Hintergrund.

Elizabeth saß in der Empfangshalle beim Eingang und dachte nicht im entferntesten, Lady Heston könne vielleicht nicht zu Hause sein oder sie nicht empfangen wollen. Die endlosen Jahre der Einsamkeit hatten ihre an sich gesellige Natur in eine unwirkliche Welt des Abenteuers verstrickt, aus der sie nur noch zuweilen herausfand. Sie ersann Anlässe, bei denen sie mit Herzoginnen und Kirchenfürsten angenehm plauderte, erfand ganze Szenen und Dialoge, brillierte vor den mondänsten, prominentesten Persönlichkeiten, und wenn sie sich abwandte, fragte der Bischof die Gräfin diskret: „Wer war doch jene gescheite, bestinformierte Dame, die sich in Indien so trefflich auskennt?“ Schon als der Livrierte ihre Visitenkarten in Empfang nahm, hob es in ihr zu spinnen an: „Und dann sagte die Herzogin zu mir ...“ und „ich bemerkte hierauf ...“ Sie erlebte die kommende Konversation im voraus, ohne die geringste Besorgnis, es könne auch anders kommen, und der Empfangsraum mit seinen Plüschmöbeln, Palmen auf Teakholzständern, schimmelnden Landschaften in protzigen Goldrahmen und dem türkischroten Bodenbelag trug das Seine dazu bei, ihr Selbstvertrauen zu heben. Denn da war alles wie in den Versammlungsräumen von St. Mary in Birmingham.

II.

Lady Heston hatte den Lunch im Bett eingenommen: Lammcurry mit holzigen Karotten in Rahmsoße und feuchten Kartoffeln, Pudding von unbestimmbarer Farbe, der nach Kleister, und Papajas, die wie verkümmerte Beutelmelonen schmeckten. Der Kaffee war dünn.

Seit sie Hestons Zimmer verlassen, hatte sich nichts ereignet außer der Ankunft der Pflegerin, einer unschönen, dunklen Goanesin mit portugiesischem Einschlag, welche ein phonetisch höchst sonderbares Englisch lispelte, offenbar eine gräßlich langweilige Person. Ihr Name, Miss de Souza, hätte eher auf ein amerikanisches Revuegirl aus dem „Palladium“ schließen lassen. Der Ausläufer, den sie zu Ransome geschickt hatte, schien vom Regen eingeschluckt. Aus lauter Verzweiflung hatte sie in den Büchern geblättert, die ihr Bates aus Hestons Zimmer gebracht hatte: „Das entschleierte Indien“, „Das Problem des Imperiums“, „Der indische Wirrwarr“, und hatte eins nach dem andern beiseite gelegt. Keines verriet ihr, was sie zu wissen wünschte, wie Inder in Wirklichkeit sind, sondern nur, wie sie nach Ansicht irgendeines angelsächsischen Professors sein sollten, und auch dies nur unter einem unglaublichen Wust von Statistik, der ihrem unkomplizierten und unbefangenen Verstand nur zu beweisen schien, daß Indien heute eine recht schlechte Kapitalsanlage war. Außerdem widersprachen sich die drei Autoren anscheinend in allen Stücken. Jeder hatte seine eigene Theorie über die indische Unordnung.

Sie fegte verächtlich die Bücher zu Boden und versuchte zu schlafen; sie wollte nur über die schleppenden Stunden hinwegkommen, aber auch dies wollte nicht glücken, und so stand sie nach einer weiteren Stunde auf, ging unruhig im Zimmer auf und ab und verstand, warum Bestien im Käfig ein gleiches tun. Die Aussicht auf den kleinen Park, der den Sommerpalast umgab, war eintönig, nichts als niedergeregnete Bäume, Büsche und gierige Schlingpflanzen; nicht einmal der Anblick eines Kulis oder Dhobis gewährte ihr die geringste Zerstreuung. Das bloße Herumgehen im Zimmer verursachte eine Anstrengung, daß sie meinte, ersticken zu müssen. Die makellos Kühle, die niemals in Schweiß geriet, triefte vor Nässe.

Gegen fünf rief sie die Zofe. ‚Nur irgend etwas tun, ganz gleich was!' Sie kleidete sich an, wollte ausgehen. ‚Meinethalben im strömenden Regen auf der Straße auf und ab promenieren, einkaufen, Geld ausgeben'; das tat sie ja gern und immer, wenn sie Langeweile hatte, doch konnte sie sich nicht erinnern, in den Basaren irgend etwas gesehen zu haben, das sie auch nur im mindesten zum Kaufe gereizt hätte, nur unechte Seiden- und Baumwolltücher, billigen Silberschmuck und Jade, der für sie keinen Wert hatte, aber keine brauchbare Kleidung. Bei diesem Guß hätte sie eine feste Regenhaut und hohe Stiefel nötig; mit ihrem imprägnierten Seidenmantel und den Sportschuhen von Greco kam sie nicht weit. Aber sie wollte ausgehen, und wenn sie nackt auf die Straße müßte, was ihr weiter nichts ausgemacht hätte; nur heraus aus dem erstickenden Einerlei der dumpfen viktorianischen Räumlichkeiten! Es zuckte ihr in allen Nerven.

Widerstrebend brachte die Zofe Sportschuhe und den imprägnierten Mantel, und die Lady war eben zum Gehen bereit, als der Livrierte die Karte mit der Aufschrift „Miss Elizabeth Hodge, Stellvertretende Leiterin, Höhere Mädchenschule der Maharani, Ranchipur", überbrachte. Einen Moment blickte sie unentschlossen darauf .. ‚Warum nicht? Kann vielleicht lustig werden', dachte sie dann, ‚immerhin besser als nichts', hieß den Diener, die Dame hinauf in den Salon führen, fühlte sich, als er draußen war, sogar etwas angeregt, dachte: ‚Wenn Tom sich so albern anstellt, muß ich selber für Unterhaltung sorgen', und schickte die Zofe nach Tee.

Miss Hodge saß im Salon in ihrem altmodisch plumpen Foulardkleid aus dem Warenlager Army and Navy vorn auf der Kante eines Plüschsofas. Die kurzsichtigen Augen musterten Möbel, Bilder und eine geradezu phantastische Anhäufung von Souvenirs, die aus aller Herren Ländern den Weg in den Alten Sommerpalast gefunden hatten. Beim Geräusch der sich öffnenden Tür stand sie rasch auf und ging der Lady errötend und zitternd entgegen. „Ich bin Miss Hodge von der Höheren Mädchenschule", stellte sie sich vor, und Edwina antwortete: „Freut mich sehr, ich bin Lady Heston. Bitte, behalten Sie Platz!"

„Ja", antwortete Miss Hodge und setzte sich noch etwas weiter nach vorn auf das Sofa. „Ich sah Sie in Ihrem Rolls-Royce und erkannte Sie sogleich nach den Photographien", begann sie artig, mußte husten und fuhr dann fort: „Hoffentlich stört es Sie nicht, daß ich so ohne weiteres zu Ihnen komme, aber als ich heute nachmittag aus der Schule kam, dachte ich mir, Sie würden vielleicht gern ein paar Landsleute sehen; die Gäste Seiner Hoheit bekommen ja nur selten jemanden von der englischen Kolonie zu Gesicht, und da dachte ich, vielleicht möchte Lady Heston nicht ungern Ranchipur auch von dieser Seite her kennenlernen." Sie hatte diese Ansprache auf dem Marsch durch den Regen richtig erprobt und sagte sie mit der größten Geläufigkeit her, wie ein Kind das Geburtstagsgedicht, das es auswendig gelernt hat, und ohne Atem zu holen.

„Sehr freundlich von Ihnen", antwortete Edwina. „Ich hatte mich tatsächlich eben zum Ausgehen fertiggemacht ...", Miss Hodge fuhr in die Höhe, bereit, sogleich zu verschwinden – „aber Sie stören keineswegs; ich wollte aus purer Langeweile fort; ich hatte nichts Besseres zu tun."

„Vielleicht hätte ich Ihnen lieber erst schreiben sollen."

„Ich finde es sehr gütig, daß Sie überhaupt an mich dachten."

Elizabeth nestelte an ihrem Handtäschchen und wußte nicht, was sie sagen sollte, bis sie auf das Wetter kam: „Sie erleben wohl zum ersten Male einen Monsun?"

„Allerdings, ich war noch nie in Indien."

„Sie finden es sicherlich hochinteressant."

Edwina wollte schon sagen: ‚Nein, schauderhaft', sah jedoch rechtzeitig ein, daß sie dies ihrem Besuch nicht antun dürfe; so etwas konnte man zwar bei einem Dinner in London zu indischen Generälen, ja selbst zum Vizekönig sagen, aber nicht zu der stellvertretenden Leiterin der Höheren Mädchenschule in Ranchipur, der Indien wahrscheinlich über alles ging. Daher antwortete sie: „Ja. Ich habe nur noch zuwenig gesehen. Sicherlich ist es hochinteressant, wenn man es besser kennt, aber damit hat es anscheinend seine Schwierigkeiten."

„Aber Sie haben doch sicher die Staudammanlagen gesehen, es sind die besten von Indien . . ."

„Ja-a! Und das Irrenhaus, das Gefängnis und die Alkoholbrennerei, aber das meine ich nicht. Ich will Inder kennenlernen, und wie sie leben, was sie denken, ihr inneres Wesen!" rief Edwina und dachte dabei an Safka. Während des endlosen, öden Nachmittags hatte sie sich in Gedanken immer wieder mit ihm beschäftigt, und nun kam ihr ein heimliches Lachen: ‚Ein Glück für das komische Frauenzimmer, daß es nicht mein inneres Wesen sieht und entdeckt, daß sie einer Messalina einen Besuch abstattet!'

Im ersten Impuls hätte die Hodge beinahe geantwortete: ‚Ich muß gestehen, mir ist das auch nicht gelungen. Ich weiß von Indern heut noch so wenig wie an dem Tag, an dem ich vor fünfundzwanzig Jahren ins Land kam.' Doch da erschien von irgendwoher aus dem Schattenreich eine ungeahnte Miss Hodge, eine kleine Opportunistin, eine der unvermuteten Elizabeth Hodges, die sich dann und wann ihrer Körperlichkeit bemächtigten und sie Dinge sagen ließen, die sie selbst in Erstaunen setzten, und gab die überraschende Antwort: „Da könnte ich Ihnen wohl dienen. Wir kennen ja ziemlich alle Angehörigen unserer Schülerinnen, Miss Dirks und ich; sie ist nämlich die Leiterin und meine beste Freundin. Wir leben hier seit fünfundzwanzig Jahren und wissen infolgedessen natürlich allerhand über die Inder: wie sie leben, was sie denken und über ihr inneres Wesen."

„Fünfundzwanzig Jahre? Wie interessant! Da waren Sie in der Zwischenzeit gewiß öfters in England?"

„Nein, nie", versetzte Miss Hodge und glitt aus der Realität in eines jener Gespräche mit Herzoginnen und Kirchenfürsten, die sie in der Badewanne oder in ihrem einsamen Bette zu führen pflegte: „Wir trugen uns öfters schon mit der Absicht, allein im letzten Moment brachten wir es nicht fertig. Wem der Orient so tief ins Herz drang, der vermag sich unmöglich mehr loszureißen von seiner Buntheit und eigentümlichen Seltsamkeit. Man ist wie verzaubert." (Worauf sich der Kirchenfürst diskret an die Herzogin wandte: Wer ist doch jene gescheite, bestinformierte Dame, die sich in Indien so trefflich auskennt?)

„Ja, Sie sind glücklich", seufzte Edwina, „Sie haben es gut. Ich sah vor lauter Festessen und Staudammanlagen kaum einen Inder ... außer Mr. Raschid und einen Arzt ... Major Safka."

„O ja!" fiel Miss Hodge lebhaft ein. „Das ist ein reizender Herr und ein fabelhafter Chirurg. Ein Glück, daß wir ihn in Ranchipur haben!"

„Er war heute morgen hier, mein Mann ist nämlich erkrankt."

„So plötzlich?" rief die Hodge. „Er war letzte Nacht doch bei dem Bankett im Schloß!" Sie wußte sogar, und ganz Ranchipur wußte, um wieviel Uhr er von dort aufgebrochen war.

„Ja, es ist irgendein Fieber."

„Um Himmels willen! Hoffentlich nichts Schlimmes! Hier draußen gibt es so viele böse Krankheiten, von denen wir uns daheim nichts träumen ließen, ganz abscheuliche Krankheiten!"

‚Hoffentlich ist sie so schlimm und abscheulich wie möglich', wünschte Edwina, ‚die scheußlichste Seuche!' und spürte wieder ihren etwas hysterischen Lachreiz. Laut sagte sie: „Major Safka weiß noch nicht, was es ist. Wir wollten heut' abend nach Bombay. Jetzt ist natürlich alles in Frage gestellt."

In ihrem plumpen Busen hüpfte Elizabeths Herz. Vielleicht, daß die Lady nun wochenlang hierbliebe, gut bekannt mit ihr würde, immer vertrauter! ‚Sie ist ja so reizend; man fühlt sich bei ihr gleich daheim, und wer weiß! Daraus könnte sich vieles entwickeln!' – „Ja, so etwas kann Monate dauern."

‚Dann reise ich', dachte Edwina, ‚und zwar direkt nach England', und sagte: „Es wäre sehr freundlich, wenn Sie mich ein bißchen herumführten, mir Ihr Haus, Ihre Schule zeigten und mich mit Ihren indischen Freunden bekannt machen möchten."

„Aber die können meistens kein Englisch", versicherte die Lehrerin schnell.

„Aber Sie, Sie verstehen sie doch?"

„Ja", kam es bescheiden zurück, „ich kann natürlich Hindostanisch und etwas Gujarati. Hindostanisch ist doch die indische Universalsprache. Hier in Ranchipur spricht das Volk Gujarati."

„Da sind Sie ja sehr gescheit!"

Schweigen. Elizabeth kam sich mit einmal vor wie ein gestrandeter Walfisch, der sich abmüht und hilflos kämpft, und Edwina fiel rein gar nichts mehr ein, was sie sagen könnte. So sittsam hatte sie sich seit Jahren nicht mehr benommen; es war wie bei der Eröffnung eines Wohltätigkeitsbasars im Barbury House. Sehr anstrengend! Ihr Besuch hatte anscheinend eine besondere Vorliebe, die Konversation in Sackgassen münden zu lassen, in denen man mit dem Kopf gegen eine Wand stieß. Und dabei war sie ihr doch interessanter, als sie für möglich gehalten hätte. Dies Vis-à-vis in dem altmodischen Foulardkleid – war es für sie nicht ebenso fremdartig wie ein Inder? Sie hatte keinen Begriff davon, wie sie lebte, was sie dachte und wie ihr inneres Wesen beschaffen war. Was mochte hinter dieser ungepflegten Stirne vorgehen?

Wie in der vergangenen Nacht befiel sie der Neid auf ein kleines, heiter geordnetes Leben und wurde stärker denn je. Diese Lehrerin lebte in ihrem Häuschen gewiß vergnügt, wie der Vogel im Baum, friedlich im Gleichmaß der Tage dahin. Der wüst-prunkenden Unordnung ihres eigenen Daseins müde, wünschte Edwina, sie könnte für kurze Zeit einmal Miss Elizabeth Hodge sein.

Ein Diener kam mit dem Tee, der wie Morgentau in die eingetrocknete Unterhaltung fiel. „Eine Zigarette gefällig?“ fragte die Lady und hielt der Lehrerin ihr Etui aus gerieftem Platin und Gold hin.

Elizabeth hatte noch nie geraucht, doch weil sie sich nicht anders zu helfen wußte, nahm sie wie unter höherem Zwang eine Zigarette. Die gesetzte Miss aus dem Klassenzimmer war nicht mehr da, war tot, doch die lebende Anwesende fühlte sich mit der Zigarette in der Hand hilflos. „Nachher!“ sagte sie und legte sie auf den Tisch.

„Ich rauche gern zum Tee“, bemerkte die Lady, „Butterbrot mit Rauch schmeckt gut“, und entschuldigte sich wegen des Tees: „Wirklich guten indischen Tee bekommt man wohl nur in englischen Häusern vorgesetzt.“

„Es wäre mir eine Freude, Ihnen eine gute Tasse Tee zu offerieren“, sagte Miss Hodge, „mit ganz dünnen Butterbrotscheiben. Wir haben ein köstliches Brot. Eines unserer Hausmädchen bäckt es eigens für uns. Das lernen sie bei Mrs. Smiley, der Frau eines amerikanischen Missionars.“

„Vielleicht darf ich einmal zu Ihnen zum Tee kommen? Ich bekam in Indien noch nicht ein anständiges Stück Brot“, sagte Lady Heston, und zu ihrem eignen Erstaunen hörte Miss Hodge sich antworten: „Oh, ich wäre entzückt, Sie bei uns zu sehen!“ Sie wußte selbst nicht, was in sie gefahren war. Noch im gleichen Augenblick dachte sie tödlich erschrocken an Sarah, und nur die bezaubernde Gegenwart Lady Hestons vermochte den Schreck momentan zu verscheuchen. War es nicht märchenhaft? Jahrelang hatte sie sich danach gesehnt, jemandem ihre hübsche, gemütliche Einrichtung zu zeigen und ihren einzigartigen Tee zu servieren, und nun sollte keine Geringere als

Lady Heston bei ihr zu Gast sein! Dagegen kam nichts auf, nicht einmal Sarah.

„Hoffentlich recht bald“, hörte sie Lady Heston sagen, und sich entzückt antworten: „Sobald Sie nur wünschen, Lady Heston.“

„Ich könnte morgen oder Freitag.“

Nun saß sie fest und antwortete tödlich verlegen: „Am besten wohl Freitag. Morgen ist nämlich in der Schule die Preisverteilung; da wird es immer ein bißchen spät.“ Wenigstens ein kleiner Aufschub! Ein Tag mehr, um Miss Dirks zu beruhigen.

„Freitag paßt ausgezeichnet.“

Der Tee war getrunken und Elizabeth gedachte aufzubrechen, aber vor Aufregung und Dirks-Scheu war sie nicht fähig, einen Abschluß zu finden, aufzustehen und sich so einen guten Abgang zu sichern, und da Edwina diese Verlegenheit merkte, stellte sie ihr unter Aufbietung aller Kräfte noch allerhand Fragen über die Schule, die englische Kolonie, die Maharani – es war das reinste Kreuzverhör und erschöpfte sie dermaßen, daß sie, doch nicht nur aus diesem Grund, innerlich aufjubelte, als ihr die Zofe meldete: „Mylady, der Doktor ist wieder da.“ – Auch Miss Hodge schien durch die Unterbrechung erleichtert, erhob sich und sagte: „Ja, jetzt muß ich aber wirklich nach Hause“, und mit mechanischer Liebenswürdigkeit versetzte Edwina: „Es war sehr gütig von Ihnen, an mich zu denken.“

„Wir erwarten Sie also Freitag, so gegen fünf.“

„Schön, und richten Sie's so ein, daß einige Inder dabei sind, aber richtige, nicht solche, wie ich sie von Oxford her kenne!“

„Ja . . . ja“, sagte Miss Hodge, „ich werde es schon arrangieren“, und hatte nicht die blasseste Ahnung, wie sie es arrangieren sollte.

„Adieu!“

„Adieu.“ Bebend, mit rotem Kopf schritt Miss Hodge zur Tür und hinaus. Nun gab es kein Ausweichen. Sie mußte den Kampf mit der Freundin aufnehmen. Ein Glück wenigstens, daß sie die Zigarette nicht rauchen mußte. Sie lag noch auf dem Tisch. Die Lady hatte anscheinend nichts gemerkt.

L

Trotz dem Regen nahm Miss Hodge nicht den kürzesten Weg, durch die Basare, nach Hause, sondern den um das Quartier der Unberührbaren herum. Mochte ihr Foulardkleid ruiniert werden, was tat es ihr, die eine Lady Heston in eigner Person sah, sprach und zum Tee zu sich einlud, Lady Heston, von der man unter „Hof und

Gesellschaft" Woche für Woche seit jenem Tage lesen konnte, an dem die kleine Edwina nach Windsor zu ihrer Patin kam, der guten alten Queen – diese edle Lady sprach so liebreich mit ihr und so vertraut wie eine Nachbarin daheim in Birmingham auf Agatha Terrace. ‚Nein, nein, es gibt nichts, was an den Glanz einer englischen Edelfrau heranreicht!'

Nun ist ihr Ranchipur nicht mehr verleidet; was scheren sie Regen, Hitze und Eintönigkeit! Endlich geschah etwas wie in den wilden Träumen, die der Anblick der Sikhs und die Klänge ihrer Musik in ihr erregten. Jetzt, wo sie zum ersten Male ausschlägt wie ein Baum im Monsun, ist alles anders! Ihr Leben und das Sarah Dirks' wird interessant, ihr Haus belebt von den distinguierten, faszinierenden Persönlichkeiten, oh – Sarah Dirks wird ihr für so viel Initiative noch einmal dankbar sein, ihr tut ja auch eine Veränderung not, dann wird sie schon wieder gesund, sie war nur zu lang einsam und in sich gekehrt. ‚Man denke! Lady Heston kommt mir nichts, dir nichts zu uns zum Tee.'

Sie erlebt im Weitergehen die ganze Gesellschaft, sieht sich Tee eingießen und Sarah, von Lady Hestons Anmut entzückt, dasitzen und plaudern, noch fesselnder als sie selbst; da braucht sie selbst nur die Gastgeberin zu spielen: ‚Zigaretten gefällig? Sie darf ja nicht vergessen, morgen im Basar welche zu kaufen. Freitag, das feinste Tafeltuch, selbstverständlich! Die dünnsten Scheiben Brot mit frischer Büffelbutter! Das Tafelgeschirr der Ostindischen Kompanie! Sarah meint sicher, es sei zu kostbar, aber sie wird sie schon überzeugen und es nachher eigenhändig spülen, es nicht den Mädchen überlassen.'

Sie biegt in die Technikumstraße ein. Die erste Ekstase verläßt sie. Das bestürmte, bestürzte Herz wird kalt. Die vertraute Pfefferbaumallee, die Häuser dahinter, der „Indische Klub", alles scheint der Vorübergehenden zuzurufen: ‚Du kommst nach Hause, du mußt vor Sarah Dirks hintreten. Jeder Schritt bringt dich näher. Wie wirst du es ihr beibringen?' Sie betritt die Veranda. Sarah ist schon daheim.

Durch die Verandatür sieht Elizabeth sie an ihrem Arbeitstisch die Preisaufsätze korrigieren. Das Thema lautet: „Warum ich Ranchipur liebe." Sie hängt Mantel und Hut im Vorraum auf und tritt harmlos ein. Sarah blickt von der Arbeit auf. „Um Himmels willen, wo warst du?"

Sie habe Lady Heston besucht, gedachte die Hodge zu antworten, aber statt dessen bringt sie nur „Spazieren!" hervor und ein herausforderndes: „Ich habe es satt, die ganze Zeit eingesperrt zu sein."

„Du bist ja durch und durch naß." – „Macht nichts."

„Nimm auf alle Fälle ein Bad und zieh dich frisch an!"

„Ich hatte es sowieso vor." Sie gibt sich die größte Mühe, so sicher und unbefangen zu sein wie Lady Heston; sie kann es nicht. In ihr sitzt das drückende Gefühl, von Sarah durchschaut zu sein. Der Blick, mit dem diese sie ansah . . .!

Naß, wie sie ist, setzt sie sich hin, nimmt die Morning Post, liest, was vor über einem Monat geschah; Zeit ist ja in Indien ein relativer Begriff . . . Aber hinter der auseinandergefalteten Zeitung merkt sie: Sarah Dirks tut nur, als korrigiere sie Preisarbeiten der Oberklasse; mit dem Geist ist sie woanders. Aber von Zeit zu Zeit blickt sie wohl von den Heften auf und sucht in ihren Mienen zu lesen, was mit ihr ist . . . Ein herrliches Siegesgefühl erfüllt Elizabeths Brust. Schon stellt sie sich vor, wie sich ihr Name unter „Hof und Gesellschaft" ausnähme, etwa in der Art: „Miss Elizabeth Hodge aus Ranchipur City, Indien, weilt als Gast bei Lord und Lady Heston im Barbury House."

Die Stimme Sarahs reißt sie aus ihren Träumen. „Elizabeth, tu, was ich sage! Zieh dich trocken an! Schau, bitte, auch in der Küche nach, ob die Mädchen mit dem Nachtmahl zurechtkommen. Ich muß hier noch fertigkorrigieren."

Das Blut schießt Miss Hodge in die Wangen. Sie wirft die Zeitung hin, steht auf und stolziert in die Küche hinaus. Sarah könnte sie wirklich einmal in Ruhe lassen, statt sie herumzukommandieren wie ein Kind oder eine Hilfslehrerin, die noch für die Küche zu sorgen hat! ‚Ausgezeichnet!' hadert sie. ‚Ich behalte das nasse Zeug an; wenn ich dann Malaria bekomme, tut es ihr vielleicht leid.'

In der Küche geht alles nach Wunsch. Sie schließt den Vorratsschrank auf, nimmt Zucker, Tee, Senf und Suppenwürze heraus und beschließt, beim Abendessen, wenn Sarah etwas entspannt ist, ihr die Neuigkeit mitzuteilen.

Während sie den Schrank wieder abschließt, sieht sie durchs Fenster einen Eingeborenen den Garten betreten und geradewegs auf ihr Haus zukommen. Es ist Ransomes Diener, sie kennt ihn. Ihr Herz schlägt rascher. Was mag er bringen? Eine Einladung zu Mr. Ransome? Heute ist nichts mehr unmöglich! ‚Wenn er uns einlädt, dann kann Sarah sagen, was sie will – ich gehe hin.'

Vor Aufregung zitternd, eilt sie hinaus und fängt den Täufer auf der Veranda ab. Mit einem „Salaam" überreicht er ihr einen Brief. Er solle auf Antwort warten. Das Schreiben trägt die Adresse: „Miss Sarah Dirks."

Zum Verrücktwerden! Briefe darf sie nicht öffnen; darin ist Sarah komisch. Sie muß ihn ihr geben und gibt ihn ihr, wie er ist.

Beim Lesen hält ihn Miss Dirks geflissentlich so, daß sie ihr nicht über die Schulter sehen kann, steht dann auf, geht, den Brief fest in der Hand haltend, zur Tür und sagt dem Täufer: „Bestellen Sie Mr. Ransome, es sei recht!" Als sie sich wieder umwendet, ist sie sehr blaß. „Mr. Ransome hat uns zum Tee gebeten", teilt sie der Freundin mit, und diese ruft wie ein Kind: „Ach, Sarah, ich möchte so gern hin!"

„Natürlich, wir gehen beide."

Elizabeth ist sprachlos. Sie traut ihren Ohren nicht. Sarah sprach ganz, als sei eine derartige Einladung das Alltäglichste von der Welt und sie in all den Jahren mindestens zweimal die Woche bei irgendwem zum Tee gewesen. Schon sitzt sie wieder bei ihren Heften und bemerkt, ohne aufzublicken: „Smileys, Miss MacDaid, Raschids und Jobnekars kommen auch."

„Wann ist es denn?"

„Freitag", wirft Sarah hin.

„Was? Diesen Freitag?"

„Ja, übermorgen."

Vor Elizabeth dreht sich alles, sie bringt kein Wort hervor, bis die andere von ihrer Arbeit aufblickt und fragt: „Was hast du? Was starrst du denn so?" Da stößt sie hervor: „Freitag geht's nicht."

„Wieso geht es auf einmal nicht?" Miss Dirks reißt die Geduld. „Du hast doch sonst weiter nichts vor? Was ist überhaupt mit dir?" Sie sitzt steif. „Was soll das heißen, in den nassen Kleidern herumzusitzen und ein Gesicht zu machen?" Elizabeth ist wie gelähmt, starrt mit offenem Mund auf Sarah, die drängt: „Warum kannst du nicht, sprich! Bist du taubstumm?"

„Ich habe Lady Heston auf Freitag zum Tee zu uns gebeten."

„Sag mal, Elizabeth, bist du eigentlich nicht recht bei Trost? Lady Heston zum Tee? Du kennst sie ja gar nicht."

„Doch. Ich besuchte sie heute nachmittag. Sie ist reizend." Sie muß plötzlich weinen – aus Leid, aus Qual, aus Enttäuschung; aus Scham, denn sie liest in Sarahs unverhohlenem Blick, daß sie ihr lächerlich vorkommt.

„Wie bist du nur um Himmels willen darauf verfallen, Elizabeth?"

„Weil ich wollte. Du weißt ja nicht, wie nett und freundlich sie ist!"

„Nun, dann wirst du ihr eben absagen."

„Lady Heston kann man nicht absagen."
„Warum nicht?"
„Weil man das nicht kann; es ist doch unmöglich."
„Aber du mußt."
„Sag Mr. Ransome, wir kommen an einem andern Tag!"
„Das kann ich nicht."
„Warum kannst du nicht? Er ist immer so zuvorkommend; er nimmt es sicher nicht übel."
„Es geht nicht. Ich bat ihn selber darum, die Einladung zu geben."
„Du batest ..." Vor Staunen versiegen die Tränen.
„Wir müssen mehr unter Leute kommen."
Miss Hodge ist zum zweiten Male sprachlos, und Miss Dirks fährt fort: „Setze dich jetzt hin und schreibe der Lady ein paar nette, aufklärende Worte, sie solle einen andern Tag zum Tee kommen, ganz gleich an welchem; das versteht sie bestimmt; es ist ihr gewiß egal. Für so eine sind zwei alte Jungfern wie wir nicht interessant."
„Du brauchst keinen Stein auf sie zu werfen. So etwas schreibe ich nicht."
„Warum nicht, ich bitte dich!?"
Entsetzt sieht Miss Hodge ihre Freundin die Fassung verlieren, was sehr selten geschah; seit sie sich kennen, kaum dreimal, dann aber konnte sie in ihrem Zorn furchtbar und dank ihrer überlegenen Klugheit sehr grausam sein. Sie antwortet: „Weil sie sehr einsam ist und sich langweilt."
Sarah lacht hinterhältig grausam: „Lady Heston sehr einsam! Ich glaube wirklich, du hast den Verstand verloren. Bildest du dir ein, es sei für sie ein Vergnügen, hierher zum Tee zu kommen, zu zwei trübseligen, sitzengebliebenen alten Frauenzimmern? Wenn ich bloß wüßte, was neuerdings in dich gefahren ist!"
„Ich will Lady Heston nicht wegen ein paar Indern und Missionaren den Laufpaß geben", trotzt Elizabeth.
In vollkommener Ruhe sieht Sarah sie an mit einem Blick so erschreckend und kalt, daß ihr ist, als müsse sie sich vor ihr verkriechen. Es ist der schreckliche Blick eines klugen, vernünftigen Weibes, das aus einer Zuneigung, die vor fünfundzwanzig Jahren in einer schwachen Stunde der Vereinsamung in ihr aufstieg, Jahr für Jahr über alle möglichen Albernheiten, Geschmacklosigkeiten, platte Taktlosigkeiten hinwegsah – ein Blick, in dem sich zum ersten Male in einer eisigen Wut ihre ganze Verachtung enthüllt. Allezeit, auch nach jenem Skandal, war sie freundlich, geduldig, nahm die andere, wo sie

nur konnte, in Schutz, glich ihre Versehen und Fehler stillschweigend aus, aber jetzt kann sie nicht mehr, und mit furchterregender Stimme befiehlt sie: „Du setzt dich jetzt auf der Stelle hin und schreibst Lady Heston! Daß du dumm, kindisch und närrisch bist, wußte ich ja, aber daß du ein Speichellecker bist, ein Lakai, hätte ich nie gedacht."

Nun aber bäumt sich Elizabeth auf. Einen Moment starrt sie wie hypnotisiert, die blauen Augen weit aufgerissen, mit offenem Munde Miss Dirks an, dann schreit sie rasend: „Ein Lakai? Ein Speichellecker? Ich? Ich bin kein Lakai, ich bin kein Speichellecker! Ich sag' ihr nicht ab. Ich kenne dich jetzt. Du hassest mich. Du hast mich von jeher gehaßt, immer!" So schreiend stürzt sie hinaus. Das ist kein Schluchzen aus Nervenüberreizung, wie manchmal bei Miss Dirks; es ist ein Kreischen. Alle sollen es hören, wie man sie hier behandelt! Die Pariamädchen in der Küche, die Sikhs gegenüber in dem hohen Tor, auf der Straße die Leute, alle sollen wissen, was sie zu leiden hat und wie grausam die Dirks ist!

Diese jedoch steht auf, schließt die Verandatür und die Fenster, damit man das Schreien draußen nicht hört, setzt sich nieder und bedeckt ihr Gesicht mit den Händen. Sie zittert am ganzen Leibe. Sie wünscht sich den Tod, gleich, auf der Stelle. Sie hat keine Kraft, sie kann nicht mehr. Und soll morgen ins Hospital und sich dort ausziehen, sich nackt Major Safka zeigen und sich von ihm anfassen lassen.

LI

Von dem Moment an, da die Zofe den Arzt gemeldet, war für Lady Edwina Miss Hodge mitsamt ihrem ach so beneidenswerten, zufriedenen, bescheidenen Dasein und ihrer Tee-Einladung vergessen, und die paar Abschiedsworte kamen, mechanisch gesüßt, nicht aus dem Herzen, sondern aus der Routine, aus einer geistesabwesenden Freundlichkeit, mit der sie gemeinhin Kellner oder Dienstboten behandelte. Sie sah ja nichts als nur noch den Major, sah ihn im Geiste frisch, schön, edel, gescheit, voll Humor und Kraft, da entschwand ihr Miss Hodge wie ein Traum.

Fast den ganzen Nachmittag hatte sie, auf dem Bette sich wälzend, badend in Laster, Langeweile und Schweiß, sich mit dem Inder beschäftigt, bis er in ihrer Phantasie hinreißender, verführerischer, mysteriöser und aufreizender war als irgendein lebendes männliches Wesen. Während der Regen auf Dach und Bambusjalousien prasselte, stattete sie den Geliebten mit sämtlichen Eigenschaften aus, die imstande sein konnten, die „große Liebe" bei ihr zu entzünden, denn diese, das schien ihr nun ausgemacht, war das einzige, was sie immer erträumt, gesucht und nie gefunden hatte. Aber sie wußte auch heute noch nicht, was große Liebe ist.

Dessenungeachtet gestaltete sie den Major in ihren Wachträumen zu einem Geliebten mit solch immensen Vorzügen des Geistes und des Leibes aus, daß schließlich auch sie nicht länger jene Edwina war, die sich ihres Körpers als eines Instrumentes bediente, deren Geist dabei unbeteiligt blieb, deren Sinne genossen, deren Verstand kalkulierte und die jedes neuen Abenteuers im Nu wieder überdrüssig war; sondern da lag ein Weib, in dem Leib und Seele zusammengeschmolzen zu strahlend ekstatischer Lohe.

Als endlich der Major zur Tür hereinkam, gab es ihr einen Stich. Sie war enttäuscht. Denn da fehlte doch einiges an der Herrlichkeit, mit welcher sie ihn begabt hatte. Auch schaute er sie keineswegs wie der Geliebte an, der er doch den ganzen Nachmittag über gewesen, sondern vielmehr wie ein Hausarzt, der der Frau eines Kranken Bericht gibt, ohne zu ahnen, was sich zwischen ihm und ihr am Rande des Schlafes auf ihrem Lager ereignet hat. Doch verwüstet und im Gefühl ihrer Begierde, dachte sie ähnlich wie Ransome: ‚Wenn ich mir mein Vergnügen nicht nehme, werde ich es bis an mein Lebensende bereuen.'

Er nahm nicht Platz. Er könne sich nicht lang aufhalten, könne noch immer nichts Näheres sagen, doch sei es auf jeden Fall etwas Ernstes. „Gehen Sie keinesfalls in seine Nähe. Auch die Pflegerin muß vorläufig ihr Gesicht bedecken. Ich habe eine Blutentnahme nach Bombay ans Institut geschickt; sie geht mit dem Postdampfer. Das Resultat dürfte bis morgen abend telegraphisch hier eintreffen."

„Was kann es nur sein, Major?" Sie bemühte sich, wie am Morgen vor Bates, Teilnahme vorzuspiegeln, denn dieser Doktor war ein Idealist; das las sie ihm vom Gesicht ab, es sprach aus seinem menschlichen Blick und der gütigen Stimme. Ihn konnte sie nur verführen, wenn er gut von ihr dachte; und während sie noch mit ihm sprach, kam ihr von ungefähr der sonderbar überhitzte Gedanke: ‚Vielleicht ist er der Eine. Vielleicht kann er mich retten.' Auf ihre Frage ging er nicht näher ein. Er wollte sie nicht unnötig beunruhigen. „Aber in jedem Fall ist Ihr Gemahl auf Wochen hinaus nicht reisefähig."

„Wochen? Wie viele?" Sie, die vor kurzem aus Langeweile sofort abreisen wollte, wünschte nun, er hätte „Monate" gesagt. Hitze,

Regen, Einerlei existierten nicht mehr für sie. Sie merkte, daß ihre Hände zitterten, und barg sie hinter dem Rücken.

„Vier bis fünf zum mindesten." Er sah ihr gerade und ernst in die Augen. „Es tut mir leid um Sie; Ranchipur muß für Sie ja zum Sterben langweilig sein", sagte er.

Sie aber fühlte sich urplötzlich jung und glücklich. „Oh, keineswegs!" rief sie, und als der Major sich zum Gehen anschickte, da Miss MacDaid ihn in der Kaserne erwarte, fragte sie rasch, ob er nicht einen Drink oder wenigstens eine Tasse Tee nehme. Er durfte jetzt nicht so schnell und kalt, nur in ärztlicher Eigenschaft, von ihr gehen; sie mußte ihre Beziehung zu ihm auf andere, persönliche Grundlage stellen.

Zum ersten Male lächelte er, und der Charme, die Offenheit dieses Lächelns berührten sie tief. „Wenn Tee da ist, nehme ich gern eine Tasse."

„Er ist schon kalt; ich lasse frischen bringen."

„Macht nichts, ich trinke ihn, wie er ist; zum Warten ist keine Zeit."

Aus Instinkt und Erfahrung erkannte sie an der Art, wie er sie lächelnd anblickte, daß er in diesem Augenblick nicht Arzt, sondern Mensch war und in ihr das Weib sah. Doch warnte sie sich: ‚Nur nicht zu stürmisch! Wir sind nicht in Europa, und einen Mann wie ihn hattest du nie! Darum vergib dir nichts! Er muß in dir etwas sehen, was du nicht bist ... eine anständige Frau ...'

Sie hielt ihre Augen und Worte im Zaum, goß ihm den lauwarmen Tee ein, trank selbst trotz ihrem Widerwillen ein Täßchen mit, und sie plauderten fünf kurze Minuten heiter und angenehm. In seiner natürlich lebhaften Art war ihr der Major der angenehmste Gesellschafter, und ihre Begierde ließ sich nichts von seinem Anblick entgehen. Seine langen sensitiven Hände, die breiten und muskulösen Schultern, den schmalen Kopf, die vollkommen gemeißelte Nase, die vollen Lippen nahm sie mit allen Sinnen ganz in sich auf, um, wenn er gegangen, sein deutliches Bild vor Augen zu haben; und alles, was sie an ihm sah, waren für die kluge Männerkundige untrügliche Bestätigungen dessen, was sie von ihm erhoffte.

Er leerte seine Tasse, nahm die von Miss Hodge liegengelassene Zigarette und wandte sich zum Gehen. „Ich komme morgen früh wieder. Ich habe die Temperatur Ihres Gatten nach Möglichkeit heruntergedrückt. Jetzt müssen wir warten, bis die Symptome klarer hervortreten." Er ging.

Er verriet ihr nicht, was er am Morgen entdeckt hatte: In den Stallungen des Maharadschas sterben die Ratten wie Fliegen. Ein Stallbursche hat schrecklich geschwollene Drüsen, trockene Zunge und hohes, brennendes Fieber; bis morgen früh ist er tot.

LII

Als Fern kurz nach Tagesanbruch von Smileys Haus über die Straße hinüber nach Hause ging, fand sie ihr Zimmer unberührt und den Zettel, wie sie ihn zurückgelassen hatte, mit einer Nadel ans Kopfkissen geheftet. Aber er hatte wie vieles andere für sie heut ein andres Gesicht. Sein Anblick erfüllte sie mit Scham. Ihr war, als habe ihn eine andere Fern zurückgelassen ... ein albernes Ding, das in den Regen hinauslief; sie sah es so deutlich vor sich, als sei es ein fremdes. Jene Fern jedoch, die eben im nassen Frühmorgen durchs Fenster ins Haus geklettert war, sah sie nicht recht, wußte nicht, wie sie wirklich geartet war, noch wohin sie gehörte. Nicht als ob sie sich so sehr verändert hätte; sie fing erst an, sich zu ändern, aber etwas sehr Merkwürdiges war ihr geschehen. Bevor sie vor wenigen Stunden „für immer und ewig" davonlief, hatte sie nur in und für sich gelebt, war selber das A und O ihres Daseins. Was nicht unmittelbar mit ihr zu tun hatte, ging sie nichts an, war Schatten und Rauch. Nun aber, da sie ein einziges Mal kurz aus sich heraus und in ein anderes Leben getreten war, sah und empfand sie sich aus der Distanz, eine seltsam aufregende Empfindung! Sie fühlte sich stark und erwachsen, sah endlich andere Menschen, erkannte, wie ahnungslos sie ihnen bisher gegenübergestanden, wie schattenhaft unwahr sie alles gesehen. In dieser Nacht aber hatte sie Ransome und Mrs. Smiley zum erstenmal wirklich „gesehen" und wußte: sie wird bald auch andere Menschen sehen lernen. – Sie schlief sogleich ein, wachte auf, als ihre Mutter zum Frühstück rief, gab Antwort, legte den Arm um den Kopf, grub ihr Gesicht ins Kissen und schlief weiter.

Unten saßen die Eltern und Hazel, alle drei noch recht verschlafen, beim Morgenessen, denn es brauchte bei ihnen stets einige Zeit, bis sie richtig wach waren. Fern „schmolle" wieder einmal, erklärte die Mutter, „vermutlich wegen der Sache mit Harry Loder". Aber als Fern kurz vor dem Mittagessen erschien, „schmollte" sie keineswegs, und als Mrs. Simon ankündigte, der Vater sei damit einverstanden, daß sie Samstag nach Puna reisten, meinte sie gelassen: „Dann packen wir wohl jetzt."

Auch während des ganzen Nachmittags bis zum Schlafengehen war sie erstaunlich sanft und so angenehm liebenswürdig, daß die Mutter, als man nach dem Nachtessen im trauten Familienkreis um den Tisch im Wohnzimmer saß, schon anfing, Hochzeitspläne zu schmieden; sie ließ sie nur noch nicht laut werden, um Fern nicht kopfscheu zu machen. Erst als sie im Bett lag und Reverend Simon an ihrer Seite eingeschlummert war, kam ihr die Sache verdächtig vor. Wenn Fern so süß war, führte sie ganz gewiß etwas im Schilde. Und richtig, am nächsten Morgen, als ihr Fern beim Einpacken der Wolldecken und Schichten der Tisch- und Bettwäsche half, erwies sich der Verdacht als gerechtfertigt. Fern stellte plötzlich die Arbeit ein und erklärte: „Mama, ich will nicht nach Puna."

„Du willst nicht nach Puna? Was soll denn das wieder heißen?"

„Daß ich hierbleiben will. Puna ist mir verhaßt."

„Hierbleiben? In diesem entsetzlichen Wetter? Kein Mensch bleibt im Monsun in Ranchipur."

Fern hätte gerne erwähnt, daß etwa zwölf Millionen Menschen im Monsun in Ranchipur bleiben, unter ihnen sogar einige Europäer wie Ransome, Miss MacDaid und Smileys, doch hütete sie ihre Zunge, denn sie wollte ihr Ziel erreichen und der Mutter keine Möglichkeit geben, wegen irgendeiner Nebensache einen Streit vom Zaun zu brechen. Dies war nämlich ihre Taktik: den Streit auf ein andres Gebiet zu verlagern und so in der Hauptsache ihren Kopf durchzusetzen.

„Also, bitte, warum willst du nicht nach Puna? Trifft man da nicht die nettesten Menschen? Oder war jemand dort häßlich zu dir? Hazel ist sehr gern dort."

„Ich bin aber lieber hier. In Puna ist alles smart oder phoney, die Leute, die Gegend, das Essen, alles ist abwechselnd phoney und smart."

Mrs. Simon sah ihre Tochter verdutzt an; was wollte sie nur? „Du sollst solche Worte nicht in den Mund nehmen", zankte sie schließlich, „man versteht sie hier gar nicht, aber es klingt so gewöhnlich, ich möchte bloß wissen, wo du diesen gewöhnlichen amerikanischen Slang her hast!"

Es fehlte nicht viel, und Fern wäre ausfallend geworden. Ihre Mutter verstand es, in das Wort „gewöhnlich" einen Ausdruck zu legen, der einen verrückt machen konnte; dabei erfaßte sie nicht einmal die Bedeutung des Wortes. Es war aber auch dies eines der Dinge, die Fern über Nacht gelernt hatte: was wirklich gewöhnlich und was ungewöhnlich war. Natürlich hatte sie die Begriffe gekannt, aber jetzt erfaßte sie sie mit ganz anderer Klarheit. Sie schied das Gewöhnliche von dem Nichtgewöhnlichen, Edlen und schämte sich daher mancher Dinge, die sie zuvor getan hatte. Für ihre Mutter war natürlich ein Harry Loder und eine Hogget-Clapton alles andere als gewöhnlich, vielmehr der Inbegriff von Vornehmheit und Feinheit. Wirklich, da hatte es keinen Sinn zu streiten. Also sagte sie nur: „Es ist mir schnuppe, ob man mich für gewöhnlich hält oder nicht."

„Aber ich und dein Vater, wir legen Wert darauf, daß unsere Töchter etwas Besseres sind. Wozu haben wir euch sonst die bestmögliche Erziehung gegeben, wie? Einfach hirnverbrannt, was du zusammenredest! Warum bist du nicht freundlich und gut, wie Hazel?"

„Weil ich nicht wie Hazel bin", versetzte Fern, womit sie ausdrücken wollte, sie sei kein geduldiges Schäfchen.

„Hazel", fuhr die Mutter fort, „hat niemals unser glückliches Familienleben zerstören wollen."

‚Glückliches Familienleben?' Wo war es? Es war nie vorhanden gewesen, wußte nun Fern. Weder sie noch ihr einfältiger, von seiner Frau kujonierter und eingeschüchterter Vater waren glücklich, Hazel auch nicht, es sei denn, man nähme an, daß ein Schaf oder eine Kuh Glück empfindet. Und die Mutter in ihrem eifersüchtigen Neid, Haß und all ihren fehlgeschlagenen Ambitionen war von allen vielleicht am wenigsten glücklich.

„Es ist gar nicht daran zu denken, dich hier allein zu lassen", fing Mrs. Simon von neuem an. „Ein Mädchen in deinem Alter! Was würde Harry denken!"

„Ich weiß, was er denken würde."

„Na, was?"

„Wie er mich am schnellsten dazu bringt, das zu tun, was ich tun müßte, wenn wir verheiratet wären."

„Oh, Captain Loder ist ein Gentleman!"

„Ab damit! Ich habe dir schon gesagt, ich nehme ihn nicht, und wenn es außer ihm auf der ganzen Welt keinen Mann gäbe." Sie stellte im Geist, wie in einem Schaufenster, Loder und Ransome nebeneinander: Loder geleckt, selbstzufrieden und aufgeblasen; Ransome edel, niedergeschlagen und unglücklich. ‚Er braucht mich', dachte sie, ‚ich könnte ihm etwas sein', und entgegnete der Mutter: „Übrigens wäre ich gar nicht allein."

„Wieso nicht? All unsre Bekannten verreisen."

„Smileys nicht. Ich könnte ja zu ihnen."

„Zu Smileys!?" schrie die Frau, ließ, wie vom Schlag getroffen, mitten im Falten eine Bettdecke hinfallen und fiel selbst auf die Knie: „Du bist ja wahnsinnig! Hab' ich mir's doch gedacht, daß dir was fehlt, weil du heut den ganzen Tag nicht geschmollt hast."

„Ich bin keineswegs wahnsinnig. Smileys würden sich sicher gerne die Zeit über um mich kümmern."

„Smileys? Ha! Die hassen uns."

Da kam auf Ferns Lippen die Antwort Ransomes: „Smileys hassen keinen Menschen; zu so was haben sie gar keine Zeit."

Mrs. Simons Gesicht wird feuerrot, ein schlimmes Zeichen; Fern kannte es nur zu gut. Früher hatte es ihr Eindruck gemacht, sogar Angst eingejagt. Jetzt ist es ihr gleich. Sie fühlt sich im Innersten stark, und wenn sie niemand versteht – Ransome versteht sie; das ist ihre Zuversicht.

In die marmorblauen Augen der Mutter kam Feuchtigkeit. Gleich wird sie heulen, sich auf das nächststehende Sofa werfen, über Lieblosigkeit, den Undank der Kinder jammern, und was für ein Tropf ihr Mann sei, und sich nicht wie eine überreife Einundvierzigjährige, sondern wie ein unartiges, verzogenes Kind aufführen. „Du nimmst für Smileys Partei gegen die eigene Mutter! Hältst es mit so einem Weibsbild gegen die Mutter, die dich geboren hat!" heulte sie.

„Ich nehme für niemand Partei. So etwas kennt man drüben gar nicht. Für Smileys gibt es so etwas wie Feindschaft gar nicht."

Ein argwöhnischer Blick traf sie; das Geheul verstummte. „Woher weißt du denn das?"

„Ich habe genug darüber nachgedacht. Das sieht man doch."

„Ei, bist du aber klug! Willst wohl klüger sein als deine Eltern? Ich kann dir nur sagen, Kind: Dinge könnt' ich dir von den Smileys erzählen ...!"

„Zum Beispiel?"

„Werd bloß nicht noch frech! Ich weiß von Briefen, die man hinter unserm Rücken geschrieben hat. Sie beneiden uns um unsern feinen Verkehr!" Abermals Tränen. „Und nach all den Demütigungen, die sie uns zufügten, nimmt unser Kind sie noch in Schutz!"

„Von Demütigungen kann keine Rede sein; sie achten gar nicht auf uns."

„Du redest ebenso blöd wie dein Vater. Was würde Mrs. Hogget-Clapton denken, wenn du bei Smileys wärest! Was hab' ich nicht alles für dich getan ..."

Fern zog es vor, statt zu antworten, weiter Leinen- und Wollzeug zusammenzulegen und in die Teakholztruhe zu tun. Gegen die hemmungslosen Ausbrüche ihrer Mutter ließ sich weder mit Worten noch sonstwie etwas ausrichten; das kostete sie aus. Nicht über die kleinste Kleinigkeit kam man mit ihr ins reine. Stets gab es Geheul und Exaltationen; mit solchen Waffen errang sie ihre unsauberen Siege. Es tat jetzt Fern doppelt leid, daß sie nicht mit aller Gewalt bei Ransome geblieben war, sich nicht in sein Bett gelegt und gegen einen Hinauswurf mit Händen und Füßen gewehrt hatte. Es gab ja sonst keinen Ausweg. Lieber alles andre als diesen Zustand, lieber den Loder heiraten! – Sie fährt zusammen bei dem Gedanken, sie hätte vielleicht, wäre sie nicht zu Ransome geflohen und nicht bei Smileys gewesen, ihm in ihrer Verzweiflung eines Tages doch „Ja" gesagt. Jetzt war ihr das unmöglich.

Sie sah die Mutter nicht an. Das aufgequollene, verblühte Gesicht, die verheulten Augen waren ihr unerträglich. Es war schon mehr als genug, daß sie das Schluchzen und Schneuzen anhören mußte. Sie wußte jetzt: sie verabscheute ihre Mutter, hatte sie schon als Kind, ohne es selber zu wissen, gehaßt. ‚Als kleines Mädchen hab' ich mir immer gesagt, ich will nicht wie die Mama werden, weil ich schon damals gespürt habe, wie gewissenlos, selbstsüchtig, gemein und verrückt sie ist. Es ist schrecklich, seine Mutter zu hassen, aber noch schrecklicher, sich ihrer schämen zu müssen. Und wenn ich weglaufe und jemand wie Ransome heirate, diese Frau wird sich immer dazwischendrängen in ihrer schamlosen Gewöhnlichkeit.' So dachte sie, während Mrs. Simon auf das Sofa sank und sich völlig erschöpft gebärdete. Doch als sei sie allein im Zimmer, arbeitete sie ruhig weiter und wußte, das gab ihr Überlegenheit. Tatsächlich blieb auch Mrs. Simon nichts anderes übrig, als aufzustehen und hinauszugehen. Doch warf sie die Tür mit solcher Wucht hinter sich ins Schloß, daß der verschimmelte Stuck von der Decke rieselte. Fern wußte, wohin sich die Wütende, wie gewöhnlich in ähnlichen Fällen, begab: in ihr Schlafzimmer. Dort schloß sie sich ein, ließ die Jalousien herunter und hatte nach dem Vorbild der Hogget-Clapton „ihre Migräne", „Kopfweh" war für die Damen nicht fein genug, ließ sich den ganzen Tag nicht mehr blicken, auch nicht zum Essen, und erst spät in der Nacht entriegelte sie ihre Tür und gestattete ihrem Mann, sie zu trösten.

Über die Truhe gebeugt, dachte Fern: ‚Jetzt bin ich sie wenigstens vorläufig los', und weinte still vor sich hin, nicht aus wehleidigem Mitleid mit sich, wie die Mutter, sondern weil ihr diese die Welt verekelte und sie so grauenhaft müde war, nicht körperlich, sie war ja kräftig und jung, sondern müde der Mutter, der Hogget, Loders, der „Jungens“. Ihre Tränen fielen auf die sorglich geschichtete Leinwand.

Bei Tisch saß man traurig. Draußen rauschte der Regen, und unter den Fenstern dampfte es. Fern schwieg, Hazel kämpfte mit den Tränen, wie immer, wenn Mutter ihre Zustände hatte; Reverend Simon schämte sich für seine Frau wegen ihres einfältigen Benehmens, tat aber, als sei nichts geschehen, und las die „Missionsnachrichten“. Die Mahlzeit verlief im Grunde genauso freudlos wie jahraus, jahrein, Tag für Tag, nur mit dem Unterschied, daß sonst Mrs. Simon Familienleben markierte und krampfhaft den Anschein einer Harmonie und Herzlichkeit zu erwecken suchte, von der in Wirklichkeit keine Spur vorhanden war. Sie machte Konversation, die oft lästiger war als das Schweigen, und nötigte den Gatten und die Töchter zuzugreifen. Aus ihrer Mississippi-Vergangenheit lag ihr im Blut, Familienmahlzeiten seien etwas Vornehmes, Zeremonielles, etwa wie Hochzeiten und Begräbnisse, bei denen ja auch ganz bestimmte Reden und Bräuche üblich sind. Da sie sich selbst aus dem Essen nicht viel machte, waren ihr die Speisen, die auf den Tisch kamen, ziemlich gleichgültig. Aber sie hielt es für fein, so zu tun, als sei alles hervorragend köstlich, und sich dabei zu unterhalten, auch wenn man sich nicht das geringste zu sagen hatte. Tischgespräche schienen ihr ebenso notwendig wie Pfeffer und Salz, und da sich die drei andern auf diese Kunst nicht verstanden, kamen sie sich jetzt ohne das gewohnte Geschwätz ganz verlassen vor.

Nach dem Essen ging Fern auf ihr Zimmer und schlief infolge der überstandenen Aufregungen sogleich ein, erwachte jedoch gegen sechs Uhr durch das Geräusch eines anfahrenden Autos.

Da sich die Privatwagen Ranchipurs an den Fingern herzählen ließen und sie annahm, Ransome sei vielleicht zu Besuch zu Smileys gekommen, stand sie auf, um ihn wenigstens von ferne zu sehen; doch dem Wagen, der da hielt, entstieg niemand anders als Mrs. Hogget-Clapton. Dieser Wagen war aber so klein, daß, wenn seine Besitzerin neben ihm stand, man auf die Vermutung verfallen konnte, die Dame könne eher den Wagen als der Wagen die Dame tragen. Doch da Automobile in Ranchipur wie gesagt selten waren, trug selbst dies winzige Exemplar zur Erhöhung ihres Ansehens bei, und daher entstieg sie ihm, mochte er auch unter ihrem Gewichte schwanken und schaukeln, nicht anders, als eine englische Herzogin ihrem Rolls-Royce zum Lunch im Claridge entsteigt.

Sie brauchte nur eine Sekunde im Parterre zu warten; dann geleitete man sie hinauf in Mrs. Simons Schlafgemach, denn sie war der einzige Mensch, der dort auch bei einem „Migräneanfall" jederzeit Zutritt hatte.

LIII

Fern saß auf dem Bettrand und entwarf Pläne für den Fall, daß Mrs. Hogget-Clapton der Mutter etwas „flüstere". Angst hatte sie keine davor, sondern stand so kühl über der Situation, daß sie alsbald, Mrs. Hogget vergessend, beschloß, ihrer Cousine im fernen Biloxi zu schreiben, denn nun hatte sie endlich etwas, das der Mitteilung wert und mindestens so aufregend war wie alles, was ihr Cousine Esther von Picknicks, von „Swimming-parties" und jungen Herren schrieb, wie Fern sie bisher immer ersehnt und von denen sie gefunden hatte, sie paßten zu ihr ganz anders als „die Jungens" mit ihren ordinären Redensarten.

Zwei Seiten hatte sie schon an die „liebe Esther" geschrieben, als sie plötzlich die Feder weglegte. Nein. So ging es nicht. Das stimmte ja alles nicht. In dem, was da stand, war nichts von allem, was das Erlebnis mit Ransome für sie bedeutete. Wie banal und schulmädchenhaft klang es, als sie es noch einmal durchlas, und war doch in Wirklichkeit so anders gewesen! Ihre Schilderung Ransomes und ihrer Gefühle für ihn schien ihr völlig verfehlt. Er stand da wie ein romantischer Filmheld, und ihre eigenen Empfindungen unterschieden sich auf dem Papier in nichts von Esthers Herzklopfen, das allemal eintrat, wenn sie sich mit einem anziehenden Jüngling traf. Ferns bescheidener Wortschatz barg keinen Ausdruck für ein Gefühl, das scheu, heimlich war und zugleich eine Welt umfaßte, ihr Denken befreite und ihr Selbständigkeit verlieh, so daß sie die Mutter durchschaute und überwand. Aber wie sollte sie dies der Cousine erklären? Geschrieben wirkte es unverständlich und dumm.

Auf einmal kam sie sich älter und reifer als Esther vor und auch ihr überlegen. Die jungen Herren in Biloxi, was waren sie? „Anziehend" oder „smart" oder „schick" oder „fabelhaft" und alle im gleichen Alter wie die Cousine. Erstaunlich, auf wie viele Jünglinge diese vier Epitheta, ihre einzigen, zu passen schienen! Auf Ransome paßte keines, und Fern bezweifelte stark, ob Esther für eine Schilderung anderer Art Verständnis hätte. Ja, sie war in vieler Beziehung über Nacht älter als Esther geworden, nicht zuletzt durch das naturwidrige, abgesonderte Leben, das sie in Ranchipur führen mußte. Allein, ihr Ransome war ein Mann und nicht so ein „junger Herr".

Nachdem sie zum vierten Male angesetzt hatte, verzichtete sie darauf, Esther etwas von ihrer Liebe zu melden. Vor drei Tagen noch hätte es sie gereizt, von dem Heiratsantrag zu berichten, den sie, wenn auch nur von Loder, erhalten hatte. Jetzt schien ihr dies keiner Erwähnung mehr wert. Sie zerriß den begonnenen Brief in winzige Fetzen, damit ihn die Mutter nicht zusammensetzen könne – da klopfte es.

Eines der Hausmädchen bestellte, die Mem Sahib wünsche sie in ihrem Schlafzimmer zu sprechen.

Sobald sie das verdunkelte Zimmer betrat, wußte Fern, daß man etwas „geflüstert" hatte. Die Mutter lag, ein Kissen im Rücken, halb aufgerichtet, stöhnend im Bett, um den Kopf einen nassen Umschlag. Die Tochter, leicht zitternd, nahm schweigend Platz.

„Fern! Wirst du die Wahrheit sagen?" fragte die Mutter.

„Ja."

„Ist es wahr, was mir Mrs. Hogget-Clapton erzählt hat?"

„Ich weiß ja nicht, was sie erzählt hat."

„Daß du nach Einbruch der Dunkelheit zu Mr. Ransome ins Haus gehst – nächtlicherweile?"

Fern zögerte. Sie sah die Begebenheit in ortsüblicher Weise hochtrabend üppig aufgebauscht. Leugnen war nutzlos. Es schien ihr nicht einmal zweckmäßig, festzustellen, sie sei nur ein einziges Mal dort gewesen, und es sei weiter nichts vorgefallen. Dies wäre für die augenblickliche Stimmung der Mutter zuwenig schlimm. Daher sagte sie ruhig: „Ja, es ist wahr."

„Oh, mein Gott!" stöhnte Mrs. Simon. „Daß du so etwas getan hast! Wie konntest du nur! Mit einem so übel beleumundeten Mann. Ganz Ranchipur wird es erfahren!"

‚An mir liegt ihr überhaupt nichts', dachte Fern, ‚sie denkt nur an ihren Ruf', und versetzte: „Ja, dafür wird Mrs. Hogget schon sorgen."

„Unterstehe dich bloß nicht, etwas gegen Lily Hogget-Clapton zu sagen! Gott sei Dank, daß sie kam und es mir sagte!"

„Woher weiß sie es denn?"

„Von den Dienern. Aber darum handelt es sich jetzt nicht."

LIV

Mrs. Simon hatte die Hogget-Clapton nie Lily genannt; und der Ton, mit dem sie den Namen aussprach, machte Fern rasend. Er zeigte so recht den servilen Dünkel der Mutter, und mit einem Schlage sah sie die beiden Weiber in einer Weise vereint, die sie nie für möglich gehalten hätte. Die zwei überalterten Schönheiten, die ihr Ansehen schwinden sahen, waren eifersüchtig auf sie, die viel Schönere, Jüngere! Und blitzschnell tauchte ein Bild vor ihr auf: ihre Mutter, vor Ransome augenverdrehend, kokett die gedrehten Locken schüttelnd, in südstaatlich groteskem Jargon um seine Gunst buhlend. Das war es. Die ganze Zeit hatte die Frau versucht, seine Bewunderung zu erringen, und mit hellseherischem Blick erkannte die Tochter entsetzt, was ihre Mutter heut wäre, wenn sie sich nicht, als Missionarsfrau in Formen ehrbarer Konvention gepreßt, gleisnerischer Frömmigkeit, Neid, Streberei und Verbitterung ergeben hätte, und sah im Geiste die beiden Weiber die Köpfe zusammenstecken und erhitzt, böse, gereizt über Ransome und sie die Mäuler zerreißen. Es war zum Übelwerden! Sie hätte am liebsten zurückgeschlagen. Ja, das wollte sie tun, ihnen weh tun, beiden, und plötzlich wußte sie, wie dies am besten geschehen könne. „Ja, es ist wahr!" hörte sie sich rufen. „Alles ist wahr! Ich habe mit Tom Ransome gelebt, ich liebe ihn, und er liebt mich."

Es schlug ein wie ein Blitz. Sie wünschte nur noch, die Hogget-Clapton wäre zugegen. Die Mutter schrie auf, warf den nassen Umschlag weg und saß auf der Bettkante mit aufgelöstem, vom Umschlag noch feuchtem Haar; in ihrem spitzenbesetzten blaßrosa Nachthemd sah sie nicht anders aus als jene verblühten, ausgehaltenen Frauenzimmer, die Fern in Sittenfilmen gesehen hatte. „Jetzt müssen wir weg von hier, die ganze Familie!" schrie sie. „Ruiniert und entehrt hast du deinen Vater, deine unglückliche Schwester und die Mutter, die dich gebar, die sich für dich aufopferte ihr ganzes Leben lang, um dich mit einem angesehenen Mann zu verheiraten!"

Fern schwieg. Sie war doch etwas erschrocken. ‚Jetzt ist es geschehen', dachte sie. ‚Wie zieh' ich mich aus der Affäre?' Sie zitterte, und die Mutter schluchzte, hörte dann plötzlich auf und fragte: „Wie kamst du aus dem Haus heraus und wieder herein?"

„Ich habe gewartet, bis ihr im Bett wart und..." – sie ließ alle Rücksicht fallen – „ich übernachtete bei Smileys und kam in der Frühe, bevor jemand wach war, wieder herüber." Sie hatte noch nicht ausgeredet, als sie das schlaffe, verblühte Gesicht der Mutter hart werden sah; die Kiefer preßten sich aufeinander, die Lippen klafften über den Mäusezähnen. „Aha! Also die Smileys! Die Smiley ist eine Kupplerin, ich hab' mir's ja immer gedacht! Gott der Allmächtige weiß, welche Orgien dort drüben mit dreckigen Indern gefeiert werden, die in dem Haus aus und ein gehen! Ich habe ja schon zur Genüge von Indern gehört, wozu die fähig sind; deine Mutter ist nicht so dumm, wie du denkst!"

Die eben noch Leidende wurde im Nu zur Handelnden, rannte im Nachthemd auf und ab, blieb dann jäh stehen, zog das Hemd über den Kopf und stand, während sie nach Strümpfen und Unterkleid langte, schamlos nackt da. „Ich weiß, was ich zu tun habe", verkündete sie, „ich gehe zu Ransome und rede mit ihm; das ist die einzige Möglichkeit. Er muß dich heiraten."

Fern sprang auf. „Nein! Ich heirate ihn nicht, nein! Er will mich nicht heiraten; er hat mir's gesagt. Du darfst nicht hin, du darfst nicht!"

Mrs. Simon im Hemd, mit nur einem Strumpf an, hielt im Ankleiden inne und sah sie an. „Du willst ihn nicht heiraten? Das wär' ja noch schöner! Ja, was für eine Tochter habe ich eigentlich, habe ich eine . . ."

„Hure, ja, du hast eine Hure zur Tochter", rief das junge Mädchen, ohne daß sie den Sinn des Wortes, das sie nur aus Büchern kannte, ganz verstanden hätte.

Mrs. Simon hatte sich, ohne zunächst auf das Wort etwas zu entgegnen, fertig angezogen.

„Ich gehe zu Ransome", erklärte sie sodann, „und Smileys – na, denen werde ich's zeigen!"

Ihr Mund preßte sich zusammen, und die Augen wurden steinerner denn je, denn nun glaubte sie, die verhaßten Nachbarn in der Hand zu haben.

„Tu es nicht!" verlegte sich Fern aufs Bitten. „Es ist ja alles nicht wahr", weinte sie, „bitte, geh nicht; ich habe gelogen!"

„So kommen Sie mir nicht aus, mein Fräulein", höhnte die Mutter, „er hat dich zu heiraten, Punktum! Überlaß das gefälligst mir!"

Das Mädchen fiel auf die Knie, suchte die Mutter an den Beinen festzuhalten, doch diese befreite sich mit einem Fußtritt. „Tu's nicht!" schrie Fern. „Ich will ja alles tun, was du willst, ich verspreche es dir!"

„Kein Wort mehr! Ich sollte dich aus dem Hause jagen – aber das wär' dir ja gerade recht: auf die Straße gehen! Den Gefallen tu' ich dir nicht."

Jammernd lag Fern mit dem Gesicht am Boden. Mrs. Simon streifte ihr Kleid über den Kopf, stieß aber vor lauter Wut mit dem Arm statt in den Ärmel ins Futter, so daß die folgenden Worte, durch den Stoff gedämpft, kaum mehr verständlich verhallten.

Als sie endlich so weit war, daß sie sich am Toilettentisch vor dem Spiegel in kalt abwägender Wut verschönerte, richtete Fern sich am Boden auf und sah ihr zu.

Der Anblick hatte für sie etwas so Scheußliches, daß er ihr eine unvermutete Ruhe, ja Würde gab. Das Weib, das sich dort vor dem Spiegel die Nase puderte, schien weit von ihr weg zu sein, eine Fremde, mit der sie niemals etwas verbunden hatte. Sie fühlte Erleichterung. Nun war alles vorbei. Sie brauchte nie wieder die liebende Tochter zu spielen. Sie erhob sich, sagte gelassen: „Gut, tu, was du willst. Du wirst es bereuen. Du bist für mich erledigt. Ich hasse dich", und wußte im Grund ihres erschreckten Herzens, keine Drohung und nichts werde Mrs. Simon aufhalten können. Ahnungslos hatte sie sich ihr in die Hände gespielt. Denn nun spekulierte die Mutter: ‚Jetzt muß Ransome sie heiraten. Gegen ihn ist Harry Loder ein Nichts. Wenn Ransomes Bruder stirbt, wird er Earl, und ich habe ausgesorgt. Mutter einer Gräfin! Das ist mehr, als ich mir je hätte träumen lassen.' Und plötzlich erkannte Fern, wieso durch die Raserei dieser Frau etwas Triumphierendes hindurchklang.

Stumm verließ sie das Zimmer, nur von dem Gedanken getrieben, Ransome zu warnen. Eine bittere Erfahrung hatte sie hinter sich: Mutterliebe kann ein Betrug, ein Deckmantel für Eigennutz, Bosheit und Eitelkeit sein. Sie war von ihrer Geburt an betrogen worden.

Mrs. Simon bemerkte kaum ihren Abgang. Ehe sie noch den Hut aufsetzte, nahm sie an ihrem Schreibtisch Platz und schrieb an das Missionsamt einen solchen Bericht über Smileys, daß er nichts anderes zur Folge haben konnte als deren Abberufung und Untergang. Nachdem dies vollbracht war, nahm sie den Wagen, fuhr, geschwellt von Siegesgefühl und Bosheit, zum Bahnhof und gab den Brief auf, damit er nur ja rechtzeitig mit dem Bombay-Expreß und dem Samstag-Dampfer bis Genua kam, nicht ahnend, daß dies auf Wochen hinaus die letzte Post sein sollte, die Ranchipur verließ.

LV

Während sich Ransome zum Dinner umkleidete, nahm er zwei weitere Drinks zu sich, doch merkte man ihm die Betrunkenheit nicht so leicht an. Da mußte ihn einer schon sehr genau kennen, um den Punkt wahrzunehmen, an dem er anfing, eine Spur zu höflich, zu ironisch, zu rücksichtsvoll und ein zu aufmerksamer Zuhörer zu sein. Er selbst kannte diesen Punkt, an dem jene ewige Melancholie, Niedergeschlagenheit und Entschlußunfähigkeit wichen und das im Hintergrund seines Denkens lauernde Gefühl, sein ganzes Planen und Handeln sei wertlos, dahinschwand. Das Trinken gab ihm zwar weder Kraft noch Glauben, ließ jedoch ihr Fehlen belanglos und die Welt als lichtes, sorgenfreies Gelände erscheinen, auf dem man sich nicht zu beunruhigen, nicht zu zermartern brauchte, denn es kam nicht drauf an, es kam wirklich nicht drauf an.

Der Übergang vollzog sich ganz langsam. Die leichte Verdrossenheit, die Ironie, der Sarkasmus und die Verbitterung, die ihm in nüchternem Zustande zusetzten, verzogen sich, und an ihre Stelle trat eine gutmütige Rücksichtslosigkeit, die infolge seines Charmes ansteckend wirkte und daher andern gefährlich werden konnte. Im Rausch war Ransome glücklich. Dies war der einzige Grund, warum er trank. Während er seine Krawatte bindet, spürt er, daß er den Punkt überschritten hat, und ist froh. Mag nun bei Bannerjis Dinner geschehen, was will, für ihn gibt es weder Nervosität noch Langeweile, noch Ärger. Weil es als „smart" und „europäisch" gilt, werden dort Cocktails gereicht, doch da Bannerji aus religiösen Gründen keinen Alkohol zu sich nimmt, ahnt er nicht, daß seine Drinks etwas nach Mundwasser schmecken und nie ausreichend sind. Im übrigen aber hat Ransome gegen die Abende bei Bannerji nichts einzuwenden. Das ganze Hauswesen hat etwas so Verrücktes, und die Anwesenheit der Dame Bannerji in ihrer kalten Schönheit verleiht jedem Abend einen besonderen Reiz. ‚Nur dumm, daß Edwina kommt! Sie sieht alles aus ihrem öden europäischen Gesichtswinkel, so etwas lähmt! Sie wird alles mit ihrer Blasiertheit verderben . . .'

Zwei Tage lang ist er ihr ausgewichen. Außer dem Augenblick in der Vorhalle des Sommerpalastes vor der Abfahrt nach El-Kautara hat er sie nicht gesehen. Jetzt im Rausch weiß er, warum er sie mied. Sie stört ihn. Er mag sie nicht. Ihre Nähe erfüllt ihn mit Lebensüberdruß. Wenn sie ihn wenigstens gleichgültig ließe, wäre ja alles gut. Aber das ist es eben! Ihre kaltschnäuzige Hingabe, ihre sündhafte

Grazie, ihre vollendete weibliche Eleganz wirken auf ihn; sie konnte ihn ehedem, als sie noch schöner, ausgelassener, witziger war, sogar zeitweilig seinem Trübsinn entreißen. Heute nicht mehr. Heut hat sie weniger Macht über ihn als sein Brandy. Doch ihre Stimme, ihr mattes Lächeln, ihre Nähe erregen ihn immer noch. Aber er haßt sie, denn sie ist ihm ein Spiegel seines Ichs; er blickt hinein und erscheint sich gemein; und dies erregt in ihm ein Grauen, das seit der hastig genossenen Fleischeslust beim Bankett im Schloß nicht von ihm wich, weil er bei diesem seelenlosen, erschlaffenden Abenteuer in einen solchen Abgrund der Verzweiflung, des baren Nichts hinabsah, daß ihm Betrunkenheit, Rauschgifte, selbst der Tod besser dünken als die Trostlosigkeit, die ihm da entgegengähnte – alles war besser, wenn es nur sein Bewußtsein abstumpfte und er seinen eigenen Zerfall nicht mitansehen mußte!

Obwohl schon betrunken, bedauert er, nicht mit irgendeiner Ausrede die Einladung abgesagt zu haben. Der Täufer huscht, in der Hitze nackt, hin und her, reicht ihm die Kleidungsstücke, bürstet da und dort unsichtbare Stäubchen hinweg und beobachtet verstohlen, wie sich sein Herr vor dem Spiegel langsam betrinkt. Das Schauspiel scheint ihn zu fesseln, und der Herr merkt es.

Aber der Täufer ist nicht nur ein guter Beobachter, er ist auch auf seiner Hut. Kein einziges Mal ertappt ihn sein Herr, auch wenn er sich blitzschnell umdreht, beim Anstarren und spürt doch so deutlich die ganze Zeit: der Diener studiert ihn förmlich; keine Regung, keine Miene entgeht ihm. Er fühlt die Augen des nackten Gesellen in seinem Rücken und brennt darauf, zu erfahren, was er an ihm bemerkt. ‚Was mag in diesem dunklen Rundschädel vor sich gehen?‘ Er dreht sich jäh um. „Was siehst du da? Wonach schaust du?“

Doch Johannes der Täufer ist nicht zu fassen. Sein Gesicht wird stumpf und kalt, und er antwortet in seinem weichen Pondicherry-Französisch: „Je ne comprends pas. Je ne vois que vous, Sahib.“

„Aber was beobachtest du? Bin ich anders? Was lauerst du?“

„Rien de différent“, sagt der Täufer. Nie wird der Herr erfahren, was im Kopf seines Dieners vorgeht. Mag sein, John möchte nur einmal verfolgen, wie es ist, wenn sich einer betrinkt. Mag sein, es freut ihn. Mag sein, es betrübt ihn. Mag sein, John sieht ihn, wie er selber sich nicht einmal in seiner tiefsten Verzweiflung sieht: als einen Zerfahrenen, Unnützen, Zerschellten, dem zu dienen sich lohnt, weil es Geld bringt und wenig Arbeit verursacht. Vielleicht denkt er auch: ‚Wieder einmal geht ein Europäer den Weg, den andere gingen, und wird bald draufgehen.‘ Seit fünf Jahren sind sie zusammen, und der Herr hat nicht die leiseste Ahnung, was sein Diener von ihm hält. Er schämt sich.

Er ist endlich soweit fertig. Als er sich umdreht, sein Jackett anzuziehen, steht Fern in der Tür. Sie trägt wieder denselben alten Regenmantel und Filzhut wie gestern nacht. Sie ist gerannt und doch nicht erhitzt, sondern bleich und verstört.

Er freut sich, sie wiederzusehen. Der erste Gedanke, der ihm durch das benebelte Hirn schießt: ‚Es wäre am schönsten, den Abend hier mit ihr zu verbringen‘; der zweite: ‚In Ranchipur ist das undenkbar.‘

„Hallo!“ begrüßt er sie. „Treten Sie ein!“ und sagt zu dem Diener: „Das wär's für heute.“ Der Täufer schlüpft an Fern Simon vorbei über die Veranda und durch den Garten in sein Quartier.

„Etwas Schreckliches ist geschehen“, stößt sie hervor, aber sie weint nicht mehr und nie wieder.

„Was?“

„Meine Mutter weiß es ...“

Er lacht. Im Rausch beschwert ihn das nicht, er findet es eher komisch. „Ich habe es erwartet, nur nicht so bald.“

„Die Hogget-Clapton hat ihr's erzählt, sie hat's von ihren Bedienten.“

‚Der Schuft, der schwarze, hat es ja eilig gehabt!‘ denkt Ransome und merkt sogar in seiner Benebelung, wie anders das Mädchen geworden ist, weiblicher, reifer; sie hat auch nicht mehr die Pausbäckchen, mit denen sie zwar ein hübsches Ding, aber keine Schönheit war. Und tut nicht mehr hysterisch, sondern berichtet in kurzen Worten von ihrem Streit mit der Mutter, dem falschen Geständnis, sie sei öfters bei ihm gewesen, habe mit ihm gelebt – und wiederum kommt ihn das Lachen an, weil er den Ausbruch des Streites und die Untergründe des Trotzgeständnisses gleich versteht, und sein Geist tut den kühnen Sprung zu der Frage: „Hat Ihr Papa ein Schießgewehr?“

Sie guckt verwundert. „So ist er nicht; nein, das täte er nie.“

„Natürlich ... bei euch schießt die Mutter.“ Er platzt heraus.

„Es ist nicht zum Lachen“, weist Fern ihn zurecht, „es ist furchtbar.“

„Ich lache ja nur über das Bild, wie Ihre Mama mit dem Schießprügel angesaust kommt. Hauptsache: wir beide wissen, es stimmt nicht.“

„Das spielt dabei keine Rolle, verstehen Sie denn nicht? Sie möchte doch, daß es wahr ist.“

„Weshalb?"

„Damit Sie mich heiraten müssen. Ist es Ihnen jetzt klar?"

Es ist ihm klar. Sie braucht sich nicht noch so weit zu erniedrigen, ihm auseinanderzusetzen, was sie für eine Mutter hat: eine, die es am liebsten sähe, wenn ihre Tochter geschändet wäre, wofern es nur durch den Bruder eines Earl geschah. „An Harry Loder denkt sie schon gar nicht mehr."

„Ja", sagt er trocken, „es ist auch ein großer Unterschied zwischen den beiden Heiratskandidaten; insofern hat sie recht."

„Sie gehen am besten sofort von hier weg. Sie ist schon auf dem Wege hierher."

Sein Schwips macht es ihm unmöglich, sich noch länger zu beherrschen. Er setzt sich hin und lacht und lacht, und Fern sieht zu, wie er lacht, und die Tränen treten ihr in die Augen. „Nicht lachen... ich bitte Sie, lachen Sie nicht!"

Das kam so flehentlich heraus, daß er, plötzlich ernüchtert, innehält. „Es ist kein Spaß", versichert sie mit fester Stimme, „können Sie das nicht einsehen; es ist ja schrecklich mit Ihnen!"

„Nein, ein Spaß ist es nicht, entschuldigen Sie; ich bin nur..."

„Ich weiß. Aber ich bitte Sie: fahren Sie noch heute nacht nach Bombay!"

„Und was wird mit Ihnen?"

„Das spielt keine Rolle, es ist mir auch gleich. Ich weiß mich selber zu schützen."

Er spürt den gelinden Vorwurf. „Was werden Sie tun?"

„Ich nehm' es, wie es kommt; es ist mir gleich."

Er sitzt und schweigt vor sich hin. ‚Wenn ich bloß nüchtern wäre!' Dann fragt er plötzlich: „Und wenn wir nun heirateten?"

„Nicht um alles Geld in der Welt!"

„Ach so...!"

Sie merkt, er ist zu betrunken, um zu verstehen, was sie gemeint hat. Sie liest an seinem Gesicht ab: er ist beleidigt, weil er denkt, sie verabscheut in ihm den Trinker und Nichtstuer. Sie möchte herausschreien, daß sie nur aus Stolz so geantwortet hat, und kann es nicht. Denn der gleiche Stolz hält sie zurück.

„Schauen Sie", sagt er, „Sie können unmöglich wieder nach Hause und dasselbe noch einmal durchmachen, womöglich noch ärger!"

„Wenn ich Geld hätte, wüßte ich, was ich täte!"

„Ich glaub's. Ja ... schade. Aber nach Hause können Sie nicht. Gehen Sie zu Smileys!"

„Das geht schon gar nicht. Ich habe ihnen schon gerade genug Unannehmlichkeiten verursacht; ich hab' doch alles erzählt!"

Sein altes ironisches Grinsen erscheint. „Sehr weise."

„Ich weiß selbst nicht, was mir eingefallen ist."

„Ich kann Sie leider nicht einladen, hierzubleiben; das würde die Sache nur verschlimmern – halt, ich habe eine Idee: Sie könnten bei Raschid wohnen!"

„Nein. Ich kenn' ihn ja gar nicht."

„Aber ich. Er ist Polizeiminister, verheiratet und hat sieben Kinder. Etwas Respektableres finden Sie in der ganzen Welt nicht."

„Er ist doch Inder."

„Ist das ein Unterschied? Er ist ein sehr feiner Mensch."

Sie denkt an die Reden, die Mrs. Simon über „die Dreck-Inder" führte, die „mit Smileys verkehren", und antwortet: „Für mich gibt es keine Unterschiede, aber ihr könnte es den Vorwand zu einem Riesenkrach liefern; Sie haben ja keine Ahnung: sie ist zu allem fähig, sie geht damit bis nach Delhi; sie bringt es noch vor den Vizekönig."

Er sieht es ein, erkennt es in seiner ganzen Lächerlichkeit: wie das harmlose Ausreißen eines romantisch veranlagten Schulmädchens zur „Affäre" wird, sich zu einem „Zwischenfall" auswächst, den Frieden Indiens bedroht, internationale Dimensionen annimmt und schließlich in die Geschichte eingeht. Er tut den ersten Blick ins Innere dessen, was „die indische Frage" heißt, in die unabsehbaren Verwicklungen, die durch den Kleinbürger mit seinem Neid und gehässigen Vorurteil, seiner Furcht, Kleinlichkeit und gemeinen Art angerichtet werden, und begreift trotz seines Rausches endlich einmal, was ein Inder dabei empfinden muß. Alles fühlt er ihm nach: die Nadelstiche, die Demütigungen und Beleidigungen finsterster Sorte, die er heute wie ehedem von Minderwertigen wie Mrs. Simon und Mrs. Hogget-Clapton einstecken muß. Unglaublich! Ein junges Mädchen westlichen Ursprungs darf sich vor einer verlotterten Mutter nicht in das Haus der anständigsten, saubersten Menschen zurückziehen, bloß weil es Inder sind! „Ja ...", sagt er düster, „es ist eine verseuchte, verkommene Welt ..."

Fern aber interessiert sich nicht für Politik, Philosophie und Menschheitsfragen, sondern erklärt rundheraus: „Es gibt nur eins, ich gehe wieder nach Hause. Ich hab' jetzt keine Angst mehr vor ihr. Sie hat jetzt Angst vor mir; ich weiß es. Aber Sie müssen verschwinden, unbedingt. Verstanden?"

Er hat verstanden, daß sie ihm nicht mehr vertraut. Sie kam zu ihm und hoffte, er könne ihr helfen. Und er? Ist betrunken, wirr, unbrauchbar; weil ihm wieder einmal alles im tiefsten Grund gleichgültig ist, was auch geschieht. Er ist nicht imstande, den kleinen Finger zu rühren, Verantwortung zu übernehmen und eine ernste Angelegenheit ernst zu nehmen; er nimmt alles nur lächerlich. „Hm . . .“, macht er schwach, „also Sie gehen heim . . .? Na, morgen sieht alles schon anders aus.“

„Schon gut. Machen Sie sich keine Gedanken! Ich bin ja an allem schuld. Ich kann es mir selbst nicht erklären; ich war halt verrückt. Verzeihen Sie meine Dummheit!“

Er sieht sie an; selbst durch den Schleier des Alkohols fühlt er den jugendlichen Charme und ihre Aufrichtigkeit, ihren Ernst und erkennt, daß sie von ihm keine Hilfe mehr erwartet. Es ist nun eher umgekehrt. „Sie waren nicht verrückt“, sagt er betont, „in keiner Beziehung“, und denkt: ‚Ich wollte, ich hätte dich immer bei mir, für alle Zeit!‘ Doch jetzt ist es dafür zu spät. Sie wünscht kurz gute Nacht und tritt hinaus in den Regen.

Er sitzt im Sessel, der Tür gegenüber, durch die sie sein Zimmer verließ. Endlich erinnert er sich an das Dinner bei Bannerji, steht auf und trinkt noch ein Glas Branntwein. Er muß die düsteren Gedanken ertränken, die ihn beherrschen, muß sich Energie antrinken, damit er hinüber ins Gartenhaus kann und Johannes den Täufer zum Teufel jagen, weil er geschwatzt und seinen Herrn verraten hat.

Eine lästige Aufgabe. Obwohl er nicht weiß, wie es in John innerlich aussieht, hat er sich doch an ihn gewöhnt, er hat ihn sogar gern, gewiß hat er ihn gern.

Er findet das Gartenhaus leer. Der Diener ist fort, aber anscheinend nicht für immer; der kleine Handkoffer mit seinen Habseligkeiten steht noch da. ‚Er kennt mich‘, denkt Ransome, ‚gründlicher, als ich dachte. Er ist einstweilen verduftet, weil er genau weiß, daß ich ihn morgen nicht wegjage, weil es mir zuviel Mühe macht, mich nach einem andern Diener umzusehen, und mir sein Getratsch morgen unwichtig und nur als menschliche Schwäche erscheinen wird. John sieht voraus: morgen früh ist mir klar, daß in Wahrheit nicht er an dem Übel schuld ist, sondern Mrs. Simon, Pukka-Lil und ihresgleichen.‘

LVI

Fünf Minuten, nachdem er weg war, traf Mrs. Simon ein und fand das Haus leer. Die ganze Empörung, die sie auf dem Weg zur Station und wieder zurück in sich aufgespeichert hatte, schlug um in eine nicht minder heftige Neugier. Seit drei Jahren wünschte sie sich, diese Wohnung in Augenschein nehmen zu dürfen. Jetzt endlich wurde ihr Wunsch erfüllt. Sie schnüffelte von Zimmer zu Zimmer, vor allem ins Schlafzimmer, wo ihr der Anblick von Bürsten, Pfeife und Bett wollüstige Schauer erregte, für die ihr Mann hernach würde herhalten müssen. Das Haus selbst war jedoch eine Enttäuschung, denn es entsprach weder ihrer Vorstellung von den Appartements eines englischen Gentleman noch dem Bild, das ihr das Kino von der Einrichtung besserer Herren gegeben hatte, ja nicht einmal dem Wohnstandard Lily Hogget-Claptons.

Nachdem sie alles einer gründlichen Prüfung unterzogen hatte, fuhr sie schnurstracks zu Smileys und entlud ihre gestaute Entrüstung in einem furchtbaren Krach.

Erschrocken, verwirrt suchten Smileys zunächst sich mit ihr menschlich-vernünftig auseinanderzusetzen. Doch als sich herausstellte, und zwar sehr schnell, daß man ihr mit Menschlichkeit und Vernunft nicht beikommen konnte, weil dies über Mrs. Simons Verstand ging, sagten Bertha und Homer Smiley überhaupt nichts mehr, vielmehr ergriff Tante Phoebe an ihrer Stelle das Wort und sprach, wie ihr der Schnabel gewachsen war: das blöde Gekeife sei nicht zum Aushalten, Mrs. Simon sei ein eingebildetes Weibsbild. Sie solle sich schleunigst über die Straße hinüberscheren und sich nicht unterstehen, je wieder das Haus zu betreten!

ZWEITER TEIL

I

Das Haus Bannerji war in jeder Beziehung absonderlich. Vor fünfundsiebzig Jahren, noch zur Regierungszeit des Ruchlosen Maharadschas, hatte es Lady Streetingham, die exzentrische Frau des damaligen Residenten, entworfen und aus Latten und Stuck möglichst billig bauen lassen. Es diente zur Unterbringung der vielen Gäste, denn die Dame liebte Geselligkeit über alle Maßen, und da sie nun einmal mit einem langweiligen Menschen vermählt und durch dessen Stellung in ein barbarisches Land verbannt war, pflegte sie jeden, den sie irgendwo kennenlernte, nach Ranchipur einzuladen, und zwar auf so lange, wie es ihm dort behagte. Daher glich denn das Anwesen mit der Zeit einem Logierhaus mit Schenke und zahlreichen Hintergebäuden in einer noch leichteren Bauart. Dort hauste die Dienerschaft. Das Hauptgebäude aber besaß auch durch seine Form einen eigentümlich bizarren Reiz. Es war achteckig und im Parterre von einer Veranda, im ersten Stock von einer Galerie umgeben, welche beide um das ganze Gebäude herumliefen. Das Dach war flach, und da die Haustreppe bis hinauf führte, konnten die Gäste nach orientalischer Sitte dort oben, unter dem sternefunkelnden, tiefblauen Himmel gelagert, die heißen Nächte im Freien verbringen.

An der Rückfront hing wie ein dicker Schweif ein barackenartiger Anbau. Er war als Dependance gedacht, falls das Haupthaus nicht ausreichte, alle Abenteurer und Indienbummler zu fassen, die der Einladung der überspannten, schwerreichen Lady Folge leisteten. Dies war denn auch sehr bald der Fall. Das Haus wurde zu einem Tummelplatz der Entwurzelten und Gescheiterten.

Der üble Ruf, den es binnen kurzem erlangte, führte schließlich zur Abberufung des Residenten und trug zur Minderung des europäischen Ansehens in der Hauptstadt mehr bei als alle andern Vorfälle der Skandalchronik Ranchipurs. Das Bild der von den fragwürdigsten Gestalten gezierten Veranda, die nie verstummenden Gerüchte von trunkenen Schwelgereien und Ausschweifungen, die sich im Innern des Hauses abspielten, endlich gar die Ermordung eines Gastes und der Selbstmord eines zweiten, all dies brachte Lady Streetinghams Lasterhaus so in Verruf, daß es noch Jahre nach deren

Wegzug leerstand. Selbst der niedrigste Kuli kräuselte, wenn er daran vorüberkam, verächtlich die Lippen, und das Volk von Ranchipur sagte: „Das ist die europäische Zivilisation."

Zu jener Zeit brauchte es lange, bis Nachrichten aus Ranchipur durch ganz Indien bis zum Regierungssitz in Kalkutta gelangten, und es währte sogar noch länger, bis man es oben in der Regierung glauben wollte, daß die Zustände im Gästehaus der reichen, exzentrischen Residentengattin so himmelschreiend seien, wie es mit Recht behauptet wurde. Erst der Mord und der Selbstmord machten dem Treiben ein Ende und gaben dem Residenten samt Gattin und Gästehaus den Rest. Doch der Schaden war nicht wiedergutzumachen. Noch nach dreißig Jahren wirkte der Ruf der Verworfenheit fort und bestimmte die Meinung der zwölf Millionen Einwohner des reichen und großen Staates Ranchipur, erfüllte ihn mit schleichenden Unruhen und Aufständen und machte die Zusammenarbeit äußerst schwierig.

Allein für den Maharadscha und sein Bestreben, sein Volk aufzuklären und es auf die Höhe des alten Selbstbewußtseins zu bringen, wurde die Sage vom Lasterhause zum Segen. Sie schwächte jene Geheimwaffe, die auf europäisch Prestige hieß, und stumpfte sie ab. Sie gab dem Eingeborenen Ranchipurs das unerschütterliche Gefühl seiner Gleichberechtigung mit jedwedem Briten. Sie lockerte die Autorität der Zentralregierung, die rasch dahinterkam, daß Lady Streetingham mit ihren famosen Gästen es ihr so gut wie unmöglich gemacht hatte, mit Ranchipur fertig zu werden. Sie ließ dem Volk und seinem Maharadscha freie Hand. Um des lieben Friedens willen erlaubte die Zentralregierung dem Staate Ranchipur, seinen eigenen Weg zu gehen.

Das Gästehaus war schon in Zerfall, als es der Maharadscha für seinen Hofbibliothekar Bannerji in Anspruch nahm, welcher in seiner Art eine sonderbare Ähnlichkeit mit Lady Streetingham aufwies. Seine Gastfreundschaft war ebenso wahllos und unbegrenzt, doch sein Geschmack glücklicherweise nicht ganz so ausgefallen. War der Lady im Grunde jedermann recht gewesen, wenn er nur eine gewisse Menschenähnlichkeit aufwies, nicht taubstumm war und noch so weit nüchtern, um mit ihr Whist spielen zu können, so legte der Bibliothekar an seine Gäste immerhin den gleichen Maßstab an wie eine Hoteldirektrice der besten Londoner Gegend und sammelte eine Gesellschaft um sich, die weder indisch noch europäisch, sondern ein Mischmasch aus beidem war, denn er war ein Snob. In Oxford erzogen, hatte er sich, weniger infolge unmittelbarer Berührung mit den entsprechenden Kreisen als durch besondere Witterung und Beobachtung, einen Snobismus zugelegt, der seinem Wesen nach nicht etwa britisch war, sondern noch eine Nuance feiner, nämlich englisch. Mit diesem durchsichtigen Lack war nun sein dunkles Indertum überstrichen, und die Gesellschaften, die er gab, dieses wunderliche Durcheinander von Elementen, die er nie zu einem organischen Ganzen vereinigen konnte, waren ein sehr getreues Abbild seines Charakters. Da der Hofbibliothekar das Haupt der kosmopolitischen Clique von Ranchipur war, dirigierte der Maharadscha wichtigere Besucher gerne zu einem Dinner oder wenigstens einer Tennisparty zu ihm. Die britische Kleinbürgerclique unter Führung Lily Hogget-Claptons tat zwar, als verachte sie ihn; wenn aber Größen vom Range der Hestons immer bei Bannerjis und niemals bei ihr erschienen, wußte sie sich vor Wut und Neid nicht zu fassen. Die echten Inder andererseits beargwöhnten seine Oxford-Richtung und spotteten, er wisse nicht, wo er hingehöre.

Bannerji aber schuf sich auf diese Weise eine Position und einen eigenen Kreis, der zuweilen eine auffallende Ähnlichkeit mit jenem aufwies, der zur Zeit der seligen Streetingham sein Haus als Absteigequartier benutzt hatte, und allgemein der „Bannerji-Kreis“ genannt wurde, was ihn mit hoher Genugtuung erfüllte. Doch in die Arroganz, die er in Ranchipur gerne zur Schau trug, mischte sich eine immerwährende Bangigkeit. Als sich sein Vater, der alte Bannerji, aus einem blühenden Versicherungsunternehmen, das er in Kalkutta betrieb, in ein Leben beschaulicher Betrachtung zurückzog, übernahm er dessen ganzen Besitz. Der Sohn war nun reich, hatte eine blendende Schönheit zum Weibe, nahm eine angesehene, hervorragende, ja sogar einflußreiche Stellung ein, aber er war nicht glücklich. Denn es gab zu viel, was er vor den Augen der Welt zu verbergen hatte.

Sein unentschlossener, schwacher Charakter war in zwei scharf gesonderte Teile gespalten, doch nur ein Wesen mit allsehendem Auge konnte dies wissen, ein solches nur glauben, daß dieser artige Herr, der mit leutseligem Lächeln bei einer Tennisparty Cocktail offerierte und über Pariser Rennen und Londoner Theaterverhältnisse plauderte, der gleiche Bannerji war, welcher frühmorgens aus seinem achteckigen Bau kroch, durch den Irrgarten der schwankenden Hintergebäude und Hütten bis ans äußerste Ende seines Besitztums schlich, um dort vor einer kleinen, monströsen Statue der Göttin

Kali, die schon vom Blut zahlloser Opfer beschmiert war, einer Ziege den Hals abzuschneiden. Und nur er selbst konnte von dem eisigen Schrecken wissen, der oft mitten in einer mondänen, internationalen Abendgesellschaft seinen Herzschlag stocken ließ, wenn ihm über dem Scheitel eines der Gäste urplötzlich die große Zerstörerin Kali erschien und ihn anklagte, sein Volk, sein Blut und seinen Glauben verraten zu haben. Und nur Kali konnte es wissen, daß er nicht etwa infolge Unfruchtbarkeit seiner schönen Gemahlin kinderlos war, sondern darum, weil ihr schweigender Hohn so auf ihn wirkte, daß er sich von der ersten Nacht an unfähig fühlte, sein eheliches Recht auszuüben. Geäußert hatte sie nie etwas. Sie sprach kaum mehr mit ihm als mit irgendeinem europäischen Tischnachbar, neben den sie zufällig zu sitzen kam. In Ransome erregte diese erschreckende, stumm-höhnende Verachtung jedesmal das perverse Gelüst, sie zu erniedrigen. Dem Mann Bannerji raubte sie die Zeugungsfähigkeit.

II

Ransome ging öfters zu Bannerjis, doch nicht nur wegen des Hauses und der Dame des Hauses, sondern auch, weil es der einzige Ort in Ranchipur war, wo man wirklichen Köpfen begegnen konnte, Schriftstellern, Naturwissenschaftlern, Historikern, Architekten, Musikern oder Kunsthistorikern, die sich mit indischer Plastik, Malerei, Architektur, Musik oder Geschichte beschäftigten. Als Bannerji vor dreizehn Jahren nach Ranchipur kam, hoffte der Maharadscha, durch ihn könne er offiziellen Gästen eine Anschauung wirklichen indischen Lebens bieten; aber was diesen dann in dem Hause geboten wurde, war weder indisch noch europäisch, sondern ungefähr so, wie Mr. Bannerji sich ein Fest in Park Lane zur Zeit Edwards VII. vorstellte.

Trotzdem hatte Ransome den Mann gern und fühlte zuweilen mit ihm, denn Bannerjis Unentschiedenheit und sein ganzes Elend unterschieden sich nicht sehr von dem seinen. Und immer wieder war es die Dame des Hauses, die kalte Schönheit, die, betelkauend, mit ihrer Freundin in einem Winkel kichernd und tuschelnd, ihn reizte und unbefriedigt, enttäuscht zurückließ, so daß er sich in dem Hause nie glücklich und bei keiner der Einladungen richtig wohl fühlte. Allein, dies hatte noch andere Gründe, die nicht recht zu fassen, doch alle irgendwie unheimlich waren. Vom Betreten bis zum Verlassen des Hauses nämlich verspürte er ein leichtes Übelsein und benahm sich so merkwürdig linkisch, als sei er nicht Ransome, der Weltwanderer, dem nichts Menschliches fremd war und der sich überall zu bewegen verstand, sondern ein Junge auf seiner ersten Gesellschaft. Das erste Mal hatte er sich nur darüber geärgert. Erst als das gleiche sich immer wieder zeigte, fiel es ihm auf, und er suchte es zu analysieren. War es die Aura des Hauses, die ihn auf mystische Weise beeinflußte? Die Erinnerung an den Selbstmörder, den Mörder und den Ermordeten, die da geisterte? Die Unzucht und Schwelgerei von Menschen, die vielleicht längst schon in Gräbern ruhten? Oder das seltsame Wesen der Dame? Ausstrahlungen einer unglücklichen Ehe? Oder das Wissen, daß nahe, ganz nah, hinter der Wand, an die er sich lehnte, oder dort hinter dem Wandschirm, ein alter Mann sich verbarg, den außer den Gastgebern, Major Safka und einigen Dienern niemand in Ranchipur sah: Bannerjis Vater ...?

In dem mauerumgebenen Garten hinter dem Haus, wo Frau Bannerji ihre Tiere hielt, sah Ransome einmal zwischen staubigen Büschen das weiße Gewand des Alten entflattern. Ihn selbst hatte er nie gesehen. Der Sohn erwähnte den Vater zuweilen beiläufig, als sei kein Geheimnis damit verbunden; doch sein Gesicht zeigte dabei den Ausdruck heiliger Scheu. Sein Vater, erzählte er, habe im hohen Alter allen weltlichen Freuden entsagt, um in beschaulicher Betrachtung Weisheit zu suchen und sich auf ein künftiges Leben vorzubereiten. Die fromme Ehrfurcht, mit der er dies vorbrachte, beeindruckte Ransome, nicht etwa aus Hang zum Hindu-Glauben, sondern weil hier ein weltlich Gesinnter vom Weg eines Greises zur Heiligung sichtlich erschüttert war, und er stellte, allerdings nur ein einziges Mal, die etwas respektlosen Fragen: „Worin bestehen seine beschaulichen Betrachtungen? Worüber meditiert er? Ist das zu hoch für uns? Kann er nicht meditieren und dabei unter Menschen leben?"

Höflich, gemessen versetzte Bannerji: „Es ist schwer zu erklären. Man kann es nur verstehen, wenn man dessen schon ansichtig ist", worauf er schnell das Thema wechselte. Doch entging es dem Frager nicht, wie die erschrocken blinzelnden Augen ihm angstvoll auswichen und sich der Mann ängstlich scheu duckte. ‚Wie ein gescheuchter Hase', stellte Ransome fest.

Er vermutete nicht, die unheilgeschwängerte Luft des Hauses habe etwas mit heimlichen Orgien oder mystischen Opfern zu tun, die eine billige Journalistik den Hinduriten gern zuschreibt. Nein, sie rührte gewiß von weniger augenfälligen Sensationen her. Doch es war da; er fühlte es immer deutlicher, das Geheimnis, er glaubte es beinahe greifen zu können: Da ...! Da ...! Jeder Mensch mit gesunden fünf Sinnen mußte es fühlen, jedesmal, wenn er das Haus betrat. Es hing wie ein dünner, ansteckender Hauch um Bannerji und sein Weib. Es wehte durch alle Räume. Zuweilen trat es in einer Betonung, einem Erschrecken zutage, in der Art, wie sich sogar das starre Wesen der Frau mitten im Gespräch jählings verwandelte: dann wurde aus einem, wenn auch kalten, entrückten, aber immerhin wirklichen, fast vertrauten Geschöpf etwas Schattenhaftes, halb Wildes, Entsetztes. Nicht an den Bannerjis allein hatte Ransome solches beobachtet, sondern zuvor schon an Hunderten, Tausenden von Indern; auch bei der alten Maharani, der Stolzen, Heftigen, Freien, hatte er schon, während sie sprach, sich den gleichen, plötzlichen Wechsel vollziehen sehen. Im Hause Bannerji trat dies vielleicht nur deshalb schärfer hervor, weil der Mann ein Bengale war, und seine Bemühung, aufgeklärt und als Muster europäischen Benehmens zu erscheinen, den Kontrast um so schmerzhafter, das Geheimnis um so fühlbarer machte.

Nachgerade war Ransome davon überzeugt, daß eben dies es war, was die meisten Inder von den Europäern schied, sie mitten im vertraulichen Beisammensein trennte, enge Freundschaften sprengte, aushöhlte oder absterben ließ. The mystery of India, das Geheimnis Indiens, nannten es die Autoren gemeinhin, doch Ransome gab sich damit nicht zufrieden; die Deutung schien ihm so billig wie die Tricks der Fakire. Er war zu klug, um Mysterien gläubig hinzunehmen; er hatte gefunden, daß selbst die abseitigsten Hindumysterien sich am Ende sehr einfach erklären ließen.

Er hatte Indern, die er für seine Freunde hielt, darüber Fragen gestellt, war damit aber nicht weit gekommen, bis er an Safka geriet. Raschids Befragung hatte zu nichts geführt. Für so etwas hat kein Moslem ein tieferes Verständnis. Der herzhaft offene Raschid meinte, eben dieses „Mysterium" mache den Hindu feige, unzuverlässig und verräterisch; aus ihm entstünden die Reibungen zwischen Hindus und Mohammedanern. Es schien ihn demnach noch mehr zu irritieren und zu beirren als Ransome. Safka hingegen war Hindu, Brahmane, und innerlich frei, nicht allein von Vorfahren her, die, statt sich vor dem Mysterium zu ducken, dagegen gekämpft hatten, sondern noch mehr, weil er an die Wissenschaft glaubte und an den Sieg menschlicher Vernunft über jene Naturgewalten, die sich in den unheimlichen Göttergestalten des Hinduismus personifizierten.

„Das Geheimnis, dem Sie da auf der Spur sind", sagte Safka, „ist die große indische Krankheit; Sie können es auch das indische Unglück nennen. Es erstickt und lähmt. Es ist wie der Gestank über den Quartieren der Armut bei Ausbruch der Pest oder der Pocken."

Sie sprachen manches Mal über das Thema, auf Ransomes Veranda oder im Sprechzimmer des Majors, wo dann Miss MacDaid zuweilen auf einen Sprung hereinkam und nach kurzem Zuhören spöttisch bemerkte, mit diesem Gerede vergeude man nur kostbare Zeit. Was Indien zu seiner Rettung nötig habe, sei weiter nichts als Bildung, Sauberkeit und genügend Lebensmittel. Allein der Major setzte die Diskussionen fort und schien sich mit jedem Gespräch über den Gegenstand klarer zu werden, und Ransome ging es ebenso.

„Die Ursprünge", sagte Safka einmal, „sind mystisch wie die Erscheinungsformen. Um sie zu ergründen, müssen Sie die Geschichte der Hindureligion, ihre Entstehung, ihren Aufstieg und den Zerfall kennen. Es gibt dazu in der Weltgeschichte kaum eine Parallele, außer etwa in kleinerem Maßstab die religiöse Hysterie des europäischen Mittelalters, als sich ja auch Einsiedler in Höhlen verkrochen, um dort der ‚Contemplation' zu pflegen, genau wie der mysteriöse Gauner, der alte Bannerji! Die Intelligenz ging damals ins Kloster, weil die Flamme der Zivilisation und Kultur sonst nirgends mehr glühte. Das sogenannte indische Geheimnis gleicht in vielem jener Wolke, die damals ganz Europa verdüsterte und die wir – trotz aller darin enthaltenen Wahnvorstellungen und abergläubischen Banalitäten – halt doch als einen Glauben, als Religion bezeichnen müssen. Das Christentum war damals ein übles Konglomerat aus der Lehre Christi, aus druidischem Heidentum, altem Aberglauben aus den Sümpfen Germaniens und einigen Zutaten griechisch-römischer Mythologie und Philosophie. So drang es in jedes Haus, in jedes Menschenleben, außer in solche, die sich im Kloster absonderten oder gleich Tieren in Wald und Höhle hausten; es erfüllte das Sein und Denken sogar der Intelligenz mit Schreckbildern von Hexen, Zauberern, Kobolden und zwang sie auf diese Weise, statt an das Gute zu glauben, dem Glauben ans Böse zu huldigen. Dies alles aber geschah im Zusammenbruch eines Weltreichs, einer ganzen Zivilisation.

Sie sehen nun: ein Versicherungsagent wie dieser alte Bannerji, der sich zur Ruhe gesetzt hat, hat Angst. Er zieht sich zurück, um heilig zu werden, weil sein bisheriges Leben alles andre als heilig war; alles Geld, das er aufhäufte, floß nicht aus Quellen, die sein Leben heiligen könnten. Er hat immer noch Angst; wovor, weiß er nicht recht, aber er hat Angst. Und sein Sohn hat auch Angst. Mit all seinen feinen Manieren und hochtrabenden Redensarten ist er ein Feigling. Immer wieder steht er in Furcht vor der unfaßbaren Masse all dessen, was er nicht versteht." Hier lachte Safka in sich hinein. „Sogar die alte Maharani ist mitunter in Angst, ich habe es selber gesehen; dann denkt sie nicht mehr daran, daß sie aufgeklärt ist, eine Höhere Mädchenschule gegründet und ein Gesetz durchgebracht hat, das den Hindufrauen die Scheidung ermöglicht. Sie hat Zeiten, da packt es sie und wandelt sie wieder zurück in die abergläubige Halbwilde, die man einst aus den Bergen hierherbrachte."

„Es hängt über Indien wie eine Wolke", äußerte er ein andermal, „eine Religion, die keine Reformation gekannt hat, die wie alle Religionen geboren ist aus der Natur, sich einst hoch erhob und wieder absank, verderbt und verheert, auf das Niveau der wilden Götzen und Tabus und das böse, zerstörerische Prinzip genauso verehrt wie das Gute und Schöpferische. Sie gibt sich vielleicht noch wilder und grausiger kund als je das heidnische Christentum des finsteren Mittelalters, nicht als ob hier das Volk schlimmer wäre, sondern weil Indien, nicht die Inder, vielmehr die Erde, die Sonne, der Himmel, das ganze indische Sein grausam und ohne Rücksicht ist. Es ist das Land der sengenden Sonne, der verdorrten Flächen, der Wolkenbrüche, in dem es nirgendwo friedlich grünt, ein Land, wimmelnd und überquellend von solchem Leben, daß dessen Überschwang zur Gefahr werden kann, zu Zerstörung und Unheil; ein Land voll Schlangen, Bestien, Erdbeben, Dürren und Sintfluten, in dem die Natur feindlicher ist als irgendwo auf der Erde, und dennoch ein Erdteil, überschäumend von Leben . . . so reich an Menschen und Fruchtbarkeit, wie Afrika leer und unfruchtbar ist." Er seufzte, wurde leise und schwermütig. „Sehen Sie . . . das ist es, dies Indien. Das ist's, weshalb es immer gequält und gefoltert wurde; weshalb seine Herrscher allezeit unglaublich glanzvoll und unglaublich barbarisch waren, weshalb sein Elend und Leiden über das anderer Völker hinausgeht. Es ist das Land der wildesten Übertreibung, wo Grausamkeit grausamer und Schönheit schöner als anderwärts ist. Daraus kam der alles umarmende Glaube, der sich hoch, hoch erhob und dann in Anbetung des Zerstörerischen verfiel. Überall auf Erden ist die Natur so lange ein Feind, bis sie durch den Geist und die Hände des Menschen unterworfen wird. Allein in Indien ist die Natur ein Ungetüm, das man bisher noch nicht im mindesten zu zähmen vermochte. Da konnte man nicht anders, man mußte sie logischerweise in der Gestalt Kalis anbeten. Miss MacDaid hat nur zum Teil recht.

Wir können die Inder erziehen, ihre Kinder richtig ernähren und immerhin versuchen, ihre Krankheiten auszurotten. Aber am Ende siegt jedesmal die Natur. Wir haben hier in Ranchipur ein gut Stück Weges zurückgelegt. Doch schließlich besiegt uns Indien selbst: Indien, der Kontinent, der nicht zu besiegende.

Was Bannerji fürchtet, sind nicht lediglich jene vagen Symbole, die man als Götter aufstellt, sondern ist ein weit Tieferes, Ungestümeres. Er lebt in Angst vor Indien selbst; die Götter sind nur Schatten. Doch Dürre, Monsune, Erdbeben, Aussatz, Pest, Typhus, Sonnengluten und nackter Himmel, die sind es, die ihn umlagern. Weil er beschränkt ist, meint er, Kali zu fürchten. Trotz seiner ganzen Oxford-Erziehung und seinem Geschwätz über Paris und London bleibt ihm gegenwärtig: er ist Inder und entrinnt Indien nicht." Wieder ein Seufzer. „Vielleicht unterliegen wir; ich sehe die Sache nicht so einfach wie Miss MacDaid! Versuchen kann man es, aber es ist nicht leicht, wenn ein ganzes Volk in Furcht statt in Vertrauen lebt. Ihr im Westen geht unter, weil ihr keinen Glauben mehr habt. Manchmal aber glaube ich: gar kein Glaube ist besser als unser Glaube der Furcht. Denn es gilt, die Furcht zu bekämpfen und die Verneinung des Guten, die Selbstverleugnung. Das ist der Grund, weshalb unsere wackeren Moslems die Oberhand haben. Nichts im Himmel oder auf Erden flößt ihnen Angst ein, nicht einmal Indien. Sie waren näher daran, es zu unterwerfen, als irgendwer sonst. Aber auch sie wurden geschlagen. Nie wurde Indien eingenommen, auch nicht von den Briten. Sie sind hier, geduldet bis zu der Stunde, da Indien, das gute und böse, aufsteht unter rollendem Donner und sie dahintaumeln werden wie Asoka und Alexander, wie Moguln, Tataren, Chinesen ..." Trauer und Niedergeschlagenheit, wie Ransome sie schon so manches Mal in indischen Augen gelesen, sprachen aus Safkas Stimme und Blick. Doch zugleich glühte in ihm ein Stolz, ein Triumph, denn er fühlte sich als ein Stück dieses unbesiegbaren, tragischen Kontinents. Der Major teilte weder den zähen Optimismus Raschids, der sich hochgemut seines Erobererblutes bewußt war, noch die lerchenhafte Heiterkeit Jobnekars, des von jahrhundertelanger Knechtschaft Befreiten. Er war klüger als beide und besaß den Instinkt und das Ahnungsvermögen einer Rasse und Kaste von kaum ermeßlichem Alter.

Und doch faßte auch ihn zuzeiten die Angst. Darin lag für Tom Ransome ein Teil seines bestrickenden Wesens: daß dieser Major zugleich ein Knabe und alt wie die Zeit war; daß er das Dasein zu schmerzhaft fand, darin zu leben, es sei denn, man werfe sich mitten hinein in seine Strudel und Schrecken. Für ihn gab es keine Flucht in die Verneinung und kein beschauliches Dasein.

Ransome geht zu Fuß zu Bannerjis, fest davon überzeugt, die Gesellschaft des Sturmregens werde ihn von dem bedrückenden Gefühl des Bösartigen, das Ferns Erzählung in ihm hervorgerufen hatte, befreien, und die Flut werde ihn trotz Regenmantel und altem Filz reinwaschen. „Sauberkeit...", murmelt er in seinem Rausch vor sich hin, „Reinlichkeit... das tut mir not", und denkt dabei: ‚Wenn es dann auf dem Nachhauseweg zu stark regnet, kann mich ja Safka mitnehmen.' Von Edwina will er sich nicht nach Hause bringen lassen, keinesfalls. Ein Zusammensein auch nur von zwei Minuten im gleichen Wagen würde er lieber vermeiden. Denn wenn sie erst bei ihm am Tor ist, will sie natürlich herein, etwas trinken und plaudern. Sie ist ein Nachtfalter. Schlaf, außer bei Tag, ist ihr verhaßt, und richtig lebendig wird sie erst nach Sonnenuntergang. Bei Tag hat sie leicht etwas Laues, Unfrisches; nachts ist sie frisch, kühl, entzückend, als schenke ihr erst die Dunkelheit Leben und Lust. Sie wird hereinwollen, um mit ihm zu plaudern, und den Rest kann er sich denken. Sie werden des Trinkens und Redens müde, wiederholen das nächtliche Spiel im Schloß aus Langeweile, Perversität, Übersättigung, aus keinem andern Grund, und morgen früh fühlt er sich wieder elend, beschmutzt und erniedrigt.

Während er mit benommenem Kopf durch den Regen zieht, sieht er zum ersten Male klar, was sie miteinander verband. Waren ihr Überdruß, ihre Arbeitsscheu, ihre Umarmung nicht eine müde Gebärde des Trotzes gegen die übrige Welt? Waren sie nicht wie unartige Kinder, die eine lange Nase drehen? Fürwahr, in jener Nacht, im Palaste des Maharadschas, forderten sie die andern in frecher Schaustellung heraus, riefen „Ihr könnt uns..." einer Welt zu, von der sie genau wußten, sie werde sie nie zur Rechenschaft ziehen, gleichgültig, was und wie sie es anstellten, weil sie beide anziehend und ein Großteil der Welt so eklig und flach war wie Mrs. Hogget-Clapton und Ferns gräßliche Mutter. Selbst durch Edwinas müde Verderbtheit schimmerte noch etwas Lichtes, Strahlendes ... ja, manchmal ein Reines. Dies war es, was sie so bestechend und verheerend machte. Gott hatte ihr zuviel des Guten mit auf den Lebensweg gegeben.

Auf halbem Wege zu Bannerjis setzt plötzlich der Regen fast ganz aus. Dicht über dem Horizont erscheint ein drückender Sonnenball und taucht alles in faulig-schwefliges Licht. Häuser, Mauern, selbst das frischgebadete Grün der Bäume scheinen das unirdische, falbe Glutlicht in sich einzusaugen und wieder auszuspeien, ein Licht, wie von Gott dazu ausersehen, dem Weltuntergange zu leuchten. Krank, aussätzig, eitergelb, entsetzenerregend und ranzig fällt es auf Bannerjis achtkantiges Haus, rührt an Gestalten der Gäste hinter geöffneten Fenstern, und schärfer denn je durchdringt Ransome das alte Gefühl, als sei dieser Ort in der Hand böser Mächte. ‚So müßte Bannerjis Haus immer beleuchtet sein.'

Während er den Schlamm der Anfahrtsstraße durchstapft, fällt der Sonnenball hinter den Horizont und läßt die reglose Luft schwer, dunstig und dunkelgrün, geschwängert von Fruchtbarkeit, wie immer während der Regenzeit. Die Luft ist so trächtig und reich und feucht, als lebten Kräuter, Sträucher und Bäume von ihr allein, zögen aus ihr alle Nahrung und brauchten weder Wurzeln noch Erdreich. Als er vor der Veranda anlangt, ist die gelbe Beleuchtung verschwunden. Das düstere, alte Haus liegt in der Dunkelheit. Im Licht der Fenster erblickt er die Gestalten Edwinas, der Bannerjis; Miss MacDaid, Major Safka und Miss Murgatroyd trinken Cocktail und plaudern.

Er steigt die Stufen empor und bemerkt, daß die kahlen Gummibäume und Aspidistren, die die Veranda garnieren, gar wunderliche Blüten getrieben haben. Aus ihrem stumpfen Grün drängt sich wie durch Hexerei ein kunterbunter Tumult von Dotterblumen, Zinnien, Rosenmalven, Begonien und Nelken. Ihm ist, als sei die Pflanzenwelt plötzlich wahnsinnig geworden. Sein gärtnerischer Geschmack fühlt sich beleidigt, doch schon versteht er: dies dekadente Schauspiel kann nur das Werk des alten Bannerji sein, welcher das heutige Fest augenscheinlich als ein für den Sohn hochwichtiges gesellschaftliches Ereignis ansah und darum, wie schon an früheren Galaabenden, an anspruchslose Gummipflanzen und Aspidistren die Blüten bunt prangender Gewächse zur Verzierung mit Garn fein säuberlich anband. ‚Alles Edwina zu Ehren', denkt Tom, und ‚der greise Bannerji mit seinen beschaulichen Meditationen ist ein richtiger Snob.'

Bei Bannerjis braucht sich ein Ankömmling nicht anzumelden. Der erste Schritt auf die Veranda genügt, um einen knurrenden, kläffenden, kreischenden, piepsenden Chor zu entfesseln. Frau Bannerjis Pekinesenhündchen beginnen, und sogleich setzen Papageien, Kakadus und Araras ein, die um die ganze Veranda herum in Käfigen und auf Stangen sitzen; ihr Lärm verbreitet sich wie die Pest über die Hintergebäude bis zum äußersten Ende des Grundstücks und steckt die dort hausenden Tiere, Vögel und Kinder an. Denn Bannerjis Hof und Garten ist ein Indien en miniature und wie dieses wimmelnd von lärmendem Leben.

Im Hause schenkt Bannerji Cocktails für Lady Heston, den Major und Miss MacDaid ein. Sein blütenweißer, hocheleganter Anzug ist in der Bond Street gearbeitet. In einer Ecke sitzt seine Frau mit ihrer Vertrauten, Miss Murgatroyd, ein wenig abgesondert auf einem Diwan, und diese Trennung von ihren Gästen ist nicht nur räumlich, sondern auch seelisch; ihre Ecke bildet ein unverletzliches, scharf abgegrenztes, indisches Reservat.

Miss Murgatroyd, Bannerjis Bibliothekassistentin, eine dünne, kleine Jungfer Ende der Dreißig, gehört weder den europäischen noch den indischen Kreisen Ranchipurs an. Sie hat nie geheiratet; denn erstens war sie weder reich noch hübsch, und zweitens hätte sie bestenfalls einen „Eurasier" bekommen, und diese Halbeuropäer oder Halbasiaten betrachtete sie, wie manchmal sogar sich selbst, mit tiefster Verachtung. Obwohl ganz Ranchipur ihre Abstammung kannte, die man ihr außerdem auf den ersten Blick ansah, da sie der trübe Teint, die spezifische Haarfarbe, das gelbliche Weiß der blauen Augen und die dünnen indischen Hände verrieten, ging sie doch in dem zärtlich gehegten Glauben durchs Leben, niemand könne es wissen, und erzählte den Leuten, sie sei früh verwaist und ihr Vater Friedensrichter in Madras gewesen. Sie trug ausschließlich europäische Kleidung, die ihr nicht stand und sie noch unansehnlicher machte, als sie schon war. Im Sari hätte sie als Inderin glaubhaft, vielleicht sogar würdig gewirkt. Das europäische Kostüm hing an ihr wie eine unpassende Maskerade, im Effekt nicht anders, als gehe eine typische ältliche Angelsächsin im Sari, mit Armspangen und Ohrgehänge geschmückt, auf den Maskenball. Dazu suchte sie sich noch mit Vorliebe just solche Kostüme und Kleider aus, die allenfalls einer zarten Blondine mit hellstem Teint zu Gesicht gestanden hätten. So saß die Dunkelhäutige denn auch jetzt, zur Seite der stolzen, exotischen Schönheit Bannerji, in einem mit Rosengirlanden gemusterten, zartblauen Taftkleid.

Ransome kannte die derart Herausgeputzte nur von der Bibliothek und Bannerjis her; sonst lebte sie anscheinend nirgends. Ihre verschüchterte, kriecherisch fahrige Art war ihm unangenehm, nicht nur an sich, sondern mehr noch, weil sie durch grausame menschliche Vorurteile so geworden war. Sie hatten ihren ursprünglich guten

Charakter verhunzt, so wie der schönste, kräftigste Leib durch schleichende Krankheit entstellt wird. Der schönen Bannerji diente die Murgatroyd als eine Art Sklavin, zappelte sich für sie ab, schmeichelte ihr, zollte, begeistert kichernd, den Bosheiten Beifall, mit welchen die Dame fast jeden bedachte, der ihr in den Weg kam, und fühlte sich dabei innig befriedigt. Es war, als räche sie sich auf dem Umweg über ihre Herrin an allen, Indern wie Europäern, die sie über die Schulter ansahen. Ransome hatte immer den Eindruck, als schöpfe sie nur aus Frau Bannerjis Hohn und Erhabenheit das ihr zum Leben notwendige Minimum an Selbstgefühl. An irgendwelche Zuneigung der Inderin zur Eurasierin glaubte er nicht, sondern nur daran, daß sie dieselbe als nützlich empfand und dieser ein Leben ohne den kleinen ermunternden Zuschuß Vertraulichkeit unerträglich dünkte.

Nachdem er die beiden von Dinner zu Dinner, von Tennisparty zu Tennisparty beobachtet hatte, stieg ihm der Verdacht auf, die hochmütige Bengalin Bannerji foltere die eingeschüchterte Eurasierin Murgatroyd, lasse an ihr als einer Art Prügelknaben die Wut auf alles Europäische aus, und die Ärmste ertrüge es, ja begrüße es, weil es das einzige war, das ihrem Lebeii eine gewisse Bedeutung gab. Ihre Verehrung für die Herrin glich der eines beschränkten, häßlichen Schulmädchens für ihre schönste, begabteste Mitschülerin.

Er tritt zu den beiden Damen. Die Inderin erwidert seinen Gruß nur mit lässigem Nicken. Ihre Vertraute jedoch springt auf und sprudelt hervor: „Oh, guten Abend, Mr. Ransome, wir haben uns ja schon so lange nicht gesehen; ich freute mich schon, Sie heute hier begrüßen zu können, und fürchtete nur, Sie seien auch in die Berge gegangen."

„Nein, ich bleibe hier." Selbst in angetrunkenem Zustand macht sich der alte Widerwille geltend. Der Anblick der scheelen, aufdringlichen Person läßt ihn die ganze Menschheit hassen. Wie eine schlecht gekreuzte, schlecht behandelte Hündin kommt sie ihm vor, die schweifwedelnd auf dem Bauche kriecht und die Hände zu lecken sucht, von denen sie einen Schlag erwartet. Stets suchte er die Verachtung und Ächtung, unter der sie so litt, irgendwie gutzumachen, begegnete ihr mit besonderer Liebenswürdigkeit, tat, als nähme er warmen Anteil an ihr, zog sie ins Gespräch, wenn die andern sie übersahen; und während diese oft aus dem Hause gingen, ohne sich auch nur nach ihr umzusehen, versäumte er nie, ihr eine geruhsame Nacht zu wünschen. Daß sie halb Europäerin, halb Asiatin war, berührte ihn nicht. Er setzte sich sogar darüber hinweg, daß sie entnervend langweilig war.

Die schöne Bannerji hat Mr. Ransome guten Abend gewünscht und kaut weiter an ihrem Betelblatt, als warte sie ungeduldig darauf, daß er sie mit seiner weiteren Anwesenheit verschone. Die häßliche Murgatroyd sprudelt weiter, bis er in seiner Verzweiflung etwas von Cocktail murmelt und sich in Richtung Edwina zurückzieht, die abseits steht und ihn zu erwarten scheint.

„Du willst wirklich noch einen Cocktail?" fragt sie ihn zur Begrüßung.

Er grinst. „Auf einen mehr kommt es jetzt auch nicht an."

„Du wirst", versetzt sie, „eines Nachts auch einen mehr genehmigen, glatt hinschlagen und weiße Mäuse sehen. Dann dürften vielleicht die Leute den leisen Verdacht schöpfen, daß du ein bißchen viel trinkst. Mir persönlich wäre es jedenfalls angenehm, mit dir zu plaudern, solange du noch halbwegs weißt, was du redest."

„Steht es so schlimm?"

Während des kurzen Zwiegesprächs merkte er, wie hinter ihrem Rücken auf dem indischen Diwan ein Getuschel anhob, und wußte, die beiden Lästerzungen lästerten über Edwina und ihn und waren über den Vorfall im unteren Zimmer des Schlosses restlos im Bilde. ‚Lächerlich, anzunehmen, daß nicht ganz Ranchipur binnen vierundzwanzig Stunden davon unterrichtet war. Bis morgen wird auch die zweite Geschichte die Runde gemacht und sich unterwegs zu einer Räubergeschichte entwickelt haben, in welcher Fern Simon von Thomas Ransome brutal vergewaltigt wird', und er denkt, während er weiter mit Lady Heston plaudert, ‚vielleicht hat Fern recht: ich sollte von hier verschwinden!'

Zum ersten Male erscheint ihm das Klatsch- und Intrigennest Ranchipur unerträglich, ärger noch als Grand River zu der Zeit, als seine Ehe mit Mary in die Brüche zu gehen begann. „Was macht dein Mann?" fragt er Edwina.

„Unverändert ..., er deliriert. Ich wäre natürlich zu Hause und bei ihm geblieben, aber der Major hat es mir streng untersagt, und wenn wir womöglich wochenlang hierbleiben müssen, kann ich unmöglich schon jetzt damit anfangen, an seinem Bett zu sitzen."

Er hält sich für hinreichend angesäuselt, um eine Frage zu stellen, die ihm schon einige Zeit auf der Zunge liegt. „Machst du dir viel daraus?"

Sie versteht ihn absichtlich falsch. „Hierbleiben zu müssen? Damit habe ich mich abgefunden. Ich kann dann wenigstens in London etwas erzählen – wenn mir einmal nichts Besseres einfällt." Sie ist ihm entschlüpft wie immer, aber er läßt nicht locker: „Nein! Ich meine, ob du wegen deines Mannes sehr bekümmert bist?"

„Nein." – „Habe ich auch nicht anders erwartet."

„Ich habe auch nie so getan, als ob."

Er höhnt: „Was furchtbar gewesen wäre! Ein klein wenig Menschlichkeit!"

„Was hast du nur? Warum so gereizt? Früher warst du im Rausch viel amüsanter."

Er hörte, während sie so miteinander stritten, mit halbem Ohr Miss MacDaid, Bannerji und den Major von der Cholera und dem rapiden Ansteigen des Stromes reden, und derweil tuschelten und kicherten die Bengalin und die Eurasierin, als lebten sie auf ihrem Diwan ein Sonderdasein und die Gesellschaft ginge sie nicht das mindeste an.

Er hört noch mehr: das eintönige Brausen des Regens, der wieder einsetzte, das Tosen des Stromes, dazwischen das langgezogene Brüllen der Löwen im Tierpark jenseits der Brücke.

„Und der Doktor ...?" bohrt er weiter.

„Versteht anscheinend was", entschlüpft sie abermals leicht; sie verrät sich mit keiner Miene. Und er: „Hast du nun Indien erlebt, statt Bücher darüber zu lesen?"

Ihre Antwort kommt nicht sogleich. Dann aber sieht sie ihm in die Augen. „Warum bist du so?" fragt sie.

„Wie?"

„Weil du betrunken bist? Alles weibisch Widerwärtige kommt dann bei dir zum Vorschein."

„Ich bitte kniefällig um Verzeihung."

„Tu nicht noch großartig ironisch! Bist ja doch bloß eifersüchtig. Etwa nicht?"

„Nein. – Ja ... wenn du meinst?"

„Nein ... nicht direkt eifersüchtig ... die Sache ist viel komplizierter." – „Scheint mir auch."

„Auf so was verstehe ich mich."

Ein boshaftes Grinsen ist seine einzige Antwort.

Sie aber legt die Hand auf seinen Arm und sagt leise: „Hör mal, Tom! Wir sind fast mit der ganzen Welt entzweit. Da sollten wir nicht auch noch aufeinander losschlagen."

Selbst durch den Alkoholnebel spürt er das Flehentliche der Worte. Ihre konventionelle Kälte scheint weggeschmolzen. Er denkt: ‚Edwina, die Glitzernde, Edwina, das Glückskind ... Edwina, die Seelenlose – die selbstgefällige Edwina hat Angst!' und antwortet:

„Ja. Wir sollten lieber zusammenhalten. Wir haben sonst niemanden, beide nicht.“ – „Verdirb mir den Spaß nicht; sei nicht garstig!“

„Gut. Tu, was du nicht lassen kannst! Das ist mir gleich. Es geht mir nicht um dich; es handelt sich überhaupt nicht um dich. Du packst deine Koffer, fährst wieder ab, fertig! Aber den Unrat, den du zurückläßt . . .!“

„Du bist doch manchmal ein grausiges Schwein.“

„Vielleicht ist das meine Aufgabe, meine einzige.“

Sie hat eine Antwort auf der Zunge, beherrscht sich aber und schweigt. – Er wartet. Dann fragt er: „Was wolltest du sagen?“

„Es hat keinen Zweck. Du würdest mich doch nicht verstehen. Du machst dann bloß einen Witz und denkst, ich sei sentimental. Ich verstehe mich selber nicht recht.“

Major Safka näherte sich den beiden, und Ransome staunt. ‚Was ist das? Ist sie nicht mehr imstande, die Wirkung zu verbergen, die dieser Mann auf sie ausübt? Oder ist sie zu schamlos dazu, es auch nur zu versuchen? Bin ich der einzige, der ihr anmerkt, wie das Blut unter der zarten, hellen Haut rascher fließt und die Worte klangvoller tönen? Sehe nur ich dies Aufleuchten der schönen Augen, der blauen, die –‘ denkt er schmerzlich, ‚trotz allem und allem unschuldig blikken, als warteten sie noch immer auf etwas, das niemals kommt – vielleicht, weil es nicht existiert.‘

Plötzlich wird ihm etwas bewußt, woran er nie zuvor dachte, und erfüllt ihn mit seltsamer Schwermut. In diesem Lichte sah er sie nie. Er ruft sich sogleich zur Ordnung: ‚Es hat keinen Zweck, gefühlvoll zu sein; es hilft zu nichts‘, und kommt doch nicht davon los: sie steht ihm näher, als ihm je irgendein Mensch in ganz Ranchipur stand – ja, irgendwer in der Welt. Sie sind miteinander verknotet. Es gibt kein Entrinnen.

Er fürchtet für den Major, den er liebt und hochschätzt. Er wacht eifersüchtig über ihn. Denn Safka ist der einzige Mensch, der ihn bisher noch nie enttäuscht hat. Und trotzdem, komme, was kommen mag, er muß zu Edwina halten. ‚Hätte ich keinen Rausch‘, erkennt er, ‚ich hätte das Aufleuchten ihrer Augen nie zu deuten gewußt.‘ Da fällt sein Blick auf Miss MacDaid.

Sie spricht noch mit Bannerji. Aber sie hört augenscheinlich kein Wort von dem, was er redet. Sie schaut an der geschmeidigen, kleinen Gestalt vorbei auf Edwina und Safka, und in dem aufrichtigen, zerfurchten, lächerlich geschminkten Gesicht ist deutlich zu lesen: sie ahnt, was da vor sich geht, und leidet Todesqualen.

III

‚Will denn das Dinner kein Ende nehmen?‘ denkt Ransome. Irgend etwas, das er mit aller dumpfen Anstrengung nicht zu ermitteln vermag, hat die gewohnte Wirkung des Alkohols umgewandelt. Zwar hat er auch jetzt das Gefühl, alles sei für ihn gleichgültig, aber es macht ihn nicht heiter wie sonst, erfüllt ihn vielmehr mit schmerzlicher Verzweiflung, bringt ihn in Selbstmordstimmung; es ist ärger noch als die trostlose Qual in nüchternem Zustand.

Er sitzt zwischen Edwina und der Murgatroyd, hört weder die bissigen Glossen der einen noch das Gewäsch der andern, sondern nur das unaufhaltsam anwachsende Rauschen des Regens und das Getose des Stroms. Es durchdringt ihn wie furchtbares Ohrensausen. ‚Vielleicht habe ich diesmal des Guten zuviel getan. Sollte Edwina‘, fragt er sich, ‚recht behalten? Fängt so das Delirium an?‘

Wieder dringt durch das mächtige Brausen von Regen und Strom Löwengebrüll aus dem Tierpark, aber nun nicht bloß von einem, sondern gleichzeitig von den vier oder fünf Löwen, die der Kaiser von Abessinien dem Maharadscha verehrt hat. Es liegt Unheilkündendes in dem Brüllen, und es erfüllt ihn mit angstvoller Sorge. Schon manches Mal erwachte er nachts von dem Gebrüll aus dem Zoologischen Garten, doch war es stets nur ein Tier, höchstens ein Paar, das da brüllte, nie dieser entfesselte Chorus, erhaben und schrecklich zugleich.

Edwina schenkt weder den Vorgängen draußen noch ihrem Tischnachbar die geringste Beachtung. Sie spricht mit ihrem Gegenüber, dem Major, oder mit Bannerji. Dessen kleines Nepalesengesicht strahlt vor Befriedigung, weil er mit einer der prominentesten Pairsgemahlinnen Englands in seinem eigenen Haus sich zu unterhalten die Ehre hat. Und dann ist das Dinner plötzlich zu Ende. Die Dame des Hauses hat sich erhoben und verläßt mit den andern Damen den Speisesaal.

Verdrossen sieht Ransome sie gehen. Der Alkohol hat ihn im Stich gelassen. So wie jetzt war ihm noch nie zumute. Er wendet sich höflich an Bannerji und sieht – nein, es ist kein bestimmter Schreck, der sich auf dem Gesicht des Gastgebers malt, sondern ein Unbestimmbares; ähnliches hat er schon früher an ihm beobachtet. Ist es der Regen? Der Strom? Das unheimliche Löwengebrüll? – Das ist nicht mehr der mondäne, geschmeidige Bannerji im weißen Anzug von der Bond Street. Was da sitzt, ist ein verängstigter Dorfbewohner aus einem fernen Dschungel in Nordbengalen. Ransome sieht Safka fragend an; der grinst und flüstert ihm zu: „Er hat ein Rendezvous mit Kali; er muß sie wegen der mageren Poulets besänftigen, die wir eben verspeisten."

Tom sucht sich mit aller Gewalt zusammenzunehmen. Zum erstenmal in seinem Leben schämt er sich gründlich. Er sieht sich selbst mit den Augen Safkas. ‚Einen reizenden Anblick muß ich ihm bieten!'

Der Major beugt sich lächelnd über den Tisch zu ihm herüber. „Sie sehen schlecht aus. Ich würde an Ihrer Stelle auf den Branntwein verzichten."

„Sie haben wohl recht. Ich fühle mich nicht wohl."

Kurzes Schweigen. Dann sagt der Major: „Ich möchte Ihnen gern etwas sagen, ich weiß nur nicht recht wie", und da Ransome nicht antwortet, fährt er fort: „Halten Sie mich, bitte, nicht für aufdringlich oder anmaßend, aber ...", seine Hand langt über den Tisch, berührt Ransomes Rechte und ergreift sie langsam, sanft. „Schauen Sie, lieber Freund, wenn ich Ihnen irgendwie helfen kann, kommen Sie zu mir, bitte. Es klingt sentimental, ich weiß, und es fällt mir gewiß nicht leicht, aber jetzt ist es heraus. Ich wollte nur, daß Sie es wissen."

Ransome meidet seinen Blick. Er sieht in sein Brandyglas, murmelt: „Sehr gütig von Ihnen; ich verstehe Sie. Aber ich wüßte nicht, wie Sie mir helfen könnten. Niemand kann es", und denkt mit stillem Hohn: ‚Das sollte der General erleben und alle die windigen Gesellen, die vom britischen Prestige schwätzen! Sie zählen für mich nicht so-o viel, alle, wie sie da sind! Prestige? Sch ...!'

Der Major zieht die Hand zurück, zündet sich eine Zigarre an, sagt: „Ich habe zwei unangenehme Nachrichten für Sie. Können Sie sie jetzt hören, oder soll ich lieber bis morgen warten?"

„Ich kann. Worum handelt es sich?"

„Die erste betrifft unsere gute arme Miss Dirks."

„Hm ... Ich kann mir schon denken."

„Ja. Das Schlimmste, was Sie sich denken können, ist leider wahr. Wäre sie vor einigen Monaten zu mir gekommen, dann hätte man vielleicht noch etwas tun können, jetzt nicht mehr. Eine Operation wäre sofortiger Tod, und das wäre vielleicht das Beste für sie."

Jählings fängt Ransome betrunken, hysterisch zu lachen an, doch die Töne, die er hervorbringt, klingen nicht wie Gelächter. Ärger sind sie als eine Totenklage, und derweil sieht er die arme Dirks, wie sie bei ihm auf der Veranda saß, weiß das Gesicht, die Hände unterm Jackett in ihrem Schoß, den Bauch pressend, wenn die Schmerzen sie überwältigten. ‚Arme Miss Dirks! Old Dirks' Tochter, die nie eine Freude hatte! Arme Miss Dirks! Du wußtest, daß du geliefert bist', denkt er und lacht weiter und sieht, daß der Major ihn ruhig beobachtet und den schrecklich trunkenen Heiterkeitsausbruch versteht. ‚Mein Gott! Arme Miss Dirks!'

Der Anfall hört plötzlich auf; Ransome faßt sich, gießt ein Glas Wasser hinunter, entschuldigt sich, er habe nicht anders gekonnt, und fragt: „Wissen Sie auch, weshalb sie nicht schon vor einigen Monaten zu Ihnen kam?"

„Ich glaube."

„Es stimmt. Weil sie sich vor einem Mann nicht nackt zeigen wollte. Nun muß die arme alte Person sterben, weil Dacy Dirks und das ganze Gelichter seit Generationen gelehrt haben, der Mensch sei böse und lasterhaft und der Leib etwas Unanständiges. Die Ärmste stirbt einen langsamen Martertod wegen tausend übler nonkonformistischer Pfaffen, vieltausend pervers empfindender Christen ..." Er ist mit einemmal nüchtern und fragt: „Haben Sie ihr ein Mittel gegen die Schmerzen gegeben?"

„Sie braucht nichts mehr auszuhalten. Ich gab ihr das Nötige ... und noch etwas mehr. Wenn sie es für richtig hält, kann sie es nehmen."

„Sie wird es nicht tun. Vielleicht nimmt sie überhaupt nichts davon ein. So ist sie."

„Ich weiß. Sie ist sehr englisch. Schon seit Wochen erträgt sie Tag und Nacht Todesqualen."

„Und die zweite Nachricht?" fragt Ransome. „So furchtbar wie diese kann sie nicht sein."

Wieder ertönt das unbändige, heisere Brüllen der Löwen und klingt so nah, als seien sie dicht vor den Fenstern.

„Die zweite? Schlimm genug, aber nicht so schlimm wie diese. Heston hat die Pest."

Pause. Dann fragt Ransome: „Sind Sie sicher?"

„Kein Zweifel. Ich sandte die Blutentnahme nach Bombay. Das Telegramm kam, als ich eben zum Dinner wollte."

„Wo er sich die nur geholt hat?" fragt Ransome und erhält die gleiche Antwort wie am Morgen in der Vorhalle des Sommerpalastes, nur daß Safka diesmal nicht dazu grinst: „Selbst hohe englische Herren sind angeblich schon von Flöhen gebissen worden. Vermutlich", setzt er hinzu, „hat er sich irgendwo in den Stallungen angesteckt, als er dort die schönen Pferde in Augenschein nahm. Es herrscht da ein gewaltiges Rattensterben. Auch zwei Stallknechte sind schon tot."

Ein Gefühl, nicht unähnlich Bannerjis Grausen, überkommt Ransome, das Grauen vor dem Ungeheuer Natur, doch unterdrückt er es und fragt: „Haben Sie es ihr mitgeteilt?"

„Nein, ich hielt es für richtiger, wenn sie es von einem alten Freunde erfährt." Er sieht Ransome scharf an. „Wird sie es schwer ertragen?"

Tom ist genügend ernüchtert, um sich die Antwort zu überlegen. Ihm dämmert, er könnte mit wenigen Worten ihr alle Chancen bei Safka verderben; er muß ihm nur die Wahrheit sagen. Doch da hört er ihre Stimme: ‚Verdirb mir den Spaß nicht ... wir sollten nicht aufeinander losschlagen', sieht wieder den unschuldigen Ausdruck der blauen Augen, wiederholt sich die Devise: ‚Ich muß nicht Jehova spielen wollen', und versetzt trocken: „Ich weiß nicht. Sie hat es nicht leicht mit ihm, er ist ziemlich brutal. Sie hatte wohl mehr bei ihm auszustehen, als die meisten Frauen sich bieten ließen. Sie ist tapfer. Sie hat ..."

Er bringt den Satz nicht zu Ende. Der Eßtisch schwankt. Klirrend stoßen die Gläser zusammen. Die Vorhänge drüben am Fenster stehen steil ins Zimmer, wie vom Sturmwind hereingeweht, aber es geht kein Wind. Der Boden schwankt. Persische Miniaturen fallen zu Boden, gefolgt von Stuck, der von der Decke herunterprasselt. ‚Nur hinaus!' denkt er, sieht Safkas Gesicht in ungeheurer Bestürzung. Dann erlöschen die Lichter. Durch den Lärm der Papageien, Araras, Pekinesen hört er von nebenan das hysterische Kreischen der Murgatroyd.

Der Major hat sich als erster gefaßt. „Kommen Sie!" ruft er über den Tisch hinüber. „Man muß die Frauen hinausbringen." Ransome stolpert hinter ihm her durch die Finsternis, stößt gegen Stühle; Gläser fallen, zerschellen. Blind tappt er in ein Gemälde der Mogulzeit, das von der Wand fiel, mitten hinein und springt, als er spürt, wie sein Absatz das Glas in das empfindliche Meisterwerk preßt, beiseite, als sei er auf eine Schlange getreten.

Nebenan liegt die Murgatroyd auf den Knien und schreit; doch es ist kein hysterisches Aufkreischen mehr wie zuerst, sondern ein gleichmäßiges rhythmisches Schreien. Anscheinend empfindet sie einen gewissen Genuß dabei. Miss MacDaid sucht sie auf die Beine zu stellen und auf die weniger gefährdete Veranda zu ziehen, doch die Eurasierin stellt sich an, als gehe es zur Folterbank, strampelt und kreischt wie besessen. Ransome sieht die beiden im schwachen Licht durch die Verandatür.

Endlich gibt Miss MacDaid der Schreienden eins hinten drauf. „Los, dumme Gans! Noch so ein Erdstoß, und das Haus stürzt uns überm Kopf zusammen!"

Der Klaps tut seine Wirkung. Die Oberschwester kann die Verstummte auf die Veranda ziehen. Eine Sekunde ist es auffallend still. Nur der Strom rauscht, der Regen braust. Dann beginnen die Löwen wieder zu brüllen, und aus dem Gewirr der Häuser und Hütten hinter dem Garten erhebt sich ein Jammergeheul; es klingt wie eine einzige Stimme trostloser Angst.

Kaum widersteht Ransome der trunkenen Versuchung, alles gehen zu lassen, wie es geht, und auf den nächsten Erdstoß zu warten, daß er sie alle vernichte. Er muß sich gewissermaßen erst selber beim Kragen nehmen, nach Miss MacDaids Muster sich einen Klaps versetzen, um handelnd, nüchtern eingreifen zu können. Dann ruft er Edwinas Namen.

Ihre Stimme tönt aus dem Dunkel zurück, doch nicht angstvoll, nur sonderbar angestrengt.

„Ist dir was geschehen?" fragt er.

„Nein!" kommt es zurück. „Das war aber was!"

„Ist vielleicht noch nicht zu Ende!"

„Was soll man jetzt tun?"

„Weiß nicht. Der Major wird schon anordnen ..."

Der Major sammelt die Ratlosen und nötigt sie von der Veranda in den Schutz der Torfahrt, der einzigen Stelle, die noch einigermaßen sicher und gegen den immer schrecklicheren Regen geschützt ist. „Wo sind Bannerjis?" fragt er plötzlich.

Niemand scheint es zu wissen, außer vielleicht die Murgatroyd, aber aus ihr ist nichts herauszubringen. Sie wimmert nur noch. „Um Himmels willen, hören Sie auf", fährt Miss MacDaid sie an, „das Gezeter aus den Hinterhäusern und Hütten ist schlimm genug", und Safka schüttelt sie: „Wo ist Frau Bannerji?" Unter anhaltendem Schluchzen würgt sie hervor: „Ich weiß nicht ... weiß nicht ..."

Im gleichen Augenblick kommt die Gesuchte, umgeben von einem Rudel winselnder, seidenweicher Pekinesen, die Treppe herunter. In der Hand trägt sie eine altertümliche Laterne, in der eine Stearinkerze brennt. Gemächlich, als sei weder Grund zur Eile noch irgendwelche Gefahr, schreitet sie hoch aufgerichtet die Stufen hinab, mit einer gelassenen Würde, die Ransome nie an ihr gesehen hat. Das von unten kommende Kerzenlicht hebt plastisch die Flächen des schönen Gesichts, die hohen Backenknochen, die leicht geschlitzten Augen, die fein gemeißelte Nase hervor. Inmitten des Untergangs sieht er dies alles genau und erinnert sich einer Äußerung Miss MacDaids: neben einer indischen Schönheit wirke das süßeste westliche Gesicht wie ein formloser Pudding.

Während sie so hinabsteigt, dringt von der oberen Galerie ein neuer, ungewöhnlicher Ton, ein verwehtes, angstvolles Wehklagen: Bannerjis Stimme, die sich zum Gebete erhebt und noch in der gleichen Minute in einem andern, erst schwachen, dann immer heftigeren Geräusche ertrinkt. Es ist wie das Zischen von Millionen Schlangen, kommt näher, wächst an. Die Gruppe unter der Torfahrt wendet sich nach ihm um – nun hören und sehen sie, was es ist, unverkennbar:

Quer durch die Finsternis, etwa in Mannshöhe, zieht ein schmaler Streifen weißen Schaumes. Es ist, als sammle er in sich das letzte Licht, selbst noch die Ausstrahlung eines Mondes, den dichte Wolken verbergen, Licht, das sonst nie durchdrang, nun aber im Dunkeln zu schimmern beginnt. So rückt es eilends gegen sie vor.

Schon bringt die phosphoreszierende Flut die Lehmmauer am äußeren Ende des Gartens zum Einsturz. Das riesige Otterngezisch wird zum heulenden Brausen und ersäuft das Jammergeschrei aus den Hütten, das Brüllen der Löwen, das Hundegebell und Bannerjis Weheruf.

Ransome drängt Edwina vor sich her in das Haus. Miss MacDaid bringt sich selber in Sicherheit. Safka hebt sich die Murgatroyd wie einen Sack Mehl auf die Schulter und befiehlt: „Die Stiegen hinauf! Es kommt von den Staudammanlagen. Der Damm ist gebrochen."

Ransome erreicht als letzter die unterste Stufe der Treppe im selben Augenblick, da die Wasserwand auf das alte Gästehaus stößt, und wie unter einem zweiten Erdstoß erbeben die Wände. ‚Das ist das Ende', denkt er, ‚das hält der alte Kasten nicht aus!'

Doch er hielt. Die Flut strömte durch Fenster und Türen ins Innere und brandete gegen die Treppe bis hart an die Füße der Fliehenden.

Draußen fegt die Flut durch den Garten, umschlingt die Hintergebäude, erstickt alle Jammerrufe mit dem neuen Geräusch krachender Balken und zerbrechenden Fachwerks.

Langsam verebbt das Brausen der Flut in einem fernen Zischen und Gurgeln. Vom Stadtkern her dringt der Jammerton einer Menge, die den Tod auf sich zukommen sieht, quer über den Großen Platz vor dem Alten Palast.

Totenstille herrscht auf dem Treppenabsatz im ersten Stock. Selbst die Hunde liegen vor Schreck lautlos an ihre Herrin gedrängt. Diese lehnt an der Wand, ihre Hand hält die Laterne; zu ihren Füßen liegt die Murgatroyd, ein bewußtloses Bündel aus zartblauem Taft mit Rosengirlanden. Safka und Miss MacDaid sehen sich an, entsetzt, und horchen gespannt. Sie denken nicht an sich selbst, weiß Ransome, nur an ihr Hospital, an die hilflosen Patienten, an die Zerstörung, die jäh über alles hereinbrach, dem sie ihr Leben gewidmet haben.

Edwina lehnt an der Wand, gegenüber Frau Bannerji. Sie sieht nach niemandem, sondern durch alle, selbst durch Wände und Mauern hindurch, und in den blauen Augen steht ein seltsames Licht. Die Lippen sind leicht in den Winkeln gekräuselt. Es ist, als lächle sie.

Ransome, nüchterner, klarer, empfindet mitten in all dem Unheil die Dramatik und die Schönheit der Szene im alten Gästehaus: Auf dem Treppenabsatz im gelblichen Licht der Laterne die dunkle Bannerji, ihr gegenüber die lichte, zarte Edwina; die Hunde, um ihre Herrin zusammengedrängt; zartblauer Seidenflitter zerknittert am Boden; der indische Arzt und die Schwester starr Auge in Auge, und draußen die Nacht.

Es ist still geworden. Nur der Regen rauscht, der Strom brandet, dem Herzen der Stadt entringen sich nur noch vereinzelte Schreie. Sie kommen von jenseits der Brücke und verstummen sehr schnell. Die Löwen schweigen für immer, ‚ertrunken in ihren Käfigen, arme Tiere!' denkt Ransome. Die jähe Stille scheint ihm schrecklicher als alles Getöse des Erdbebens und der Flut.

Mit erloschener Stimme sagt Miss MacDaid: „Mein Gott, wir müssen doch irgendwie zum Hospital kommen . . ." Von der oberen Galerie hört man die Stimme Bannerjis alle Hindugötter auf bengalisch beschwören.

Wenn Ransome in späteren Zeiten an diese Nacht zurückdachte, und er dachte noch oft an sie zurück, erschien sie ihm nicht nur unwirklich in seinem Rausch, in dem Augenblick, da die Katastrophe hereinbrach und die ganze Welt als Phantasiegebilde erschien, sondern auch, weil alles so plötzlich kam, daß ihm keine Zeit blieb, Körper und Geist darauf umzustellen. Im Grunde hatte ihm seine Betrunkenheit einen Vorteil vor allen andern verschafft. Jeder Laut, jeder Eindruck traf ihn nicht unmittelbar, sondern gedämpft, verhüllt, gewissermaßen mit einer Schutzschicht zwischen Geschehnis und Wahrnehmung. Doch nicht nur darum hatte er keine Angst verspürt, sondern vor allem, weil er als einziger der Gesellschaft keine Todesfurcht kannte und Gefahren gleichgültig gegenüberstand. So hatte er den Schock des Erdbebens und die hereinbrechenden Fluten, als Unbeteiligter gleichsam, mit der gleichen Ruhe hingenommen wie die Verzweiflungsschreie aus dem Häuserkomplex hinter dem Garten, die Jammerrufe vom Großen Platz und den Tod der abessinischen Löwen, fast wie eine Theateraufführung, die man von einer Loge aus ansieht. Nur darum konnte er mitten in dem Tumult sich darüber betrüben, daß er mit dem Absatz in das feine Gemälde trat, das Jehangir mit seinen Höflingen auf der Falkenbeize darstellte; nur deshalb die Schönheit der Szene oben an der Treppe wie ein Bühnenbild in sich aufnehmen und genießen; nur deshalb sich dem Befehl des Majors, der statt seiner handelte, gehorsam, gemächlich unterordnen.

Als Miss MacDaid nach dem ersten Wogenprall etwas zu Safka sagte, wandte Tom der Gesellschaft den Rücken zu. Man sollte beim Schein der Laterne sein Lachen nicht sehen. Doch unterdrücken konnte er es ebensowenig wie den Lachkrampf, der ihn bei Safkas Erwähnung der todgeweihten Sarah Dirks befiel. Aber es war ein anderes Lachen. Ihm war nur wieder eingefallen, wie Miss MacDaid die systematisch kreischende Murgatroyd durch einen Klaps beruhigte; wie die Dame Bannerji beim Erdbeben seelenruhig, von Pekineserhündchen umringt, die Treppe hinunterstieg; wie der kleine Bannerji Götzen anbetete; wie der Major die eurasische Bibliothekarin wie einen Mehlsack auf dem Buckel trug, und wie sie insgesamt, von der tüchtigen Oberschwester bis zu „Englands mondänster Pairsgemahlin", vor der Flut Reißaus nahmen und alle, trotz all ihrer geheimen verzweifelten Seelennöte, nichts wollten als leben, leben um jeden Preis! Es war erschütternd komisch. Und mehr!

Er fühlte tiefe Genugtuung bei dem Gedanken: wenn dieses Erdbeben, diese Überschwemmung über die ganze Erde hereingebrochen wären, er hätte es sehen mögen, wie Staats- und Finanzmänner, Millionenerbinnen und Führer der Labourpartei, Journalisten, Diktatoren und alle politischen Größen in Washington und Whitehall, am Quai d'Orsay, im Quirinal und in der Wilhelmstraße dann ihre Haut in Sicherheit brachten. Oh, könnte er es nur mit ansehen! Wie wenn die Propheten des Alten Bundes am Ende recht behielten? Das wäre ein Spaß, wert herzzerreißenden Lachens!

Er fühlt, wie der Major ihn rüttelt, und hört ihn sagen: „Miss MacDaid und ich wollen versuchen, ob wir bis zum Hospital kommen. Sie müssen inzwischen die Aufsicht hier übernehmen. Bannerji taugt zu nichts."

„Okay", sagt Ransome, „aber von Ihnen und Miss MacDaid ist es eine Verrücktheit; es geht einfach nicht", und denkt: ‚Sie dürfen nicht umkommen; von sämtlichen Menschen in Ranchipur, in ganz Indien sind diese zwei zur Zeit vielleicht die wichtigsten', und kleidet es in die Worte: „Sie haben kein Recht so viel zu riskieren."

„Wir riskieren nichts", antwortet Safka, „bitte helfen Sie mir, die Dame hineinzutragen!"

Sie heben die Murgatroyd auf, tragen sie in ein Zimmer, in dem sich nichts als ein indisches Bett mit Kissen befindet; Edwina geht hinterdrein; Frau Bannerji leuchtet ihnen mit der Laterne, und plötzlich erklärt Lady Heston: „Ich bleibe bei ihr. Tom, bringe mir bitte Wasser und Branntwein, wenn welcher zu finden ist!"

Als Frau Bannerji dem Major, der Schwester und Tom die Stiege hinunterleuchtet, erscheint in der Halle unten ein Diener, zitternd, jammernd, fast nackt. Sie befiehlt ihm auf gujaratisch, den Mund zu halten und ein paar Kerzen zu holen.

Auf der untersten Stufe der Stiege angelangt, blicken sie auf die Zerstörung ringsum. Das Wasser steht im Gesellschaftszimmer noch einen Fuß hoch. Eine neue, kleinere Welle ergießt sich in Fußhöhe durch die Tür. „Sie werden nicht durchkommen!" warnt Ransome.

„Es kommt auf den Versuch an", antwortet Miss MacDaid, „wenn das Wasser nicht höher steigt, kommen wir über die Brücke." Sie schürzt ihr Abendkleid bis über die Knie und folgt dem Major. Ransome leuchtet ihnen mit der Laterne über die Veranda und bis vors Haus. An der Toreinfahrt ist ein Stück weggerissen, so daß ein Ende der Überdachung dicht über ihren Köpfen hängt. Safkas Ford liegt umgestürzt, in ein Gewirr von Pflanzen und Trümmern geschwemmt, oben auf der Veranda. Die Aspidistren, die Gummibäume und ein großer Teil des Geländers sind weggerissen. Safka sieht seinen Wagen an und grinst: „Da haben wir die Bescherung!" Ransome bietet ihm seine Begleitung an, doch er lehnt ab; es wäre nur eine Verantwortung mehr, ohne Nutzen, vermutlich nur eine Mehrbelastung. Als Ransome auf seinem Anerbieten besteht, fällt Miss MacDaid scharf ein: „Seien Sie nicht verrückt", woraus er entnimmt, sie wünsche seine Hilfe nicht. Es handelt sich um ihr eigenstes Unternehmen und um das des Majors. Die Mitwirkung eines Dritten würde sie nur stören. Doch der Major bemerkt zu ihr: „Sie brauchten auch nicht mitzukommen."

„Mich halten hier keine zehn Pferde!" ruft sie. „Sie würden ja nie hinkommen ohne mich!" Ihr gefurchtes, angemaltes Gesicht glüht erregt. In ihrer tiefen Stimme klingt ein Frohlocken, und Ransome denkt: ‚Der Major soll nur ihr gehören. Es gibt sonst niemanden, der ihm von Nutzen sein könnte, sie aber ist unentbehrlich für ihn.' Er sieht sie abziehen, Safka mit der Laterne voran, hinter ihm die Miss, den Rock um die Taille wie eine Turnüre hochgebunden. Von der Galerie zu ihren Häupten ist Bannerjis eintönige Klage nur noch wie ein hohes Summen vernehmbar, gleich dem Bienengesumm im Lüster der Blauen Halle.

Das Schlammwasser reicht den beiden fast bis zur Hüfte. Sie müssen sich fest dagegenstemmen. Zwar steht jetzt das Wasser fast still, doch jede der schaumgekrönten kleinen Wellen, die noch von Zeit zu Zeit anrollen, wirft sie einen oder gar zwei Schritte zurück. Ransome sieht ihnen nach, bis die Laterne am Ende der Auffahrt hinter dem Rest der Umfassungsmauer verschwunden ist. Als er wieder das Haus betritt, steht dessen Herrin noch auf den Stufen, vor ihr der weinende Diener mit einer zweiten Laterne und Kerzen, und empfängt ihn mit den Worten: „Branntwein werden Sie wohl im Eßzimmer finden, im Büfett, falls es nicht weggeschwemmt ist."

Er findet ihn an der angegebenen Stelle. Als er damit zurückkehrt, ersucht sie ihn, als gäbe es weder Hochwasser noch Erdbeben und der Abend nähme seinen normalen Verlauf: „Möchten Sie bitte die Bridgekarten holen; sie sind im Schreibtisch in der obersten Lade."

Zwar ist der Schreibtisch durch den Druck des Wassers im rechten Winkel um seine Achse gedreht, steht jedoch noch aufrecht, und die Spielkarten in der Lade sind nicht einmal allzu feucht. ‚Ich glaube fast, ich bin verrückt', denkt Ransome, als er sie abliefert, ‚vielleicht bin ich's, wahrscheinlich sind wir es alle', nimmt dem Diener die Laterne ab und erklärt, er wolle zum Ende des Hofbereichs; vielleicht sei dort noch jemand, der Hilfe brauche.

Er platscht auf der nassen Veranda ums Haus nach hinten. Seine Gedanken bleiben nicht an den Menschen im Haus und ihren Schicksalen haften, sie erstrecken sich über ganz Ranchipur und drehen sich um Fern Simon. Er ist ihr jetzt dankbar, daß sie nicht, seinem Rate folgend, zu Raschid, sondern nach Hause ging, denn die Mission liegt etwa drei Meilen entfernt und erhöht, während die Flut natürlich dem Flußlauf folgte. ‚Wenn der alte steinerne Kasten ihr nicht beim Erdbeben über dem Kopf zusammenkrachte, ist sie unversehrt.' Er versteht jetzt, wieso Bannerjis Haus dem Erdstoß Widerstand leistete: weil es so leicht gebaut und fast ganz aus Holz ist; ein steinernes Haus wäre eingestürzt. Er erschrickt – zum erstenmal –, doch nicht seinetwegen, nur wegen Fern. Ihr darf nichts geschehen! Der Gedanke, er werde sie nie wiedersehen, ist ihm unerträglich. Ein Leben in Ranchipur ohne sie – er kann es sich nicht mehr vorstellen.

Er hat sich bis zum Ende des Gartens durchgekämpft, wo das Durcheinander der Hintergebäude und Hütten begann. Er hält die Laterne hoch über den Kopf, sucht einen Orientierungspunkt; er findet keinen. Ging er in falscher Richtung? Doch nein. Der große Banyanbaum, der sich inmitten des ungeordneten Häuserhaufens erhob, ist noch da; aber von den Behausungen ist keine Spur mehr zu sehen, kein Pfosten, kein Balken taucht aus dem Schlammwasser auf. Er kann es nicht fassen und muß es doch glauben: die Häuser und alle, die in ihnen lebten, Männer, Frauen, Kinder, Säuglinge und Großeltern, eine ganze kleine Gemeinde, wurden von der ersten Wasserwand in die wahnsinnige Strömung des tosenden Stromes gerissen.

Da steht er allein in grausiger Einsamkeit, bis zu den Hüften im Wasser, die Laterne hoch über dem Haupt, und um ihn ist nichts als der Tod.

Doch dieser Tod ist unsichtbar; er ließ kein Zeichen und keine Spur, nur einen schlammigen See, vom Regen gepeitscht und bedeckt von treibenden Trümmern und Ästen, zurück.

Die Wolken über der Stadt färben sich rosig gelb. Durch das Geäst der Mangobäume leuchtet vom Großen Platz her ein Feuerschein. Tom denkt an Raschid, an Jobnekars in ihrem schwanken, rosarot kindlichen Bau in der unteren Stadt bei den Brunnen der Unberührbaren. Er denkt an Sarah Dirks, die in ihrem Landhäuschen an Krebs, an Lord Heston, der im Sommerpalast an der Pest im Sterben liegt, an Smileys und an den Maharadscha, die Maharani in ihrem weiten Schloß mit den zahllosen, gebrechlichen Türmchen, Zinnen und Minaretts. ‚Ich muß hier heraus', denkt er, ‚sehen, was mit ihnen ist!' und drängt sich mit Macht durch das Wasser und wieder zurück zum Haus.

Als er die Stufen zur Veranda hinaufsteigt, kommt es ihm im Widerscheine der brennenden Stadt vor, als sei das Wasser wieder im Steigen. Im Gesellschaftszimmer wird es ihm zur Gewißheit. Auf der Treppe steht es um eine Stufe höher als vorher.

Er geht zur Vorderfront, schwenkt die Laterne, ruft laut nach Safka, nach Miss MacDaid ... Keine Antwort. Seine Stimme hallt kaum ein paar Schritt weit in den Wall aus Regen und Nacht.

IV

In dem hart am Rand der Sicherungsschleusen befindlichen Wärterhaus waren nie mehr als zwei Schleusenwächter, in jener Unglücksnacht sogar nur einer, denn der Oberjobedar war in die Stadt gegangen, um die Nacht bei seiner Frau zu verbringen. Doch rettete ihn dieser Nachturlaub nicht. Die große Woge zermalmte sein Haus und ertränkte ihn und die Seinen. Der diensthabende Wächter jedoch, ein dunkles, furchtsames Männchen, rannte im Erdbebenschreck aus dem Wärterhaus in den Regen, die Deichmauer entlang, hörte vor sich durch das Regengerausche hindurch plötzlich das Aufheulen der Wasser, die durch das brechende Hemmnis hindurchschossen, kehrte um, raste in der entgegengesetzten Richtung – da scholl ihm von dort das gleiche furchtbare Tosen entgegen. Er war umzingelt vom Untergang. In panischem Schrecken warf er sich mitten im Regen auf das Gesicht, schrie zu Schiwa und Krischna und Rama und zu der grausen Zerstörerin Kali; doch während er noch ihren Beistand erflehte, löste sich unter ihm das Gestein, und er stürzte, in Steinschlag und Wasserstürze gerissen, hundert Fuß tief in das elektrische Kraftwerk hinab. Die Sicherungsschleusen schwankten und sanken dahin, und der ganze, drei Meilen breite, sieben Meilen lange Stausee ergoß sich dröhnend ins Tal. Das Kraftwerk mit einunddreißig Arbeitern wurde hinweggerissen. Wo es gestanden hatte, gähnte später ein großes Loch.

Durch das weite, flache Tal rauschte der Wasserwall, schwemmte zwei Dörfer und hundert Farmen samt Kühen, Eseln, Ziegen, heiligen Affen und allen Männern, Frauen und Kindern hinweg. Die Flut folgte dem Lauf des hoch angeschwollenen Stromes, überschwemmte die Niederung, umbrauste die Hügel, überfiel am Stadtrande die Kasernen der prächtigen Sikhs, die Miss Hodge so bewundert hatte, ertränkte dort die Hälfte derer, welche das Erdbeben noch verschont hatte, und raste weiter. Unersättlich brach sie in die Alkoholbrennerei und die chemischen Werke, zerstörte die kostbare Einrichtung, die der Maharadscha vor Jahren aus Deutschland bezogen hatte, flutete, seichter nun, da es langsam bergan ging, über die Simonschen Tennisplätze und in den Smileyschen Garten, aus dessen rückwärtigem kleinem Gehege sie die Hyäne, die Rehlein, die Wildschweine riß, quoll über die Technikumstraße hinüber, umspülte den höhergelegenen Schloßgrund und leckte an den Mauern des Landhauses Dirks und Hodge. Über den Großen Platz vor dem

Alten Palast, wo entgeisterte Männer, Weiber und Kinder vor dem Erdbeben bei dem Großen Becken und dem Kino Schutz gesucht hatten; durch die Basarstraße, in der die Holzbuden, eine nach der andern, wie Kartenhäuser zusammenklappten; durch das Erdgeschoß des Sommerpalastes, in dessen erster Etage Lord Heston pestgeschwollen im Todeskampf lag; durch das tiefgelegene Viertel der Unberührbaren, deren Lehmhäuser wie Sand wegschmolzen; durch den Tierpark, in dem die Bestien in ihren Käfigen ertranken; durch Ghats, in denen kein Scheiterhaufen mehr flammte, und weiter und immer weiter ins offene Land stürmte die Todeswalze aus Wasser, Haustrümmern, Leichen, entwurzelten Bäumen.

Quer über die Ebene folgten die Fluten dem Flußlauf in Richtung auf den Abana, nur kurz von den beiden Brücken mit den allzu niedrigen Bogen gehemmt, und erreichten die enge Schlucht, durch welche der Strom die Hügelkette durchquert. Hier wurden die Wassermassen gestaut durch eine von ihnen selber geschaffene Schranke aus hochaufgehäuften Trümmern, Unrat, Kadavern und den Leichen der Männer und Weiber und Kinder, welche die reißenden Wasser aus zwanzig Meilen Entfernung herangeschleift hatten. Dies gräßliche Wehr wuchs höher und höher, und die Flutwoge stand fast still. Dann begann sie sich auszubreiten, zurückzufluten, immer von neuem durch unaufhörlichen Regen und den donnernden Strom genährt, und sich abermals auf die verheerte Stadt zu werfen, bis endlich über dem ertrunkenen Tal und der geschlagenen Stadt nur noch ein Schweigen lag.

V

Zur Stunde, da das Unheil hereinbrach, spielte die Maharani gerade mit Maria Lischinskaja Besik. Sie war gelangweilt, nervös von der Hitze, fand, ihre Gesellschafterin lasse sich zu leicht besiegen; auf diese Art machte ihr das ganze Spiel keinen Spaß. Sie hatte die Karten, hatte Ranchipur und Maria satt, die miserabel aussah und von allen Geistern der guten Laune verlassen war. ‚Entweder funktioniert Bauer nicht mehr', dachte die alte Dame, ‚oder sie ist ausgepumpt, sie ist ja auch schließlich nicht mehr die Jüngste. Wie alt sie wohl sein mag?' wollte sie wissen, und da Maria auf eine direkte Frage nach ihrem Alter sie selbstverständlich angelogen hätte, fragte sie indirekt: „Wie alt waren Sie beim Ausbruch der Russischen Revolution?"

Maria ging in die Falle und antwortete ahnungslos prompt: „Einundzwanzig."

‚Dann ist sie also jetzt neununddreißig', rechnete die alte Dame behend. ‚Mit neununddreißig ist eine nicht mehr jung und knusprig, besonders nicht bei dem Leben, das Maria hinter sich hat.' Es gab Tage, an denen die Russin jung für ihr Alter, und solche, da sie viel älter aussah; sie schillere, fand die Maharani; in Zeiten, da sie mehr asiatisch als europäisch war, wirkte sie ebenso alt wie sie selber, älter noch, müder, verzweifelt, gehetzt.

„Soll ich Ihnen vorlesen?" fragte die Lischinskaja.

„Nein, danke, ich gehe schlafen."

Maria steckte sich eine Zigarette an und nahm eine Patience vor. Aber während sie noch die Karten auflegte, geschah rings um sie her eine Veränderung, wie sie sie noch niemals erlebt hatte. Die Luft wurde unerträglich schwer und erstickend, und es war eine Reglosigkeit, als drehe die Erde sich nicht mehr um ihre Achse. Immer schwerfälliger legte Maria die Karten.

Plötzlich, als spüre sie die Anwesenheit einer großen Gefahr, hörte sie auf, horchte entsetzt und wartete. Ihr trübes Gesicht war weiß wie Stearin.

Die Maharani ihr gegenüber umklammerte unwillkürlich die Armlehnen ihres Sessels. Sie wußte, was bevorstand. Wie mit Zauberschlag fühlte sie sich um fünfzig Jahre zurückversetzt in das staubige Dorf im Dekhan, aus dem sie einst gekommen war, um Ranchipurs Maharani zu werden. Sie kannte dieses Gefühl in der Luft, sah wieder ihr Dorf in der Wolke von Staub und Trümmern zusammenkrachen, hörte die Schreie der darunter Begrabenen – da hob sich der Boden zu ihren Füßen, als werde er von einem darunter hausenden Monstrum emporgestemmt. Klumpen Stuck fielen auf sie herunter, die Fledermausnetze flatterten in den Fenstern, und dann begannen die Türmchen und Minarette auf den Dächern des weiten Palastes zusammenzustürzen. Die Lichter erloschen.

In der Finsternis, die entstand, hörten die beiden Frauen, wie Turm auf Turm in gräßlich gedehnten Zeitabständen polternd durchs Dach brach. Maria schrie auf, wild und grausig. Ihr Geschrei übertönte die Jammer- und Schreckensrufe, die sich in allen Teilen des Schlosses erhoben.

„Hör auf mit dem verdammten Geschrei!" herrschte die Maharani sie an. „Das nützt nichts." Hohn und machtvolle Befehlsgewalt klangen aus der Stimme der Alten. Sie verachtete jene, die angesichts des Todes die Nerven verlor und die Würde, ohne welche der Mensch niedriger ist als ein Hund.

Das Schwanken und Krachen der stürzenden Türme hörte auf. „Es ist vorbei", sagte sie nach kurzem Warten. „Der Palast hält stand. Holen Sie meine Taschenlampe! Seien Sie nicht kindisch!"

Es kam keine Antwort, doch trotz der Dunkelheit wußte die Maharani, daß ihr Maria gehorchte. Bald erschien sie hinter dem Lichtkreis des elektrischen Lämpchens.

Das Wehklagen im Schloß wogte auf und ab und wurde so laut, daß es das Brausen der Wasser übertönte, die von dem geborstenen Damm über die Hauptstadt hereinbrachen.

Die Maharani nahm die Lampe. „Kommen Sie mit! Wir müssen zu Seiner Hoheit."

Maria fürchtete nicht mehr für sich. ‚O Gott', betete sie im Herzen, ‚laß Harry nichts geschehen! Erhalte ihn mir unversehrt!' Die gebieterische Hoheit, der herrisch wilde Ton, in dem die Alte zu ihr gesprochen hatte, hatten sie wie eine kräftige Ohrfeige zu sich gebracht und ihre Panik behoben. Ruhig, asiatisch schicksalsergeben ging sie über Glassplitter, Mörtel und Stuck an den breitgewölbten Bogenfenstern entlang durch die Halle und sah, zum ersten Male vielleicht, sich und ihr ganzes unstetes Sein sachlich und ruhig. ‚Was habe ich hier verloren', dachte sie, ‚ich, die Maria Lischinskaja aus Kiew? Wieso laufe ich hier mitten in einem Erdbeben durch ein indisches Schloß hinter einer Maharani? Ich fürchte mich im Moment nicht, aber nicht etwa aus Mut, nur aus grenzenloser Müdigkeit. Ich habe nicht das geringste Verlangen mehr weiterzuleben. Ich bin müde von all dem, was mir geschah, müde der sinnlosen Leidenschaft für Herrn Bauer; ich seh' das jetzt alles, als wäre ich schon gestorben. Ich hatte nichts als meinen Körper, und auch der ist nun, wie mein Geist, fadenscheinig und schlapp. Was ist schon dieser Herr Bauer, daß ich mich an ihn wegwerfe! Ich, Maria Lischinskaja, die Geistvolle, Kluge, die schon als Kind und als junges Mädchen zwischen bedeutenden, anregenden Menschen lebte, Männern, die einen Harry Bauer allenfalls als Diener engagiert hätten. Was ist er? Nichts als ein schönes, gutgebautes Tier, ohne Witz, Zartgefühl, Weisheit oder Kultur!'

Vor der Tonkulisse des Jammergeschreis rings um sie her sah sie ihr früheres Leben gleich wie in einem Film: sie sitzt in der elterlichen Wohnung zu Moskau am runden Tisch, dessen blaue Plüschdecke fast bis zum Boden reicht. Auf dem Tisch steht eine grünbeschirmte

Studierlampe, hinter der sie den Vater sieht. Sein runder Tatarenkopf ist über ein Buch geneigt. Es ist Nikolaus Michailowitsch Lischinskij, der von organischer Chemie mehr versteht als irgendein Mensch im Lande des Zaren. Er ist ein Führer der Liberalen Partei, aber schwach und zu intellektuell, glaubt zu sehr an die Güte der Menschen und wähnt, Freiheit und Bildung genügten, um alle Menschen in Engel zu verwandeln ... Die Tür öffnet sich. Die Mutter tritt ein. Sie kommt vom Theater, von der Bühne, hat noch etwas Schminke im Gesicht und fragt nach Leonid, ob er auch wohlbehalten vom Zentralbahnhof abfuhr. Leonid zog ins Feld und fiel in den Karpaten, weil die Patronen, die man seinem Bataillon geliefert hatte, nicht in die Gewehre paßten und Bajonette, selbst wenn sie mit dem größten Mute der Welt gehandhabt werden, gegen Skoda-Granaten und deutsche Maschinengewehre ohnmächtig sind. Leonid war Marias Bräutigam. Er wäre der Vater ihrer Kinder geworden und hätte bei einer grünen Lampe am Tisch sitzen können, wie einst ihr Vater ... Wo ist der Vater jetzt? In einem Erdgraben vor Kiew; seine Gebeine liegen vermischt mit den Knochen anderer Liberaler und intellektueller Narren, die wähnten, das Wesen des Menschen sei gut und voll Einsicht. Und die Mutter? Starb an Lungenentzündung; hatte zuwenig zu essen und nicht genug Kohlen, sich warm zu halten. Sie war so fröhlich, die Mutter, so hübsch und gewandt und sorglos ...

‚Nein', sagte sich die Lischinskaja, ‚es war zuviel!' Bis jetzt hatte sie wohl gedroht, sich das Leben zu nehmen, und im Innern gewußt, sie werde es nicht tun, aus Feigheit oder Gleichgültigkeit. Nicht einmal damals in Prag fand sie den Mut dazu, als sie der fette ältere Handlungsreisende auspeitschte; auch nicht in Leipzig in jener Schreckensnacht in dem Hotelzimmer voll roter Plüschmöbel, Kristall-Lüster und Spiegel. Jetzt könnte sie es vollbringen. Es fällt einem nicht mehr schwer, wenn man so müde ist ... zu müde, sich bis zum Ende des Korridors zu schleppen. Es wäre so schön, nie mehr zu erwachen, nie einen neuen Tag beginnen zu müssen ... nur schlafen, Schlaf! Ewiger Schlaf und Vergessen, nichts sonst.

Gujaratische Scheltworte, die Stimme der Maharani, schreckten sie aus ihrem Dämmern. Vor ihnen, im Lichtschein der Taschenlampe, lagen zwei Pariamädchen flach auf dem Boden und jammerten. Wütend, verächtlich stieß sie die Herrscherin mit dem nackten, juwelengeschmückten Fuße und rief abermals etwas auf gujaratisch. Eines der dienenden Weiber hob den Kopf, wurde der königlichen

Gestalt inne, stieß die andere an; sie richteten sich in die Knie auf und machten Salaam auf Salaam.

Hinter den Dienerinnen versperrte ein Haufen Mörtel und Steine den Weg. Ein Turm war hier durch das Dach gebrochen, doch fand die Maharani bald einen Weg, stieg über das Geröll und gelangte in einen zu den Gemächern des Maharadschas führenden Gang.

Die Maharani stieß die Tür des Vorzimmers auf, eilte vorbei an den Wachen, welche in Scharlach und Gold zu beiden Seiten der Schlafzimmertüre starr, als sei nichts geschehen, auf Posten standen. Drinnen stand der alte Maharadscha, auf die Rückenlehne eines Sessels gestützt, und blickte hinab auf die Stadt. Harry Bauer hielt ihn mit einem Arm aufrecht.

Als sich der einstige Schwimmlehrer nach den Eintretenden umwandte und Maria die ausdruckslose Schönheit seines Gesichtes, die Pracht seiner Schultern wiedersah, dachte sie nicht mehr an ihr Todesverlangen. „Großer Gott, ich danke dir, daß er lebt", murmelte sie, „Gott sei gelobt!" Sie sah nur ihn, sah nicht das Gesicht des Greises, das sich ihnen nun zuwandte, nicht seinen entsetzten Blick und die tiefe Trauer der Augen. – Wie von ferne nur, unberührt, hörte sie das Volk auf dem Großen Platz aufschreien, da es den Tod auf sich zubranden sah. Was galt ihr der Jammer, das Massensterben!

Sie hörte selbst nicht den Aufschrei des Maharadschas, nicht den seiner Gemahlin, als der Greis, trotz Herrn Bauers Bemühung, zu Boden sank. In ihrem Empfinden verkehrt, betete sie vor sich hin: „Ich danke dir, o Gott. Schicke ihn mir diese Nacht, mitten in Schrecken und Unheil, denn dies ist alles, was du mir gelassen hast."

Sie wußte nun, was sie an Bauer hatte. Nicht das Sinnliche, nicht lediglich körperliche Befriedigung; es war komplizierter und zugleich sehr einfach: Um ihn war etwas von Kraft, etwas Unverdorbenes und Unverderbliches, alt wie die Zeit und doch ewig neu. Er hatte in sich die Stärke der Erde mit all ihrer Schönheit und Simplizität. Er kam von der Erde, zu der er zurückkehrt, unverwirrt von Zweifeln, Ideen und Idealen. Er war das Gegenteil ihrer Furcht und Müdigkeit, denn er gehörte zur ewigen Erde. Ohne ihn war sie verloren und tot.

VI

Als der erste Wasserprall vorbei war, zog Sarah Dirks die ohnmächtige Elizabeth zum Sofa, tastete sich im Finstern zum Büfett, holte Branntwein, flößte ihn ihr ein, klopfte sie fünf Minuten lang, bis sie die Augen aufschlug und fragte: „Wo bin ich?“ Und als sie sogleich zu weinen begann, tätschelte ihr Sarah beruhigend die Schulter und meinte freundlich, es fehle ihr nichts. „Wir hatten ein Erdbeben und Überschwemmung. Es muß etwas mit den Staudammanlagen passiert sein. Jetzt höre auf zu weinen und nimm dich zusammen!“

„Ich tu' mein möglichstes“, schluchzte Elizabeth, „zu dumm, daß ich ohnmächtig wurde!“

„Nicht dumm“, sagte Sarah, „da kann man schon ohnmächtig werden. Unten steht das Wasser sechs Zoll hoch.“

„Ist was kaputt? Das ostindische Porzellan?“

„Ich weiß nicht. Sei jetzt nur einen Moment einmal ruhig!“ Sie streichelte ihr das Haar, und Elizabeth schloß die Augen. Ihr war noch ganz schwindlig.

Aber dann fühlte sie sich glücklich. Es war das erste Mal in all den Jahren, daß Sarah ihr so den Kopf streichelte, und sie kam sich vor wie ein kleines, verwöhntes Kind, das man liebkost, und danach hatte sie sich immer gesehnt. So saßen sie eine Weile beim bläulichen Licht des Spirituslämpchens, das Miss Dirks sonst im Chemieunterricht zu Experimenten benutzte, und waren beide aus der Todesgefahr geläutert, veredelt hervorgegangen und wurden sich in der Ruhe, die um sie herrschte, bewußt, einander so nah zu sein wie noch nie. Ihre Händel waren dahin, dahin die Springfluten der Erregung, welche Elizabeth an einem immer höher gelegenen Gestade der Unzufriedenheit hatte stranden lassen, dahin Engherzigkeit und Rechthaberei, die ihre Freundschaft vergiftet hatten.

„Was ist das für ein merkwürdiger Lärm?“ fragte mit einmal Elizabeth, und Sarah versetzte: „Die Eingeborenen jammern; du weißt ja, wie sie bei dem geringsten Anlaß den Kopf verlieren. Es fehlt ihnen eben an Selbstbeherrschung“, fuhr sie nach einiger Überlegung fort, „sie halten nichts aus. Sie sind weich. Fühlst du dich etwas besser?“

„Ja, bedeutend. Ich bin zu ungeschickt! Wenn es drauf ankommt, versage ich. Ich bin bloß eine Last für dich; das war ich schon immer.“ Die Tränen kamen ihr wieder. Miss Dirks wollte etwas entgegnen, doch ein jäher, schmerzhafter Krampf verschloß ihr den Mund, und ehe sie sich noch erholt hatte, fuhr Elizabeth fort: „Sarah! Ich muß dir etwas sagen; ich wollte es schon den ganzen Tag. Ich schäme mich, daß ich mich wegen der Einladung so benommen habe. Ich schreibe noch heut Lady Heston und gebe das Billett morgen früh auf dem Schulweg im Vorbeigehen im Sommerpalast ab.“

„Das ist jetzt überholt; ich glaube nicht, daß noch irgendwer an eine Teegesellschaft denkt, und mit dem Schulweg wird es wohl auch nichts sein – vielleicht nie wieder."

„Ja, ist es denn so schlimm?"

„Unser Haus liegt besonders hoch und steht halb unter Wasser. Und obendrein das Erdbeben!"

„War denn ein Erdbeben?"

„Davon wurdest du doch ohnmächtig."

„Wie steht es nun wirklich? Das möchte ich jetzt gern wissen."

„Ich will gleich nachsehen gehen", sagte Miss Dirks, aber Miss Hodge hielt sie entsetzt bei der Hand fest. „Nein! Nein! Nicht! Verlaß mich nicht!" rief sie hysterisch. Die Dirks ging nicht darauf ein; sie begann: „Elizabeth!"

„Ja?" kam es kläglich zurück.

„Hast du es nie bedauert, daß – ich meine, daß du mit mir hierhergekommen bist?"

„Nein, Sarah, nie. Wo sonst hätte ich ein so spannendes Dasein führen können? In Birmingham keinesfalls."

„Elizabeth . . ."

„Ja?"

„Die schrecklichen Worte, die ich dir sagte, habe ich nicht so gemeint."

„Ich weiß es, du Liebe."

„Weißt du, die Nerven! Meine Nerven sind in letzter Zeit nicht mehr so recht beieinander. Ich wollte nur, daß du es weißt."

„Ich weiß es."

Sarah saß stumm, verlegen. Erst nach einer Weile erklärte sie wieder: „Ich gehe."

„Nein, nein, verlaß mich nicht!"

„Sei nicht unvernünftig, Elizabeth, und bleibe ruhig hier. Ich habe keine Ruhe, bis ich weiß, was mit unserer Schule ist. Die schöne neue Büchersendung von daheim! Es wäre zu arg, wenn sie verdorben wäre, bloß weil sie niemand nach oben geschafft hat!"

„Ich fürchte mich, ich fürchte mich."

„Du brauchst dich gar nicht zu fürchten; du bleibst ruhig hier; in einer halben Stunde bin ich wieder zurück."

„In der Schule ist es sicher stockdunkel."

„Ich kenne mich auch so aus; die Schlüssel nehme ich mit."

„Ich habe Angst", hauchte Elizabeth.

„Wenn du mir eine Hilfe sein willst, nimm dich bitte zusammen und warte hier, bis ich zurück bin! Es besteht jetzt keine Gefahr mehr. Die Flut ist vorbei." Sie stand entschlossen auf, war wieder die Dirks von einst und immer. „Wenn du Angst bekommst", riet sie praktisch, „trinke noch ein paar Schlucke Branntwein; nimm nur, soviel du willst! Es schadet gar nichts; du kannst dir getrost heute nacht einen antrinken."

Elizabeth fuhr vom Sofa auf. „Ich gehe mit! Es ist mir unerträglich, dich allein da draußen zu wissen."

Sarah schlüpfte in ihren alten Regenmantel. „Nein, meine Liebe", wehrte sie fest und entschlossen, „du wirst mir dabei nur hinderlich sein. Was soll ich anfangen, wenn du auf einmal wieder ohnmächtig wirst?" Und wirklich: sie hatte kaum ausgeredet, als Elizabeth einen neuen Schwindelanfall bekam und wieder aufs Sofa sank. „Geh nicht, geh nicht!" wiederholte sie immer wieder. Die Dirks flößte ihr vorsichtig langsam ein ganzes Glas Brandy ein und streichelte ihre Stirn. „Verzeih mir, Sarah", weinte die Hodge, „daß ich so eklig zu dir war, so gemein!"

„Ich habe dir nichts zu verzeihen, Liebe; ich verstehe jetzt alles. Leg dich nur hin und mach dir's bequem! Ehe du dich versiehst, bin ich wieder da. Schau, daß du ein bißchen schlafen kannst!" Und war weg, bevor es Miss Hodge in ihrer Benommenheit wahrnahm.

„Sarah!" rief sie nach einer Weile. „Sarah! Warte doch", und sank zurück, „warte auf mich, ich bin gleich soweit!" Beim zweiten Versuch gelang ihr das Aufstehen.

Schwankend tastete sie sich zum Vorplatz, nahm ihren Mantel, zog ihn an und hastete die Stiege hinunter. Unten reichte das Wasser ihr bis zu den Knien.

Sonst fürchtete sie sich bei Nacht vor Schlangen; jetzt dachte sie nicht daran. „Sarah!" schrie sie in die Finsternis. „Warte auf mich! Warte, warte!" Beim Gartentor machte sie halt, bis zu den Hüften im Wasser, und horchte angestrengt. Doch es kam keine Antwort; nur von fern aus dem Schloß tönte ein geisterhaftes Wehklagen.

Und wieder schrie sie, nun in wilder Verzweiflung: „Sarah ...! Wo bist du? Warte! Ich bin's ... Elizabeth ... Wart auf mich!"

Keine Antwort. Sie lauschte, verfluchte ihre Schwäche, Dummheit und Untüchtigkeit und vernahm nichts als das Gurgeln der dunklen Wasser, die, östlich des Abana gestaut, wieder zu steigen begannen.

Die Wolken über ihr waren vom Widerschein eines Brandes im Herzen der Hauptstadt erhellt.

VII

In der Abendschule hinter dem Basar versammelten Smileys ihre siebenundzwanzig Schüler und stiegen mit ihnen auf das flache Dach des einstöckigen Anbaus, der erst vor kurzem aus Eisenbeton und Trägern errichtet war. Zwar schwankte auch er und bekam Risse, hielt jedoch stand. Selbst im Fall eines zweiten Erdstoßes bestand dort oben wenig Gefahr.

Sie hörten von hier aus das Brüllen der hereinbrechenden Wasserstürze, die Schreckensschreie vom Großen Platz; die brandende Flut brach durch die Basarstraße geradewegs auf sie zu, riß im Herannahen die alten Holzbauten um, und Bertha Smiley sank in die Knie, schloß die Augen und betete.

Seit Monaten hatte sie nicht mehr gebetet. Sie hatte nie Zeit dazu und wußte, Gott werde sie auch so verstehen und ihr verzeihen.

Sie betete nicht für sich oder ihren Mann, nur für die siebenundzwanzig Buben, die sich in Angst um sie drängten. Sie hatten ja noch das Leben vor sich, ein besseres, als Väter und Großväter hinter sich hatten, unvergleichlich viel besser, weil Bertha und Homer Smiley für sie gearbeitet hatten. Sie betete auch, weil sie erkannte, daß nur ein Wunder sie retten könne, und weil sie an Gott glaubte und vor allem daran, am Ende werde das Gute über das Böse siegen.

Als das Wasser das Schulhaus traf, erbebte das schwere Haus; neue Risse entstanden im Dach unter den Füßen der Flüchtlinge, und rings um sie her aus der Finsternis dröhnte das Krachen der Wände und Balken, die Flut riß sie mit sich und zermalmte mit ihnen, was vom Basar noch übrig war. Aber die Schule stand, ein Fels inmitten des Untergangs und eine Zuflucht für siebenundzwanzig indische Kinder niederer Kaste und Mr. und Mrs. Homer Smiley aus Cedar Falls, Iowa.

Als das Brüllen der Sturzflut abklang, spähte Smiley vorsichtig über die Dachkante, um zu sehen, was von der vertrauten Straße noch da sei, und Bertha öffnete wieder die Augen, und siehe: das Wunder, um das sie gebetet, war eingetreten. „Was tun wir jetzt, Homer?“ fragte sie.

Da erwachte in Homer Smiley ein Trieb, ein Instinkt, eine Kraft, die seit seiner Geburt in ihm schlummerte, und ward Leben. Er empfand es fast körperlich so, als erwache er aus Schlaf und Traum, nicht in schlaftrunkener Verdrossenheit, sondern freudevoll und vertrauend, leibhaftig und stark. Im Blut des demütig Stillen wallte ein Zug von Ahnen, deren er bis dahin nie gedacht hatte. Es trat in ihm in Kraft „Jed Smiley, der Indianerkämpfer"; es ging in sein Leben ein „Grandpa Smiley", der aus einer Wildnis einst eine reiche Farm herausgehauen hatte, und Morgan Downs, ein Kampfgefährte Daniel Boones in dessen Kentucky-Wagestück, samt ihren heldenmütigen Ehegesponsen, ihren zähen, wetterfesten Sprößlingen, übermenschlicher Ausdauer fähig, ausgestattet mit dem Genie, weiterzuleben mitten in der Vernichtung, findig und unerschrocken bis zur Rücksichtslosigkeit, und alle waren auf einmal in seinem Blut und in seinem Leben. In dem schmächtigen, blassen, unjugendlichen Körper des Missionars Smiley brach überraschend ihr Heldenmut durch und ihre waghalsige Lust. Wohl hatte es ihm an Heldenmut nicht gemangelt, jenem unscheinbaren, verbissenen Heroismus, wie er zur Bekämpfung von Schmutz, Dummheit und Krankheiten notwendig ist. Aber in dieser neuen Gefahr bedurfte es eines anderen Heldenmuts, und mit unbeschreiblichem Glücksgefühl erkannte Homer: dieser strahlende Heldenmut, der zugleich Kaltblütigkeit und Findigkeit verlangt und sich den unmöglichsten Hindernissen gewachsen zeigen muß, er war da. Er hatte ihn nicht erst zu suchen brauchen.

Das Blut rann rascher durch den zähen kleinen Leib, und er fühlte sich jung und stark, jünger und stärker, als er mit achtzehn gewesen war; und als er durch Regen und Dunkel die Frage seiner Frau vernahm, sagte ihm ihr Ton: er stehe nicht allein; in ihrem dünnen, übermüdeten Körper lebe und webe ein gleiches Maß Heldenmut. ‚Verbunden sind wir selbst Erdstößen, Hochwasser und jedem Anprall widriger Naturkräfte gewachsen. Und wenn wir dabei zugrunde gehen, es tut uns nichts, denn wir fahren zusammen hinab, kämpfend einander vertrauend.'

Zum ersten Mal in seinem freundlichen Dasein erlebte er Leidenschaft, ihre Glorie, Inbrunst und reinigende Flamme. Das war nicht die behäbige Zuneigung, die er vordem für Bertha empfunden hatte, vielmehr herrliche Glut; nicht ein Idyll, ein Unbändiges war es. So wurde er sich im trostlosen Dunkel bewußt, ein Mann zu sein, ebenso männlich wie der heftige, laute Raschid oder der schöne Major. Ohne es selber zu wissen, hatte er sein ganzes Leben hindurch auf diesen Moment gewartet.

„Wir wollen an einen höher gelegenen Ort", antwortete er seiner Frau, „ich will gleich unten Umschau halten. Bleibe du bei den Buben und schau, daß sie keinen Unfug anrichten." Der Ton, in dem er dies sagte, war anders als sonst, und Bertha erkannte, daß sie auf ihn in jeglicher Not als Beschützer und Anführer zählen könne.

Er ging durch das Schulhaus die Stiege hinunter. Zu ebener Erde stand das Wasser noch über einen Meter hoch, doch schien im Augenblick keine Gefahr. Er stieg wieder aufs Dach, sprach: „Ich will draußen ein wenig kundschaften gehen“ (just als gelte es einen Ausfall aus einem von Rothäuten belagerten Blockhaus), und Bertha wendete sich dagegen (just wie das Weib des Trappers): „Nein, du könntest abgeschnitten werden oder in die Irre gehen. Wenn wir mit dir gehen, sind wir ebenso sicher wie hier und beisammen. Dies scheint mir das Beste.“ Doch muß sie ihre Worte schreien, um das Regenrauschen und das Gejammer ihrer Schützlinge zu übertönen.

Es fällt schwer, die siebenundzwanzig in Marsch zu setzen. Etwa sechs, von Furcht wie gelähmt, wollen nicht von der Stelle, bis Mrs. Smiley ihnen auf gujaratisch drohte, sie zurückzulassen, und sich zum Schein sogar schon anschickte, es zu tun. Das hilft; die Jungen haben die größte Angst, von diesen zwei ältlichen Europäern, die sich vor nichts zu fürchten scheinen, im Stich gelassen zu werden. Homer an der Spitze, Bertha gleich einem treuen Schäferhund, der die Herde beisammenhält, hinterdrein, so tappt die kleine Mannschaft die Stiege hinunter ins Wasser und sucht, was noch vor kurzem eine Straße gewesen ist.

Man kann kaum einen Meter weit sehen, doch der Weg ist weniger schlimm, als Smiley befürchtete. Häuser und Trümmerhaufen sind fast überall weggeschwemmt, die Bahn ist frei. Der Straße zu folgen, ist zwecklos. Es gibt keine Merkzeichen und Marksteine, und wenn es sie gäbe, könnte man sie nicht sehen. Aber Smiley verläßt sich auf seinen Orientierungssinn, ein Ding, für das er bisher noch nie Verwendung hatte und das ihm genau angibt, wie und wohin er zu gehen hat: den Basar links liegenlassen, im Halbkreis vom Sommerpalast zur Mädchenschule, dann rechts im Bogen über die Technikumstraße und hinauf auf das Schloßterrain!

Die kleine Prozession kommt nur im Schneckentempo weiter, fällt ständig über Trümmer, in Wasserlöcher. Vor lauter Angst hören die Buben auf kein Kommando. Einmal bückt sich Bertha, um sich festzuhalten, nach etwas Weißem, das aus dem Wasser hervorleuchtet, und hat den Schenkel einer treibenden Leiche gepackt. Homer hätte sich beinahe an eine kleinere, um einen schwimmenden Balken geringelte Pythonschlange geklammert.

Alle paar Minuten ruft Bertha aus dem Gedächtnis das Schülerverzeichnis aus, ob niemand verlorenging; sie kann sich auf keines der Kinder verlassen. Nur zu gut kennt sie die Schwäche der Hinduseelen. Es kann ihnen einfallen, sich aus Angst und Verzweiflung wie das erschöpfte Kamel einfach niederzulegen und zu sterben, nur weil kein Wunsch weiterzuleben vorhanden ist. Das sind nicht Jungen, die binnen zwei Jahren als Männer dastehen wollen. Der Schreck hat sie zu hilflosen kleinen Kindern gemacht, von denen sich keines fürs andere oder auch nur für sich selbst verantwortlich fühlt. Und darum, weil es das sieht und versteht, fühlt das Ehepaar Smiley vor Gott die Verantwortung für alle siebenundzwanzig Leben. Bertha, der treue Schäferhund, treibt an und stößt sie vorwärts, selbst atemlos, bis auf die Haut durchnäßt, mit blutenden Händen, und wenn es der Herde vor den dahintreibenden Schlangen und Leichen schwach wird, ruft sie jedes ihrer Schäflein beim Namen und droht ihnen.

Von der Spitze tönt die Stimme Homers: „Hallo! Wir sind auf dem rechten Weg. Den Sommerpalast hab' ich verfehlt, aber dort ist die Mädchenschule. Sie steht!"

Zwanzig Schritt zur Linken Berthas ragt das Haus, nur teilweise beschädigt, aus der Finsternis. Sie treibt unter ermunternden Zurufen die Buben daran vorbei.

Doch auf den Stufen im Dunkel steht, die Hand an der Türklinke ihrer geliebten Schule, die Lehrerin Dirks, hört, wie die Missionarin wohl schon zum zehnten Male das Schülerverzeichnis heruntersagt und ihre Schar auf gujaratisch aufmunternd auszankt, und fühlt ein heißes Verlangen, sich der Tätigen anzuschließen und ihr zu helfen, auch sie ein getreuer Schäferhund. Irgendwie, hinauswachsend über den stechenden Schmerz in den Eingeweiden, fühlt sie etwas wie Neid auf diese Frau. Ach, hätte sie, wie jene die Buben, auch ihre Mädchen hüten und retten können! Aber nun sind wohl viele von ihnen ertrunken. Sie möchte die Vorüberziehenden anrufen, sich der Wanderung in die Sicherheit anschließen, einmal noch ins Leben hinein und von neuem bauen, da das alte Werk ihrer alten Hände vernichtet ist – sie vermag es nicht. Sie ist allzualt, allzumüde, hat nicht mehr die Kraft und die grenzenlose Geduld, die dazu nötig sind. ‚Was fällt mir ein?' denkt sie. ‚Ich bin ja schon tot', und drückt sich still in die Tür, als müsse sie sich vor der kleinen Prozession verstecken, die sie schon längst nicht mehr sieht, nur noch hört. ‚Nein', sagt sie sich, ‚so ist es am besten; so ist es am leichtesten für Elizabeth. So geht es am schnellsten.' Doch im Grund ihres Herzens sitzt noch immer der Wunsch, den andern zu folgen. Sie wartet auf jeden Ruf der ermutigenden Stimme, bis diese schwächer und schwächer zu ihr herübertönt und sie nichts mehr vernimmt als das Rauschen des Regens und der ansteigenden Flut, die ihre Beine umplätschert.

Auch Smiley merkt, wie das Wasser steigt. Von der Mädchenschule ging es im großen Bogen über die Technikumstraße. Es ist die höchste Zeit. Durchs Dunkel vorwärtstaumelnd, stößt er auf die Mauer des Schloßparks – genau, wie er es berechnet hat; er ist selbst über seine Leistung erstaunt. Er ist sich zwar noch nicht recht im klaren, an welcher Stelle der Parkmauer sie nun sind, aber ein kurzes Nachdenken sagt ihm: ‚Wenn wir uns rechts halten, kommen wir an das große Tor, wo die Kapelle des Maharadschas abends gespielt hat'.

Sein Trapperinstinkt hat ihn nicht getäuscht: eine kurze Strecke die Mauer entlang, und vor ihnen ragt wie ins Unendliche das Sarazenentor in die Finsternis. Auf hindostanisch ruft er die Wache an. Er erhält keine Antwort. Die Nischen der berittenen Sikhs sind leer. Er läßt den Zug halten.

Er ruft selber noch einmal die Schüler mit Namen auf; er will ganz sicher sein, daß keiner verlorenging. Keiner fehlt. Schon wollen sie weiter, als Bertha aufhorcht. „Du, da ruft jemand!"

Aus Nacht und Regen hören sie durch das ferne Klagegewirr eine weibliche Stimme von jenseits der Straße: „Sarah! Warte auf mich! Sarah! . . . Sarah!"

„Das muß Miss Hodge sein", erkennen beide. „Wollen wir nach ihr suchen?" fragt Bertha. Homer muß sich im Augenblick entscheiden. Es ist ein notwendiger, aber grausamer Entschluß, den er blitzschnell faßt: Selbst auf diesem höher gelegenen Terrain reicht ihm das Wasser schon bis an die Hüften. Noch fünf Minuten, und es wird den kleineren Knaben über die Köpfe gehen. „Nein", ruft er der Frau zu, „erst müssen wir die Jungen zum Schloß bringen; dann hol' ich sie." Das Leben von siebenundzwanzig Kindern aus niederer Kaste steht gegen das einer ältlichen Jungfer. Die Knaben haben kaum erst gelebt. „Schnell!" ruft er auf gujaratisch und drängt sie durch den großen, hallenden Bogengang die Anfahrt hinauf. Sie haben noch fast einen halben Kilometer, bis von Sicherheit die Rede sein kann. Sie taumeln und kämpfen sich weiter.

Bertha bemerkte es nicht, daß ein Kleiner wimmernd sich sinken ließ. Er wäre ertrunken, hätten die zwei, die ihn bei den Händen gefaßt hielten, nicht aufgeschrien. So aber tappte sie sich im Dunkeln zu ihm, riß ihn hoch, stellte ihn auf die Beine, gab ihm einen Klaps, packte seine Hand und zog den Wimmernden, Heulenden durch das Hochwasser.

Endlich stieg der Boden zu ihren Füßen an; das Wasser wurde seichter, bis schließlich der Grund, wenn auch völlig aufgeweicht, so doch von der Flut frei war und man ohne größere Schwierigkeit den mit Metallbändern eingefaßten Anfahrtsweg weiterverfolgen konnte. Vor ihnen erhob sich der massige, halbzerstörte Palast, aller Türme, Türmchen und Minarette beraubt und nur dadurch erkennbar, weil er noch undurchsichtiger war als die Nacht.

Sie gelangten in den unsichern Schutz des eingestürzten Portals. Als Homer die Stufen zur Blauen Halle hinauf wollte, fand er nach wenigen Schritten den Weg durch gewaltige Massen Geröll versperrt und wußte: der Hauptturm war eingestürzt, der Zugang zur Ehrenhalle verschüttet, die Durbar-Halle aus Sandelholz mit ihren Mosaiken aus Gold und Edelsteinen zerstört; nur noch ein zarter Duft des zersplitterten Sandelholzes, der in der feuchten Luft hing, war übrig. Aus abgelegenen Teilen des Palastes drangen leise Wehklagen, aus einem der näher gelegenen Vorzimmer Schlurfen und Plappern eines Trupps heiliger Affen, die sich da zusammendrängten. Noch einmal versicherte sich der Anführer, daß keiner aus seiner Schar zurückgeblieben war, dann sagte er: „Ich gehe jetzt zurück und will sehen, was sich für die zwei alten Kolleginnen tun läßt."

„Nein, geh nicht, geh nicht; da ist nichts mehr zu wollen", entfuhr es der Frau, aber sogleich verstummte sie beschämt. Sie wußte, er mußte gehen; nichts konnte ihn halten, auch sie hatte kein Recht dazu. Ja, im Innersten wünschte sie es nicht einmal. Wenn er jetzt bliebe, verlöre er von der Glorie, die ihm seine rettende Tatkraft verlieh. Der schwache Leib war es, der dieses „Geh nicht!" geschrien, ihr Leib, der bis dahin ein folgsames Werkzeug des Geistes gewesen war. Ihr Geist hatte den Mann von jeher geliebt. Nun war auch ihr Körper in Liebe zu ihm und all seiner Tapferkeit, Entschlossenheit, Umsicht entbrannt. Er war ein neuer Smiley geworden und sie eine neue Bertha; es war erhebend und kaum zu fassen. In Wirrnis und Finsternis erhob sich in ihr ein himmlisch frohlockendes Singen. Sie hatten Erdbeben, Fluten und alle Schrecken der Nacht und des Großen Regens besiegt, und sie hörte ihn antworten: „Aber ich muß, Liebe." Die Stimme klang freundlich, bescheiden wie immer, und sogleich versicherte sie: „Natürlich mußt du, aber sei mir bloß vorsichtig!" Wie jämmerlich flach, fand sie, klangen doch ihre Worte im Vergleich zu dem, was sie im Innern bewegte!

Sie spürte im Dunkeln, daß er nach ihr suchte, und streckte die Hand nach ihm aus. Ihre Hände begegneten sich, und sie zog ihn an sich. Sie umarmten einander, schnell; dann verschwand er in der Mauer des Regens. Doch an der Art seines Kusses erkannte sie, er fühlte das gleiche wie sie, und wiederum überkam sie ein Wonnegefühl, schöner als alles, was sie jemals erlebt hatte. Sie mußte weinen. Sie fühlte das Wunder, ein Weib zu sein, nicht bloß ein Instrument Gottes.

Nach einer Weile hörten die Tränen auf. Sie sank in die Knie und betete, doch diesmal nur um die Rettung des Mannes.

Zwei Stunden harrte sie, bald betend, bald sich der armen Jungen annehmend, die dicht um sie gedrängt auf dem Fußboden lagen, einige schlafend, andere immer noch zitternd und stöhnend. Von Zeit zu Zeit trat sie in das halbzerfallene Portal. „Homer! Homer!" rief sie ins Dunkel und erschrak vor dem einsamen Klang ihrer Stimme, die der Regen erstickte.

Die Wehklagen aus der Tiefe des Schlosses erstarben. Die Nacht wurde stiller und stiller. Aber das gurgelnde Wasser stieg. Jedesmal, wenn sie zum Portal ging, stand es auf dessen Stufen ein wenig höher. Der Duft des Sandelholzes hing noch in der Luft. Trotz Hoffnung, Sehnsucht und Glauben kamen ihr Zweifel, ob er je wieder zurückkehren werde; ihr Hirn marterte sich mit der Frage, wie sie ohne ihn leben könne, jetzt, nachdem ihr dies Wunder geschehen war! Da hörte sie seine Stimme, ganz schwach, heiser, erschöpft: „Bertha!"

Die Freude warf sie fast um. Er sank auf den Marmorboden. „Ich kam nicht bis hin. Ich mußte schwimmen. Das Wasser ist voller Schlangen, schrecklich", und wurde bewußtlos. Sein Kopf lag in ihrem Schoß.

In diesem Augenblick taumelte aus der Finsternis in die zerstörte Halle eine Gestalt, ein Europäer, den Mrs. Smiley noch nie gesehen hatte. Beim Aufzucken eines Blitzes gewahrte sie das schmale Gesicht, die lange Nase, die kleinen Augen. Er trug seltsamerweise einen Gehrock, wie die britischen Beamten auf den Durbars des Maharadschas. Er stolperte über einen Pariajungen, fiel zu Boden und blieb liegen. Es war Bates.

VIII

Das Gefühl, das Mrs. Simon beim Verlassen des Ransomeschen Hauses erfüllte, war eine seltsame Mischung aus Wut, Genugtuung, Triumph, verhohlener Geilheit und Ratlosigkeit. So fuhr sie in ihrem alten Ford zu Mrs. Hogget-Claptons Villa, die außerhalb der Stadt am Rande des Exerzierplatzes lag, und fand ihre Freundin auf der

Veranda allein, ohne Korsett, griesgrämig in ihrem spitzenumflossenen rosa Frisiermantel auf einen breiten Fauteuil faul hingelagert, wo sie über die Vernachlässigung durch ihren Mann grollte, der, wie immer, allein nach Delhi gefahren war und sie in Ranchipur schmoren ließ. Sie trank ausnahmsweise nicht; ihren Sättigungspunkt hatte sie bald nach ihrer Rückkehr von Mrs. Simon erreicht, ein Glas darüber hinaus, und sie wurde unangenehm, streitsüchtig und „seekrank". Ganz Ranchipur kannte dies Stadium, in welchem sie aus ihrem selbsterfundenen Kauderwelsch, dem „Pukka", in ihr angestammtes Londoner Cockney zurückfiel und mit den ordinärsten Worten und Redensarten um sich warf. Doch als sie Mary Simon dem alten Ford entsteigen sah, heiterte sich ihre verdrossene Miene ein wenig auf. „Du, du!" machte sie, als sei sie kaum neunzehn und im Vollbesitz ihrer Reize. „Jetzt mußt du mir aber Gesellschaft leisten und mit mir schnabulieren, ich hab' eine ganz scheußliche Migräne", eine Einladung, die Mary höchlichst geschmeichelt und mit Vergnügen annahm. Sie sandte auch gleich einen Boten an Reverend Simon, er brauche sie nicht zu erwarten. Sie war ja mit Neuigkeiten geladen – der endlich entlarvten Verderbtheit der Smileys, Ferns skandalösem Betragen, der Schilderung von Ransomes Behausung, die Lil schon so lang keine Ruhe ließ, vor allem aber mit der blendenden Aussicht auf Ferns Heirat mit Ransome; da wird Pukka-Lil Augen machen! – Mit allen Einzelheiten wollte sie ihr das vorsetzen. Sättigungspunkt hin, Sättigungspunkt her, so etwas wird die Gemahlin des Bankdirektors aufpulvern; sie wartete ja schon seit fünf Uhr darauf, und zwar so ungeduldig, daß von ihrem Brandyvorrat fast nichts mehr übrig war.

Auf Mrs. Simons Vorschlag verfügten sich die beiden Freundinnen unverzüglich in den Salon, wo sie kein Diener auf nackten Sohlen so leicht beschleichen und ihre Geheimnisse belauschen konnte.

So kahl und leer jeder Raum bei Ransome, so überladen mit allem möglichen Krimskrams war dieses Gemach, mit Messingtand aus Benares, mit Photos, Kissen, Nippes und Kitsch, einschließlich einer vergrößerten kolorierten Photographie Lily Hogget-Claptons in ihrer Jugend Maienblüte bei ihrem Debüt im „Gestiefelten Kater". Das ganze Zeug befand sich im gleichen Durcheinander, das auch im Kopf seiner Besitzerin herrschte, als sie ihre Freundin begrüßte.

In diesem Nest voll Souvenirs steckten die Klatschbasen ihre Köpfe zusammen, und ohne recht Atem zu holen, berichtete Mrs. Simon von all den Schandtaten, hinter die sie in den zwei Stunden, seit sie sich nicht mehr gesehen hatten, gekommen war. Hier fand sie bald darauf Harry Loder, in dem Moment, als Mrs. Simon von dem Brief berichtete, den sie dem Missionsamt in Iowa geschrieben und durch den Smileys ein für allemal „an den Pranger gestellt" waren.

Loder war einunddreißig Jahre alt, brünett, groß, feist, aber nicht muskulös und, obwohl er viel trank, von gesunder Gesichtsfarbe, nicht teigig weiß, wie sonst Europäer in Indien. Dank seiner tierischen Lebenskraft vertrug er Hitze und Saufen. Er war gesund, recht dumm, vollblütig, männlich und wohlgenährt. Er hatte etwas von der Schönheit eines Stieres, und das wirkte immer auf die zwei Vierzigjährigen, so daß sie auch jetzt bei seinem Eintreten sogleich eine kokette Haltung einnahmen; ein Mann wie Harry war nicht zu verachten, am wenigsten heute, da er, erhitzt und aufgeregt, von maskulinen Verheißungen förmlich strotzte.

Doch hielt er an sich, entschuldigte sein Hereinplatzen, das in der Tat dem eines Stieres nicht unähnlich war: er müsse notwendig Mrs. Simon sprechen. „Verzeihen Sie", verneigte er sich vor Mrs. Hogget-Clapton, „aber es ist wichtig, sehr wichtig." Nun wußten beide: er hatte „es" gehört.

„Schön", seufzte Mrs. Simon, „Mrs. Hogget-Clapton weiß es bereits."

Beim Anblick Loders geriet ihr Entschluß, Ransome als Mann für Fern zu kapern, wieder leicht ins Wanken. Er war zwar nicht so reich und nicht von so guter Familie, aber es war etwas an ihm, und er ließ sich viel leichter fangen, am liebsten zum eignen Gebrauch (was sie sich nicht verhehlte), aber wenn nicht, dann für Fern.

„Ja", sagte er mit geblähten Nüstern, „es betrifft Fern", und schnaufte.

Sie senkte die Stimme, den Umständen angemessen. „Ja . . . Fern. Mrs. Hogget-Clapton hat mir die Nachricht gebracht", zog ihr Taschentuch, und obwohl ihre Augen vollkommen trocken waren, betupfte sie sie, und als darauf Loder wie ein alter Südstaatler losbrüllte: „Ich knalle den Schurken nieder; so etwas gehört sich nicht!", schlug ihr Herz in heißer Erregung.

„Nein", sagte Pukka-Lil, angetrunkener Weisheit voll, „so etwas gehört sich nicht, einen Menschen niederknallen zu wollen . . ."

„Warum nicht?" grollte Harry und sah sie an.

„Bedenken Sie, wer er ist!" suchte sie Gründe zusammen. „Er ist kein gemeiner Soldat, a-auch kein kleiner Beamter."

„Meinen Sie vielleicht, weil sein Bruder ein blöder Earl ist! . . "

„Captain Loder!"

„Verzeihung. Meine Gefühle sind stärker als ich."

Angesichts dieses Schauspiels rasender Eifersucht eines hundertprozentigen Mannes wurde Mrs. Simon noch aufgeregter, vergaß sich, vergaß natürlich auch Fern und sagte in ihrem Südstaatendialekt, bei ihnen daheim sage man von so einem Mann, er sei verliebt wie ein Nigger.

Aber auf dieses Stichwort kam wie die Rache Gottes das Erdbeben mit großem Geklirr, Geprassel und Knacken wegen des vielen Krimskrams, der da in Scherben und Trümmer ging. Dazu schrien die beiden Weiber gottserbärmlich und schrien noch, als Captain Loder sie auf die Veranda zog, wo Mrs. Hogget-Clapton prompt in Ohnmacht fiel. Während man sie noch zum Bewußtsein zu bringen suchte, brach die Flut über das Tal, brüllte und zischte dicht unter ihnen, das ferne Klagegeschrei übertönend. Als die Ohnmächtige, leicht ächzend, den Kopf erhob, fiel dem Captain ein, sein Platz sei jetzt nicht hier bei zwei hysterischen alten Schrauben, sondern bei den Kasernen, wo das Furchtbarste geschehen sein konnte. „Sie kommt zu sich", sagte er zu Mrs. Simon, „ich muß zu den Kasernen." Sie aber schrie: „Nein, mein Gott, Sie können uns jetzt nicht im Stich lassen!"

„Dort gehöre ich hin", versetzte er kurz. „Warten Sie hier; sobald es geht, bin ich wieder da."

Nun schrie auch die Hogget-Clapton, er dürfe nicht von ihr gehen; allein Mrs. Simon, plötzlich von Loders männlichem Tatendrang angesteckt, rief: „Nein, Lily, laß ihn ziehen!" und zu Loder gewandt: „Geh, geh, tu deine Pflicht!" Schon war er weg. Die Hogget-Clapton hörte den grauenvoll seltsamen Lärm aus der Stadt unter ihnen. „Was ist das?" fragte sie. „Heulendes Volk", antwortete die Simon und rief Harry Loder zu: „Geh! Dein Platz ist bei den Kasernen!" Aber da saß er bereits in seinem Morris-Wagen.

IX

Der alte Wagen schnaufte, immer an der Grenze des Hochwassers entlang, bald auf der Straße, bald durch verschlammte Felder, durch Nacht und Regen. Loder kannte die Gegend genau, so genau, daß ihn die Veränderungen doppelt entsetzten und seine Aufregung steigerten. Ihn schauderte, nicht vor dem Tod, der ihm etwas Fremdes war; eine unerklärliche, tierhafte Furcht saß ihm im Nacken, der panische Schrecken, der das gehetzte Wild der Dschungeln befällt, die Angst vor dem Ungewissen, der Drohung, die hinter diesem verdammten endlosen Regen stand, hinter der maßlos wuchernden Vegetation und den Fiebern, den Schlangen, dem Haß, den er von überall auf sich eindringen fühlte. Sie entquoll jener dunklen Stummheit, die dem Beben der Erde vorausging; sie stand in ihm auf, diese Angst, selbst jetzt in seiner Erregung, als er an seine indische Truppe dachte. Da war jeder einzelne unter seiner strengen Zucht folgsam, biegsam und doch zugleich jederzeit ausbiegend ins Unverschämte, Verstockte, Treulose. Die ganze Landschaft, die er im peitschenden Regen nicht sah, war ein dunkles Entsetzen. Jeder Baum schien ihn mit seinen Ästen, die in den gelben Lichtkreis der Scheinwerfer langten, aus dem Wagen herausreißen zu wollen.

Das war nicht erst seit heute, diese ... Nervosität ... Vor drei Jahren, fiel ihm jetzt ein, war es über ihn gekommen, aber gelauert hatte es längst unter seiner gesunden Haut. Vom ersten Augenblick, da er das Land betrat, haßte er dessen Gerüche, selbst den angenehmen Duft des Jasmins und der Gewürze, an denen sich alle andern, selbst solche, deren Gesundheit dahin war, dankbar ergötzten. Er hatte all dies von Anfang gehaßt und am meisten die Inder. Nein, da gab's auch nicht einen, dem er vertraut hätte! Er konnte sie einfach nicht verstehen, Hindus, Moslems – gehupft wie gesprungen! War man freundlich zu ihnen, so wurden sie anmaßend, unausstehlich; behandelte man sie als Soldaten, dann hatten die schlauen Teufel eine Art an sich, daß man sich ihnen unterlegen fühlte wie ein halbwilder Vierfüßler. Zehn Jahre hielt er es nun schon aus in seinem Abscheu vor indischem Land und Volk, in seinem Heimweh nach Devonshire ... All die Zeit hatte er sich nach Burma gewünscht; da gab es wenigstens frisches Grün; oder nach Schanghai oder zum Kuckuck, irgendwohin, bloß nicht nach Indien! Seine Gesundheit, bei andern der verwundbarste Punkt, hatte nicht gelitten. Unmerklich hatte es ihn überfallen, niederträchtig die Nerven des Mannes zerstört, der keine Nerven hatte. Weder Sauhatz noch Pantherjagd, nicht einmal die Lust am Töten, die ihm im Blute lag, die Freude an einem wohlgezielten Speerwurf oder am Schuß aus weittragender Büchse wogen das andere auf: jene schaurige Furcht vor dem Ungewissen, die an ihm fraß, ‚mein Gott, wie lange noch ...?'

Im Gebirge jenseits des Abana, auf Pantherjagd, hatte er vor einiger Zeit in einem ungefährlichen Fieberanfall einen gräßlichen Traum: er erlegte Panther, immerzu Panther; einen nach dem andern schoß er, bis ein großer Haufen von toten Panthern sich vor ihm türmte, und seine Arme schmerzten und konnten kaum mehr das Gewehr im Anschlag halten. Aber die Panther kamen noch immer, immer neue sprangen ihn an von der Höhe des Leichenhaufens; er feuerte, feuerte, bis ihn die Kräfte verließen. Da sprang noch ein Panther auf ihn los und riß ihn zu Boden. Und jeder Panther in diesem Traum war Indien.

Er fuhr schneller. Die Furcht überwucherte seine Wut auf Ransome, von dem er annahm, er habe Fern Simon genossen, bevor er selbst dazu kam. Er hatte mittlerweile die Wut seiner Eifersucht und gekränkten Eitelkeit, auch vor sich selber, in sittliche Empörung über verletzte Mädchenehre und Tugend umgelogen, die typische Heuchelei all derer, die sich ihr Denken von einem sogenannten Ehrenkodex vorzeichnen lassen. Darüber vergaß er sogar, daß er selbst vorgehabt, wessen er Ransome beschuldigte, und es nur darum nicht ausgeführt hatte, weil das Mädchen sich ihm verweigerte. Was aber seine Eitelkeit am tiefsten verwundete, war der Umstand, daß dieses dumme Ding, die Tochter eines gewöhnlichen Missionars, einem Captain Loder, der jede Frau haben konnte, einen Trunkenbold wie diesen Ransome vorzog. Aber ihn deshalb zu erschießen, das ging nicht; da hatte Mrs. Hogget-Clapton recht, das sah er jetzt selbst, trotz Wut und Verwirrung, ein. So viel war Ransome nicht wert, und dieses Dirnchen erst recht nicht. Er hatte schließlich an seine Zukunft zu denken; was aus der kleinen Simon wurde, war Nebensache. Nein, erschießen wird er den Burschen nicht, aber bei der ersten Gelegenheit wird er ihn windelweich schlagen.

Er sah im Scheinwerferlicht den weißen Meilenstein an der Rennbahn, war also nicht weit von den Kasernen und hörte von dorther fast gleichzeitig wildes Schreien und Rufen. Wieder befiel ihn die namenlose, entnervende Angst. ‚Meutern sie etwa?‘ schoß es ihm durch den wirren Sinn. ‚Ermorden sie meine Kameraden?‘

Die Lichter des Wagens, der die Kurve zur Einfahrt nahm, mußten nun auf die Kasernen fallen. Aber sie trafen nur auf riesige Trümmer- und Schutthaufen, aus denen da und dort zerfetzte, geknickte Balken herausragten. Er hörte der indischen Soldaten wilderregtes Geschrei, sah sie, ameisenhaft in dem strömenden Regen wimmelnd, zerbrochenes Mauerwerk und Geröll wegräumen. ‚Dort war die Offiziersmesse‘, durchfuhr es ihn, ‚sie müssen gerade bei Tisch gewesen sein ... Alle liegen darunter ... Cruikshank und Culbertson und Bailey und Sampson ...‘

Drei Soldaten rannten auf ihn zu, starrten in das Scheinwerferlicht, schrien Worte, die er nicht verstand ... ‚Dieses Land', stöhnte es in ihm, ‚diese gottverfluchte, verdammte Gegend!' Schluchzen stieg in ihm auf. Ohne den Motor abzustellen, sprang er aus dem Wagen und schrie hindostanisch: „Wo ist Leutnant Bailey? Wo sind die Offiziere?"

Die drei Mann schrien nicht mehr. Stumm, wie gelähmt, standen sie halb im Scheinwerferlicht. Dann faßte sich einer von ihnen, Sergeant Paschat Singh, ein Herz und stammelte auf hindostanisch: „Er ist da drin. Alle Sahibs da drunter. Das Haus ist auf sie gefallen", und die drei stießen unverständliche Laute aus und machten, ganz unmilitärisch, in einem fort ihren Salaam, als müßten sie sich wegen des Unglücks entschuldigen.

„Grabt sie aus!" brüllte Loder. „An die Arbeit, ihr Schweinehunde, schnell!" schrie er sie an und wetterte, sein Schluchzen zu überdecken; die Mannschaften durften doch nicht wissen, daß ein britischer Offizier schluchzt! Doch so krampfhaft er sich auch zusammenriß, er konnte nicht aufhören. Es war ein Krampf, der ihn vom Kopf bis zu den Füßen schüttelte, aufhörte und sich sogleich wiederholte, und dazwischen schauerte ihn in seinem patschnassen Anzug. „Hilf, Gott, daß ich mich beherrsche!" sprach er ein Stoßgebet. Seit seinem vierten Lebensjahr, als nachts bei seinem Onkel in Surrey eine mächtige Dogge auf ihn in sein Bett gesprungen war, hatte er kein solches Entsetzen gefühlt. Er eilte auf die Steinmasse zu.

Es war zwecklos, alles zwecklos, und wenn man sich noch so beeilte. Cruikshank, Bailey, Culbertson, Sampson ... keiner von ihnen konnte unter dieser Steinwucht noch leben, keinen konnte er lebend wiedersehen. Doch, von Paschat Singh unterstützt, begann er fluchend, schluchzend, planlos, wild an Balken zu zerren, im Schutt zu wühlen, Steine zu wälzen, die man vorzeiten aus den Steinbrüchen des ewigen Berges Abana geholt hatte.

Sie stießen auf ein Piano, das armselige, von der feuchten Hitze ruinierte Piano, auf welchem Cruikshank nach dem Nachtmahl zu spielen pflegte. ‚Vielleicht spielte er gerade ... vielleicht, daß man ihn hier findet ...!'

Er lag unter dem zertrümmerten Instrument. Verblutet, zerschmettert, so fanden sie Cruikshank, und Loder hob die Fäuste gegen den Großen Regen des Himmels: „Dieses verfluchte Land, dieses verfluchte, blutige Land!"

X

Noch lange, nachdem Loder gegangen, saßen die zwei ältlichen Frauen dicht aneinandergedrängt auf dem Boden der Veranda. Die Hogget-Clapton heulte hysterisch, die Simon suchte ihr Trost zuzusprechen, bis beide erschöpft verstummten und nur angestrengt nach den Geräuschen hinhörten, die ihnen, schaurig, gedämpft durch den Regen, unvorstellbare Kunde aus der geschlagenen Stadt herüberwehten.

Leise sagte Mrs. Simon: „Wenn ich nur wüßte, was mit unsern Jungens geschah ... und mit Hazel und meinem Mann!" und Mrs. Hogget-Clapton im allervulgärsten Cockney: „Gottlob ist Herbert nicht da, er ist so nervös, er wär' aus der Haut gefahren."

„Ich muß heim. Ich denk', ich komm' mit dem Wagen durch."

„Gehen Sie nicht!" schrie Mrs. Hogget betrunken. „Sie dürfen mich nicht verlassen!" – „Leihen Sie mir Ihren Chauffeur!"

„Ich kann mich ja doch nicht rühren. Rufen Sie! Rufen Sie den Hausboy!"

Mrs. Simon klatschte in die Hände, doch niemand kam. „Dalji!" rief sie den Namen des Dieners, erst schwach, hinfällig, dann immer lauter in wachsender Angst: „Dalji!" und immer wieder: „Dalji!", und als von nirgendher Antwort kam, schwieg sie; ihre Angst war furchtbarer als im Schrecken des Erdbebens.

Die Frau eines Bankdirektors in Ranchipur, die von Shropshirer Bauern stammte und sich ein originell sein sollendes Kauderwelsch ausgedacht hatte, schrie wieder in ihrem Cockney. Sie spielte nicht mehr die gnädige Herzogin; sie war wieder die Schönheit vom Tingeltangel, die einst Herbert Hogget-Clapton aus Leidenschaft, Schwäche und Dummheit zur Frau nahm, sich damit seine Karriere verderbend, und die er jetzt in Ranchipur sitzenließ, weil er sich ihrer in Delhi schämte; denn die Leidenschaft war zugleich mit ihrer Schönheit verschwunden. Die beiden verblühten Frauen, die eine aus Unity Point in Mississippi, die andre aus Putney, umklammerten einander und waren verlassen, verängstigt, vergessen.

XI

Die festen antiken Wände des Sommerpalastes krachten beim ersten Stoß, hielten sich kurz durch ihr Eigengewicht, wankten und fielen dann auseinander, die Ostfassade nach innen, die Westfassade nach außen auf das kunstvoll zierliche Tor und die Geranien- und

Kannabeete. Die Ostfassade begrub die Pflegerin Miss de Souza, die beiden vor Schreck ohnmächtigen Zofen der Lady und vier indische Diener; die Westfassade die Ehrenwache der Sikhs und den Torwächter. Andere Diener entkamen, rannten durch den Park zum Basar, wo sie die Flut erfaßte und mit ihrem Riesenbesen aus Häusertrümmern, Leichen und Wogen in den Untergang fegte. In dem, was von dem Sommerpalaste blieb, lag Lord Heston auf seinem perlmuttergezierten Teakholzbette allein. Er lebte noch. Die Fensterwand und ein Stück Dach stürzten ein; der Monsunregen schlug ins Innere und ihm ins Gesicht, weichte Bettücher und Matratzen ein und brachte den Mann zum Bewußtsein. Das Delirium, in dem er sich seit vierzehn Stunden befand, das den schreiend sich Wälzenden, Windenden mit Schreckbildern peinigte, daß er sich wie ein Rasender bäumte und auf den Boden zu werfen suchte, hörte für eine kurze Frist auf. Zwei Stunden vor dem Erdbeben hatten die Leistendrüsen zu schwellen begonnen; unter den Armen und in der Kehle waren die gefürchteten Beulen aufgetreten, mit ihnen zugleich jene zerfleischenden Schmerzen, die selbst die Mauer des Morphiums, die der Major gegen die Qualen errichtet hatte, durchbrachen und ihn in eine Art Halbschlaf versetzten, darin er sich seines Todeskampfes deutlich bewußt war. Als er unter den Monsungüssen langsam erwachte, vermeinte er erst, in der Hill Street in seinem luxuriösen Hause zu sein, glaubte an einen Rohrbruch im Zimmer über sich, wollte Bates rufen; aber da packte ihn das Delirium von neuem und schleuderte ihn zurück in eine Schreckenswelt furchtbarer Halluzinationen. Mit jeder zurückkehrenden Bewußtseinswelle wurde jedoch sein Geist etwas klarer; jedesmal währte die Welle ein wenig länger, und endlich erkannte er am Feuerschein aus der brennenden Stadt, daß das Wasser, welches ihm ins Gesicht klatschte, von keinem Rohrbruch, sondern vom Himmel kam, einem wolkenbedeckten Himmel, der den Lichtschein irdischer Brände zurückwarf. Ihm war, als wuchte die Wolkenglut auf sein Lager; der mahlende Schmerz ätzte ihm in den Lenden, brannte ihn unter den Armen, und fernes Wehklagen erscholl wie das Winseln gemarterter Seelen.

„Bates“, wollte er rufen, aber es kam kein Laut. Der Mund war ihm mit etwas verstopft, das ihn bei jedem Sprechversuch zu ersticken drohte. Dies Etwas war, begriff er allmählich, die Zunge. Sie war so angeschwollen, daß sie den ganzen Mund ausfüllte. Halb wach, halb im Fieberwahn dachte er: ‚Ich bin tot. Ich bin schon in der Hölle.‘ Grausen ergriff ihn.

Abermals trat das Delirium ein und war mit all seinen Qualen barmherziger als der Bewußtseinszustand mit seiner Pestpein und der geschwollenen Zunge. Er hustete, rang, bis das Morphium, wieder in Wellen verebbend, sein Denken aus der Umnachtung entließ und er wieder und wieder nach Bates zu rufen versuchte. Doch er gab keinen Laut von sich.

Kurz vor Mitternacht war die Wirkung des Morphiums verbraucht. Sein Geist hellte sich auf. In rasender Wut packte er seinen Körper, als wolle er mit eigener Hand Glied für Glied ausreißen, um endlich Ruhe zu haben. Mit jedem Schlag seines kräftigen Herzens pochte und zerrte der Schmerz, und zwischen den rasch aufeinanderfolgenden Krämpfen erkannte er langsam, wo er war, wie er hierherkam; er wollte schreien: ‚Wo steckt ihr, warum laßt ihr mich in der Hölle, allein?' Er besann sich auf den Pferdehandel mit dem Maharadscha, auf die Verhandlung mit dem Dewan über die Spinnereien, am deutlichsten auf den Streit mit Edwina, und wieder wollte er rufen, doch diesmal nicht nach Bates, sondern nach seiner Frau. ‚So kann sie mich hier nicht lassen! So etwas sieht ihr nicht ähnlich. So sehr haßt sie mich nicht!' Seine Kehle zog sich zusammen; die Muskeln der Kiefer arbeiteten verzweifelt; aber kein Laut kam über die geschwollene Zunge.

Halb bewußt, halb delirierend durchlebte er bruchstückweise sein ganzes Leben noch einmal: die freien Tage, da er als Junge auf seinem Veloziped aus Liverpool fuhr, die adligen Herren in ihren roten Reitröcken über Hecken und Gräben setzen zu sehen; seinen letzten Streit mit den Eltern, auf den hin er ausrückte aus London und Vater und Mutter nie wieder sah; die Zeit in Makassar und Borneo; die Malaienstaaten, wo er, nun schon erwachsen, Zukunftspläne entwarf, die Menschen beobachtete, schlau auskundschaftete, mit Eisenwaren und wohlfeilen Uhren hausierte. Zwischen stechenden Schmerzanfällen und Fieberdelirien fühlte er noch einmal den mit Haß und Verachtung gepaarten Triumph, der ihn beseelte, wenn es ihm gelungen war, jemanden zu beschwindeln und einen großen Coup zu landen. So kam er bis zu der letzten Reise in dieses verhaßte Indien, das als Absatzgebiet nicht mehr in Frage kam, weil im India Office Dummköpfe saßen, die sich weigerten, das indische Volk so anzupacken, wie man alle anpacken muß, aus denen man Profit herausschinden will – dies hassenswerte Indien, wo Menschen wie dieser gerissene Dewan und der Maharadscha am Ruder sind! Dies alles zog blitzschnell durch sein durcheinandergewirbeltes Hirn, schoß durch Schüttelfröste, Nässe und immer neue Schmerzen und Krämpfe, und auf einmal in einem lichten Moment gab er sich den Befehl: ‚Du darfst nicht sterben, bis du nicht alles vollbracht hast, was du gewollt, alles erreicht hast, was diese verfluchte Welt dir schuldig ist ... bis du noch reicher und mächtiger bist, alle Leitartikel geschrieben hast, mit denen deine Presse die Bolschewiken, diese Verbrecher, und die Pazifisten, diese Waschlappen, zu Boden schlägt! Frieden? Wer will Frieden? Wer hat je groß am Frieden verdient? Völkerbund? Lächerlich! Du mußt hier heraus!' dachte er toll, ‚Heraus! Weg, weg von hier!'

Besessen von diesem Gedanken, richtete er sich mit letzter Anstrengung auf, versuchte noch einmal vergeblich, Bates zu rufen, schob sich mit Aufbietung aller Kräfte bis an den Bettrand – wie ein schartiges Messer bohrte der Schmerz sich in seine Lenden – und glitt zu Boden, jeder Muskel verkrampft in entsetzlicher Qual. Aber auch dies ging vorüber. Es blieb nur das Pochen und Klopfen, das von seinem Stierherzen kam, denn dieses ließ ihn nicht sterben und setzte ihm zu mit der Zwangsidee: ‚Du mußt hier heraus, weg von diesem verdammten Ort, diesem verfluchten Land!'

Kriechend auf Händen und Knien arbeitete er sich bis zur Tür, kämpfte sich Zoll um Zoll im strömenden Regen über den türkischroten Teppich vorwärts, fiel zweimal um, bis er endlich den Ausgang erreichte, Kehle und Achselhöhlen und Lenden durchbohrt vom Messer der Qual, zerbissen von jenem furchtbaren mikroskopischen Gewürm, das ihn auffraß. Mit dem letzten Aufgebot einer ungeheuren Willenskraft hob er sich langsam empor, packte den goldenen Türgriff und stand.

Aber die Tür, sosehr er auch zerrte und drückte, rührte sich nicht. Hinter ihr lag tonnenweise heruntergebrochenes Mauerwerk und Gebälk und die zerquetschten Leichname der zwei Zofen und Miss de Souzas. Fassungslos suchte er den Ausgang zu erzwingen, der klumpigen Zunge den Hilferuf abzupressen: ‚Helft! Rettet mich! Ich bin Lord Heston ... der große, einflußreiche Lord Heston; ich zahle, was ihr verlangt! Ich gebe alles hin, was ich habe, nur bringt mich heraus! Helft mir! Hilfe!' Aber die Zunge blieb stumm. Sie war so geschwollen, daß sie ihn zu ersticken drohte.

Im Rasen wiedereinsetzender Delirien erschien ihm das Angesicht seines Dieners Bates: kalt, weiß, feucht, voll Haß und Verachtung. Da riß plötzlich der Türgriff los, und in einem letzten Schmerzenskrampf schlug er, von seinem vollen Gewicht umgerissen, mit dem glühenden Kopf gegen den Marmoraufsatz des viktorianischen Waschtisches.

Jenseits der Schmerzen, des Fieberwahns, lag er im Widerscheine der brennenden Stadt, still, endlich still auf dem roten, durchnäßten Teppich in der Regenflut des Monsuns.

XII

Das Viertel der Unberührbaren hatte am meisten zu leiden. Es lag am niedrigsten und begann dicht beim Strom an den Verbrennungsstätten. Es wurde daher nicht nur vom ersten Anprall der Flut getroffen, sondern zugleich von der ganzen Wucht der zertrümmerten Häuser, entwurzelten Bäume, der Kadaver und Leichen, welche die Flut auf zornig schäumenden Kämmen herantrug.

Jobnekar eilte nach dem Erdstoß mit seinem Weibe und den drei puppenhaften Kindern hinaus auf den Kleinen Platz der Unberührbaren und trat zu der Menge, die sich dort scharte. Doch ehe er noch ein Wort der Beruhigung an die Nachbarn zu richten vermochte, begann das ferne Tosen, in das sich, seltsam gedämpft, das Angstgeschrei mischte, das aus der oberen Stadt – nicht wie aus tausend angstvollen Kehlen, vielmehr wie eine einzige Stimme erscholl, als erblicke die Stadt selbst ihre nahende Vernichtung und schreie in Todesangst auf.

Rascher, klüger und wissender als die andern, erfaßte Jobnekar die Bedeutung des Aufschreis. „Hochwasser! Rasch auf die Dächer!" rief er laut. Die Umstehenden nahmen den Ruf auf und pflanzten ihn fort und weiter, bis das Schreien vom Platz der Unberührbaren mit der Schreckensstimme der oberen Stadt in eines verschmolz.

Jobnekar nahm zwei der Kinder auf den Arm, die Frau trug das Kleinste. So rannten sie zurück in ihr rosa Häuschen mit den Nottinghamer Spitzenvorhängen an den Fenstern, das Stiegenhaus hinauf auf das Dach, hinter ihnen her schreiende, jammernde Nachbarn.

Immer mehr Menschen drängten in Massenangst auf das flache Dach. Bald war kein Plätzchen mehr frei. Kinder wurden zu Boden getreten. Kaum konnten Jobnekars ihre drei wimmernden Kleinen schützend zwischen sich nehmen, als schon die brüllende Flut über den Platz hereinbrach, mit der Wucht ihrer Trümmermasse Haus auf Haus herumriß und umriß und die Ärmsten, die auf dem Platze geblieben waren, hinwegspülte, Männer, Frauen und Kinder.

Jobnekar sah auf den ersten Blick, hier gab es keine Rettung mehr, schloß sein Weib und die weinenden Kinder in seine Arme und stand, den Rücken gegen die Flut, in letzter erbarmungswürdiger Schutzgebärde, des Todes gewärtig.

Von der Flut getroffen, schwankte, ächzte, krachte das Haus; erst stürzte der äußere, den Jobnekars abgekehrte Teil unter dem Gewicht der dort zusammengeballten Menge, dann alles übrige, langsam, wie ein getroffenes Tier in die Knie bricht, und mit ihm sanken der Mann, die Frau und die Kinder Jobnekar in den Strom. Als die Wasser über seinem Haupte zusammenschlugen, preßte er seine Kleinen, als könne sie dies beruhigen, noch fester an sich und dachte: ‚Ich darf noch nicht sterben, es ist so viel zu tun …'

Als die Flut über die Ebene hin zum Abana raste, stand kein Haus mehr im Viertel der Unberührbaren.

XIII

Seit dem Tage, an dem vor dreiundzwanzig Jahren der fertiggestellte Damm als eines der Wunder Indiens dastand, hatte niemand den Fehler bemerkt. Der stolze Maharadscha, der verschlagene Dewan, der Polizeichef Raschid, der Volksführer Jobnekar, Staatsräte und niederes Volk hatten dreiundzwanzig Jahre lang so fest auf den Großen Damm vertraut wie auf die Bergeskette und die Unwandelbarkeit der sich hinter ihr ausbreitenden Wüste, hatten an ihn geglaubt wie an den heiligen Berg Abana, der seine weiße Tempelkrone auf ewig dem ehernen Himmel entgegenhebt. In aller Herzen, außer vielleicht dem des alten Dewan, lebte ein kindlich-mystischer Glaube an die Wundertaten der großen Ingenieure des Westen, Taten, welche kein Inder begreifen, geschweige denn ausführen konnte. Hatten sie nicht die gewaltigen Dämme im Norden, die hohen Brücken über Ganges und Brahmaputra errichtet? Wem aber von allen konnte man mehr vertrauen als dem glaubwürdigen, gewandten Aristide de Groot, der von Dämmen, Brücken und Fabrikanlagen erzählte, die er in der Schweiz, in Österreich, Italien, Schweden, Brasilien und China errichtet hatte?

Erst als in Ranchipur neuntausend Menschen ums Leben gekommen waren, wollte man sich gewisser Verdachtsmomente erinnern, auf die man angeblich schon damals aufmerksam gemacht hatte: dieser de Groot sei kein Schweizer, wie er behauptete, sei nie etwas Rechtes gewesen, sondern einfach ein Schwindler, ein heimatloser Abenteurer. Man erinnerte sich seiner als eines vierschrötigen, dunklen Gesellen, der, als er nach Ranchipur kam, bereits ein halbes Dutzend Sprachen beherrschte und hier erstaunlich schnell Hindostanisch und Gujarati hinzulernte. Er war, hieß es, von einnehmendem, geselligem Wesen, hegte keinerlei Vorurteile hinsichtlich Konfession, Farbe, Volkszugehörigkeit, und seine Zunge war rasch und spitz wie die einer Viper. Weise Menschen wie der Dewan und die Maharani sahen nach dreiundzwanzig Jahren, als wieder von diesem Menschen geredet wurde, nur noch sein Augenpaar, kalt, stechend wie das der todbringenden Schlange Krait, und es sah alle Menschen gleich und unverrückt an, weil es in jedem ein mögliches Opfer Aristide de Groots erblickte. Doch war die Vipernzunge gewandt genug, nicht allein harmlose Gemüter, schlichte Vertrauensselige, wie den Maharadscha, sondern auch gewiegte Persönlichkeiten, wie zum Beispiel den Vizekönig, davon zu überzeugen, Aristide de Groot sei ein bedeutender Bauingenieur.

Als die erste Nachricht von der Katastrophe den Dewan im Kreis seiner großen Sippe in Puna erreichte, fuhr sich der Greis mit seinen hageren Fingern durch den langen weißen Bart und dachte voll Trauer: ‚War also doch ein Fehler im Damm! Ich kann mich kaum mehr an den Mann erinnern, nur noch an die Augen. In seinen Augen lag die ganze Tragödie der europäischen Gier.' Jetzt, nach so langer Zeit, in dem kühlen Garten auf die Zeit zurückblickend, sagte er sich: ‚Hätte ich mich nur damals auf meinen Instinkt verlassen! Er hat mich noch nie betrogen.'

Nach einem in stiller Betrachtung verbrachten Vormittag brachte ihn die Erinnerung an die „Krait-Augen" de Groots zu der Erkenntnis: ‚Man muß solchen Menschen wie Schlangen den Kopf zertreten. Geschieht dies nicht, so ist der Westen erledigt. Er wird sich selber zerstören.' So dachte er, dort sitzend, ungeheuer alt und ungeheuer weise, und der Gedanke mißfiel ihm nicht. Aber die Rückerinnerung an alte Bedenken nützte nichts mehr. Sie gab weder den neuntausend toten Männern, Frauen und Kindern ihr Leben zurück, noch stellte sie all das wieder her, was den alten Maharadscha mehr denn fünfzig Jahre schweren Ringens gekostet hatte.

Der Fehler im Dammbau ließ sich schwerlich mehr nachweisen, vor allem vor keinem Gerichtshof, vor welchem ein Aristide de Groot, von reichen, bestechlichen Advokaten umgeben, geltend machen konnte, das vorausgegangene Erdbeben und der Große Regen seien an allem schuld. Zwar erkannte man, als das Hochwasser vorbei war und das große Reservoir leer stand, daß der gebrochene

Damm aus schlechtem Material bestand, daß die Eisenträger und Verstärkungen ungenügend waren, daß man ungereinigten, salzigen Meersand verwendet hatte, weil er billig und bequem zur Hand war, doch konnte man nicht beweisen, daß einer dieser Umstände an der Katastrophe schuld war. Das schlimmste Urteil, das Aristide de Groot zu erwarten hatte, war: er sei ein schlechter Baumeister, und das war ihm gleich. Er hatte andere Eisen im Feuer und dachte nicht mehr daran, daß er einmal Bauingenieur gespielt hatte.

Erst die Britische Regierung enthüllte im Detail den Aufstieg des verrufenen Aristide von seinen bescheidenen Anfängen an, als er den Großen Damm von Ranchipur baute. Die Untersuchungskommission stellte fest, er sei jetzt sowenig wie damals richtiger Ingenieur und habe längst allen Prätentionen in dieser Richtung entsagt, befasse sich vielmehr mit Petroleum, Devisenhandel, Munitionslieferungen und noch obskureren Geschäften. Aus der Verelendung und dem Bankerott ganzer Völker habe er ein märchenhaftes, unfaßbares, nicht feststellbares Vermögen errafft, das er teils in New York, teils in London, Paris, Amsterdam und Schweden sichergestellt habe. Hinter einem Dutzend kleinerer Kriege, Revolutionen und Unruhen, so entdeckte man, lauerte immer wieder die unheilvolle Figur des Mannes mit den „Krait-Augen", der Vipernzunge und dem Talent, Absatzgebiete für Gewehre, Granaten und Kanonen zu schaffen. Darüber hinaus brachte man an den Tag, daß er die chinesische Tschungking-Regierung auf Grund eines Munitionslieferungsvertrages um zwei Millionen Pfund beschwindelt und Waffen nach Afghanistan geschmuggelt hatte. Außerdem war er an einem umfassenden unterirdischen Rauschgiftsyndikat beteiligt.

Mit einem Schlag war Aristide de Groot der „große Geheimnisvolle", ein Fressen für die Reporter. Mit einer schwarzen Brille auf der Nase verschwand er aus seinem „Château" bei Compiègne und fuhr „zur Erholung" nach Peru. Er hätte sich die Mühe sparen können. Die Britische Regierung entdeckte zu ihrem eigenen Mißvergnügen, daß vier bis fünf einflußreiche Persönlichkeiten Londons, darunter Lord Heston und sein journalistischer Partner, Lord Skillington, mit Aristide de Groot etliche Weekends auf seiner Jacht, in seinem „Château" bei Compiègne und in seinem Heim in Biarritz verbracht hatten. Es ergab sich, daß die Tragödie von Ranchipur nur als eines der kleineren Verbrechen de Groots zu betrachten war; aber selbst in bezug darauf ließ sich nichts tun, es sei denn (wie Lord Skillington, der Lord Heston überlebte, sich in einem seiner berüchtigten Leitartikel ausdrückte): „wir wollten den ganzen Geist des Bolschewismus auf die schutzlosen Frauen und Gefilde Englands loslassen.“ Plötzlich fanden alle, je weniger man von Aristide de Groot rede, um so besser sei es. Nach kurzer Zeit kehrte er aus Peru zurück und traf seine Frau, die er einst in einem Triester Bordell kennengelernt hatte, in ihrem reizenden Louis-Treize-Château unweit der Stelle, an welcher Jeanne d'Arc einst gefangengenommen wurde.

Für eine von ihren eigenen schwärenden Wunden gepeinigte Christenheit bedeutete es an sich nicht viel, daß neuntausend Heiden binnen weniger Minuten zermalmt wurden oder ertranken und Ranchipur, der bestregierte Staat Indiens, für eine Generation lahmgelegt war. Das war ja alles so weit weg (obschon bestürzend näher als vor einem halben Jahrhundert), so weit entfernt, daß es zu dem Druck der Kriegsdrohung, der Konferenzen, Bürgerkriege, Geheimbündnisse, Intrigen, der Habgier, Scheinheiligkeit, Erbitterung, der auf dem westlichen Zivilisationsbereich lastete, nichts Wesentliches hinzufügte.

Der Damm war etwas wie ein Symbol gewesen, Sinnbild orientalischen Glaubens an okzidentale Tüchtigkeit, Ehrlichkeit, Organisationsgabe und Überlegenheit. Der Damm wie der Glaube waren zertrümmert.

DRITTER TEIL

I

Auf der schwanken Galerie, die im ersten Stock rund um Bannerjis Haus lief, erwarteten Edwina und Tom den raschen indischen Sonnenaufgang. Durch Zwischenräume der Banyan- und Pagodenbaumgruppen hatten sie einen Ausblick auf den brennenden Stadtteil in der Senkung zwischen ihnen und dem Schloß. Die meisten Feuersbrünste waren in den Regenströmen und in der Sintflut ertrunken, nur drei oder vier Hauptgebäude, nach Ransomes Ansicht die Großmarkthalle, das Justizgebäude und das Haus der britischen Zentralverwaltung, brannten noch und schleuderten ihre jähen Feuergarben zu unheildrohendem Widerschein in das dichte Gewölk. Die unheimliche Klagestimme der Stadt war verstummt.

Das große Schweigen wird nur zuweilen von einsamen Todesschreien von weit her durchbrochen. Sie klingen wie das Heulen von Schakalen, die aus dem Dschungel des Abends auf Beute ausgehen.

„Ich hole dir ein Umschlagtuch, Edwina. In dem leichten Kleid wirst du ganz naß, das ist unklug; du kennst den Monsunregen noch nicht. Das Dach nutzt so gut wie nichts; diese feuchte Nässe geht durch und durch", ist das erste Wort, das zwischen den beiden fällt, und so beiläufig, als sähen sie nicht den Untergang einer großen Stadt mit an, sondern einen Film. Doch selbst der Ton seiner eigenen Stimme stört Ransome; jedes gesprochene Wort, kommt ihm vor, ist hier abgeschmackt.

Er holt einen Kaschmirschal, der als Überwurf eines der indischen Betten diente, hüllt ihre nackten Schultern, das weiße Kleid und die Pracht der Juwelen drin ein, und wieder schweigen und schauen die beiden. Jedesmal, wenn Flammen aus einem der Brände emporschlagen und der von den Wolken zurückgeworfene Schein die Wasserfläche erhellt, sieht man häßliche Dinge auf ihr dahintreiben. ‚Morgen schon fangen sie an zu stinken', sagt sich Tom, ‚es wird furchtbar werden, und erst übermorgen und all die folgenden Tage, bei dieser Hitze, dem Regen! Die Schakale werden sich gut herausfüttern, die Geier werden sich mästen, die Krokodile aus dem dicken, stinkenden Uferschlamm kommen und überallhin schwimmen. Bis in das Herz der Stadt werden sie dringen.' Ein Wind stand auf und zerriß die Wolken für kurze Zeit.

In der samtenen Schwärze des offenen Himmels stehen die Sterne. In Indien sind sie anders als irgendwo sonst. In der gereinigten Atmosphäre gleißen sie heller denn je. Doch schon sind sie wieder verschwunden, und da ist nur noch das tiefe, blutrote Wolkendach.

Drinnen im Haus hebt wieder Bannerjis Wehklagen an, wehe Angstlaute wie von einem verwundeten Tier. „Wenn nur der unangenehme kleine Kerl mit diesem widerwärtigen Geräusch aufhörte!" klagt Edwina. „Das ist ärger als alles andere." Sie kam nach Indien mit dem Wunsch, etwas zu erleben. Jetzt hat sie etwas erlebt; und dies Erlebnis, sagt sie sich und starrt von der Galerie in die Finsternis, geht über alle Erwartungen und Begriffe ins Grenzenlose. Sie ist noch nicht tot, aber ‚was das betrifft, in ein paar Tagen kann ich soweit sein, vielleicht schon in Stunden oder Minuten'. Sie hat sich nie um die Bauart von Häusern gekümmert, doch wie sie jetzt das Haus Bannerji ansieht, das dem doppelten Angriff von Erdstoß und Flut widerstand, kommt es ihr angesichts der Naturgewalten gar lächerlich vor in seiner Gebrechlichkeit. Gleicht es in seiner Schwäche nicht ihr, dem unnützen, hilflosen Luxusgeschöpf? Ist es nicht lachhaft, wie sie den Ausbrüchen der Natur hier beiwohnt? In einem Modellkleid aus Crêpe de Chine und geschmückt mit Juwelen! ‚Was wäre wohl', fragt sie sich, leicht amüsiert, ‚das rechte Kostüm zu einem solchen Anlaß? Am besten wohl Shorts mit Seidenhemd. Das wäre smart und zugleich das Vernünftigste.'

In ihrem Barbury House, Hill Street, oder in Cannes oder auf Weekend, wenn sie sich müßig im Bett mit einem Roman langweilte und nicht einschlafen konnte, hatte sie oft wollüstig träge darüber nachgesonnen, wie es wäre, den sicheren Tod vor Augen zu haben, zu wissen, sie habe nur noch wenige Stunden zu leben, sich dann kaltblütig ausgemalt, was sie täte, wenn sie sich zusammen mit einem reizvollen Manne in solcher Lage befände, und gefunden: ‚Da gibt es nur eins, um die Zeit totzuschlagen – alles andere wäre blöd!' Und hatte dann gedacht, unter solchen Umständen müsse das Liebesspiel einen zusätzlichen tollen Reiz ausüben, denn es wäre erfüllt von einer bezwingenden urmenschlichen Lust.

Sie blickt verstohlen auf Tom. Er steht, mit den Ellenbogen auf die gebrechliche Holzbrüstung gestützt; sein markantes Profil zeichnet sich gegen die roten Wolken ab. ‚Er ist reizvoll', denkt sie nicht zum ersten Male, ‚in seiner Art gewiß einer der reizvollsten Männer', und doch läßt sein Anblick sie heute kalt; es ist sonderbar. Nichts auf Erden hindert sie, ihn zu genießen. Vor drei Nächten im Schloß zögerte sie nicht einen Augenblick. Jetzt läßt der Gedanke sie kalt. Alles ist anders, als sie es sich dachte.

,Wie wäre es, wenn ein anderer neben mir stünde?' fragt sie sich folgerichtig und läßt ihre Geliebten aus früherer Zeit Revue passieren; doch da ist keiner, der ihr in dieser Situation noch ein Gefühl erregt. Tom ist ihr lieber als irgendeiner von ihnen. Ihre Neigung für ihn überdauerte ihre Übersättigung, war stärker als Luxus, Müßiggang, alles ... ,Vielleicht', denkt sie wieder, ,sollte ich Albert verlassen und Toms Frau werden! Vielleicht gäbe dies seinem wie meinem Leben Bestand.' Doch sogleich ist ihr klar, sie will ihn ja gar nicht zum Mann, jedenfalls nicht in biederer Ehe. Noch liegt vor ihr das Abenteuer und lockt. Sie liebt Tom Ransome nicht; sie hat ihn nur gern. Und auf einmal ertappt sie sich bei dem Wunsch: ,Wäre doch Tom mit Miss MacDaid in die Nacht und die Flut hinaus und hätte mir den Major hiergelassen!' Sie stutzt. ,Natürlich ...! Da liegt's. Das ist mein wahres Erlebnis.'

Abermals überläßt sie sich, dieweil Tom neben ihr lehnt, lüsternen Gedanken an den jungen indischen Arzt, nimmt ihn sich mit der gleichen Begierde vor wie in den Stunden verzehrender Langeweile, bevor die phantastische Lehrerin bei ihr vorsprach. ,Er ist der Eine! Wenn ich hier lebend herauskomme', beschließt sie, ,werde ich eine Zeitlang so frei sein wie noch nie. Bei der Verwirrung hier wird kein Mensch darauf achten, was ich tue. Ich werde nicht Gattin Lord Hestons, ich werde ein Weilchen ein Niemand sein, nicht mehr als das Weib irgendeines kleinen Angestellten.'

Sie sieht Safka vor sich, sehr deutlich hat sie ihn vor Augen, wie er die hysterisch kreischende, dickliche Murgatroyd wie einen Mehlsack die Treppe hinauftrug, sieht seine breiten Schultern, das feine, dunkle Gesicht, die blauen Augen, sein sonderbares, halb komisches Lächeln und ahnt: dies Lächeln entsprang einer eigentümlichen Vermischung urwüchsiger Lebenslust und Lebensmeisterung mit unterirdischer Trauer und tragischem Schicksal. ,Tom versagte in seiner Betrunkenheit', stellt sie fest und weiß: ,Der Major kann nicht tot sein, unmöglich, er ist nicht weggespült von der Flut wie die schreiende Angst der Hütten dahinten. Dies ist kein Ende. Nur darum', sagt sie sich in mystisch krankhaftem Wahn, ,mußte ich, ob ich wollte oder nicht, nach Indien, in der ungünstigsten Jahreszeit und gegen jeden vernünftigen Rat. Das Erlebnis des Einen zog mich hierher.' Vor zwei Tagen, ja selbst noch vor einer Stunde war ihr gleich, ob sie starb oder nicht. Jetzt begehrt sie verzweifelt zu leben. Alles, was sie zeitlebens suchte, was sie vor einigen Nächten unter schwerem Alpdruck erträumte, muß sich jetzt erfüllen. Er kann nicht tot sein, nein! Er ist es ja, der sie retten wird. ‚In ihm werde ich finden, wonach ich suchte.' Es ist nicht einfach sein blendendes Äußeres, was sie zu ihm hinzieht; sie fühlt, es ist mehr: jene Gelassenheit und der frische Mut, mit dem er an der Seite dieser häßlichen alten Jungfer hinaus in das Hochwasser stieg – und dann etwas in seinem Gesicht; es leuchtete wie ein Licht und war von solcher Güte und Stärke, von einem Mitgefühl und Verstehen erfüllt, wie es ihr noch bei keinem Menschen begegnet war. ‚Aber vielleicht habe ich nie einen anständigen Menschen gekannt?' gibt sie sich selbst zu bedenken. ‚Tom Ransome ausgenommen, doch er verzehrt sich, haltlos enttäuscht. Was ich sonst an Männern kenne, ist minderwertig, schwach oder steif oder sind Typen wie Albert.' Sie ahnt eine Welt, fern ihrer Erfahrung, eine Welt, die da war und ist. Nie verstand sie etwas von all dem; auch jetzt trifft sie die Erkenntnis nur wie ein rasch blendender Strahl, so daß sie weder Tom noch die Flut mit all ihren Schrecknissen sieht, ein Lichtstrahl, der schnell, wie er kam, wieder schwindet, sie kann ihn nicht halten und steht wieder da wie zuvor, eine blasierte, zynische, lüsterne, intelligente Edwina Heston, mondän, reich, verbuhlt und verkommen.

Sie vermag die unnatürliche Stille nicht mehr zu ertragen, sie flüstert: „Tom, glaubst du, sie kamen durch?" und denkt dabei: ‚Er verachtet mich gründlich. Er meint, ich sei nur auf das eine versessen; aber so ist es nicht. Es ist etwas anderes. Aber wie soll er mir glauben, daß es bei mir nicht das gleiche wie immer ist?'

„Wenn sie das Hospital erreicht haben und es steht noch, ist alles gut, aber", setzt Tom nach kurzer Pause hinzu, „die Aussichten, fürchte ich, stehen eins zu tausend."

Kurz vor Morgengrauen ist wieder der Regen da. Ruhig, beherrscht, im stählernen Glanz ihrer Schönheit, tritt die Dame des Hauses hinter Tom und Edwina, spricht: „Mein Schwiegervater hat eine Herzattacke. Ich glaube, er stirbt", und schlägt Ransomes sofortiges Hilfeangebot aus. „Sie können da doch nicht helfen. Er ist sehr alt. Die Aufregung war zuviel für ihn. Major Safka hätte noch etwas tun können. Es sollte nicht sein. Es steht in seinem Horoskop, er werde bei einer Katastrophe umkommen." Sie schwieg. In der Dunkelheit merkte Ransome, daß sie lächelte. „Mein Mann jammert. Nehmen Sie ihn nicht zu ernst. Es erleichtert ihn", sagte sie und verschwand. Es schien etwas wie Triumph in ihrer Stimme zu liegen, als wollte sie sagen: ‚Ihr habt Indien nicht erobert, niemand erobert es je, am wenigsten ihr blassen europäischen Schwächlinge.' Ransome mußte an Safkas Ausführungen über die Grausamkeit Indiens denken.

Der Horizont unter dem Wolkendach färbt sich rosiggrau. Tom wendet sich an Edwina: „Ein bißchen Schlaf täte dir gut. Es dürfte hier auf geraume Zeit wenig Erholung geben und keinen Komfort."

„Ich kann jetzt nicht schlafen, nein ... Es wird gleich hell sein. Ich muß sehen, was ist. Ob der Sommerpalast noch steht ..." Sie sieht ihn nicht an. Sie fürchtet, er durchschaut sie zu ihrer Schande. Es kümmert ihr Herz keinen Deut, ob der Sommerpalast dahin ist; von nichts will es wissen als von dem Hospital.

Das Gefühl, frei zu sein, kehrt in sie zurück, das neue Bewußtsein, mit irgend etwas klipp und klar fertig zu sein. ‚Brauchte ich nur nie mehr nach Europa zurück!' wünscht sie sich. ‚Bliebe mir doch diese Gegend hier, weltabgeschieden!'

Wieder ein Seitenblick auf Ransome. In der aufsteigenden Helligkeit sieht sie das glücklose Antlitz sehr klar. Ihr ist, als läse sie darin ein Leid, eine Tragödie, die sie zuvor nie sah, nicht jene triviale Verbitterung, die ihn oft spöttisch und ironisch werden ließ; etwas Tieferes: als sei hier ein edler Geist, eine hohe Einsicht töricht vergeudet und sich selbst dessen bewußt. ‚Vielleicht leidet Tom zu dieser Frist nicht allein an sich selbst, sondern um die Menschen der ertrunkenen Stadt, Menschen, die er nicht einmal kennt und nie gesehen hat! Oder schaut er heute nicht anders drein als sonst auch, und ich war nur nicht imstande, ihn richtig zu sehen?' fragt sie sich. ‚Hat mir der Major, den ich kaum kenne, die Augen geöffnet?' Voll Scham erinnert sie sich, daß Tom mit ihr immer nur über oberflächliche Dinge sprach, als sei sie nichts Besseres wert. Nein, sie hat ihn überhaupt nicht gekannt; sie weiß nichts von ihm.

Eine Bewegung, unverstellt, klar und rein, erfaßt sie, eine Welle der Zuneigung zu Tom Ransome, sehr verschieden von den Gefühlen, die sie ehedem für ihn hegte. Zugleich aber befällt sie ein Gefühl bitterer Einsamkeit, so, als lebten Safka und Tom auf einer Ebene hoch über ihr, die sie nie zu erreichen vermag und die zu erklimmen keiner der beiden ihr jemals erlauben wird, denn es herrscht zwischen ihnen eine Art Einverständnis, das sie für immer ausschließt. Zum ersten Male in ihrem Leben ist nichts von Hochmut in ihr, nur Demut und Furcht, und die Furcht ist weit größer, als sie beim Erdbeben war und vor der hereinbrechenden Flut, denn sie ist Furcht vor dem Unbestimmten, dem Unbekannten, das vor ihr liegt.

Tom wendet sich zu ihr. „Schau dort! Die Türme vom Schloß sind weg.“ Es ist hell genug, die Umrisse des höher gelegenen mächtigen Bauwerks am andern Ufer zu erkennen. Das Licht ist trübe und grau. Die schwer herabhängenden Wolken dämpfen die Strahlen der aufgehenden Sonne, die aber rückt höher und zeigt, daß von der Stadt nichts mehr vorhanden ist als da und dort ein halbverheerter Gebäudekomplex. Von ihrer Galerie aus sehen sie fern die zerschmetterte Masse des Konservatoriums, die klaffenden Mauern der Höheren Mädchenschule der Maharani, die Ruine des Technikums. Es wird noch heller. Edwina deutet ins Grau des Regens.

„Ist das der Sommerpalast?“ – „Ja.“ – „Er ist zusammengestürzt.“

„Nicht ganz. Möglich, daß er noch lebt“, meint Tom, aber da fällt ihm ein: ‚Sprach nicht der Major davon, Heston habe die Pest ...?‘ Die ganze Nacht über dachte er nicht mehr daran und sagt sich nun: ‚Besser, der ganze Palast wäre auf ihn gestürzt!‘ Und nun kommt ihm auch wieder die arme Dirks in den Sinn, Old Dacy Dirks' Tochter ... Es ist ihm wie ein Alpdruck, dessen er sich erst allmählich, verschwommen erinnert: ‚Ich war so betrunken, das macht nur der Rausch, es ist unmöglich, daß ein Lord Heston die Pest hat! Es ist nicht möglich, daß es so etwas Grausames gibt wie das einsame Leiden der pflichttreuen Dirks ...‘, und hört die Frage Edwinas: „Das Hospital ...? Wo ist das Hospital?“

„Man sieht es von hier aus nicht“, antwortet er, „es liegt hinter Bäumen.“

Er wendet sich nach ihr um. Sie hat sich abgewandt. Er sieht ihr Gesicht nicht.

II

Lange betrachten sie die Verwüstung, in Bann geschlagen vom Anblick der Leiber, Schlangen und schwimmenden Bäume. Noch unter der Schockwirkung, in der Unwahrscheinlichkeit der Geschehnisse, unempfindlich gegen die sichtbare Fülle der Schrecknisse, stellt Ransome fest: ‚Es ist wie im Krieg. In einem normalen Menschen muß etwas sein, das in furchtbaren Stunden die Empfindung abtötet.‘ Doch der Krieg stumpfte ihn niemals ab; er machte ihn nur des endlosen, stumpfsinnigen Mordens müde, grauenhaft müde.

Hinter sich hört er jemand sagen: „Meine Güte, da ist ja nichts mehr vorhanden, rein gar nichts“, dreht sich um und sieht das schwammige, fahle, vom Schlaf gedunsene Gesicht der Bibliothekarin Murgatroyd. Ihr Taftkleid mit den Girlanden aus blaßblauen Rosenknospen ist bis zu den Knien durchnäßt und beschmutzt, und sonderbar, ihr Entsetzen ist völlig verflogen. Das fade, erdfarbene Gesicht zeigt keinerlei Aufregung. „Haben Sie keine Angst mehr?“ fragt er.

„O nein, ich weiß doch, wir werden gerettet.“ Sie grinst über das ganze Gesicht mit dem stets gleichen läppisch anbetenden Lächeln, bei dem sich ihm immer der Magen umdreht, spielt sich vor ihm und Edwina auf, markiert die Britin und Tochter jenes legendären Friedensrichters in Madras. Doch Ransome, ihr Gehaben beobachtend, ermißt die Tiefe ihrer Vereinsamung, ihres krankhaften Geltungstriebes. Sie ist nicht mehr in Angst, empfindet nichts von der unermeßlichen Tragik, denn sie ist in Sicherheit, und ihre Peinigerin Bannerji auch, am Ende auch er, der immer nett zu ihr war; sonst hatte sie nichts in der Welt. Dies waren ihre „Freunde“, seit Jahren die einzigen, und nun zusammen mit ihr auf der einsamen Insel des Hauses Bannerji. „Mr. Bannerji stirbt“, strahlt sie im Hochgefühl, Trägerin einer so wichtigen Botschaft zu sein.

„Ich weiß“, sagt Ransome. „Wenn ich vielleicht Mrs. Bannerji etwas helfen könnte ...“

„Nein, nein“, unterbricht die Murgatroyd, „sie hat mich auch weggeschickt, ich sei ihr nur im Wege.“ Vermutlich drückte die Dame sich noch etwas unhöflicher aus. ‚Himmlischer Vater‘, denkt Tom, ‚das bedeutet, sie will sich uns jetzt anschließen!‘

Edwina dachte wohl ähnlich. „Meinst du, man könnte irgendwoher eine Tasse Tee bekommen?“ fragt sie.

Tom blickt fragend auf die mit dem Haushalt bestens vertraute Murgatroyd, die eifrig bejaht. Im Schlafzimmer der Herrin sei ein Primuskocher, auf dem sich diese mitunter nachts Tee koche; sie wolle gleich nachsehen. Erfüllt von der Wichtigkeit ihrer Mission und durchdrungen von deren Nützlichkeit, macht sie kehrt und verschwindet im Korridor.

„Hoffentlich stirbt der alte Herr nicht“, meint Ransome, und die Lady: „Es würde die Schwierigkeiten vermehren.“

„Schlimmer! Bannerji wird den Leichnam vor Sonnenuntergang verbrennen wollen, um die Asche dann in den Strom zu streuen. Der Alte gedachte in Benares zu sterben; nächsten Monat wollte er hin, um dort so lange am Ufer zu sitzen, bis er stürbe. Pech! Das Hochwasser hat ihm einen Strich durch die Rechnung gemacht.“

Edwina lacht auf.

„Worüber lachst du?“

„Es ist vielleicht nicht sehr zartfühlend, aber ich kann mir nicht helfen. Da stehen wir zwei auf dem Balkon, und unsere größte Sorge ist, was mit der Leiche des alten Bannerji wird.“

Des Sohnes Bannerji Wehklage tönt nicht mehr so heftig. Wie erschöpft von den Anstrengungen der verwichenen Nacht sinkt sie zu eintöniger Totenklage herab, wird leiser noch, als es das Summen der Bienen im Kronleuchter der Blauen Halle war.

„Ich wollte, ich hätte ein Photo von Bannerji, wie er jetzt aussieht“, bemerkt Tom, „ich möchte es, fein eingerahmt, der Oxford-Gesellschaft schicken“, und ist sich dabei klar darüber, daß seine Bemerkung wie Edwinas Auflachen Ermüdungserscheinungen, Ausfluß von Überreizung sind, Folgen der nächtlichen Aufregung, denen sie bis jetzt standhielten. Tod und Grauen zum Trotz möchte er jetzt am liebsten herauslachen und freche Bemerkungen machen. Brandy und Cocktails sind in ihm verraucht; nur das Kopfweh blieb, und sehnsüchtig denkt er an die aus dem überschwemmten Eßzimmer gerettete Flasche Brandy.

Die Murgatroyd kehrt zurück. „Der Kocher ist bereit; hier ist auch Tee. Es ist nur kein Wasser da.“

Er grinst. „Was? Hier ist kein Wasser!?“

„Kein Trinkwasser, Sie verstehen genau, was ich meine!“ Sie weist in die Flut. „Von dem Wasser bekäme man Cholera, Typhus und alles mögliche.“

„Bringen Sie den Teekessel!“

Sie folgt seiner Weisung. Er geht mit dem Kessel zum Abflußrohr der Dachrinne, bricht ein Stück heraus; reines Regenwasser strömt aus der Öffnung und füllt den Kessel im Nu. „Hier haben Sie Wasser, soviel Sie wollen. Glauben Sie, daß es etwas zu essen gibt?“

„Die Küche steht unter Wasser. In Mrs. Bannerjis Zimmer ist noch eine angebrochene Büchse Keks.“

„Wohlan, wenn der Tee fertig ist, bringen Sie ihn her und sagen Sie es Mrs. Bannerji! Vielleicht trinkt der alte Herr auch ein Täßchen.“

„Über das Stadium ist er hinaus.“ Geschwellt vom Gefühl ihrer plötzlich erlangten Bedeutung enteilt sie beglückt, von ganzem Herzen zufrieden, zwei Angehörigen jenes Erobervolkes zu dienen, dessen geschwächtes Blut sich in ihren Adern mit dem einer Inderin niederer Kaste vermischte.

„Hat das Haus ein Blechdach?“ fragt Edwina unvermittelt.

„Nein, Steinplatten."

„Ein Glück. Es könnte ihm einfallen, die Leiche dort oben zu verbrennen."

„Das täte er auf alle Fälle. Angstbesessen wie er ist, würde er, wenn es nicht anders geht, das Haus in Brand stecken und uns alle ausräuchern."

Bannerjis Jammern tönt aus dem Innern des Hauses mit neuer Macht, gellender noch als beim Hereinbrechen der Flut. Ransome horcht auf, dann sagt er: „Der alte Mann ist gestorben."

In der Tür erscheint die Murgatroyd mit einem Servierbrett, auf dem zwei Tassen, ein Teller mit Keks und die Teekanne stehen. Sie sieht aus wie eine maskierte, heruntergekommene Kellnerin. „Ach, bitte, halten Sie das einen Moment, ich hole rasch einen Tisch."

Gehorsam hält Ransome das Brett und denkt: ‚So ist das arme Ding doch noch zu etwas nütze.' Schon ist sie wieder mit einem gewöhnlichen Bambustischchen zur Stelle, deckt es und fragt, als halte sich alles im Rahmen des Üblichen: „Wie wünschen Lady den Tee?"

„Wie's kommt", antwortet die Lady.

„Der alte Mr. Bannerji ist tot", strahlt die Murgatroyd.

III

Den ganzen Tag ließ das Ehepaar Bannerji sich nicht blicken. Nur die Murgatroyd, beglückt, etwas zum Anbeten gefunden zu haben, kam und ging strahlend und berichtete über den Verlauf der Trauerzeremonien. Gegen Mittag zog sich Lady Heston zu kurzem Schlaf in ein Gästezimmer zurück. Ransome trank den Rest Brandy und begab sich in einem andern Schlafzimmer zur Ruhe. Als er erwacht war, betrat er wieder die Galerie. Das Bild der Zerstörung war unverändert; nur drei der Brände hatten sich aufgezehrt und waren erloschen. Die Flut zog träge dahin, von Unrat und Trümmern bedeckt. Rings in der Weite kein menschliches Wesen; nichts Lebendiges war in der Landschaft des Todes sichtbar, nur dann und wann trieb, um einen Balken oder Ast geschlungen, eine Riesenschlange vorüber, und von fern her, aus der Richtung von Ransomes Haus, hörte man das Geschnatter heiliger Affen, die dort in den Bäumen saßen.

Bald trat Edwina zu ihm. „Gibt es denn in Ranchipur keine Boote?"

„Wenige, am Strom; sie sind gewiß weggerissen."

„Scheint dir nichts auszumachen!"

„Es läßt sich nicht ändern. Wir sind hier nicht in Europa."
„Ja, tut denn kein Mensch hier etwas?"
„Ich zweifle sehr. Es kommt darauf an, wer noch lebt. Vorläufig herrscht vollkommene Desorganisation. Auf Raschid könnte man zählen, auch auf die Offiziere des indischen Regiments und einige der Mahratten. Auf die Gujarati möchte ich mich unter den gegenwärtigen Umständen nicht verlassen. Sie werden versuchen, ihre Habe zu retten, und sich im übrigen genau wie Bannerji aufführen."
„Du, die Sache fängt an, mich zu langweilen."
Ransome, von einem ähnlichen Gefühl erzwungener Untätigkeit bedrückt, erinnerte sich der Spielkarten, die durch die Dame des Hauses rechtzeitig, ehe das Wasser alles bedeckte, gerettet worden waren, und schlug leicht grinsend vor: „Wir könnten Patience spielen."
„Ist das ein Witz?"
„Mein voller Ernst." Er holte die Karten, und sie versuchten, auf Murgatroyds Bambus-Teetischlein zu spielen. Für ein Spiel zu zweit war es aber zu klein, und selbst zum Solospiel unbequem. Außerdem mußte man dabei stehen, denn es gab keine Stühle. „Roter Bube auf schwarze Königin ... schwarze Acht auf rote Neun", wiederholte Edwina eine Zeitlang, bis sie plötzlich die Karten vom Tisch warf und rief: „Ich hab's satt, so englisch zu sein!"
„Was meinst du damit?"
„So kalt zu tun, als sei nichts geschehen! Ich will wissen, was mit meinen Zofen ist, mit Albert, ja auch mit Bates und mit dem Major und der Krankenschwester."
„Selbstverständlich. Ich kann ja hinüber zum Sommerpalast schwimmen und auf dem Rückweg ins Hospital hineinschauen."
„Rede kein Blech!"
„Patience, mein Kind, ist ein vielsagendes, bedeutungsvolles Geduldspiel."
„Ich finde, die indischen Häuser könnten ruhig ein paar Möbel mehr vertragen! Immerzu stehen und liegen macht einen ja verrückt. Tun sie denn sonst nichts anderes?"
„Sie setzen sich auf den Boden. Für Gäste wie wir sind übrigens unten Stühle in Menge."
Der Nachmittag schleppte sich hin. Edwinas Laune verschlechterte sich, bis sie losbrach: „Du bist ein Unmensch; denkst du denn nicht, was mit deinen Freunden geschehen ist?"
Er wurde weiß im Gesicht. „Rede keinen so gottverdammten Blödsinn", und wieder schämte sie sich.

Die Murgatroyd kam mit frischem Tee. Es mußte jetzt vier Uhr sein. Auf dem Servierbrett liegen vier aufgeweichte Kekse. „Das ist alles", bedauerte die Dienstbeflissene.

„Wir müssen uns auf Rationen setzen", meint Ransome.

„Ach was, das Wasser wird schon wieder fallen, oder es holt uns jemand", strahlt die Bibliothekarin, und Ransome erkennt den zweiten Grund, weshalb sie nicht Angst, nicht Langeweile verspürt: sie hat etwas erlebt. Zum ersten Male trat in ihr trübseliges Dasein ein Erlebnis. „Wollen Sie uns nicht Gesellschaft leisten?" fragt er sie höflich.

Sie dankt; sie habe bereits mit Frau Bannerji Tee getrunken, reicht ihm seine Tasse mit der ansprechenden Bemerkung: „Jetzt verbrennen sie den alten Bannerji auf dem Dach", und setzt leicht kichernd hinzu: „Diese Hindus treiben doch die unmöglichsten Sachen!" Ransome dreht sich vor Abscheu schon wieder der Magen.

Aus dem Hausinnern hört man das Splittern von Brettern. Er horcht auf. „Mr. Bannerji", erklärt ihm die Murgatroyd, „reißt mit dem Hausdiener die Dielen auf, um Holz zu bekommen."

„Der Hausdiener?" fragt Ransome. „Hat er Familie?"

„Ja, eine Frau und vier Kinder."

„Was ist aus ihnen geworden?"

„Sie waren in den Häusern dahinten."

Damit ging sie, aber noch längere Zeit hörte er das Gehämmer und Splittern der Dielen. Erst bei Einbruch der Dunkelheit hörte der Lärm auf. Dafür vernahm man treppauf, treppab das gespenstige Huschen von nackten Fußsohlen, bis völlige Finsternis herrschte und vom Dache her Bannerjis Totenklage begann und immer lauter erscholl, denn sein Organ hatte sich mittlerweile erholt.

Nun lodert vom Dach her der Feuerschein, fällt auf das Blattwerk der Bäume ringsum, das Feuer knistert und wächst, und das Knistern wird zum Geprassel. ‚Ich sollte einige Eimer Wasser bereithalten, für den Fall, daß das Haus Feuer fängt', sagt sich Tom, tut aber nichts. Er fühlt sich von einer Apathie befallen, die jeglichem Ding ein anderes Gesicht gibt und jeden Wert wertlos erscheinen läßt. Edwina geht. Sie will versuchen, zu schlafen. Er steht allein auf der Galerie.

Er wartet, beobachtet.

Und siehe: der Leichnam des alten Bannerji ist nicht der einzige, den man einäschert. Allenthalben am Rande der Flut lecken kleine Feuer zum stürmischen Himmel empor, schwächliche Flämmchen des Aberglaubens, des Glaubens vielleicht, allüberall, wo man Leichen von Freunden, Müttern, Kindern, Gatten und Gattinnen fand. Safka und Bannerjis Frau haben recht. Niemand wird Indien erobern.

Während noch das Knistern und Knattern von oben her an sein Ohr schlägt, sieht der Einsame, wie auf einem der Dächer des zerstörten Schlosses ein Licht erst klein wie ein Stecknadelkopf, dann breiter und immer höher aufloht, und er erkennt: auch dort übergeben sie einen Leichnam den Flammen. Bis herüber zu Bannerjis Haus trägt der Wind Qualm, und es ist Ransome, als wittere er im Rauch den Geist duftenden Sandelholzes. ‚Ist es der edle Alte', denkt er, ‚der unterging, erschlagen vielleicht von einem der stürzenden Türme? Das wäre das Ärgste. Notwendiger denn je brauchte das Land jetzt den Mut und die Milde des Maharadschas.'

Es muß gegen zehn sein; genau weiß Ransome es nicht, er vergaß in der Aufregung, seine Uhr aufzuziehen. Der Scheiterhaufen über ihm beginnt zu verlöschen. Das Haus hat nicht Feuer gefangen. Die Steinplatten, die man einst vom heiligen Berg Abana auf Geheiß der exzentrischen Lady Streetingham herschaffte, um damit das Haus für ihre Liederjane von Gästen zu bedachen, haben wie durch ein Wunder Funken und Feuerglut vom Gebälk ferngehalten. Auch die Totenklage hat aufgehört, vielleicht, weil Bannerjis Stimme endlich den Dienst versagte.

Tom tappt durchs Dunkel ins Haus, ruft gedämpft: „Edwina!" Sie antwortet aus einem Zimmer am Flur: „Tritt ein! Ich schlafe nicht; ich konnte mich nur nicht mehr auf den Beinen halten. Hätten wir bloß eine Kerze und etwas Tee!"

Er tritt vor die Türe und ruft so leise wie möglich nach der Murgatroyd, und schon ist sie da. Durch die Stockfinsternis tastet sie sich die Wände entlang. „Könnten wir etwas Tee bekommen?" fragt er.

„Es ist kein Spiritus mehr da."

„Eine Kerze?"

„Keine mehr da. Mr. Bannerji nahm alles Stearin zum Feueranmachen."

Ransome flucht Stein und Bein zusammen. Hinter ihm auf ihrem Bett verbeißt sich Edwina das Lachen.

Sie unterhalten sich, schlafen, erwachen, schauen hinaus; so geht es die ganze Nacht. Der letzte Scheiterhaufen verlischt in der Ferne. Samtene Finsternis schlägt über dem tragisch prächtigen Schauspiel zusammen. Drohend eintönig rauscht der Regen.

Die Morgendämmerung zeigt nichts als das unveränderte Panorama aus Wasser, Unrat, Treibholz, Leichen, eingeäscherten und zertrümmerten Häusern. Gegen acht Uhr ruft plötzlich Edwina: „Schau! Was ist das?"

Durch die tief herabhängenden Zweige eines riesigen Banyan naht eines der goldprunkenden Lustbootchen der Maharani. Man kann noch nicht sehen, wer rudert; der Baldachin des kleinen Fahrzeugs hat sich in dem Gezweig verfangen. Ganz von Blättern verdeckt, bemüht sich der Ruderer, es wieder flottzumachen. Plötzlich schießt der befreite Kahn unter den Ästen hervor. Eine hellhäutige Jungengestalt in kurzen Hosen und Hemd wird sichtbar, verliert fast das Gleichgewicht, droht in das Schlammwasser zu fallen, rafft sich jedoch wieder auf, legt sich in die Riemen. Edwina erkennt, es ist gar kein Junge, und Ransome ruft: „Mein Gott, es ist Fern!"

„Wer ist Fern?"

Tom versteht nicht, wieso sie fragt; ihm ist, als sei sie schon Wochen, Monate hier in Ranchipur und kenne natürlich Fern Simon. Er muß sich erst klarmachen, daß seit ihrer Ankunft nur fünf Tage verstrichen, um ihr in Ruhe antworten zu können: „Die Tochter eines amerikanischen Missionars." –

Schon ist das Boot so nah, daß man erkennt: eines der Ruder ist golden und rot lackiert, es gehört offensichtlich zur Bootsausrüstung, während das zweite aus einer Stange und einem Stück Brett anscheinend in aller Eile zusammengeflickt ist. Auch seinen Dreß erkennt Tom, den er ihr lieh, als sie zu ihm geflüchtet war.

Sie ruft nicht, läßt auch die Riemen nicht los, um zu winken, rudert vielmehr beharrlich, ein wenig ungeschickt; und da das improvisierte Ruder schlecht zieht, kommt sie nur schwer gegen die träge Strömung an, aber sie kommt.

„Sie ist sehr hübsch", sagt Edwina, „und sehr jung."

Ransome antwortet nicht.

IV

Als Fern im Zorn die Wohnung Ransomes verließ, war ihre Absicht, sofort nach Hause zu fahren; ihr Fahrrad hatte sie in der Torfahrt abgestellt. Aber beim Aufsteigen merkte sie, auf das Rad war so wenig Verlaß wie auf Ransome. Ein Pneu war platt; sie brach in Tränen aus. Nun hieß es, entweder zwei Meilen zu Fuß in strömendem Regen zurücklegen oder umkehren und Ransomes Diener bitten, ihr den Reifen zu flicken; und das war für sie unmöglich, denn dann würde sie Ransome begegnen, und beim Verlassen des Hauses hatte sie sich geschworen, ihn nie wiederzusehen, komme, was wolle. So schob sie ihr Stahlroß neben sich her.

Beim Ende der Zufahrtsstraße war ihr Zorn verrauscht. Nur niedergeschlagen fühlte sie sich und müde – so müde und überdrüssig war sie noch nie, Ranchipurs müde, überdrüssig der Eltern, der Schwester, aller Bekannten – und nun sogar Ransomes, und da sie sehr jung war, dachte sie: ‚Könnt' ich nur sterben! Es wäre so einfach; hier hält mich nichts. Ich brauchte mich nur auf den Rennbahnweg zu legen und den Tod zu erwarten.'

Aber im Monsun, fiel ihr gleich ein, konnte man tagelang ohne Schaden für die Gesundheit in der Dampfbadluft liegen, schlimm war es nur des Nachts wegen der Schlangen. Vor Schlangen hatte sie eine unüberwindliche Scheu. Im Dunkel lagen sie überall. Riesenschlangen, Russell-Vipern, Kobras und Kraits ringelten sich über die Straßen!

Infolge der Panne schlug ihre Stimmung um: aus der Wut auf den Geliebten in Jammer über das eigene Los; und wie sie nun so, über ihr Rad gebeugt, durch den klebrigen Schlamm wankte, sagte sie sich: er hat nie auch nur den kleinen Finger für sie gerührt, hat sie nie ernst genommen, sie einfach weggeworfen, und was das Schlimmste war: heut, da sie kam, ihn zu warnen, war er betrunken und benahm sich wie ein Esel, ein Kindskopf! Sie hatte noch nie einen Mann richtig betrunken gesehen (höchstens einmal einen der „Jungens", der über den Durst getrunken hatte; aber die wurden davon nur lustig und nicht viel alberner als gewöhnlich). Ransomes Zustand jedoch flößte ihr Bangen ein; das war schlimm, es war keine Besoffenheit, sondern eher wie Wahnsinn: über Dinge, die sie ängstigten, sie ins Unglück brachten, zu lachen, über die unausbleiblichen Auftritte und den Höllenskandal, in den er doch selber verwickelt war! Warum hatte sie nur so schauderhaft aufgeschnitten, daß sie mit ihm gelebt habe? Sie hatte sich damit der Mutter ja bloß ans Messer geliefert; da war jeder Widerruf wirkungslos.

Sie gelangte zum Garten Raschid Ali Khans und beschloß aufgeregt, auf der Stelle hineinzugehen und dort zu bleiben: ‚Damit sind sie alle geschlagen; sie werden noch mal bereuen, was sie mir antaten! Aber nein, es geht nicht, unmöglich! Ali Khan hätte davon die größten Unannehmlichkeiten, und er hat mir nun wirklich nichts Böses getan. Außerdem kenne ich ihn kaum vom Sehen und weiß nicht, ob es mir bei ihm gefällt, ob ich ihn leiden kann.' Sie weiß nicht einmal, ob sie die Inder leiden kann; sie hat noch keine kennengelernt, außer halbwilden bekehrten Bhils, die auf der Mission arbeiten; ‚aber das sind Ureinwohner, nicht richtige Inder. Die Inder', sagte sie sich, ‚sind gewiß gute Menschen, sonst hätte Tom Ransome sie nicht so gern.' Bei all ihrer Verstimmung, selbst nicht in der Wut, hielt sie Ransome für dumm, sondern immer noch für den Gescheitesten, den sie kannte, selbst wenn er einen sitzen hatte.

Der Gedanke, ihn nimmer wiederzusehen, ließ sie von neuem weinen. Sie war von Regenböen und Tränen geblendet. Aber zugleich erfüllte sie wieder jene wohlige Wärme, die sie jüngst in der Dunkelheit, als sie bei Smileys im Bett lag, in sich verspürte. Sie war unerfahren und jung, aber sie wußte im tiefsten Innern, sie werde stets an ihn denken, und wenn sie einmal ganz alt sei, werde beim Gedanken an ihn ihr Herz schmerzlich zusammenzucken.

Unter diesen Gedanken war sie an Raschids Anwesen vorüber zur Alkoholbrennerei gelangt und wollte eben zu den Missionshäusern einbiegen, als sie von rückwärts auf ihrem durch Pfützen und Schlamm zurückgelegten Weg die Lichter eines Autos herannahen sah. ‚Das kann nur Mama sein, sie kommt aus der Stadt!' nahm sie an, schaltete ihre Laterne aus und sprang, ohne sich einen Augenblick zu besinnen, in den tiefen Straßengraben, die „Nullah". Sie wußte mit einem Mal: vor Schlangen graute ihr nicht so sehr wie vor dem Anblick der Mutter. ‚Sie kommt gewiß gerade von Ransome. Sie hat ihm gesagt, er müsse mich heiraten. Ich hasse sie!'

Der Wagen sauste vorbei und bespritzte sie mit dem Kot der Straße. Es war der Simonsche Ford, sie hatte ihn erkannt. Ihr wurde vor Jammer, Abscheu und Schrecken übel. Aber sie raffte sich wieder auf.

Jeder Schritt brachte sie näher zum Haus, näher zur Mutter, die gewiß die ganze Geschichte dem Vater und Hazel brühwarm erzählte. Sie ging automatisch, fiel von einem Fuß auf den andern und immer in Richtung auf die Mission; ihr blieb ja nichts anderes übrig. Schluchzend wankte sie weiter. Doch als im Regenwall die Lichter der Mission vor ihr auftauchten, kam ihr ein neuer Gedanke.

Nicht nach Hause, nein, sie wollte zu Smileys und bitten, sie zu verstecken. Der Kummer, den sie ihnen bereitet hatte, war nun einmal da, der schändlich verleumderische Brief abgeschickt; Ärgeres konnte nicht kommen. ‚Smileys werden für mich Verständnis haben, werden mich immerhin so lange aufnehmen, bis der Schlag, den mir der Besuch bei Ransome versetzte, ein wenig überwunden ist.' Der neue Entschluß gab ihrer Seele Frieden.

V

Aber das Ehepaar Smiley war nicht zu Hause. Durch das erleuchtete Fenster sah Fern nur Tante Phoebe. Sie saß im Wohnzimmer. ‚Natürlich, Smileys sind ja um diese Zeit in der Abendschule!' Sie zauderte. Vor Tante Phoebe hatte sie etwas Angst, nicht, als erwarte sie Unfreundlichkeit oder Härte von ihr, sondern nur, weil die Hochbetagte in ihres Alters Weisheit alles zu wissen schien. Zu durchdringend war ihr Blick, ihr klarer Menschenverstand durchschaute, verschüchterte und beschämte den Rest von Blythe Summerfield, der Perle des Orients, der noch in Fern Simon steckte. Doch wie in der „Nullah" beherrschte sie der Gedanke, sie wolle lieber alles ertragen, nur nicht die Mutter; und die ganze Nacht im Regen in Ranchipur herumzulaufen, war ein Ding der Unmöglichkeit. Sie lehnte also ihr Rad an das Verandageländer und klopfte.

Tante Phoebe schaute von ihrer Klöppelarbeit auf. „Herein!" Beim Anblick Ferns trat in die hellen Augen ein Ausdruck von Überraschung; doch als sie das verheulte Gesicht der Verzweifelten sah, verschwand er.

Fern war dermaßen verschüchtert, daß sie ohne weitere Vorreden hervorstieß: „Ich kann nicht heim. Möchten Sie mich ein Weilchen hierbehalten?" Sie sah sich selbst als ein heimatloses Waisenkind, tat sich entsetzlich leid und brach in Tränen aus.

„Um Himmels willen", rief Phoebe, vom Schaukelstuhl aufspringend, „was ist geschehen?" und legte den Arm um Ferns Schultern. „Sie sind durch und durch naß. Ich hole gleich trockene Sachen; nachher können Sie mir alles erzählen." Mit diesen Worten lief sie hinaus. Fern warf sich aufs Kanapee und schluchzte hemmungslos.

Alsbald kehrte Phoebe mit einem vollständigen Kleid ihrer Nichte und einem Badetuch zurück, klopfte Fern sanft auf die Schulter: sie solle mit ihr kommen, sich trocken reiben, Berthas Sachen anziehen und dann berichten. Fern aber wollte sich weder abtrocknen noch ihre Kleider wechseln; sie wollte nur weinen, in ihrem nassen Zeug bleiben, sich eine Lungenentzündung holen und sterben. Doch bewirkte die nüchterne Art der alten Dame, daß sie ihre Torheit erkannte und ihr brav folgte.

Als sie die trockene Kleidung am Leibe fühlte, erwachte in ihr ein Widerstandsgeist, aber gegen die entschlossene Tante kam sie damit nicht auf. „Hören Sie, Kindchen, Sie haben etwas auf dem Herzen; das müssen Sie mir jetzt sagen. Ich kann es mir halb und halb denken;

Sie brauchen mir also nur noch die andere Hälfte zu sagen. Ich behaupte zwar nicht, ich könne Ihnen von Nutzen sein, aber es wird Sie erleichtern."

„Darf ich Ihnen alles erzählen?" hörte sich Fern zu ihrem eigenen Erstaunen fragen. „Darf ich wirklich?" und fühlte, daß von allen Häusern in Ranchipur man nur hier sie verstehen, nur hier ihre Dummheiten nicht verdammen, auch sie nicht auslachen und ihr keine unerwünschten Ratschläge aufdrängen werde. Das geschmacklose Ginghamkleid Berthas war ihr viel zu lang und gefiel ihr keineswegs, doch verlieh es ihr eine Art Selbstvertrauen, nicht anders, als habe sie damit auch etwas von Berthas Sicherheit angenommen. Ehe sie sich's versah, war sie mitten im Berichten all dessen, was ihr widerfahren war, warum sie dies und jenes getan habe, warum sie (ja, auch dies beichtete sie) die Mutter hasse, warum sie ein zweites Mal bei Ransome war. Und während der ganzen Erzählung saß Tante Phoebe still da und gab nur von Zeit zu Zeit einen glucksenden Ton von sich, womit sie teils Zustimmung, teils ihre Mißbilligung besonders närrischer Einzelheiten ausdrückte.

Als Fern mit dem Bericht über den zweiten Besuch bei Ransome zu Ende war, meinte die Tante: „Nun, ich muß sagen, er hat sich nicht gerade wie ein Gentleman benommen, aber vielleicht war der Alkohol daran schuld."

„So ist es", bestätigte Fern, den Geliebten in Schutz nehmend, „ganz gewiß. Nach all den Umständen, die ich Ihnen schon letztes Mal verursachte, und nachdem die Mutter auch noch den schändlichen Brief ans Missionsamt geschrieben hat, hätte ich überhaupt nicht herkommen dürfen."

„Macht nichts", erwiderte Phoebe, „es war gewiß nicht ihr erster Brief in der Art. Das Böse siegt nie über das Gute, lassen Sie sich das gesagt sein; ich bin eine alte Frau, ich weiß, am Ende hat's damit seine Richtigkeit. Es ist sehr schlimm, daß Ihre Mutter nicht recht gebildet ist, aber das sind alle Südstaatenweiber. Sie lernen nur, wie man einen Mann ergattert. Sonst haben sie nichts im Kopf."

„Wüßte ich nur, was ich anfangen soll", klagte Fern, „wo ich hin soll!"

„Das beste wird sein", sagte die Tante und stand auf, „wir essen jetzt erst einmal. Wir haben zwar schon zu Abend gegessen, der Küchenboy ist nicht mehr da, aber ich finde schon was, ich hätte selber noch Appetit auf eine Kleinigkeit. Wenn ich Hunger habe, such' ich mir immer allerhand Restchen zusammen, und dazu machen wir uns einen guten Tee, Eier und rösten vielleicht ein paar Jamswurzeln." Damit nahm sie das Mädchen bei der Hand und führte es in die Küche. Ihre Hand war alt, knorrig und mager, hart geworden in einem bald siebzig Jahre währenden Schaffen, und doch dünkte sie Fern so tröstend und lind, wie sie es, mit ihren neunzehn Jahren. noch niemals erlebt hatte. Fast hätte sie darüber von neuem zu weinen begonnen.

Aber die Tante redete ohne Unterlaß und half so der Verschüchterten über manche Schwierigkeit. „Wissen Sie", äußerte sie zum Beispiel, „es liegt alles nur daran, daß Sie in Ranchipur sind, wo Sie nicht hingehören. Für Ältere ist es schon schlimm genug bei der Hitze und all dem Schmutz, Schlamm und Staub. An sich gefällt es mir ja recht gut, aber ab und zu geht es einem doch auf die Nerven; dann werde ich zänkisch und unangenehm, sogar gegen Bertha und Homer. Es ist ein unnatürliches Klima, aber interessant." Dabei werkte sie in der Küche herum, wobei sie darauf bedacht war, daß auch Fern nicht müßig blieb, denn dies schien ihr für sie das Gesündeste, was auch der Fall war. Arbeitend begann sich Fern zu entspannen, die Überreizung wich, und alsbald kam sie darauf, der Tante das Allerwichtigste noch verschwiegen zu haben: daß sie zum ersten Male in ihrem Leben liebe! Wem in ganz Ranchipur könnte sie dieses Geheimnis sonst anvertrauen? Keinem Menschen außer der Tante und vielleicht Bertha Smiley, doch war sie bei dieser nicht einmal sicher, verstanden zu werden; zu Tante Phoebe hatte sie in der Beziehung mehr Zutrauen; die war so alt, ja so alt, daß ihr Lebenslauf einen Kreis beschrieben hatte und zu seinem Ausgangspunkt, zu der Jugend, zurückgekehrt war.

Fern wünschte nichts sehnlicher, als von dem Geliebten sprechen zu können. Der Versuch, sich ihrer Cousine im fernen Biloxi anzuvertrauen, war fehlgeschlagen, weil sie bei jedem Wort, das sie schrieb, genau gewußt hatte, die Cousine verstehe es nicht, und wenn, dann nur auf die gewöhnlichste, allerbanalste Art, wie Tante Phoebe treffend bemerkt hatte: die Südstaatenweiber hätten nichts weiter gelernt, als wie man einen Mann ergattert; das galt für die Mutter ebenso wie für die Cousine. ‚Beim Essen fange ich an', nahm sie sich vor, und abermals überkam sie jenes wohlig-warme Empfinden. Ihr Herz weitete sich vor Güte, und sie wünschte voll Inbrunst, den Geliebten von seiner Trunksucht und aller Verzweiflung befreien zu können.

Tante Phoebe war wohl wirklich allwissend. Denn als sie bei ihrem

Imbiß, bestehend aus Eiern, Jamswurzeln, Toasts, Tee und Ingwerbrot, saßen, begann sie: „Es ist schade um Mr. Ransome; ein so reizender Mensch! Daß sich gerade so jemand dem Trunk ergibt, ist abscheulich. Um andere ist es mir oft nicht leid; die taugen auch nüchtern nichts. Ich hatte einen Bruder, der war genauso ... ich meine, wie Ransome; er hat sich mit fünfzig totgesoffen."

Ferns Herz erwärmte sich mehr und mehr, schon wollte sie der weisen Alten ihr Herz ausschütten, als irgend etwas, eine greifbare und doch unhörbare Drohung, die in der heißen Dampfluft lag, ihr plötzlich die Rede verschlug. Ihr war, als unterbräche das leiseste Wort eine unendlich wichtigere Ansprache, eine Mitteilung, die von seiten der ganzen Natur an sie und die Tante erging, und merkte, auch Phoebe spürte die gleiche ungerufene Einmischung. Es war genau, als sei ein Gespenst ins Zimmer getreten und befehle ihnen: ‚Paßt auf!' Die Tante starrte, öffnete den Mund zum Reden, und dann schien die Welt unterzugehen.

Die Ziegel unter ihren Füßen warfen Falten, zerbrachen, der Tisch schaukelte, Tee floß über das frische Tischtuch, Steine und Mörtel krachten, zerbröckelten, das Licht ging aus, denn im gleichen Moment wurde das zehn Meilen entfernte Kraftwerk unter der Wassermasse des Dammbruchs begraben, und in der Dunkelheit hörte Fern die Tante mit merkwürdig flacher Stimme sagen: „Ich glaube, es ist ein Erdbeben."

Sie selbst war zu keinem Wort, keiner Bewegung fähig. Wie gelähmt, hörte sie die Alte sprechen: „Bleiben Sie, wo Sie sind, im Büfett ist, glaub' ich, eine Taschenlampe", hörte sie gleich einer Maus im Finstern über den geborstenen Ziegelboden huschen, eine Schranktür öffnen, und dann war Licht, das kümmerliche Licht aus einer fast aufgebrauchten Taschenlampenbatterie.

Doch fand man mit deren Hilfe die Kerzen, von welchen Phoebe stets einen reichlichen Vorrat im Hause hielt. Denn gegen eine Beleuchtung, die jederzeit durch die Hand eines wißbegierigen Inders an- und ausgeschaltet werden konnte, hatte sie schon von jeher Mißtrauen gehegt.

„Wir sollten sofort ins Freie", meinte sie nun, „meine Schwester Doris sagte, so hätten sie es in Long Beach bei Erdbeben immer gehalten, aber ich bin nicht sehr dafür bei dem Regen. Ich halte es für bedeutend vernünftiger, wir sehen erst einmal, was dem Haus passiert ist. Der Staub schmeckt ganz danach, als sei alles heruntergekracht."

Die Ruhe der Alten – vielleicht war es auch eine gute Portion

Wurstigkeit – brachte Fern zur Besinnung. Sie dachte: ‚Was ist unserm Haus geschehen? Und Ransome? Wo ist er? Er wollte zum Dinner bei Bannerjis', fiel ihr ein und zugleich, daß das Haus Bannerji ein Holzhaus und bei Erdbeben sicherer sei.

Die der Alkoholbrennerei zugekehrte Hälfte des Smileyschen Hauses war zusammengebrochen; nur drei Schlafzimmer und ein großer leerer Lagerraum, der beim Umbau der ehemaligen Kaserne zum Missionshaus im früheren Zustand belassen war, waren einigermaßen verschont geblieben. Auch ein Erdbeben hat seine Grillen, und dieses hatte die eine Hälfte des Anwesens zerstört, die andere zwar erschüttert, aber doch stehen lassen.

Von Fern Simon gefolgt, besah sich die alte Dame den Schaden, und als sie nun die zertrümmerte Wohnung gewahr wurde, die sie immer so schön in Ordnung gehalten hatte, schluckte sie – aber das war auch alles. Und sagte zu Fern: „Ein Glück, daß wir in der Küche und nicht mehr im Wohnzimmer saßen!"

Im selben Augenblick hörten beide jenes seltsam unbestimmte Geräusch von Wasserstürzen und dem Jammer der Menge. Es drang von der fernen Stadt herüber und erfüllte die schweigende Leere, die dem Erdstoß gefolgt war.

Sie standen erschrocken, die Junge, die Greisin, jede mit ihrer brennenden Kerze, und horchten. Weniger plötzlich kamen die neuen, unerklärlichen leisen Töne und waren gerade dadurch um so beängstigender.

Wieder hatte sich Phoebe als erste in der Gewalt. „Was kann das um Himmels willen nur sein?" fragte sie. „Bertha und Homer ist doch nichts zugestoßen? Die Abendschule ist neu gebaut; sie ist gut und fest."

„Es klingt wie Geschrei", sagte Fern, „ich muß nachsehen, was mit unserm Haus ist." Tiefe Angst trocknete ihr die Kehle aus. Kein Laut war von drüben vernehmbar. ‚Mutter und Hazel würden doch schreien, sie heulen sonst bei jeder Gelegenheit! Trotz aller Feindschaft käme bestimmt eine zu Smileys herübergelaufen! Ist niemand zu Hause?'

In der dichten Finsternis sah man vom Fenster auch nichts als Regen und Äste von Banyanbäumen, die in die Schwärze des Himmels ragten. Das Haus des Missionars war wie die Regimentskasernen nur noch eine Masse aus Steinen, Balken und Mörtel, und die Staubwolke aus dem Einsturz, bis Fern und Phoebe hinüberkamen, nur noch ein nasser Brei.

Schwach vor Schreck, beim Schein der fast ausgebrannten Taschenlaterne, umkreisten sie die Trümmerstätte, riefen mit versagender Stimme, suchten nach einem Lebenszeichen, umsonst. Fern spürte, wie eine unheimliche Ruhe sie überkam, eine plötzliche Kälte, das unnatürliche, unwirkliche Bewußtsein, dies alles müsse ein Alpdruck sein; es war doch undenkbar, daß sie da mit Mrs. Smileys Tante im Regen in Ruinen umherirrte und nach einer Spur ihrer Eltern und Hazels suchte ... und dazu dieser gespenstige ferne Klageton, dies alles hatte doch nichts mit ihrem Leben zu tun. Ein Nachtmahr suchte sie heim. Wenn sie nur recht laut rief, meinte sie, müßten die drei der regentriefenden Finsternis lebend und wohlbehalten entsteigen, vom Tennisplatz oder über die Straße kommen, und sie schrie wie als Kind, daß ihre Stimme sich überschlug: „Poppa! Momma! Hazel!" Aber die Regengüsse erstickten ihr Rufen. Nichts antwortete als der grausige Jammerruf der geschlagenen Stadt. „Vielleicht waren sie nicht zu Haus", tröstete Tante Phoebe, „und sind sonstwo in Sicherheit."

Es schoß ihr zügellos durch den Sinn: ‚Vielleicht sind sie tot, und ich bin frei!' Sie schämte sich bis ins Mark, schrie zum letzten Male in die schwarze Nacht: „Hazel ... Hazel ...!" Hazel, die dumme, bescheidene Hazel konnte nicht tot sein! Da wurde ihr auf einmal ganz anders, die Erde schien sich zu heben, schwarze Nacht umfing sie und verschlang mit ihr zugleich den dahinsterbenden, fernen Weheruf ...

Als sie erwachte, lag sie, in ein Laken gehüllt, auf dem geborstenen Fußboden der Smileyschen Küche und hatte im Mund den Geschmack von Brandy, womit sie sogleich den Gedanken an Ransome und ihren ersten Besuch verband. Bei ihr stand Tante Phoebe und sprach ihr zu: „Es geht schon wieder, mein Kind, du warst bloß ein bißchen ohnmächtig, ich hab' dich hierhergeschleppt. Da! Trink noch ein Schlückchen! So etwas habe ich immer zu Haus, für den Fall, daß was passiert."

Fern trank von dem starken Fusel und schüttelte sich. Langsam kehrte die Erinnerung wieder zurück. Unklar, doch wirklich stand alles vor ihr. Es war kein Alpdruck gewesen, es war ein Erdbeben, und Vater, Mutter und Schwester waren wahrscheinlich ums Leben gekommen. Tränen traten ihr in die Augen und rieselten ihre Wangen herab. Sie wimmerte.

Die alte Tante ergriff ihre Hand. „Das mußt du nicht tun, Kind, wozu? Leg lieber trockene Sachen an! Ich konnte dich nur hier hereinschleifen und dir das nasse Zeug vom Leibe ziehen. Ankleiden mußt du dich selbst."

„Ich bin schon still", versprach Fern, „ich weiß selber nicht, was ich habe." Bald darauf hörten sie von draußen aus dem Dunkeln, im Regen, kaum noch vernehmlich, ein wirres Rufen.

Fern fuhr auf, horchte.

Zum zweitenmal kam die Stimme schon deutlicher, so schrill und hysterisch scheppernd, daß Fern sie erkannte, aufsprang und das Laken fest um sich zog, und ein drittes Mal rief ihre Mutter aus Nacht und Regen: „Burgess! Burgess! Hazel! Fern!"

„Ich hole sie", sagte Tante Phoebe. „Ich komme mit!" rief Fern. „Ich komme mit!"

Nur mit dem Laken bekleidet, lief sie hinter der alten Frau in den Regen hinaus.

Im schwachen Licht ihres Lämpchens eilten sie in Richtung der Rufe und erblickten am Zufahrtsweg, unweit des Hauses, Mrs. Simon und, an sie gelehnt, fast von ihr geschleppt, die völlig zerzauste Mrs. Hogget-Clapton.

„Wer da?" kreischte Mrs. Simon, das Licht gewahr werdend, auf. „Bist du es, Burgess?"

„Ich bin es, Momma", antwortete Fern.

„Wo sind sie? Wo ist dein Vater? Wo ist Hazel? O mein Gott, so ein Unglück!" jammerte die Frau und schlang schluchzend die Arme um Fern: „O mein Herzenskind, sie sind tot, ich weiß, sie sind tot!"

Ihrer Stütze beraubt, rutschte Mrs. Hogget-Clapton zu Boden und blieb im Dreck des Fahrweges sitzen. Dort hockte sie aufrecht in ihrem Spitzenumhang aus babyblauem Satin und wimmerte kläglich.

VI

Auf der Veranda der verödeten Villa mit Mrs. Hogget-Clapton alleingelassen, hatte Mrs. Simon sich deren Angstgestöhn und die Geräusche der Stadt eine Weile angehört. Worauf sie noch wartete, wußte sie nicht; doch endlich dämmerte ihr, wenn sie auf Hilfe warte, könne sie hier bis zum Jüngsten Tag sitzen; ihre Freundin war viel zu betrunken, um ihr auch nur im mindesten helfen zu können.

Selten hatte sie die Hogget-Clapton so spät in der Nacht und so hilflos gesehen. Was an diesem Weib bisher noch nüchtern genug gewesen war, um einen Anschein von Würde zu behaupten, war der doppelten Wirkung des Schreckens und einer Alkoholvergiftung erlegen. In dieser Stunde haßte Mrs. Simon sie gründlich, weil sie in einer solchen Krisis schlappmachte und stumpfsinnig, unnütz und ihr nur zur Last war: ‚Sie ist einfach dumm, schwach und idiotisch!‘

Ihr Instinkt riet ihr, die Freundin am Boden hockenzulassen und abzufahren, doch ihr Schicklichkeitsgefühl lehnte ein solches Verfahren als unpassend ab. Zweimal versetzte sie ihr einen kräftigen Schlag, erzielte damit aber weiter nichts als vermehrtes Gewinsel. Endlich hob sie ihr wie einer Ertrinkenden den rechten Arm hoch, legte ihn sich über die Schulter und brachte sie so auf die Beine. „Nimm dich gefälligst zusammen, Lily, wir müssen hier 'raus!“ schnauzte sie die „Herzogin“ an, doch diese sackte ächzend und faul zusammen.

Inmitten der furchtbaren Katastrophe konnte ihr diese „Herzogin“ nicht mehr imponieren; ihre Erhabenheit war wie durch Zauberschlag weggeschmolzen. Nun scheute die Missionarsfrau sich nicht mehr, „Lily“ zu ihr zu sagen, was sie ehedem nur hinter ihrem Rücken gewagt hatte; sogar noch ganz andere Dinge sagte sie ihr nun ins Gesicht: „Steh auf, du besoffenes Kamel, ich muß heim!“ Sie gab sich nicht die mindeste Mühe mehr, ihre Gefühlsroheit zu verbergen.

Doch im gleichen Maß, wie die große Mrs. Hogget-Clapton zusammenklappte, wuchs die kleine Mrs. Simon empor und gewann Kraft. Von dem koketten, gezierten Weibchen war nichts mehr vorhanden. Sie wurde eisern. Halb zog, halb schleppte sie ihre Busenfreundin die Freitreppe hinunter und schubste mit Mühe und Not die immer noch Ächzende in den Rücksitz des alten Ford, von wo dieselbe, abrutschend, auf den Wagenboden zu liegen kam. Ihr dickes linkes Bein hing aus dem Wagen heraus; Mrs. Simon stieß es wütend nach innen, knallte den Wagenschlag zu, setzte sich ans Steuer und fuhr dahin, ohne sich nur ein einziges Mal nach der Leidensgefährtin umzusehen.

Inzwischen hatte es in der Stadt zu brennen begonnen, und der Widerschein der Brände beleuchtete ihren Weg bis zur Alkoholbrennerei, wo sich die Straße senkte. Unter Sprühregen platschte der Ford bis zur Achse ins Wasser. Von der Straße war nichts zu sehen als die Doppelreihe javanischer Feigenbäume, die sich die Lenkerin nun als Richtschnur nahm. So steuerte sie eine halbe Meile, bald auf höherem Grund, bald bis über die Räder im Wasser. ‚Wenn ich bloß zum Meilenstein an der Rennbahn komme‘, hoffte sie, ‚dann bin ich an Land!‘ Doch als sie fast so weit war, trat das Wasser in den Vergaser, und der alte Ford starb.

Sie machte alle Anstrengungen, die Maschine in Gang zu bringen, und wetterte dabei mit Worten, von denen sie selbst nicht mehr gewußt hatte, daß sie sie kannte, Redensarten, wie einst in heißen Nächten die Saufbrüder auf der Terrasse in ihres Vaters Hotel sie im Munde führten; und dazu weinte sie, aber mehr aus Wut als aus Furcht. ‚Ich kann hier doch nicht die ganze Nacht stehenbleiben; das Wasser steigt womöglich noch höher! Ich muß zur Mission und hab' noch dieses besoffene Stück mit herumzuschleppen! Aber von heut an kann sich die vor mir nicht mehr aufspielen!'

Als keine Hoffnung mehr war, den Ford zur Weiterfahrt zu bewegen, kletterte sie heraus, stieg, voll Angst vor Schlangen, in das lauwarme, übelriechende, verdächtige Schlammwasser, riß den Schlag auf und schrie: „Heraus, du Idiot!"

Im Widerschein der Brände sah sie: ihr Fahrgast lag noch genau wie beim Einsteigen. Es gab keine andere Möglichkeit, die Person herauszubekommen, als daß man sie an den Füßen aus dem Wagen zog. Mit einer Reihe kräftiger Rucke brachte sie es denn auch, fest gegen den Boden gestemmt, endlich fertig, daß die Gemahlin des Bankdirektors mit den Beinen nach außen auf die Wagenkante zu sitzen kam. Diese Stellung hielt die Simon für wesentlich günstiger und verlegte sich nunmehr aufs Zureden. „Lily", schmeichelte sie ihr wie einem kleinen Kind, „jetzt gib dir mal selber ein klein bißchen Mühe! Setz deine Füße hübsch auf den Boden und steh bitte auf!"

Stöhnend gehorchte die Hogget-Clapton, blieb jedoch mit dem Absatz ihres mit Straußenfedern gezierten Pantoffels am Kotflügel hängen und klatschte mit dem Gesicht ins Nasse.

Dieses, und wohl auch die Todesangst, zu ertrinken, ließen sie etwas nüchterner werden und gaben ihr einiges von der Willenskraft zurück, die sie zuvor in einer Art betrunkener Lust preisgegeben hatte. Unter schwierigen Kämpfen raffte sie sich allmählich auf und stammelte: „Wo . . . wo bin ich, wie . . . wie komm' ich hierher?"

„Du bist auf dem Brennereiweg, dummes Ding, der Ford will nicht weiter, wir müssen laufen."

Schwankend und immer wieder von Mrs. Simon gestützt, gelang der Stöhnenden langsam der Aufstieg zu nichtüberflutetem Gelände, wo sie von neuem zu heulen begann und etwa alle zehn bis zwölf Meter zusammensackte. So gelangten sie endlich an dem ersehnten Meilenstein vorüber und zur Einfahrt in die Mission.

Hier hatte Mrs. Simon in letzter Verzweiflung ihr Geschrei angestimmt und war von Fern und Phoebe in der Küche des halbzerstörten Hauses Smiley gehört worden.

VII

Den ganzen Weg vom Banyanbaum bis zum Hause Bannerji ruderte Fern, ohne aufzuschauen, durch die überschwemmten Gärten. Als sie beim Versuch, das Boot aus den Baumzweigen zu befreien, beinahe gekentert wäre, erblickte sie den Geliebten auf der Galerie zur Seite der Unbekannten. Und nun war sie schüchtern, nicht nur vor Ransome, sondern noch mehr wegen der Fremden. ‚Er wird denken, ich lauf' ihm schon wieder nach. Vielleicht möchte er gar nicht gerettet werden und bleibt lieber hier bei ihr . . .', fürchtete sie. Auf den ersten Blick, den einzigen, den sie emporwarf, hatte sie gesehen, wie schön die fremde Frau war, kam aber in ihrer echt weiblichen, unmittelbaren Art nicht auf den Gedanken, sie könne auch diese und andere Bewohner des Hauses retten.

Sie hatte allein an Ransome gedacht, als sie am Morgen, unweit der Brennerei, das Boot in der Flut dahintreiben sah, nur an ihn, als sie bis zu den Hüften ins Wasser hinauswatete und es an Land zog, einzig an ihn, als sie aus zwei Hölzern, die Phoebe geangelt hatte, das verrückte Ruder zusammenbastelte. Die Mutter tobte über ihre Rettungsabsichten, weinte, schrie und rang die Hände: „Ich verbiete dir, in diesem Narrenboot auszufahren. Habe ich nicht genug zu leiden? Habe ich nicht schon genug verloren?" Aber Fern achtete nicht auf sie, hämmerte unentwegt weiter und verließ mit dem fertiggestellten Ruder das Haus in Ransomes Hosen und Hemd, die sie in jener ersten Nacht bei Smileys gelassen hatte.

Sie war also doch nicht frei, ihre Mutter lebte noch. Sie gestand sich, sie hätte lieber die Mutter als ihren Vater und Hazel verloren. Trotzdem hatte ihr diese tragische Schreckensnacht etwas gegeben: sie wußte, sie sei, auch wenn die Mutter am Leben war, nicht weniger frei und für alle Zeit. Und noch eine Lebenserkenntnis stieg in ihr auf: daß räumliche Entfernung und Flucht nichts mit wahrer Freiheit zu tun haben. Sie war nicht entwichen, war noch in Ranchipur und dennoch frei – freier vielleicht, als sie es, ohne die traurigen Erlebnisse der letzten Stunden, selbst durch ein Ausrücken nach Hollywood gewesen wäre. Sie hatte sich stärker gezeigt als die Mutter, denn sie hatte trotz Ohnmacht, Tränen und Angst den Kopf oben behalten und durchgesetzt, war sich ihres inneren Wertes bewußt geworden, während die Mutter im Unglück jegliche Würde verlor, die sie hinter der verkitschten Fassade ihrer ewigen Kindlichtuerei vielleicht noch besessen hatte.

Auch jetzt war Fern die Stärkere, als die Mutter, sie in Tom Ransomes Shorts und Tennishemd erblickend, einen kläglichen Entrüstungsschrei ausstieß. Er wirkte nicht. Es war für sie selbstverständlich, daß jede andere Kleidung bei einer solchen Expedition deplaciert wäre. Die Mutter hingegen verstieg sich, inmitten des tragischen Geschehens, zu dem Ausruf: „Was werden die Leute sagen, wenn sie dich in diesem Aufzug sehen!? Was werden die Eingeborenen denken? Jeder Respekt vor uns wird verlorengehen!" Aber sie sagte nicht: „Was wird Mrs. Hogget-Clapton dazu sagen?" Fern bemerkte den Fortschritt wohl. Sie sah die Hogget, plump, faul und nackt, unter dem Bettuch in Smileys Doppelbett liegen. Ihr blaßblauer, seidener Spitzenumhang hing schmutzstarrend zum Trocknen über einem Küchenstuhl vor dem Herd; sie selbst, ein lächerliches Häufchen Elend, schnarchte. Nein, Mrs. Hogget-Clapton und die Drohung mit dem, „was sie dazu sagen würde", war für immer erledigt.

Kurz vor Ferns Aufbruch tauchten von irgendwoher Harry Loder und Raschid auf. Der baumlange Moslem war in Uniformstücke gekleidet, die man beim Durchsuchen der Ruinen nach Leichen britischer Offiziere gefunden hatte. Die Jodhpurs, die er trug, waren ihm viel zu eng; seine muskulösen Unterarme ragten aus den Ärmeln eines Waffenrocks, der wohl für einen Mann halb so groß wie er selber berechnet war. Harry Loder aber war nicht mehr der geschniegelte, polospielende Dandy der Indienarmee. Aus seinem Gesicht war die Farbe des Blutes, die es sonst so kräftig belebte, gewichen. Er zitterte wie im Schüttelfrost.

Bei seinem Anblick brach Mrs. Simon entsetzt in Tränen aus, während Tante Phoebe bemerkte: „Wie wär's mit einem Brandy?"

„Ein Schlückchen", antwortete er, „wäre nicht schlecht." Seine Stimme klang wie aus einer anderen Welt.

Während Phoebe den Branntwein holte, berichtete er, außer ihm seien all „unsere Jungens" tot und schon von den Soldaten begraben.

Mrs. Simon brach in hysterische Schreie aus und verlangte, man solle ihr die Leichen ihres Mannes und Hazels suchen, worauf ihr Raschid (in einem Ton, den er sich, wie sie später fand, einer Britin gegenüber nie hätte erlauben dürfen) brüsk antwortete, es sei keine Zeit für die Toten, erst müsse man die Lebenden retten.

Tante Phoebe hatte inzwischen die Brandyflasche gefunden, und zwar, bis auf den letzten Tropfen geleert, unter Mrs. Hogget-Claptons Bett. Doch verriet sie dies nicht, gab vielmehr an, es sei ein Irrtum gewesen und leider kein Brandy mehr da.

Eifrig, doch sonderbar kalt und ohne sich von Mrs. Simons Gejammer stören zu lassen, teilten die Ankömmlinge in Kürze ihre bitteren Erlebnisse mit.

Raschids Frau und sieben Kinder waren in Sicherheit. Ihr Haus, nach amerikanischen Plänen gebaut, hatte dem Erdbeben widerstanden, doch waren sie von der Flut eingeschlossen und kaum noch mit Nahrung versehen. Bei Tagesanbruch war Raschid nackt ins Wasser gesprungen und an Land geschwommen. Die Familie, sagte er, könne er später retten. Nackter als ein indischer Straßenkehrer, nur in die unbegrenzte Würde des wahren Gläubigen gehüllt, war er bei den Kasernen angelangt, wo er sogleich den Bau von Flößen befahl und anordnete, nach Schiffen zu suchen. Auch müsse sogleich die Ursache der Stauung im Felsental am Abana festgestellt werden.

Fern Simon war es, als habe sie diesen Harry Loder noch nie gesehen. Das war nicht mehr das feiste Großmaul, der Bursche, der sie immer in verschwiegene Ecken zu locken und dort zu küssen und zu bedrängen versucht hatte, sondern ein kranker, verstörter Mensch. Stumm hörte sie die Berichte an, verriet aber kein Wort von ihrem schwanken Fahrzeug. Aus Angst, man könne es ihr wegnehmen, hatte sie es bei der Ankunft der beiden Männer bei der Brennerei in einem überschwemmten Guavengarten versteckt. Sie brauchte es, um Tom Ransome zu suchen. War er gefunden, so mochten Raschid und Loder das Boot nehmen. Was sie wollten, sollten sie dann nur ruhig nehmen! Jetzt hatte sie keine Angst mehr vor Harry. Sie verabscheute ihn auch nicht mehr; er aber schien sie gar nicht zu sehen. Wenn nur niemand ihr Geheimnis ausplauderte! Doch Tante Phoebe war mit dem bei Tagesanbruch zurückgekehrten Paria-Küchenjungen beim Eierkochen und Brotrösten für die beiden Männer, und Mrs. Simon, von ihrem Verlust wie hypnotisiert, konnte nur noch ächzen und stöhnen.

Es war Raschids Plan, die Elefanten aus der Philkana zu holen. Denn Harrys Auto war mangels Benzin auf dem halben Weg von den Kasernen zu Smileys steckengeblieben. Mrs. Simons Wagen, der bei der Brennerei stand, hatte nur noch so wenig Treibstoff, daß sich seine Bergung nicht lohnte. Die Tanks bei den Kasernen waren eingestürzt, und die großen Benzintanks in der Stadt, soweit sie noch standen, befanden sich unter Wasser. Die Errungenschaften der Technik hatten auf der ganzen Linie versagt. So blieben nur noch die Elefanten, die im zweifelhaften Schutz der Philkana hin und her schaukelten. Sie konnten überall hin und im Notfall auch die Fluten durchschwimmen. Es brauchte nur jemand – und Raschid dachte dabei an sich selbst – die unter Wasser liegende Strecke, etwas über eine Meile, bis zu ihnen hin zu schwimmen und dem Jodebar, dem Torhüter, zu befehlen, die Elefanten herauszugeben. Mit ihnen kam man dann talabwärts zum Abana und konnte die Ursache der Stauung feststellen. Harry war der Ansicht, es handle sich um einen Wall aus Trümmern und Leichen, und gedachte, während der Polizeiminister zur Philkana schwamm, aus dem Armee-Lagerhaus Dynamit zu holen.

Die Eier waren fertig. Raschid und Loder setzten sich zu Tisch und beantworteten Phoebes Fragen nach dem Hospital, der Mädchenschule der Maharani nur einsilbig, denn sie wußten über den Stadtteil jenseits des Stromes kaum mehr als diese. Fern hatte nur noch Angst, die Mutter könnte aus ihrem egozentrischen Zustand erwachen und das Vorhandensein eines Vergnügungsbootes verraten. Sie saß, hörte zu und beobachtete. Und beobachtete mit besonderem Staunen den Mann Loder. Er war erschöpft und sehr bleich, sein Waffenrock von Asche und Mörtel beschmutzt. Er sah nicht nach ihr, aber sie blickte auf ihn, und obwohl in ihm etwas Totes war, kam es ihr vor, als sei da auch etwas zuvor nie an ihm Beobachtetes zum Leben erwacht, was, hätte sie nicht angeben können; sie hatte ja nichts gelernt, besaß so wenig Erfahrung, wußte fast nichts, doch schien ihr in seinem Gesicht ein neuer Ausdruck zu wohnen, ein verbissener Blick, wie sie ihn dann und wann bei jener sonderbaren Person, der Miss Dirks, gesehen hatte, wenn diese ihr zufällig im Basar oder auf dem Großen Platz begegnete; sie schien dann immer von einer dringenden Aufgabe so völlig in Anspruch genommen, daß sie an ihr vorüberging wie an einem Baum oder einem Stein.

Die Eier waren vertilgt, der Kaffee getrunken, Raschid stand auf. In dem viel zu kurzen Rock und den viel zu engen Jodhpurs sah er unmöglich aus und doch bedeutend und achtunggebietend. ‚Ausgerechnet Raschid', mußte die Tante denken, ‚trägt die Uniform der Eroberer!'

Harry Loder versprach: „Sobald ich etwas erfahre, bringe ich Ihnen weitere Informationen. Wie steht es mit Ihren Lebensmitteln?" fragte er die Tante.

„Es reicht noch für zwei, drei Tage. Ich war schon immer dafür, Vorräte zu halten. Nächstes Mal bekommen Sie eine ausgiebige Mahlzeit."

Und nun richteten sich Harry Loders Augen zum ersten Male auf

Fern Simon. Mit sonderbar leerem Blick, als sei sie gar nicht vorhanden, sagte er ihr: „Gehen Sie lieber nicht aus. Es gibt keine Polizei mehr. Es könnte etwas passieren. Die Bhils könnten aus den Bergen kommen und hier plündern wollen", und zu Phoebe, als der Beherrscherin des Hauses: „Haben Sie eine Schußwaffe?"

„Nein. Wozu?"

„Es gibt in Ranchipur nichts zu essen. Man weiß nie, was geschieht." Er schnallte seinen Revolver los, den er unterm Rock trug. „Nehmen Sie einstweilen den! Ich schicke Ihnen noch eine Wache." Er blickte auf seine großen, sehnigen Hände. Sie waren vom Kampf mit Steinen und Balken aufgeschunden und blutig. „Aber ich bin nicht einmal meiner eigenen Truppe sicher, der wenigen, die noch leben ..."

Auf diese Worte hin begann Mrs. Simon laut loszuheulen: „Was soll das heißen? Gehen Sie nicht fort! Lassen Sie uns nicht allein! Man wird uns töten oder – alles mögliche ...!"

Raschid erteilte an Harrys Statt ihr die gebührende Antwort. „Ihnen, Madame, wird nichts geschehen. Seien Sie froh, daß wir es mit Gujaratis zu tun haben und nicht mit Schlimmerem!"

Die Männer gingen, die Tante schnallte sich den Revolver über den Schürzenbund, spülte die Teller und überschlug ihre Vorräte. Sie war schon in ähnlichen Situationen gewesen, als junges Mädchen zweimal in einem Präriebrand, und wußte aus ihres Vaters Jugendzeit von Überfällen der Rothäute und Blutbädern. Mit Fern, Mrs. Simon und dieser armen, besoffenen Hogget-Clapton im Haus erwartete sie keineswegs, in Ruhe gelassen zu werden.

In ihrem müden, zähen, alten Herzen wohnte die Sorge um Bertha und Homer Smiley. Aber was hätte es für einen Zweck, darüber mit einer unbrauchbaren Person wie Mrs. Simon zu sprechen, oder mit einer Hogget, die in Smileys Doppelbett ihren Rausch ausschlief, oder der guten Fern, deren Herz sich um einen Mann verzehrte, den nichts vom Trinken zurückhielt! Nein, da war es am besten, tätig zu sein und tüchtig zu schaffen.

Nun aber, da Fern Simon ihr kindliches Bootchen von der Seite her unter die Galerie, auf der der Geliebte steht, hinrudert, denkt sie nicht mehr an Harry Loder, sondern nur daran, daß sie vielleicht zum zweiten Male eine große Dummheit begeht. Selbst als ihr Ransome von oben zuruft, wie sie anlegen soll, bringt sie es nicht übers Herz, zu ihm aufzusehen.

Er beugt sich über die Brüstung und wirft eine kräftige Schnur hinunter, die er von einem aus der Bond Street in London bezogenen Morgenrock Bannerjis nahm. Fern blickt noch immer nicht auf. Jetzt, da sie hier ist und ihn retten kann, weiß sie nicht, was sie tun soll. Sie möchte am liebsten das Boot verlassen und spurlos verschwinden. Doch fängt sie die Schnur auf, befestigt sie an einer der gerieften Goldstützen des Baldachins und fühlt sich dabei so jämmerlich klein – weniger vor dem Geliebten als vor dieser Frau, dieser Lieblichen, ganz in weiße Seide Gekleideten, von Smaragden und Diamanten Funkelnden, die einer Welt entstammt, von der Fern nichts kennt als das zerfließende Schattenbild, das Hollywood davon vorgaukelt.

Diese Frau gehört zu seiner Welt. Sprechen sie miteinander, so verstehen sie sich fast ohne Worte. Da gibt es keine peinlichen Pausen und Mißverständnisse, daß er plötzlich grinsen muß und sie einen roten Kopf bekommt und ihn gleichzeitig von Herzen liebt, weil er gütig ist und sich alle Mühe gibt, väterlich weise zu ihr zu sprechen, um ihr aus der Verlegenheit zu helfen. Oh, wie diese Frau sie verwirrt in ihrem Gewand, das doch nur schamlos ist, mit ihren Juwelen, die hoch versichert sind! Fern ahnt ja nicht, wie diese Frau sich langweilt, sieht nicht, daß ihre beste Zeit längst vorbei ist, hält sie für unvergleichlich, liebreizend und vollkommen und kommt nicht auf den Gedanken, daß sie selbst, in Ransomes alten Shorts und Tennishemd, einen Charme und eine Frische besitzt, für welche die Dame dort oben all ihre feinen Kleider, Juwelen und ihren ganzen Besitz mit Freuden hingäbe.

Nun aber muß sie hinaufsehen. Das Boot ist vertäut, und Tom ruft ihr zu, sie solle seine Hand fassen, damit er sie auf die Galerie hinaufziehen kann. Sie sieht ihm ins Gesicht, und ihr Herz hüpft vor Freude, denn sein Blick sagt ihr, daß ihn ihr Kommen freut, ja daß er stolz auf sie ist und daß ihn zugleich die Verrücktheit der ganzen Szene belustigt. Sie, die noch nie Gefühle analysierte, sieht nun klar, warum sie ihn so sehr liebt. Wegen seiner Güte und auch wegen des eigentümlichen Grinsens, das so rasch und leicht kommt und schwindet, wie ein Licht, das kurz aufflammt und in Tiefen leuchtet, die sie noch nicht kennt, die sie erst ahnt.

Wie stark diese Hand, wie kräftig der Arm, der sie emporzieht; nie hätte sie seiner schlanken Figur so viel Kraft zugetraut! Nun ist sie oben. Aber sogleich läßt sie, tödlich verlegen, seine Hand los und klettert allein über die Brüstung, und als Ransome sie lobt: „Sie sind ein geschicktes Kind", kränkt sie dies. Schon wieder behandelt er sie, als sei sie ein Kind, und dies obendrein unter den beobachtenden Augen der andern! Wie demütigend! Tränen drängen sich ihr unter ihre Augenlider; sie aber zwingt sie mit einer Selbstbeherrschung, die einer Miss Dirks würdig wäre, gewaltsam zurück. Ihr Vater und Hazel sind tot – in jäher Aufwallung von Selbstbemitleidung wird dies Leid für sie zum ersten Male Realität, ist kein Film mehr; sie weiß, sie wird die beiden nie wieder sehen – und da wagt es dieser Ransome, sie grinsend „ein geschicktes Kind" zu nennen!

Er stellt vor: „Dies ist Lady Heston", und Lady Heston sagt mit der größten Liebenswürdigkeit: „Wir sind Ihnen aufrichtig verbunden. Sie sind sehr mutig. Wir wären sonst hier vor Hunger und lauter Langeweile gestorben!"

„Wie sind Sie bloß zu dem Boot gekommen?" fragt Tom. Sie antwortet stolz: „Ich habe es in der Nähe der Brennerei entdeckt. Tante Phoebe hat mir geholfen, das Ruder zu machen; es war nur eins da", und fühlt sich beinah wieder glücklich, und als nun die Murgatroyd in ihrem verdreckten, blauseidenen „Stilkleid" in der Balkontür erscheint, gewinnt sie sogar ihr Selbstvertrauen zurück, denn dies ist ein Anblick, der jeder Frau ein Überlegenheitsgefühl einflößen muß.

„Mein Gott, wie kommen Sie hierher?" schreit die Eurasierin auf, und als Fern antwortet: „Mit meinem Boot", macht sie spornstreichs kehrt. „Mrs. Bannerji, wir sind gerettet! Wir sind gerettet, Mrs. Bannerji!" tönt es durchs ganze Haus. Fern muß erzählen. Ransome und Edwina haben sie viel zu fragen. Sie berichtet kühl vom Tod ihres Vaters und Hazels, vom Einsturz der Kasernen und dem Untergang „unserer Jungens". Ransomes Grinsen erstirbt. Er ergreift ihre Hand. „Ich bin traurig, meine Liebe", sagt er zu ihr.

Da erwärmt sich ihr Herz von neuem – auch wenn sie sich dabei schämen muß; darf sie so glücklich sein, wo Vater und Schwester tot unter den Trümmern liegen? – „Liebe . . .", hat er zu ihr gesagt.

Die Lady fragt nach dem Sommerpalast, doch darüber weiß Fern keine Auskunft. „Und das Hospital?" fragt sie weiter gespannt.

„Das Hospital stehe, hat Raschid Ali Khan gesagt."

„Wo ist Raschid?" fragt Ransome rasch.

„Er schwamm von seinem Haus bis zu Smileys und holt jetzt die Elefanten."

„Und seine Familie?"

„Ist in Sicherheit, in seinem Haus."

„Und Smileys?“

„Weiß man noch nicht. Tante Phoebe ist wohlbehalten.“

Edwina vermag nicht länger an sich zu halten: „Was ist mit den Menschen im Hospital? Sind sie noch am Leben?“

Ransome weiß, was unausgesprochen hinter der Frage liegt, und spricht es aus: „Leben Dr. Safka und Miss MacDaid?“

„Ich weiß nicht“, gibt Fern zurück.

„Als die Flut kam, suchten sie von hier aus zum Hospital vorzudringen.“

Quälendes Schweigen. Die erste Erregung des Wiedersehens ist geschwunden. Fern, wieder unsicher und scheu, fühlt abermals eine Sekunde lang die furchtbare Wirklichkeit des Geschehens und denkt: ‚Morgen wird es etwas Wirkliches sein, übermorgen und alle folgenden Tage. Jetzt ist es nicht wahr, es ist niemals geschehen . . .‘

Ransome durchbricht das Schweigen. „Wir sollten, denke ich, auf alle Fälle von hier weg auf festes Land. Wenn wieder ein Erdstoß erfolgt, kracht das Haus zusammen.“ Er wendet sich an Fern und erkundigt sich nach seinem eigenen Haus. „Sind Sie nicht dran vorbeigefahren?“

„Ihre Veranda und das Küchenhaus sind eingefallen. Das Haus selbst steht halb unter Wasser, so wie dieses hier. Ihr Diener sitzt auf dem Dach.“

‚Also ist Johannes der Täufer nicht weggelaufen‘, denkt Tom, ‚war, während ich nach ihm suchte, im Hause versteckt!‘

„Sie sollen zu Smileys, läßt Ihnen Tante Phoebe sagen“, fährt Fern fort. „Sie sorgt wunderbar gut für alle. Momma und Mrs. Hogget-Clapton sind auch bei ihr.“

„Ich will das Boot rudern“, bietet sich Tom an. „Man kann jedesmal nur eine Person befördern. Für mehr ist kein Platz. Konnten Sie etwas schlafen?“

„Kaum.“

„Dann legen Sie sich am besten jetzt etwas hin. Sobald ich die beiden Damen weggebracht habe, hole ich Sie.“

„Ich kann jetzt nicht schlafen.“

„Nein, aber wenigstens etwas ruhen! Es tut Ihnen sicher gut.“ Er faßt sie zart beim Arm. „Kommen Sie! Tun Sie, wie ich Ihnen sage! Es ist noch nicht vorbei . . . es hat erst begonnen.“

Sie will sich nicht hinlegen. Sie spürt keine Müdigkeit, nur Verwirrung und eine solche Erregung, daß sie glaubt, nie mehr schlafen zu können. Doch müde oder nicht, findet sie es doch lieb von ihm, daß er sich so um sie sorgt. Und wie schön, daß sie jetzt, wenn auch nur kurz, mit ihm allein sein kann, weg von Lady Hestons überlegener Art! Selbst ihr noch unentwickelter Instinkt spürt deutlich, wie wenig aufrichtig die Lady in ihrem ganzen Verhalten ist und daß ihre überlegene Liebenswürdigkeit nur ein Produkt der Erziehung und langen Gewöhnung darstellt. ‚Außer fürs Hospital hat sie sich ja für nichts interessiert!' fiel Fern auf. ‚Ich möchte bloß wissen, weshalb sie daran so mächtigen Anteil nimmt!'

Sie legt sich in einem der Gastzimmer auf das harte indische Bett. „Ihr Dreß ist naß", sagt Ransome, „Sie sollten sich ausziehen."

„Ich bin kaum naß. Der Baldachin hielt den Regen ab."

„Ich hole Ihnen rasch einige Schals." Er geht. Ruhig und glücklich erwartet sie seine Rückkehr.

Er kommt mit zwei Kaschmirschals und wickelt sie darin ein, behutsam und liebevoll, legt ihr dann leicht die Hand auf die Stirn und sagt bittend: „Sie haben Schweres durchgemacht, mein Liebes. Versuchen Sie, ein wenig zu schlafen!"

Ohne zu wissen, was sie tut, ohne daß sie es will, hebt sich ihre Hand und rührt an die seine. Er aber zieht sie zurück, fast, als schmerze ihn die Berührung, und bittet: „Sei jetzt ein braves Mädchen und schlafe ...!", als sei sie sein Kind.

VIII

Den zurückkehrenden Tom empfängt Edwina mit der Bemerkung: „Jetzt weiß man ebensowenig", die ihn empört. Sie scheint ihm ein bezeichnendes Licht in die Tiefe ihrer Selbstsucht zu werfen.

Bitter erwidert er ihr: „Wir werden schon einiges mehr erfahren, sobald wir hier weg sind. Vorläufig kann ich mir aber nicht vorstellen, wie wir über den Verbleib des Majors etwas hören könnten."

„Das habe ich nicht gemeint. Es ist unanständig von dir, so etwas von mir zu denken."

„Du hast es gemeint. Und du solltest dich schämen – nicht weil du an ihn denkst, aber weil du es so deutlich durchblicken läßt. Willst du zuerst an Land?"

„Ist mir verflucht egal, wann ich drankomme, außer du hast den Wunsch, mit deiner Kleinen hier allein zu sein."

„Was soll das heißen?"

Sie lacht. „Du wirst mir doch nicht erzählen, daß du nichts mit ihr hast."

„Ich erzähle dir gar nichts. Wenn du dich auch wie eine Kokotte vom Piccadilly benimmst, brauchst du noch nicht zu denken, daß andere Frauen ebenso sind.“

„Schön, mach, was du willst! Ich seh' jedenfalls das eine: wenn je ein Gänschen an Liebe litt, ist es die Kleine. Wenn du mit ihr sprichst, flammt ihr Gesicht wie Feuerwerk auf. Aber anscheinend legst du besonderen Wert darauf, wie ein Gott angebetet zu werden.“

Sanft entwaffnend legt sie die Hand auf seinen Arm, und wieder hat Tom das Gefühl, als mache sie sich vor ihm und der Welt schlimmer, als sie in Wirklichkeit ist. „Vielleicht ist dir noch dunkel in Erinnerung“, fährt sie fort, „daß es damals zwischen uns im Grunde nur deshalb zum Bruch kam, weil ich dich nie behandelt habe, als wärst du ein Gott, sondern wie einen, der genauso schlecht ist wie ich.“

„Was du dir nicht alles zurechtlegst . . . Mein Gott!“

Er ist trotzdem beschämt und schämt sich doppelt, daß er noch vor zwei Tagen dachte, es müsse belustigend sein, Edwina von Ferns verführerischem Angebot zu erzählen; daß er sich Edwinas Gelächter vorstellte, wenn er ihr erklärte, sie habe Ferns Unschuld gerettet, weil sie sich kurz vorher aus Langeweile in jenem öden Schloßgemach mit ihm zu leidenschaftsloser Umarmung vereinigt hatte.

Weder die Sache selbst noch seine Idee, davon zu erzählen, dünken ihn jetzt noch komisch. Sie sind ihm widerwärtig. Es ekelt ihn vor sich selbst. ‚Ich tauge noch weniger, als ich dachte‘, wirft er sich vor. ‚Jetzt sehe ich es ein, aber nicht aus Liebe zu Fern – nein, ich liebe sie keineswegs; es wäre ja heller Wahnsinn! Und wenn sie mich liebt, wie Edwina behauptet, muß etwas dagegen geschehen. Es geht nicht. Fern verdient einen besseren Mann als mich, weiß Gott, einen jüngeren, reineren, der nicht abgelebt ist wie ich.‘

Tom Ransome ist tief beunruhigt. Er ist sich selbst nicht darüber klar, welcher Art seine Gefühle für dieses Mädchen sind. Jetzt erst geht ihm ein Licht auf: nur seinetwegen, zu seiner Rettung allein hat sich Fern Simon in solche Gefahr begeben, nur für ihn mit Tante Phoebe das Notruder mühsam gezimmert, nicht wegen der andern; die kennt sie ja kaum.

‚So hängt also alles zusammen. Ich war doch ein Schaf, ein unglaubliches Schaf, schon die ganze Zeit, und ich bin es noch immer.‘

IX

Der Rest des Tages verging mit Fahrten zwischen dem Haus Bannerji und dem Hochwasserrand bei der Brennerei. Es war nicht leicht, mit dem schwanken Boot durch die verschiedenen zähen Strömungen zu lavieren. Ransome mußte jedesmal einen großen Umweg um die Baumgruppen des Schloßparks und die lange Doppelreihe der javanischen Feigenbäume zu beiden Seiten der Brennereistraße machen.

Von der Anlegestelle konnte man hinter der dunklen Banyangruppe bereits die Trümmer der Missionsgebäude erblicken. Eines nach dem andern kam so an Land und ging seines Wegs über die schlammigen Äcker, bis es endlich im Trocknen und unter der Hut Tante Phoebes war, als erste die Murgatroyd, hierauf Mrs. Bannerji mit drei Pekineserhündchen, Juwelen und der unvermeidlichen goldenen Dose, in der sie ihre Betelblätter verwahrte; als letzte Lady Heston in ihrem weißen Pariser Modellkleid, den Kaschmirschal um die nackten Schultern.

Der Regen setzte aus und dann wieder mit voller Wucht ein; die Wolken trieften, und mehr als einmal brachte die Wucht der Wasser und Winde das groteske Fahrzeug in ernste Gefahr. Einst hatte man es gebaut, um damit, unter bengalischem Feuerwerk, auf seichtem, blütenbestreutem Teiche dahinzugondeln. Nun konnte jede wechselnde Strömung, jeder tiefer hängende Ast, der den bizarren, vergoldeten Baldachin streifte, es zum Kentern bringen.

Die Murgatroyd quietschte und kicherte häufig während der Überfahrt. Ransome drehte sich wieder der Magen um; grimmig hieß er sie stillsitzen, sie könne sonst den vorübertreibenden Leichen Gesellschaft leisten. Sie aber kicherte nur vor sich hin.

Frau Bannerji saß würdevoll, schweigend und kaute unentwegt ihre verwelkten Betelblätter, mit der gleichgültigen Ruhe heiliger Kühe und einem so zuversichtlichen Gleichmut, als sei dies zerfetzte, zerschlagene, sterbende Indien das wahre, ihr Indien, zu dem sie gehöre, und als kehre sie nach der Zerstörung von Ranchipurs hochberühmter Modernität nun endlich in ihre Heimat zurück. Ihre Pekinesen benahmen sich weniger würdevoll. Sie winselten erst, dann kläfften sie die Leichen, Trümmer und Schlangen an, die langsam an ihnen vorübertrieben. Ransome, ihr gegenüber, trug kein Verlangen mehr, sie zu erobern oder zu demütigen, ja, es kam ihm, als er ihrem teilnahmslosen Betelkauen so zusah, höchst seltsam vor, daß sie ihn je zu derlei gereizt hatte. Wohl empfand er noch eine Art theoretischer Bewunderung für eine Gelassenheit, die durch nichts aus der Fassung zu bringen war, auch für den leichten Humor, den sie beim Wehegeschrei ihres Gatten gezeigt hatte; aber begehrenswert schien sie ihm nicht mehr, sondern nur noch eine geschlechtslose, nicht mehr menschliche Sehenswürdigkeit.

Dennoch war an dem feingezeichneten Bild ihrer Schönheit, den großen, glutvollen Augen, der Köstlichkeit ihrer bleichen Hände mit den lackierten Nägeln, nichts anders geworden, eher hatte es durch die Erregung an Reiz gewonnen. Gestern noch hatte er sie pervers und gelangweilt begehrt. Heut war sie ihm fremd, fast abstoßend, denn sie schien ihm unmenschlich.

Beim Landungsplatz erwartete sie die getreue Murgatroyd, das blaßblaue Stilkleid völlig durchnäßt und am Saum vom roten Schlamm der Äcker beschmutzt. Ihren Schal hatte sie über den Kopf geworfen. Als Ransome sie vorhin an Land brachte, hatte sie so getan, als begebe sie sich zur Mission, war jedoch nach seiner Abfahrt sogleich wieder umgekehrt, um ihrer geliebten, kostbaren Herrin zu harren.

Edwina war auf der Rettungsfahrt schlechter Laune. Die Sensation war für sie vorbei. Düster, verdrossen und niedergeschlagen saß sie im Boot, die Beute nagender Ungeduld. Nur dann und wann, während man unter triefenden Bäumen dahinfuhr, ließ sie eine gereizte Bemerkung fallen. Sie sah nur, daß sie schmutzig und naß wurde, daß keine Möglichkeit bestand, zu erfahren, wie es um Safka bestellt sei, und sie dies Thema mit Ransome nicht weiter erörtern könne. Über Nacht war er ihr entglitten. Jener Tom, den sie im Schlosse traf, war verschwunden. Während sie ihn, seine Blicke scheu meidend, verstohlen beobachtete, dünkte ihr, selbst sein Gesicht sei auf geheimnisvolle Art anders geworden, hagerer, die Kante des Unterkiefers schärfer geschnitten, und diese Veränderung brachte sie auf. ‚Wenn der Major noch lebt', trotzte sie innerlich, ‚will ich ihn haben, ich werde ihn haben; niemanden geht es was an! Das weitere wird sich finden. Und nachher wieder zurück in das grausige Einerlei!'

Sie mußte den Inder haben; zu viele Stunden schon hatte sie seiner gedacht und sich vorgestellt, wie es mit ihm sein werde. Selbst wenn sich nachher herausstellen sollte, daß er nichts Besonderes, nur eben ein wankelmütiger, intriganter Inder ist, bloß ein Geliebter mehr in der langen Reihe seiner Vorgänger – erst will sie ihn genießen, denn dies ist die einzige Heilung für ihre krankhafte Lüsternheit. Er soll sie bändigen, demütigen, zerbrechen, denkt sie zynisch pervers: ‚Es wird abführend wirken; danach fühle ich mich erleichtert', und schämt sich sogleich wieder: ‚Ich hätte mir nie träumen lassen, daß es mit mir einmal dahin kommt.'

„Du hättest von Mrs. Bannerji ruhig einen Sari annehmen dürfen", sagt Ransome auf einmal.

„Nein, da ist dies Kleid immer noch besser. Was soll ich mit all dem Zeug, das da um einen herumhängt! Mir fehlt nur ein Bad und ein praktischer Dreß: Hemd und Shorts, wie die Kleine sie hat."

„Fern Simon, meinst du!" betont Ransome in aller Ruhe.

„Meinetwegen, wenn sie so heißt!"

„Du weißt es doch."

„Fang bloß nicht schon wieder an!"

Er grinst. „Du bist doch nicht etwa eifersüchtig? Du hast gar kein Recht dazu. Ich habe dir nie etwas vorgemacht, nicht einmal nachts im Schloß."

„Ich dir auch nicht."

„In Anbetracht der gegenwärtigen Umstände scheint mir das alles recht dumm und abgeschmackt." Er läßt ein Ruder los und weist auf eine nackte Leiche, die kopfüber in das tiefe Gezweig eines Nim-Baumes eingezwängt ist. „Den kümmert das alles nicht."

Er findet seine Bemerkung und Geste selber ein wenig zu theatralisch und schulmeisterlich. Bei Edwinas Erziehung und Einstellung kann ihr der Leichnam eines Hindus niederer Kaste kaum mehr bedeuten als der einer Kuh oder Ziege. Bei ihrem eingefleischten englischen Kastengeist berührt sie der Anblick genausowenig wie einen Brahmanen strengster Observanz. Auch ihn selber hätte er ehedem kalt gelassen; es ging über seine Begriffe, in gewisser Beziehung ist dies noch jetzt der Fall. Heute noch glaubt er im Grund seines Herzens nicht, daß dieser Tote, wer es auch sein mag, es so nicht besser hat denn als Lebender. ‚Sein Sterben bedeutet für niemanden einen Unterschied, am allerwenigsten für ihn selbst.'

Edwina antwortet: „Das Schlimmste an dir ist: du bist ein blutiger Sentimentalist . . .", und nach kurzem Sinnen: „. . . von jener Sorte, die wegen Städte, Armeen und Weltpolitik sentimental wird Wärest du ein wenig persönlicher, dann wärest du nicht immer so durcheinander."

Sie sprach, er weiß es, aus einem Instinkt heraus. ‚Denn obwohl sie intelligent ist, ist Intellekt eine ihr unbekannte Eigenschaft. Dennoch ist das, was sie sagte, wahr, so wahr, daß es ein plötzliches Licht auf mich und mein ganzes Leben wirft. Sie hat recht.' Er war immer ein Anhänger des Universalismus. Von Anfang an verfiel er dem Irrtum Descartes'. Er schied die Menschheit vom Individuum und wurde dadurch zugleich sentimental und etwas weniger menschlich.

Sie passieren die glatte Mauer der Brennerei. Die Gondel stößt mit dem Schnabel in den roten Uferschlamm. Tom steigt aus, reicht Edwina die Hand und fängt an zu lachen.

„Was ist daran komisch?" fragt sie.

„Das Bild, das wir beide abgeben! Die Welt ist doch ein schönerer Ort, als ich dachte!"

„Ja, recht lustig. Ich weiß nur nicht, ob wir die richtigen Rollen spielen."

„Inwiefern?"

„Weil wir wohl nicht in unseren Rollen leben."

Er dreht sich um und deutet nach der Mission. „Dort ist es, dahinten! Sag Tante Phoebe, ich empfehle dich ihrer Obhut. Sobald ich die andern an Land gebracht habe, komme ich vorbei."

Er steigt wieder ein, rudert ein Stück, läßt die Ruder sinken und schaut ihr nach. Sie hat ihre Abendschuhe weggeworfen und watet barfuß durch den Schlamm. Den beschmutzten, weißseidenen Saum ihres Abendkleides hat sie sich mit dem glitzernden Gürtel um die Taille gebunden, den Kaschmirschal über den Kopf geworfen; ihre Beine sind bis an die Oberschenkel nackt.

Tom grinst und denkt: ‚Es war vielleicht überflüssig, sie Tante Phoebe eigens ans Herz zu legen. Die alte Dame dürfte für ihre Unverwüstlichkeit ein gewisses Verständnis haben. Weiß Gott', sagt er sich weiter, ‚persönlich, das ist sie. Sie ist „persönlich".'

X

Wieder in Sicht des Hauses Bannerji, sieht er seinen Luxuskahn bereits sehnlich erwartet. Bannerji hält auf der Galerie nach ihm Ausschau. Er hat sich verteufelt gewandelt. Dahin jede Spur Bond Street! Um seine Schultern ist ein weißer bengalischer Dhoti drapiert. Das schwarze Haupthaar, sonst schimmernd von Brillantine, ist von verkrusteter Asche bedeckt. Im Arm trägt er einen Lackkasten. ‚Die Asche des Alten!' vermutet Ransome. ‚Auf diese Weise gelangt der alte Gentleman schließlich doch noch an den Ganges. Das überschwemmte Ranchipur ist natürlich nicht heilig genug, um die Asche des ehemaligen Versicherungsagenten zu bewahren.'

Sobald Bannerji des Bootes ansichtig wird, beginnt er wieder zu wehklagen. Mit der freien Hand schlägt er sich an die Brust. Sein Kostüm steht ihm nicht. Irgendwo zwischen Kalkutta und Oxford ging ihm die Fähigkeit, es mit Anstand zu tragen, verloren. Der Dhoti rutscht ihm immerzu von der fetten Schulter, so daß er ihn jedesmal mit der die Brust schlagenden Hand wieder hinaufschieben muß. Weit besser als dem Hawrah-Basar glückte es Bond Street, die sanften Rundungen seiner Figur zu verbergen, diese schwabbeligen Primadonnenarme. Die waren doch Ransome früher nicht aufgefallen.

Im Augenblick, da der Gondelbaldachin den Rand der Galerie berührt, hören Klagen und Brustschlagen auf. Wie von der Rache Kalis gejagt, plumpst Bannerji samt seinem Lackkasten über die Brüstung ins Boot. „Sachte", schreit Tom, „Sie versenken den Kahn!" Am liebsten gäbe er vor Ärger dem kopflosen Passagier einen Tritt in den Hintern, aber das brächte wahrscheinlich die Gondel zum Kippen, also läßt er es.

Aber seine Empörung hat noch tiefere Gründe. Die instinktive Abneigung, die er gegen diesen Menschen von jeher verspürte, ist nun gerechtfertigt und erklärt: er mißfiel ihm ob seiner Lächerlichkeit, Würdelosigkeit, Feigheit und seinem verlogenen Marktschreiertum, und dazu empört ihn auch noch die Unverfrorenheit, mit der dieser Kerl ihn behandelt: als sei sein einziger Daseinszweck, der lackierten Aschentruhe und ihm als Fährmann zu dienen! Im Bond-Street-Anzug war dieser Bursche die Unterwürfigkeit selbst, es ging bis zur Kriecherei. Jetzt hat er sich anscheinend seine Gemahlin zum Vorbild genommen. Dabei verdreht er vor lauter Angst die Augen, daß fast nur noch das gelbliche Weiß sichtbar ist. ‚Wie darf ein solcher Hasenfuß sich erlauben, anmaßend zu sein?!' – „Hinsetzen! Stillsitzen!" fährt Ransome ihn an. „Wenn Sie den Kahn umkippen, ich hole Sie nicht heraus; da hätte ich viel zu tun!"

Bannerji antwortet nicht. (‚Hat, scheint's, vor Schreck die Sprache verloren!') Mit der einen Hand klammert er sich an den Bootsrand, die andere hält den lackierten Kasten. Beim Abstoß schließt er die Augen und versinkt, so sieht es jedenfalls aus, in Trance. Ransome, der ihn nicht aus den Augen läßt, muß an die Bemerkung Safkas denken: die Bengalen seien die Iren Indiens. ‚Merkwürdig nur, daß ein Volk zwei so verschiedene Menschen wie Mr. und Mrs. Bannerji hervorbringen konnte!'

Sie fahren am Haus Raschid Ali Khans vorbei. Aus einem breiten Fenster des Oberstocks schaut Raschids Frau, von Kindern aller

Altersstufen umrahmt, und ruft ihnen in der Urdusprache zu, sie und die Kinder seien gesund, könnten es auch noch einen Tag aushalten.

Tom ruft auf hindostanisch zurück, er werde sie noch heute nacht oder spätestens morgen früh abholen, und rudert weiter in die ertrunkene Welt seines eigenen Heims.

Auf dem aufgerissenen Hausdach hockt, im Regen zusammengekauert, der nackte Täufer. Durch den Guß ruft er ihm in seinem weichen Französisch zu: „Alles Geschirr in Sicherheit im Parterre mit allen Kleidern des Sahib."

„Setz dich dazu! Ich hole dich später."

„Très bien, Sahib!" Wie einer der heiligen Affen läßt sich der Diener am nächsten Regenrohr hinuntergleiten und schwingt sich in ein Fenster im ersten Stock.

Sie landen bei der Brennerei. Bannerji, noch immer in Meditation, öffnet die Augen – nicht um seinen Retter anzusehen, ihm ein Wort der Anerkennung oder des Dankes zu sagen, sondern nur um an Land zu steigen. Tom zieht die Ruder ein, sitzt, starrt ihm nach, wie er barfüßig, die Asche tragend, durch den Schlamm zur Mission und Tante Phoebe stapft.

Im Haus Bannerji wartet der Diener auf der Galerie. Seit er nachts die Laterne und Kerzen brachte, hat ihn Tom nicht mehr gesehen. Er steht abgewandt, sieht das Boot nicht kommen. Er blickt hinaus auf die ertrunkene Stadt.

Er ist dünn, häßlich, klein und sehr dunkel und nun in der verheerten Landschaft das einzig Lebendige, denn selbst die Vögel und die heiligen Affen haben sich aus dem überfluteten Bereich zurückgezogen, als fühlten sie den Fluch der Natur, der auf ihm lastet. Des Mannes Gestalt regt sich nicht, er steht wie entrückt. Erschüttert schaut Tom zu ihm auf.

Dieser Mensch verlor alles, sein Weib, seine Kinder, vielleicht Vater und Mutter und deren Eltern, wenn sie noch lebten. Denn die Siedlung hinter dem Haus war wie ein kleines Dorf, und es gab in ihm Heiligenschreine Schiwas, Ramas und Kalis. Dieser Mensch hat etwas Ehrfurchtgebietendes. Wie ein brüchiges Denkmal menschlicher Geduld steht er vor dem finster drohenden Monsunhimmel, klein, häßlich und ungelenk. Mehr als alle die andern, mehr als Bannerji, Safka, Raschid, selbst mehr als der alte Maharadscha ist dieser Mensch Indien, das fort und fort lebende, zeugende und gebärende, unzerstörbare Indien, ist wie ein Teil jener Bienenschwärme, die ihre Waben an die marmornen Dachtraufen der Schloßhöfe kleben. Das ist Leben ... Urkraft ... Aus hungernder Kindheit reift sie in einen Verfall, darin es nur animalische Lust gibt und Aberglauben, kaum verschieden von der Vorstellungswelt lärmender, schwärmender, heiliger Affen.

Wie verzaubert sitzt Ransome im treibenden Boot, sucht zu ergründen: was ist dieser Mensch, was ist sein Wesen, sein Geist, seine Seele, sein Trachten? Was gilt er selbst diesem dunklen ausgemergelten Reglosen dort oben, ihm, für den das britische Empire ein Nichts ist, weil seine Vorstellungswelt nicht über das Weichbild der untergegangenen Stadt hinaus, nicht einmal bis in die Einsamkeit des untergegangenen El-Kautara und zum heiligen Berge Abana reicht. Dieser Mensch ist nicht ganz Tier, seine Gestalt ist menschlich. Was mag es für ihn bedeuten, daß er mit einem Schlag mutterseelenallein in einer Welt steht, die eben noch festgefügt war und sicher? Woran denkt er, wie er so dasteht, reglos und schweigend wie das stämmige Denkmal der guten alten Königin, und über die tote Stadt hinblickt? Was ist für ihn Wirklichkeit und was Geist? Wie ist es möglich, den Sinn dieses dunklen, halb wirklichen Bildes zu fassen?

Matt naht sich Ransome ein Drang zur Selbstverneinung, steigt in ihm auf gleich jenem sonderbaren Gefühl, das ihn faßte, als er damals in Belgien gegen die Lehmwand des zerschossenen Hauses gelehnt saß. Es ist ein seltsamer, in seinen letzten Sehnsüchten schwach sinnlicher Drang, sich selbst zu verlieren: dieses Selbst, das da ist Honourable Thomas Ransome, der Unglückliche, zuzeiten Betrunkene, der egoistische, intelligente Enttäuschte, der verzweifelte Neurotiker. Es ist ein Verlangen, alles was da an Seele, Vernunft und Persönlichkeit unter dem Namen Ransome vereint ist, einmünden zu lassen in jene Mischung, der man den Namen Menschheit gab – ein Drang, heftig wie der Durst, diesen dunklen Menschen dort oben zu kennen, ihn und seine Brüder, schwarze und weiße, gelbe und braune; der Drang, auszuloten die Tiefe ihrer endlosen Geduld, der unerklärlichen Resignation dieser Völkerstämme.

Eine Sekunde ist es Tom, als höben sich plötzlich die tiefhängenden Wolken, enthüllten den hinter ihnen verborgenen Sonnenglanz und gewährten den Anblick des Friedens, der Rettung. Doch schon verschwindet das foppende Trugbild. Gleichzeitig wendet der Mann auf der Galerie sich um, sieht in das unterm Wolkenrand hervorquellende Licht und hinab auf Ransome.

Die Bäume ringsum sind nicht mehr verklärt und gesegnet. Es sind wieder die gewöhnlichen Banyan- und Pagodenbäume, unter deren Schatten Ransome so manches Mal auf Bannerjis „Badminton Parties“ schlechte Cocktails trank, und der häßliche Dunkle steht ihm nicht mehr nah, so nah, daß er schon auf dem Sprung war, hinter sein Geheimnis zu kommen; er ist weiter nichts als Bannerjis Gujarati-Diener, unsauber, untüchtig und, wenn ihn der Herr ausschilt, geduckt und kriecherisch. „Wo ist Mem Sahib?“ ruft ihn Tom an, während das Boot unter die Galerie fährt.

„Mem Sahib schläft“, antwortet der Mann auf gujaratisch und drückt dabei pantomimisch den Schlaf mit einzig schöner Gebärde aus. ‚Lassen wir das Kind schlafen‘, denkt Tom, ‚sie hatte vielleicht seit zwei Tagen keinen richtigen Schlaf‘, und bedeutet dem Mann mittels Zeichensprache, ins Boot zu steigen.

Er weigert sich anfangs. Erst auf Ransomes schroffen Befehl schickt er sich an, zu gehorchen. Auf die in einem Mischdialekt gestellte Frage, ob er nichts mitnehmen wolle, antwortet er: „Nein, Sahib, nichts.“ Nichts nimmt er mit als den zerfetzten Lappen, der seine Blöße zwischen den hageren Schenkeln bedeckt. So fahren sie ab.

Unterwegs bemüht sich Ransome mit all seinen Gujarati-Kenntnissen um ein Gespräch mit dem Dunklen, doch dieser ist entweder irr oder stumpf. Er bringt nichts aus ihm heraus als hie und da eine tierhafte Gebärde, die ihm nichts sagt. Bei der Brennerei setzt er ihn ab.

Da fällt der Mann auf die Knie und preßt mit überschwenglichem Salaam die Stirn in den roten Schlamm. „Wohin willst du?“ fragt Ransome. Der Dunkle versteht ihn nicht.

Die Sonne sinkt. Ransome legt sich in die Ruder. Der Mann bleibt wie aus Ehrerbietung am Ufer stehen; erst als das Fahrzeug hundert Schritt vom Ufer entfernt ist, dreht er sich um und wandert über die weite, schlammige Ebene dem schwefelgelben Leuchten am Himmelsrande entgegen. Kleiner und kleiner erscheint die gekrümmte, schwarze Gestalt in der erschreckenden Weite indischer Landschaft.

Das Boot entschwindet unter halbertrunkenen Bäumen.

XI

Er gleitet an seinem Haus und dem Raschids vorüber. Plötzlich bricht die Dunkelheit ein. Bäume, Ruinen, Häuser und alle Orientierungsmerkmale schmelzen in undurchdringliche Schwärze. Es ist, als legten die dunklen Wasser, gen Himmel steigend, sich um jegliches Ding. Erschrocken läßt Ransome die Ruder sinken, denkt:

,Wenn sie erwacht und sieht sich allein in dem Haus, gerät sie in Furcht ... Ich darf mich jetzt nicht verirren!'

Wie oft im Krieg erteilt er sich selbst einen Befehl, zwingt seinen Körper, einen neuen Sinn, eine Witterung zu entwickeln, die ihn auf kürzestem Wege zum Ziel führt.

Nirgends ein Stern, nach dem er sich richten könnte, kein wegweisender Baum, kein Haus. Was nutzten ihm auch, selbst wenn er sie sähe, die Nimbu-, Pagoden- und Banyanbäume? Sie wurden vorzeiten regellos willkürlich gepflanzt ... Er rechnet sich aus, daß er infolge der Schwäche des improvisierten Ruders zu weit nach links abkommt, setzt mehrmals ab, schaut angestrengt über die Schulter in Richtung der Fahrt, um zu sehen, ob er nicht in die Irre fährt.

Der Regen, der kurz vor Sonnenuntergang innehielt, fällt wieder in Schnüren mit einer Wucht, daß von seinem Aufprall ein leichter Nebel aus der Flut aufsteigt. Zehn Minuten rudert er im Schrecken blindester Hilflosigkeit. Die Beschwörung des sechsten Sinns, der sich vorzeiten wirksam erwiesen hatte, versagt. Weiter und weiter drückt er sein Schifflein durch Baumgezweig, bis er plötzlich entdeckt; das Boot nimmt seinen eigenen Weg, es gehorcht den Rudern nicht mehr. Er hat sich verfahren. Er ist nicht mehr in den Seitengewässern der Flut, sondern in einen Bereich geraten, in dem die reißende Strömung des Flusses sich durchsetzt. ,Jetzt bin ich verloren', schießt es ihm durch den Kopf, ,ich werde hinabgespült wie alle die andern.'

Er will so nicht untergehen. Er kämpft, er erkennt: rudern hat keinen Zweck; weiß er doch nicht, wohin er zu steuern hat und ob ihn nicht jeder Ruderschlag näher zum Strom und zum Tode führt. Er gibt es auf, läßt sich treiben und denkt gelassen: ,Nun gut, wenn's aus ist, ist's aus. Vielleicht ist es so am besten.'

Er kann in der Dunkelheit nicht feststellen: treibt das Boot rasch dahin, oder wird es bloß an Wirbeln der Hauptströmung entlanggeschaukelt?

Jetzt wischt ihm ein Büschel Blätter übers Gesicht, er packt zu, faßt einen Zweig und hält fest. Das Schlimmste scheint überstanden. Im Notfall kann er, wenn auch in elend durchnäßtem Zustand, die Nacht hier verbringen; bei Tagesanbruch wird er dann sehen, wo er hält.

Die Schnur von Bannerjis Bond-Street-Schlafrock kommt ihm in den Sinn; er tastet danach, findet sie am Boden der Gondel und befestigt mit ihr das Fahrzeug an einem kräftigen Zweig. Nun könnte er inmitten der brodelnden, dräuenden Finsternis sogar schlafen; aber trotz der zwei schlaflosen Nächte, die er hinter sich hat, sitzt er lange, überwach, lauschend. Ihn hungert. Trotz Schwüle fröstelt ihn; von neuem befällt ihn der Gedanke: ‚Ich muß zu ihr; irgendwie muß ich es schaffen. Sie ängstigt sich noch zu Tode, allein in dem alten, verwunschenen Lasterhaus, wo im Dunkel verwinkelter Korridore der Geist des alten Bannerji umgeht!'

Ein Gefühl, wie er es seit dem Krieg nicht mehr hatte, steigt in ihm auf: als hausten in den rauschenden Wipfeln über der Flut alle, die in der Katastrophe den Tod fanden ... Alle! Damals versetzte ihn dieses Gefühl in bleicheren Schrecken als Kugeln, Schrapnells und Granaten, kroch über ihn, sachte und eisig, erdrosselte alles vernünftige Denken, und er fühlte die unsichtbare, ungreifbare Anwesenheit all der Tausende, deren Leiber zerstückelt, zerrissen rings um ihn her auf fruchtbarer flandrischer Erde lagen. Damals erstarrte sein Blut, die Haare sträubten sich ihm; sein Grauen war um so furchtbarer, als das Geschehen für ihn unfaßbar war; er glaubte in knabenhafter Vermessenheit ja nicht an die unsterbliche Seele, und nun umstanden im Nebelgrau ihn die unsichtbaren Geister aller Erschlagenen und klagten ihn an: Wir sind nicht dahin, es gibt kein Nichtsein ...

Heut aber ist das Gefühl frei von Grauen. In der großen Finsternis in seinem Schifflein allein, weiß er: die Geister sind, entspringen nicht seiner Einbildung, wie er sich ehedem einzureden versuchte; sie sind wirklich, besitzen vielleicht sogar eine Substanz, die er mit seinen armseligen Sinnen nur nicht wahrzunehmen vermag. Kein bleicher Schrecken erfaßt ihn. Frieden erfüllt sein Gemüt, und er versteht.

Erschöpft und zitternd sitzt er in dem zuckenden, ruckenden Fahrzeug – wie lange, weiß er nicht; in dieser Nacht ist alles Zeitgefühl aufgehoben.

Nun aber wird er gewahr: eine Art Licht tritt in die Finsternis ein, es wird deutlicher von Minute zu Minute, ergießt sich schleierhaft durch Lüfte und Düfte und gibt den Bäumen ringsum Konturen.

Es kommt von der Wolkendecke und ist der Widerschein eines Brandes, der neuerdings in der Stadt ausgebrochen ist. Nun kann Ransome bereits, unweit von seinem Ort, ein Dach erkennen; es ist reich mit Schnitzereien, Phallussymbolen, geziert: der Schiwa-Tempel! Und dort, nahe dabei, nur ein kleines Stück über der Flut, der Kopf der gußeisernen, stämmigen Königin Viktoria; um ihren Hals legte sich eine Girlande aus Gräsern und faulenden Blumen, die der Strom zu ihr hintrieb. Fast ertrinkend hält sie sich auf dem mittleren Pfeiler der zertrümmerten Brücke aufrecht, trotzig und unbesiegt.

Das rötliche Licht nimmt zu. Er sucht sich genauer zu orientieren. Gegen den Himmel zeichnet sich, weiter landein, das schwarze Filigran des alten, javanischen Feigenbaums ab, der im Badmintongarten steht ... Wenn er zu ihm hingelangt, ist alles andere leicht. Aber mit Rudern ist da nichts auszurichten.

Tom bindet das Boot los und zieht sich von Zweig zu Zweig, von Banyan zu Banyan durch treibenden Unrat über die ganze Rennbahnstraße: ein mühseliges Geschäft! Immer wieder bleibt der Goldbaldachin in den Zweigen hängen. Stunden scheinen ihm zu verstreichen, bis er endlich, schweißtriefend, den javanischen Baum erreicht. Das Frösteln ist ihm vergangen.

Er verschnauft. Er rudert noch etwa hundert Schritt weit, landet unter der Galerie des todeinsamen Hauses, klimmt über die Brüstung und befestigt die Gondel mittels der Schnur aus Bannerjis altem Morgenrock.

XII

Das Haus ist still, stiller noch als die Verlassenheit, aus der er kommt. ‚Ist sie fort?' denkt Ransome. ‚Hat sie jemand geholt?' Schwer enttäuscht sucht er im schwachen Lichtschimmer, der von draußen hereinfällt, den Weg durch den Gang zu dem Zimmer, in dem er sie ließ.

Sie war nicht fort. Schlummernd wie ein Kind liegt sie im fahl einfallenden Licht unter dem Moskitonetz; den einen Arm um den Kopf gelegt, das kurze, blonde Lockenhaar von der naßheißen Luft strähnig zerrauft. Er steht in Sinnen versunken und sieht sie an, lange ...

Warum erscheint sie ihm auf einmal so entrückt, nicht mehr ein Kind?

In ihrer vollkommenen Jugend liegt etwas Zeitloses, tief Rührendes. Der Erschöpfte, Hungrige, Durstige spürt, wie es ihm in die Kehle steigt. Scham und Neid erfassen ihn ob dieses herrlichen Jungseins, das von ihr ausströmt, sie einhüllt; ob ihres romantischen Idealismus, dergleichen er niemals besaß, und eine Ahnung durchflutet ihn, wie wonnig es sei, einmal so jung gewesen zu sein wie sie, an die Welt geglaubt zu haben wie sie ... Die Wonne kannte er nie und wird sie niemals verspüren. Es ist zu spät.

Doch er sieht auch das Tragische dieses so jungen Seins und dessen, was Fern bevorsteht. Wie wenig weiß sie von der Welt, die fast gar nicht jenem Gewebe gleicht, das ihre Einbildungskraft sich gesponnen hat. Was wird mit ihr, wenn sie aus ihrer Scheinwelt hinaus in die wirkliche tritt? Von neuem überläuft ihn ein Frösteln.

Er begibt sich in Bannerjis Schlafgemach, stöbert im Halbdunkel, bis er einen Dhoti findet, zieht sich dann aus, reibt sich mit einem Bettlaken trocken, legt den Dhoti an und kehrt zurück zu der Schläferin.

Als er das Zimmer betritt, hört er aus weiter Ferne den Hall einer Explosion. Das schwanke, hölzerne Gebäude bebt. Ein zweiter Knall, eine zweite Erschütterung, und ein dritter folgen, Stuck bröckelt vom Plafond. ‚Das müssen Loder und Raschid sein; sie sprengen die Stauung im Engpaß', denkt er; ‚bis Mittag wird sich die Flut verlaufen.'

Auf dem harten Lager unter dem Netz hat sich das Mädchen geregt. Aber es wacht noch nicht auf. ‚Wie müde sie sein muß!'

In der Stadt sinkt das Feuer in sich zusammen. Das fahle Licht schwindet. Tom macht sich aus Kissen ein Lager auf dem Fußboden. Gleich den Millionen Menschen, die auf den Straßen ganz Indiens nächtigen, wickelt er sich den Dhoti um den Kopf und bettet sich zu ihren Füßen am Boden. Sie soll beim Erwachen sich nicht allein fühlen und ängstigen. Es fällt ihm nicht ein, er könne auf diese Weise einen neuen Skandal hervorrufen. Jene alte Welt, die Welt des Klatsches, der Eifersüchtelei, des Strebertums, die Welt des Englischen Klubs, die Welt „unserer Jungens", die Umwelt Pukka-Lils und der Simonschen Tennispartien ist weggeschwemmt, und an ihrer Statt bleibt, zeitweilig wenigstens, eine wilde, verwegene, urwüchsige Welt.

XIII

In der Mission ging Tante Phoebe ans Werk. Ihren einzigen Hausboy hatte sie schon in der Frühe auf Suche nach Nachrichten über Berthas und Homers Verbleib ausgeschickt; er war ungern gegangen und nicht zurückgekehrt, und sie stand ohne Hilfe da. Ihre Gäste waren zu nichts zu gebrauchen. Bei leidenschaftsloser Betrachtung sah sie: Mrs. Hogget-Clapton war nicht nur betrunken, sondern auch übergeschnappt. Mrs. Simon war ebenfalls verrückt, nur auf etwas andere Art; wenn sie nicht grade schlief, rang sie schluchzend die Hände und hörte nicht auf, ihren Verlust zu bejammern, ‚als ob sie', dachte die Tante verärgert, ‚ihren Mann und das Kind zu Lebzeiten nicht genügend schikaniert und so unglücklich gemacht hätte, daß ihnen der Tod eine wahre Erlösung war! Nein, mit der Person ist nichts anzufangen.' Mrs. Bannerji, die im Leben noch nie gearbeitet hatte, war zu jeder Tätigkeit unfähig. Das einzige, was sie konnte, war Betelkauen. So saß sie da, gleichgültig ruhig wie ein Jogi, und war in Phoebes Augen keine Schönheit, sondern eine faule, gefühllose Frau. Die Murgatroyd, soweit sie nicht gerade eine kleine Bosheit oder Grausamkeit ihrer Herrin erdulden mußte, flatterte umher und suchte sich nützlich zu machen, ‚aber auch sie ist verrückt, vielleicht noch mehr als die andern', meinte die Tante und hielt es fürs beste, sie sich alle möglichst vom Leibe zu halten.

Aber das war nicht so einfach. Als fühlten sie sich nur in der Gegenwart dieser alten Frau sicher, hielten sie es weder in einem der großen Schlafzimmer noch in dem alten Lagerraum aus, trieben sich vielmehr immerzu in der Küche herum; die Hogget-Clapton verlangte ein Kopfwehpulver, die Simon ein Schlafmittel, aber trotz allen Verdrusses fühlte sich Tante Phoebe so obenauf wie noch nie seit den Tagen der Präriebrände und Tornados. Zwar beunruhigte es sie, daß sie noch immer keine Nachricht von Smileys hatte, doch ging ihr dies nicht so tief. Denn in ihr wohnte ein Glaube von ganz besonderer Stärke; sie glaubte nicht nur, Gott werde ihre Nichte und deren Mann beschützen, sondern auch, daß er, im Fall er es nicht täte, dazu seine besonderen Gründe habe.

Weil sie sehr alt war und ihr langes Leben in Einfalt nahe der Erde verbracht hatte, verfügte sie mit ihren zweiundachtzig Jahren über ein Wissen und eine tiefe Weisheit, deren nicht einmal Hindus teilhaftig sind. Sie wußte, wie wenig es für den Gang der Natur bedeutet, was mit ihr oder Smileys geschah. ‚Nur eines bedeutet etwas: daß wir anständige Menschen sind, die sich in der Todesstunde keine Vorwürfe zu machen haben.' Dies zu wissen war köstlich und sehr erleichternd, und sie bedauerte nur, daß Gott, da nun schon einmal nach seinem Ratschluß Menschen zu sterben hatten, nicht zuerst unnütze Narren wie Mrs. Hogget-Clapton, Mrs. Simon, die Bannerji und die Murgatroyd zu sich genommen hatte.

Auch darum war sie so ruhig, weil sie tausend Einzelheiten zu überlegen und ihre Hände ständig etwas zu tun hatten; kaum einer kannte wie sie den Trost fleißigen Schaffens. Sie hatte ihr Lebtag keine Zeit dazu gehabt, an sich selber zu denken oder Launen zu haben. Gewiß, seit sie in Ranchipur war, gab es zuweilen müßige Stunden, in denen sie der Versuchung zu allerhand Schabernack erlag, indem sie zum Beispiel die gute alte Hyäne herausließ oder sich im unpassendsten Moment mit Schaukelstuhl, Palmblattfächer und Limonade auf die Veranda setzte, um Mrs. Simon zur Raserei zu bringen. Das einzige Haar, das sie in Ranchipur bisher in ihrem Dasein gefunden hatte, war, daß es für sie zeitweilig nicht genug zu tun gab. Das war nun nicht mehr der Fall. Geschäftig stellte sie ein Inventar der Lebensmittelvorräte auf, teilte ein, teilte aus, achtete, daß keiner zuviel oder zuwenig bekam, kochte, holte Aspirin für Mrs. Hogget, braute einen Nimbu-Tee für Mrs. Simons verstörte Nerven und trug dabei immerzu Harry Loders Revolver über der Schürze um den Bauch geschnallt, teils weil er ihr da am sichersten aufbewahrt schien, teils weil der Gedanke, ihn gebrauchen zu können, sie angenehm aufregte. Aber sie glaubte selber nicht mehr recht daran, daß eine solche Verlegenheit eintreten könne, bis sie am späten Nachmittag quer durch die verschlammten Äcker die hohen, dunklen Gestalten dreier Bhils ankommen sah.

Sie kamen geradewegs auf das Haus zu.

Stumm, wie sie einst als Kind in der Prärie das Herannahen von Rothäuten verfolgt haben mochte, stand Phoebe, die Hand am Revolver, im Kücheneingang. Die andern zu alarmieren, hielt sie für überflüssig. Erst wollte sie wissen, was jene im Schilde führten.

Die drei aber waren zwecks Plünderung aus ihren Bergen gekommen und sichtlich erstaunt, als sie das vermeintlich nicht mehr bewohnte Haus von einer Alten bewacht und mit einem Revolver verteidigt fanden, den diese im Anschlag hielt. Nun verstand die Tante zwar nicht, was die Ankömmlinge redeten, wohl aber ihre Zeichensprache, mittels deren sie das Begehren äußerten, ins Haus zu kommen und etwas zu essen, worauf sie ihnen ebenfalls mimisch und nachdrücklich erwiderte, sie könnten nicht herein und es gäbe auch nichts zu essen.

Mit ihren schwarzen, verfilzten, bis zu den Schultern reichenden Haaren, den Ziegenfellen und Lumpen, die ihre Bekleidung waren, der tiefdunklen Haut und den langen Speeren sahen die Ankömmlinge wahrlich zum Fürchten aus. Aber sie hatten wenigstens keine Schußwaffen. Sie tuschelten erst miteinander und hätten gewiß den Eintritt zu erzwingen versucht, wäre nicht mitten in ihre Beratung Mrs. Hogget-Clapton wieder einmal in die Küche gekommen. Beim Anblick der Männer stieß sie ein schrilles Geschrei aus, das sogleich die andern herbeilockte.

Doch schon die Erscheinung Mrs. Hogget-Claptons, die, einer Mumie gleich, in Bettücher gehüllt war (Phoebes und Berthas Kleider waren für dieses Weib viel zu klein, ihr eigenes Zeug war noch nicht trocken), genügte, die räuberischen Wilden in die Flucht zu schlagen. Sie machten kehrt und stapften unwillig durch den roten Schlamm in Richtung der Stadt. Mrs. Hogget-Clapton wollte wieder in Ohnmacht fallen und rief nach Schnaps, aber es war keiner mehr da.

Mrs. Simon und die Murgatroyd begannen sogleich zu unken. Letztere prophezeite die schauderhaftesten Greuel, Notzucht und Marterung, während erstere schrie: „Was wird mit mir geschehen? Ich kenne die Bhils von der Mission her, seit Jahren warten sie nur darauf, uns den Hals abzuschneiden!“ Dabei erinnerte sie sich ihrer Tochter und heulte: „Wo ist Fern? Was haben sie ihr getan? Wieso ist sie noch nicht zurück?“

„Fern ist wohl und munter“, schalt die Tante sie aus, „machen Sie sich bloß um die keine Sorgen! Das Kind hat Kopf und Rückgrat.“

Nun aber näherte sich dem Haus eine Gestalt, die noch auffallender und exotischer war als die Bhils, nämlich Lady Heston, das weißseidene Abendkleid um die Taille geschürzt, die Arme mit Juwelen geschmückt, die nackten Beine bis über die Knie rot von Schlamm. „Ich bin Lady Heston“, stellte sie sich mit einer in dieser Situation lustspielhaft wirkenden Würde vor. „Habe ich die Ehre, mit Tante Phoebe zu sprechen?“ wandte sie sich an diese. „Tom Ransome schickt mich zu Ihnen.“

„Ja“, antwortete die Tante und war auf einmal verlegen, „es stimmt, kommen Sie nur herein“, und sich auf gute Manieren besinnend, stellte sie vor: „Mrs. Simon . . . Mrs. Hogget-Clapton.“

„How d'you?“ sagte die Lady, zog das hochgeraffte Gewand aus dem glitzernden Gürtel und ließ es fallen.

Diese Worte wirkten auf Mrs. Hogget-Clapton stärker als irgendein Schnaps. Endlich hatte sie Lady Heston kennengelernt, trotz allem und allem! Sie vergaß die Ohnmacht, in die sie gefallen war, stand auf, verneigte sich wie vor der Königin selbst, riß ihre porzellanblauen Augen auf und sprach als erstes die Worte: „Sind Sie ihnen begegnet? Haben sie Sie nicht überfallen?“

„Wer?“ fragte die Lady.

„Die Bhils.“

„Was für Bhils?“ – „Jene Wilden! Schwarze Männer mit Speeren.“

„Ach, die! Ja, die hab' ich gesehen.“

„Und?“ fiel Mrs. Simon atemlos ein. „Sind Sie nicht angegriffen worden, bei all den Juwelen?“

„Sie haben mich gar nicht gesehen.“

„Ja, was taten Ihre ...", fast hätte sich Mrs. Hogget-Clapton verraten und wäre vor lauter Aufregung in die Sprache ihrer langvergangenen Dienstbotenzeit verfallen, hätte beinahe gesagt: ‚Ihre Gnaden', verbesserte sich aber noch rechtzeitig und fragte: „Was taten Sie?"

„Die drei gefielen mir nicht. Ich versteckte mich, bis sie vorbei waren, in einem Graben."

„Oh!" machte Mrs. Hogget-Clapton. „In einer Nullah! Das war klug gehandelt."

Schon hatte Phoebe erfaßt, daß der neue Gast ihr gefallen werde. Dumme Menschen machten ihr keinen Spaß. Sie wunderte sich nur immer, wie Leute in reiferem Alter noch so blöd sein konnten. Doch diese Lady, sah sie auf den ersten Blick, war nicht dumm. „Ziehen Sie sich zunächst etwas Trockenes an!" riet sie.

„Ja, gern. Gibt es vielleicht auch so etwas wie ein Bad?"

„Da ist ein Schätti ...", begann die Hogget in ihrem Pukka-Kauderwelsch, aber die Tante schnitt ihr das Wort ab: „Wir haben einen Steintrog, Chattee genannt, und dazu einen Schöpfeimer. Das Wasser ist gleich heiß. Kommen Sie bitte nur mit!"

Mrs. Hogget-Clapton kicherte entschuldigend und wies auf ihre mumienhafte Aufmachung. „Wir sind leider ganz ohne passende Garderobe", sagte sie geziert, „denken Sie nur, das Erdbeben überraschte mich in meinem Neglijay! Es ist gerade beim Trocknen, aber bei diesem Monsumwetter dauert das endlos."

Mrs. Simon schien die Sprache verloren zu haben. Sie starrte nur immerzu auf die Lady und das Vermögen an Juwelen, das sie allein am linken Handgelenk trug. Genauso hatte sie sich eine Herzogin vorgestellt, und bei dem Anblick dachte sie nicht mehr an die unter Bergen von Schutt und Steinen zermalmten Leiber ihres Mannes und der armen, dummen Hazel.

Die Lady indessen machte ihr Armband los und fragte: „Was soll ich damit anfangen?"

„Geben Sie her", antwortete Phoebe, „ich steck' es mir in den Strumpf", und jener verschmitzte Blick, den Ransome in ihrem verrunzelten Gesicht wahrgenommen hatte, als sie mit ihrer zahmen Hyäne Mrs. Hogget-Clapton auf den Baum scheuchte, trat wieder in ihre ehrlichen Augen, „sollte wirklich etwas passieren, ich glaube, mir werden sie nicht unter die Röcke gucken", und trat mit Edwina ins Innere des Hauses.

„So eine ungeschickte Bemerkung!" ereiferte sich Mrs. Simon hinter ihrem Rücken. „Da sieht man's wieder!"

„Noch dazu vor Lady Heston", fiel Mrs. Hogget-Clapton ein. „Hast du das gehört: Wenn wirklich etwas passiert – unglaublich!"

Bannerji, die Asche des Vaters unter dem Arm, traf als letzter von der Anlegestelle ein. Sein Haupt war mit Asche bestreut. Die zwei Weiber kreischten entsetzt. Doch als sie ihn dann unter der Aschenkruste erkannten, drehten sie ihm ohne Willkommen den Rücken und beschäftigten sich angelegentlich mit Mrs. Hogget-Claptons „Neglijay"; es war schon fast trocken. Schon europäisch gekleidet war Bannerji ihnen unangenehm. Im Dhoti, mit Asche, sah der Elegant, der Kosmopolit wie ein verlauster Sadhu aus und machte sich denn auch gleich unangenehm bemerkbar, beanspruchte in einem Anfall von Orthodoxie einen Teil des Herdes für sich, dazu eine Garnitur Geschirr und Gerät, um für sich und sein Weib die Speisen zubereiten zu können; durch die Hand der „unberührbaren" Tante würden dieselben befleckt.

XIV

Im Badezimmer beim Chattee lernten Tante Phoebe und Edwina einander verstehen. Die Tante brachte baumwollenes Unterzeug (so etwas hatte Edwina nicht mehr gesehen, seit sie mit ihrem bankrotten Vater in schwerer Klemme zu Florenz in einer Pension gehaust hatte) sowie einen Kittel aus Kattun, dergleichen sie in ihrem ganzen Leben noch nicht erblickt hatte: er bestand aus zwei rechteckigen Stoffbahnen, die ein wandernder Gujarati-Schneider, auf der Veranda hockend, zusammengenäht und mit einer Art Ärmel versehen hatte.

Die Tante war noch immer verlegen, nicht weil Edwina reich, elegant und Patenkind der Königin von England war, sondern weil sie „Lady" hieß. Tante Phoebe hatte in ihrem ganzen Leben noch nie zu jemandem „Lady" gesagt, und obwohl sie sich dunkel erinnerte, daß es so etwas wie Titel gab, fand sie es doch lächerlich, zu einer Frau „Lady Smith", „Lady Jones" oder „Lady Heston" zu sagen. Ihre Verlegenheit kam einfach daher, daß ihr das Wort „Lady" nicht über die Lippen wollte. Statt dessen sagte sie jetzt und künftighin einfach „Sie" zu ihr.

Edwinas erste Frage war nach den zwei Frauen, die sie eben kennengelernt hatte, worauf ihr Phoebe erklärte, die in den Bettüchern sei die Frau eines Bankdirektors und die andere Mrs. Simon, das Weib des anderen Missionars.

„Die eine Tochter namens Fern hat?“

Phoebe bestätigte. „Die arme Frau hat ihren Mann und die andere Tochter durch das Erdbeben verloren.“

„Traurig.“

Der unfaßbare Schrecken der Wirklichkeit stand mit einem Male wieder da und ließ das Gespräch verstummen. Erst nach längerer Pause, in der sich Edwina ungeniert splitternackt neben dem Chattee auszog, kam ihre unausbleibliche Frage nach dem Hospital. Aber auch Tante Phoebe hatte noch nichts vernommen. „Niemand weiß etwas. Ich habe einen Diener ausgesandt; er ist nicht zurückgekommen.“

„Ich weiß auch nicht, ob mein Mann noch lebt. Er lag krank ... im Alten Sommerpalast.“

‚Armes Ding‘, dachte Tante Phoebe und empfand sogleich, daß diese gedankenlose Bezeichnung hier nicht am Platze sei. Was dieser seltsamen, nackten Frau, die sich da mit kaltem Wasser aus der Chattee übergoß, auch je widerfahren mochte –, ‚ein armes Ding ist sie nie und nimmer‘. Daher antwortete sie ihr nur: „Morgen wird alles schon nicht mehr so schlimm sein.“ Damit ließ sie die Lady mit Berthas Kleidern und Wäsche allein.

Kurz darauf betrat Edwina in dem Kattunkittel die Küche. ‚Donnerwetter‘, dachte die Tante, ‚was es doch ausmacht, wie jemand ein Kleid trägt!‘ Die Lady sah in dem Kleidungsstück, das ihr ebensowenig paßte wie Bertha, der es gehörte, für Tante Phoebes Begriffe geradezu „smart“ aus, was freilich nicht allzuviel heißen wollte, denn für Toiletten hatte die Tante sich noch nie interessiert. „Wenn ich Ihnen etwas helfen kann“, meinte Edwina, „sagen Sie es mir, bitte! Ich bin zwar nicht sonderlich geschickt, aber ich helfe gern; was, ist mir gleich.“ Die Tante hatte schon auf der Zunge, sie könne allein fertig werden, die Dame brauche sich nicht die lieblichen weißen Hände mit den lackierten Fingernägeln zu ruinieren, als Edwina fortfuhr: „Im Ernst. Ich möchte mich nützlich machen. Ich will etwas tun.“ In ihrer Stimme war ein Schweben, in ihren Augen ein Schatten, welche die Tante in ihrer Weisheit verstand und worüber sie staunte und nachdachte. Dann antwortete sie: „Gut. Sie könnten Jamswurzeln schaben.“

Doch als sie ihr die Schüssel und die Jams hinstellte und das Messer dazu in die Hand gab, sah sie: die Lady hatte nicht die leiseste Ahnung, wie man Jamswurzeln schabt. Daher nahm sie das Messer in ihre abgearbeiteten Hände und sagte: „Sehen Sie, so!“, worauf sich

Edwina wegen ihrer Ungeschicklichkeit entschuldigte, wobei in ihr Gesicht der gleiche kindliche, fast unschuldsvolle Ausdruck kam, der nach dem Dinner bei Bannerji, kurz vor dem Erdbeben, sogar Ransome in seinem Rausch aufgefallen war.

Nun sah ihn auch Tante Phoebe und dachte am Küchenherd: ‚Das ist's, das braucht sie; und wenn ihr die Jams auch die lieblichen Hände verfärben und das Wasser die feinen Nägel rissig macht, sie braucht es notwendiger als irgend etwas auf der Welt.'

So bereiteten sie gemeinsam das Mahl für Mrs. Simon, Mrs. Hogget-Clapton und Fräulein Murgatroyd. Und Bannerji kochte auf seinem Endchen Küchenherd Reis mit Safran für sich und sein Weib. Den Lackkasten mit der Vaterasche hatte er inzwischen beiseite gestellt.

XV

Lady Heston und Mrs. Simon hielten, mit Tante Phoebes Revolver bewaffnet, die Nacht hindurch Wache. Kurz nach Mitternacht erschütterten die Explosionen vom fernen Engpaß her das Gebäude und trieben die geängstigten Gäste aus den Betten in die Küche, in der die zwei wachthabenden Frauen bei Kerzenlicht hinter dem mit Stühlen und Tischen verrammelten Eingang saßen. Tante Phoebe konnte sich die Ursache der Explosionen denken.

Sonst begab sich nichts von Belang. Bhils machten sich keine bemerkbar. Draußen vernahm man nichts als das unaufhörliche Rauschen des Monsunregens, das Geheul der Schakale und zuweilen das tolle Gelächter einer Hyäne. Die Nacht war lang.

Allmählich entspann sich zwischen den beiden wachenden Frauen ein Gespräch, zuerst nur hie und da eine Bemerkung, höflich, doch gleichgültig; Mrs. Simon war noch befangen, Lady Heston deprimiert und gelangweilt. Jene Lehrerin Hodge war ja schon allerhand gewesen, aber diese Missionarsfrau, fand sie, war zehnmal ärger. Die unterwürfige Vornehmtuerei einer Miss Hodge war ihr aus jahrelanger Praxis von Gartenbauausstellungen und Wohltätigkeitsbasaren geläufig; da hatte sie alle erforderlichen Antworten stets bei der Hand; ein paar liebenswürdige Worte, zwei stereotype Redensarten genügten, um solche unbedeutenden Frauenzimmer vor Glück außer Fassung zu bringen. Bei Mrs. Simon lag der Fall anders. In ihre amerikanische Großtuerei mischte sich etwas, das nicht etwa für eine bestimmte Schicht oder ein ganzes Volk charakteristisch, vielmehr eine höchst persönliche Eigenschaft war, die sich bei ihr mit größter

Taktlosigkeit offenbarte und der Lady zu schaffen machte. Mit landläufigen Antworten, die eine Miss Hodge beseligten, gab Mrs. Simon sich nicht zufrieden. Von den zweien war eine so geisttötend wie die andere, und doch waren sie voneinander völlig verschieden. Miss Hodge war für jedes gütige Wort dankbar; Mrs. Simon aber war aufdringlich, unbescheiden und anmaßend. Sie wollte mehr als die feststehenden gesellschaftlichen Wendungen. Sie beanspruchte Intimität. Um mit ihr in ein erträgliches Verhältnis zu kommen, hatte man einen hohen Preis zu entrichten: man mußte mit ihr wie mit einer Freundin verkehren, und zum ersten Male in ihrem Leben dachte Edwina voll Unbehagen: ‚Am Ende ist unsere aristokratische Einstellung doch richtiger; wir wissen, wo wir haltzumachen haben.' Diese Simon erlaubte sich, ihr die verfänglichsten Fragen über Lord Heston und seine Krankheit zu stellen, und was sie von Ranchipur halte, von der Maharani, von Ransome, und erwartete darauf nicht nur einfache Antworten, sondern Enthüllungen von gleicher Intimität, wie sie sie selber mit geradezu bestürzender Offenherzigkeit hervorsprudelte.

Als sie dabei in das kunterbunte Gerede den Namen Ransome warf, hatte sie etwas von einem räuberischen Krebs, der seine Beute seitlich in Sicherheit bringt. Ihre verblümten Andeutungen über ein Verhältnis zwischen Tom und Fern führten der Lady zu Gemüt, daß dieser sie, hinsichtlich seiner Beziehungen zu dem Mädchen, absichtlich hinters Licht geführt habe. Über den Tod ihres Mannes und ihrer jüngeren Tochter sprach diese Frau, als habe sie kaum mehr etwas mit ihnen zu tun. „Morgen müssen wir schauen, daß wir sie irgendwie begraben."

Edwina, ihr gegenüber am gleichen Tisch, nur durch eine Kerze von ihr getrennt, war – sie hätte es nie für möglich gehalten – sittlich entrüstet. Das Weibsbild in seiner Unmenschlichkeit wurde ihr langsam unheimlich. Es war, als sei alles in der Welt, ihr Mann, ihr totes und ihr lebendes Kind, nur in bezug auf ihr eigenes Ich für sie vorhanden. Man hätte, wenn man ihr zuhörte, meinen können, die arme Hazel und der beklagenswerte Burgess seien eigens zu dem Zweck in den grausigen Tod gegangen, um sie zu treffen.

Während Edwina, notgedrungen und angewidert, nur dann und wann mit einem „Ja!" oder „Nein!" oder „Schrecklich!" antwortete, ging ihr auf, wie wenig sie doch bei all ihrer Erfahrenheit von der Welt und deren Gemeinheiten, plumpen Roheiten, Eifersüchten und all dem niedrigen Strebertum wußte. Sie hatte sich stets davon abgewandt, wenn es ihr nahekam. Aber nun wurden ihr all diese Dinge, mit denen sie bisher nichts zu tun haben wollte, von ihrem Vis-à-vis aufgezwungen.

Wie sie sich so dieses starre, reizlose Altweibergesicht ansah, empfand sie zugleich Abscheu gegen Mrs. Simons Roheit und Mitleid mit ihrer Engherzigkeit. Sie ahnte: nur durch viel Härte konnte solches bewirkt sein, und dachte: was für eine Kindheit muß diese Frau gehabt haben ...!

Und dabei fiel ihr, während sie nur noch mit halbem Ohr zuhörte, mit einem Male Albert Heston ein und erschien ihr in milderem Licht. Seine Fehler und Laster hatten wenigstens Größe; seine Missetaten gingen ins Weite. In seiner Selbstsucht, seinem Ehrgeiz wehte ein Hauch teuflischer Großartigkeit, und ihres Gegenübers vergessend, dachte sie: ‚Er wird wohl tot sein; wenn nicht durch das Erdbeben, so durch die Krankheit. Ich werde ihn nie wiedersehen. Ich bin frei...', und weiter: ‚Was soll ich mit meiner Freiheit? Wo soll ich hin? Wozu lebe ich?'

Wieder heulten Schakale, diesmal sehr nahe am Rand der Mission, und ihr kam der widersinnige Gedanke: ‚Dies Abenteuer könnte so aufregend, so romantisch sein, und ist es doch gar nicht – warum nur?' Alles erschien ihr nur schmutzig, öde und leer: das baufällige Haus, das Sammelsurium von Durchschnittsmenschen, ihr Gefühl für Tom Ransome ... Angst hatte sie keine Sekunde verspürt. Eine Weile war sie erregt gewesen, nun aber war das Ganze verflacht und schal. Das Unbehagen, der Schmutz und die Ödigkeit überwogen bei weitem das bißchen Reiz, den das Erlebnis gewährte. Was haftete, war nur der Major, aber der war wohl tot.

Auf einmal merkte sie, daß die kleine, wunderliche Person ihr gegenüber weinte, nicht mehr laut, nicht hysterisch; ganz still liefen die Tränen über die schlechtgeschminkten Wangen, und dabei redete sie ruhig vor sich hin, scheinbar ohne darauf zu achten, ob Lady Heston ihr zuhörte oder nicht ... „Ich hätte besser zu ihm sein können, netter zu ihm sein können. Jetzt kann ich's nicht ... nie mehr ... weil er fort ist ..."

Edwina sah: das Gesicht war nicht mehr hart; der Blick war matt, der Puder von Tränen streifig, verfleckt, und die vom Weinen gedämpfte Stimme flüsterte weiter: „Ich hab' ihn manchmal gequält ... Ich hab' auch Hazel gequält, nur nicht so ...! Ich habe immer gedacht, er wird mir's noch einmal danken, und jetzt ist es zu spät. Ich hab' ihn zu Dingen gezwungen, die er nicht wollte, und manchmal wurde er so müde, aber ich hab's doch nicht so gemeint, ich wollt' ihm bloß vorwärtshelfen ... er war nicht der Mann dazu, sich selber zu helfen." Sie wischte sich das verdreckte Gesicht mit dem Taschentuch. „Er war schwach, aber ein guter Mensch, schade, daß Sie ihn nicht gekannt haben!"

Edwina empfand einen kalten Abscheu vor dieser jämmerlich egoistischen Beichte und deren Inhalt. Sie wollte der Frau den Rücken kehren, fort, mit jemand anders reden! Aber sie befürchtete dann einen hysterischen Ausbruch, und wo hätte sie hingehen sollen, mit wem sprechen? Und schließlich – sie mußte selber darüber lächeln – war sie hier dienstlich, saß hier in ihrer Kattununiform, einen Revolver im Schoß, und spielte Schildwache. Draußen aber war nichts als der endlose Schlamm und die Ebene mit ihren Schakalen, Hyänen und vielleicht ein Häuflein Wilder, wie die am Nachmittag. Sie ärgerte sich über Tom. Warum brachte er sie hierher, allein, und behielt sie nicht bei sich? ‚Aha, er kann mich nicht brauchen; er will mit der Kleinen allein sein; dies ist die schönste Gelegenheit. Er hat jetzt, was er will. Warum soll nicht auch ich meinen bildschönen Doktor haben?'

Ihr verheerend unheimliches Vis-à-vis redete immer noch, erzählte Geschichten, die Edwina nicht hören wollte, die sie nichts angingen, die ihr geradezu peinlich waren; jetzt wieder: „Ich war oft nicht so lieb zu ihm, wie ich hätte sein sollen ... er hat's auch nie direkt verlangt, aber ich hab's gemerkt, und manchmal hab' ich die Tür zugesperrt."

‚Was geht das mich an?' hätte sie sie am liebsten angeschrien, ‚wozu erzählen Sie solches Zeug?' Aber sie brachte es nicht übers Herz, zu sagen: ‚Was geht mich ein Ehekrüppel an, den ich nicht einmal kenne?' Sie sah die vielen Falten, sah das Gesicht, das nicht mehr pikant und glatt, sondern alt war und schwabbelig, und hörte stumm, wie die Rede weiterging: „Ich hab' mich ja so elend gefühlt; Sie machen sich keinen Begriff davon, was es heißt, dauernd in Ranchipur zu leben, dauernd! Davon wird man gemein und falsch und innerlich häßlich."

Mrs. Simon mochte wohl durch ihre Tränen Lady Hestons kühl abweisende Miene des Abscheus gewahr geworden sein, denn sie flehte auf einmal: „Bitte, erlauben Sie mir, daß ich Ihnen das sage; hier gibt es keinen Menschen, mit dem man reden kann."

‚Zu Hause', dachte die Lady, ‚hätte ich darauf geantwortet: Sie sollten sich mehr Zurückhaltung auferlegen, das wäre nicht mehr als anständig. Aber ich bin nicht zu Hause.‘ Nein, sie saß mitten in Indien, in einer zerschmetterten Welt voll Entsetzen, und mußte weiter anhören: „Sehen Sie, ich fange erst an zu begreifen, was hier geschehen ist. Bis jetzt war alles nicht wahr, mein Herz hat nicht dran geglaubt. Jetzt ist es soweit. Jetzt weiß ich, er liegt unter den vielen Steinen. Jetzt erst weiß ich, ich seh' ihn nie wieder.“

Wieder begannen die Schakale ihren gespenstigen Klagechor, und darüber erhob sich das irre Gelächter einer Hyäne. ‚Tot‘, dachte Edwina, ‚das Land ist voll Leichen. Schakale und Hyänen zerfleischen sie‘, und sie erblickte im Geist die Wolken von Geiern und Weihen, die sie von der Galerie des Hauses Bannerji ihre Kreise hatte enger und enger, tiefer und tiefer ziehen sehen. Sie schießen nicht im Sturzflug hinab wie Adler und Falken; sie brauchen sich nicht zu beeilen. Ihre Opfer sind tot. ‚Aufwachen!‘ dachte sie. ‚Ich will aufwachen, dann ist alles erledigt, ich war gar nicht in Indien, niemals‘, und wußte zugleich, das Schakalgeheul ist wirklich, ist so real wie der fade Gram im Gesicht der Schreckensperson, mit der sie Wache hielt.

XVI

Mrs. Simon sprach die Wahrheit. Erdbeben, Fluten und der Tod ihrer Nächsten gewannen erst in der nächtlichen Stille der halbverwüsteten Küche für sie Wirklichkeit, wurden so real, als seien Burgess und Hazel vor ihren Augen in ihren Betten verstorben. Bis dahin hatten der Schock, die Wirrnis, die Angst, die Aufregung und ihre verspielte Gespreiztheit ihr Gefühl und Bewußtsein abgestumpft, das Bild ihrer Umgebung verzerrt. Ihre krampfhafte Heldentat, die Rettung Pukka-Lils, hatte alles andre in den Hintergrund gedrängt. Dann erst erfolgte die Wandlung. Irgend etwas in den Augen der Engländerin ihr gegenüber – was es war, wußte sie nicht zu sagen; es war wohl die kühle, ehrliche Aufrichtigkeit – trug Schicht um Schicht ihres Dünkels, ihrer Unnatur ab, bis schließlich ihr Herz, seit zwanzig Jahren zum ersten Male, echte Tränen vergoß und wieder fühlte wie einst, da es jung war und lind, friedvoll und warm. Diese Tränen galten nicht dem alternden, dick werdenden Tor, der dort drüben zerquetscht unter dem Mauerwerk lag, sondern dem einundzwanzigjährigen Jüngling und seiner Braut, die sie einst war. Sie galten allem, was zwischen ihnen nicht war und doch hätte sein können und das sie erst jetzt, kummervoll und verängstigt inmitten eines Zerstörungswerks, das endlich innehielt, dunkel erahnte. Sie galten ihrem konfusen, verpfuschten Leben und dem nahenden Alter. Ja, sie war alt, älter, als sie mit einundvierzig sein sollte, ausgelöscht durch kleinliche Ängste, Neid, Eifersucht, sie kam sich selbst hundert Jahre älter vor als diese kühle Schönheit ihr gegenüber, die nicht viel jünger sein mochte als sie, und zwischen Selbstvorwürfen und Tränen mußte sie denken: ‚Es gehört sich nicht, daß sie alles hatte und ich nichts', und wieder brach es aus ihr hervor: „Ich kann mir nicht helfen, ich muß es Ihnen sagen, es gibt hier niemand, zu dem ich sprechen kann." Lily kam nicht mehr in Frage; die durchschaute sie jetzt so gründlich, daß sie sie nicht länger beneidete; keinen Funken Achtung hatte sie mehr vor ihr. Auch dies beweinte sie.

Das Gesicht in die Hände begrabend, legte sie den Kopf auf den Tisch, fühlte sich einer Ohnmacht, vielleicht gar dem Tod nah. Dann aber sank sie friedlich beim Kerzenschimmer in Schlaf. ‚Gott sei Dank!' dachte ihr Gegenüber und schämte sich gleichzeitig ihrer Härte.

Träge schleppte sich Stunde um Stunde dahin. Edwina saß aufrecht auf ihrem harten Holzstuhl, Loders Revolver vor sich auf dem Tisch, und die Simon schlief, den Kopf auf dem Küchentisch, wie eine Tote. Vierundzwanzig Stunden des Schreckens, der Exaltation hatten genügt, ihre Kraft zu erschöpfen. Edwina trug kein Verlangen nach Schlaf; sie glaubte, nie wieder schlafen zu können.

Sie stand auf und wanderte in Tante Phoebes Küche herum, die wieder so makellos sauber war wie nur je. Sie schaute in den Küchenschrank und die Anrichte, musterte Kessel und Töpfe und den alten indischen Kochherd mit seinen Reihen kleiner Feuerstellen, und nach und nach dünkte es sie immer lieblicher, wie nett und reinlich das alles war. Es hatte einen Charme wie die Puppenküche, mit der sie als Kind gespielt hatte.

‚Also dies ist das kleine Reich der schnurrigen, handfesten, herzhaften alten Lady! Hier herrscht eine geradezu musterhafte Ordnung, eine wahrhaft vorzügliche Organisation. So eine Küche müßtest du haben, das wär' eine Lust: eine Küche, die dir gehört, in der du Königin bist und aus der du dreimal am Tag eine ganze Familie mit einer tüchtigen Mahlzeit versorgst!' Wiederum wandelte sie das Verlangen an, eines Friedens teilhaftig zu sein, von dem sie annahm, daß nur die bescheidenen Existenzen sich seiner erfreuten. Selbst in seiner Gleichförmigkeit lag etwas Zauberhaftes. Sie selbst hat so etwas nie gehabt, nicht einmal zu Florenz in der kleinen Pension, als sie dort in der Klemme steckten; da war ihr Leben nichts weniger als erfreulich, geordnet und sicher gewesen. In den drei Zimmerchen mit dem

Blick auf den Arno hatten sie und ihr Vater wie die Zigeuner gehaust und nur immer darauf gelauert, das Glücksrad möchte sich endlich drehen und sie wieder zurück in die entpersönlichte Welt des Überflusses versetzen, darin es zwar Glanz, Pracht und Ruhm, doch weder Frieden noch Ordnung und Sicherheit gab.

So dachte Edwina, als sie die blitzblanke Küche der Tante in Augenschein nahm. ‚Daran liegt's!' sagte sie sich. ‚Soweit ich zurückdenken kann, war mein Leben unordentlich.'

Ohne rechte Erziehung war sie doch dazu erzogen, sich auf eine besondere Art für privilegiert zu halten; und dieser Glaube, die Menschheit sei irgendwie dazu verpflichtet, für sie zu arbeiten, saß ihr so in den Knochen, daß sie niemals jene selbsterrungene Sicherheit und innere Zufriedenheit dieser vogelgleichen alten Dame gekannt hatte, an welche sich nun in der Stunde der großen Not dies unwahrscheinliche Flüchtlingsgemisch aus Hindus, Europäern und Amerikanern anklammerte. In einer Sekunde dieser Lehrstunde der Not verstand und empfand Lady Heston, was es bedeutet, gleich Tante Phoebe von dem Gefühl voller Pflichterfüllung so bis ins Innerste erfüllt und befriedigt zu sein, daß keine Furcht, kein Überdruß und kein Todesschrecken dagegen aufkamen. Das hatte sie nie gekannt und schalt sich nun aus: ‚Du bist doch stark wie eine Kuh und intelligent, aber genützt hast du noch keinem Menschen auch nur das Geringste!' Wie, wenn sie es einmal versuchte? Vielleicht wäre es schöner als alles, was sie bisher für schön hielt. Vielleicht käme dann einmal auch in ihr Auge der gleiche friedvolle Blick, wie sie ihn in den Augen der alten Tante las und in denen jener sonderbaren, ihr wenig sympathischen Schottin, die Major Safkas Hospital vorstand . . .

Und sie begann wie eine Schülerin, im Schweigen der friedlichen Küche, Zukunftspläne zu spinnen. Mit der Naturkatastrophe begann ein neues Leben für sie; das alte gab sie frei und schenkte ihr eine Chance, die letzte vielleicht. ‚Albert wird schwerlich mehr leben.' Was sie an jenem Morgen voraussah – Jahre scheinen ihr verstrichen, seit sie in weitem Abstand vor seinem Bette saß und sich in ihr zum ersten Male alle Verachtung und Wut auf Heston zusammenballte –, es ist in Erfüllung gegangen; er lebt nicht mehr, und sie weint ihm keine Träne nach. Sie ist befreit, nicht nur von ihm, sondern auch frei von dem Leben, von dem sie ein Bestandteil gewesen war. Sie muß nicht mehr in das Barbury House in der Hill Street, nicht mehr nach England. Ein anderer Mensch kann sie werden, zur Maharani gehen oder zu Tante Phoebe, zur alten Miss MacDaid oder zum Major und sagen: ‚Da bin ich, stark und gesund. In all diesem Tod und Jammer gibt es bestimmt etwas, bei dem ich helfen kann. Zeigen Sie es mir, ich will mit anpacken!'

Eine nie gekannte Erregung bemächtigte sich ihrer. Jetzt wußte sie es; sie wollte im Krankendienst tätig sein, mit dem Major; wollte sich jene Liebe zu eigen machen, von der Tom gesagt hatte, jene andern fühlten sie für ein Indien, das sich rührt und regt, aufsteht und aufschwingt zu alter Würde und Größe. Das war die Rettung für sie, die verwöhnte, unnütze Kokotte.

Der Raum wurde ihr plötzlich zu eng. Sie ging zur Tür, beseitigte die Barrikade aus Stühlen und Tisch, öffnete, atmete auf und trat in die indische Nacht.

Der Himmel hatte sich an einzelnen Stellen geklärt, aus deren Saphirblau zwischen Wolkenfetzen Sterne hervorleuchteten. Rings Stille. Nur zuweilen der Schrei eines Schakals und fern, ganz ferne ein Brausen. War es der Vorbote neuen Unheils . . .?

Vor ihren Augen, jenseits der Schranke aus Hecken der Stachelfeige und der geborstenen Lehmmauer, erstreckt sich das Indische Plateau bis zum Bengalischen Golf. Ganz England, Frankreich und Deutschland, mehr als das halbe Europa könnte diese Ebene in sich aufnehmen und bliebe immer noch leer. Meilen entfernt, unweit der Sperre aus Leichen und Trümmern, zu deren Sprengung Raschid und Harry Loder auszogen, ragt das dunkle Massiv des Abana. Die weißen Jain-Tempel schimmern undeutlich im Licht des indischen Himmels.

Edwina erlebte zum ersten Male in ihrem gehetzten und übersättigten Dasein das Gefühl der Entrücktheit und der Bedeutungslosigkeit ihres bisherigen Seins, und es kühlte die fiebrigen Sinne gleich einem Bade in kaltem, klarem Gewässer. Etwas wie Friede kam in der Einsamkeit in ihr Gemüt, doch schon faßte von neuem der Schrecken sie an – wovor, wußte sie nicht. Es war wohl die eigene Nichtigkeit, in die sie hinabsah.

Aus der Stille des Hauses scholl es wie Schakalschrei: „Lady Heston, wo sind Sie? Lady Heston!" zeterte ihre hasenfüßige Mitwächterin, Mrs. Simon. Träume, Frieden, Entrücktheit waren dahin.

Zornig, erbittert zischte sie der Plumpen, deren Gestalt sich im Türrahmen gegen das Kerzenlicht abhob, so leise wie möglich zu: „Da bin ich. Schweigen Sie! Sie wecken ja alle auf!"

„Gott, haben Sie mich erschreckt! Ich dachte, die gräßlichen Bhils hätten Sie verschleppt."

Wieder setzte der Regen ein. Wolken jagten über die Sterne weg. Der hauchzarte, phosphoreszierende Schimmer der fernen Tempel versank in Nacht. Edwina trat in das Haus. Hinter ihr schloß sich die Tür. Die schamlose Beichte Mrs. Simons ging weiter.

XVII

Als das erste Frühlicht über der zerfallenen Stadt aufdämmerte, schlug Fern die Augen auf. Ihr Schlaf war lang und tief gewesen. Sie wirft den Arm zurück, der halb über den Augen lag, weiß nicht, daß sie in einem Zimmer des alten Gästehauses liegt, fühlt nur schlaftrunken, daß Schreckliches geschah, und weiß nicht was. Ihr ist, als sei sie aus einem Alpdruck erwacht. Sie bemerkt im Dämmer das Netz, das sie schützend umgibt, und spürt die Härte des aus Stricken geflochtenen, fremden Bettes. Erst als sie sich aufrichtet und das Netz beiseite schiebt, fällt ihr alles ein: die Schrecken des Erdbebens, die Fahrt in der rot-goldenen Gondel, der abscheuliche Auftritt mit ihrer Mutter, die Szene mit Ransome, als er in seinem Rausch sie und sich selber verspottete. Sie erblickt im Dämmerlicht zu ihren Füßen eine Gestalt, in einen Dhoti gehüllt. ‚Ein Fremder', denkt sie entsetzt, ‚ein Toter!' Gebannt starrt sie ihn an, bis sie bemerkt, daß die Brust in dem Dhoti atmet, der Körper sich regt ...

Vom Bett aus beugt sie sich über ihn und sieht eine Hand; oh, wie gut kennt sie die Hand! ‚Seine lieben Hände ...' Ihr ist, als müsse sie wieder in Ohnmacht sinken, doch nein: ‚Du darfst nicht, nur jetzt nicht ohnmächtig werden!' Sie reißt sich zusammen, kniet, hebt ihm sachte das Tuch vom Gesicht; sie will es sehen, aber es ruht in der Krümmung des Armes verborgen. Doch da ist der sehnige, hagere Nacken, das lockige, kräftige, dunkle Haar; ohne je bewußt darauf geachtet zu haben, kennt sie es sehr genau, fast möchte sie aufschreien, doch sie schreit nicht. Leise, ruhig gleitet sie von ihrem Lager an seine Seite und streckt sich neben ihm aus und drängt ihre Wange an das lockige Haupt.

Nun regt er sich, wendet den Kopf ... In den dunklen Augen ein wirres Staunen, sieht er sie an, und langsam breitet sich das jungenhafte Grinsen, bei dem sie sich immer schwach werden fühlt, über sein müdes Gesicht. Dann legt er den Arm um sie und zieht sie an sich.

Als ihre Wange die seine berührt, merkt sie, er weint.

Draußen, im zunehmenden Licht, beginnt die gestaute Strömung zu tosen. Harry Loder hat seine Sache gut gemacht. Der Wall aus treibenden Trümmern und Leichen ist weg.

XVIII

Als sie den Raum verlassen und hinaus auf die hölzerne Galerie treten, ist es hell, die Flut abgeflossen, und von der Brüstung baumelt an der Schnur aus Bannerjis Bond-Street-Morgenrock, schwankend wie ein Betrunkener nach durchzechter Nacht, die kleine, vergoldete Gondel.

Jetzt erst ermißt man das von der Überschwemmung vollbrachte Zerstörungswerk. Von der Siedlung am Ende des Besitztums steht nicht eines der dichtgedrängten Bauwerke mehr, keine Pagode. An der eingedrückten Hofmauer liegen die Leichen eines Mannes, einer alten Frau und eines Kindes.

Ein anderer Toter blieb mit seinem schlechten Baumwolldhoti in den untersten Ästen eines Banyan hängen; am Ast eines andern Baumes hängt grotesk ein Eselskadaver. In der ganzen Umgebung sind nur noch Schiwas phallischer Tempel und das gußeiserne Standbild der Queen erhalten. Die halbe Brücke ist eingestürzt, doch der Mittelpfeiler hält sich noch und trägt die gute, standhafte Königin, die ihr Ridikül und den Regenschirm eisern umklammert. Wie ein Boapelz liegen um ihren kurzen, dicken Hals Ranken und Zweige, von der abfließenden Flut ringsherum nach hinten gezogen. „Jetzt können wir zu Fuß hier weg", stellt Tom fest, „ich denke, wir gehen zu Smileys. Über den Strom kommen wir nicht."

Sie steigen die Treppe hinunter, verlassen das verödete Wrack eines Hauses, gehen an Safkas umgeworfenem Auto vorüber, die Auffahrt hinab und zum Rennbahnweg. Rings Trümmer, bedeckt mit dem roten Schlamm; er saugt sich an ihren Füßen fest, als wolle er sie hinab in die Erde zu allen den Toten ziehen. Sie kommen zu Raschids Haus.

Raschids Frau ist mit den sieben Kindern bereits dabei, durchnäßte Möbelstücke auf die überdeckte Veranda zu stellen.

Ransomes Haus steht. Nur das Dach ist zur Hälfte zerfallen, und ein mächtiger Riß entstellt die sonst so korrekte Fassade. Sie erreichen das offene Land.

Das Gehen wird leichter. Die Flut hat die Straße blankgefegt. Stumm wandern sie dahin, beide befangen in ungläubigem Staunen ob dem, was mit ihnen geschah. Tom hat kaum einen Blick für die verheerte Landschaft ringsum; die Wirklichkeit scheint für ihn nicht mehr vorhanden. Er geht, als habe er Flügel. Läuft er hier wirklich in Bannerjis bengalischem Dhoti, und neben ihm Fern in seinen Shorts und seinem Tennishemd? Es ist ein bizarrer Anblick, doch das Bizarre, das schon für gewöhnlich in Indien kaum auffällt, ist heute die Norm.

Nun versteht er das Dichterwort: „Zwei Herzen singen ...", und fühlt es nach. Ihm widerfuhr, was er sein Leben lang unbewußt suchte. Er hat sich endlich einmal verlieren können: dies wehe, qualvoll sich selbst beobachtende und bemitleidende Ich, das jedes Glück ihm vergällte, verlieren! Und dabei ging es so leicht, unbewußt, ohne Vorsatz in kindlich schöner Natürlichkeit, wie das Sprießen der grünen Schößlinge in den ersten Güssen des Monsuns.

Einen Moment kehrte das alte Ich wieder, wie es nach dieser ersten schönen Begnadung noch manches Mal wiedererstehen wird, und spricht in ihm und zu ihm: ‚Du bist endlich ein Mensch, ein menschlicher Mensch, so wie jene, welche von Gott gesegnet wurden mit unbefangener Einfachheit. Alle Ausschweifung, all dein vorsätzlich suchendes, ermüdendes Jagen konnte aus dir keinen Menschen machen – erst dies einfache, zarte und liebliche Geschöpf, das sich einbettete am Saum deines Schlafes und Traumes ... in dem alten, zerrütteten, bösen, verwunschenen Lasterhaus.' Es ist ein neues Fühlen, ein Licht, das ihn fast blendet und ihm die Seele mit Zuversicht, den Leib mit Stärke erfüllt.

Hand in Hand verflochten, wandeln sie dahin. Er wagt sie kaum anzusehen, aus Furcht, dies alles, was ihn beflügelt, all dies unbefangen Schöne, das sich ihm schenkte, Fern selber, könne wieder vergehen, so wie ihm ehedem alles in nichts zerrann. Andachtsvoll schreitet er neben ihr her und wiederholt, nicht mit den Lippen, im Geist wiederholt er: ‚Dank dir, Gott ... ich danke dir', und weiß: Was ihm auch noch bevorstehen mag, einmal ward ihm, was wenigen je zuteil ward, der Sinn der Fülle und die Erfüllung, endlich ein Mensch zu sein. Und es geschah inmitten von Tod und Verwüstung.

‚Ich bin glücklich', jauchzt es in Fern, da sie neben ihm wandelt, ‚ich liebe ihn und bin glücklich', und, obwohl ihr Ransomes ermüdendes, suchendes Jagen nicht kund ist, weiß sie, sie gehört zu den Gesegneten Gottes. Nicht kommt ihr in den Sinn, sie müsse über ihres Vaters und ihrer Schwester Tod traurig sein und den Untergang all der vielen ringsum beweinen. Denn in der ganzen verwüsteten Welt gibt es nur noch zwei Menschen, nur noch Tom Ransome und sie.

Schon von weitem erblicken sie unter den Bäumen des Smileyschen Anwesens die rauhgrauen Elefanten. „Raschid und Loder sind da", vermutet Tom.

Allein im Haus ist kein Harry Loder, nur Raschid Ali Khan, noch immer in seiner unangemessenen Uniform und umringt von den andern, Mrs. Simon, Lily, Edwina, Phoebe, dem Ehepaar Bannerji und sechs Hindus niederer Kaste und unbekannter Herkunft. Hohlwangig, abgespannt berichtet der Polizeichef den Untergang Harry Loders.

Es gelang Harry, die Stauung mit Dynamit in die Luft zu sprengen. Aber irgend etwas, genau weiß Raschid es selber nicht, schlug ihm wohl fehl. Im entscheidenden Augenblick war ihm der Rückzug von der Sprengstelle abgeschnitten. Als die Explosion die Trümmer- und Leichenmasse emporschleuderte und aus dem Weg räumte, wurde mit ihr Harry Loder in die Stromenge hinabgewirbelt.

Also berichtete der große Moslem in einfachen Worten. „Er gab“, so endete er, „sein Leben, um vielen andern das Leben zu retten. Er war kein Ingenieur und kein Pionier, er verstand nichts davon. Aber er handelte als Soldat und Held.“

Tiefes Schweigen. Und nun sagt Raschid, der Kämpfer, der Moslem, der Feind des britischen Empire, schlicht: „Er war ein Engländer, der seine Pflicht tat.“

Plötzlich versteht Fern jenen sonderbar leeren Blick, mit dem Harry sie gestern, hier in dem gleichen Raum, ansah, als sei sie gar nicht vorhanden. Mit dem gleichen Blick saß Sarah Dirks bei Ransome auf der Veranda und sprach von der alten Heimat. Es war der Blick der vom Tode Gezeichneten. Fern Simon weiß nichts von jenem Angsttraum Harrys, in dem er auf Jagd in den Bergen Panther auf Panther erlegte, die ihn von der Höhe des Leichenberges ansprangen, bis er erlahmte und der letzte ihn in die Tiefe riß, und der letzte war Indien ...

Mrs. Hogget-Clapton, wieder in ihrem zwar trockenen, aber verdreckten Negligé, fängt zu weinen an. Mrs. Simon führt sie hinaus. Beide kannten Loder sehr gut, und wenn seine feiste, vollblütige Gestalt in Erscheinung trat, gerieten sie in Erregung. Jetzt im Tod ist er ein Held, und er beunruhigt sie nicht mehr. Mögen sie draußen gemeinsam beweinen, was sie nie kennenlernten!

„Ich muß über den Fluß aufs andere Ufer“, verabschiedet Raschid sich von den übrigen. Nur zu Ransome sagt er: „Vielleicht kommen Sie gleich mit; ich nehme an, Ihre Hoheit, die Maharani, möchte Sie sprechen.“

Aber die Tante will die Männer nicht weglassen, bis sie ihren Kaffee getrunken und dazu Toasts und die letzten zwei Eier, die noch im

Haus sind, gegessen haben, „denn", bemerkt sie dazu, „von einem Menschen mit leerem Magen kann man keine rechte Arbeit verlangen". Sie warten also.

Ransome schreibt rasch ein paar französische Worte an den Täufer und schickt einen der sechs Hindus auf Tante Phoebes Fahrrad damit weg; er braucht seine eigenen Kleider. Beim Anblick Bannerjis, der hier in seinem bengalischen Dhoti herumhockt, ist ihm klargeworden, wie lächerlich er sich im gleichen Aufzug ausnehmen muß. Auch ihm rutscht das Ding immerzu von der Schulter, und außerdem tritt er sich auf die Schleppe; es ist zu unpraktisch.

Jetzt erst erblickt er Edwina. Er sieht sie zum ersten Male in Kattun. Aus ihrer Ecke begrüßt sie ihn mit einem matten Lächeln, und er denkt: ‚Sie weiß, was vorgegangen ist, aber natürlich weiß sie es.'

Edwina weiß es, auch Tante Phoebe weiß es. Im Augenblick, da er mit Fern die Küche betrat, wußten es beide. Er sieht die Tante an, und sie erwidert seinen Blick ahnungslos unbefangen, ein bißchen zu ahnungslos, um überzeugend zu wirken.

Raschids Erzählung von Loders tragischem Ende hat Fern und ihm die peinliche Verlegenheit erspart, sich bei ihrem Eintritt den vereinten Blicken von Phoebes wunderlichen Hausgenossen ausgesetzt zu fühlen. Man lauschte Raschid und bemerkte die Liebenden kaum. Sonst hätte man gewiß etwas Häßliches angenommen, und nicht wie Edwina und Phoebe das Wahre geahnt. Auf dem Wege hierher hielt er in seiner gelösten, gehobenen Stimmung die alte Welt des niedrigen Klatsches auf ewig für erledigt. Hier muß er sehen, sie ist noch da. Solange es Leute vom Schlage der Murgatroyd, der Pukka-Lil und Ferns Mutter gibt, bedrängt sie ihn noch, denn diese Leute haben eine scheußliche, irrsinnige Fertigkeit, das Reine, das sich in ihrer Nähe begibt und befindet, zu schwärzen und zu beschmutzen. Sobald ihre Bestürzung über Loders Untergang überwunden ist, tratschen sie wieder und ziehen das Strahlende, das sie niemals verstehen, in den Kot ihrer scheinheiligen, hochtrabenden Niedertracht. Er braucht sich nur an Ferns Abendbesuch vor dem Erdbeben zu erinnern: ihre Verzweiflung, seine Betrunkenheit und die bare Unmöglichkeit, bei Raschid und seiner Frau Zuflucht zu nehmen. Eine Ewigkeit dünkt es ihn her zu sein. ‚Ich bin seitdem ein andrer geworden.'

Jene Erschöpfung, die stets der Übererregung und Überarbeitung unter hoher Verantwortung folgt, scheint sich der Anwesenden zu bemächtigen. Stumm schiebt das Ehepaar Bannerji ab, gefolgt von der geduckten, erschlafften Murgatroyd. In der Küche warten Raschid, Tom und Fern am Tisch. Edwina setzt sich zu ihnen. Die Tante steht über den Herd gebeugt. Die schmale Gestalt der Unverwüstlichen scheint vor Müdigkeit etwas zusammengesunken.

„Und was hast du erlebt, Tom?" bricht Edwina das Schweigen. „Erzähle doch!"

Tom zögert; er will sich erst darüber klar sein, wie die Frage gemeint ist. Entsprang sie bloßer Neugierde? Steckt etwas von der alten Bosheit dahinter? Will sie ihn und Fern in Verlegenheit setzen? Ein scharfer Blick in die blauen Augen überzeugt ihn von deren Arglosigkeit. Edwina weiß, aber sie macht keinen Gebrauch davon.

„Nichts Besonderes", antwortet er, „auf dem Rückweg habe ich mich im Dunkeln verfahren und saß fast die ganze Nacht im Boot, das ich an einen Banyan band." Sein Blick fällt auf Tante Phoebe. Sie kehrt ihnen noch immer den Rücken, hat sich nicht einmal umgewandt, seine Antwort zu hören oder zu sehen, was er auf Edwinas Frage für ein Gesicht macht, und daran merkt er, sie billigt das Vorgefallene. Es wundert ihn wenig, denn er denkt an seine Großmutter, wie sie einst nicht auf den Pfarrer wartete, sondern erst in der Schwangerschaft, auf einem Maultier dreihundert Meilen durch die Sierra Nevada reitend, ihr Kind ehelich werden ließ. ‚Da lag etwas drin an Kraft und Größe', denkt er, ‚was die heutige Generation nicht kennt; aber in dieser Alten wie in der Großmutter lebt etwas, das nicht flüchtig vergänglich, nicht „modern" ist wie die Moral solcher Menschen wie ich und Edwina, sondern wirklich und ewig.' Und er fühlt sich, angesichts dieser so weisen, so alten Frau, die da über den Herd gebeugt steht, mit einem Male sehr jung – wie ein Junge, der nicht recht ein und aus weiß.

Und als er sich nun mit Fern und Raschid zum Essen anschickt, sieht er erstaunt, wie sich Edwina von ihrem steifen Holzstuhl erhebt und der Tante beim Auftragen der Eierspeise und des Kaffees behilflich ist – die gleiche Edwina, die seit Jahren keinen Finger gerührt hat, nicht einmal beim Ankleiden!

Er sieht sie an. In ihren blauen Augen ist die Spur eines Lächelns. Zu einem richtigen Lächeln ist sie wohl zu erschöpft, und zu schwer die Bürde des großen Elends ringsum. Doch aus dem kaum merkbaren Lächeln spricht ein Verstehen. Sie weiß, ihm kommt der Anblick erheiternd vor, aber zugleich liegt in dem Blick die stolze Bejahung: ‚Siehst du, ich kann mich auch nützlich machen; ich bin keine unnütze Fliege.' – Er sieht sie im Geist, wie sie gestern, das weiße Abendkleid hoch aufgeschürzt, durch die rote Schlammebene stapfte, und erkennt mit jähem Entzücken: es gibt Menschen, die sich in schwerer Not besser bewähren, als irgendwer dachte, auch Menschen wie Ransome und Lady Heston.

„Schaut, da kommen Homer und Bertha!" ruft plötzlich der große Raschid, der ihm gegenübersitzt. Durch die offene Küchentür sehen sie, von den zerstörten Sikh-Kasernen her, über die Ebene einen Zug herannahen, an seiner Spitze Homer, hinter ihm, mühsam sich vorwärts schleppend, die siebenundzwanzig Pariaknaben der Abendschule und hinterdrein der getreue Schäferhund Bertha.

Sie kommen mit guter Kunde. Die eiserne Brücke, zwei Meilen unterhalb, auf welcher die Schmalspurbahn über den Ranchipur fährt, ist nicht zerstört. Zwar hatten die Wucht der Flut und der Anprall der treibenden Trümmer ihre Pfeiler und Brückenköpfe erschüttert, doch ist sie noch so weit intakt, daß man darauf, mit einiger Mühe, zu Fuß von der einen zur anderen Seite der Stadt kommen kann.

In der Freude des Wiederfindens ist die Katastrophe einen Augenblick ausgelöscht. Von den Willkommensrufen herbeigezogen, eilen Mrs. Simon, Mrs. Hogget und beide Bannerjis in die Küche, wo sich vor aller Augen das erstaunliche Schauspiel vollzieht, daß Mrs. Simon, tränenüberströmt, der verhaßten Bertha Smiley um den Hals fällt und sie küßt. ‚Selbst diese Frau', denkt Ransome, ‚ist menschlicher, als ich für möglich hielt.'

Nachdem sie Smileys Geschichte vernommen, erkundigt sich Raschid nach den Vorgängen am andern Ufer des Ranchipur, und Homer Smiley berichtet: „Der Maharadscha ist tot. Das Hospital steht noch. Der Sommerpalast stürzte ein. Das Technikum und der Justizpalast sind abgebrannt. Die Maharani wohnt im Schloßpark in einem großen Zelt und läßt sagen, sie wolle Raschid und Ransome sprechen, wenn sie noch lebten."

„Und der Major?" fragt Tom, ohne Edwina anzusehen.

„Er lebt, auch Miss MacDaid. Fast wäre er ertrunken. Gott rettete ihn durch ein Wunder. Es muß Gott selber gewesen sein, der ihn, der uns jetzt am nötigsten ist, gerettet hat."

Noch immer sieht Ransome Edwina nicht an.

Der Paria, den Ransome nach seinen Kleidern aussandte, kommt mit der Nachricht zurück, der Täufer wolle zur Bewachung des Hauses dort bleiben. Wilde Bhils kämen aus den Bergen und plünderten. „Er könnte ruhig gehen", meint Ransome, „bei mir gibt es nichts zu bewachen. Die Bhils können sich getrost nehmen, was ihnen gefällt."

Er zieht sich rasch um, und er und Raschid reiten auf Elefanten zum anderen Ufer. Die andern geben ihnen ein Stück Wegs das Geleit. Als sie sich trennen, fällt Tom etwas ein. Er ruft Homer zu sich heran und fragt: „Könnte man nicht die Knaben anstellen, daß sie die Leichen von Burgess und Hazel Simon ausgraben? Je eher man sie bei dieser Hitze fände, desto weniger schrecklich wäre es."

XIX

Etwa drei Meilen geht Ransomes und Raschids Elefantenritt durch verwüstetes Land. Zwischen den Schultern der Elefanten hat jeder vor sich einen Mahout, der das Tier lenkt. In dem roten Schlamm, der sich an den Füßen der Elefanten ansaugt, geht es nur langsam voran. Die Mahouts, ausschließlich Moslems, von den Ereignissen anscheinend unberührt, sitzen kerzengerade; von Zeit zu Zeit ertönt ein Kommandoschrei. So gelangen sie zur Villa Hogget-Clapton, aus der gerade vier wilde Bhils, beladen mit Nippfiguren und messingnen Benares-Souvenirs, auftauchen. Ihrer ansichtig werdend, läßt Raschid die ganze Elefantenherde in ihre Richtung einschwenken, doch die schmierigen Ureinwohner, geschwinder als alle Mahouts mit ihren Polizeielefanten, rennen zum Strom. Einer trägt eine neapolitanische Marmorpsyche, ein zweiter zwei bestickte Sofakissen, ein dritter die kolorierte Vergrößerung Mrs. Hogget-Claptons in ihrer Jugend Maienblüte.

Endlich erscheint die Eisenbahnbrücke. Das Wasser reicht bis an die Schienen. Es sieht aus, als schwämmen sie auf der Wasseroberfläche. Unmöglich können die Elefanten über die nackten Schienen hinüber; sie müßten den Strom durchschwimmen. Raschid und Ransome gleiten daher an den Flanken ihrer hohen Reittiere hinab und setzen den Weg zu Fuß fort.

Jenseits der Brücke stoßen sie auf die Überreste eines Dörfchens: zwei niedergebrochene Mauern, ein zerfallener Dorftempel, sonst nichts. Einst zählte der Ort hundert Seelen.

Zwischen Unrat und Trümmern, die die zurückweichende Flut zurückließ, verfolgen sie mühsam die Straße, die von dem zerstörten Reservoir zur Stadt führt. Unter zerfetzten Hecken der Stachelfeige liegt da und dort, grausig verzerrt, ein menschlicher Leib, der in der feuchten Hitze schon aufquillt. Stumm eilen sie weiter.

Nahe der Stadt dringt ihnen, sogar durch die Regenwand, ein dünner, ekelhaft süßlicher Geruch entgegen und weckt in Tom die

Erinnerung an ein schlammiges Schlachtfeld in einem anderen Erdteil, voll von verwesendem Fleisch zerrissener Leiber. Er versteht nun, warum Raschid wie verrückt ausschreitet: die Stadt ist ein einziges Seuchenhaus voll jammernder, kopfloser Menschen. Kaum die Hälfte der Persönlichkeiten mit Organisationsfähigkeit, Erfahrung und Autorität dürfte noch dasein; „unsere Jungens" und Harry Loder sind tot. Der Maharadscha ist tot, der Dewan in Puna. Vor allem gilt es aufzuräumen, die Unzahl von Leichen, soweit die Flut sie nicht fortriß, schleunigst zu beseitigen; andernfalls wären Cholera-, Typhus- und Pestepidemien unausbleiblich, Plagen, furchtbarer noch als Erdbeben und Überschwemmung. Irgendwo, unter den Ruinen des Alten Sommerpalastes, liegt auch noch in der Dampfhitze, aufgequollen, verwesend, der Leichnam des großmächtigen Lord Heston. Bevor sich die Geier seiner bemächtigen, muß man ihn unbedingt bergen und ihm die letzten Ehren erweisen.

Schon fliegen die Geier zu Häupten Raschids und Ransomes, lassen sich langsam in der Ebene und an den zerbröckelten Stadträndern nieder, ballen sich unweit der Ausfallstraße zu dunklen kämpfenden Haufen und zerren und schlingen und stopfen sich voll. Sie kommen von weit her, aus den umliegenden Dörfern, der toten Stadt El-Kautara und vom Gebirge. Nie noch sah Ransome so viele dieser Raubvögel beisammen. Aber ihr Anblick entsetzt ihn nicht. Er wünscht, es wären noch mehr: Millionen sollten jetzt niederschießen und alle Leichen, alles Aas im weiten Umkreis vertilgen.

Am Stadtrand treffen sie auf die ersten Bewohner. Sechs Frauen, drei Männer, ein Kind sammeln aus Haustrümmern Holz für einen Scheiterhaufen. Das Kind verscheucht mit einem Stecken die Geier, welche tief über drei Leichen schweben, die sauber an einer eingestürzten Hausmauer gebettet sind. Nun hält die Gruppe mit ihrer Arbeit inne, starrt die Vorübereilenden an, bis einer der Männer den Polizeiminister, obwohl er groteskerweise die Uniform der Eroberer trägt, erkennt und sich mit den andern aufs Gesicht in den Schlamm wirft. „Salaam!" Einige Schritte weiter stürzt aus einem zerstörten Hause ein Weib, umklammert Raschids Knie und fleht ihn auf gujaratisch an. Er sucht vergebens, sich loszumachen; weinend hält sie ihn fest. „Ihr Mann und ihr Kind", verdolmetscht der große Moslem seinem Begleiter, „sind krank; wir sollen sie retten!"

Er antwortet der Frau auf gujaratisch. Unter fortwährendem Salaam geleitet sie die beiden durch den Eingang des eingestürzten Bauwerks. Auf dem Boden im Schmutz liegen der Mann und das Kind.

Raschid wirft einen Blick auf den Mann, neigt sich über das Kind, wendet sich um und sagt der Frau ein paar Worte auf gujaratisch. Mit noch lauterem Jammer als vorher wirft sie sich zu Boden.

Er dreht sich um. Der Blick seiner blauen Augen ist so voll Schrekken und tiefem Mitgefühl, wie es Ransome dem stolzen, stattlichen, selbstbeherrschten Krieger nie zugetraut hätte. „Cholera", hört er ihn sagen, „das Kind ist schon tot; dem Mann ist nicht zu helfen." Sie enteilen in Richtung des Schlosses.

Ransome ist von einer Angst erfaßt, wie er sie seit den ersten Tagen an der belgischen Front nicht mehr gekannt hat. Er fürchtet sich vor dem Tod. Umringt von Sterbenden und Gestorbenen fühlt er sich wie in einer Falle. Schreck schüttelt ihn. Dahin ist die kalte Gleichgültigkeit, zu leben oder zu sterben.

Als er sich wieder gefaßt hat, verwundert er sich über sich selbst. ‚Warum', fragt ihn sein altes Selbst, ‚warum fürchtest du dich auf einmal vor dem Tod?' Er weiß die Antwort. Ein wundersam junges Fühlen sagt ihm: er ist neu geboren. ‚Fern!' denkt er. Er will sie unbedingt von dieser Stätte des Schreckens wegschicken. ‚Auf der Stelle, heute noch, morgen ...'

Ein räudiger Köter hockt heulend auf den Hinterbeinen. Als sie vorbeieilen, hört das Geheul plötzlich auf, er beschnuppert ihre Beine, läuft neben ihnen her; ein zweites, ein drittes hungriges Tier schließt sich an, bis ein ganzer Zug hinter ihnen her ist.

Der süßliche, ekle Geruch wird stärker. Vom verfallenen Konservatorium aus sehen sie in der Ferne das Hospital, das anscheinend kaum beschädigt ist, dahinter das Große Tor und das Große Schloß. Seine Türme und Dachzierate sind abgeschoren. Wo die Durbarhalle war, klafft eine Höhlung.

XX

Blumen, Büsche, Ranken und Bäume des Schloßparks feiern ein üppiges Auferstehen im Großen Regen. Schlingpflanzen werfen ihre Schößlinge quer über die Schloßauffahrt, als wollten sie sie absperren. Der Dschungel greift wieder nach dem Gebiet, das man ihm vor Jahrtausenden abrang. Der Weiher ist übergeflossen, doch seine lustigen Gondeln sind dahin. Der erste Anprall der Flut riß sie hinweg.

Neben dem Weiher steht das Gezelt, darin die Maharani nun hofhält, ein gestreiftes Riesenzelt mit vielen Abteilungen. Der verstorbene Maharadscha benutzte es, wenn er sich mit seinem Hofstaat auf Löwen-, Tiger- und Pantherjagd in die Kathiawar-Berge begab. Jetzt steht es auf dem festen Steinfundament, auf dem man bei Freudenfesten, Durbars und anderen größeren Anlässen für die Überfülle der Gäste Zelte errichtete. An seinem Eingang wachen zwei Sikhs.

Sie sind in Rot und Gold gekleidet, ihre schönen Gesichter so ausdruckslos, als sei nichts geschehen. Die Hälfte ihrer Kameraden kam um. Sie präsentieren vor Raschid und lassen ihn und Ransome in den Vorraum des großen Zeltes. Der dort befindliche Adjutant steht auf, tritt auf sie zu. Sein Gesicht ist grau, seine Augen trübe; er sagt: „Ihre Hoheit erwartet Sie seit Tagesanbruch. Major Safka und Ingenieur Gupta sind bei ihr."

Durch einen zweiten Raum gelangen sie in die Hauptabteilung, an deren einer Seite das Zelttuch einige Fußbreit, also nur eben soviel gelüftet ist, um zwar Licht, doch keinen Regen hereinzulassen.

Auf den ersten Blick erkennt Ransome, was mit der Maharani geschehen ist. Ihm ist, als sei er im Augenblick, da er mit Raschid durch die dichten Vorhänge eintrat, um Jahrhunderte in die Zeiten Asokas und Akbars zurückversetzt. Was an der Fürstin je europäisch war, ist verschwunden. An der Wand, gegenüber den Eintretenden, sitzt sie, thronartig erhöht, mit gekreuzten Beinen auf einem großen Brokatkissen aus Benares, rings um sie her am Boden und an der Zeltwand persische und Mogul-Gebetsteppiche. Sie ist ganz in Grau, Ranchipurs Trauerfarbe, ohne Schmuck, und doch, scheint es Ransome in dem halb von unten einfallenden Licht, so schön wie nur je, umhaucht von Hoheit, Würde und einer neuen, verklärenden Trauer, die ganze Erscheinung umwittert von der anmutvollen, archaischen Zartheit einer Mogul-Miniatur. ‚Dies ist', denkt er, ‚die Königin der Mahratten, in ihrem Zelte Kriegsrat haltend, ungezähmt und unnahbar', und verbeugt sich, vor sie hintretend, zu seiner eignen Verwunderung nicht wie sonst auf europäische Art, sondern sehr tief, die Handflächen aufeinandergelegt, wie Raschid Ali Khan.

Nun erst gewahren sie auch die übrigen Anwesenden: Major Safka, Ingenieur Gupta und den Haushofmeister Nil Kant Rao, einen gedrungenen Mahratten mit imponierendem Schnurrbart. ‚Gottlob, daß er noch lebt!' denkt Ransome bei seinem Anblick. ‚Der Mann ist tüchtig.' Hinter ihnen, im Schatten der Herrscherin, sitzt eine der alten Fürstinnen von Bewanagar und – mit gekreuzten Beinen, höchst unbehaglich auf ihren Fersen – Maria Lischinskaja.

„Gut, daß Sie kommen", beginnt die Maharani, „es gibt viel zu tun, und Sie sind hier die einzigen, die noch da sind und Nützliches leisten können, die andern sind tot oder verschwunden, außer Oberst Ranjit Singh, der die Bhils vertreibt, Miss MacDaid, die im Hospital unabkömmlich ist, und Smileys ..."

Bei Ransomes und Raschids Eintritt erhoben sich die Herren von ihren Sitzen, und als nun die Maharani mit ihrer Rede zu Ende war, merkte Ransome, wie Safka sich unauffällig ihm näherte und mit einem Male seine Hand mit festem, blutwarmem Griff umschloß. ‚Wir sind hier zusammen, einander zu helfen und unser Volk zu retten. Wir verlassen uns auf Sie, wir haben Zutrauen zu Ihnen', sagte ihm dieser Händedruck.

Eine Sekunde ist Tom vor Staunen fassungslos. Dann erwidert er den Druck der feinfühligen, sehnigen Hand, und zugleich spürt er so etwas wie einen Klumpen im Hals ... denn der unvermutete stumme Gruß ist nicht nur, dies merkt er deutlich, ein Ausdruck persönlicher Freundschaft; er sagt auch: ‚Du gehörst zu uns. Wir glauben an dich, drum hat Hoheit eigens nach dir geschickt.'

Ähnliches widerfuhr ihm in all den einsamen Jahren zu Ranchipur noch niemals. Jetzt weiß er auch, was er zuvor nur zuweilen vermutete: er hat diese Menschen, die alte Maharani und den Major und den gewaltigen Raschid, so gern wie nur je irgendwen; er liebt sie. Als auf Geheiß der Herrscherin ein Diener ihm einen Stuhl bringt, weist er denselben zurück. „Danke. Ich habe schon manches Mal auf dem Boden gesessen, ich kann es ebenso gut wie die andern."

Die Maharani setzt ihren Plan auseinander, der darin besteht, daß die hier Versammelten eine Art Kriegsrat bilden; sie habe sie nach reiflicher Überlegung erwählt, dazu die beiden Smileys und Miss MacDaid, die jedoch mit der Unterbringung und Pflege der Kranken und Verwundeten bereits vollauf beschäftigt sei.

„Hoheit", sagt nach dieser kurzen Einleitung Raschid Ali Khan, „wir müssen erst einmal wissen: wie ist die Situation, wie schlimm? Die Zeit drängt. In der Stadt ist schon Cholera, Typhus und Fleckfieber." Und nun berichtet jeder der kleinen Gruppe, was er mit eigenen Augen sah, was er erfuhr und erlebte.

Das Gesamtbild, das sich hieraus ergibt, ist erschütternd, schlimmer, als irgendeiner von ihnen sich vorstellt: Telephon, Telegraph, elektrischen Strom gibt es nicht mehr. Was an Kraftwagen übrigblieb, ist morgen, spätestens übermorgen schon wertlos; der einzige noch vorhandene Treibstoff beschränkt sich auf eine bescheidene Reserve in der Schloßgarage. Der Schienenweg durch die Talenge, der einzige, der die Stadt mit der Außenwelt verbindet, ist weggerissen. Die Fahrstraße reicht nicht weiter als bis El-Kautara; im übrigen gibt es nur Gebirgspfade, die nach den Salzsümpfen und der Wüste führen. Hier kommt man nur mit Ochsenkarren und Elefanten langsam, mühselig voran. Die Kornspeicher im Stadtzentrum sind halb zerstört; der dort lagernde Reis, die Hirse und das Getreide fangen schon an zu gären, in ein paar Tagen sind die Vorräte ungenießbar. Die Brunnen im Überschwemmungsbereich wurden zu Krankheitsherden, Quellen der Ansteckung. Man muß das Volk hindern, sie zu benutzen. Ringsum die Leichen, die schon in Verwesung übergehen, müssen gesammelt, aufgehäuft und, ohne Rücksicht auf religiöse Vorurteile, in Massen verbrannt werden, nötigenfalls mit Gewalt.

Zwei Stunden lang tagte der Rat. Moslem, Mahratte, Hindu und Europäer mühen sich ab, in das furchtbare Chaos ein wenig Ordnung zu bringen. Nur einzelne Punkte können erledigt werden. Aber es ist ein Anfang.

Ingenieur Gupta soll sich mit der Reparatur der Brücken und Straßen befassen, die Trümmerbeseitigung, die Schuttabfuhr und die Holzsammlungen für die großen Leichenverbrennungen in Angriff nehmen.

Oberst Ranjit Singh soll mit Hilfe von Raschids desorganisierter Polizei und der ihm noch verbliebenen Sikhs dem Plündern Einhalt gebieten, die Brunnen absperren und Wachen davorstellen, um das Volk am Gebrauch des verseuchten Wassers zu hindern.

Smileys sollen die Speisung und Unterbringung der Verwaisten und der Pariakinder übernehmen.

Dr. Safka und Miss MacDaid führen ihr Hospital und leiten den Kampf gegen die anziehenden Massenseuchen.

Raschid Ali Khan hat als Oberbefehlshaber die Pflicht, dafür zu sorgen, daß alle Befehle ausgeführt werden, außerdem in den Dörfern und den Landbezirken die städtische Lebensmittelversorgung sicherzustellen und – was im Augenblick ein Ding der Unmöglichkeit scheint – den Verkehr mit der Außenwelt wiederaufzunehmen.

Ransome soll Raschid behilflich sein und eine Zentrale einrichten, in der alle Informationen und Vorschriften zusammenlaufen und an die sich die vielen Hunderte Hilfloser, Unkundiger um Schutz, Auskunft und Nahrung wenden können. Gopal Rao, ein Neffe des Haushofmeisters Nil Kant Rao, wird ihm als Dolmetscher, ein halbes Dutzend Pariajungen als Ausläufer beigegeben.

Nil Kant Rao mit dem grimmigen Schnauzbart wird die mageren Reis- und Kornvorräte in Hungerrationen ein- und austeilen.

Über allen als absolute Monarchin, mit der Gewalt über Leben und Tod, steht die Maharani.

Noch vor Beendigung der Beratung teilten sich die Vorhänge am Zelteingang. Oberst Ranjit Singh trat ein, meldete kurz, er habe das Ostufer des Ranchipur von Bhils gesäubert. Dreiundzwanzig derselben habe er beim zerstörten Technikum an die Wand stellen und zur Warnung für die andern erschießen lassen. ‚Dreiundzwanzig arme, halbnackte Ureinwohner aus den Bergen ...', denkt Ransome und hört die Erklärung, die Ranjit Singh auf hindostanisch abgibt: „Ich bedaure den Vorfall, Hoheit, aber es war notwendig. Man fing die Bande in der Höheren Mädchenschule, wohin sie zwei junge parsische Mädchen verschleppt hatten, die Töchter des Parsen Ginwallah, dem das Restaurant in der Technikumstraße gehört. Die Mädchen sind jetzt im Krankenhaus."

Und er versteht das Geschehene.

Der Staat ist isoliert. Die gepriesene Zivilisation verschwand spurlos mit einem Schlag. Die alte Maharani in ihrem Gezelt, umgeben von der Kriegsbeute des versunkenen Mogulreiches, ist wieder Despotin, Herrscherin eines Staates, der in Wildheit versank. Ihr Erbe aber und Enkel studiert in Eton und lernt, wie sich ein Gentleman zu benehmen hat.

XXI

Während sich alles entfernt, gibt die Maharani Ransome ein Zeichen. Er tritt vor sie hin und hört: „Es handelt sich um Ihre Freunde Heston."

„Sie ist in Sicherheit. Von ihm weiß ich nichts."

„Er ist tot. Es muß ihr mitgeteilt werden. Es ist die Frage, was mit seinen Überresten geschehen soll. Er war ein wichtiger Mann. Es könnte später einmal zu Mißhelligkeiten führen."

„Ja."

Ein scharfer Blick der alten Fürstin. „Sie muß hier weg."

„Ja, Hoheit. Wenn sich die Möglichkeit findet, wird sie, denke ich, gern abreisen."

„Ich will sie nicht hier haben."

„Ich verstehe."

Sie sitzt gedankenvoll. Gram gleitet über ihr Gesicht, als sei der Leib müde und alt. Doch ihr Geist sprüht unerschlafft, unbesiegt aus dem schwarzen Augenpaar. ‚Auf diese Stunde', denkt Tom, ‚wartete sie zeit ihres Lebens. Nun ist sie Herrscherin, unumschränkt; selbst das britische Empire berührt sie vorläufig nicht.' Er freut sich, daß sie ihm Vertrauen schenkt, ihn so hochschätzt, daß sie ihn gemeinsam mit Männern wie Raschid, Safka und Nil Kant Rao beruft – aber was ist der Grund? Was veranlaßte sie zu der Meinung, er sei nicht nur ein Verschwender, ein Rentier? Sie bevorzugt gutaussehende Männer, umgab sich von jeher mit solchen, und daß er keine schlechte Figur macht, eine bessere jedenfalls als Homer Smiley, Reverend Simon und die meisten Europäer hierzulande, weiß er; aber ist dies ein Grund, solches Vertrauen in ihn zu setzen? „Und die andern Europäer, ich meine natürlich nicht solche wie Miss MacDaid, Miss Dirks und Smileys, sondern die andern, die hier nichts zu suchen haben", fragt er, „sollen die auch fort?"

„Es handelt sich lediglich darum, wie man sie von hier wegbringt", gibt sie zurück. ‚Erstaunlich', denkt er, ‚wie genau sie Bescheid weiß, selbst über Personen, die sie kaum zu Gesicht bekommt.' – „Wir werden schon einen Weg finden", fährt sie fort, „sie vergrößern uns hier bloß die Last und das Durcheinander."

Plötzlich bemerkt er, dicht hinter der Maharani, das gelbliche Gesicht der Russin. Obwohl er sie kaum kennt, schätzt er Maria Lischinskaja nicht. Das Hungrige, beinahe Geizige ihres Ausdrucks und Wesens verursacht ihm immer Unbehagen, und jetzt dies Spähen der blaßgrünen Augen, dies Horchen, dieser verzweifelt verzerrte, sinnliche Mund! Als ahne sie seine Gedanken, bemerkt die alte Herrscherin über die Schulter weg zur Lischinskaja: „Holen Sie mir die goldene Dose, die mit den Rubinen!"

Ihre schwarzen Augen werden, kaum daß die Russin draußen ist, schmal. So sieht sie ihn an und sagt unvermittelt: „Sie sind besser, als Sie denken."

Was soll er ihr darauf antworten? Er bringt nur ein „Vielleicht" heraus.

„Sie könnten uns jetzt helfen."

„Das will ich, Hoheit."

„Das wär's. Sie sollten nur wissen, warum ich Sie bat, uns zu helfen."

Er weiß es zwar immer noch nicht, wagt aber keine weitere Frage. Sie ist ihm gewiß wohlgesinnt, doch möchte er gerade jetzt nicht aufdringlich sein und so intim zu ihr sprechen wie manchmal beim Pokern in dem nun zerstörten Schloß. Sie ist nicht mehr die, die sie früher war ... er fühlt es; es braucht nicht gesagt zu werden, dies Prunkzelt sagt es und ihre neue Machtgebärde, die ihn um Jahrhunderte zurück in die Zeit der Mogulkaiser versetzt; und wie er da so in Shorts und Tennishemd vor der erhabenen, alten Königin der Mahratten steht, kommt er sich abgeschmackt vor und sehr fehl am Ort.

Und wieder spricht sie: „Sie halten wohl die Erschießung der Bhils für barbarisch?“

Er antwortet: „Nein“, doch mehr aus Höflichkeit denn aus Überzeugung, und sie merkt seinen inneren Vorbehalt wohl. „Das ist Indien“, gibt sie ihm zu bedenken, „seien wir froh, daß wir es hier nur mit sanftmütigen Gujaraten zu tun haben. Europäer sollten dafür besonders dankbar sein.“

Die Lischinskaja ist mit der goldenen Dose zurück. Die Herrin öffnet dieselbe, entnimmt ihr eine Handvoll Kardamom-Samen und kaut. „Schauen Sie, ob Sie Miss Dirks finden können. Sie ist verschwunden.“

„Und die andere?“

„Miss Hodge? Sikhs haben sie gerettet. Sie saß auf dem Dach ihres Bungalows. Sie ist verrückt. Sie nutzt uns nichts. Miss Dirks hat Verstand.“

XXII

Das Ransome zugewiesene Büro war ehemals Wohnung des Portiers im Großen Tor, gegenüber dem Häuschen der Lehrerinnen Hodge und Dirks. In den breiten Nischen wachen keine Sikhs mehr, golden und scharlachrot, hoch zu Roß. Man bedarf ihrer anderwärts, um auf marodierende Bhils zu schießen, verseuchte Brunnen zu bewachen und den Befehlen des Majors bezüglich der Leichenverbrennung Nachdruck zu verleihen. Tom ist versucht, hinüberzugehen und nach Sarah Dirks und Elizabeth Hodge zu schauen, doch ein Blick sagt ihm: das Haus ist leer. Dicker Schlamm umhüllt die kleine Veranda. In den Fensterhöhlen klatschen im Winde die nassen Vorhänge.

Bald erscheint Gopal Rao, der Neffe des Haushofmeisters, ein etwa zwanzigjähriger kleiner, untersetzter, muskulöser Mahratte. Er hat etwas von einem Bombayer Landjäger an sich, ist auch in Bombay aufgewachsen, ein heller Junge. Den kleinen Mahrattenturban trägt er nach Bombayer Polizistenart verwegen keck auf dem Ohr, spricht Englisch und Gujaratisch so gut wie Mahrattisch und Hindostanisch; man braucht, um in Indien durchzukommen, eine Menge Sprachen.

Er stellt sich vor und erklärt sich zu jeder Arbeit bereit. Sein Grinsen entblößt zwei Reihen blendender Zähne. Das Unglück erschüttert ihn anscheinend nicht; er findet es eher aufregend, und dies wirkt auch auf Ransome ermunternd. ‚Die Mahratten', denkt er, den Jungen beobachtend, ‚sind wohl das zäheste Volk der Welt. Ihre glühende Wüste erzieht sie durch jegliche Not', und da er selbst wieder jung ward, dünken die Schrecken ihn weniger schreckhaft.

Sie brauchen nicht lange auf Kunden zu warten. Die Nachricht von der Eröffnung ihres Büros im Großen Tor verbreitete sich auf indisch-mysteriöse Weise. Wer der Flut und dem Erdbeben entrann, steht bald an der Technikumstraße bei ihnen Schlange. Teils sucht man vermißte Verwandte und Freunde, teils Unterkunft und Unterhalt. Ein Silberschmied klagt, sein Laden sei von einem staatlichen Polizisten ausgeraubt worden: eine nicht endenwollende Geschichte, in der eine Prostituierte mit einer leidenschaftlichen Vorliebe für Silberschmuck die Hauptrolle spielt. Die Schlange hinter ihm murrt ungeduldig. Ein reicher Parse bietet eine auf seiner Besitzung lagernde Getreidemenge an; sie sei trocken, in gutem Zustand, könne zur Versorgung der Bevölkerung beitragen, bis aus der Umgegend Zufuhren kämen, doch knüpfe er an sein Angebot die Bedingung, daß sein Korn ausschließlich der parsischen Einwohnerschaft zugute käme. Er hat noch nicht ausgeredet, als durch das vergitterte Fenster streitende Stimmen vernehmbar werden. Ransome und Gopal eilen hinaus.

Zwei Bunya, zurückfallend in die Zeit vor der Regierung des guten Maharadschas, stießen einen Maurer und einen Töpfer roh aus der Reihe, und alsbald geriet die ganze Schlange in Streit über alte Kastenvorrechte. Schläge fielen. Ein Bunya fing an zu jammern, nun müsse er einen Reinigungsritus durchmachen, weil ihn ein Ziegelbrenner berührt habe.

Doch der Mahratte Gopal Rao, voll Verachtung für andere Volksstämme und allem Kastengeist gründlich abhold, bringt der Gesellschaft Respekt bei. Er schlägt auf die ein, die immer noch nicht Ruhe geben, verflucht sie in drei Landessprachen: und als endlich Stille eintritt, teilt er mit: der Tod des Maharadschas bedeute keine Veränderung. Die Maharani lebe und regiere nach seinen Gesetzen. Alle Untertanen in Ranchipur seien gleich und hätten das gleiche Recht, Schlange zu stehen.

Damit gingen er und Ransome wieder in ihr Büro. Nur der Bunya, der seine Reinigung für so notwendig hielt, jammerte weiter über die hohen Kosten des Ritus.

Gegen Mittag, als Ransome von seinem Tisch aufschaut, fällt sein Blick auf eine höchst merkwürdige Gestalt in der Torfahrt. Der Mann trägt die unverkennbare Tracht eines echten Londoner Butlers. Sein Gesicht ist schmal und bleich, die Nase lang, das Haar strohblond, die Augen verwaschen blau. Sein schwarzer Rock und die Hosen sind verknittert und schlammbespritzt. In der Hand trägt er eine Metallkassette. Er zittert an allen Gliedern. „Kommen Sie herein!" ruft Ransome ihm zu. „Womit kann ich Ihnen dienen?"

„Mein Name ist Bates, Lord Hestons Kammerdiener. Man hat mich an Sie verwiesen. Ich war schon überall, fand aber nur Inder; die konnten mir keine Auskunft geben. Hier drin sind die Papiere des Lords und die Juwelen der Lady." Er weist auf die Kassette. „Wollen Sie sie bitte in Verwahrung nehmen, Sir?" Er scheint in furchtbarer Angst und seit zwei Tagen wohl ohne Nahrung und Unterkunft. Ransome findet ihn zugleich zum Erbarmen und zum Lachen, bittet Gopal Rao, mit der Abfertigung fortzufahren, und zieht Bates in eine Ecke, wo dieser sogleich seinem gepreßten Herzen Luft macht.

Er ging, erzählt er, an jenem Donnerstagabend noch etwas Luft schöpfen und befand sich etwa beim Technikum, als die Welt aus den Fugen zu gehen schien. Der Erdstoß schleuderte ihn zu Boden. Er raffte sich wieder auf und rannte blindlings drauflos, zu seinem Glück aber so, daß er der Flut entging. An vieles vermag er sich nicht mehr zu erinnern, aber „es war schrecklich, es war schrecklich", wiederholte er immer und immer wieder in unverfälschtem Londoner Dialekt. Die angstvollen Menschen, die er ansprach, verstanden ihn so wenig wie er sie; stundenlang irrte er umher und taumelte endlich in einen Torbogen, der, wie er später entdeckte, das große Schloßportal war. Dort fand er eine Schar indischer Knaben und amerikanische Missionare, mit denen er wenigstens sprechen konnte. „Aber sie waren nicht sehr gesprächig." Am nächsten Morgen begab er sich auf Suche nach „Seiner Lordschaft", konnte jedoch infolge der Überschwemmung nicht bis zum Sommerpalast vordringen und verbarg sich in den Ruinen des Technikums, wo er wenigstens vor dem endlosen, schrecklichen Regen geschützt war. Am Samstag, als sich die Flut verzog, gelangte er zum Sommerpalast, klomm über Trümmer bis in den ersten Stock und fand dort Seine Lordschaft. „Er lag tot, allein, auf dem Boden in seinem Schlafzimmer", kommt es traurig von Bates dünnen Lippen. „Er starb wohl am Fieber, er hatte doch solches Fieber. Und einen Riß an der Schläfe ... Was aus seiner Krankenpflegerin geworden ist und aus den beiden Zofen der Lady, weiß ich nicht. Kann sein, sie leben noch, oder sie liegen unterm Schutt. Seine Lordschaft bot einen furchtbaren Anblick. Man müßte ihn so schnell wie möglich begraben, aber ich dachte, ich geh' lieber erst zu Ihrer Ladyschaft, wenn sie noch lebt ..."

Er reicht Tom die schwarze Metallkassette. „Ich weiß nicht, was ich damit anfangen soll. Darf ich sie hierlassen, Sir?"

„Bringen Sie sie lieber zu Lady Heston. Sie lebt." Er denkt kurz nach. „Sie werden wohl etwas essen wollen?"

„Ich hab' seit zwei Tagen nichts gegessen."

„Am besten, Sie gehen zu Lady Heston." Er beschreibt ihm den Weg zur amerikanischen Mission, zeichnet ihn sogar auf: über die Eisenbahnbrücke.

Bates dankt, sieht unglücklich an sich herab. „Ich fürchte, ich sehe nicht sehr repräsentabel aus, Sir."

„Machen Sie sich darüber keine Sorgen! Lady Heston hat dafür Verständnis. Warten Sie!" ruft er, als Bates sich zum Gehen wendet, „Sie könnten mir einige Zeilen an Lady Heston mitnehmen." Er schreibt rasch etwas auf einen Zettel, faltet ihn, reicht ihn dem Butler, ruft abermals: „Warten Sie!" und schreibt noch einen kurzen Brief an Fern. „Geben Sie dies der jungen Dame auf der Mission. Adieu!"

Er geleitet Bates vor das Große Tor und zeigt ihm die Richtung. Während er der dahinwankenden Jammergestalt in dem besudelten Gehrock nachsieht, denkt er: ‚Was mag ihm dies alles bedeuten?' Fast ist er versucht, zu lachen. Dann kehrt er in sein Büro zurück.

Sein junger Assistent ist fest an der Arbeit, fertigt einen nach dem andern ab, aber die Schlange wird länger und länger. Er arbeitet mit allem Eifer, entscheidet rasch, kurz und bündig, ‚viel besser als ich', findet Tom, ‚mir hat man die Arbeit nur übertragen, weil man sich einbildet, Europäer seien ausnehmend tüchtig', setzt sich neben den Mahratten und sagt: „Fahren Sie fort! Ich werde protokollieren."

XXIII

Hinter der Eisenbahnbrücke verlassen Bates die Kräfte. Durch einen Alptraum von Leichen, Sterbenden, Aasgeiern und Aashunden wankt er über die weiche Chaussee. Immer wieder stürzen aus zerstörten Häusern oder dem Straßengraben Menschen hervor und werfen sich ihm zu Füßen, die Stirnen im Schlamm; denn er ist im Gehrock wie die britischen Beamten auf einer Durbar, er muß ein Beamter sein, man kann ihn um Schutz und Nahrung bitten. Er aber versteht kein Wort von dem, was sie verzweifelt stammeln, geht stumpfsinnig weiter und stößt das Weib, das verzweifelt seine Knie umklammert, mit einem Fußtritt zurück. Er ist schwach vor Hunger, vereinsamt, fast erdrückt vom Gewicht des vollgesogenen Gehrocks, doch bringt er es nicht übers Herz, ihn auszuziehen und wegzuwerfen. Lord Hestons Kammerdiener läuft selbst durch die Straßen einer zerstörten Stadt nicht hemdsärmelig mit Hosenträgern! Er trägt seine Last. Er stolpert dahin, eine lebendige Vogelscheuche den Geiern, die vor ihm aufflattern, um sogleich, wenn er vorbei ist, zu ihrem Festmahl zurückzukehren.

Jenseits von Angst und Grauen torkelt er, schon dem Wahnsinn nah, von der einen Straßenseite zur andern, immer wieder versucht, sich niederfallen zu lassen und liegenzubleiben. Doch Instinkt und Erziehung sind stärker als das schwache Fleisch; er hält sich aufrecht, geht weiter. Er muß Lady Heston finden, ihr die Kassette einhändigen; dann kann er sich hinlegen und schlafen, schlafen ... Vielleicht, wenn er danach erwacht, war alles ein böser Traum, und der Lord ist kein blutiger Klumpen Fleisch, sondern wie sonst dunkelrot im Gesicht und gereizt und nimmt ihn wieder mit heim nach England; er kündigt den Dienst und verbringt den Rest seines Lebens mit seiner Schwester in einem Zweifamilienhaus in Manchester. Nie wieder geht er aus Manchester heraus, nicht einmal nach London!

Während er weitertaumelt, steht vor seinen Augen das Zweifamilienhaus und ist herrlicher als das himmlische Paradies. Wäre er nur den Herrschaften davongelaufen, bevor sie in dieses Schreckensland fuhren! Welche Verblendung! Die blendenden Zeitungsberichte, Beschreibungen der Großartigkeit, Poesie und Farbenpracht Indiens, des „schönsten Edelsteins in der Krone des Reiches", haben ihn irregeführt. Alles Schwindel! Es war nur heiß, staubig und nicht zum Aushalten; der Lord war noch unausstehlicher, die Lady nur noch nervöser als sonst, die Regierungsgebäude und Hotels waren scheußlich, nirgends eine entsprechende Unterkunft für einen herrschaftlichen Diener; nicht einmal Duschen und Wasserklosetts funktionierten richtig!

Vorhin auf den Schienen der Eisenbahnbrücke, den brausenden Strom dicht unter seinen Füßen, wäre er fast gestürzt. In die Knie gebrochen, umklammerte er betäubt mit der einen Hand das Brückengeländer, mit der anderen die Kassette; alles drehte sich um ihn, bis er sich endlich so weit in der Gewalt hatte, daß er auf Händen und Knien kriechend das andere Ufer erreichte. Er muß die Kassette abliefern und in sein Zweifamilienhaus . . .

Zwischen der Brennerei und den Sikhskasernen geht's nicht mehr weiter. Der Schlamm! Er gleitet aus, fällt auf die Seite, wird ohnmächtig.

So findet ihn, die Finger der Rechten krampfhaft um die Kassette geklammert, Homer Smiley und trägt ihn auf einem abgebrochenen Fensterladen mit Hilfe zweier Pariaknaben zur Mission. Es ist kein Branntwein mehr da, ihn zu beleben; doch Homer zieht ihm die nassen Kleider vom hageren Leib, Tante Phoebe wickelt ihn in heiße Bettücher, dann schlägt er endlich die Augen auf und nimmt etwas heiße Ziegenmilch zu sich.

Das erste Wort, das er hervorbringt, ist die Bitte um seine Kleider, aus deren Taschen er einen Schlüsselbund und Ransomes zwei nasse Briefe hervorzieht. Als zweites bittet er, den für Miss Simon bestimmten Brief ihr auszuhändigen, als drittes, mit Lady Heston unter vier Augen sprechen zu dürfen. Bevor Smiley geht, ersucht er ihn noch, ihm die Kassette neben das Bett zu stellen.

Als Edwina, noch immer in Berthas Kattunkleid, sein Zimmer betritt, sieht sie gleich, wie sehr ihn ihr Anblick in diesem Aufzug schockiert. Wäre er bei Kräften, er ließe sich zweifellos nichts anmerken, aber in seinem geschwächten Zustand steht ihm das Mißfallen nur zu deutlich im Gesicht geschrieben. ‚Er fände es natürlich richtiger, ich trüge am hellen Nachmittag das Abendkleid mit allen Juwelen!' denkt sie und ist dabei über sein Aussehen noch betroffener als er über das ihre. Als er sich bei ihrem Eintritt in seinem Feldbett aufrichtete und dabei die Bettdecke schamhaft bis zum Kinn in die Höhe zog, kam ein Arm zum Vorschein, nackt, hager, rachitisch verkrümmt, ein Erbteil von unterernährten Vorfahren, und dieser Arm entsetzt sie mehr als seine Totenblässe. „Na, Bates?" begrüßt sie ihn mit gezwungenem Lächeln.

„Schrecklich, Ihre Gnaden, schrecklich!" (Er spricht das englische „horrible" londonerisch wie „orrible" aus.)

„Gewiß, Bates, aber seien wir froh, daß wir mit dem Leben davongekommen sind!"

„Seine Lordschaft ist tot, Ihre Gnaden."

„Ich weiß."

„Hier, Ihre Gnaden, sind die Juwelen. Es fehlt wohl nichts. Darf ich bitten, nachsehen zu wollen?“

Er hat schon das Schlüsselchen ins Schloß der Kassette gesteckt, sie braucht nur umzudrehen, den Deckel zu öffnen – da liegt der ganze Schatz, den sie von drüben über die Meere brachte, Brillanten, Smaragde, Rubinen, bis auf die paar Stücke, die unter Tante Phoebes Rock wohlverborgen sind. Als sie den Schatz betrachtet, wird ihr bewußt, wie unnütz in dieser zerschellten Welt dies Geglitzer ist, wie sinnlos! Für Bälle in London, für Spielsäle in Cannes und Le Touquet sind diese Kleinodien bestimmt. Wo liegt jetzt London ... Cannes ... Le Touquet ...? Auf einem anderen Stern. „Ja, Bates, es sind alle“, antwortete sie.

„Auch die Pflegerin ist tot, Ihre Gnaden, und beide Zofen. Es ging so schnell, daß sie wohl gar nicht wußten, was ihnen geschah“, versicherte er, und sie sieht über dem kläglich daliegenden den früheren Bates, den korrekten, dünkelhaften, wie er nach ihrem Streit mit Albert ihr schlau zu verstehen gab, welch Glück für ihn und sie der Tod „Seiner Lordschaft“ sei. „Hier ist auch eine Mitteilung von Mr. Ransome“, fährt er fort, übergibt ihr den Brief und muß sich vor Schwäche zurücklegen, doch gelingt es ihm diesmal, den mißgestalten Arm unter der Bettdecke zu verbergen, die er noch immer krampfhaft ans Kinn hält.

„Ich will jetzt gehen, Bates, schlafen Sie wohl! Hier sind Sie gut aufgehoben; die alte Dame sorgt für Sie.“

„Danke“, murmelt er schwach, „entschuldigen Ihre Gnaden, daß ich nichts leiste ...“

„Keine Angst, Bates! Sobald Sie wohlauf sind, schicken wir Sie heim.“

„Heim ...?“ staunt er fassungslos.

„Ja, nach England.“

„Und Ihre Gnaden?“

„Machen Sie sich darüber keine Gedanken, ich weiß noch nicht.“

Er reißt sich noch einmal zusammen. „Seiner Lordschaft Papiere sind auch in der Kassette, soweit sie zu finden waren. Hoffentlich fehlt nichts.“ In seinen Blick kommt wieder die alte Schläue. „Ich nahm alles, wie ich es in der Schublade fand; ich kann ja nicht wissen, was wichtig ist.“

„Danke schön, Bates.“ Sie geht mit Kassette und Brief nebenan in Smileys Schlafzimmer mit dem alten Doppelbett.

Toms Schreiben ist kurz. Er berichtet von seinem neuen Amt und bittet um Anweisungen, was mit Alberts Leichnam geschehen solle, ob sie Verbrennung oder Begräbnis wünsche. Bis Sonnenuntergang müsse er es wissen. Er rate von einem Begräbnis ab; es sei keine geeignete Stätte vorhanden. Falls die Leiche verbrannt werde, könne sie die Asche mit heim nach England nehmen.

Sie hebt ihr Schmuckkästchen aus der Kassette. Darunter liegen, sauber zusammengebunden, Papiere. Schon beim Aufknüpfen der Schnur fällt ihr Blick auf einen ihr sehr vertrauten Namen in Alberts Handschrift. „Henry de Rochefort", liest sie und staunt: ‚Woher wußte Albert von Henry de Rochefort?'

Der Name ist nur der Beginn einer Liste. Sie nimmt das Blatt Papier auf, liest:

Henry de Rochefort
Perry Molton
Frz. Boxer?
Österreicher i. Monte Carlo
Tom Blashford
Nolhams Bruder?

Und versteht. Es soll ein Verzeichnis ihrer Geliebten sein. Fünf von den sechs waren es. Aber woher konnte er wissen ...? Sie sitzt und starrt auf die Namen, von lüsternen Phantasien umfangen.

Rochefort von der Französischen Botschaft war gar nicht übel; es war eine echt französische, seidenweich dekadente Liaison und währte länger als ihre meisten Amouren, so lange, bis er eifersüchtig und dadurch lästig wurde. Es gab Verwicklungen ... Er drohte mit Selbstmord, wenn sie mit ihm breche. Worauf sie ihm kurz und kühl erklärte, er habe sie zwar als Geliebter befriedigt, aber von Liebe sei deshalb bei ihr keine Rede. Es stimmte nicht einmal, er aber glaubte nun, sie habe ihn bloß zum Narren gehalten, und war in seinen Gefühlen aufs tiefste verletzt. Als echter Franzose huldigte er der Ansicht, um mit einem Manne zu schlafen, müsse die Frau poetische Empfindungen für ihn hegen, und beschimpfte sie nun als verderbte, herzlose englische Dirne. Aber seine Anwürfe ließen sie kalt. In dieser Beziehung stellte sie keine Ansprüche; da war sie durch und durch realistisch. Immerhin kam es auf diese Weise nicht zum Skandal.

Perry Molton zählte nicht. Er besuchte sie zweimal aus keinem andern Grunde, als weil er zufällig der Auffahrt von Barbury House gegenüber wohnte. Gewiß war er nicht zu verachten, athletisch, von tadelloser Figur, aber beide Male geschah eigentlich nichts besonders

Aufregendes. Hintennach mußte sie sich überlegen, ob überhaupt etwas vorgefallen war. Nein, Perry Molton war nur so etwas zum Hausgebrauch; die ganze Affäre bedeutete ihr kaum mehr als ein Händedruck. Er war viel zu täppisch und dumm.

Der französische Boxer ... Hinter ihn brauchte Albert kein Fragezeichen zu setzen. Mit dem Boxer Louis hatte es seine Richtigkeit, immer und immer wieder, in Eze, in der garstigen, kleinen Villa ... und war hochbefriedigend. Noch jetzt, nach Jahren, läßt die Erinnerung ihr Herz schneller schlagen; das Blut steigt ihr in die Wangen. Albert wußte nicht, wie er hieß; sie weiß es noch sehr gut: Louis Simon hatte einen Körper wie eine gutgeölte Maschine, war unermüdlich und derb, primitiv, bodenständig, kraftvoll, wie sie es weder vorher noch später an einem Manne erlebte. Bei ihm fühlte sie sich so recht als Weib. Wie ein Bauernweib, das bei Tag hinterm Pflug hergeht, kam sie sich in jenen Nächten vor. Was sie mit Louis erlebte, wird ihr jetzt in Smileys ehelichem Schlafzimmer klar, war nichts Verderbtes, es war Leben und Fruchtbarkeit, war alles, was Liebe, Umarmung, Beischlaf nur sein können, war brutal und zart, sättigend und manchmal grausam. Unwillkürlich lächelt sie bei dem Gedanken an alle die Frauen, die ihn auf jede mögliche Weise zu kirren suchten, denn er sah blendend aus und wußte sich zu benehmen; überall an der Côte d'Azur waren die Weiber hinter ihm her. Von all ihren Liebhabern war er der einzige, dem sie nachtrauerte. Doch nun ist diese Trauer alt, überholt. Fast schaudert ihr bei dem Gedanken, daß sie damals nahe daran war, den Kopf zu verlieren, alles wegzuwerfen und mit ihm durchzugehen. ‚Vielleicht', denkt sie, ‚wäre mein Leben dann glücklicher geworden, es hätte Natur, Erde und Wahrheit gekannt, die ich seitdem nicht mehr besaß. Doch wenn er mich betrogen hätte? Er hinterging mich ja schon in den kurzen sechs Wochen, in denen wir uns heimlich in der verkommenen Villa trafen! Eines Tages hätte er mich satt gehabt, mich sitzenlassen, und dann –.' Nein, sie wollte immer die Situation beherrschen. Sie verließ ihn aus eignem Entschluß, aus Angst vor Erpressungsversuchen, vor seiner Gewalttätigkeit, vor irgendeiner unbekannten Gefahr; das erleichterte ihr den Bruch. Sie schenkte ihm zwölfhundert Pfund in Noten mit dem Bedeuten, er solle dafür ein Auto anschaffen; sie könnten dann nach ihrer Rückkehr aus London gemeinsame Ausflüge unternehmen. Aber sie kam nicht mehr nach Eze und sah ihn nie wieder. In der Erinnerung tut ihr der Abschied weher als damals, da sie nicht ahnte, daß sie ein Glück verlor, wie sie es, trotz Suchens ohne Rücksicht, nie wieder fand. Sie weiß nicht einmal, was aus ihm wurde. Vielleicht hat er jetzt ein Bistro in Marseille oder Toulon, nicht mehr den schönen Leib einer Marmorstatue, sondern einen Bauch, ein üppiges, schwarzäugiges Weib und ein halbes Dutzend glutäugiger Kinder; denn es war ihm als Schicksal vorgezeichnet, zu zeugen, zu zeugen, zu zeugen: schöne Bestien wie er, die dann Geschöpfen wie ihr, die zu lüstern, zu alt geboren sind, eine ungestüme, würzige Befriedigung gewähren werden.

Der Österreicher in Monte Carlo . . . Hinter ihn setzte Albert kein Fragezeichen. Er war seiner Sache sicher und irrte sich dennoch.

Sie hat seinen Namen vergessen. Doch sein Gesicht und seine Gestalt sieht sie noch deutlich vor sich. Sie tat ihr möglichstes, ihn zu verführen; er war von zarter, dekadenter Schönheit, aber als es ihr endlich gelang, ihn zu einem Rendezvous zu bewegen, kam es zu nichts. Er liebte sie nicht, er begehrte sie nicht und endlich kam ihr zu Ohren, er mache sich nichts aus Frauen. Sie fühlte sich bis auf die Knochen blamiert und war wütend auf sich selbst.

Tom Blashford . . . Nichts. Nur eine Weekendangelegenheit, wie mit Perry Molton.

Und „Nolhams Bruder", Fragezeichen überflüssig. Sie verkehrte mit ihm, bevor sie auch nur den Namen Lord Hestons gehört hatte. Er war, das weiß sie nun, der einzige Mann, der sie je fühlen ließ, was Liebe sein kann. Er war nicht brutal und sättigend wie Louis. Er war ihr selber zu ähnlich, im Innern angefault, aber liebenswert, mitfühlend und weise wie keiner der andern.

Die Liste ist unvollständig. Da gab es noch viele andere, einige halb vergessen, andere noch in lebhafter Erinnerung, doch keiner so lebhaft wie Louis. ‚Das Leben spielt doch merkwürdig . . . Nach so vielen Jahren begegne ich Tom in Ranchipur, ausgerechnet in Ranchipur. Und nun ist vielleicht alles zu Ende, und vor mir liegt nur noch der Überdruß und die Einsamkeit.' Sie seufzt.

‚Aber wieso', fragt sie sich plötzlich, ‚brachte Albert immerhin soviel über mich in Erfahrung und ließ sich trotzdem nichts merken?' Gewiß nicht aus Nachsicht; sie kennt ihn nur zu genau. Lag es daran, daß sein Servilismus noch tiefer saß, als sie am Morgen seiner Erkrankung annahm, da sie voll Haß auf den aufgedunsenen, hilflosen Körper im Teakholzbett mit den Perlmutterintarsien blickte? Oder kannte er sie genauer als sie sich selbst? Hielt er den Fall für hoffnungslos: besser, man redet erst gar nicht darüber!? Ging auch er seine eigenen Wege? Hielt er sich Mätressen? ‚Wenig wahrscheinlich; er nahm sich ja nicht die Zeit, die eine Mätresse verlangt, dazu nahm er mich auch viel zu häufig in Anspruch. – Ob er Bordelle besuchte, sich Frauenzimmer von der Jermyn Street holte oder an mir genug hatte? Vielleicht gebrauchte er mich nur aus Bequemlichkeit und Gewohnheit, ein Bedürfnis zu stillen wie Essen und Trinken?' Sie weiß, er hatte die typische englische Kleinbürgerseele, für deren plumpen Materialismus das Weib eine Notwendigkeit ist, aber nie eine Seligkeit. Sein Verkehr mit ihr bewies es, weiß Gott, zur Genüge; oft hatte sie dabei den Eindruck, als beschäftige sich sein Geist derweil mit ganz anderen Dingen, Zahlenreihen und Plänen für einen Coup!

‚Vielleicht', denkt sie, während sie auf Smileys eingedrücktem Ehebett sitzt, ‚bin am Ende doch ich die Geprellte. Nach Geschäftsschluß konnte er sich mit mir zeigen, um mich nachher mit nach Hause zu nehmen und zur Befriedigung seiner Gelüste und zur Nervenberuhigung zu benützen; danach hatte er dann für seine Transaktionen den Kopf frei.' Der Gedanke macht sie rasend. Hat er sie also schließlich doch überlistet? Lachte er sie noch in jener letzten Nacht ihres Streites insgeheim aus und fühlte sich Sieger?

Jetzt ist er tot. Sie wird nie hinter die Wahrheit kommen. Die Wunden der Demütigung heilen nicht zu.

‚Aber mir geschieht ganz recht. Er mußte sich entweder von mir scheiden lassen oder mich so behandeln, wie er es tat. Scheidung', grübelt sie weiter, ‚kam für ihn so lange nicht in Betracht, als er durch einen Skandal seine großartige Position zu gefährden fürchtete, zu der er sich aus der Liverpooler Vorstadt emporgekämpft hatte. Auch seine Eitelkeit hätte ihm nie erlaubt, durch eine Scheidungsklage vor der Welt einzugestehen, daß er nicht imstande war, der von ihm gekauften Gemahlin Genüge zu tun. Erst sein Verdacht auf Ransome brachte anscheinend das Faß zum Überlaufen. So muß es gewesen sein. Als er nach dem Bankett, nach unserm nächtlichen Streit, von mir ging, muß er zum ersten Mal den Gedanken erwogen haben, sich scheiden zu lassen. Zu diesem Zweck notierte er sich meine Liebhaber, soweit er von ihnen wußte. Als er die Liste beieinander hatte, stand es wohl bei ihm fest, der Skandal eines Scheidungsprozesses sei für ihn nicht so schlimm wie das Bewußtsein, daß meine Untreue in weitesten Kreisen bekannt war, daß ihn zum mindesten diese sechs als Hahnrei auslachen konnten. Daß es noch mehr von der Sorte gab, bei denen er bloß nicht dahinterkam, war ihm vermutlich klar. Aber woher wußte er von diesen sechs? – Bates muß es ihm verraten haben.

Bates weiß besser Bescheid über mich, als Albert je wußte. Vielleicht nahm er ihn noch in jener Nacht ins Gebet, drohte, bestach und quetschte ihn aus. Vielleicht war Bates darum so merkwürdig hinterhältig, als er mich weckte und sagte, Albert sei krank.'

Wäre Heston jetzt noch am Leben, sie ginge sogleich zurück ins Nebenzimmer, sagte dem Mann ihren Verdacht ins Gesicht und brächte die Wahrheit ans Tageslicht. Aber so? ,Es lohnt sich nicht, deswegen noch eine Szene zu machen. Bates muß schleunigst nach England zurück und für immer aus ihrem Gesichtskreis verschwinden, denn ob er nun der Verräter ist oder nicht, die Liste der Liebhaber und ihre Bedeutung ist ihm bekannt, sonst hätte er sie nicht, als er die Papiere verschnürte, zuoberst gelegt. Auf jeden Fall war es von Albert dumm und gemein, so einen Wisch herumliegen zu lassen.' Sie zerreißt den Zettel angewidert in kleine Fetzen, steckt sie in die Tasche ihres Kattunkleides und macht sich an die Durchsicht der übrigen Schriftstücke.

Die meisten sagen ihr nichts. Notizen zu einem Spezial-Spitzenartikel für die Heston-Presse würdigt sie keiner Beachtung und blättert weiter, bis sie an das Testament des Verstorbenen gerät. ,Sonderbar, daß er es mit sich führte! War er sich trotz allen Auftrumpfens darüber klar, daß er ein kranker Mann war und nicht lebend nach England zurückkommen würde? Trug er sich schon vorher mit der Absicht, seinen Letzten Willen zu ändern und mich zu enterben?' In ihrem Ehevertrag hatte er seinerzeit die Bestimmungen über ihr Witwengut schlauerweise so abgefaßt, daß er ihr, wenn er wollte, nicht einen Cent zu hinterlassen brauchte. ,Natürlich! So war es: als ich ihm in jener Nacht die Wahrheit sagte, war er entschlossen, mich zu enterben. Ein kurzer Zusatz genügte. Bates und eine meiner Zofen konnten als Zeugen dienen. Zeugen brauchen weder den Inhalt des Testaments zu kennen noch darin erwähnt zu sein. Vielleicht', denkt sie, ,hat er seine Absicht schon ausgeführt!'

Hastig schaut sie hinter die Unterschrift. Doch da ist kein Anzeichen eines Zusatzes. Rasch beginnt sie, von vorne zu lesen.

Das lange Schriftstück enthält eine Reihe eindrucksvoller Vermächtnisse an Wohlfahrtsorganisationen, Schulen und Spitäler. Zu Lebzeiten knauserte er mit Zuwendungen an derartige Anstalten, außer wenn er sich damit erhöhtes Ansehen kaufte. Nun aber, da er sein Geld nicht mitnehmen konnte, war er großzügig. Sie übergeht die seine Zeitungen betreffenden Verfügungen und eilt zur Aufstellung seiner Vermächtnisse an Einzelpersonen: 5000 Pfund für seinen in ärmlichen Verhältnissen lebenden Bruder, dessen er sich schämte und mit dem er sie daher nie bekannt machte; je 1000 Pfund für zwei unverheiratete Damen, deren Namen sie nie gehört hat, vielleicht Tanten oder Cousinen; 500 Pfund für Bates, der ihn verriet, verhöhnte und haßte. Alles übrige ist für sie als Universalerbin.

Sie hätte es nie für möglich gehalten.

Wohl nahm sie an, er werde ihr etwas vermachen, aber alles? Hunderttausende, vielleicht ein paar Millionen Pfund, vielleicht viele Millionen?!

Da liegt das Schriftstück in ihrem Schoß, ein Stück Papier, das sie zu einer der reichsten Frauen der Erde macht. Ein unbeschreiblicher Schauder erfaßt sie, doch keine Freude, nicht einmal eine besondere Erregung. ‚Ich hatte genug an dem Frauengut‘, denkt sie, ‚was soll ich mit all dem, was dank einem puren Zufall nun mir gehört?‘

Ihre Gedanken schweifen zurück nach der kleinen Pension in Florenz, in jene Zeit, da sie sich nur einmal im Monat den Friseur leisten konnte und abgelegte oder verpatzte Kleider ihrer vornehmen Freundinnen trug. Nicht in ihren ausschweifendsten Phantasien hätte sie damals an einen solchen Glücksfall gedacht; er hätte ihr Leben und das ihres Vaters von Grund aus verwandelt; nie hätte sie sich dann dazu hergegeben, einen Albert Heston zu heiraten; anständiger wäre sie gewesen, nicht so verhurt.

Sie sucht das Gefühl in sich wachzurufen, das damals im gleichen Fall sie erfüllt hätte. Sie bringt es nicht fertig. Nur unklare Empfindungen stellen sich ein. Jetzt begehrt sie nichts in der Welt, was sich mit Geld kaufen ließe. Nun ist es zu spät. ‚Ich glaube, ich hätte es mir verdienen müssen. Jetzt muß ich mir überlegen, was ich damit anfangen soll.‘

Er wollte sich von ihr scheiden lassen, doch sein Entschluß kam zu spät. Dies furchtbare Land, dies Monstrum von einem Land mit seinen Seuchen und Schrecken, seiner Pracht und Armut, seiner Gastlichkeit, seiner Grausamkeit tötete ihn vorher, und sie erkennt die grausame Ironie dieses Letzten Willens! In der ganzen Welt gab es niemanden, dem er sein riesiges, rücksichtslos, betrügerisch, habsüchtig und ehrgeizig errafftes Vermögen hinterlassen konnte, niemand als sie, die ihn von jeher verachtete und ihn vom ersten Tage an wieder und wieder betrog. ‚Gab es denn keinen Menschen, dem er seinen Reichtum mit einer gewissen Berechtigung hinterlassen konnte?‘ Sie denkt angestrengt nach; sie findet keinen. ‚Ich hatte recht. Er besaß keinen Freund.‘

Als säße Albert lebend bei ihr im Zimmer und müsse nicht aus sanitären Gründen noch vor Sonnenuntergang beigesetzt sein, spricht sie halblaut zu ihm: „Ich will aber nicht. Was soll ich damit?" und denkt dabei: ‚Ich will nicht mehr nach England, nie wieder', denn sie weiß, es gibt nur eines, das sie will, und das läßt sich nicht mit Geld kaufen wie einst der Boxer Louis.

Sie legt Papiere und Schmuckkästchen in die Kassette zurück, klappt den Deckel zu, schließt ab, steckt den Schlüssel in die Tasche zu der zerrissenen Liste der Liebhaber und tritt vor den erblindenden Spiegel, vor dem sich Bertha jeden Morgen frisiert. Er ist nicht wie ihr Toilettenspiegel im Barbury House in der Hill Street rosa getönt, ihr zu schmeicheln. Seine Quecksilberunterlage ist von Hitze und Feuchtigkeit abgeschiefert und fleckig, seine Fläche gelblich wie Galle.

Sie fährt zurück. Was sie da sieht, ist ein müdes, blasses Weib mit glanzlosem, strähnigem Haar, vorzeitig gealtert. ‚Noch wenige Tage, und mein Scheitel wird seine Farbe verlieren. Ich glaube, ich habe heute den untersten Grund von irgend etwas erreicht', denkt sie, doch sie weiß nicht, wovon. Eine tiefe Niedergeschlagenheit bemächtigt sich ihrer.

Da hört sie mit einem Mal Musik, eine unglaubhafte Musik. Ganz in der Nähe im Garten draußen singen mehrere Stimmen den Choral „Nun ist der Tag vorbei ...", genau wie man ihn in der kleinen Kirche in England sang, die neben dem Hause stand, in dem sie ihre Kindheit verlebte.

Es sind wohl nur vier Stimmen, und dazu spielt anscheinend ein kleines Harmonium. ‚Bin ich schon wahnsinnig, daß ich Stimmen höre?' denkt sie und eilt zum Fenster, sich zu vergewissern.

Unter den Bäumen im strömenden Regen stehen um eine frisch aufgeworfene Grube die beiden Smileys mit Tante Phoebe und diesem jungen Mädchen Fern. Sie singen mit zittrigen Stimmen. Ein getaufter Unberührbarer begleitet sie auf einem Akkordeon. Edwina versteht: sie begraben die sterblichen Überreste des Missionars und seiner Tochter.

XXIV

Homer Smiley und seine Pariaknaben fanden die Leichen Hazel und Burgess Simons unter den Trümmern an jener Stelle, wo früher das Eßzimmer war. Während die Frau bei Mrs. Hogget-Clapton tratschte und Fern ihr Fahrrad von Ransomes Haus durch den Regen schob, saß Reverend Simon mit Hazel beim Abendessen.

Als man Mrs. Simon mitteilte, die Leichen seien gefunden, bekam sie wiederum einen hysterischen Anfall, und nur das ernste Zureden Homers und barsche Worte Phoebes verhinderten, daß sie über die Straße stürzte und sich auf die verstümmelten Körper warf. Aber nachdem sie sich etwas beruhigt hatte und Smiley ihr sagte, man wolle die Leichen verbrennen, er werde den Trauergottesdienst abhalten, bekam sie von neuem Zustände, tobte gegen die „heidnische Leichenverbrennung“, und erst als ihr Homer auseinandersetzte, es gebe in ganz Ranchipur weder Särge noch Sargmacher mehr, und die Toten müßten so rasch wie möglich verschwinden, gab sie abermals klein bei und versank in ein leises Gejammer, das bis zum Abend andauerte.

Was von der armen Hazel und ihrem Vater noch übrig war, wurde in Leintücher gehüllt und zum Tennisplatz getragen, auf dem sie noch vor kaum acht Tagen mit „unsern Jungens“ Tennis spielten. Dort hatten Smiley und seine Knaben den hohen Scheiterhaufen aus Balken und Möbelresten des Simonschen Hauses errichtet. Erschöpft und bewegt las Homer die Kirchengebete, setzte hierauf den ölgetränkten Holzstoß in Brand, und der baptistische Missionsleiter verbrannte mit seiner Tochter nicht anders als irgendein Hindu.

Zwar strömte der Regen in schaurigen Sturzbächen nieder, aber das Holz war trocken und alt, das Öl sorgte für kräftigen Brand, so daß endlich nur noch ein Häuflein verregneter Asche zurückblieb. Diese füllte Homer andächtig in zwei gläserne Krüglein, in denen die Tante bisher ihre Chutney-Würze verwahrte, und begrub dieselben nach nochmaligem kurzem Gebet in seinem Garten unter Phoebes hängenden Orchideen, Petunien und rankendem Geranium.

Mrs. Simon jammerte indessen auf ihrem Feldbett im Lagerraum, nahm aber an keiner der beiden Zeremonien teil. Fern jedoch blieb bis zum Schluß und fiel sogar mit bebender Stimme in den Gesang ein: „Nun ist der Tag vorbei ...“ Der Einäscherung hatte Homer sie nicht beiwohnen lassen, und sie war ihm dankbar dafür. Aber auch dazu wäre sie bereit gewesen, warum, wußte sie selbst nicht genau; sie hatte nur das unbestimmte Gefühl, als wären der Vater und die arme Hazel dann nicht so allein, und Smiley in seiner Herzensgüte ahnte wohl so etwas, als er ihr zusprach: „Du brauchst nicht dabeizustehen, Fern. Von dem, was Hazel war und dein Vater, blieb nichts zurück. Was blieb, ist nur Staub; das wissen auch die Hindus, besser sogar als wir.“ Hierauf ging er mit mehreren seiner Pariaknaben an das gräßliche Geschäft und überließ es Fern, ihre Mutter zu trösten.

Sie übernahm die Aufgabe ungern. Was sollte sie ihr erzählen? Merkwürdig, daß Mutters Busenfreundin, Mrs. Hogget-Clapton, nicht zu ihrer Beruhigung dageblieben war, wo doch diese der einzige Mensch war, der zu ihr durfte, wenn sie ihre Migräne hatte! Nun aber war die Freundin in ihrem schmutzigen Negligé und Stöckelschuhen, begleitet von zwei Schülern Mrs. Smileys, davongewankt. Sie wolle ihr Haus aufsuchen und sehen, wie es dort stehe.

Da ihr also nichts anderes übrigblieb, begab sich Fern in den großen Lagerraum, in dem Mrs. Simon mit einem nassen Tuch um den Kopf auf dem Bett lag. Sie öffnete die Tür sehr behutsam. Vielleicht hatte sie Glück, und die Mutter schlief. Aber die Tür knarrte, und sogleich nahm Mrs. Simon den Umschlag von der Stirn, gebot ihren Tränen Einhalt, schaute auf, und da sie sah, wer es war, rief sie: „Komm, mein Kind, setz dich zu mir!" Verlegen und widerstrebend gehorchte Fern und setzte sich auf die Bettkante, doch möglichst weit ab von der Mutter.

Sie tat ihr auf einmal leid. Wie sie in diesen zwei Tagen gealtert war! Sonst hatte sie immer noch munter und frisch dreingeschaut. „Sie können doch noch keine zwanzigjährige Tochter haben?" hatte es immer in Puna geheißen. Damit war es jetzt aus. Sie war gebrochen, verrunzelt, verstört und geschwächt. ‚Sie ist jetzt ganz allein', denkt Fern, ‚da Papa tot ist, ist Mama nichts mehr, nicht einmal mehr Missionarin. Was soll nun aus ihr werden?' Fast erschrickt sie bei dem Gedanken, daß diese vereinsamte, zerbrochene Frau nun niemand mehr hat, den sie knechten kann, denn sie läßt sich nicht mehr von ihr unterdrücken, und keinen Mann, der neben ihr schläft.

‚Das war wohl für Mutter immer die Hauptsache', ahnte Fern in ihrer neuesten Weisheit, ‚was soll sie jetzt anfangen? Sie ist ja erst dreiundvierzig, schließlich kein Alter!'

Natürlich sprach man im Hause Simon über derartige Dinge nie in Anwesenheit der Töchter, aber einmal schnappte sie etwas auf, und nun, als sie stumm auf dem Bettrand saß, kam ihr wieder in den Sinn, wie sie vor fünf Jahren im ersten Stock durchs Vorzimmer kam, die Tür zu Mutters Salon nur angelehnt war und drinnen bei ihr Mrs. Hogget-Clapton saß. Da hatte sie ein bißchen gehorcht. „Nein", hatte sie die Hogget-Clapton sagen hören, „Herbert hat sein eigenes Schlafzimmer, seit drei Jahren hat er mich nicht angerührt, ich glaube, er kann nicht mehr, denn wenn er eine in Ranchipur hätte, würde ich es doch gleich durch die Diener erfahren." Und nach kurzem Schweigen die Mutter: „Unsere Ehen sind in dieser Beziehung ganz verschieden. Burgess würde niemals getrennte Schlafzimmer wünschen, ausgeschlossen, was wäre denn dann mit mir? Ich würde ja nach ihm verlangen."

Damals, mit kaum fünfzehn Jahren und noch nicht aufgeklärt, verstand Fern den Sinn der Unterhaltung nicht, hatte nur das Gefühl, er sei etwas gemein oder gar unanständig, aber jetzt ging er ihr auf ...

‚Ob die Mutter jemals so mit dem Vater mitfühlte wie ich mit Ransome?' fragte sie sich. ‚Wenn Ransome etwas zustieße, es wäre das Furchtbarste!' In ihren Gedanken nannte sie ihn immer nur „Ransome", nie „Tom", manchmal sogar noch „Mr. Ransome". Die wenigen Male, die sie zusammen waren, vermied sie es, ihn beim Namen zu nennen; und als sie heut früh im Hause Bannerji bei ihm auf dem Fußboden lag, sagte sie „Liebster" zu ihm und „du mein Lieber"!

Die Mutter drehte sich nach ihr um, sah sie groß an und sprach: „Komme, was kommen mag, wir bleiben zusammen. Du bist das einzige, was mir auf der Welt noch geblieben ist." Fern bekam einen Schreck.

Sie hielt sich für frei. Daß das Erdbeben ihr persönliches Schicksal in dieser Richtung beeinflussen könne, hätte sie nie gedacht. „Da ist immer noch Mrs. Hogget-Clapton", suchte sie sich herauszuwinden, „ich dachte bestimmt, sie wäre jetzt bei dir."

„Nein", sagte Mrs. Simon schroff, „das ist zu Ende."

„Ist etwas vorgefallen?"

„In der Erdbebennacht traf ich sie in ihrem eigenen Hause sinnlos betrunken an." – ‚Das also ist die vielgerühmte Mrs. Hogget-Clapton! Drum war sie manchmal so durcheinander. Eine heimliche Säuferin! Gott, wie unglaublich naiv war ich doch', dachte Fern, ‚bis ich zu Ransome ging und auf ihn wartete! Ein richtiges Schaf! Kein Wunder, daß er mich so lang als Kind betrachtet hat!' Die Trunksucht der Hogget, erkannte sie, war nur ein kleines Beispiel dafür, daß sie von der wirklichen Welt nichts geahnt hatte. ‚Die Mutter wußte gewiß schon längst darüber Bescheid, gab bloß vor, nichts zu wissen, aus lauter Snobismus!'

„... du hast keine Ahnung, Kind, was ich in der Nacht mit ihr durchgemacht habe, was ich alles für sie getan habe; ich hab' ihr das Leben gerettet, und das ist der Dank!"

Es klopfte. Fern öffnete. Es war Phoebe, die ihr Ransomes Billett übergab. Nachdem sich die Tür wieder geschlossen, ging sie ans andere Ende des Lagerraumes, möglichst weit weg von der Mutter, um den Brief unbeobachtet lesen zu können. Umsonst. Unter dem feuchten Umschlagtuch, das Mrs. Simon, als es klopfte, rasch umgenommen, beobachtete das marmorblaue Mutterauge.

Toms Schreiben war kurz. Es erwähnte seine neue Tätigkeit, meinte, er könne heut und vielleicht auch die nächsten Tage nicht zu Smileys kommen; die Stadt sei voll Cholera und Fleckfieber, der Gestank furchtbar. „Laß Dir bloß nicht einfallen, herzukommen, mein Liebstes, nicht jetzt! Dir darf nichts zustoßen."

Seligkeit hüllte sie wieder ein, als sie die letzte Zeile las. Alles andere, alle Ängste, Sorgen und Nöte waren gebannt. Doch schon kam quer durch das Lagerhaus die Stimme der Mutter: „Na, was gibt's? Sprich! Steh nicht so stumm herum!"

„Ein Brief für mich", antwortete sie kurz.

„Was für ein Brief? Von wem?"

‚Ich sag's ihr', beschloß Fern, ‚alles soll sie erfahren. Ich bin frei. Mein Leben gehört mir', und antwortete laut und deutlich: „Von Mr. Ransome."

„Oh!" machte Mrs. Simon. „Was will er denn?"

„Ich soll hier auf der Mission bleiben und nicht in die Stadt gehen."

„Sehr vernünftig, das ist selbstverständlich."

‚Sie schluckt alles', dachte Fern, ‚sie sieht schon in ihm ihren Schwiegersohn', trat hinüber ans Bett und erklärte: „Ich bleibe nicht hier. Ich geh' in die Stadt."

„Bist du verrückt? Du kannst mich doch hier nicht allein bei Smileys lassen! Du bist das einzige, was ich noch habe. Wie kannst du dir so etwas einfallen lassen!"

„Weil", lautete Ferns überlegte Antwort, „ich im Spital oder sonstwo nützliche Arbeit leisten möchte und in seiner Nähe sein will."

Mit einem Ruck fuhr Mrs. Simon im Bett auf. „Und ich? Bin ich dir nichts? An mich denkst du wohl gar nicht?"

‚Sie kann mir nichts wollen!' durchzuckte es Fern siegesbewußt, ‚ich fürchte weder sie noch ihre Szenen, sie kann mir nichts anhaben.' So war es. Sie war frei und antwortete frei und offen: „Gewiß denke ich an dich, aber deswegen geh' ich trotzdem in die Stadt. Dort ist mein Platz. Was auch geschieht, ich muß bei ihm sein. Er achtet ja nicht auf sich, er denkt nicht an sich selbst."

„Fern! Weißt du, was du zu tun im Begriffe stehst? Willst du vielleicht, daß alle Leute denken, du bist nichts Besseres als ein Straßenmädchen?"

„Es ist mir gleich, was alle Leute denken; sie sind ja gar nicht mehr da. Alles hat sich geändert. Heiratsurkunden und solches Zeug sind jetzt unwichtig. Möglich, daß das mal wiederkommt. Jetzt ist es Nebensache." Die Mutter setzte zu einer Entgegnung an, doch, hingerissen von neuer Zuversicht, schnitt ihr die Tochter das Wort ab: „Ich habe damals gelogen, als ich dir sagte, ich hätte mit ihm gelebt. Ich log aus Angst und weil ich unglücklich war. Jetzt aber ist es keine Lüge mehr. Es ist geschehen. Heute morgen. Ich liebe ihn mehr als irgendwen und irgend etwas auf der Welt. Für ihn tue ich alles und jedes."

Die Mutter schlug die Hände vors Gesicht. Sie war zu matt, zu alt, um ihr gewohntes Theater zu machen. Sie schlug nur die Hände vors Gesicht und sagte: „Fern, mein Kind, du mein kleines Mädchen..." Was sie damit ausdrücken wollte, ob Trauer, Vorwurf oder Genugtuung, war Fern nicht recht klar, doch kannte sie ihre Mutter gut genug, um zu wissen, daß diese in dem Vorgefallenen nur das Vorspiel zu einer Vermählung und durch dieselbe all ihre Schwierigkeiten gelöst sah; sie war dann versorgt und ihre Zukunft glänzender als alles bisher Erreichte. „Komm her, Kind, setz dich zu mir!" bat die Mutter, und als Fern, wenn auch ungern, wieder auf der Bettkante Platz nahm, faßte sie ihre Hand und sagte: „Ich hätte es mir zwar anders für dich gewünscht, aber – hoffentlich wirst du glücklich."

Da wußte das junge Mädchen, daß seine Mutter ihm nicht mehr zusetzen werde, denn sie war kindisch und bedeutete nichts mehr. Von nun an mußte es sich ihrer annehmen und ihr vorschreiben, was sie zu tun habe. Doch sah es dies nur wie aus weiter Entfernung, hoch von oben. Von nahem gesehen waren der Zusammenbruch und die mütterliche Übergabe fast zu plötzlich erfolgt und machten ihm bange, so daß es eine Weile unentschlossen dasaß.

Da aber fing die Mutter zu weinen an, und wieder wußte die Tochter nicht recht, ob aus Trauer, Genugtuung oder erleichtert. Es war aber keines von all dem, es hatte weder mit Fern noch mit Ransome etwas zu tun.

Mrs. Simon sah im Geist mit einem Mal eine hohle Eiche, von spanischem Moos überwachsen, und dahinter, im Mondenschein, den silbrigen Schimmer des Mississippi. Das „Meeting der Erweckung" war beendet, und da, auf ihrem Heimweg, kletterte sie mit Burgess über einen Zaun und legte sich mit ihm unter die hohle Eiche. Dort geschah es, und sie sprachen dabei kein Wort. Sie hatten sich von den andern getrennt und waren, ein Herz, eine Seele, ein Leib, über den

Zaun gestiegen. Es geschah schnell, in jähem Ausbruch der jungen Säfte, aufgerührt von Gesang und religiöser Besessenheit. Etwas, das stärker war als er und sie, hinreißender als baptistische Lehren und die ganze Baptistenkirche mitsamt ihrem kindischen College, hatte sie zueinandergezogen und Gottes Blitzstrahl sie nicht erschlagen. Sie hatten nur schrecklich Angst, sie bekäme ein Kind, und machten daher schnell Hochzeit, viel früher, als beabsichtigt war. Niemand merkte etwas, niemand erfuhr etwas, aber niemals mehr wurde es wieder so wie unter der hohlen Eiche.

„Und wenn du ein Kind bekommst?" fragte sie plötzlich, nahm die Hände von den Augen und starrte die Tochter an.

„Das habe ich mir noch nicht überlegt. Möglich wär's."

„Am besten, ihr heiratet gleich."

Es hatte keinen Zweck, ihr darauf zu antworten. Die alte Frau konnte die Dinge unmöglich so sehen wie die junge. Diese aber wollte unter keinen Umständen, selbst wenn sie in Hoffnung wäre, Ransome um die Heirat bitten, nein, darauf sollte es nicht hinauslaufen; sie hätte die Bitte wie eine Befleckung empfunden. Also sagte sie nur: „Schlaf lieber, probier es wenigstens, komm, lege dich hin!"

„Ich könnte keine Auge zutun", ächzte Mrs. Simon, „ich kann nicht schlafen", legte sich aber folgsam und stöhnte so lange, bis sie nicht mehr stöhnte und einschlief. Fern wartete noch ein Weilchen, dann stand sie vom Bettrand auf. Sie war über Nacht auf rätselhafte Weise klüger und älter als ihre Mutter geworden. Sie setzte sich in den Schaukelstuhl, schloß erschöpft die Augen und sank gleichfalls in Schlummer.

Sie hatte wohl noch nicht lange geschlafen, als sie sich sanft an der Schulter berührt fühlte und aufsah. Vor ihr stand Mr. Smiley. „Entschuldige, Kind, daß ich dich geweckt habe, aber ich muß in die Schule und komme frühestens heut nacht zurück, vielleicht auch erst morgen oder übermorgen; da müssen wir jetzt den Trauergottesdienst halten. Will die Mutter dabeisein?"

„Nein", sagte Fern, „sie soll lieber schlafen."

So gingen sie denn hinaus. Bertha und Phoebe trugen die gläsernen Aschenkrüglein, die man unter dem Banyan begrub. Es geschah rasch und erschien Fern nur wie eine symbolische Gebärde, die Homer so zart und liebreich vollzog, daß etwas sehr Schönes darin lag, und Fern dachte: ‚Vor drei Tagen lebten sie und sprachen mit mir.'

XXV

Homer Smiley geleitet Fern Simon und Edwina Heston, die gegen den Einspruch aller auf ihrem Vorhaben bestehen, den Weg über die Ebene, an den Sikhskasernen vorbei und über die beschädigte Eisenbahnbrücke zur Stadt. Er tut es nicht gern. Die beiden können nach seiner festen Überzeugung in dem verwüsteten Ranchipur nur zur Last fallen. Er kennt Tante Phoebes Festigkeit und Berthas Willensstärke, auch wenn er nur selten gegen sie auftreten mußte, aber so etwas Hartnäckiges, Halsstarriges wie Lady Heston und Fern ist ihm noch nicht vorgekommen. Es blieb ihm nichts anderes übrig, als nachzugeben. – Mutter Simon, die ihre Erschöpfung und Kümmernis ausschlief, sagte man nichts. Tante Phoebe hofft, mit ihr fertig zu werden, wenn sie beim Erwachen entdeckt, daß ihre Tochter in die Pesthöhle Ranchipur ging, und zu toben beginnt.

Smiley watet durch den roten Sumpf, dicht hinter ihm die zwei Frauen. Vor der Brücke haben sie eine Begegnung, ihre erste, und zwar mit Mrs. Hogget-Clapton, die plötzlich hinter den Ruinen einer Sikhskaserne auftaucht. Von ihrer Leibwache, den Paria-Schuljungen, begleitet, wankt sie ihres Weges daher.

Sie hat sich umgezogen, trägt jetzt ein Kleid mit kurzem Rock aus geblümter Kretonne, einen Handarbeitsbeutel und einen purpurroten Seidenschirm, als habe sie eben bei strömenden Regen eine Landes-Gartenbauausstellung eröffnet.

Ihr Schirm ist das Zweckloseste, was man sich denken kann, er biegt sich im Wind bald dahin, bald dorthin, so daß der Regen ihr Geblümtes durchweicht. Aus dem Handarbeitsbeutel guckt der Hals einer Brandyflasche. Bei ihrem Anblick verdüstern sich Smileys Mienen, aber er schreitet weiter, gefaßt wie ein Märtyrer.

Sie hat ihn noch nicht gesehen, aber sobald sie die Herannahenden erkennt, beginnt sie zu heulen, wankt auf sie zu, schreit: „Man hat mir alles gestohlen, meine Hüte, meine Nähmaschine und sogar meine Vergrößerung, das Gemälde!“

Höflich, mit geheuchelter Teilnahme, bleiben die drei bei ihr stehen, während sie ihren ganzen Tand, die Messingsachen aus Benares und die gestickten Sofakissen herzählt, die von den Bhils geraubt wurden. „Ich verklage den Staat!“ tobt die Betrunkene. „Was ich in vielen Jahren gesammelt habe! Es ist eine Schmach und Schande, man hat keinen Schutz! Meine Vergrößerung! Wenn das Herbert erfährt, na wartet!“

Die Kinder der Unberührbaren, ihre Garde, stehen staunend, beobachtend um sie herum. Von Zeit zu Zeit platzt eines heraus. Smiley flüstert dem ältesten auf gujaratisch: „Wenn sie fällt, müßt ihr sie tragen und heil zur Mission bringen", und sucht sie zu trösten, bis Lady Heston die Geduld verliert und leise, aber heftig drängt: „Wir haben Wichtigeres zu tun, als hier den ganzen Tag herumzustehen und diese verrückte Person anzuhören." Sie lassen sie stehen.

Verdutzt schaut die Betrunkene ihnen nach. Jetzt erst erkennt sie die Lady, erschrickt über ihre eigene Unachtsamkeit und winkt, ihr Versehen gutzumachen, angestrengt hinter ihnen her.

Sie vollziehen den gefahrvollen, schwindelerregenden Übergang über die Eisenbahnbrücke, fassen sich bei den Händen und bilden eine Kette, damit niemand über der brausenden Flut, vom Schwindel gepackt, das Gleichgewicht verliert. Drüben, am anderen Ufer, erfolgt ihre zweite Begegnung.

Als sie sich umsehen, erblicken sie Miss Elizabeth Hodge, umringt von einer Schar Eingeborener, die verzweifelt auf sie einreden.

Verwirrt, verstört, hörte Miss Hodge nichts von dem, was man ihr sagte, verstand nicht, daß man sie um Nahrung, Unterkunft und Nachrichten über Kinder und Angehörige anflehte. Es sind lauter Leute aus niederer Kaste, mit denen sie nie etwas zu schaffen hatte, sie sprechen zu ihr in allen möglichen, unverständlichen Dialekten; aber selbst wenn sie hindostanisch oder gujaratisch sprächen, Elizabeth würde es nicht verstehen. Von Furcht gelähmt, voll Entsetzen über das Grausige, das sie seit ihrer Flucht aus dem Hospital ansehen mußte, steht sie in Angst und Bangen vor der schmalen, schwankenden Brücke über dem wild aufbrausenden Strom, über den sie hinüber muß, um ihre angebetete Lady Heston zu finden.

Sie merkt nicht, daß diese schmutzigen Menschen aus Elendskasten ihre Person und ihre Unfähigkeit mit Sarah Dirks und deren Fähigkeiten verwechseln. Die Ärmsten wissen, bei Miss Dirks würden sie keine Fehlbitte tun, und da man die beiden bisher stets zusammen sah, bilden sie für die Eingeborenen eine Einheit, ein einzigartiges Phänomen der Hilfsbereitschaft. Man bestürmt sie, wirft sich vor ihr aufs Gesicht, umklammert ihre Knie, und kaum, daß sie sich von dem einen losgemacht hat, umklammert sie schon ein andrer. Für sie ist die arme Elizabeth der einzige sichtbare Rest des mächtigen britischen Empire. Doch ohne die Dirks ist die Hodge nichts als ein hilfloser Sperling, der planlos und wirr in einem Zimmer, in das er sich verflog, hin und her flattert.

Seit achtundvierzig Stunden schlief sie kaum eine Minute. Sie saß im Regen zusammengekauert auf dem Dach ihres einstöckigen Hauses, sah die Wasser höher und höher steigen und Trümmer, Schlangen, Leichen und tote Katzen an sich vorübertreiben. Von Zeit zu Zeit schrie sie mit immer heiserer werdender Stimme Sarahs Namen hinaus in die Finsternis, aber der Regen trug keine Antwort zurück.

Endlich, im Morgendämmern, sah sie vom Schloß her eine der lustigen Gondeln des Weihers geradewegs auf sich zukommen, und darin saß einer der prächtigen Sikhs. Welcher, wußte sie nicht; sie sahen einander so ähnlich. Sie wollte ihn anrufen, doch aus dem aufgerissenen Mund drang kein Ton.

Selbst noch in ihrer Schwäche und furchtbaren Angst fühlte sie sich von einer Glutwelle überflutet, einer jener Gefühlswogen, die sie in ein anderes Wesen verwandelt und ihr friedliches, eintöniges Leben mit Sarah zerrüttet hatten.

Der Sikh sprach sie hindostanisch an. Sie wollte aufstehen, saß aber plötzlich wieder auf dem leicht abgeschrägten Dach, und der große Reiter beugte sich über sie, nahm sie mühelos auf den Arm und trug sie in das Lustboot. Fast ließen ihre Erregung und Schwäche sie ohnmächtig werden.

Als sie an ihrem schlaffen, gealterten Leib die kräftige Brust des Mannes fühlte und die muskulösen Arme des Gewaltigen sie umfingen, war ihr nicht anders zumute als einer Jungfer, die eben genotzüchtigt wird. Ihr Herzschlag stockte. Sie schloß die Augen. Welt, Flut und die zerstörte Stadt drehten sich um sie im Kreise. Als sie die Augen öffnete, lag sie in der Gondel. Die schwarzen Augen des Sikhs sahen starr über sie hinweg. So ruderte er sie zur Schloßruine.

Und nun vollzog sich in ihr etwas Ungewöhnliches. Sie wurde plötzlich von den Empfindungen einer Prostituierten erfaßt. Sie tat (und wußte genau, was sie tat), als sei sie noch ohnmächtig, und musterte ihn dabei unter halbgeschlossenen Lidern. Sie betrachtete ihn wie noch nie zuvor einen Mann. Sie beschaute mit Gier den glänzenden schwarzen Bart, die dunklen Glutaugen, die roten, sinnlichen Lippen, die breiten Schultern, die Brust, die kraftvollen Arme. Als sei er nackt, so zeichnete sich unter der durchnäßten Uniform alles ab, und in zügellosem Wahnsinn tasteten ihre Augen über den ganzen Körper, vom schmucken Turban bis zu den bloßen, kräftigen Füßen, und was sie nicht sah, malte sie sich in unzüchtigen Phantasien aus. Ihr Schamgefühl, das sich einen Augenblick regte, wurde sogleich im Wogenprall zügelloser Lüsternheit weggespült. Es war, als fühle sie ihren plumpen, quabbligen Leib verwandelt, veredelt, verschönert und verherrlicht, und dabei, mitten in ihrem krankhaften Erregungszustand, sagte sie sich voll Gift und Galle: ‚Daran ist nur Sarah schuld; wegen ihr habe ich nie etwas erlebt, sie wollte nie, daß ich es kennenlerne', und wünschte, die Rettungsfahrt setze sich bis ins Unendliche in der gleichen orgiastischen Erregung fort.

Der Sikh sah sie nicht einmal an. Außer wenn er sich umdrehte, um zu sehen, ob er beim Rudern die Richtung hielt, blickte er geradeaus. Doch bei jeder dieser Kopfwendungen glaubte Elizabeth, beim Anblick der Sehnen des dunklen Halses wieder in Ohnmacht zu sinken. Für ihn war es nicht anders, als fahre er einen Sack Mehl. Für sie aber versank die Welt in rotglühender Ekstase. Glutwellen schlugen über sie hin.

Plötzlich stieß das Boot in den weichen Uferschlamm und stand still. Sie seien beim Schloß, sagte der Sikh auf hindostanisch. Sie versuchte aufzustehen; es ging nicht. Noch einmal nahm sie der Mann in seine mächtigen Arme, an seine mächtige Brust, und noch einmal drehte sich die zerstörte Welt um sie gleich dem kreisenden Chaos am Anfang der Schöpfung.

XXVI

Als sich das Chaos lichtete und sie, von sanftem Zuspruch geweckt, die Augen aufschlug, sah sie sich von einer Wolke dunkler Gesichter umgeben, in ihrer Mitte der Missionar Smiley; denn er war es, der zu ihr sprach, und nicht, wie sie es erträumt hatte, der Sikh oder wenigstens Lady Heston. Sie war enttäuscht. Nur der magere Mr. Smiley! Er gab ihr ein Glas von dem Palmwein, den er aus den Ruinen der Schloßküche gerettet und mit Wasser vermischt hatte. „Die Flut weicht zurück", sagte er, „Sie können bald ins Spital."

Der Palmwein erhellte ihr Denken ein wenig. „Ich will nicht ins Spital", begehrte sie auf, „wo ist Sarah Dirks? Ich will nach Haus", und als Smiley ihr mitteilte, er wisse nicht, wo Miss Dirks sei, besann sie sich allmählich mit einiger Mühe darauf, daß Sarah wie verrückt in Regen und Hochwasser hinausgerannt war, um eine Kiste mit eben aus England gekommenen Schulbüchern zu retten. Aber in ihrem verwirrten Zustand kam es ihr vor, als sei dies alles vor vielen Jahren geschehen, damals, als sie die Heimat fluchtartig verließen; und mochte auch Smiley ihr immer wieder versichern, daß das Erdbeben erst vorgestern stattgefunden habe, sie blieb dabei.

Er hörte sie geduldig an, suchte ihr das Geschehene immer wieder begreiflich zu machen und wurde dabei den Gedanken nicht los, es sei doch ein Jammer, daß statt dieses hirnlosen, traurigen Mondgesichts nicht die tüchtige Dirks gerettet wurde, und schämte sich zugleich des Gedankens.

An Sarah Dirks' Untergang schien ihm kein Zweifel mehr möglich. Nach seiner Mutmaßung mußte sie sich zur Zeit, da er mit den Knaben und Bertha die Mauer des Schloßparks erreichte, auf dem Weg zur Mädchenschule befunden haben. Sie selbst waren wie durch ein Wunder der steigenden Flut entronnen; Miss Dirks konnte ihr auf dem Weg in die Innenstadt unmöglich entgangen sein. Aber davon sagte er Elizabeth nichts, sondern sann nur darüber nach, wie oft doch gerade die Schwachen, die Untüchtigen einem Unheil entkämen, vielleicht, weil sich irgendwie immer ein Retter fände, während die Pflichtgetreuen ihr Leben aufs Spiel setzten und dabei untergingen.

Als die Wasser zurückfluteten, sagte er Bertha, er wolle Miss Hodge ins Hospital bringen und sehen, ob er dort Neues erfahren könne; er werde so bald wie möglich wieder zurück sein. Da aber richtete sich Elizabeth auf und fragte: „Wo ist Lady Heston?“

„Ich weiß nicht. Sie war bei Bannerjis eingeladen“, antwortete Smiley.

Sie begann zu weinen. „Sie wollte doch heute zu uns zum Tee kommen; nun ist sie am Ende gar nicht imstande . . .“ Der Streit mit Sarah wegen der kollidierenden Teegesellschaften kam ihr in den Sinn; sie brachte alles durcheinander und bestand plötzlich darauf, sie müsse schleunigst nach Hause; Lady Heston warte dort schon auf sie.

Ihre Äußerungen gaben Smiley eine Handhabe, mit ihr fertig zu werden. Er erklärte ihr mit Engelsgeduld, die Überschwemmung habe es völlig unmöglich gemacht, zu ihr zu kommen. Aller Voraussicht nach werde sie wohl Lady Heston wie Miss Dirks im Spital antreffen.

Er wollte sich damit keineswegs der Verantwortung für die Arme entziehen, es wartete seiner nur eine solche Unmenge Arbeit, daß er dabei unmöglich Miss Hodge mit sich herumschleppen konnte. Im Krankenhaus bestand wenigstens die Möglichkeit, ihr zu helfen. Er gab ihr noch ein Glas Palmwein, worauf sie imstande war aufzustehen und sich bereit erklärte, mit ihm ins Hospital zu gehen.

Die Auffahrt zum Schloß, die sie hinabgingen, war über Nacht ein Dschungel von Büschen und blühenden Pflanzen geworden. Im

Spital stießen sie auf Miss MacDaid, die in ihrer Schwesterntracht einigermaßen frisch und adrett aussah, und Major Safka mit verbundenem Kopf und wehmütigem Lächeln. Obwohl die Flut eben erst aus dem untersten Stockwerk des Hauptgebäudes gewichen war, waren beide bereits am Werk, mit Hilfe der überlebenden Krankenhausdiener Ordnung zu schaffen. Das Spital war das einzige Haus der Innenstadt, das noch stand. Wenn auch erschüttert, bot es doch Schutz und Zuflucht. In seinem Umkreis war alles wüst und leer, weggefegt jede Spur des wimmelnden Lebens, das noch vor wenigen Tagen hier geherrscht hatte.

Mit Miss Hodge wurde es auch im Spital nicht besser. Sobald sie hörte, man wisse weder von Lady Heston noch von Miss Dirks etwas, wollte sie sie auf der Stelle suchen gehen und versicherte immerzu unter Tränen: „Lady Heston kommt doch zum Tee!“ Dann änderte sie ihre Ansicht und behauptete: „Nein, wir wollten ja zu Mr. Ransome zum Tee. Zu schade! Endlich hatte ich Sarah so weit, daß sie mit mir zu einem Tee gehen und selbst einen Tee geben wollte ...“

Miss MacDaid riß die Geduld. Sie war jetzt ohne Kosmetika, ihr Gesicht, alt und erschreckend, war grau, aber lebensprühend und kraftvoll. Sie packte Miss Hodge bei den Schultern und schrie sie an: „Sie verrückte Person, wir haben hier Wichtigeres vor als Ihre Tees! Major Safka“, wandte sie sich an diesen, „geben Sie ihr etwas zur Beruhigung; ich nehme sie mit auf mein Zimmer.“

Dies geschah. Mit ziemlicher Mühe brachte man sie die Treppe hinauf in den Raum, den die Oberschwester, wenn ihre Anwesenheit nachts erforderlich war, bewohnte. Hier bereitete man ihr auf dem Fußboden ein Lager. In Miss MacDaids Bett lag eine Unberührbare, die man noch rechtzeitig vor der ansteigenden Flut aus dem Gebärsaal heraufgerettet hatte. Nun lag sie, das Neugeborene im Arm, inmitten des Untergangs, und ihre dunklen Augen verfolgten ruhevoll, was um sie her vorging. Das Kind war ein Knabe, gesund und kräftig; mehr wollte sie nicht.

Elizabeth schlief eine Weile. Gegen Mittag erwachte sie, ihr Kopf war durch das Schlafmittel wirrer noch als zuvor. Sie wußte weder, was sich ereignet hatte, noch, wo sie war und wie sie hierherkam. Als sie die Wöchnerin auf hindostanisch fragte, sah diese sie erschrocken an, denn sie sprach nur ihren eigenen Dialekt und verstand keine Miss Hodge.

Allmählich aber brachte diese eine gewisse Ordnung in ihre Gedanken und wurde sich darüber klar: Sie mußte hier heraus und

Lady Heston suchen. Die Lady brauchte ihre Hilfe; sie kannte sich nicht in Ranchipur aus und sprach nur Englisch.

Sie erhob sich vom Boden, öffnete die Tür und ging über den Korridor. Er war leer. Auf der Stiege kein Mensch. Sie verließ das Haus, die Umfriedung, wanderte zwischen zerstörten Häusern und Läden des Basars, erreichte die Brücke mit dem Denkmal der Queen und den Schiwatempel. Die Brücke war auseinandergebrochen; durch die Bruchstelle stürzte der angeschwollene Fluß, aber die Statue der Königin und der Tempel mit dem Juwelenschrein standen.

Sie ging den Strom entlang bis zur zweiten Brücke, die vom Schloß zu den Kasernen führte, auch die war zerschmettert. Sie ging weiter stromabwärts, ohne recht zu wissen, warum und wohin.

Um diese Zeit kamen schon Bauern aus der Umgebung zur Stadt. Sie kannte niemand, und niemand kannte sie. Sie wurde nur angestarrt. Erst als sie die Außenbezirke und höheres Gelände erreichte, erkannten die Leute sie, umschlangen ihre Knie und flehten sie weinend an. Sie aber machte sich immer wieder los und setzte ihren Weg fort. Kaum beachtete sie die Hingestreckten, die Rufe des Jammers und der Verzweiflung. Sie mußte Lady Heston suchen. Sie durfte nur nicht lockerlassen, dann fand sie schon eine Stelle, an der sie den gräßlich tosenden Strom überschreiten konnte. Ihr Kleid war durchnäßt, bis über die Hüften beschmutzt und von rotem Schlamm bespritzt, doch sie hielt aus. Nach einstündiger, anstrengender Wanderung gelangte sie zur Eisenbahnbrücke, fand aber nicht den Mut, sie zu überschreiten.

Hier sah sie sich von dem schreienden, hilfeheischenden Haufen umringt, und dann merkte sie plötzlich, daß Lady Heston neben ihr stand und zu ihr sprach.

Aber es war eine andere Lady Heston, nicht die elegante, mondäne, die sie in Wochenschau und Bildbeilage gesehen und im Sommerpalast besucht hatte. Es war eine Fremde in einem Kattunkleid, sie sah erschöpft aus, unordentlich und viel älter ... Elizabeth starrte ihr ins Gesicht, und in ihrem wirren Hirn formte sich der Gedanke: ‚Es ist dieselbe Frau, aber sie ist nicht dieselbe. Mit ihr ist etwas geschehen', und plötzlich befiel sie die gleiche Schüchternheit wie an dem Nachmittag im Sommerpalast, als sie die Zigarette genommen hatte, ohne zu wissen, was sie damit anfangen sollte.

Da aber merkte sie, wie Smiley der Lady etwas zuflüsterte, und alle Scheu verschwand in aufwallender Empörung. „Glauben Sie nicht, was er sagt!" schrie sie. „Nichts! Ich weiß, was er gesagt hat.

Wir könnten Sie nicht zum Tee einladen, weil wir zu Mr. Ransome müßten; das ist nicht wahr, er lügt, er ist bloß Missionar, und überhaupt, Sarah ist tot, die macht mir jetzt keine Vorschriften mehr!"

Edwina legt ihr die Hand auf die Schulter. „Ich weiß ja, er lügt", beruhigt sie, „begleiten Sie mich, ich möchte ins Hospital! Sie brauchen sich keine Gedanken zu machen; ich sorge für Sie."

Die dichtgedrängten dunklen Gesichter ringsum, deren Klagen während Elizabeths Ausbruch verstummten, beginnen von neuem zu jammern. Smileys Versicherung, es werde ihnen geholfen, versinkt im Lärm.

Er wandert die Straße weiter durch Unrat und Schlamm, hinter ihm die drei Frauen, zwischen Ruinen, Aasgeiern, Aashunden.

XXVII

Im Großen Tor arbeiteten derweil Ransome und der junge Gopal Rao unentwegt weiter und machten nur eine kurze Pause, um den Reis-Curry, den man ihnen aus dem Zelt der Maharani geschickt hatte, zu essen, und selbst dies nicht beide zugleich, sondern erst einer und dann der andre, denn die Schlange der Obdachlosen und Hungrigen vor dem Tor wollte nicht weichen und wurde nur immer länger, und die Mahlzeit Gopal Raos wurde fortwährend unterbrochen, weil Ransome ihn, da er selbst nur Hindostanisch und Gujaratisch verstand, immer wieder als Dolmetsch benötigte.

Sie aßen aber in einer engen, dunklen Kammer hinter der Loge des Jobedars, denn Ransome wollte der langen Reihe Hungernder durch den Anblick Essender keine Qualen bereiten. Er und Gopal, sie mußten essen, so wie Miss MacDaid, der Major, die Maharani, Raschid, Oberst Ranji Singh und die Smileys, denn auf ihren Schultern ruhte nun diese zerstörte Welt.

Die Kette der Flüchtlinge zog und zog an dem Tischchen vorbei: Nagas, Modhs, Mochis, Kathis, Kolas, Pomlas, Dhodhias, Vasawas, Naikas und sogar drei, vier Bhils in der heimlichen Hoffnung auf freien Reis. Gopal Rao fragte jeden nach Namen und Kaste, und Ransome schrieb es in ein Büchlein, warum, wußte er selber nicht, höchstens um in das Chaos Ordnung zu bringen und dem Registrator Dr. Mukda, einem leidenschaftlichen Statistiker, eine Freude zu machen. Doch erfuhr Tom bei dieser Gelegenheit eine Fülle niemals geahnter Einzelheiten aus dem Leben dieser Menschen, die sich wie Fliegen vermehrten, über mannigfaltige Unterschiede zwischen und innerhalb der Kasten und Unterkasten, über die sonderbarsten religiösen Vorstellungen vom degenerierten Hinduismus bis zum Hexenwahn der Bhils, und immer mehr erkannte er im Laufe des Tages, welch unglaublich verwickelte Aufgaben sich Menschen wie die Maharani, Safka und Miss MacDaid gestellt hatten, wenn sie diesem Volke Lichtbringer sein wollten.

Die meisten waren an Leib und Seele herunter, rachitisch, dumpfer Verzweiflung, tierischer Gleichgültigkeit anheimgefallen, und aus den Gesprächen, die Gopal mit ihnen führte, merkte Ransome, daß sie nicht etwa in einer bestimmten Erwartung oder mit einem Plan zum Großen Tor kamen, sondern weil ihnen dies große Sarazenentor den Inbegriff des Maharadschas, des Vaters aller, darstellte. Es war die Kunde ergangen, der Vater habe Männer zum Großen Tor gesandt, sich ihrer Not anzunehmen, und so nahten sie denn, gleich geängstigten Kindern, scharenweise aus allen Quartieren der untergegangenen Hauptstadt und von den näher gelegenen Dörfern und wußten nicht, was sie wollten, es sei denn essen. Die wenigsten wußten vom Tode des guten, alten Maharadschas.

Während der Mittag in Dampfbadhitze in den Nachmittag überging, sah Ransome sich immer stärker gepackt, so daß er darüber Edwinas, Safkas, Miss MacDaids und sogar zeitweilig Ferns nicht gedachte. Fünf Jahre lebte er nun in Ranchipur, und in all der Zeit waren Menschen wie diese für ihn nicht vorhanden gewesen, oder wenn, dann nur als fremdartige Figuren, die vor seinem Auto beiseite traten und ihn durch rote Staubwolken mit schwarzen, heißhungrigen Augen des Elends ansahen. Sein Ranchipur, fing er nun an zu begreifen, war lächerlich eng begrenzt gewesen: das Schloß, der Bannerji-Kreis und die kleine Gruppe, die ihr Dasein Indiens Wiedergeburt gewidmet hatte. Jetzt sah er unter die Oberfläche und ahnte das Elend unter den Gesteinsschichten der Unwissenheit, der Entbehrung, des Aberglaubens. Und alle die Unglücklichen, die da in Hast und Angst, Hader und Zank an seinem Tischchen vorüberzogen, waren mit einem Mal Menschen für ihn.

Der junge Mahratte an seiner Seite arbeitete wirksam und tüchtig, doch um die schwarzen Augen, den vollen, roten Mund schwebte leise Verachtung. Denn Gopal Rao war Krieger. Vor hundert Jahren wäre er an der Spitze seiner mahrattischen Reiterschar aus der öden Mahrattensteppe in die Tiefebene gesprengt, um den Reichtum des übrigen Indiens zu erobern. ‚Ich muß besser Gujaratisch und Mahrattisch lernen', sagte sich Tom, ‚dazu noch ein oder zwei andere

Sprachen!' Aber was sind zwei, ja selbst ein Dutzend anderer Sprachen in diesem betäubenden, wimmelnden indischen Wirrwarr! Der kluge Gopal, der ein halbes Dutzend geläufig beherrschte, stieß immer wieder auf eine obskure, ihm unverständliche Mundart. Licht brauchten all diese traurigen Geschöpfe, Licht und dazu eine oder zwei Umgangssprachen.

Er dachte an die Schüler und Schülerinnen Smileys und die durch Erziehung und Bildung an ihnen bewirkte Verwandlung: wie ihre Augen blitzten, die Körper sich strafften und kräftigten und ihr Weltbild sich änderte! Aber was war alles Wirken und Streben Smileys, Raschids, Safkas, MacDaids und des alten, müden Maharadschas, der nun tot war? In der wimmelnden Unermeßlichkeit Indiens nicht mehr als ein in den Ozean geworfener Kiesel.

Schlummerte nicht schon die ganzen Jahre in seinem Geist und Herzen die stille Gewißheit, er werde immer in Indien bleiben? Ja, der Osten hielt ihn umfangen, so wie er Miss MacDaid seit ihrer Jugendzeit hielt. Europa schien ihm ein fernes Ding, langsam dahinsiechend, vielleicht schon halb tot. Europa wird er nie wieder sehen und fühlen.

In seinem Herzen ist kein Bedauern.

Währenddessen besorgte er fort und fort seine Einträge in das Büchlein, die lange Liste der Namen aus niederen Kasten; er schrieb sie phonetisch, er hatte ja keine Ahnung, wie man sie sonst in europäischen Buchstaben hätte aufzeichnen sollen. Zuweilen blitzte ihn Gopal Rao mit seinen schwarzen Augen an und ersuchte auf englisch um eine kleine Auskunft. Morgen kann er dem jungen Mahratten die Arbeit allein überlassen und sich anderswo nützlich machen. Morgen weiß der gescheite Junge auf jede Frage selber die rechte Antwort. Morgen ist alles statt besser nur schlimmer: mehr hungerndes Volk und weniger Lebensmittel, es sei denn, es gelänge, den Weg übers Gebirge für Lastwagen befahrbar zu machen. Hundert Ochsenkarren sind schon unterwegs, auch einige Elefanten. Doch Ochsenkarren und Elefanten bewegen sich langsam. Ehe sie beladen zurückkehren, können Hunderte an Seuchen und Hunger gestorben sein. Sogar sein zäher Körper, merkt er allmählich, der so mancher Ausschweifung widerstand, fängt schon an, die Strapazen der letzten drei Tage zu spüren, den fehlenden Schlaf, die ungenügende Nahrung, die fortwährende Anspannung und das Grauen.

Sein Kopf schmerzt. Sein Mund ist ausgetrocknet. Eine niegekannte Müdigkeit dringt ihm durch Mark und Bein. Er könnte sich augenblicklich auf den Boden der Jobedarloge fallen lassen und schlafen, um nie zu erwachen. ‚Vielleicht ist es Cholera', denkt er dumpf, ‚Pest oder Typhus, vielleicht sterbe ich ... Aber ich weiß doch: ich will nicht sterben!' Der Todesgedanke ruft das Bild Ferns in ihm wach.

Doch in seinem erschöpften Zustand schämt er sich der heutigen Morgenstunde. ‚Was tat ich, was soll ich tun? Welches Recht habe ich, ihr ganzes Leben zu ändern? Und wenn sie ein Kind bekommt?' Sowenig wie sie hatte er daran gedacht. „Die Pomlas", hört er Gopal sagen, „verfertigen Besen und Körbe."

Unter der dicken, durchbrochenen Kupferlaterne des Großen Torbogens wird ein seltsames Gruppenbild sichtbar: Homer Smiley mit Fern Simon, Edwina mit Elizabeth Hodge, und alle vier so schmutzig und schlammbespritzt wie nur irgendeiner der Schlangestehenden. Schöne Kleider, Schmuck, Prestige, feine Herkunft, westliche Überlegenheit, wo sind sie hin? Prestige kommt nur vom Herzen, man kann sich mit so etwas nicht bekleiden. Homer hat es durch seine guten Taten, vielleicht noch Miss Hodge; aber Fern und Edwina ...? Wie schmal und erschöpft Edwina doch aussieht!

Jetzt erst bemerkt er das Auffallendste: Edwina führt Miss Hodge bei der Hand wie ein kleines Kind. ‚Lady Heston und Miss Hodge! Wie reimt sich das zusammen?'

Er springt auf. „Machen Sie nur weiter!" ruft er Gopal zu. „Ich will mich um die da kümmern."

Der junge Mahratte funkelt ihn an, nur den Bruchteil einer Sekunde; doch Tom spürt den übelwollenden Feindesblick dieser schwarzen Augen. ‚Ja, das sind deine Leute', scheint ihm der Blick zu sagen, ‚Europäer brauchen sich natürlich nicht anzustellen wie alle andern!'

Der Blick kam Tom überraschend. Er betrachtete Gopal Rao als Freund, wie jeden Inder. Er möchte ihm antworten: ‚So ist es nicht, glaub mir, es ist nicht so!' Doch dazu ist keine Zeit; unter den Wartenden brach wieder ein Streit aus.

Doch der inzwischen beim Tor postierte Mahrattenpolizist greift schon ein. Befehlend, kläffend wie ein angriffslustiger Terrier, läuft er die Reihe auf und ab. So etwas gefällt ihm.

XXVIII

Sie wollten auf dem Weg zum Hospital nur rasch bei ihm vorbei, um zu hören, was es Neues gäbe, und ihm selber berichten.

„Ihr hättet wirklich nicht kommen sollen", sagt er zu Fern und

Edwina, „geht lieber zurück auf die Mission!" Aber Fern entgegnet: „Da gibt es für uns nichts zu tun; wir wollen arbeiten."

‚Wir ...? Uns ...?' denkt er verwundert, denn bisher bestand zwischen Fern und Edwina nur Feindschaft, enthält sich jedoch jeden Kommentars, sagt nur: „Es ist hier zu unsicher; auf der Mission seid ihr mehr in Sicherheit", denkt aber schon beunruhigt an Miss MacDaid und den Major. Mag auch dieser vielleicht nichts dagegen haben, daß Fern und Edwina im Spital arbeiten – jene bestimmt! An jenem Abend bei Bannerjis hat er es in ihren Augen gelesen.

Er sieht Edwina an. Sie hält noch immer Miss Hodge bei der Hand. In dem Blick, mit dem sie den seinen erwidert, liegt ein lebenbejahender Trotz, wie er ihn noch nie an ihr beobachtete. Wie vorhin Elizabeth denkt er: ‚Mit ihr ist etwas geschehen ...', und wendet sich an diese: „Haben Sie etwas von Miss Dirks gehört?"

Die Angeredete stiert ihn an. Dann schaut sie wieder anhimmelnd zur Lady auf. An ihrer Statt antwortet Smiley: „Wir müssen sie wohl für verloren halten. Sie ging nach der Schule, als die Flut zum zweitenmal stieg."

Edwina weist mit dem Kopf nach Miss Hodge und flüstert unhörbar: „Übergeschnappt!"

‚So also hängt die Sache zusammen! Sarah Dirks wußte, daß ihre Freundin geisteskrank wird, empfahl sie meiner Obhut und ging ins Wasser. Und jetzt habe ich Miss Hodge auf dem Hals', sagt er sich und bittet leise Edwina: „Würdest du auf sie aufpassen, bis ich Zeit finde, mich um sie zu kümmern?"

„Ich muß wohl", gibt sie ebenso leise zurück, „sie weicht mir ja nicht von der Seite. Nur weiter! Hestons Leiche", bemerkt sie aufbrechend, „soll man lieber verbrennen."

Als sie dann gehen, ergreift Fern Toms Hand und drückt sie stumm. Während des ganzen Wiedersehens sprach sie kein Wort. Ein sonderbar leeres Wiedersehen, das keine Erwartung verwirklichte, nichts ... Tom steht im Torweg und blickt seinen verdreckten Wallfahrern nach.

Als er sich wieder dem Pförtnergelaß zuwendet, sieht er einen Elefanten, der sich Bahn durch die Trümmer der Technikumstraße bricht. Es ist das Riesentier des toten Maharadschas. Auf dem Rücken trägt es die graue Haudah, die Trauersänfte. In ihr sitzt, bei jedem Schritte des Elefanten hin und her schwankend, die Maharani. Sie kehrt von einem Besuch ihrer zerstörten Hauptstadt zurück.

‚Trinken!' Er sehnt sich nach einem guten, starken Branntwein, einem Kognak! Der würde der Übermüdung und allen Kopfschmerzen den Garaus machen; nichts wäre ihm jetzt willkommener. Aber es gibt keinen Brandy, keinen Kognak, wahrscheinlich nirgends in der ganzen Stadt, höchstens in seinem eigenen Keller, falls der Bestand an Flaschen dort nicht zertrümmert ist.

XXIX

Nachdem Safka und Miss MacDaid Bannerjis Haus verlassen hatten, kämpften sie sich durch die Flut zur Rennbahnbrücke. In der Linken trug der Major die Sturmlaterne, mit der Rechten hielt er die Hand seiner Begleiterin fest. Kurz vor der Brücke wehte jedoch ein solcher Sturm, daß sie einander loslassen und sich mit beiden Händen ans Brückengeländer anklammern mußten. Über dem Brausen der Wasser, beim Wehgeschrei aus der furchtbar geschlagenen Stadt konnten sie sich nur durch lautes Rufen miteinander verständigen.

Schritt für Schritt arbeiteten sie sich am Denkmal der Queen vorüber in Richtung des Schiwatempels; doch als sie eben das jenseitige Ufer erreichten, trat Safka in ein Loch in der Böschung, verlor das Gleichgewicht, warf sich nach vorn, doch unter ihm, um ihn war nichts als Wasser. Die Sturmlaterne erlosch.

Die Oberschwester stand allein, bis zu den Hüften im brausenden Strom. „Major!" schrie sie. „Major! Wo sind Sie?" Doch nur das Tosen der Wasser, die Jammerrufe aus der Stadt gaben ihr Antwort. Wiederum rief sie, wiederum hörte sie nichts als das schreckliche Brausen. Es war, als sei Safka in Nacht und peitschendem Regen vom Rande der Erde in die Ewigkeit hinübergeschritten.

Sekundenlang war sie so außer sich, daß ihr schwach wurde, aber dann kam sie zu sich, klammerte sich an der Brüstung des Brückenkopfs an, ihr Kopf war klar, und sie dachte kalt: ‚Er ist dahin, er ist tot. Warum ihm nicht nachfolgen und eins mit ihm werden? Was im Leben nicht sein kann, im Tod ist es möglich.'

Sie war alt und am Rand ihrer Kraft, nicht so sehr von dem anstrengenden Marsch bis zur Brücke, viel mehr von all den arbeitsbesessenen Jahren, den überstandenen Malariaanfällen und von der Verzweiflung der letzten Stunde, in der ein einziges, bebendes Aufzucken der Natur alles zerstörte, wofür er und sie gearbeitet hatten. Sie stand mit geschlossenen Augen im Wirbel der Flut. ‚Warum mich nicht mit ihm vereinen? Dann hätte ich Frieden.'

Den Tod vor Augen, wußte sie plötzlich um viele Dinge, die zu erwägen sie nie Zeit gefunden: daß sie zu alt, zu erschöpft war, um den Kampf der verflossenen fünfundzwanzig Jahre noch einmal aufzunehmen, und vor allem eines: wenn sie die letzten fünf Jahre Tag und Nacht geschuftet und sich nicht geschont hatte, geschah es nicht mehr aus jener Überzeugung heraus, die sich damals in ihr gebildet hatte, als der alte Maharadscha sie in Bombay in Dienst nahm, sondern nur, um bei Safka zu sein, sein Gesicht zu sehen, sein Lachen zu hören, das in den Augen anhub und sich von da ausbreitete, bis der ganze große Mann mit seinen breiten Schultern, schmalen Händen, den schlanken, geraden Beinen ein einziges Lachen war. Für ihn überarbeitete sie sich und zehrte all ihre Kräfte auf; für ihn trug ihr Gesicht die Falten des Leids. Und nun war alles, was sie vollbracht hatte, hinweggeschwemmt und Safka tot. ‚Warum nicht sterben? Warum soll ich nicht einmal Ruhe finden?'

Dies alles schoß ihr im Nu durch den Sinn. Wäre sie ein Gefühlsmensch, sie ließe die Brüstung los und ihren Leib vom Anprall der Strömung hinweg in den Untergang tragen.

Aber so war sie nicht.

Sie wußte von jeher, daß sie zwar häßlich, doch kraftvoll war; daß ihre Liebe zu Safka zwar an und für sich edel und wahr, als Schauspiel für andere aber lächerlich war. Sie ließ die Versuchung an sich vorübergehen, denn sie erkannte: ein leichter Tod, wie es der Tod durch Ertrinken wohl sein mag, war ihr nicht bestimmt. Ihr Schicksal war Arbeit, endlos ewige Arbeit, und wie in einer Vision erschien ihr das Bild dieser Stadt nach dem Zurückweichen der Flut: sie sah das Elend, die Krankheit, die Seuchen, den Tod. Nach Safkas Untergang konnte sich außer ihr niemand mehr zwischen Indiens Grausamkeiten und das Volk von Ranchipur stellen. Diesem war sie sogar ein noch stärkerer Schutz als der Major. Denn sie wußte um alle Tücken. Diesen Kampf führte sie nun schon seit einem Menschenalter und mußte ihn weiterführen.

Als sie die Brüstung nach kurzer Zeit losließ, kämpfte sie sich bis zur Zufahrtsstraße zum Hospital. Zwar war hier die Strömung weniger stark, trotzdem wurde sie einige Male gegen die Mauer des Tierparks geschleudert. Doch Zoll um Zoll kämpfte sie sich weiter. Das Wasser stieg. Sie mußte eilen. Ihr blieb keine Zeit, an den Major zu denken.

Endlich fühlte sie den Boden unter ihren Füßen ansteigen, das Wasser seichter und seichter werden. Auf dieser Wegstrecke war ihr jeder Fußbreit bekannt, jeder Stein, jeder Baum, und so watete sie vom einen zum andern Merkmal durch Regen und Finsternis, bis aus dem dunklen Nichts die unbeleuchtete Masse der Hospitalbauten aufragte. Sie standen noch zum größten Teil. „Gott sei Dank!“ sprach sie laut.

Sie ging die altvertrauten, flachen Stufen, die noch unter Wasser lagen, hinauf, trat in die Halle und setzte sich auf einen Stuhl. Die Flut reichte ihr bis zu den Knöcheln. Sobald sie ein wenig Atem geschöpft hatte, rief sie nach Schwester Gupta.

Gleich darauf hörte sie deren Stimme. Vom Treppenhaus nahte Kerzenschimmer. Die Assistentin kam die Treppe herunter, meldete eilig, das Hospital sei wie durch ein Wunder der allgemeinen Zerstörung entgangen; fast alles stehe noch, es fehle nur an Beleuchtung. Die Patienten habe man in den ersten Stock gebracht. Eine liege gerade in Wehen. „Wo ist der Major?“ fragte die Schwester Gupta.

Die Oberschwester wollte schon ausweichend antworten, er sei durch die Strömung abgetrieben und dadurch aufgehalten, dann aber sagte sie offen und ehrlich: „Er verschwand an der Rennbahnbrücke. Er ist tot. – Wo ist die Gebärende?“ setzte sie schnell hinzu. Sie durfte an nichts anderes denken, selbst nicht an Safka. Wiederum trug sie den alten Harnisch und fühlte, die Arbeit werde ihr Herz erleichtern und trösten. Schnell, wenn auch mit Anstrengung, stand sie auf und folgte Frau Gupta die breite, flache Treppe zum ersten Stockwerk empor.

XXX

Es war eine schwere Entbindung, und da war kein Dr. Safka, ihr mit Rat und Tat zur Seite zu stehen. Unter Assistenz Schwester Guptas arbeitete sie, bis mit dem Morgengrauen, das über zerstörten Dächern erschien, das Kind auf die Welt kam. Zugleich aber traten bei der Mutter schwere Blutungen ein, so daß die Arbeit der beiden, statt beendet zu sein, nur noch verzweifelter wurde. Sie hatten ja noch fünfzig andere Patienten, und alle verlangten nach Speise und Trank und Verbänden, vor allem aber nach Miss MacDaid oder einer Schwester, die ihnen helfen und mit ihnen sprechen konnte. Der bloße Anblick der schottischen Oberschwester wirkte auf alle beruhigend. Zu Pflegerinnen des eigenen Volkes hatten sie nicht das rechte Zutrauen, und heute reichte der Anblick der jungen Helferinnen, selbst Schwester Guptas, nicht im entferntesten aus, ihre Ängste und ihren Jammer zu beschwichtigen. Zweimal mußte Miss MacDaid von der Blutenden fort durch die anderen Säle und sich den schreckerfüllten Patienten zeigen, und jedesmal, wenn sie durch die Abteilungen ging, verbreitete sich, soweit der Schein ihrer Kerze reichte, eine friedliche Stille.

Sie schritt an den heißen, zerwühlten Bettreihen entlang, und die großen Augen der Kranken ruhten auf ihr, sie wurden ganz still; nur zuweilen hörte man noch einen Seufzer und ein Geflüster. Doch wenn sie vorüber und mit ihr der Lichtkreis der Kerze verschwunden war, begannen wieder das Wehklagen und die furchtbare Angst.

Sie aber, erschüttert durch das schlichte Vertrauen der Leidenden, schämte sich, während sie sich unter ihnen bewegte, schämte sich tief jener Schwäche am Rande der Brücke, am Rande des Todes, weil sie nicht an ihre Kranken gedacht hatte, sondern nur noch an den Frieden der Ewigkeit, den sie ersehnte, und es schien ihr wie ein Frevel an dem Dahingegangenen. Sie fürchtete, sein Geist, sein Wille, oder was von ihm noch geblieben war, habe vielleicht ihre Schwächeanwandlung wahrgenommen und finde sie seiner nun unwert. Für ein Sichgehenlassen hatte er nie Verständnis gehabt. Nein, mochte geschehen, was wolle, sie mußte ausharren, bis sie zusammenbrach.

Als sie zu der Wöchnerin zurückkam, hatten die Blutungen aufgehört, aber die Frau, blutarm infolge Unterernährung, war nunmehr gespenstig gelb, und es war nur noch wenig Leben in ihr. Sogleich schickte sie Schwester Gupta nach einer Spritze und Branntwein, setzte sich auf den Bettrand, faßte die naßkalte Hand und begann sie zu reiben. Die Frau aber war derart von Krämpfen geschüttelt, daß das Bett zitterte und knarrte. Und die vereinsamte Oberschwester hielt die arme, dünne Hand und begann leise zu sprechen.

Sie sprach gujaratisch, und damit die Frau, die nur des Idioms ihrer Kaste kundig war, sie verstehe, sprach sie langsam und sehr deutlich. Sie tat dies auch sonst, selbst bei Pest- oder Cholerakranken. Heut aber war sie von einem besonderen inneren Zwange dazu getrieben. Dieses Weib mußte leben. Durch ihre Willensstärke und Lebensfülle mußte sie die Apathie der Willenlosen überwinden, Herrin über die Todesbereitschaft der Mutlosen werden und damit den Anfall von Schwäche dort bei der Brücke vor dem Denkmal der alten Königin gutmachen. Brachte sie diese Sterbende wieder ins Leben zurück, dann brauchte sie sich nicht mehr zu schämen, nie mehr.

Über die Frau gebeugt, sprach sie: „Du hast einen vortrefflichen Sohn, schön wie der Mond, stark wie die Panther im Gebirge jenseits des Berges Abana, hurtig wie Leoparden und klug wie der große Elefant des Maharadschas. Denk an deines Mannes Freude über einen so herrlichen Sohn und wie er dir danken wird! Wenn die Zeit der Reinigung beendet ist, wird er deine Schultern bekränzen und scharlachrote Blüten des Wollbaums dir in die Schwärze des Haares flechten. Unter den Gandhis wirst du die geehrteste sein und die ehrenwerteste. Komm, öffne deine dunklen Augen und blicke auf deinen Sohn! Er bringt dir Ehre und Reichtum und Ruhm."

Es tat nichts, daß das Kind ein mageres Etwas war, häßlicher als ein heiliger Affe, und ihr Mann nach ein paar Monaten ihr mißtrauen und sie beschimpfen und das Festmahl nur aus Reis mit Safran und ein paar von Fliegen beschmutzten, kandierten Reisplätzchen bestehen würde. Es tat nichts, daß die Kränze aus Jasmin und Ringelblumen, die Blüten des Wollbaums in der Dampfhitze bleichen und rasch dahinwelken würden. Es tat nichts, daß dies dürftige Knäblein, zum Manne herangewachsen, sie nach allgemeinem Brauch zwingen würde, sich einen Witwenkopf zu scheren, ihn mit Asche zu bestreuen und als Sklavin seines Weibes sich abzurackern. Diese Frau mußte leben. Dafür hatte die Schottin MacDaid allen Freuden, Seligkeiten und Schmerzen des Weibtums entsagt; dafür war sie in den wimmelnden, unermeßlichen Osten zurückgekehrt: damit diese Frau lebe.

„Weißt du denn", fuhr sie fort, „was es heißt, einen trefflichen Sohn zu besitzen? Wenn du durch die Straßen gehst, wird sich das Volk vor dir neigen, und deines Mannes Vater wird dich in Ehren halten. Man wird die Trommeln rühren, die Zither schlagen und tanzen und jubeln in deinem Dorf!" Immer tiefer beugte sie sich über die dem Tode Nahe, beseelt vom Willen, sie zum Leben zu stärken, vom Willen, dem ausgelaugten, unterernährten Leib etwas von jener übermenschlichen Seelenkraft einzuflößen, die sie selber durch Hitze und feindliche Umtriebe, Unglück und Kämpfe und Krankheit getragen hatte.

Die welken, bläulichen Lippen bewegten sich. Es kam kein Laut, doch Miss MacDaid las zwei Worte, die sich in einer unschönen Mundart formten, sie hießen: „Mein Sohn ..." Sanft löste sie ihre Hand aus den knochigen Fingern und legte das Kleine an die schlaffe, gelbliche Brust. Die dunklen Augen schlossen sich wieder. Um die bläulichen Lippen spielte ein zages Lächeln. ‚Ich habe gewonnen', frohlockte es in Miss MacDaid, ‚sie wird kämpfen und leben.'

Sie wandte sich um, wollte Schwester Gupta Spritze und Branntwein abnehmen, doch es war nicht Schwester Gupta, die neben ihr stand. Es war Safka.

Bis auf das Lendentuch und einen Notverband um den Kopf war er nackt. Er hatte schon einige Zeit dagestanden und alles mitangehört, was sie, über die Ärmste gebeugt, in einer dichterischen Vision und Sprache, die diese unwissende Mutter verstand, zu ihr gesprochen hatte, um sie zurück ins Leben zu rufen.

In seinen blauen Augen war ein seltsames Staunen, als ahne er nun erst die ganze Größe der guten Miss MacDaid.

Nie zuvor hatte sie ihn in Nacktheit erblickt; es war ihr zuerst wie ein Schlag. Dann drang ihr das Blut in den Hals und bis zu den Haarwurzeln. Der sanfte Leib, die vollendete Brust, der Schultern schönes Muskelspiel, der Bauch und die Arme glühten golden im Kerzenschimmer. Nun erst sah sie, wie herrlich der Körper des Menschen sein kann, der bisher für sie nur ein Ding war, das man abklopfte, abhorchte oder aufschnitt. Dieser da aber war schöner als alles, was Miss MacDaid jemals gesehen hatte. Etwas so Schönes zu lieben, konnte nicht schlecht, nicht lächerlich sein. Aber – es war ja zu spät, es war keine Liebe mehr möglich. Was sie da sah, sie wußte es, war nicht Fleisch und Bein, es war ein Geist, Safka war von der Flut an der Rennbahnbrücke hinweggerissen, Safka war tot!

Noch als die sanfte Hand liebevoll ihre Schulter berührte, traute sie ihren Augen nicht, ihr schwindelte. ‚Miss MacDaid, das Kriegsroß', dachte sie, ‚wird doch nicht ohnmächtig werden?'

Erst während er über seine Rettung berichtete, wurde der Lauschenden langsam Gewißheit, er lebe. Zum ersten Male in ihrem tätigen Leben regte sich in ihr der Glaube an eine höhere, wunderwirkende Macht, denn ein Wunder war ihm geschehen. „Ich bin wahrscheinlich gegen die Mauer des Tierparks geschleudert worden", erzählte er, „ich kann mich auf nichts mehr besinnen, als daß ich im Geäst eines Baumes erwachte." Dort verband er sich die empfangene Kopfwunde mit dem Hemd. Kaum war er etwas zu Kräften gekommen, als er, bald schwimmend, bald brusttief im Wasser watend, sich nackt zwischen Schlangen, Leichen und Trümmern bis zu den Ruinen des Konservatoriums neben dem Großen Becken durchschlug und endlich wußte, wo er sich befand. „Ich traf Schwester Gupta in der Halle und kam sogleich hier herauf. Ich hatte solche Angst, es sei Ihnen etwas zugestoßen, aber ich wußte: wenn Sie am Leben sind, finde ich Sie bei unsern Patienten. Vielleicht", setzte er trocken hinzu, „machen Sie jetzt einen Rundgang durch die Abteilungen; Ihre Anwesenheit wirkt so beruhigend. Ich übernehme inzwischen die Frau da."

„Lassen Sie sich zuerst richtig verbinden!"

„Sobald ich hier fertig bin."

Sie ging wieder von Saal zu Saal, aber diesmal blieb sie bei jedem Bett, aus dem Seufzen oder Stöhnen drang, stehen und beruhigte die Angstvollen, suchte Schmerzen zu lindern und wußte dabei kaum, was sie tat. Ihr war, als schwebe sie in einem Glorienschein. Hatte sie nicht zwei Wunder erlebt, das seiner Rettung und das des jungen goldenen Leibes? Beide umgaben sie mit einem Glorienscheine der Schönheit. Nun erst wußte sie, was Schönheit bedeuten kann.

Alles war anders. Betörend erfüllte sie das Gefühl einer Anbetung ohne Begierde und entschädigte sie für alles, was das Leben ihr vorenthalten, für jede Erniedrigung, jede Zurücksetzung, die sie erfahren hatte, für jegliche Selbstentäußerung ihres Lebens. Daß sie alt war, bedeutete nichts; sie kam sich nicht länger lächerlich vor in ihrer Liebe. Sie besaß etwas Unvergängliches, das sie anbeten konnte: ihre Liebe, so vage, sehnsüchtig und widersinnig, war verwandelt in etwas so endgültig Festes, Festliches, als sei der anmutige Leib dieses Mannes nicht Fleisch, sondern lauteres Gold.

Jedesmal, wenn sie sich über ein Bett neigte, um kranke Furcht zu beschwichtigen, sah sie ihn, wie er vor ihr stand, da sie sich umgewandt und gedacht hatte, die gute Gupta mit dem unschönen, finnenbedeckten Gesicht stehe neben ihr, sah sie ihn in seiner Nacktheit schimmernd im Kerzenlicht, und die blauen Brahmanenaugen blickten seltsam sanft auf sie nieder mit einem Ausdruck, der ihr verkündete, was zu hören sie seit langem ersehnte: er vertraue ihr, er ehre sie, und obwohl ihr Alter und ihre Häßlichkeit Liebesempfindungen zwischen ihnen als etwas Lächerliches erscheinen ließen, verehre er sie und liebe sie dennoch. Und so, umgeben von Glorienschein, war ihre Seele erfüllt von der tiefen Ruhe des Weibes, das sich befriedigt, beglückt endlich von dem Geliebten löst, neu geboren im Fleische.

XXXI

Aus einem Fenster des ersten Stockwerks sah Major Safka etwas später, am Nachmittag, zwischen den schlammbedeckten Eibischhecken des Anfahrtsweges zuerst Fern Simon und Smiley und hinter ihnen Miss Hodge auftauchen, die sich wie ein Kind an eine Frau klammerte, die ihm zuerst völlig unbekannt vorkam. Sie trug ein

Kattunkleid. Wer mochte das sein? Erst als sie ganz nahe war, erkannte er Lady Heston.

Bisher hatte er sie nur in makelloser Aufmachung, porzellanen im Schmuck ihrer Juwelen gesehen, und es verdroß ihn, daß sie ihm nun auch noch ins Krankenhaus nachkam; es verursachte nur neue Schwierigkeiten, und deren gab es weiß Gott ohnedies schon in Hülle und Fülle! Immerzu wurden Kranke eingeliefert. Die Berichte über Typhus- und Cholerafälle in Ranchipur mehrten sich unheimlich. Alle Räume waren bereits mit Patienten belegt. Vorhalle, Gänge, das Röntgenzimmer sind voll von Menschen mit Gehirnerschütterung, Arm-, Bein- und Schädelbrüchen und aufgerissenen Leibern. Die meisten werden wohl sterben; man hat sie zu spät hierhergebracht, doch bis sie tot sind, müssen sie gut gepflegt werden. ‚Da hilft keine von diesen Damen, weder das dumme Ding von der Mission noch die arme Geistesgestörte, noch dieses verwöhnte Luxusweibchen. Smiley wäre gewiß eine Hilfe, aber der hat genug eigene Sorgen und Last, mehr als genug. Aber‘, sagt sich der Chefarzt, ‚es ist doch besser, wenn ich sie empfange statt Miss MacDaid.‘ Als die vier das Haus betreten, kommt er die Treppe herunter.

Seltsames Wiedersehen. Der kleine Homer umarmt impulsiv den großen Major und küßt ihn, als sei er ein verlorengegangenes, für tot gehaltenes Bübchen, und dieser drückt Smiley an sich und hebt ihn hoch; er wiegt fast gar nichts mehr, es ist, als hebe man ein Gewölk, so mager und armselig ist das Fleisch um diese dünnen Knochen.

Lady Heston, erklärt der Missionar, sei wegen der Beisetzung ihres Gatten gekommen, und Fern Simon hoffe, sich nützlich machen zu können.

„Ich will auch arbeiten“, ruft Lady Heston dazwischen, „ich bin stark genug.“

„Ich auch“, echote Miss Hodge, ohne Edwinas Hand loszulassen. „Ich bin stark wie ein Stier.“

Der Major sieht die Lady scharf abweisend an. Sie aber hält den Blick aus, sie erwidert ihn trotzig. ‚Du hältst mich für dumm‘, sagt ihm ihr Blick, ‚für eine blöde, verwöhnte Kuh. Ich bin's aber nicht. Mein Körper ist so geschmeidig und kräftig wie deiner, und wenn's sein muß, bin ich so klug wie du!‘ Haltung und Miene sind unmißverständlich, und er versteht sie.

Er schweigt erstaunt. Gerade bei ihr hätte er dies kühnliche Selbstvertrauen am allerwenigsten erwartet. Wenn sie sich für schön, elegant, verführerisch hielt, hatte sie recht, alles was wahr ist; aber sich obendrein für stark, gescheit und leistungsfähig auszugeben ...!

Sein müdes Gesicht rötet sich, er antwortet: „Ich schicke Ihnen Miss MacDaid; es ist ihr Ressort. Leider kann ich Ihnen keinen Stuhl anbieten, es ist keiner da; wir mußten sie wegnehmen, um Platz zu schaffen.“ Damit läßt er die Ankömmlinge zwischen den am Boden liegenden Patienten stehen.

Hinten im Erdgeschoß in der Wöchnerinnenabteilung findet er die Oberschwester. Sie zeigt gerade zwei Pariafrauen, wie sie den Schlamm zu entfernen und die Säle wieder beziehbar zu machen haben. Ohne die beiden arbeitenden Frauen aus den Augen zu lassen, hört sie den Chefarzt an. Als er fertiggesprochen hat, dreht sie sich nach ihm um und antwortet schroff, wie er es nicht anders erwartete: „Die machen uns mehr Umstände, als sie jemals zu helfen imstande sind; sie haben ja von nichts eine Ahnung. Schicken Sie sie nur wieder auf die Mission!“ Als er die Damen ankommen sah, dachte er ebenso. Jetzt ist er dessen nicht mehr ganz sicher. „Alle drei können nichts“, fährt sie ungnädig fort, „nicht einmal Hindostanisch, außer Miss Hodge, und die ist, seit Miss Dirks nicht mehr da ist, eine Landplage.“

Er gibt sich noch nicht geschlagen. „Es käme auf den Versuch an. Wenn sie sonst nichts können, dann wenigstens Böden schrubben und Wasser holen. Wir brauchen dringend mehr Personal.“

„Vielleicht haben Sie recht“, räumt die Schottin ein, „ich komme gleich mit“, gibt den zwei Scheuerfrauen noch eine Weisung auf gujaratisch und geht mit hinaus. „Bloß die Engländerin will mir gar nicht gefallen. Die Sorte kenne ich, das Unnützeste von der Welt!“ Ein prüfender Seitenblick streift ihn.

Sein Gesicht verrät nichts.

XXXII

Tom Ransome und Homer Smiley besuchten inzwischen das Viertel der Unberührbaren, das zur Einöde geworden war. Bei Sonnenuntergang erschienen sie wieder im Hospital, um Lady Heston zur Feuerbestattung des großen Lord Heston abzuholen. Sie fanden sie, als sie gerade ein zehnjähriges Bunyamädchen wusch, dem Safka zwei Tage vor dem Erdbeben einen Tumor beseitigt hatte.

Beim Anblick der beiden hob sie den Kopf. „Zwei Minuten noch! Ich bin hier gleich fertig.“ Eine unwiderstehliche Lachlust packte

Tom, als er sie so sah und hörte. „Ist es unbedingt notwendig, daß ich mitkomme?" fragte sie, ohne vom Lager des Kindes aufzusehen.

„Es dauert nicht lange", beruhigte Smiley die Witwe, „ich lese nur die Totengebete."

„Ausgezeichnet." Damit strich sie dem Mädchen die schwarzen Strähnen aus der Stirn, wischte ihm mit einem feuchten Tuch das Gesicht ab, stand auf und räumte Waschschüssel und Handtücher weg. „Also gehen wir!"

Sie gingen miteinander am Großen Becken vorbei, durch die verwüstete Basarstraße zum Park des Alten Sommerpalastes.

Alles öde und leer. Nur da und dort stochert ein überlebender Händler in den Ruinen seiner Verkaufsbude, ob er vielleicht noch irgendwo ein Schmuckstück, ein Silberglöckchen, einen Rest Stoff oder sonst etwas findet, das den Augen der langfingrigen Bhils entging. In diesen Ruinen sind keine Kranken und Sterbenden; ihr Wehgeschrei schallt nicht mehr aus den zertrümmerten Haustüren. Aus solchen Ruinen steigen in der ganzen Stadt aus breiten Scheiterhaufen Rauch und Flamme. Hier verbrennt man die Leichen zu Dutzenden, oft fünfzig auf einmal.

Bei jedem Holzstoß hat Oberst Ranjit Singh eine kleinere Sikh-Wache postiert, um trauernde Hinterbliebene zu hindern, sich in die Flammen zu werfen. Der Anblick der jammernd sich wälzenden Trauergefolge, der lodernden Flammen, der brennenden Körper erinnert Tom an das Inferno, wie Doré es zeichnete. Doch nicht mehr der infernalische Verwesungsgeruch erfüllt die Luft – es riecht nach gebratenem und verbranntem Menschenfleisch.

Polizeichef Raschid und Oberst Ranjit arbeiteten rasch. Ersterer hatte anfangs mit seinen eigenen Glaubensgenossen Schwierigkeiten, weil Totenverbrennung der Vorschrift des Islams widerspricht, doch in Anbetracht der wenigen mohammedanischen Einwohner gestattete die Maharani die Beisetzung der umgekommenen Moslems auf dem Totenacker beim parsischen „Turm des Schweigens". Auch die Parsen dürfen ihre Toten so, wie es ihr Glauben vorschreibt, bestatten; nur müssen die Toten sogleich zum Turm des Schweigens gebracht werden.

Dieser ist schwarz von Geiern. Sie flattern träge, die kotbesudelten Schwingen gespreizt, und schlingen sich voll.

Unter dem, was von der Einfahrt zum Sommerpalast noch vorhanden war, errichtete man den Scheiterhaufen für Lord Heston aus zerschmetterten, den Ruinen entrissenen Balken.

Als die Witwe mit den zwei Männern die Auffahrt hinaufschreitet, warten schon Kulis mit Feuerbränden, um den Holzstoß in Flammen zu setzen.

Obenauf liegt der Leichnam, gehüllt in ein Leichentuch, wie die Toten bei den Verbrennungs-Ghats. Dafür hat Ransome vorher gesorgt; die Überreste Lord Hestons wären fürwahr kein schöner Anblick. Näher tretend gewahrt Edwina: das Leichentuch ist eines ihrer Bettücher aus rosa Crêpe de Chine, die sie immer auf Reisen mitführte. Dort, deutlich sichtbar, groß eingestickt, ihr Monogramm „E. H.". – ‚So etwas hätte ihm behagt', denkt sie grimmig, ‚in meine rosigen Tücher gehüllt zu werden!'

Es ist ein klägliches Leichenbegängnis. Kein Trauergefolge. Nur die paar Kulis stehen und starren mit tierhaft neugierigen Augen die Witwe an. ‚In London', denkt sie, ‚ja, da wäre es anders ... Ein Riesenbegräbnis! Trauerfeier in der St.-George- oder der St.-Margaret-Kirche in Anwesenheit aller, die zu seinen Lebzeiten von dem großen Herrn Vorteile hatten und nun vor einer innerlich angefaulten, heuchlerischen Welt den Schein wahren möchten, der selige Heston sei noch im Tode etwas Bedeutendes, eine Säule des britischen Gesellschaftssystems und ein Ehrenmann!' Sie sieht jeden einzelnen in seinem Kirchenstuhl sitzen, und jeder weiß im Grund seines Herzens: der Verstorbene war ein Wahnsinniger oder ein Verbrecher, aber keiner verrät es auch nur mit dem leisesten Atemzug seinem Nachbarn, der es genauso gut weiß, weil auch er seine Hand mit in dem bösen Spiel hatte, das der tote Heston trieb, nur schlauer, erfolgreicher als alle übrigen. Sie sieht diese gigantische Heuchelei als Teil eines Systems, als überragenden Beitrag der angelsächsischen Gesellschaft zur westlichen Zivilisation, und zwar als den spezifisch englischen Beitrag. ‚Alle tun sie, als sähen sie die Laster, Verbrechen und Gaunereien der andern nicht, damit man die ihren auch nicht beachte und aufdecke. Solang du da mitspielst, kannst du getrost alles tun, was dir gefällt. Es war ja auch Albert ganz gleich, wieviel Geliebte ich hatte, solange die Welt nichts davon wußte. Unter der Oberfläche stinkende Fäulnis, Verdorbenheit, Korruption, Schicht über Schicht – man sieht sie nicht, man wendet die Augen ab. Aber wehe, wenn du das Spiel nicht mehr mitspielst und aufrichtig bist! Dann reißen sie dich in Stücke, wie sie Lord Byron zerrissen und Oscar Wilde, Shelley, Hastings und viele andere. Nur darum', gesteht sich Edwina Heston, ‚kam ich so lange damit durch. Anderswo wäre es nicht möglich gewesen, in keinem anderen Land.'

Und sie denkt weiter, daß diese Macht auf einem Zynismus beruht, der weit tiefer reicht als irgend etwas, was der angeblich so zynisch, klarblickende Franzose ausdenken oder auch nur begreifen könnte. ‚Nun werden in der gesamten englischen Presse phantastische Nachrufe und Lobhudeleien gedruckt werden, selbst in Organen, die ihn zu Lebzeiten bekämpften und haßten. Die Heston-Presse erscheint mit Trauerrand, bringt Bilder von ihm und Beiträge von Persönlichkeiten, die er beschimpft und betrogen hat und die ihn genauso verabscheuen wie ich und Bates – doch halt, sie können ja noch nicht wissen, daß Heston tot ist! Erst kommen Telegramme und Schlagzeilen: „Erdbebenkatastrophe in Ranchipur. Lord und Lady Heston verschollen. Riesige Überschwemmung usw." Nein, noch weiß man es draußen nicht, und die Herzen der Männer und Frauen, die für ihn schufteten, können sich noch nicht über seinen Tod freuen; sie können erst hoffen.' Ihre Lippen verziehen sich zu einem ironischen Lächeln. ‚Bates und ich, wir könnten ihm reizende Nachrufe schreiben.'

Und weiter denkt sie: ‚Ich stehe ja auch bloß hier, um den Schein zu wahren: daß die Fassade nicht noch weiter abbröckelt! Denn was an sich mit dieser verfaulten Masse in meinem süßen, rosigen Laken geschieht, ist mir ungemein gleichgültig. Asche zu Asche, all right! Wenn der Holzstoß nachher heruntergebrannt ist, kratzt man zusammen, was von ihm übrigblieb, tut es in eine Keksbüchse von Huntley & Palmer und schickt es an seinen Bruder; den durfte ich ja nicht kennenlernen, die mondäne Lady sollte den kümmerlich kleinbürgerlichen Ursprung ihres Lord-Gemahls um Himmels willen nicht ahnen!'

Sie merkt auf einmal, während noch Smiley die Totengebete liest, wie Ransome die Hand ausstreckt und die ihre ergreift. Es ist eine schöne, symbolische Geste, Ausdruck des seltsam bitterlichen Einverständnisses, das stets zwischen ihnen waltete. Sie fühlt darin ein stärkendes Mitgefühl – nicht mit dem Ableben Hestons und ihrer Witwenschaft; sie weiß, darüber gab er sich keinen Illusionen hin – sondern allein wegen der vielen, vergeudeten Jahre, die sie an dieses Menschen Seite verbrachte, aller Torheiten, die sie in ihrer Ehe beging, und der blinden Verlogenheit ihres ganzen bisherigen Daseins. Tom Ransome, erkennt sie, lief schon vor vielen Jahren aus dieser Unwahrheit einer Welt, in die er nicht paßte, um nicht mehr die Spiele der Heuchler mitspielen zu müssen. Mochte er schwach und neurotisch sein, Trinker und Melancholiker, er war wenigstens aufrichtig und wahr und verzichtete klar auf das abscheuliche Spiel.

Smileys Gebete sind beendet. Tom fragt: „Willst du den Holzstoß anzünden, Edwina? Es ist hier Brauch, daß das ein naher Angehöriger tut.“ Sie haucht: „Ja.“

Ein erwartungsvoll dastehender Kuli reicht ihr eine zur Fackel zusammengedrehte Nummer der Times of India. Tom zündet sie mit seinem Taschenfeuerzeug an. Sie wirft sie auf den Scheiterhaufen. Nach kurzem Zögern züngeln die Flammen auf, lecken gierig empor zu dem Körper im zartrosa Crêpe de Chine.

Sie steht eine Weile gebannt und schaut. Dann wendet sie sich an Tom und fragt wie ein kleines Mädchen: „Darf ich jetzt gehen?“

„Es hat keinen Sinn, hier noch weiter herumzustehen“, antwortet Smiley.

Mit leichtem Lächeln sieht sie ihn an. Sie hat ihn gern; er hat so etwas Einfaches, Unkompliziertes, Sicheres an sich. „Einer der Diener“, versichert er, „wird die Asche verwahren.“

Sie lassen den großen Lord allein bei den Kulis in der großen, reinen, alles verzehrenden Flamme.

XXXIII

Im Bereich des Basars kommt ihnen Elizabeth Hodge entgegengerannt, das Teiggesicht von kindischer Angst verzerrt. „Warum haben Sie mich allein gelassen?“ flennt sie. „Ich habe Sie überall gesucht“, und umklammert wieder Edwinas Hand.

Da schiebt diese ihren Arm unter den der Jammernden, und der erstaunte Tom hört sie ihr freundlich antworten: „Aber wir wollten Sie doch nicht allein lassen, wir dachten nur, es läge Ihnen nichts daran, dabeizusein.“

Die Lippen der Armen beben, als wolle sie gleich wieder losheulen. Doch als sie nun mit Lady Heston, wie ein Schulkind mit seiner besten Freundin, Arm in Arm dahinwandert, lächelt sie selig.

Beim Hospital verabschieden sich Ransome und Smiley, um zum Gezelt der Maharani zu gehen.

Miss MacDaid wartet schon mit Ungeduld auf ihre neuen Helferinnen. Es gilt, Kranke zu waschen, Temperatur abzunehmen und Bettschüsseln auszuleeren. „Ich habe“, sagt sie barsch zu Edwina, „für Sie, Miss Hodge und Fern Simon ein Zimmer in der Ambulanz-Abteilung bestimmt. Es ist nicht groß, hat auch nur indische Betten. Ich rate Ihnen, es gründlich sauber zu machen, ehe Sie drin schlafen.“

XXXIV

Das Flugzeug naht im kritischen Augenblick am folgenden Morgen. Plötzlich kommt es über den Abana geflogen, glitzert in einem flüchtigen Sonnenstrahl über den weißen, krönenden Tempeln des Berggipfels. Lastträger, Gassenkehrerinnen, Soldaten, Polizisten, das ganze hungernde, siechende, dahinsterbende Volk schaut zum Himmel auf, verfolgt sein Nahen; einige schreien auf, andere stehen stumm, aber in aller Herzen lebt das Gefühl: die Welt hat uns nicht vergessen.

Schon ist das Flugzeug über der Stadt, kreist zweimal über der verwüsteten Stätte, bis der Pilot ein Hirsefeld jenseits des parsischen Turmes des Schweigens zur Landung gefunden hat. Tiefer und tiefer ertönt das Motorengesurr. Nun schlagen die Räder des Fahrgestells in den roten Matsch, sinken, wühlen sich ein; einen Moment droht der Apparat sich zu überschlagen, doch er fängt sich wieder und steht. Das Volk eilt herbei, stapft hastig, mühsam durch das verschlammte Feld. Der Pilot, ein Moslem, klettert heraus. Er spricht hindostanisch. Seine erste Frage gilt Lord und Lady Heston. Er sei aus Delhi gesandt, sie zu retten.

Die Umstehenden, lauter kleine, dunkelbraune Unberührbare und Personen niederer Kaste, haben den Namen Heston noch nie gehört. Erst ein Zollbeamter, ein gelbliches, wichtigtuerisches, geschwätziges Männchen, vermag Auskunft zu geben; er weiß alles, was es in Ranchipur Neues gibt: „Der große Sahib ist tot. Mem Sahib ist im Hospital. Am besten erkundigen Sie sich bei Sahib Ransome", und begleitet den Flieger zur Dienstwohnung des Jobedars im Großen Sarazenentor.

Im Moment, da Gopal Rao mit der Mitteilung, ein Flugzeug sei in Sicht, zu ihm hereinstürzte, wußte Ransome, was es bezweckte: vielleicht Erkundung, aber bestimmt, Edwina zu holen. Er war auf die Ankunft von Ochsenkarren, von Reitern gefaßt gewesen, sogar auf Kuriere mit Elefanten. An ein Flugzeug hatte er nicht gedacht. Es kam ihm so unwirklich vor, wie wenn über dem Zelt einer nomadisierenden Mahrattenkönigin der Vorzeit eine monströse Erfindung à la H. G. Wells aufgetaucht wäre. Im Gelaß im Sarazenentor wie im grellgestreiften Gezelt der Maharani lebte er nicht im zwanzigsten, sondern im fünfzehnten Jahrhundert; jetzt wird es vollends deutlich.

Und wie nun der schmucke Moslem-Pilot hereinkommt und ihm eröffnet, er wolle Lady Heston abholen, sagt er sich: ‚Sie geht nicht mit.‘ Gleichzeitig aber denkt er an die Abneigung der Maharani, ihre erneute Ausländerfeindschaft und den Wink, die Lady so bald wie möglich aus Ranchipur, wo sie nicht mehr erwünscht sei, wegzuschaffen. ‚Wenn die alte Maharani will, muß Edwina fort. Die Regentin hat unumschränkte Gewalt, kann nötigenfalls befehlen, die Lady wie ein Rebhuhn an den Beinen zusammenzubinden und ins Flugzeug zu tragen‘, denkt er und weiß noch nicht einmal, wie er auf den Gedanken kommt, Edwina wolle unbedingt in dem Pestloch Ranchipur bleiben; er hat nur das instinktive Gefühl. Seit sie mit Smiley, Fern und Miss Hodge von der Mission zum Großen Tor kam, ist sie so anders zu ihm, so sonderbar distanziert, fast feindselig. Nur als er vor dem Holzstoß ihre Hand drückte, huschte noch einmal ein kurzes herzliches Einvernehmen von ihr zu ihm hin.

Als er dem Flieger antwortet, er wolle sogleich Lady Heston holen, ist seine Stirne gefurcht. Er läßt ihm Speise und Trank vorsetzen und eilt zum Hospital, wo er Edwina beim Aufräumen der Kammer findet, die sie mit Fern und Elizabeth teilen soll.

Ihr Anblick reizt ihn wieder zum Lachen. Sie trägt die blaue Helferinnentracht und fegt gerade unter den groben, seilbespannten indischen Betten den Schmutz weg; die Hodge stolpert ihr vor den Füßen herum. Er hält es für das richtige, gleich mit der Tür ins Haus zu fallen. „Man hat dir ein Flugzeug geschickt. Sobald du beisammen hast, was du mitnehmen willst, kannst du fliegen.“

Sie steht auf, lehnt ihren Besen an die Wand und fragt: „Wer schickt es?“

„Ich denke, der Vizekönig. Eine Persönlichkeit deines Ranges geht nicht so leicht verloren.“

„Scheint so. Ich weiß bloß noch nicht, ob ich will.“

„Noch schöner! Du wirst doch nicht so verrückt sein und hierbleiben wollen.“

„Gehen Sie nicht!“ schreit die Hodge wie besessen dazwischen. „Sie werden mich doch nicht allein hier draußen lassen?!“

Ransome faßt sie ins Auge. Sie sieht irrer, verquollener, häßlicher aus denn je. Ihre Augen sind rot und geschwollen; anscheinend hat sie heftig geweint. Edwina nimmt sich sogleich ihrer an und beruhigt sie, wie man ein Kind beruhigt: „Nein, nein, ich gehe ja nicht weg; ich passe schon auf dich auf.“ Aber zu Ransome sagt sie: „Ich muß es mir erst überlegen.“

„Es wäre verrückt, wenn du hierbleiben wolltest“, beharrt er, „du siehst jetzt schon aus wie eine Hexe.“

„Danke. Ich weiß, wie ich aussehe. Ich habe mich heute früh im Spiegel betrachtet. Warum willst du mich unbedingt loswerden?"

„Du verursachst größere Verwicklungen, als du wert bist."

„Verwicklungen? Unklar. Was meinst du? Ihn?"

„Vielleicht auch noch anderes."

„Ich tu' ihm ja nichts, ich sehe ihn kaum. Er dürfte mich so nicht sehr anziehend finden."

„Das ist nicht das einzige."

„Was noch?"

„Die Maharani möchte dich so bald wie möglich weghaben."

„Warum?"

Leichtes Grinsen: „Sie mag dich nicht."

„Ich weiß."

„Sie weiß immer alles, also vermutlich auch, warum du hierbleiben willst."

„Er hat damit nichts zu tun ... jedenfalls nicht sehr viel."

„Du weißt, sie kann deine Abreise befehlen."

Edwina denkt einen Augenblick nach und kommt darauf: „Wenn ich nicht gehe, kann sie mich hinausschmeißen. Ins Gefängnis stecken kann sie mich nicht."

„Sei dessen nicht allzu sicher. Sie hat unumschränkte Gewalt; das hat sie seit Jahren ersehnt. Sie haßt die Europäer und besonders die Europäerinnen. Sie könnte dich einsperren und sagen, es geschähe zu deiner Sicherheit. Sie ist eine ungewöhnliche alte Dame!" Er merkt, er hat die Sache falsch angepackt. Edwina blickt verstockt. Fast steinern stößt sie hervor: „Ich sehe, auch du hältst mich für unbrauchbar."

„Nein. Ich finde nur, du kehrtest besser wieder in das Milieu zurück, in das du gehörst. Jetzt kannst du dich nicht mehr ändern, selbst wenn du wolltest."

„Du Schwein."

„Wie leicht kannst du hier Cholera oder Typhus bekommen; du kannst daran sterben. Europäer sterben noch leichter daran als die Eingeborenen."

„Wenn ich bleibe, geschieht es aus Gründen, die du nicht verstehst."

„Vielleicht."

Sie denken nicht mehr an Miss Hodge, die dasteht und Mund und Ohren aufsperrt. Selbst in ihrer Geistesumnachtung ist ihr klar: so hat sie sie noch nie sprechen hören, so gemein ins Gesicht hinein. Sie hat sich die Konversation der „fashionablen" Londoner „Society" wahrlich anders vorgestellt. Keine ihrer geträumten Heldinnen hätte je das Wort „Schwein" in den Mund genommen. Ihr armes Pfannkuchengesicht ist ein einziges starres Staunen.

„Tom! Kannst du nicht bei der Maharani ein Wort für mich einlegen?"

„Ich könnte es."

„Dann tu's, such sie auf! Wenn du zurück bist, habe ich die Entscheidung. Wenn sie mich hier nicht dulden will, gehe ich." Sie legt die Hand auf seinen Arm. „Ich vertraue dir, Tom. Ich will nicht zurück ... Ich habe Angst davor. Ich will hierbleiben." In ihren blauen Augen liegt wieder der kindliche, fast unschuldsvolle Ausdruck, den er am Abend bei Bannerjis sogar im Rausch wahrnahm. „Kämpfe für mich, Tom ... dies eine Mal!"

Er weiß, er müßte ihr entgegenhalten, er durchschaue ihre Absicht; ihre Gründe seien trübe; sie führe sich auf wie die Heldin in einem Kitschroman; er müsse sie schleunigst abschieben in das flache, verfluchte Leben, in das sie gehöre. Aber er weiß auch, er hat weder das Herz noch den Mut, so zu ihr zu sprechen, und antwortet treuherzig: „Ich versuche es, ich schwöre es dir. Aber es ist gegen jeden gesunden Menschenverstand."

„Ich danke dir." Plötzlich gibt sie ihm einen Kuß auf die Wange.

Er will schon gehen, als Miss Hodge wieder Worte findet. „Sagen Sie's ihm!" würgt sie aufgeregt hervor. „Sagen Sie es ihm doch!"

„Was denn?"

„Das mit dem Sikhsoldaten!"

Ransome blickt fragend. „Ach, nichts", winkt Edwina ab, „ich erzähl es dir, wenn du zurückkommst. Geh jetzt und tu, was du versprochen hast!"

„Ich kann nichts versprechen, Edwina. Bedenke: die Witwe des großen Lord Heston zu sein, ist jetzt einen Dreck wert, zumal bei der alten Herrin."

XXXV

Die alte Herrin ist wieder in ihrem Zelt, doch empfängt sie Tom nicht im Audienzraum mit den vielen Bildern und Teppichen, sondern in Anwesenheit der Fürstin von Bewanagar in ihrem Gemach. Sie sitzt auf dem Boden. Außer zwei Diamanttropfen in den Ohren trägt sie keinen Schmuck. Sie hat große, dunkle Ringe um die glänzenden Augen, sie scheint überanstrengt und dadurch gefährlich, gereizt, wie er sie in all den Jahren kaum zweimal sah, als sie sich vergaß und plötzlich zur Tigerin wurde. „Nun?“ fragt sie und sieht ihn scharf an.

„Hoheit, es ist wegen Lady Heston.“ Er braucht ihr nichts von dem Flugzeug und dem Auftrag des Piloten zu erzählen. Wie alles, wußte sie auch dies, sobald nur irgend jemand es wußte: die Ankunftszeit, den Ausgangspunkt, den Auftraggeber, sogar daß der Flieger ein Moslem, ein Hauptmann sei und Yussef Baig heiße. „Es brachte nichts mit“, betont sie bitter, „keine Lebensmittel, kein Verbandszeug, kein Chloroform oder Morphium, nichts. Nur zwei leere Sitze für diesen Engländer und sein Weib.“

„Es wird mit all dem wiederkommen, Hoheit. Major Safka und Miss MacDaid stellen für ihn schon ein Verzeichnis auf.“

„Was ist mit Lady Heston?“

„Sie will nicht fort, sie will hierbleiben.“

Die schwarzen Augen verengen sich zu Feuerpunkten. „Warum will sie nicht weg?“

Er zuckt die Achsel. Sein altes Grinsen huscht über das gealterte, gute Gesicht; er kann sich schon denken, sie weiß es selber, weiß, wie Edwina am Abend bei Bannerjis den Major ansah, merkte vielleicht schon etwas beim ersten Male, beim Bankett im Schloß. Es gibt nur wenig, was ihr entgeht.

„Also darum“, sagt sie.

„Trotzdem glaube ich nicht, daß es das ist“, antwortet er und hat den Eindruck, als stünden seine Chancen schon etwas besser. Dies Lächeln, ein Aufblitzen von Humor ... Er kennt das und weiß, sie ist menschlich bis ins Letzte, ins Tiefste. Sie sagt: „Ich will sie hier nicht, sie ist eine ...“, sie stockt und spricht es dann aus, „ein loses Weib.“

Tom widerspricht nicht. Er weiß genug, um sich zu sagen: diese Ansicht ist nicht zu erschüttern. Daher berichtet er nur: „Sie arbeitet jetzt im Spital und macht sich recht nützlich.“

„Welche Art Arbeit?“

„Die schwerste und schmutzigste.“

Wieder der leichte Anflug von Humor im Blick der Herrin und nun auch im Wort: „Dafür wird Miss MacDaid schon gesorgt haben. Aber die Arbeit kann jedes Kind der Höheren Mädchenschule genausogut leisten.“ Augenscheinlich denkt sie nicht daran, nachzugeben. Immerhin blicken die schwarzen Augen schon etwas zahmer.

Tom kommt eine Erleuchtung. Er kennt der Herrscherin Kämpfe für die Erziehung, Befreiung und Bildung der indischen Frauen und weiß, wieviel ihr von jeher daran lag, die Frau aus dem Staub zu erheben. Wie, wenn er erreichte, daß sie in Edwina das Mitweib, die Kameradin sieht? „Sie leistet tatsächlich Männerarbeit", betont er, und plötzlich fällt ihm noch ein: „Sie hat ihren Mann gehaßt, sie ist froh, daß er tot ist. Seit sie hier ist, ging sie durch manches hindurch, das auf sie nicht ohne Einfluß blieb."

Er sieht sie nachdenklich werden und seine Worte erwägen, aber sie will ihn nicht merken lassen, daß ihr das Gesagte zu denken gibt, und fragt daher: „Warum wollen Sie, daß die Frau bleibt?"

‚Sie weiß selber, warum', denkt er, antwortet jedoch: „Ich will nicht, daß sie bleibt. Ich tat mein möglichstes, sie zur Abreise zu bewegen."

„Warum verlangen Sie dann, daß ich ihr nachgebe?"

Schwierige Frage. Mit Absicht gestellt. Er überlegt. „Hoheit, das ist eine lange Geschichte und begann schon vor langer Zeit. Wir haben jetzt nichts miteinander ... es ist nur noch alte Freundschaft, und die ist wohl auch der Grund meiner Fürsprache. Und außerdem: weil sie wirklich Charakter hat."

Ein verächtliches Lachen. „Charakter?"

„Ja, Hoheit, Charakter", beharrt Ransome auf seiner Meinung, „mitunter falsch angewandten, aber trotz alledem Charakter."

Das gefällt ihr. Er hat das Gefühl, es geschieht noch ein Wunder, und er bringt es fertig, daß auch ihr Edwina gefällt.

„Wie denkt der Major darüber?" fragt sie.

„Ich weiß nicht, ich sprach ihn nur einen Moment wegen des Verzeichnisses des notwendigen Bedarfs."

Ein nachdenklicher Seitenblick. „Fragen Sie den Major! Wenn er einverstanden ist, kann sie meinethalben bleiben. Aber ich lehne jede Verantwortung ab, falls ihr hier etwas zustößt. Ich werde in diesem Sinn an den Vizekönig schreiben; ich kann sie ja nicht zur Abreise zwingen."

„Ich kann also damit rechnen?"

„Ich habe gesprochen."

„Eure Hoheit, ich danke Ihnen." Er verneigt sich, zum Gehen bereit. Sie aber sagt noch: „Ich danke Ihnen für Ihre Leistungen, Ransome. Wie Raschid und Oberst Singh mir erzählten, haben Sie die ganze Nacht durchgearbeitet. Wann haben Sie denn geschlafen?"

„Vor zwei Tagen."

„Erledigen Sie also die Angelegenheit und legen Sie sich dann ins Bett! Man braucht Sie, und Sie sind übermüdet."

„Eure Hoheit, ich danke Ihnen."

„Bestellen Sie dem Major, ich schicke ihm Herrn Bauer als Hilfskraft. Er wird ihn brauchen können, er ist gelernter Krankenpfleger."

„Sehr wohl, Eure Hoheit." Die Fingerspitzen aufeinanderlegend verneigt er sich auf indische Art und geht trotz Müdigkeit freudig erregt. Die erste Hälfte der Schlacht ist gewonnen. Nun noch der Major!

Im Vorraum muß er an Maria Lischinskaja vorüber. „Bonjour!" sagt er mit leichter Verbeugung, obwohl er ihr nie offiziell vorgestellt wurde. Doch in solchen Zeiten sind Formalitäten Stumpfsinn.

Sie scheint sehr erregt, erwidert den Gruß mit halbem Lächeln und durchdringendem Blick aus ihren grünen Katzenaugen und eilt dann an ihm vorbei ins Gemach der Herrscherin.

XXXVI

Sie war verstimmt und enttäuscht, daß sie Ransomes Audienz bei der Maharani nicht beiwohnen durfte. Nun muß sie ihr das Geheimnis erst wieder stückweise auf Umwegen herauslocken, eine mühselige, langwierige Arbeit; die alte Füchsin weiß, worauf ihre Vertraute aus ist, und erschwert es ihr nach Möglichkeit, schweigt vielleicht sogar gänzlich.

Von Stund an, da der alte Maharadscha in ihres Harry Armen tot zusammenbrach, schien die ganze Welt gegen Maria verschworen. Sie traf den Geliebten seitdem nur einmal ganz kurz, konnte ihn nicht mehr nachts zu sich bitten, und dabei verlangte sie zeitweilig mit solch unwiderstehlicher Macht nach ihm, daß ihr Leib fiebrig glühte, ihr Hirn wie betäubt war und jeder Ton, alle Gerüche an ihren Nerven zerrten: das Regengeprassel auf dem dreifachen Zeltdach, die schwachen, grausigen Todesgerüche, die durch den weiten Park von der Stadt herüberwehten, das Schreien der Schakale und Hyänen und immer wieder ein einzelner, ferner Klageruf, Tag und Nacht... All diese Gerüche und Laute wurden eins mit ihrem brünstigen Verlangen.

Noch nie litt sie so, nicht in Rußland vor ihrer Flucht und nicht später, als sie Deutschland durchzog und für Nahrung und Kleidung ihren Körper verkaufte. Sie verfluchte das höllische Klima, verwünschte das Land rasender, grausamer Wollust. ‚Überall, wo man hinsieht, die Lingams! In Tempeln, Dorfhütten und Palästen, am staubigen Straßenrand hat man es vor sich, dieses Symbol der Zeugung, des Genusses, aller Wonnen und Begierden. Schiwa, immerzu Schiwa, und Kali, die Zerstörerin!‘

Als sie die Vorhänge zurückschlägt und eintritt, blickt die Maharani sie an und fragt: „Was gibt's?“ – „Nichts, Eure Hoheit.“

Die alte Fürstin öffnet ihre Beteldose. „Ich schicke Harry Bauer ins Hospital“, wirft sie hin. Marias Herzschlag stockt. „Man wird ihn dort brauchen können, sie sind mit Arbeit überhäuft.“

‚Jetzt kann ich ihn nie mehr sehen‘, denkt Maria, ‚oder‘, besinnt sie sich, ‚vielleicht geht es dort eher; vielleicht kann ich ihn da besuchen.‘ Die Maharani läßt sie nicht aus den Augen.

„Die alten Baracken und das Konservatorium, soweit noch etwas davon vorhanden ist“, fährt sie fort, „sind überfüllt mit Cholerakranken. Major Safka könnte ihm eine solche Abteilung anvertrauen; er versteht sich auf Desinfektion und kann sich selber gut schützen. Er kann von hohem Nutzen sein.“

Marias gelbliches Gesicht wird grünlichweiß. Vor ihren Augen steht ein Bild von daheim, von einst: das ukrainische Städtchen, die Cholera, die Menschen starben wie die Fliegen, fielen um auf der Straße, im Laden, schwarz im Gesicht, zusammengekrümmt. ‚Ich hatte nur immer Unglück‘, denkt sie, ‚ich kann nicht dagegen an, und wenn ich noch so sehr kämpfe. Es bleibt mir nichts, nichts . . .‘

„Wenn ihm etwas geschieht“, sagt sie laut, „töte ich mich.“

Es ist das erste Mal, daß sie der Maharani ihre Liebe zu Harry kundgibt. „Ihm geschieht nichts“, erwidert diese, „er ist jung, er ist kräftig.“ Die Worte sind mit Bedacht gewählt, genau auf die Wirkung berechnet, die sie in Marias gemartertem Geist hervorrufen sollen. Denn auch sie weiß, daß Cholera gerade die Jungen und Starken zuerst befällt.

Die Russin glaubt ersticken zu müssen, die Zeltwände drehen sich vor ihren Augen. Kaum bringt sie noch mühsam hervor: „Mir wird schlecht, darf ich mich hinlegen?“ – „Natürlich.“ – Und blind vor Sehnsucht und Angst stürzt sie hinaus und weiß nicht, daß sie wieder einmal gemartert wurde, weil ihre Herrin schlechter Laune war, auf sich selber wütend, weil sie Ransome zuliebe bei Lady Heston klein beigab.

Sein Anblick ließ sie weich werden. Sie liebt Männer im allgemeinen und Ransome im besonderen. Sie haßt alle Frauen, selbst jene, deren Befreiung ihr Leben gewidmet war. Und nun ist sie alt, kann nur noch spähen, quälen und Amouren von Frauen wie Lady Heston und Maria Lischinskaja mit neugierigen Augen verfolgen, und das ist schlimm. Denn in dem vergreisenden Körper lebt eine junge Seele.

XXXVII

In seinem kleinen Extrazimmer neben der Vorhalle im Hospital lag der Major auf seinem Bett. Miss MacDaid hatte ihn schlafen geschickt, ihn fast angefahren: „Sie sind ja verrückt, Dr. Pindar und ich werden schließlich auch sechs Stunden allein auskommen! Gott hat Ihnen einmal das Leben gerettet. Wer weiß, ob er es zum zweiten Male tut! Sie brauchen Schlaf."

Seit achtundvierzig Stunden war er ununterbrochen in Tätigkeit: das Hospital, die alten Baracken und das Konservatorium mit den Cholerakranken, die Desinfektion und Bewachung der Brunnen, Besprechungen mit Raschid, Ranjit Singh und der Maharani, und dazu eine schier endlose Zahl von Operationen beim Licht zweier schwacher Kerzen; mehr konnte man sich nicht leisten, sie hatten nur noch zwei angebrochene Schachteln und konnten nicht wissen, wann es wieder neue oder Petroleum gäbe. Dabei konnte alles Operieren die meisten Kranken nicht vor Infektion oder Brand bewahren.

Er fand keinen Schlaf. Der verbundene Kopf schmerzte erbarmungslos. Durch das überanstrengte Hirn jagten aufwühlende Gedanken. Immer wieder tauchte vor den geschlossenen Augen die Gestalt Lady Hestons auf, doch nicht wie im Schloß beim Bankett oder bei Bannerjis Dinner, sondern in Bertha Smileys Kattunkleid, ungepflegt und beschmutzt, wie sie mit Smiley ankam und in der Vorhalle ihn herausfordernd ansah. Im Schloß und bei Bannerjis besaß sie keine Macht über ihn. Er hatte in Europa gelebt, hatte dort Frauen von Rang besessen, nicht nur Huren, sie waren ihm ohne weiteres zugefallen, viel zu leicht für seinen wählerischen Geschmack, und nie hatte er mit einer geschlafen, ohne nicht durch irgendeine Gefühlsroheit, eine Härte verletzt zu werden; sie machten ihn mißtrauisch, gingen ihm auf die Nerven. Liebe, ja selbst Liebesersatz mußte für sein Empfinden anders aussehen, Freude, Schönheit und Wonnen spenden, wie sie ihm bei Natara Devi zuteil geworden waren. Die europäischen Damen schienen nie zu verstehen, daß der Orientale bei aller Männlichkeit ein ausgesprochener Gefühlsmensch mit äußerst empfindlichen Nerven ist. Der Engländer als Mann dünkte ihn stumpf, gefühllos, nicht selten bestialisch. Waren darum die englischen Prostituierten so abstoßend? Oder deshalb, weil das Christentum des Okzidents aus der Liebe, selbst in der Ehe, etwas Unreines, Unanständiges macht? Als er bei ihr im Sommerpalast nach dem verwirrten Weggang von Miss Hodge die Tasse Tee trank, benahm sich die Lady wie eine Prostituierte. Trotz ihrer gewählten Sprache merkte er, was sie wollte. Er hätte sie, während ihr Mann nebenan im Sterben lag, auf der Stelle auf dem Sofa haben können. Einen Moment war er in Versuchung; es war ja so leicht. Was ihn zurückhielt, war einmal der Umstand, daß sie eine wichtige Persönlichkeit war, die, wenn er danach nichts mehr von ihr wissen wollte, sich an ihn hängen und einen Skandal provozieren konnte, dann aber auch das Bewußtsein, es lohne sich nicht. Er hätte bei ihr nicht mehr Genuß gehabt als bei einer von der Jermyn Street, die ihr Gewerbe mit Begeisterung ausübt. Nein, die Dame im Sommerpalast mit dem glatten, schimmernden Antlitz, dem raffinierten Make-up und den Pariser Toiletten interessierte ihn nicht. Sie war zu vollendet, zu künstlich für seine unmittelbare, natürliche, warmherzige Art. Er spürte, ihr Liebesspiel würde ohne Lachen, ohne Mutwillen, würde nur lasterhafte Sättigung sein, wie bei allen, denen von Jugend auf eingeprägt war, lieben sei Sünde, und die doch unmöglich darauf verzichten konnten.

Es war etwas Sonderbares, diese Mischung aus Gefühllosigkeit und Heuchelei, der er im Westen begegnet war. Es war, als ob gerade die Mißachtung des Geschlechtlichen ein besonderes, lasterhaft gesteigertes Vergnügen bereite. Er hatte dafür kein Verständnis; es stieß ihn ab, es empörte ihn. Selbst Perversitäten und Laster nahmen im Osten nicht diese schamlosen, ekelhaften, heruntergekommenen Formen an.

Das Weib mit der tadellosen Frisur und dem vielen Schmuck hatte ihn kalt gelassen, aber die Erschöpfte in Mrs. Smileys altem Gewand erregte sein Denken und Fühlen. Sie sah viel älter aus als die andere, aber auch unvergleichlich viel menschlicher. Als sie ihn zornig anfunkelte, hatte er fast bezweifelt, daß dies die gleiche sein könne, die er bei Bannerjis sah. ‚Vielleicht', dachte sein übermüdetes Hirn, ‚kommen Persönlichkeitsspaltungen häufiger vor, als die Psychologen sich träumen lassen. Vielleicht sind in diesem Leib zwei oder mehr Frauen eingeschlossen, und der Schock bei der Katastrophe, der gräßliche Tod des Gemahls haben eine derselben befreit?'

Seit sie im Hospital arbeitete, hatte sie nichts mehr gemein mit der Dame im Sommerpalast, die ihre Hände hinterm Rücken versteckte, damit er deren Zittern nicht merke. Dergleichen entging ihm nicht; seine angeborene Beobachtungsgabe war durch seine ärztliche und chirurgische Tätigkeit geschärft. Das hätte sie sich eigentlich denken können, denn auch die Dame im Sommerpalast war nicht dumm.

Die andere aber, die im Hospital, hat ihn kaum noch beachtet. ‚Es ist – außer dann, wenn es in den blauen Augen kurz aufleuchtet – etwas Totes in ihr. Nein, das ist wohl nicht der richtige Ausdruck, nichts Totes, eher etwas Versunkenes, vorübergehend Abgetötetes.'

Er empfand ein fast wissenschaftliches Interesse, in die tieferen Gründe ihres Geheimnisses einzudringen, hätte gern darüber mit ihr gesprochen und empfand zugleich eine Scheu vor dieser neu ans Licht getretenen Frau. Bei der andern hatte er so etwas nicht gekannt; da hatte er nur Verachtung, sogar etwas Mitleid verspürt. Er wußte, Miss MacDaid hatte der „Neuen" die unangenehmsten, widerwärtigsten Aufgaben übertragen in der Hoffnung, ihr werde davon übel und weh und sie werde nicht durchhalten. Aber die „Neue" übernahm jede Arbeit, ohne sich zu beschweren. Vergangene Nacht gab ihr Miss MacDaid das schmierige Verbandszeug von einem fauligen Brand in die Hand, und er sah, wie sie rasch hinaus mußte, um zu erbrechen.

Miss MacDaid, hart wie Felsgestein, hatte die Zarte herausgefordert, und diese nahm den ungleichen Kampf auf; ja, so war es. Fern Simon, für welche die Oberschwester MacDaid im übrigen auch nur Verachtung zeigte, hatte es immerhin leichter.

Andere Dinge schossen ihm durch den Kopf: wie verzweifelt schwer es war, in Notzeiten wie diesen, seinen Landsleuten, denen offenbar jeder Widerstandswille abging, ein Helfer zu sein. Sie gaben es auf, ergaben sich kampflos dem Tod. Sie waren unterernährt. Das Leben bedeutete ihnen von jeher nur wenig. In dieser Beziehung glichen sie wohl dem Volk in den gräßlichen Gruben- und Fabrikstädten des Westens, die auf ihn wie Miss MacDaid so niederschmetternd gewirkt hatten ... Die Cholera! Schon unter normalen Bedingungen ist ihr schwer beizukommen, um wieviel schwerer jetzt, inmitten von Leichen, verpesteten Brunnen, und die Mangonen sind reif, auf allen Straßen kann man sie kaufen ... Man kann nicht umhin, sie zu essen; es gibt ja sonst kaum etwas. Überall reifen sie; gehen von Hand zu Hand, zu fünfzig Prozent durch Hände von Männern und Weibern, die sich schon angesteckt haben und binnen kurzer Frist umfallen, schwarz werden und sterben. Wie soll man jeden unwissenden Straßenkehrer so weit bringen, daß er die Mango, ehe er sie verzehrt, mit Permanganat abwäscht?

Typhus und Fleckfieber breiten sich unheimlich aus. Schon stehlen die Menschen nach Einbruch der Dunkelheit Wasser aus den verbotenen Brunnen. Sogar aus den Pfützen holen sie es!

Plötzlich naht ihm der Schlaf, das Regenrauschen lullt ihn ein; er ist fast hinüber, da hört er draußen reden: Ransome und Miss MacDaid. „Er schläft“, sagt diese, „er darf nicht geweckt werden“, und jener: „Wie lang wird er wohl schlafen?“ – „Kann ich nicht sagen. Auf alle Fälle wird er mir nicht gestört, ehe er nicht von selbst aufwacht.“ – „Sie mögen recht haben. Er ist für uns der wichtigste Mann.“

Schlaftrunken steht Safka auf, geht zur Tür und sagt beim Öffnen: „Ich habe noch nicht geschlafen. Was gibt's?“

Die Oberschwester, entrüstet knurrend, wirft Tom einen wütenden Blick zu. Selbst das alte Schlachtroß MacDaid verliert schließlich einmal die Nerven.

Ransome teilt mit, was die Maharani betreffs Lady Hestons Verbleiben in Ranchipur bestimmte. „Es liegt nun an Ihnen, Major.“

Safka kämpft noch mit seiner Schlaftrunkenheit. Ehe er antworten kann, fällt Miss MacDaid ein: „Es wäre das Unklügste, sie hier zu lassen.“

Da sieht er sie an: „Sie arbeitet gut, oder nicht? Sie ist eine richtige Hilfe“, und die ehrliche Schottin erwidert: „Ja, das muß ich sagen, sie hat schwer gearbeitet und gut, aber das ist nicht das Entscheidende.“

Dem Doktor ist, als müsse er hier in der Tür im Stehen einschlafen. Vom Schlaf umfangen, entscheidet er: „Laßt sie da ... wenn sie genug hat, kann sie immer noch weg.“ Es ist die Frau in Mrs. Smileys Kattunkleid, die er dabei im Auge hat. Die andere hätte er auf der Stelle heimgeschickt.

XXXVIII

Edwina ist in ihrer Kammer. Dort findet sie Tom, teilt ihr die Nachricht mit, und sie sagt: „Das ist gut. Ich habe es mir gewünscht. Meinen Platz im Flugzeug kann jetzt jemand anders haben. Ich werde ihn Bates geben.“

„Das dürfte böses Blut machen, ich meine, daß du deinen Diener wegschickst, während wichtige Personen gern mitfliegen möchten.“

„Was für wichtige Personen?“

„Die Maharani wird einen Kurier schicken wollen.“

„Dann bliebe immer noch ein Platz für Bates.“ In ihr Gesicht tritt der alte hochmütige Blick. „Es ist schließlich mein Flugzeug; man hat es für mich geschickt. Ich kann darüber verfügen, wie ich will. Bates ist krank. Ich halte es für unfair, ihn nicht fliegen zu lassen; er wollte nie mit nach Indien. Er haßt es.“ Tom zuckt die Achsel. „Wer den für Albert bestimmten Platz bekommt, ist mir gleich.“

„Dann rate ich dir, Bates sofort zu benachrichtigen. Der Pilot wird die Surat-Sümpfe noch vor Nacht überfliegen wollen."

„Ich kann niemand schicken, ich habe hier keine Dienstboten."

„Ich werde ihm Nachricht geben. Weißt du bestimmt, daß er mitfliegen will?"

„Bestimmt."

„Wo ist Fern?" fragt Tom unvermittelt.

„Ich weiß nicht. Sie half Miss MacDaid beim Zusammenrechnen der Vorräte und einem Verzeichnis des notwendigen Bedarfs." Sie sieht im frei ins Gesicht und fragt: „Ist alles jetzt richtig . . . ich meine, zwischen euch beiden?"

„Ja."

„Das habe ich mir gedacht. Du siehst ganz anders aus – warum heiratet ihr nicht?" fragt sie geradewegs.

„Nein, das wäre nicht gut. Auch nicht nach dem, was geschehen ist."

„Sie ist die richtige Frau für dich. So etwas brauchst du."

„Sie ist zu jung. Überhaupt kennst du sie gar nicht."

Sie widerspricht ihm nicht, schneidet nur eine Grimasse und bemerkt: „Schade, daß für mich niemand da ist! Traurig, daß eine Frau nicht einen Mann heiraten kann, der viel jünger ist als sie." Damit verabschiedet sie sich, sie habe zu arbeiten, er solle nur ja nicht Bates vergessen. „Ich muß mich wohl bei der alten Tante bedanken?"

„Das ist wohl das mindeste. Es wird sie auch freuen." Er geht.

Er kann aus ihr nicht recht klug werden. ‚Warum sie wohl mit aller Gewalt hierbleiben will? Hat sie sich etwas Neues ausgetüftelt, damit der Major doch noch mit ihr ins Bett geht? Es gibt nichts, was ihr nicht zuzutrauen wäre. Sie hat es faustdick hinter den Ohren.'

XXXIX

Bates' Abreise und der Abflug des Flugzeugs sind nicht so einfach, wie es sich Tom und Edwina dachten. Er schickte jemand zu Bates und ging hierauf zur Maharani, die Gopal Rao als Kurier bestimmte. Ausgerechnet jetzt, wo der junge Mahratte in der von Ransome aufgebauten Organisation dringend gebraucht wurde! Obendrein erhob Miss MacDaid gegen Bates' Abreise Einspruch; erst müsse er von Safkas Assistenten Dr. Pindar untersucht werden. „Bevor man nicht weiß, daß es mit seiner Krankheit nichts auf sich hat, wäre es sinnlos, ihn fliegen zu lassen. Sie ließen ihn gar nicht erst landen."

Bei seiner Rückkehr zum Großen Tor mußte Tom feststellen, daß sich die Nachricht von Lady Hestons Verzicht auf den Flug mit Windeseile verbreitet hatte. Den Vorraum füllten nicht weniger als ein Dutzend Herren, die alle auf Gopal Rao einschrien und verlangten, nach Bombay fliegen zu dürfen: zwei parsische Bankiers, ein Wucherer aus Pathan, der Generaldirektor der Baumwollspinnereien, ferner Chandra Lal, der reichste Kaufmann von Ranchipur, und nicht zuletzt Herr Bannerji, der wieder mit seinem Lackkasten voll väterlicher Asche aufgetaucht war. Er war der einzige von den zwölfen, der für seine Abreise keine geschäftlichen Gründe vorschützte. Die übrigen, die alle gleichzeitig redeten, nannten so ungeheure Summen, die angeblich für sie auf dem Spiel stünden, daß alles Gold der Welt kaum ausgereicht hätte, ihre märchenhaften Transaktionen zu decken.

Drei der Herren zogen unter dem Vorwand, sie wollten ihm noch geheime Gründe für die Dringlichkeit ihrer Abreise anvertrauen, Ransome in eine Ecke, woselbst jeder von ihnen versuchte, ihn mit einem enormen Betrag zu bestechen. Bei Bannerji handelte es sich nicht um Geschäfte, aber seines Vaters Asche, erklärte er, müsse unverzüglich zum Ganges. Als Tom die Bestechungen ausschlug, waren alle perplex und beleidigt. Er aber schnitt eine ironische Grimasse und dachte: ‚Komisch, daß ausschließlich Wechsler und Händler und ein religiös Wahnsinniger in so verzweifelter Angst auf Abreise drängen! Religion und Geld gehen in der Tat oft Hand in Hand.‘

Doch es ging nicht nur um Geld. Es war die Angst. Er las sie in jedem der zwölf Gesichter, in den verdrehten Augäpfeln Bannerjis, in denen man nur noch das gelblich verfärbte Weiße sah. Oh, wie ihn jetzt Ransome verabscheute! Er hatte den Mann schon gehaßt, als dieser sich von der Galerie seines Hauses geschäftig in die rotgoldene Gondel fallen ließ. Damals ekelte Tom seine abergläubische, aberwitzige Angst an. Jetzt fürchtete sich Bannerji vor noch mehr: vor der Cholera, vor Ranchipur, vor dem Großen Regen, vor Kali – er fürchtete sich vor Indien.

Tom konnte sich nicht enthalten, ihn weiter ins Bockshorn zu jagen. „Wenn Sie sich etwa einbilden, Sie könnten durch Ihre Flucht aus Ranchipur Kali entgehen, sind Sie verrückt. Die Zerstörerin Kali ist überall.“ Ein noch größeres Entsetzen malte sich in den Augen des ehemaligen Hauptes des kosmopolitischen Ranchipur. Dies war Tom Ransomes Rache.

Als nun die zwölf vernahmen, Bates solle den freien Sitz einnehmen, fingen sie an, über Günstlingswirtschaft zu murren. „Wir sind hier in Indien. Die Inder haben das erste Anrecht! Die Europäer wollen immer alles! Immer werden die Inder benachteiligt.“ Sie stotterten sogar etwas von Aufruhr und maßen Ransome mit bösartigen Blicken ohnmächtiger Wut, bis dieser, am Rand seiner Selbstbeherrschung, sie anschrie: „Hinaus! Alle, wie ihr da seid! Wenn ihr nicht geht, lasse ich euch durch die Sikhs hinauswerfen. Ihr seid die letzten, die uns hier weghaben wollen. Ihr habt Gandhi bekämpft. Ihr bekämpftet den armen Jobnekar. Wenn wir gingen, käme die Revolution, und ihr würdet womöglich ein paar Rupien verlieren. Raus, alle miteinander!“

Feige, geduckt, verdrückten sie sich aus dem Zimmer, blieben jedoch brummend und tuschelnd in der Toreinfahrt stehen.

Während des ganzen Geschreis lehnte der mohammedanische Flieger, ein später Nachfahr Babers und Akbars und Dschingis-Khans, in einer Ecke. Unter dem flotten Schnurrbärtchen hing ihm eine Zigarette aus dem Mund, in seinem Gesicht stand ein vielsagendes Grinsen, und als er nun nur noch mit Gopal Rao und Ransome in dem Amtsraum war, bemerkte er, immer noch grinsend: „Wenn ein Moslem brüllt, zittern zehn Hindus.“

Gopal Rao hinter dem Tischchen sprang auf, die schwarzen Augen loderten, doch der Moslem fuhr mit unverändertem Grinsen fort: „Mit Ausnahme der Mahratten und vielleicht noch der Sikhs und Rajputen.“

‚Es ist immer da‘, denkt Ransome, ‚es lauert unter der Oberfläche.‘

„Vor allen Dingen“, erklärte Gopal, „sind diese Hunde da draußen bloß Bunyas, Gujaratis und Parsen.“

Die schwarzen Augen des muselmanischen Fliegers verengten sich zu Schlitzen. „Ja, mein Freund“, sagte er, „die Zukunft liegt bei dir und mir.“

XL

Die Bunyas sind nicht die einzigen, die in Panik der dem Tode verfallenen Stadt zu entrinnen suchen. Während man noch darauf wartet, daß Bates endlich von der Mission aus eintrifft, erscheint Oberst Ranjit Singh mit den letzten Meldungen. Die Bürgerschaft Ranchipurs beginne in die Landkreise und auf die Dörfer zu fliehen. Nun müßten die ihm verbliebenen Sikhs nicht nur die Brunnen bewachen, sondern um die ganze Stadt einen Kordon ziehen; die Maharani befürchte, die Seuchen würden sonst über das ganze Land bis zum Meer verschleppt. Gerade genug, daß Ranchipur derart leide; es solle nicht auch noch das ganze übrige Indien befallen werden! Die Panik verbreite sich wie eine Feuersbrunst über die Stadt. Ganze Familien suchten mit Sack und Pack das Weite. Als man sie am Stadtrand nicht durchlassen wollte, habe es einen Aufruhr gegeben, bei dem sieben Männer, die mit Gewalt den Sicherheitskordon zu durchbrechen suchten, getötet wurden. „Befehl der Maharani", erklärt der Oberst, und setzt bärbeißig hinzu: „Die machen jetzt dem Major im Spital keine Scherereien mehr, sie sind mausetot."

Ransome schweigt. Vor ihm steht das gespenstige Bild, wie Ranjit Singhs Leute sich mittels einer Extrakugel Gewißheit verschafften, daß die Aufrührer auch bestimmt tot waren. Aber Menschenleben sind billig in diesem Land. Den Millionen Toter entkeimen Millionen Lebender wie der Schwamm fauligem Holz.

Lebensmittel, meldet der Oberst weiter, seien unterwegs. Von der See und vom Land kämen Hirse, Weizen und Mais. Fünf Meilen vor der Stadt müßten die Ochsenkarren anhalten, ihre Ware werde in Depots verbracht, aus welchen sie von der Stadt durch Lastträger und Ochsenkarren abgeholt würde. Major Safka habe angeordnet, man müsse den Seuchenherd abriegeln. Raschid mit seinem mahratischen Polizeitrupp und Ranjit mit seinen Sikhs verschaffen der Anordnung Geltung. So kämpfe ein neues Indien, das vom Westen das Gute übernahm, gegen das alte, ungezügelte Indien, das in blinder Massenangst vor Seuchen und Hungersnot fliehe. Es sei für Indien ein völlig neuer Gedanke, daß um der vielen willen wenige leiden müssen, aber diese Lektion müßten nun auch da draußen die murrenden Kaufleute, der wahnbefangene Bannerji und alle Händler und Wechsler und Priester Indiens lernen.

Damit entfernt sich der Oberst. Ein Bote bringt Tom einen Brief von Miss MacDaid. Das Spital benötige dringendst Stimulantia, und da in ganz Ranchipur vermutlich nur noch er Brandy, Whisky und Kognak in Vorrat habe, wende sie sich verzweifelt an ihn, ob er ihnen nichts schicken könne?

Auf der Stelle schreibt Tom ein paar französische Zeilen an John den Täufer, und befiehlt ihm, alles, was noch im Keller sei, ins Hospital an Miss MacDaid zu schicken. Etliche Dutzend Flaschen mögen es wohl noch sein. Er nimmt den Weinkellerschlüssel vom Bund, reicht ihn dem Boten, gibt ihm den Zettel für John und treibt ihn zur Eile.

Nicht ohne Bedauern sieht er ihn gehen. Vier Tage ist er nun ohne

Alkohol, aber in diesen vier Tagen gab es Stunden, in denen sein Körper danach schrie: einen Brandy, einen Whisky, einen Kognak, wenigstens einen Schluck! ‚Und nun ist alles beim Teufel, sogar der feine, alte französische Kognak! Straßenkehrer und Gujaratiplebs lassen ihn sich durch die Kehlen rinnen! Ach, was verstehen die von dem friedlichen Behagen, dem stummen und blinden Selbstvergnügen, den dieser Nektar zu spenden vermag! Wenn er auf ihren Zungen brennt, werden sie sich schütteln und husten und, wenn sie noch soviel Kraft haben, ihn unter Protest ausspucken.'

Erst am Nachmittag kommt Bates von der Mission. Vier Lastträger tragen den Fiebernden auf einem Fensterladen. Er ist wieder in seinem Butleranzug und einigermaßen repräsentabel, dank Tante Phoebe, die es sich nicht nehmen ließ, Gehrock und Hosen, so gut es nur ging, zu reinigen. Daher auch die Verspätung. Aber sie fand, man solle in Bombay nicht denken, er käme aus einem Saustall und nicht aus der Amerikanischen Mission. Dr. Pindars Untersuchung stellte Rippenfellentzündung fest. Immerhin sei er trotz Fieber reisefähig; man solle ihn nur gut in Decken wickeln. In Bombay werde man ihn zweifelsohne in Quarantäne stecken, um sicher zu sein, daß er weder Pest noch Cholera habe. Es sei zwar der helle Wahnsinn, unter solchen Umständen reisen zu wollen, aber der Kranke wünsche es heiß und Lady Heston dränge wie besessen auf seinen Abflug. Da gab der kleine Doktor denn nach.

Die Passagiere, die Krankenträger und der Pilot sind bereit, wandern zum Flugzeug auf dem Hirsefeld hinter dem Turm des Schweigens, mit ihnen Dr. Pindar und Ransome, hinter ihnen die Bunyas, die Parsen und Bannerji mit der Asche des Vaters; sie hegen den frommen Wunsch, Bates möge auf dem Transport zum Flugplatz sterben und so sein Platz im Flugzeug frei werden. Knurrend stapfen sie durch den Matsch.

Bates auf dem Fensterladen sieht nichts von den Häuserruinen und niedergebrannten Scheiterhaufen. Er kehrt heim nach Manchester, in das Zweifamilienhäuschen. Dort wird ihm die ledige Schwester den Haushalt führen. Das blutige Land des Grauens verläßt er auf ewig. Er geht nach Hause zu Hammelbraten mit Gemüse, zu Kricket und Pferderennen und den Evening News in der Stammkneipe. Daß er die Lady in einer wüsten, verseuchten Stadt läßt, kümmert ihn verflucht wenig. Ihre Gnaden, er kennt sie ja in- und auswendig, weiß sich schon selber zu helfen, besser, als Seine Lordschaft es konnte. Im Spital, bei der Untersuchung, beugte sie sich über ihn und flüsterte merkwürdig aufgeregt: „Alles ist bereit, Bates, Sie können fort, ich will es. Lassen Sie sich nur nicht zurückhalten! Ich will es selber. Für mich sorgt schon Mr. Ransome." Als ob er sich etwas daraus mache, was mit ihr und ihrem vielen Geld geschieht! ‚Sie hat sich genug amüsiert. Das hat sie wohl schwerlich geahnt, daß der alte Gauner so gut über ihre Liebhaber Bescheid wußte! Na, wie sie die Kassette aufmachte, hat sie das Verzeichnis ja gleich gesehen, in der Handschrift des alten Halunken, jetzt weiß sie es. Aber was Seine Lordschaft für jeden Namen gezahlt hat, das weiß sie nicht, und wieviel der gescheite Bates an ihr und ihren Liebschaften verdient hat! Ein Glück, daß sie mich weghaben will! Ich weiß ja, warum. Sie hat bloß Angst, ich sage dem Kerl etwas, den sie jetzt hat und der brav neben mir hergeht. Immerhin ist er mir lieber als so ziemlich alle, die sie bisher gehabt hat. Er ist natürlich blöd, aber hat immerhin gute Manieren.'

So denkt der Lakai und ist selig, daß es nun heimgeht ins Paradies Manchester zu anständigen Leuten, die wissen, was sich gehört, und nicht soviel Geld und Macht haben. Er schließt die Augen und beißt die Zähne aufeinander. Wie die Tragbahre schüttelt und rüttelt! Jeder Schritt ihrer Träger stößt ihm ein Messer in die Brust.

XLI

Es scheint aussichtslos, das Flugzeug im Schlamm des Hirsefeldes in Fahrt zu bringen. Der Pilot läßt die Motoren an, aber die Räder stecken zu tief im Dreck. Es geht nicht eher, als bis der Kurier Gopal Rao den Befehl übernimmt, aus der neugierigen Zuschauermenge einige Leute herausgreift und sie das Flugzeug zur Chaussee schleppen läßt, die pfeilgerade bis zu der Stelle führt, wo einmal der mächtige Damm stand.

Kurz vor dem Abflug kam noch ein Bote mit einem Brief Lady Hestons, den der Pilot Lord Hestons Sekretär in Bombay aushändigen sollte. Sie schrieb darin, sie werde in Ranchipur bleiben, empfahl Bates seiner Fürsorge und ersuchte ihn, an die Angehörigen der beiden Zofen, Harris und Elsie, zu telegraphieren, an Harris' Bruder in Nottingham und Elsies Schwester in Putney, man habe die Toten wie Seine Lordschaft einäschern müssen, doch werde sie dafür Sorge tragen, daß die Asche baldmöglichst abgesandt werde, auf daß Harris und Elsie im Frieden der Heimat die letzte Ruhestatt fänden.

Das Flugzeug startet, dröhnt die lange, schnurgerade Straße dahin, hebt sich und entschwindet in tiefen Wolken über den weißen Tempeln des Abana. Die Bunyas, Parsen und Bannerji mit dem Lackkasten schauen ihm nach, bis es verschwunden ist. Dann schreiten sie finster der Stadt zu, vorbei an dem Turm des Schweigens und den ihn umflatternden Geiern. Nun können sie nur noch auf Ochsenkarren entkommen, vorausgesetzt, es gelingt, die Postenkette der Sikhs zu bestechen.

Beim Basar trennt sich Tom von den übrigen. Er will ins Hospital. Schlaf verhängt die Augen des völlig Erschöpften. Er strauchelt über die eigenen Beine. Doch ehe er sich hinlegt, muß er Fern sprechen, wissen, ob ihr nichts fehlt. Sein übermüdetes Hirn klammert sich an den Gedanken: er muß für sie sorgen, ihr beistehen, daß sie aus der sterbenden Stadt heraus und wieder in ihr Amerika kann, in das leichte, gesunde Dasein, auf das ihre Geburt ihr ein Anrecht gibt. In den zwei Tagen, seit sie ihn auf dem Fußboden der Schlafkammer bei Bannerjis weckte, hat er sich alles genau überlegt. Sie muß heim nach Amerika, und er bleibt in Ranchipur, vielleicht, um endlich, endlich einmal in seinem alten, gelben, georgianischen Hause hinter den scharlachroten Ranken für immer die Augen zu schließen.

Auf den Eingangsstufen begegnet ihm Safka, von den paar Stunden Schlaf sichtlich gestärkt, und der Pfleger des verstorbenen Maharadschas. Sie wollen zum ehemaligen Konservatorium. Harry Bauer soll die dortige Cholerastation übernehmen.

In der Vorhalle trifft er Edwina und berichtet ihr, das Flugzeug sei fort und mit ihm, auf der ersten Etappe seiner weiten Reise, ihr Diener Bates. Sie scheint voll Eifer, ein neues Leuchten steht in den blauen Augen. „Ich wollte dir ja noch erzählen, was mit Miss Hodge ist.“ – „Was soll mit ihr sein?“ fragt er, halb im Schlaf.

„Sie sagte doch, ich solle dir etwas erzählen. Sie bildet sich ein, der Sikh, der sie rettete, habe sie vergewaltigt.“

Sein Ärger verscheucht die Müdigkeit, die an ihm zerrt. „Lachhaft! So ein verrücktes Frauenzimmer!“

„Und jetzt hat sie Angst, sie kriegt ein Kind“, zwinkern die blauen Augen belustigt, „sie heult wie eine geschändete Jungfrau, aber dazwischen sitzt sie stillvergnügt da und führt Selbstgespräche; es scheint ihr doch Spaß zu machen.“

„Wo ist sie denn?“

„Drin. Sie hält mir den Spüleimer.“

Er reibt sich die schweren Augen. „Daß sie das bloß nicht herumerzählt! Es könnte Unannehmlichkeiten geben.“

„Ich werde ihr sagen, es muß strengstes Geheimnis zwischen uns bleiben."

„Gut. Aber was soll man nun mit ihr anfangen?"

„Überlaß das nur ruhig mir, Tom! Sie folgt mir aufs Wort."

„Du lädst dir da eine Last auf, Edwina. . . "

„Ei wo! Sie hilft mir sogar. Sie hat einen besseren Magen als ich. Sie hält den Eimer und die Seife, wenn mir schlecht wird und ich hinaus muß. Weißt du", sie faßt seine Hände, „dies Ranchipur ist etwas Höllisches, alle Menschen hier spinnen; aber allmählich kann ich's verstehen. Ich bekomme Verständnis für Schiwa – und seine kleinen Dingus; die haben nun Elizabeth Hodge beim Wickel." Damit ging sie zurück in den Saal, wo die Verblödete mit geduldigem Lächeln Schüssel, Seife und Handtücher hielt.

Tom steht starr, schaukelt vor Müdigkeit nur etwas auf den Beinen. ‚Das ist Edwina?! Die Zarte, die Porzellanene wird noch ein Schlachtroß wie Miss MacDaid . . . Doch nun zu Fern!'

In der Kammer, die sie mit Edwina und Elizabeth teilte, wechselte sie die blaue Dienstkleidung und bürstete ihr kurzes blondes Haar vor einem Stück Spiegelglas, das man irgendwo aufgetrieben hatte.

Als sie seinen Schritt hört und im Spiegel die Tür aufgehen sieht, wendet sie sich rasch um, eilt ihm entgegen; aber dicht vor ihm bleibt sie stehen, kehrt sich, scheu errötend, ab. Er streckt die Arme nach ihr aus und zieht sie an sich. Sie legt den Kopf an seine Schulter. So stehen sie lange, bis sie zu ihm aufblickt und ihn betrachtet. „Du siehst aber müde aus!"

„Bin's auch. Komm, setzen wir uns!" Sie setzen sich auf eines der Strickbetten. Fern hält noch seine Rechte gefaßt. „Was hast du, Tom?"

„Nichts. Warum fragst du?"

Sie spürt, etwas in ihm ist anders, ein Schatten liegt über ihrem Einssein; ihr ist, als stehe sie dem Geliebten fern . . . Sie kann es nicht ausdrücken; sie fühlt nur die Kompliziertheit seines Wesens; doch wie soll sie ihm das begreiflich machen? Es fehlen die Worte.

Er lächelt sie an. „Ist dir wohl?"

„Ja. Es geht mir recht gut."

„Hast du geschlafen?"

„Ja."

„Willst du nicht lieber auf die Mission?"

„Nein . . . hier fühl' ich mich glücklich. Sogar Miss MacDaid findet, ich sei eine wirkliche Hilfe." Strahlend, stolz sieht sie ihn an. Er hat die Augen geschlossen. „Du kannst dich hier hinlegen", schlägt sie besorgt vor. Er sagt: „Nein, ich muß gehen", aber da schwindet die Welt rings um ihn her, die Wände verschwimmen, lösen sich auf in Nebeln. Aus weiter Entfernung hört er noch ihre Stimme: „Ja, das ist recht, schlaf dich nur aus", und dann nichts mehr. Raum, Stimme, Stadt, alles ist dahin, und es herrscht nur Schweigen, Vergessen und Frieden.

Sie sitzt bei ihm am Fußende des Bettes; sie hat noch Zeit, bis sie zur Oberschwester muß, und sieht ihn lange an. Ihr wird bang. Er liegt da wie ein Toter. Traurigkeit zieht in ihr Herz. Sie hat ein Gefühl, als sei er ihr wieder entglitten, zurück in die Welt, wie sie vor der großen Flut war, die enge Welt der Snobs und der Cliquen und Komplikationen, für die jedes Verständnis ihr abging und an der sie litt. Die jetzige Welt ist ihr, trotz Blut und Tränen, unendlich lieber, denn sie ist einfach und gerade, ein Sichtbares, Greifbares, das sie versteht und darin sie zu leben vermag.

Eins vor allem wird ihr klarer und klarer, während sie den Geliebten so ansieht: sie muß ihn behüten und retten, nicht vor jener alten, erbärmlichen Welt, die gewiß eines Tages aufersteht, nicht einmal vor Menschen wie Lady Heston, vielmehr vor ihm selbst, denn dieses verkehrte, unklare Selbst ist sein ärgster Feind. Nach ihrem Erwachen in Bannerjis Haus vermochte sie es auf kurze Zeit zu verscheuchen. Wenn sie auch ihm eine „wirkliche Hilfe" sein und ihn retten will, muß sie dies immer und immer wieder tun.

Aus Furcht, die Oberschwester möchte sie für nachlässig halten und auf die Mission und zu ihrer Mutter zurückschicken, läßt sie ihn schließlich allein und eilt ins Büro Miss MacDaids.

Die Gestrenge wirft ihr einen scharfen Blick zu. „Haben Sie jetzt genug?" Aber Fern Simon läßt sich nicht einschüchtern und bange machen.

„Wovon?" fragt sie kühn.

„Vom Schrubben, Bohnern, vom Dreck und der Schwerarbeit."

„Nein", antwortet Fern, „das ist mir noch nicht in den Sinn gekommen."

„Sie wollen weitermachen?"

„Ja."

„Sie kennen die Gefahr?"

„Ja."

„Daß Sie Cholera oder Typhus bekommen können?"

„Ja."

„Wissen Sie, daß Sie die Möglichkeit haben, in den nächsten Tagen nach Bombay zu fliegen? Bis dahin könnten Sie ruhig und sicher auf der Mission wohnen."

„Auf die Mission möchte ich am allerwenigsten. Ich will dort sein, wo ich etwas nützen kann, und bleibe dort bis zum Schluß, bis alles wieder in Ordnung ist." Sie sagte dies aber mit solch unwiderruflicher Entschiedenheit, daß in Miss MacDaids gegerbtes Gesicht unverkennbares Staunen trat und sie verstummte. Sie war davon überzeugt, Fern Simon sei ein verschrobener Backfisch. Daß sie ihr Urteil nun revidieren muß, bringt sie auf.

„Warum?" fragt sie barsch.

Fern läßt sich nicht hereinlegen, sagt nicht: ‚Solang Ransome hier ist, gehe ich nicht weg', sondern: „Ich weiß nicht; ich möchte halt bleiben."

In der Oberschwester keimt ein Gedanke. ‚Vielleicht gäbe dies eigensinnige Ding einen guten Nachwuchs ...? Vielleicht, daß sie bei der Stange bleibt und das Werk weiterführt ...?' Die Idee packt sie, doch äußert sie davon nichts, sondern sagt: „Ich hätte einen Posten für Sie. Haben Sie jemals Hausdienst verrichtet?" – „Ja." – „Ich meine: richtig, sauber; die Ecken ausfegen, desinfizieren, daß auch kein Stäubchen zu sehen ist!"

„Ja", lügt Fern herzhaft drauflos. Ihre Mutter war keine gute Hausfrau. Obwohl ein Dutzend bekehrter Bhils dabei halfen, war das Reinemachen bei ihr ein Drüberhuschen, ein leeres So-tun-als-Ob, und ihre Töchter lehrte sie nie etwas andres, als daß sie einen von „unsern Jungens" zu heiraten hätten.

Oberschwester MacDaid kennt Mrs. Simon. „Ich denke an streng hygienische Sauberkeit", sagt sie mißtrauisch.

„Das traue ich mir zu", antwortet Mrs. Simons Tochter.

„Ich sandte vorhin Mr. Harry Bauer zum ehemaligen Konservatorium. Er soll die Leitung übernehmen. Sie könnten die Reinigung und Instandhaltung überwachen. Sie haben sechs Scheuerfrauen zur Verfügung – wenn Ihnen die nicht davonlaufen. Können Sie Gujaratisch?"

„Ein paar Worte, aber ich werde es lernen. Wenn sie mich nicht verstehen, zeige ich's ihnen, wie man's macht."

„Traurig, daß Sie nicht einmal so viel gelernt haben! Sie sind doch schon seit frühester Jugend hier?"

Was soll ihr Fern darauf antworten? Sie sieht, was sie einst war – Äonen muß es schon her sein: eine „Perle des Orients", die Filmmagazine las und „schmollte“ –, und bekommt einen roten Kopf, teils aus Wut über die plattfüßige Miss MacDaid, teils weil sie sich tatsächlich schämt.

„Ich werde“, erklärt Miss MacDaid, „jetzt mit Ihnen hinübergehen und Sie einführen. Packen Sie zusammen, was Sie mitnehmen wollen! Sie werden von jetzt an dort wohnen.“ Sie sieht das Mädchen scharf an. „Ich setze großes Vertrauen in Sie. Können Sie das verstehen?“

„Ja, ich verstehe es“, antwortet die Junge und möchte aufschreien: ‚Lassen Sie mich hier, bis er wach ist, ich muß mit ihm reden, ich muß ihn behüten und retten!‘ Aber die Alte, das weiß sie, fände so einen Grund dumm und abgeschmackt. Die Junge eilt auf ihr Zimmer.

Tom liegt noch, wie sie ihn verließ, den linken Arm um den Kopf, und erschreckend blaß. Bestürzt steht sie vor ihm. Wilde Gedanken jagen in ihrer erschrockenen Seele. ‚Vielleicht sehe ich ihn nie wieder. Eines von uns kann sterben. Die Cholera packt einen rasch, man fällt auf der Straße um und ist tot.‘

Doch wieder schämt sie sich, sagt sich: ‚Mach kein Theater!‘ und sucht die paar Sachen zusammen, die sie mitnehmen will: seine Shorts und sein Tennishemd, ihr zweites Dienstkleid, einen Kerzenstumpf, Zündhölzer, die feucht sind, die Zahnbürste, die ihr die Oberschwester gab, eine Rolle Gaze zum Waschen und Desinfizieren. Zuletzt nimmt sie noch von dem Brett über Edwinas Bett das Stück Spiegelglas, das sie gemeinsam benutzten, haut es scharf gegen die Kante des Fensterbretts, daß es in zwei Teile bricht, nimmt den kleineren an sich, stellt den größeren wieder zurück und denkt: ‚Damit hat die Dame genug, mehr braucht sie nicht.‘

Nicht einmal das Klirren des brechenden Glases hat Tom aufgeweckt: sie hatte so sehr drauf gehofft, wie gern möchte sie ihm Lebewohl sagen! Doch er liegt da wie ein Toter. Sein Atem geht schwer und langsam. Das Mädchen denkt: ‚Wenn er erwacht, ist statt meiner die andere da und zieht ihn wieder zurück in sein altes Selbst, und er ist fern von mir, fremd, in einer abgelegenen Welt, die ich nicht kenne, von der ich ausgeschlossen bin.‘

Sie ist nahe am Weinen, aber sie drängt die Tränen zurück. Sie neigt sich über ihn und gibt ihm einen Kuß auf die Stirn. Doch auch die Berührung der Lippen wirkt nicht mehr als das Klirren der Spiegelscherbe. Selbst diese Hoffnung schlug fehl. Sie verläßt mit ihren Habseligkeiten die Kammer und begibt sich zur Oberschwester: „Ich bin bereit.“

Es ist Abend. Sie kommen zum Großen Becken. Bald wird die

Nacht jäh hereinbrechen. Ein Teil der Umfassung des uralten Beckens ist eingestürzt. Auf den breiten, flachen Stufen dahinter legen Weiber niederer Kaste Wäsche zusammen. Auch die Riesenfledermäuse der Totenstadt El-Kautara sind wieder da und kreuzen über dem Wasser. Aber vom Konservatorium dringt kein Laut mehr herüber, kein Lichtstrahl vom Kino lockt mehr das Nachtgetier an. Im rasch schwindenden Zwielicht liegt alles totenstill.

Die beiden sprechen kein Wort. Nur mühsam hält Fern mit der rastlosen Schottin Schritt. Und dann, als sie sich eben dem Ende des Beckens nähern, kommt ihr ein schrecklicher Gedanke. Sie hat einen Spiegel zerbrochen. ‚Das bringt Unglück!' Sie sagt sich zwar gleich, sie habe es absichtlich getan; ‚es geschah nicht aus Zufall', doch rascher noch antwortet die Furcht: ‚Dann ist es vielleicht noch schlimmer; Absicht macht alles schlimmer!'

Der Scherben lastet auf ihrer Seele, brennt ihr in der Hand. Mit Bedacht bleibt sie ein Stück hinter der andern zurück, lugt vorsichtig, ob die es nicht sieht; sie hörte einmal, man müsse die Scherben ins Wasser werfen – und wirft das Spiegelstück in das Große Becken. In der tiefen Stille vernimmt man ein leichtes Plumpsen.

Schon dreht Miss MacDaid sich um und fragt: „Was war das?"

„Ich weiß nicht", sagt Fern, „vielleicht ein Fisch."

XLII

Ransome schlief wie ein Toter. Erst nach zwei Stunden etwa begann sich sein Unterbewußtsein in wüsten, fiebrigen Träumen zu regen. Zwei Seelen rangen in ihm. ‚Wach auf', rief die eine, ‚du hast zu arbeiten, Menschen sind auf dich angewiesen!' Aber die andere zog ihn zurück in das Nichts, den Frieden, das große Vergessen, in das er gesunken war, und dazwischen drängten sich wirre Bilder, der Nachtmahr Schiwa und seine Dingus, von denen Edwina gesprochen, wimmelnde Phalluswesen und Abgeschiedene und Pest und Wahnsinn und Tod; einmal erschien ihm Lord Heston in eigner Person, „gehüllt in des Todes Blutgewand", aber das Blutgewand war das rosige Bettuch Edwinas, und ihre Initialen schlangen sich auf Alberts Bauch um Schiwas Symbol.

Endlich errang das Bewußtsein den Sieg. In Schweiß gebadet erwachte er langsam aus der Betäubung.

Es war Nacht. Draußen goß der Regen in schrecklichen Strömen. Beim trüben Licht eines Kerzenstumpfes erkannte er die Gestalten

Elizabeths und Edwinas. Diese hatte den Kerzenrest dicht vor einen Spiegelscherben gestellt. Sie nahm irgend etwas mit ihren Haaren vor. Als er genauer hinsah, bemerkte er, sie drehte die kurzen blonden Strähnen um Papierwickel aus den Times of India, die neben ihr auf dem Bett lagen. Mit halbgeschlossenen Augen sah er ihr zu, gefesselt durch die Geschicklichkeit und Präzision, mit der sie jedesmal einen Streifen vom Zeitungsblatt abriß, ihn rollte, das Blondhaar drum herumwickelte und mit einer Haarnadel befestigte. ‚Wo sie bloß Haarnadeln her hat?' mußte er denken. ‚Am Ende von Miss MacDaid? Dann steht sie wohl mit der „alten Tante" schon etwas besser. – Für wen macht sie sich schön? Für mich nicht.' Aber mit jedem Lockenwickel wurde die einstmals so tadellose Glanzfrisur nur immer grotesker und sah schließlich aus wie der Kopf einer Putzfrau in der Nacht von Samstag auf Sonntag. ‚Das großartige Verfahren hat sie wohl einst in den Jahren der Armut erlernt, als selbst die Kosten metallener Lockenwickel für das väterliche Portemonnaie unerschwinglich waren', dachte er bei sich, und mit einem Male kam ihm in den Sinn, durch Hestons Tod sei Edwina wohl eine der reichsten Frauen der Erde geworden.

Im Kerzenschimmer prüfte er ihr Spiegelbild in dem verfärbten Scherben. In der zarten Haut um die müden Augen waren blaue Ringe. Den Kopf nach vorne geneigt, um ihn voll in dem halbierten Spiegel zu haben, schien sie völlig in ihre Tätigkeit versunken. Ihr gegenüber saß Elizabeth auf dem Rand ihres Bettes, die Hände im Schoß gefaltet. Sie starrte ins Leere. Das Teiggesicht zeigte den Ausdruck glückseliger Entrücktheit.

Das ganze Bild hatte etwas so Friedliches, fast Häusliches, daß er dachte: ‚Gut, daß die arme Hodge den Verstand verlor! Nun ist sie glücklich. Wieso vergaß sie nur so rasch und völlig Miss Dirks, mit der sie doch ein Leben lang eng verbunden war?'

Halb noch vom Schlaf umfangen, die Irre weiter beobachtend, fand er die Antwort auf seine Frage: ‚Vielleicht war sie all die Jahre die Unterdrückte und mußte eine andere sein, als sie in Wirklichkeit war!' Und er sprach im Geist zu Elizabeth: ‚Du konntest nicht neben dieser Unglücklichen leben, ewig im Angesicht der verkörperten Pflicht. Du mußtest ausbrechen oder verrückt werden. Sicherlich sehntest du dich in all den Jahren in ein anderes Dasein.'

Da begannen sich auf einmal ihre Lippen zu bewegen, und er hörte die Worte: „Da sagte der Bischof zu mir: Meine liebe Miss Hodge, das war gewiß ein ungeheures Erlebnis. Sie sind eine Märtyrerin.

Kein Zweifel, Sie werden einen Orden erhalten. Und er sagte: Sie sind eine zweite Florence Nightingale. Ich antwortete: Aber was ich während der Schreckenszeit tat, Ehrwürden, war nichts im Vergleich zu meiner Freundin Edwina Heston. Ich hielt nur den Eimer, aber sie ging hinaus und übergab sich. Hier näherte sich uns die Herzogin und sagte: Sie übergab sich? Ach, meine Verehrte, da muß ich dran denken, wie ich mit Penelope, meiner Jüngsten, in Hoffnung war! Und ich sagte darauf: Ja, das kenne ich. Damals, nachdem der Sikh über mich hergefallen war, gegen meinen Willen, können Sie sich denken . . . aber nachher machte ich mir nicht mehr soviel daraus. Und der Bischof sagte: Teures Weib, was haben Sie alles erduldet! Ich werde nicht verfehlen, mit dem Erzbischof Rücksprache zu nehmen, der ohne Zweifel mit Seiner Majestät über die Ordensauszeichnung reden wird. Von einem Sikh attackiert, Herzogin, stellen Sie sich nur so etwas vor! Und die Herzogin sagte: Ja, ich sag' es dem Herzog ja immer, man muß alles hinnehmen, wie es kommt."

Hier blickte die Irre auf, lächelte einer nur ihr sichtbaren Gestalt zu und sagte: „War das nicht bezaubernd von der Herzogin, Sarah, mir so das Herz zu erleichtern?"

Ransome horchte gespannt, aber das seltsame Selbstgespräch ging zu Ende, die Stimme wurde unhörbar; Elizabeth starrte wieder auf ihre gefalteten Hände, lächelte irr, und er dachte: ‚Sie weiß anscheinend nicht, daß Miss Dirks tot ist; ihr Geist wehrt sich gegen die Tatsache.'

Edwina hatte während der ganzen Szene kein einziges Mal nach Miss Hodge gesehen und wickelte ruhig, als sei nichts geschehen, ihre Locken. ‚Bin ich am Ende selber verrückt?' durchfuhr es Tom. ‚Hat die Hodge vielleicht gar nichts gesagt, und ich habe mir alles bloß eingebildet? Einen Schnaps, Kognak! Ich muß etwas trinken, dann komme ich wieder zu mir. Deswegen habe ich auch so grausig geträumt, ich brauch' einen Drink. Man kann jemand den Alkohol nicht von einer Stunde zur anderen völlig entziehen, wenn er an mindestens eine Flasche pro Tag gewöhnt ist!'

Edwina war mit der Haararbeit fertig. Als sie sich umwandte, richtete er sich mit einem Ruck auf. „Na?" machte er, auf dem Bettrand sitzend, und die Frau, als sei ihr Kopf mit den Papilloten das Selbstverständlichste von der Welt, fragte wie einst: „Willst du etwas trinken? Ich weiß, wo die Flaschen sind. Ich stehl' eine für dich."

„Nein." Sein Leib bäumte sich gegen seinen bewußten Willen auf, fing an zu zittern; er aber entschied: „Nein. Ein paar Schluck nützen ja doch nichts; es würde davon nur ärger."

„Fern hat die Hälfte vom Spiegel gestohlen. Das bringt Unglück. Sie hat den Spiegel zerbrochen!"

„Wo ist sie?"

„Man hat sie ins Konservatorium geschickt. Sie soll dem Schweizer Pfleger dort helfen."

„Das hätte man nicht sollen! Dort ist die Cholera."

„Sie hat es gewollt. Ich muß gestehen, deine Freundin hat Mut."

„Merkwürdig, wie viele Menschen Mut haben, wenn Not am Mann ist." Er wies mit dem Kopf nach Miss Hodge. „Hast du das eben gehört?" – „Ja. So redet sie schon die ganze Zeit."

„Glaubt sie, Miss Dirks sei noch am Leben?"

Die Nennung des Namens durchdrang Elizabeths Traumzustand, und während Edwina bejahend nickte, schaute sie auf und erklärte: „Miss Dirks ging nur in die Höhere Mädchenschule, um nach den neuen Büchern zu sehen, die von daheim eingetroffen sind; sie ist bald zurück. Auf Sarah kann man sich immer verlassen, Mr. Ransome." Jetzt erst erkannte sie ihn. „Entschuldigen Sie vielmals wegen Ihres Tees letzten Freitag, aber wir hatten Lady Heston zu Gast, sie ist meine beste Freundin, ich konnte ihr unmöglich absagen."

„Selbstverständlich, das versteh' ich vollkommen", beschwichtigte Tom, „vielleicht ein andermal, sagen wir nächste Woche."

Lächelnd, mit dem Blick einer Gastgeberin, die ihre gesellschaftlichen Verpflichtungen glücklich geregelt hat, versank sie wieder in ihren Dämmerzustand.

„Hast du einen Kamm, Edwina? Ich glaube, mir stehen die Haare zu Berge." – „Stimmt." Sie reichte ihm einen abgebrochenen Kamm vom Spiegelbrett. – „Das Flugzeug", sagte er, sich im Spiegel musternd, „wird morgen oder übermorgen wieder hier sein. Bist du fest entschlossen, zu bleiben?" und starrte dabei bestürzt sein Spiegelbild an. Die dunklen Augen waren weit aufgerissen, sein Gesicht gelb.

„Ich bleibe. Ich habe Erfolg", lächelte Edwina, „sogar bei Miss MacDaid. Sie hat mir Haarnadeln geliehen, man denke! Ich möchte wissen, was sie gegen mich hat. Sie haßt mich."

„Sie haßt alles, was du vertrittst. Das ist der eine Grund. Den andern kannst du dir denken."

„Allerdings. Aber ich lass' ihn doch vollständig in Ruhe. Ich sehe ihn nicht einmal."

„Gott sei Dank! Er ist die späte Liebe dieses alten Mädchens."

Tom legte den Kamm hin, zupfte den Rock zurecht, als ginge es zu einem Dinner, und verabschiedete sich.

„Wohin willst du?"

„Wie spät ist es?"

„Ich weiß nicht genau. So gegen neun, später wohl kaum."

„Dann kann ich noch ins Zelt zur Maharani gehen, will aber vorher im Vorbeigehen ins Konservatorium schauen."

Pause. Dann sagte Edwina: „Heut nacht konnte ich vor Müdigkeit nicht einschlafen, und wie ich da so lag, kam mir ein Gedanke, Tom." – „Was?" – „Wir sollten einander heiraten."

Er grinste. „Ein Gedanke! Kam mir auch schon ein- oder zweimal."

„Ich bin jetzt schwer reich."

„Der Lord kann auch anders verfügt haben."

„Hat's aber nicht getan. Ich habe das Testament. Es liegt auf der Mission. Ich erbe mindestens einige Millionen Pfund."

„Donnerwetter!"

„Ja, Donnerwetter. Ich weiß bei Gott nicht, was ich damit anfangen soll."

„Ich will mir deinen Antrag überlegen."

„Es gab schon verrücktere Ehen." Sie sah zu ihm auf. „Wahrscheinlich denkst du darüber nach, ob ich mich als Ehefrau anständig benehme?"

„Der Gedanke liegt nahe. Natürlich!"

„Also, ich täte es. Wenigstens glaube ich es."

„Du könntest Schlimmeres tun als mich heiraten."

„Ich weiß. Ich habe es mir genau überlegt." Sie sah ihn scharf an. Er merkte, sie dachte an Fern und wollte ergründen, was er mit ihr für Absichten habe.

„Es hat schließlich noch Zeit", meinte er, „bis das Ärgste hier überwunden ist; wir sind ja keine zwanzig mehr, daß wir darauf versessen wären, rasch in die Betten zu steigen."

Sie lächelte schwermütig. „Nein, das sind wir nicht."

Er versprach, sobald seine Zeit es erlaube, wiederzukommen, und ging.

XLIII

Dann mußte Edwina Elizabeth Hodge überreden, sich auszuziehen und zu Bett zu gehen, denn diese hatte plötzlich die fixe Idee, sie müsse aufbleiben und warten, bis Sarah von ihrem Ausgang zurück sei. „Ich warte doch immer auf sie; sie wartet auch immer auf mich."

„Sie wird schon verstehen", redete Edwina ihr zu, „daß Sie nach all der Arbeit, die Sie heute geleistet haben, sich hinlegen, und mir würde sie es nie verzeihen, wenn ich Sie aufbleiben ließe."

„Um Himmels willen!" erschrak Miss Hodge. „Das möchte ich nicht, daß sie auf Sie bös ist; wenn Sarah bös wird, kann sie fürchterlich sein", und legte die blaue Dienstkleidung ab. „Sie war doch so bös mit mir wegen des Tees. Wissen Sie, wie sie mich genannt hat?" – „Nein, wie?" – „Einen Lakai. Alles Ihretwegen."

Nun war sie aufgezogen und wollte nicht aufhören, sie redete und redete, brachte alle möglichen Einzelheiten aus ihrer und Sarahs Lebensgeschichte vor, und selbst als Edwina das Licht löschte und schon geraume Zeit auf dem harten Lager ruhte, ging das Gerede immer noch weiter und weiter.

Die Begebenheiten, die da im Finstern aufgewärmt wurden, waren weder unterhaltend noch bemerkenswert, kleinliche Streitereien um Nebensächlichkeiten, bis auf einmal durch das Rauschen des nächtlichen Monsunregens an Edwinas Ohr die längstvergangene Geschichte von der Entlassung aus der Heathedge School drang.

In simplen Worten erzählte die damals fristlos Entlassene von der Eifersucht des weiblichen Lehrkörpers, der Klatschsucht, dem Gemunkel, und wie unglücklich sie darüber war, sie konnte es immer noch nicht verwinden, immer noch nicht verstehen, was eigentlich gegen sie und Sarah vorlag, und warum man sie damals gehen hieß; sie wußte nicht einmal, weshalb sie Miss Dirks bis nach Ranchipur gefolgt war, bis ans Ende der Welt. Und Edwina, zum Schlafen zu müde, hörte zu, als sei es nicht die arme, alte, verrückte Elizabeth Hodge, die da von Bosheiten berichtete, die aus widernatürlichen, krampfhaft unterdrückten, altjüngferlichen Neigungen und Phantastereien eines Dutzends mittelalterlicher, nonkonformistischer englischer Lehrerinnen hervorquollen, sondern als erzähle ihr ein Kind von irgendeiner barbarischen Grausamkeit, die seine Mitschülerinnen auf dem Schulhof verübten, und sie hörte ihm staunend zu.

Und wie von einem Kind kam nun vom anderen Bett die Frage zu ihr herüber: „Lady Heston! Können Sie verstehen, was wir Böses getan haben sollen, weshalb man uns weggeschickt hat? Sarah wollte nie davon sprechen. Sie sagte immer, ich verstünde es nicht."

Edwina aber antwortete: „Ja, ich verstehe es. Es waren gottlose Weiber. Sie verfolgten Sie beide, trugen aber selbst keine Schuld; ihr Leben war so engherzig und gemein, weil sie von Leuten, die behaupteten, gute Christen zu sein, Schlechtigkeiten gelernt hatten.

Wir wollen Miss Dirks nicht tadeln. Sie hatte recht, von dort wegzugehen und hierherzukommen."

„Oh, ich bin sicher, daß Sarah recht hatte. Sie hat immer recht, sie ist bloß so entsetzlich stolz. Ich glaube manchmal, sie ist oft etwas zu stolz. Sobald sie kommt, sag' ich es ihr auch. Sie wird es mir jetzt sicher nicht übelnehmen."

„Gewiß. Aber schlafen Sie jetzt! Wenn sie kommt, wecke ich Sie, dann können Sie mit ihr reden."

„Versprechen Sie mir's?"

„Ich verspreche es."

Elizabeth schwieg, und bald darauf hörte Edwina ihr schweres, gleichmäßiges Atmen. Sie selbst aber lag wach, überdachte die ganze Geschichte und den Charakter der Sarah Dirks, der aus dem weitschweifigen Gerede so deutlich erstand, daß sie vermeinte, die Ertrunkene stehe leibhaftig vor ihr: wie sie verbissen und pflichtgetreu, doch im Herzen voll Mitgefühl, fremdes Leid auf ihre Schultern nahm, ruhmlos, ohne auf Anerkennung zu rechnen oder sich für eine Märtyrerin zu halten, und bis in den Tod ihrer Natur getreu.

Sie verstand die freiwillig gewählte Verbannung, das Heimweh nach der grünen Insel England, den Stolz, der ihr damals verbot, zurückzuschlagen und sich zu wehren, die Niedrigkeit und perverse Niedertracht der zwölf nonkonformistischen alten Jungfern der Heathedge School und fühlte zugleich Mitleid und Bewunderung für das graue, hingebungsvolle Dasein der beiden alten Lehrerinnen. Vor allem aber erkannte sie staunend, wie grauenhaft unfrei und verkrampft das vor kurzem von ihr so beneidete Leben der „kleinen Leute" doch sein kann.

Sie selbst war immer frei gewesen, den falschen, mageren Lehren der Priester und Sittenprediger turmhoch entrückt, ein Kind des Lichts, dem nichts versagt war. Doch jene falsche Moral, die sie nie berührte, weil sie nie über sie Macht gewann, hatte das Leben Sarahs und Elizabeths wie das der armseligen, unfruchtbaren Jungfrauen der Heathedge School verdorben, daß sie den Männern auswichen, nie sich in Mondnächten mit einem Bauernburschen oder einem Schreiberlein hinter Hecken wiegten, und keine von ihnen war das, wozu Gott sie bestimmte: ein Weib, das geliebt wird und liebt.

‚Nein!' rief sich die Schlaflose zu. ‚Da war doch dein Hurenleben normaler und anständiger. Selbst Schiwa und seine Dingus sind besser als die Keuschheit und Unfruchtbarkeit dieser christlichen Kirche.'

Die Historie der armen Hodge hatte ihr eine leichte Übelkeit verursacht. Das einzig Gute daran war noch der Wahnsinn. Nun litt sie nicht mehr; sie war glücklich. ‚Dies Glück', dachte Edwina, ‚muß man ihr erhalten, und wenn ich selbst für sie sorgen und sie mein Lebtag mit herumschleppen müßte! Elizabeth Hodge hat das Recht auf ihr bißchen Glück, auch wenn es auf nichts Wirklichem, sondern nur auf Wahn beruht.'

XLIV

Als Ransome, vom Schlafe erwacht, Edwinas und Elizabeths Kammer verlassen, in der Vorhalle im Vorbeigehen die Tür zu Safkas Privatraum offen und drinnen Licht gesehen hatte, gedachte er, dem Freund noch rasch gute Nacht zu wünschen. Doch kaum hatte dieser ihn in der Türe gesehen, als er ihn nicht so bald wieder losließ. In Anbetracht dessen, daß er kaum geschlafen hatte und seit Tagen ohne Rast arbeitete, sah er vorzüglich aus. Er schien auch zufrieden zu sein. „Nehmen Sie Platz!" rief er. „Plaudern wir noch ein wenig", worauf sich Tom zu ihm setzte.

Das erste aber, was ihn der Arzt fragte, war, ob er nicht etwas trinken wolle: „Von seinem eigenen Stoff darf der Spender natürlich trinken."

„Nein, danke."

„Aber seien Sie doch kein Narr! Ich weiß, wie einem bei so plötzlicher Entziehung zumute ist. Sehen Sie mal, wie Sie zittern!"

„Ich brauche es nicht", antwortete Tom, „und ich will es nicht."

„Vortrefflich", sagte Major Safka, „aber sobald Sie den Wunsch danach haben, können Sie es mir ruhig sagen."

„Gern." Zum ersten Male schämte sich Ransome seiner Trunksucht. Erst in den letzten vierundzwanzig Stunden waren ihm darüber die Augen aufgegangen, wie schlimm es bereits mit ihm stand: daß er ein Säufer war und daß der Arzt und die Oberschwester, vielleicht auch Raschid und Smileys, ja sogar Fern es wußten. Seit Monaten oder gar schon so lang sie ihn kannten, belächelten sie ihn nachsichtig wie ein Kind, weil sie ihn trotzdem gern hatten, sahen womöglich aus diesem Grund großzügig darüber hinweg, wenn er im Rausch unverträglich und unangenehm wurde. Nein, er schämte sich richtig. ‚Der einzige Weg, damit Schluß zu machen, ist – radikal Schluß zu machen, wie jetzt. Gott oder sonstwer gibt mir die beste Gelegenheit. Es ist an mir, sie zu ergreifen.'

„Es steht günstiger", sagte Safka. – „Wieso?"

„Die Organisation funktioniert. Bisher hat jeder seine Aufgabe erfüllt. Bis zum letzten Polizisten und Sikh arbeitet alles Hand in Hand. Ich hätte es nicht für möglich gehalten."

„Und die Cholera?"

„Geht weiter, bis sie erlischt. Das einzige, was wir dabei tun können, ist, sie bekämpfen. Doch dies ist nicht das Entscheidende, sondern der Geist." Dabei legte er seine Rechte beruhigend auf Ransomes zitterndes Knie und wiederholte: „Der Geist! Ein neuer Geist ist am Werk. Wissen Sie, Mann, was sich hier in diesen Tagen begibt? Was es heißt, daß Moslem und Hindu, Europäer, Mahratte und Sikh, Gujarati und Gassenkehrer einmal alle zum gemeinsamen Wohl zusammen gearbeitet haben?"

„Das ist wahr. Daran hatte ich nicht gedacht", sagte Ransome.

„Weil Sie kein Inder sind und daher keine Vorstellung davon haben können, wieviel hier zu überwinden war. Haben Sie eine Ahnung, wie sich eine Katastrophe wie diese vor fünfundzwanzig Jahren in Ranchipur ausgewirkt hätte? Damals hätten die Bannerjis, die Bunyas und die Priester gesiegt, und wir wären die Geschlagenen gewesen. Dafür haben wir an erster Stelle unserm alten Fürsten zu danken. Er kämpfte dafür ein halbes Jahrhundert, bis zu seinem Tode." Die Genugtuung, die er empfand, ließ ihn ausführlicher werden. Die Absperrung der Brunnen, berichtete er, werde erfolgreich durchgeführt; aus den Landbezirken seien schon Lebensmittel eingetroffen; man habe die Ängstlichen von der Flucht zurückgehalten, dadurch die Ausbreitung der Cholera auf fernliegende Orte, ja vielleicht auf ganz Indien verhindert, und schon seien trotz Monsunregen Arbeiter dabei, nachts beim Schein mächtiger Feuer neue Eisenbahnschienen zu legen und die Strecke instand zu setzen.

Als nun Miss MacDaid hereinkam, gewahrte Tom in ihrem abgearbeiteten Pferdegesicht eine ähnlich leuchtende Siegesgewißheit, und er dachte, von ihrem Anblick bewegt: ‚Es ist nur recht und billig, daß ihre Mühe belohnt wird, daß sie sieht, wie ihr geliebter Osten wiedergeboren wird, und daß dies als Tatsache dasteht und daß sie sich sagen kann, sie habe dazu beigetragen, den Beweis zu erbringen. Nun kann niemand mehr kommen und sagen, die Inder verstünden nur gegeneinander zu streiten und verfielen angesichts einer Katastrophe der Massenangst und tatenloser Verzweiflung!'

Er hatte das Gefühl, die zwei jetzt sofort allein lassen zu müssen. Seine Anwesenheit schien ihm ungehörig, denn er hatte ja nichts geleistet. Und doch bewegte ihn das gleiche Hochgefühl wie vor zwei Tagen im Maharani-Zelt, als ihm Safka die Hand drückte.

„Aber es ist noch nicht fertig!" warnte die realistische Schottin, „es ist erst der Anfang."

Als sich Ransome zum Gehen anschickte, fragte der Arzt: „Haben Sie Lady Heston gesprochen?"

„Ja."

„Will sie noch immer bleiben?"

„Sie ist fest entschlossen."

Der Major schwieg, sah Tom an, als habe er noch etwas auf dem Herzen, halte jedoch ihre Freundschaft für nicht so intim, daß er sich eine solche Frage erlauben dürfte; doch die Oberschwester, weniger zart besaitet, platzte heraus: „Warum? Ich meine, was ist ihr wahrer Grund?"

Er zögerte, überlegte und setzte dann an: „Ich weiß wirklich nicht..." – es ließ sich so vieles anführen, unter anderem, sie bleibe in der verwegenen Hoffnung auf eine Amour mit Safka; aber er war dessen nicht einmal sicher, auch hätte er sich in diesem Fall nicht unterstanden, es zu erwähnen – „ich weiß es nicht. Sie ist eine ungewöhnliche Frau. Sagen Sie aufrichtig: Hat sie sich nützlich betätigt?"

Wieder ergriff die Schottin das Wort: „Ja, das hat sie. Sie ist nicht dumm."

„Das war sie nie."

Er trat hinaus in den Regen. Er fühlte sich einsam und empfand so etwas wie Neid auf die beiden in Safkas Klause, auf ihre Genugtuung, ihren Stolz. Zweimal wurde er unterwegs von einer Brunnenwache angehalten, und jedesmal, wenn die Sikhs ihn erkannten, präsentierten sie vor ihm wie vor einem hohen Beamten das Gewehr.

Als er bis zur Mitte des Großen Beckens gekommen war, erhob sich bei aussetzendem Regen eine heiße Brise und trug von den schwarzen Umrissen der Konservatoriumsruine einen süßlichen, schwachen, üblen Duft herüber. Es war kein Leichenduft, es war Choleragestank. Er hatte ihn noch nie gerochen, aber er kam ihm scheußlicher vor als der Geruch brennender Leichname. Es roch nach lebendigem Tod.

Am Ende des Großen Beckens stieß er auf einen Trupp Straßenkehrer. Im Schein des hervorkommenden Mondes trugen sie die am Tage Gestorbenen aus dem Konservatorium und häuften sie auf den Scheiterhaufen beim Rama-Tempel. Ransome eilte mit abgewandtem Kopf an ihnen vorüber.

Durch den geborstenen Bogen des Haupteingangs betrat er das dunkle, stumme Musikhaus. Die Vorhalle, die noch vor Tagen vom

Schall zahlreicher Zithern, Melodeons und Trommeln ertönte, lag still und leblos. Entnervender Choleragеruch schlug ihm entgegen. Auf dem Boden ruhten in langen Reihen die Leichen und warteten auf den Abtransport und die Einäscherung. Die heftigen Einsprüche der Angehörigen, Priester und Moslem-Anwälte waren verstummt. Über diese Geschichten war man hinaus. Alle Toten wurden nun auf ein und demselben Holzstoß verbrannt, ob Parsen, Muselmanen, Hindus oder Gassenkehrer.

Er durchschritt die Halle bis zu dem Kleinen Theatersaal, in welchem Jemnaz Singh in Turban und rosasüßem, purpurnem und giftgrünem Atchcan so manches Mal für ihn gesungen hatte. ‚Wie ist es möglich', fragte er sich, ‚daß inmitten von so viel Tod und Verwesung sich Safka und Miss MacDaid einem Siegesgefühl hingeben können?' und gab sich die Antwort, daß ihnen der Leib nichts bedeute, all diese leblosen Leiber nichts, daß es der Geist dieser Völker sei, den sie zu retten suchten, Indiens Geist und die Seele des Ostens.

Vor sich, in einer Tür, gewahrte er einen schwachen Lichtschein, trat ein und sah sich Herrn Bauer gegenüber. Der einstige Schwimmlehrer hatte sich in dem kleinen Raum häuslich eingerichtet und aus Schulbänken ein hartes Lager gezimmert. Er war ganz in Weiß, und als Ransome nun den schönen, blonden Mann mit blauen Augen und weißer Haut inmitten der wirren Grausamkeit Indiens, umzingelt von Schmutz und Elend der dunklen Völker, im Kerzenschimmer, jung und sehr reinlich vor sich sah, gab es ihm einen Stoß vor die Brust: ‚Da steht das Opfer', sprach eine Stimme in ihm, ‚gerüstet zur Opferung.'

„Bonsoir", grüßte der Welschschweizer, „entrez!" Tom hatte ihn wohl schon früher gesehen, aber noch nie gesprochen. „Zigarette gefällig?"

Außer dem Alkohol hatte er in den letzten Tagen am heftigsten die Zigaretten entbehrt, und nun hielt ihm der Schweizer ein Päckchen hin. Es war wie ein Märchen. „Sie sind ja ein Glückspilz!" lächelte Tom.

„Davon habe ich zur Genüge. Wenn Sie wollen, können Sie eine Packung haben." Damit zog er unter dem Bett einen blanken, festen Kasten hervor und öffnete ihn. Er enthielt Rasierzeug, Seifen, Zahnbürste, Handtuch, ein Päckchen abgegriffener Spielkarten, Bücher über Gymnastik und etwa ein Dutzend Zigarettenpackungen. Ransome zündete sich an der freundlich gereichten Kerze die Zigarette an und erkundigte sich, ob Herr Bauer irgend etwas benötige.

Dieser lachte. „Es gibt hier ja nichts.“

„Wir werden unser möglichstes tun. Das Flugzeug soll morgen mit Vorräten eintreffen.“

„Für Cholera braucht man nicht viel; man kann so wenig dagegen tun.“

„Nein.“ Wahnsinnige Angst befiel den Besucher. Er wollte fragen, wo Fern Simon sei. Er wagte es nicht. Vielleicht war sie schon von der Krankheit befallen, vielleicht war sie schon tot. Er begann zu schlottern und schämte sich, daß ihn der Schweizer so sah, riß sich zusammen, um sich nichts anmerken zu lassen; doch schon fragte dieser: „Haben Sie Fieber?“

„Nein, es ist weiter nichts.“

„Ich kann Ihnen einen Wacholderschnaps geben. Das tut in solchen Fällen gut; es kräftigt.“

Toms dürstender Leib schrie danach, doch er zwang sich zur Antwort: „Danke, es geht schon so. Wo ist Miss Simon?“ setzte er rasch hinzu.

„Ganz am Ende des Korridors. Sie hat Dienst.“

„Ich möchte sie sprechen. Danke, ich finde sie schon, und besten Dank für die Zigaretten und den freundlich offerierten Drink!“

„De rien“, antwortete der Schweizer.

‚Er versteht, für sich zu sorgen‘, dachte Ransome, während er den Korridor entlangging, ‚Zigaretten, Wacholder-Gin, Lektüre, Spielkarten; der Mann läßt sich nichts abgehen‘, und er erschien ihm, sauber gewaschen und antiseptisch, wie er war, nicht mehr als weißgekleidetes Opferlamm, sondern eher wie ein kluger, handfester Bauer, der sich vorsieht und auf sein Behagen bedacht ist.

Ungefähr in der Mitte des Korridors muß er beiseite treten. Aus einem der Klassenzimmer tragen Kulis den Leichnam einer Frau heraus. Der grauenhafte Geruch schlägt ihm direkt ins Gesicht. Ihm wird schlecht, er lehnt sich an die Wand.

Als er sich erholt hat, gelangt er endlich ins hinterste Zimmer. Auf einem aus Bänken verfertigten Bett sitzt Fern, bleich und trotz Mattigkeit kerzengerade. Bei seinem Anblick beginnt sie zu weinen. Ruhig und still fließen die Tränen. Er setzt sich zu ihr, legt den Arm um sie und zieht sie an sich. „Weine, weine dich aus, es tut dir gut...“

„Ich weine nicht aus Angst“, beteuert das Mädchen, „es ist nur so schrecklich . . . furchtbar, daß man ganz machtlos ist! Sie sterben und sterben . . . Die Arbeit macht mir nichts aus . . . der Gestank macht mir nichts aus . . . Nur das! Wirklich, ich hab' keine Angst.“

Er zieht sie dichter an sich. Wange an Wange geschmiegt sitzen sie da, und er denkt: ‚Nein, ich kann sie nicht lassen, nie', und spricht: „Du bist doch ein tapferer Kerl! Aber du solltest wirklich nicht hierbleiben. Zieh doch wieder zu Smileys!"

„Nein, Tom, das kann ich nicht und will ich nicht, ich will nicht müßig herumsitzen." Sie weint nicht mehr. Wie ein Kind ruht sie getröstet in seinem Arm. „Es geht schon wieder. Ich fühl' mich nur so einsam, Tom; es ist schön, daß ich dich einmal wieder habe." Sie schweigt. Dann sagt sie leise, zag: „Verlaß mich nicht, Tom, ich bitte dich, geh nicht von mir, verlasse mich nicht!"

„Ich bleibe, solang es nur geht, Liebstes."

„Das meine ich nicht, ich meine: verlassen im Geist, so wie letzte Nacht." Er versteht, ahnt, wie schwer es sie ankam, ihm dies zu sagen. Aber er schweigt. „Ich kann alles aushalten, wenn du nur nicht wieder so bist ..." Sie tastet nach Worten, die ihr nicht gegeben sind; er fühlt, was sie sagen will, hilft: „Ich weiß, was du meinst. Ich verlasse dich nie, nie wieder."

„Versprichst du es?"

„Ich verspreche es."

Sie weiß, er ist zu ihr zurückgekehrt, ist bei ihr wie in der Morgenfrühe in Bannerjis Haus, wie bei dem Lebewohl auf der Mission. ‚Jetzt kann ich mit ihm sprechen', denkt sie, richtet sich auf und fragt: „Wie geht's Lady Heston?"

„Gut. Ich komme eben von dort."

„Weißt du, ich mag sie. Komisch! Aber ich hab' sie gern."

„Das habe ich gewußt."

In der Tür erscheint plötzlich die durchsichtig dünne Gestalt Homer Smileys, und hinter ihm die dunklen Köpfe von sechs Pariajungen.

„Hallo, Smiley", ruft Tom, „nur herein!"

„Ich bringe Fern einige Hilfskräfte", erklärt dieser, „sechs von meinen Schülern. Ich lasse sie hier. Können Sie sie gebrauchen?"

Fern springt auf. Sie ist wie verwandelt. „Vielen Dank, Mr. Smiley, wir können sie gut gebrauchen. Aber Sie wissen doch, wie scheußlich Cholera ist? Wahrscheinlich werden die Buben nicht tun wollen, was hier zu tun ist."

„Sie werden es. Sie stammen aus Straßenkehrerfamilien." Er dreht sich um und ruft auf englisch: „Kommt herein!" Schüchtern folgen die Knaben und stehen und gucken mit großen, dunklen Augen im Zimmer umher. Homer belehrt sie auf gujaratisch: „Ihr müßt alles tun, was die Mem Sahib von euch verlangt. Wir müssen alle alles tun, daß die Stadt sauber wird. Ich vertraue euch, und Mem Sahib Smiley vertraut euch auch."

„Yes, Mister Smiley", antwortet ein Junge. Die andern fünf nicken dazu.

„Morgen komme ich wieder", verspricht Homer, er wünscht Ransome und Fern gute Nacht, „ich muß noch bei Raschid einen Sack Reis abholen und ins Waisenhaus bringen."

Er entschwindet, fast wie ein Geist so bleich, so leicht und so hinfällig.

„Ich werde jetzt auch gehen", sagt Tom. „Morgen komme ich wieder, sobald ich Zeit habe." Er möchte sie in die Arme schließen, ihr Abschiedsküsse geben, aber vor den sechs Straßenkehrerjungen ist es unmöglich. Ängstliche Augen wie die eines Rehs starren aus sechs erschreckten Gesichtern groß auf die beiden. Er preßt Ferns Hand und sagt leise: „Ich will nie wieder von dir gehen, mein Wort darauf."

XLV

Drüben beim Rama-Tempel entzündete man den Scheiterhaufen. Oberst Ranjit Singh spricht mit dem diensttuenden Sikh. Im Feuerschein erkennt Ransome die straffe, schlanke Gestalt, den schwarzen Bart, tritt zu ihm hin, begrüßt ihn. „Das Ärgste ist überstanden", sagt der Oberst und blickt zum kobaltblauen Himmel empor. „Es ist kühler heute nacht. Der elende Regen dürfte jetzt eine Zeitlang aufhören."

„Ich gehe zu Hoheit. Kommen Sie auch hin?"

„Ja. Da können wir ja zusammen gehen." Er wirft noch einen prüfenden Blick auf den Holzstoß, ob er auch richtig brennt, und dann: „Auf! Ihre Hoheit wird leicht ungeduldig."

Am Rande des Großen Beckens sieht Tom eine schattenhafte Gestalt von einem Pagodenbaum zum andern huschen. Er blickt genauer nach ihr; es ist eine Frau in europäischer Kleidung. „Schauen Sie!" raunt er dem Oberst zu. „Wer mag das sein?"

Ranjit Singh bleibt stehen, sieht das Weib von Baum zu Baum schlüpfen, nun ist sie beim brennenden Scheiterhaufen, rennt schnell über die erleuchtete Stelle und die Eingangsstufen zum halbzerstörten Konservatorium hinauf. „Das russische Weibsbild", knurrt er.

„Was mag sie nur in dem Pesthaus wollen?"

Ingrimmige Genugtuung klingt aus Ranjit Singhs Antwort: „Der Pfleger ist dort . . . Seiner Hoheit Pfleger, der Schweizer . . ."

‚Aha...‘, denkt Tom, ‚davon weiß anscheinend das ganze indische Ranchipur!‘ Schweigend setzen sie ihre Wanderung fort. „Ihrer Hoheit sagt man wohl besser nichts davon“, bemerkt er nach einer Weile. – „Gewiß nicht.“

Wie in einer Vision steht vor Ransomes Augen, von der Kerze beleuchtet, weiß und rein Harry Bauer. Etwas ansteckend Faules umwitterte Maria Lischinskajas Gestalt, wie sie von Baum zu Baum, Schatten zu Schatten hüpfte und mit letztem, hysterischem Sprung durch das Flackerlicht der Feuerverbrennung in dem verstummten Haus der Musik verschwand.

XLVI

Als Ransome das Hospital verlassen hatte, begaben sich Chefarzt und Oberschwester wieder an die Einteilung der vorhandenen Vorräte und die Aufstellung der Verzeichnisse, die sie morgen dem mit Gopal Rao zurückkehrenden Flugzeug mitgeben wollten. Ihre Siegesgewißheit schwand während dieser Arbeit dahin. Furcht und Verzweiflung zogen langsam von neuem auf. Zum ersten Male seit dem Einbruch der Katastrophe hatten sie Zeit, solchen Anwandlungen zu erliegen.

Es wurde ihnen bei dieser Aufstellung erst richtig deutlich, wie ihre Vorräte zusammengeschmolzen waren. Von so manchem Medikament war überhaupt nichts mehr da. Jeden einzelnen Fall von Cholera, Flecktyphus und die endemischen Pocken zu behandeln, lag außerhalb des Bereiches der Möglichkeiten. „Doktor Pindar“, erklärte dazwischen der Major, „muß sich jetzt unbedingt schlafen legen. Er ist heute nachmittag im Konservatorium ohnmächtig geworden.“

Sie hatten kein doppeltkohlensaures Natron mehr, kein Kalziumchlorid, nur noch etwa hundert Permanganat-Tabletten (so viel brauchte ein einziger Patient in zwei Tagen), kein Kaolin, kein Aspirin, nicht einmal Chlorpräparate zum Desinfizieren der Brunnen. Selbst wenn morgen der Lufttransport viele der Chemikalien ergänzte, es reichte nicht aus! Und wenn, so waren Safka, Pindar und die Oberschwester zu wenige, um die Medikamente nutzbringend zu verabreichen. „Wir müssen unbedingt gleich morgen Fern Simon, Lady Heston, Schwester Gupta und Bauer anlernen, die notwendige Behandlung allein auszuführen. Miss Hodge kommt nicht in Frage.“

Die Möglichkeit, schon Erkrankten zu helfen, war minimal. Das einzig Wirksame war nur Vorbeugung und Desinfektion, wofür allein Ransome, Raschid und Ranjit Singh zu Gebote standen; sie selbst hatten dazu keine Zeit.

Die Pest hatte sich glücklicherweise nicht ausgebreitet. Seit der Erkrankung der Stallburschen und Hestons waren keine Pestfälle mehr vorgekommen; Safka vermutete, weil die Ratten ersoffen waren.

Sie saßen über ihre Papiere gebeugt und wagten es nicht, sich anzusehen. Sie bekamen es mit der Angst, nicht jener Angst, die sie inmitten der Katastrophe empfanden, diese war ein natürliches, primitives Gefühl. Nein, ein langsam schleichendes Grauen, wie jenes, das Miss MacDaid in dem Cholerajahr gepackt hatte, da die arme Eldridge, die mit ihr nach Ranchipur kam, elend zugrunde ging, kroch ihnen den Rücken hinauf, fiel sie aus dem Hinterhalt und von allen Seiten an. Die Macht, gegen die sie ankämpften, war heimtückisch, schreckensvoll und schien stärker als sie mitsamt ihrem einst mustergültigen Hospital und all ihren sanitären Maßnahmen. „Die Maharani", fuhr Miss MacDaid plötzlich auf, „hätte mit dem Flugzeug weg sollen!"

„Das kam für sie nie in Frage. Ich schlug es ihr vor und blitzte ab; es war das erste Mal, daß die alte Dame mir gegenüber rasend wurde. Dies sei ihr Volk, schrie sie mich an, und hier gehöre sie hin."

„Vielleicht schicken sie noch weitere Lufttransporte, ich meine: die Indische Regierung."

„Ich nehme es an. Raschid hofft, daß die Bahnlinie in zwei bis drei Tagen wieder passierbar ist." Er zog eine Schreibtischlade auf, schob seine Papiere hinein und riet seiner Mitarbeiterin: „Legen Sie sich jetzt eine Weile schlafen; Sie haben es nötig. Wer hat Nachtwache?"

„Lady Heston."

Sie sah ihn nicht an und hörte ihn sagen: „Ehe ich mich hinlege, mache ich die Runde und kontrolliere, ob alles in Ordnung ist." Sie wollte noch etwas einwenden, besann sich jedoch eines Bessern, nahm stumm ihre Papiere vom Tisch, stand auf und fragte nur: „Wann, denken Sie, wird das Flugzeug eintreffen?"

„Kurz vor Mittag; ein Nachtflug wäre bei Monsun wohl zu gewagt."

„Haben Sie Mr. Smiley gesprochen?"

„Er war kurz nach Einbruch der Dunkelheit hier. Auf der Mission sei alles soweit in Ordnung, nur habe Mrs. Hogget-Clapton einen Tobsuchtsanfall bekommen, als sie hörte, Lady Hestons Diener habe einen Platz im Flugzeug und sie, die Gattin eines Direktors der Imperial-Bank, müsse zurückstehen. Smiley möchte sie und Mrs. Simon zu gern nach Bombay schicken."

„Das wäre für alle Teile das Beste", fand Miss MacDaid.

Safka wußte, das kurze Gespräch tat ihr wohl, es lenkte sie ein wenig ab, erleichterte den Druck ihrer Ängste. Auch er fühlte das Grauen, die Angst vor dem völligen Fehlschlag. Aber schon der Gedanke an die Damen Simon und Hogget-Clapton hatte für sie beide etwas beruhigend Belustigendes. „Die gute Tante Phoebe hat eine schöne Last mit den Frauenzimmern", lächelte er, und sie sagte: „Ich wecke jetzt Lady Heston; dann kann Schwester Gupta ausruhen. Wenn etwas vorfällt, rufen Sie mich bitte sofort!"

XLVII

Miss MacDaid war glücklich; nicht triumphierend wie bei Ransomes kurzem Besuch in Safkas Klause, vielmehr still beglückt, weil es Arbeit gab, Berge von Arbeit, und alles auf ihren Schultern ruhte, vor allem aber, weil sie das Stübchen des Chefarztes in dem Bewußtsein verließ, ihm vertraut und nahe zu sein wie sonst niemand, nicht einmal die arme, zarte Natara Devi, deren Glöcklein an ihrer kleinen, roten Tonga für immer verstummt waren, denn Natara war tot.

‚Sie war ihm nie mehr als ein schönes Stück Fleisch', dachte Miss MacDaid herb und zufrieden, ‚ein wohlgebildeter Befriedigungsapparat von erfreulicher Färbung. Gekannt hat sie ihn überhaupt nicht.'

Auf dem ganzen Weg durch den dunklen Korridor redete sie sich ein, Frauen wie Natara und Lady Heston zählten nicht mit. ‚Körper ohne Seele, ohne Geist . . . Prostituierte.' Sie aber fühlte sich ihm so nah und vertraut, wie nur eine Gattin es hätte sein können, und je öfter sie sich dies wiederholte, um so besser gelang es ihr, ihre erschreckende Eifersucht auf die Tote zu unterdrücken und über das schmerzlich bittere Bedauern hinwegzukommen, daß sie nicht jung war wie die verstorbene Tänzerin und schön wie die lebende Lady. ‚Aber', dachte sie mit geheimem Kichern, ‚jetzt, wo er sie ohne Schönheitsmittel, dienende Zofen, Schmuck und elegante Toiletten bei Licht besieht, jetzt erkennt er, daß sie nicht mehr ist als irgendeine andere Frau und ihr blendendes Aussehen aus Tiegeln und Tuben stammt, und schaut sie überhaupt nicht mehr an; sie ist durchgefallen!'

Oh, wie wenig wußte die Gute, trotz all ihrer Erfahrung im Leiden, in Krankheit und Not, von den Vorgängen im Herzen und Geist der Männer und Frauen! Sie hatte nie Zeit gefunden, Romane zu lesen. So alt sie war, kannte sie höchstens vier und war doch selber so etwas wie ein romantischer Dichter und lebte wie dieser in Wolken. Sie sah nicht das wirkliche Leben, sah nicht die Liebe in all ihren Abseitigkeiten, sondern ungefähr so, wie die Filmproduzenten sie sehen: als Beschäftigung junger, bildschöner Personen, bedient von Kameraleuten, die sich auf alle Effekte verstehen, und war daher, wie sie so durch den Gang ging, um Edwina zu wecken, fest davon überzeugt, diese Engländerin könne nicht mehr gefährlich werden. Eine Lady Heston mit blassem Teint und strähnigem Haar, die älter aussah, als sie ohnedies schon war, und wie irgendein Pariamädchen in der Helferinnentracht herumlief, konnte einem Mann wie dem Major nichts sein! ‚Nein', wiederholte sie sich, ‚die Hure ist erledigt, sie kann ihn nicht mehr zugrunde richten.' Ihre aufeinandergebissenen Kiefer entspannten sich.

Sie stieß die Tür auf, fand im Lichtschein des brennenden Scheiterhaufens vor der Musikschule, der durchs Fenster einfiel, den Weg zu Lady Hestons Bett, beugte sich über sie und rüttelte sie unsanft.

Edwina war sogleich wach und setzte sich auf.

„Es ist Zeit, Schwester Gupta abzulösen", mahnte die Vorgesetzte. „Um fünf übernehme ich dann den Dienst." – Da sah sie im roten Feuerschein den von Papilloten umgebenen Kopf.

Der Anblick wirkte auf Miss MacDaid wie das Erscheinen schwarzer Gewitterwolken an strahlendem, tiefblauem Himmel. „Nehmen Sie das Zeug aus dem Haar", knurrte sie, „Sie erschrecken mir sonst die Patienten." – „Selbstverständlich." Edwina begann die Haarrollen abzuwickeln, was einige Zeit beanspruchte, aber die andere wich und wankte nicht von ihrer Seite, sondern stand da wie eine Oberlehrerin.

Doch als nun Lockenwickel auf Lockenwickel verschwand und das Blondhaar nicht mehr strähnig und schlaff hing, sondern in anmutigen Locken, ergriff sie Bestürzung. Um so mehr, als nun auch noch die Finger der Liebeskundigen durch das Gelock fuhren und dieses sich in einer Art Heiligenschein um das schmale, blasse Gesicht legte. Es war, als hätten die beiden Hände zehn Lebensjahre ergriffen und ins Nichts geworfen.

An Miss MacDaids Backenknochen traten wieder die scharfen Kanten hervor, und sie befahl: „Kommen Sie endlich! Die arme Gupta muß auch einmal Ruhe haben; sie ist nicht die Stärkste."

Edwina warf den groben blauen Spitalkittel um. Zum Zuknöpfen kam sie erst, während sie hinter der Voranschreitenden herlief. So gelangten sie in die Zentrale, wo sie Schwester Gupta, gelb und erschöpft, auf Posten fanden.

Miss MacDaid schickte sie zu Bett und führte die Ablösung durch die Säle der Todkranken und Sterbenden.

Es grenzte aber ans Wunderbare, wie sie beim trüben Licht ihres Öllämpchens jeden einzelnen Kranken erkannte und um die Kranken- und Lebensgeschichte jedes Mannes und jeder Frau wußte. Immer wieder mußte Edwina das große, gegerbte Gesicht ansehen, sie staunte sie an wie eine Zauberin, weil ihr alles so gegenwärtig war. Bei einzelnen Betten machte sie halt und notierte etwas auf einem Schreibblock; Stöhnenden gab sie eine subkutane Einspritzung, in den Oberschenkel dem einen, der andern in den Arm, und ging weiter, gefolgt von stummen Blicken aus Hunderten dunkler Augen.

Es waren zum größten Teil Flecktyphuskranke, andere hatten schwarze Malaria, und viele von ihnen waren außerdem Opfer der Erdbebenkatastrophe und wiesen Schädelbrüche, Knochenbrüche und schwere innere Verletzungen auf. Um den Diensthabenden genaue Anweisungen geben zu können, hatte die Oberschwester den Patienten Nummern gegeben, die mit Bleistift grob auf ein Stück Karton geschrieben und an den schlechten, baumwollenen Dhotis der Männer und den dürftigen Saris der Frauen festgesteckt waren.

Zur Zentrale zurückgekehrt, sagte sie: „Sie dürfen auf keinen Fall einschlafen. Alle fünfzehn Minuten müssen Sie durch die Säle gehen. Die Kranken müssen Sie sehen, damit sie wissen, man hat sie nicht aufgegeben oder vergessen. Das ist wichtig; sonst drehen sie sich einfach um und sterben." Sie gab Edwina einen Zettel, auf dem fünf Nummern standen. „Wenn einer von diesen fünf aufwacht oder schreit, rufen Sie mich, nicht den Major! Wenn es nötig ist, wecke ich ihn dann schon."

Auf einem zweiten Zettel, den sie ihr gab, waren vier Nummern verzeichnet. „Diese vier liegen im Sterben", erklärte sie. „Sie müssen sie beobachten; sie schreien nicht, sie rufen nicht; ich habe dafür gesorgt, daß sie nicht aufwachen. Wenn sie tot sind, rufen Sie die Träger, damit sie die Leichen hinausschaffen. In der Dunkelheit werden es die andern kaum merken." Sie sah Edwina prüfend an. „Haben Sie schon einmal einen Toten gesehen?" fragte sie. „Merken Sie es, wenn einer tot ist?"

„Bis ich hierherkam, sah ich noch nie einen Toten. Ich kann es also nicht sagen."

Schweigen. Dann sagte die Oberschwester: „Sie merken es. Da ist etwas, das sagt es Ihnen. Hauptsache, daß Sie nicht einschlafen und mich sofort rufen, wenn irgend etwas vorfällt. Ich zähle auf Sie. Ich sollte eigentlich einer Anfängerin keine solche Verantwortung aufladen, aber es bleibt mir nichts anderes übrig. Ich muß schließlich auch einmal ruhen, sonst klappe ich zusammen, und das kann ich mir nicht leisten. Um fünf löse ich Sie ab." Sie wandte sich zum Gehen, blieb noch einmal stehen und fragte: „Soll Ihnen nicht Miss Hodge helfen?"

„Nein."

„Auch nicht Gesellschaft leisten?"

„Nein, lassen Sie das arme Ding ruhen!"

„Gute Nacht."

„Gute Nacht."

Miss MacDaid ging, und Edwina setzte sich an den Tisch, auf dem das Öllämpchen stand und eine mit Filtrierpapier bedeckte Emailkanne mit abgekochtem Wasser, ferner ein Glas, ein Wecker, eine Rolle Verbandsgaze, ein Notizblock mit Bleistift und die beiden mit Zahlen beschriebenen Zettel der Oberschwester. Obwohl sie ganz wach war, fühlte Edwinas Geist sich benommen und wie in Hypnose. Sie las die Ziffern auf Zettel I: „7, 114, 43, 28, 51", das waren Todkranke, bei denen noch Hoffnung war. ‚Wenn sie schreien oder aufwachen, muß ich die MacDaid holen.' Auf Zettel II standen die Ziffern: „211, 72, 13, 96", für die es keine Rettung gab. Sie waren von Miss MacDaids Nadel betäubt und konnten die andern nicht mehr durch Stöhnen oder Geschrei aufregen. ‚Die muß ich beobachten und ihren Tod erwarten, damit man sie wegschaffen und verbrennen kann. Ich muß genau aufpassen', schärft sie sich ein, ‚nur klaren Kopf; es darf mir kein Irrtum unterlaufen!'

Um ganz sicher zu gehen, schreibt sie über die Liste II das Wort „stirbt". ‚So muß sich der liebe Gott vorkommen', denkt sie dabei.

Bis vor drei Tagen ist sie dem Tode noch nie begegnet. Zweimal vielleicht kreuzte er ihren Lebenspfad, doch beide Male vermied sie den Anblick. Wohl hatte sie damals im Krieg gute Freunde verloren, Jünglinge und reife Männer, aber dies trug sich in weiter Entfernung zu, im belgischen Schlamm, vor Amiens oder am Chemin des Dames, und es fielen damals so viele, daß in der Wirrnis und dem Stumpfsinn des Krieges der Tod für sie nichts Wirkliches war, sondern kaum mehr als ein Telegramm, darin stand: „Das Kriegsministerium bedauert ..." Es las sich wie die höfliche Ablehnung einer Einladung mit „U. A. w. g." (Um Antwort wird gebeten, ob Sie mit dem Tod ein Stelldichein wünschen). Dann starb plötzlich ihr Vater in Wien an einem Schlaganfall. Als man sie fragte, ob sie den Toten noch einmal sehen wolle, lehnte sie ab. ‚Was tot ist, ist tot. Was du geliebt hast, ist dahin, und was bleibt, ist nur Staub.' Und Albert Heston? Auch ihn sah sie nicht tot, nur ein aufgedunsenes Etwas, von ihrem rosaseidenen Bettuch gnädig verhüllt. Er wollte nie, nie sterben. Das Tier in ihm wollte leben, fort und fort; sein gewaltiger, gewaltsamer Lebenswille rang bis zuletzt mit dem Tod um den Leib. Er war nicht wie diese armen Inder, deren unterernährte Körper den Kampf nicht aufnahmen, die einfach die Augen schlossen und so willig starben, wie sie des Abends einschliefen.

Erst in diesen drei Tagen sah sie den Tod. Überall sah sie ihn. An der Galerie, auf der sie mit Ransome das Sinken der Flut erwartete, trieb er Leichen vorüber und hing in Gestalt eines hageren Hindus an einem armseligen Dhoti im Geäst eines Baumes. Alberts unförmiger Leib verbrannte in ihrem Seidentuch. Auf allen Wegen lagen die Toten, teils vom Anprall der Fluten und Trümmer zerschmettert, teils entstellt und verfärbt durch den Choleratod. Aber sie sah nicht nur Tote, sie sah den Tod selbst. Er ging durch die Säle. Er stahl Major Safka und seiner Helferin Menschenleben auf Menschenleben, und der Anblick von so viel Tod stumpfte sie ab. Sie verstand, daß eine MacDaid, die wohl schon Tausende sterben sah, vor nichts mehr auf Erden Angst verspürte. Sie verstand alle diese Menschen, die lebten trotz dieser Schrecken, Trotzmenschen, die ihr eigenstes Leben führten, losgelöst von der Außenwelt. So sah sie Miss MacDaid, die so tapfer und gütig war und trotzdem in ihrem Herzen Raum für Verachtung, Hohn, Härte, selbst Grausamkeit hatte. Wären derartige Menschen sanft und weich, sie müßten versagen, zerbrechen, wären schon längst als nutzlos beiseite geworfen. ‚Auch ich', dachte Edwina stolz, ‚muß etwas davon in mir haben. Ich stand alles aus, Schmutz und Gestank, Abschaum und Untergang, und habe nicht schlappgemacht.'

Sie ist sonderbarerweise nicht müde. Sie ist sehr wach, und in ihr ist jener Friede, den sie bisher nie fühlte, nicht einmal ahnte, und eine Genugtuung, eine sonderbare Zufriedenheit, nach der sie – wie Schuppen fällt es ihr von den Augen – ihr Leben lang suchte.

Sie hat endlich Selbstachtung erlangt. Sie erbricht nicht mehr beim Anblick eines besudelten Betts oder wenn sie fauligen Brand riechen muß, und wenn sie sich nicht selbst darauf aufmerksam macht, bemerkt sie den süßlich-giftigen Choleraduft, den der Monsunwind vom Konservatorium durch die abgeschirmten Fenster ins Hospital trägt, so wenig mehr wie den Geruch der verbrannten Leichen. Weniger als zweiundsiebzig Stunden genügten, um eine Hornhaut um ihre Seele wachsen zu lassen, ein Gehäuse wie jenes, das den Major und die Spitalleiterin schützt und in dem sie ihr eigenes Leben führen. ‚Nichts kann mich mehr berühren, selbst nicht die Seuche und der Zerfall, die mich umgeben. Miss MacDaid und Safka passierte in all den Jahren noch nichts. Es gibt vielleicht irgendeine geheimnisvolle Eigenschaft, die solche Menschen, Ärzte, Nonnen, Krankenpflegerinnen und -pfleger, die gegen Epidemien kämpfen und unter Aussätzigen und in typhus- und choleraverseuchten Gegenden leben, gegen jede Ansteckung feit ... Aber ich muß ja die Runde durchs Krankenhaus machen', fällt ihr plötzlich ein, ‚jede Viertelstunde, bis die MacDaid mich ablöst!' Sie schaut auf den alten, verbeulten Wecker. ‚Noch vier Minuten Zeit. Wenn sie verstrichen sind, muß ich den Emailkrug mit kaltem Wasser von Bett zu Bett tragen.'

Sie merkt auf einmal, daß sie beobachtet wird. Im Feuerschein, der von draußen hereinfällt, begegnet ihr Blick dem einer Typhuskranken in dem ihrem Tisch am nächsten stehenden, schmalen Bett.

Sie hält sie zuerst für ein Kind: so klein und abgezehrt ist die Kranke; doch sie ist alt und eingeschrumpft. Ihre großen, schwarzen, zeitlosen Augen liegen tief in den Höhlen, und die dunkle, von Krankheit vergilbte Haut liegt wie Pergament über den zarten Knochen des Schädels. Berückt durch die einzigartige Feinheit des Kopfes, blickt Edwina die Alte an, dann aber fährt sie zusammen; ihr schaudert. Ist die Frau tot? Ihr ist, als starre ein längst gebleichter Totenschädel sie an. Nur das Haar gibt ihm noch einen Schein von Leben. Es ist das Antlitz des Weibes, das seit seiner Geburt nie satt zu essen hatte. ‚Der Tod lud sie ein', denkt Edwina, ‚U. A. w. g.' Wie oft schrieb sie solche Buchstaben, in London, in Cannes: „R. S. V. P. – répondez s'il vous plaît ...", vor urvordenklichen Zeiten in einer fernen, untergegangenen Welt.

Die dunklen Lippen des Totenkopfes bewegen sich. Die atemlos Lauschende kann nicht verstehen, was die Frau will; man hört nur ein trocknes Flüstern. Es klingt wie das Säuseln des Windes in dürren Blättern.

Und dann kriecht eine Knochenhand, unvorstellbar alt, gichtbrüchig zitternd empor an die dunklen Lippen und macht die ewige Geste, die auf der ganzen Erde, bei allen Mühseligen und Beladenen der Ausdruck des Hungerns und Dürstens ist, und Lady Heston weiß: die Arme will Wasser.

Rasch nimmt sie das Filtrierpapier vom Krug, füllt das danebenstehende Glas bis zum Rand, tritt damit an das Lager, stützt mit der Linken die Kranke, und die Rechte gibt ihr zu trinken; sie wiegt fast nichts, nicht einmal soviel wie ein Kind. Durch den schweißtriefenden weißen Baumwollsari fühlt die Samariterin brennende Fieberhitze.

In gierigen Zügen trinkt mit geschlossenen Augen die Alte. Als das Glas geleert ist, sinkt sie in den sie haltenden Arm, schlägt die Augen weit auf, schaut die Fremde an und versucht zu lächeln. Und dies kranke Lächeln hat etwas so Demütiges, Unterwürfiges, daß Edwina das Weinen ankommt. ‚Ich bin deine Schwester', möchte sie ihr zurufen, ‚du brauchst mich nicht so bescheiden anzusehen. Wir sind Frauen, beide. Gott schuf uns gleich ...' Aber wie soll sie ihr dies verständlich machen? Sie kann ihr nur ein Lächeln geben.

Wiederum kommt von den dürren Lippen das Blätterrascheln. Die großen Augen schließen sich wieder, die Frau sinkt zurück, liegt friedlich im feuchtheißen Kissen. ‚Die vier Minuten müssen um sein', sagt sich Edwina, stellt das Glas auf den Tisch, hebt einen der steinernen Krüge auf, die unter dem Tisch einen Wasservorrat bewahren, um Wasser in die Emailkanne abzufüllen. Der Krug ist schwer, sie braucht alle Kraft, ihn zu halten und so sacht zu neigen, daß nichts von dem Wasser verschüttet wird. Während sie sich noch damit abmüht, hört sie eine Stimme: „Halt, lassen Sie das mich machen"; und als sie sich umwendet, steht vor ihr der Major.

Da er ihr hilfreich zur Seite tritt und der Zögernden den Krug entwindet, berührt seine Hand die ihre. Wie betäubt von Glück muß sie sich an den Tisch anlehnen, doch nur eine Sekunde, dann dankt sie gefaßt und mit Haltung. „Ja, er ist schwer."

In dieser Sekunde zitterten ihre Hände wie damals im Sommerpalast, als sie nach dem Weggang von Elizabeth Hodge in dem geschmacklosen Salon mit ihm allein war. Die Haltung jedoch, in der sie vor ihm steht, ist stramm und so respektvoll, als sei sie um kein Haar mehr als die pockennarbige Gupta. Lächelnd bemerkt er, es sei wohl Zeit zum ersten Rundgang. „Ich begleite Sie." Er füllt eine zweite Kanne und nimmt beide auf.

„Geben Sie mir die eine!" bittet sie. „Ich tu' es doch gern."

Ein leichtes Schmunzeln geht über sein Gesicht, sie fühlt, es ist kein spöttisches Grinsen, sondern herzlich und warm; es ist fast, als sähe er einem Kind zu, das Doktor spielt, und sie sagt etwas gekränkt: „Sie brauchen mich gar nicht so anzusehen!"

Er hat auch dafür Verständnis, denn er entgegnet nichts, sondern drückt ihr die zwei von der Oberschwester geschriebenen Merkzettel in die Hand: „Die brauchen Sie jedenfalls", worauf sie ihm eine Kanne abnimmt und stillschweigend ihren Rundgang antritt.

Aber sie ist nicht gekränkt. Sie läßt ihm den Vortritt und geht mit gelehriger Miene hinter ihm her. Selbst die bis zum Überdruß gedrillte Schwester Gupta könnte nicht braver, nicht andächtiger zu ihm aufblicken. Er widmet ihr auch keine größere Aufmerksamkeit, als er in der gleichen Situation der guten, häßlichen Gupta zuwenden würde. Er geht von Bett zu Bett, und sie gießt die Emailbecher voll, die neben jedem auf einem kleinen Gestell stehen. Nur ein kleiner Teil der Kranken schläft, etwa zwölf delirieren; die meisten liegen geduldig da. Ihre großen, weitgeöffneten Augen folgen den beiden, wie sie die Reihen entlanggehen.

Bei den vier, die auf der Liste „Stirbt" stehen, bleibt der Arzt etwas länger. Er fühlt den Puls und legt die Hand auf die glühende Stirn, ohne dabei von Edwina Notiz zu nehmen. Nur einmal sagt er ihr beinahe entschuldigend: „Das Handauflegen hat an sich keinen Zweck, es soll ihnen nur etwas Mut geben, denn sie wissen, daß ich Brahmane bin, und seit Jahrhunderten ist diesen Unberührbaren, Ausgestoßenen eingeimpft, sie müßten vor unsereinem beiseite treten, damit ihr Schatten nicht auf uns falle und uns beflecke."

Drei von der Liste „Stirbt" leben noch. Der vierte, ein Fall von Wundbrand, liegt starr und steif. Ihm braucht Edwina den Becher nicht mehr zu füllen; sie sieht es auf den ersten Blick. Er ist ausgemergelt, sehr dunkel, seine Augen sind noch halb offen, wie in dem komatösen Zustand, in den ihn die Injektionsnadel Miss MacDaids voll Erbarmen versetzte. ‚Sonderbar, wie man sofort spürt, daß der Mann tot ist', sagt sich Edwina Heston, ‚wie mit einem sechsten Sinn, vielleicht merkt man es auch an der Kopfstellung, der Kopf hängt so merkwürdig schief, wie eine verwelkte Blume am Stengel; oder daran, wie der Fuß unter dem schmutzigen Dhoti in scharfem Winkel emporsteht ... Ich habe es gleich erkannt. Nun weiß ich es für alle Zeit.'

Sie sieht den Major das kunstlose Öllämpchen auf die Etagere stellen, sich aus seiner Höhe auf den Daliegenden hinunterbeugen, ihm das Augenlid in die Höhe ziehen und mit dem Fingernagel den gelben Augapfel berühren. Es erfolgt keine Reaktion. Er heißt sie die Leichenträger benachrichtigen, daß sie den Toten wegschaffen.

Sie führt ihren Auftrag aus. Zwei verschlafene Straßenkehrer kommen mit einer Bahre. Der Rundgang geht weiter, von einem zum andern Bett, von einem zum andern der dunklen Augenpaare, die schwer sind von gläubig dumpfem Vertrauen und den Weiterschreitenden folgen wie die Augen verwundeter Tiere. Im letzten Saal beim letzten Bett kehren sie um.

„Horch!“ sagt der Major und bleibt stehen. Durch die Stille der Nacht, das leise, traumhafte Stöhnen, das da und dort von einem Schmerzenslager aufsteigt, klingt von fern her der dünne Ton einer Flöte. Dazu wird von braunen Fingern eine gedämpfte Trommel geschlagen. „Ein gutes Zeichen!“

„Ja?“

„Ja. Es sagt: das Leben geht weiter.“

Sie sind wieder beim Tisch in der Zentrale. „Darf ich mich ein bißchen zu Ihnen setzen?“ fragt der Major.

„Gewiß. Wie Sie wünschen. Aber sollten Sie nicht lieber schlafen?“

„Ich habe abends etwas geschlafen; jetzt kann ich nicht. Was mir fehlt, ist nicht Schlaf, sondern ... ich muß mich wieder einmal als normaler Mensch fühlen. Seit drei Tagen bin ich Maschine.“ Sie versteht, was er meint, und ist in der seltsamsten Weise davon ergriffen. Denn seine Worte sagten in Wirklichkeit: ‚Ich möchte ein Weilchen plaudern oder nur dasitzen und gar nichts reden – aber mit einer Frau, wie du es bist, nicht mit einer wie die MacDaid oder die Gupta.‘ Sie muß wieder an das Gehäuse denken, das solche Menschen um sich zu bauen vermögen, um darin zu wohnen und Mensch zu sein.

Er sitzt auf der Tischkante, die Beine übereinandergeschlagen, lächelt sie an und spricht leise, um keinen Kranken zu stören: „Ich muß Ihnen doch sagen, Sie haben sich tapfer gehalten. Es war keine Kleinigkeit, besonders für jemand, der noch nie etwas Ähnliches mitgemacht hat!“

„Ist gar nicht so weit her, Major! Zwei-, dreimal war ich nahe daran, es aufzustecken. Aber jetzt bin ich über den Berg. Es macht mir nichts mehr aus. Es wird mir nicht einmal mehr schlecht. Komisch, wie schnell man sich doch an so was gewöhnt!“

„Es kommen bald Schwestern aus Bombay, auch ein paar unserer Frauen aus Ranchipur; dann können Sie abdanken.“

‚Ich will aber nicht‘, begehrt sie innerlich auf, ‚nie! Ich will bleiben, bleiben‘, und antwortet: „Ich will bleiben, solang man mich hier brauchen kann ... solange ich irgend von Nutzen bin.“

Er schweigt, nimmt vom Regal die Alkoholflasche, befeuchtet ein Stück Gaze und reibt sorgfältig die Hand und den Finger ab, mit dem er den Toten berührte. Er ist dünner geworden und müder, doch die Müdigkeit gibt ihm eine neue Schönheit, eine Männlichkeit, wie sie ihr vordem niemals begegnete, nicht die plumpe europäische, nicht die rohe des Boxers, die sie in einem anderen Leben vorzeiten genossen hat, sondern eine feine, elastisch gespannte, gleich der einer stählernen Spiralfeder.

Während er seine Hände peinlich genau mit Alkohol reinigt, sagt er, ohne sie dabei anzusehen: „Sie sind eine ungewöhnliche Frau, erstaunlich ...“, dann schweigt er wieder.

Die ungewöhnliche Frau weiß darauf nichts anderes zu erwidern als: „Wir Engländer sind oft recht exzentrisch.“

„Ich meine es nicht so banal.“ Er sieht sie an. „Glauben Sie bitte nicht, wenn ich so persönlich zu Ihnen spreche, es geschähe aus dummen Absichten ... Es ist für die Menschen schwer, zueinanderzufinden und sich zu verständigen. Wir sind beide keine Kinder mehr.“

„Nein.“

„Sie sind gescheit.“

„Möglich.“

„Ich hätte es anfangs nicht gedacht.“

Sie sieht sich wieder im Schloß unter dem bienendurchsummten Kronleuchter, sieht sich mit Tom wegrennen und aus Überdruß in dem stickigen Kabinett in seine Arme werfen und antwortet überzeugt: „Sie hatten auch keinerlei Grund, es anzunehmen.“

Er wirft den Kopf zurück, wie um die Müdigkeit abzuschütteln und klar zu denken. „Was ich meine, ist nicht so leicht zu sagen – besonders nicht zu Ihnen. Ich weiß, Sie haben schon viel erlebt ...“

„Stimmt.“

„Erscheine ich Ihnen naiv?“

„Nein.“ Er kann, dünkt sie, nicht einmal als Kind naiv gewesen sein. Doch jetzt hat er sich eine Blöße gegeben, ihr unverhüllt ein Herz voller Bewunderung und Freundschaft gezeigt, und sie kann ihn verwunden. Sie könnte ihm weh tun, ihn verletzen, wenn sie ihn jetzt enttäuscht. Das Weibsbild, das sie an jenem traurigen Nachmittag im Sommerpalast gewesen war, das würde ihn enttäuschen, nicht intellektuell, aber in dem menschlichen Zartgefühl, das in seiner besonderen Feinnervigkeit einen Hauptbestandteil indischen Wesens bildet. Dies geht Edwina Heston jetzt auf. Selbst in diesen armen, leidenden, sterbenden Menschen der untersten Kasten spürt sie ein Maß von Feingefühl, wie man es nur bei den edelsten Europäern findet. ‚Ich fange an, die Inder und Indien zu verstehen‘, denkt sie, und Safka fragt: „Erinnern Sie sich noch an den Nachmittag im Alten Sommerpalast . . . als Sie mir Tee vorsetzten?“ Sie wendet den Blick ab, starrt krampfhaft auf Zettel I und II, und er fährt fort: „Ich fand Sie damals reizvoll und berückend. Ich wußte auch, was Sie wollten. Ich brauchte nur zuzugreifen. Das war der Grund, weshalb ich blieb und den lauwarmen Tee trank; Sie reizten mich . . . und versuchten dabei die ganze Zeit, mir vorzuspiegeln, Sie seien unerfahren und“ – kurzes Stocken – „anständig. Sie dachten, mich auf diese Art am besten zu täuschen und zu bekommen, was Sie sich wünschten.“

Sie schaut von den Zetteln auf. Voll Scham will sie ihm widersprechen, ihn Lügen strafen, aber ‚nein!‘ sagt sie sich alsogleich, ‚das wäre von mir eine Lüge, es würde alles verderben; dann sähe er, auch an diesem Ort, in mir nur die Frau, die ihm lauwarmen Tee vorsetzte; nein, mit der habe ich nichts mehr gemein!‘

Sie sieht, er hat die Hand erhoben, als wolle er solch eilfertigem Widerspruch vorbeugen. „Halt!“ bittet er. „Das sogenannte Anständigsein besagt mir nicht viel; ich bin mehr für Wahrheit. Ich war an dem Nachmittag in Versuchung, mir das zu nehmen, was zu nehmen zweifellos angenehm gewesen wäre – ein- oder zweimal. Aber ich tat es nicht, weil hinter der Röte der Wangen und dem Zittern der Hände, das mir nicht entging, noch etwas anderes lag. Ich habe recht behalten, jetzt weiß ich es. Ich hätte die Schale genossen und nicht die Frucht. Hätte ich genommen, was Sie mir damals antrugen – Sie verstehen mich –, dann wäre uns diese Stunde versagt geblieben. Ich hätte Sie als leichte Ware genommen, und Sie hätten von mir nichts gehabt als den Körper, der für mich als Chirurg und Arzt nichts anderes ist als ein Apparat und mir an sich nichts bedeutet. Aber danach wäre nichts Besseres gefolgt. Wir hätten einander nie kennengelernt.“

Im Herzen den seltsamsten Aufruhr von Scham und Triumph, senkt sie wieder den Blick auf die Todeszettel. So hat noch niemals ein Mann zu ihr gesprochen. Ihr wird wie damals im Traum so bang, jenem irren Alptraum nach dem letzten Streit mit Lord Heston, da sie im Dschungel, durch endlose Steppen und Städte nach etwas Ungekanntem verzweifelt suchte – jetzt glaubt sie zu wissen, was es war, was es ist! Doch schon entschlüpft ihr das Wissen, und sie weiß nicht mehr, was es ist, was es gewesen ist . . .

„Halten Sie mich bitte nicht für einen Theoretiker oder Tüftler“, führt Safka weiter aus, „im Gegenteil, die Beziehungen zwischen Menschen sind etwas so Zwiespältiges, daß es mich immer treibt, sie zu klären und zu vereinfachen. Die meisten Menschen gehen so durchs Leben hin, und wenn sie sterben, haben sie es nicht gekannt, wissen nicht, was es ihnen hätte sein können, kennen nicht die Seligkeiten von Mensch zu Mensch. Dies Glück erfährt nur, wer sich über die Winzigkeit seines Alltags erhebt. Es ist aller Religionen Ziel; danach trachten sie alle, und das meinte ich, als ich sagte, das sogenannte Anständigsein bedeute mir wenig oder nichts, denn es ist für den Dummen, den Schwachen, den Heuchler."

Er ändert seine saloppe Haltung, lehnt sich gegen den Tisch, auf dem er saß, und verschränkt die Arme über der breiten Brust. „Ich will, daß Sie wissen, was ich empfinde. Ich denke so viel an Sie, daß ich es der Mühe für wert hielt, selbst auf die Gefahr hin, mich damit vor Ihnen lächerlich zu machen. Nun aber, wann immer wir uns auch finden mögen, wann immer wir zusammen sind oder aneinander denken, werden wir wissen: wir sind Freunde und kennen einander. Es ist etwas Großes, auch nur einen Menschen im Leben ganz zu kennen."

Er nimmt ihre Hand in die seine. „Sie werden mich vielleicht innerlich auslachen ..." – „Nein ... nein!" – „Mich für einen der Jahrmarktswahrsager halten, wie sie in den Basaren herumwimmeln, aber ich sage Ihnen: Sie sind in diesen Minuten hinter ein Geheimnis gekommen."

Er läßt ihre Rechte los. „Ich muß nun gehen. Jetzt kann ich schlafen." Seine Hand legt sich um ihre Schulter. „Es ist Zeit für Ihre Runde, sogar schon zehn Minuten darüber, aber durch meine Schuld! Gute Nacht."

„Gute Nacht", kommt es flüsternd von ihr zurück.

Er ist fort. Sie sitzt allein, verwirrt, dann erhebt sie sich; sie muß ja die Runde machen. Sie hebt den schweren Steinkrug, füllt die zwei Kannen mit dem kostbaren, abgekochten Wasser und bricht auf.

Sie sieht die Kranken kaum; nur an den Betten der vom Tod Gezeichneten hält sie kurz an und forscht, ob noch Anzeichen von Leben vorhanden sind. Nummer 72 ist tot. Sie brauchte nur die Lampe über das Bett zu halten, da war sie dessen schon sicher. Jetzt weiß sie, wie ein Toter aussieht. Sie braucht nicht erst mit dem Fingernagel an den Augapfel zu rühren, wie es Safka tat.

Sie geht gelassen die Stufen hinunter und weckt die schlummernden Leichenträger. Bald sind sie zur Stelle, und der Leichnam wird weggeschafft.

Sie tritt zum Fenster und blickt hinaus. Das große Feuer mit seiner Leichenlast ist dahin, nur noch die Asche glimmt weiß und heiß, doch sie verbreitet kein Licht ringsumher. Der Regen hat aufgehört. Der sinkende Mond steht hinter dem Großen Becken, über dem alten, beschädigten, verwunschenen Holzpalast, und zwischen diesem und ihr zieht sich ein Pfad goldenen Lichts, kreuz und quer überflogen von den schwarzen, riesigen Fledermäusen aus der Totenstadt der Mogulen am Fuß des geheiligten Berges.

Von jenseits des Stromes tönt zart die Flöte und das gedämpfte Trommeln. Wie ein Messer, das eine Wunde ausschneidet, gräbt sich die Szene in ihrer Schönheit und Grausamkeit tief in sie ein. Dies ist das Land, das ihn gebar.

Sie sieht die Leichenträger das tote Weib durch den verwüsteten Garten davontragen. Beim Konservatorium lassen sie ihre Last bei vielen anderen Leichen, mit denen zusammen man sie verbrennen wird, sobald ein neuer Holzstoß bereit ist.

Diese furchtbare Hitze! Sie tritt vom Fenster zurück, wischt sich mit etwas Verbandstoff den Schweiß vom Gesicht, setzt sich wieder an ihren Tisch, gießt sich ein Glas Wasser ein und leert es. Dann nimmt sie die Liste vor, über die sie das Wort „Stirbt" schrieb, und zieht mit dem Bleistift einen Strich durch die Nummern 72 und 13. Wieder ist ihr, als sei Gott einen Augenblick in sie eingegangen, und sie denkt: ‚Nun vollzieht es sich. Was mich nach Indien führte, nun wirkt es sich aus. Ich muß bleiben, bis es sein Ende findet, mag ich auch England nie wiedersehen. Ginge ich jetzt, morgen, mit einem der Flugzeuge, die aus der Welt jenseits des Berges Abana kommen, der Rest meines Lebens wäre bedeutungslos. Dies ist der Ort, wo ich hingehöre, wohl schon von jeher, in all diesen Unrat und Tod und Jammer und Reiz, in all diese Schönheit.'

Wieder dringt an ihr Ohr das schwache Geräusch raschelnder Blätter im Wind. Sie blickt auf die Sterbende in dem Bett neben ihr; einer Hirschkuh geduldige Augen sind auf sie gerichtet, die heißen Lippen formen das Gujaratiwort für Wasser, und abermals kommt eine Knochenhand unter dem Sari hervor und fingert am Mund.

Edwina steht auf, greift nach dem Glas, das vor ihr auf dem Tisch steht – und erschrickt. Sie hat vorhin die Frau aus diesem Glas trinken lassen statt aus ihrem eigenen Becher und nachher selber daraus getrunken.

Mahnend tönt das Wispern weiter. Sie nimmt eine Emailkanne, tritt an das Bett, füllt den Becher der Alten, hält ihn ihr an die Lippen und denkt: ‚Was geschehen ist, ist geschehen. Ob es wohl eine Möglichkeit gibt, sich innerlich zu desinfizieren?' Als sie sich aufrichtet und abwendet, hört sie vom andern Ende des Saales ein Stöhnen und geht ihm nach.

Ein alter Mann ist aus dem mildtätigen Schlummer erwacht, in den Miss MacDaid ihn versenkte. Sein Körper ist von schmerzhaften Krämpfen geschüttelt. Rasch holt sie das Licht und sieht nach seiner Nummer. Es ist 83 von der Liste der Todkranken. Sie eilt die Treppe hinunter, holt die Oberschwester und kehrt alsbald mit ihr zurück.

Miss MacDaid sticht die Nadel in den schwarzen, fleischlosen Schenkel des Alten. „Er ist am Ende", sagt sie und richtet sich auf. „Setzen Sie seine Nummer auf die andere Liste!"

Edwina verrät ihr nichts von dem Versehen mit dem Trinkglas. Die andere soll sie nicht für einen geistesabwesenden Schwachkopf halten. Furcht verspürt sie keine, nur ein leichtes Ekelgefühl. Was nun mit ihr geschieht, sagt sie sich, liegt nicht mehr in ihrer Hand.

XLVIII

Derweil saß die Maharani mit untergeschlagenen Beinen auf einem erhöhten Brokatkissen aus Benares im Jagdzelt, neben ihr die alte Fürstin von Bewanagar und um sie die Männer Raschid Ali Khan, Oberst Ranjit Singh, Homer Smiley, Nil Kant Rao und Ransome. Nacheinander berichteten der Moslem, der Sikh, der Amerikaner, der Mahratte, der Brite alles, was sie über Fortschritte des Kampfes zu melden wußten, und jeder einzelne Bericht gab ihrem Herzen neuen Mut, neues Leben. Wohl sah sie abgekämpft und ermattet aus, allein ihre alte unverwüstliche Schönheit war unvermindert, ja, die Schatten, welche die Flamme der Öllampe warf, ließen sie noch deutlicher hervortreten.

Sie hatte gekämpft, ihr Leben lang hatte sie gegen Aberglauben, Vorurteile und Umtriebe zu kämpfen gehabt. Seite an Seite hatte sie mit ihrem nun dahingegangenen Gemahl gefochten, wenn auch ohne jene Kraft, die dieser in seiner schlichten Gläubigkeit fand. Sie hatte gar oft nur aus reiner Kampfesfreude gekämpft und dabei im Herzen immer daran gezweifelt, daß man in diesem Ringen um die Wiedergeburt eines unverfälschten, innerlich kräftigen Ranchipur, um das Heil des gesamten Indiens je Sieger sein werde. Nie hatte sie, wie der alte Maharadscha, an die Kraft und die Güte ihres Volkes und an dessen endlichen Sieg geglaubt, sondern ein wenig nach Art des uralten Dewan gekämpft, bedenkenlos, mitunter grausam, haßerfüllt und immer mit der zähen Bravour ihres eigenen Volkes, der Mahratten.

Sie haßte die Europäer als rohe, verbohrte, gefühllose Eindringlinge. Dinge wie die Freundschaft des großen Vizekönigs, die Feinfühligkeit und Klugheit von Männern wie Ransome, die Herzensgüte von Leuten wie Smileys, gab sie, wenn auch mit Widerstreben, zu. Es hatte Zeiten gegeben, da sie es satt hatte und in Versuchung war, wie so viele indische Fürsten böse und abtrünnig zu werden. Erst wenige Augenblicke, bevor die fünf Männer ihr Zelt betraten, hatte sie der Wunsch gepackt, den Kampf aufzugeben, sich mit dem nächsten Flugzeug in die Sicherheit Bombays und vielleicht bis nach Europa zu flüchten, denn in dieser Schwächeanwandlung dünkte sie, alles, wofür sie und der Dahingegangene je gekämpft hatten, sei auf ewig ausgelöscht. Und sie fühlte sich zu geschwächt und zu alt, den Kampf wieder aufzunehmen.

Doch die Versuchung ging an ihr vorüber, und als sie nun diese fünf Männer vor sich sah und ihnen lauschte, schämte sie sich, daß eine solche Schwäche sie hatte befallen können. Denn es waren schöne und stattliche Männer, mit Ausnahme Smileys; aber auch er war, wenn auch keineswegs schön, so doch edel. Sie verstand sich auf schöne Männer, und diese hier waren ihr treu ergeben, nicht als Verehrer und Liebende, nein, ihre Hingabe ging darüber hinaus. Ohne greifbaren Grund waren sie imstande, für sie die härtesten Proben zu bestehen.

Doch war sie sich auch darüber klar, daß die Opferbereitschaft von weniger kräftigen und ansehnlichen Männern ihr nicht die gleiche Freude hätte bereiten können. Aufopferung war eine Sache für sich, schimmernd, glanzvoll und unanfechtbar, doch galt sie der Maharani noch um so mehr, als sie von Männern dargebracht wurde wie dem muskulösen Raschid, dem geschmeidigen Ranjit Singh, dem feurigen Nil Kant Rao und dem morbiden, wohlgebildeten Ransome. Ihr ungezügelter Schönheitsdurst fand an ihnen Gefallen. Das seien Männer, fand sie, wert, einer Königin wie ihr zu dienen. Und sie arbeiteten für sie und Indien ohne Klage und ohne Schlaf in Schmutz, Entbehrung und in Gefahren, die ärger und hinterhältiger waren als Kriegsgefahren. Eine nicht zu bewältigende Aufgabe stand vor ihnen, und doch war nun der Sieg in Sicht. Sollte sie selber fallen, diese Männer würden im Kampf ausharren. Sie würden die Schulen wieder aufbauen, die zerstörten Brücken, die Bahnlinien und sogar den großen Damm.

Sie will all ihren Schmuck verkaufen und ihr Privatvermögen dem Staat geben, denn alles, was sie und der Verstorbene gewirkt und erreicht hatten, war aus dem ewigen Mutterleib Indiens geboren. Es mußte von neuem keimen und wachsen, befruchtet, genährt und erhellt von dem Licht des Glaubens, das Männer wie diese verbreiteten. Indien, das unermeßliche, grausame, furchtbare, regt sich und wacht auf.

Wie sie so dasaß, erschien ihr unter den Gesichtern das Antlitz jenes Mannes, welcher vor mehr denn zwanzig Jahren in dem Hause gestorben war, das jetzt Ransome bewohnte, und es erschien der alten Frau von der gleichen weisen Güte, dem gleichen verstehenden Edelsinn erfüllt wie damals, als sie es zum ersten Mal erblickte und selber ein Kind war, scheu, stolz, erst dreizehn Jahre alt und doch schon Weib, das aus seinem Bergdorf gekommen war, um den jungen Maharadscha von Ranchipur zu heiraten. Und in dem Antlitz wohnten eine Zartheit, eine Milde und ein Verstehen, die eher im Osten als im fernen Europa beheimatet schienen.

Auch er saß in dem Rate der Starken, die ihr dienten und zu ihr aufblickten, war er es doch recht eigentlich, der sie alle hier in dem Jagdzelt zusammengeführt hatte, denn in seinem Geist hatte der Maharadscha sein Leben lang für die Befreiung und Aufrichtung seines Volkes gekämpft. Er war der Grund, daß sie selber hier thronte und herrschte in Weisheit und mutiger Einsicht. Er hatte ihr altes, herrliches Indien so sehr geliebt, daß er an seinem Lebensende zurückgekehrt war. Er wollte in Ranchipur sterben und starb allda in seinem Garten zur Abendstunde, da die Kühe heimwärts zogen, gehüllt in eine Wolke rotglühenden Staubes, und die Luft roch nach Jasmin und Dung und Rauch und Spezereien; die Schakale kamen aus dem Verborgenen, heulten den aufgehenden Mond an, und in den Dörfern begannen Flöte und Tamtam zu tönen. Einst gab es so manchen Briten, wie er einer war, John Lawrence, der weise Erzieher, der Indien kannte. Heut sind diese Männer selten geworden. Doch da und dort ist noch einer zu finden.

Die Männer berieten. Sie hörte nicht zu. Es schien ihr nicht nötig, denn sie verstanden sich besser auf ihr Geschäft, als sie es vermochte. Ihre Gedanken schweiften weit in die Ferne, nach Europas Spielsälen, Juwelierläden, Staatsbanketten, Ausstellungen und Messen, Hotels und Badeorten, und alles schien ihr in weitere Fernen entrückt als zu der Zeit, da sie als junge Frau gegen das Gesetz der Veden verstieß und über das „Schwarze Wasser" fuhr. Europa berückte sie damals wie glitzernder Tand ein kleines Kind. Nun hatte sie es satt. Längst erkannte sie seine Habgier und Falschheit, seine kraß materialistische Einstellung, seine Diktatoren, seine Entartung und dies tragikomische Anklammern an jeden Strohhalm. Überlaßt es nur seinem Geschick; bald genug wird es sich selbst mittels Leuten vom Schlage Lord Hestons zerstört haben! Europas Rettung wäre eine bedeutend schwierigere Aufgabe als die, alle Teile des innerlich gespaltenen, armen Indiens in stolzem Ehrgefühl zusammenzubringen. Denn Europa ist müde, dieweil der Osten tatkräftig und erfrischt aus langem Schlafe erwacht. Sie will nie wieder nach Europa; sie will in Ruhe sterben, ohne sich dieses Theater noch einmal anzusehen. Nicht einmal nach Puna oder Utakamund möchte sie, nein, sie bleibt hier, solange der lebenzeugende Monsun tobt, und wird in der trocknen Jahreszeit hier verweilen, solange der rote Staub aus den Ebenen aufsteigt, die sich zu ihrer Rechten bis an das weite Meer, zu ihrer Linken bis zum geheiligten Berge Abana erstrecken. Es gibt noch so viel zu tun, so manches zu bauen, um eine feste Grundlage für die zu errichten, die da weiterbauen werden, wenn sie die Augen geschlossen hat.

Durch das Gewölk ihrer Versunkenheit sah sie an dem ihr gegenüberliegenden Eingang zum großen Zeltraum die Vorhänge auffliegen, den jungen Major herein- und stracks auf sie zueilen.

Mit aufeinandergelegten Fingerspitzen verneigte er sich vor ihr und bat um Entschuldigung für seine Verspätung; er habe nicht eher vom Hospital wegkommen können. Sie runzelte, pflichtgemäß königlich, die Stirn, doch als er sie keck anlächelte, denn er erkannte den Unwillen als unecht, glätteten sich die Falten. Sie konnte ihm nicht böse sein, denn er war jung und stattlich, voll Eifer ihr zugetan. So vertrat er bei ihr gewissermaßen die beiden als Opfer des Westens tragisch ums Leben gekommenen Söhne.

Er brachte Nachrichten von der Epidemie, wobei er dieselben im Hinblick auf den Ermüdungszustand der Herrscherin etwas günstiger färbte, und besprach sich hierauf mit den andern fünf.

Als diese nach einer Weile aufbrachen, bat sie ihn noch zu verweilen, nicht allein, weil seine Gegenwart sie stets aufheiterte und verjüngte, sondern vor allem, weil es einiges gab, was sie mit ihm besprechen, und anderes, was sie gern von ihm hören wollte. Daher weckte sie, als die Herren draußen waren, ihre Freundin, die alte Bewanagar, die kerzengrad, doch mit wackelndem Kopf auf ihrem Kissen saß: „Geh, Sita, leg dich ins Bett“, und als auch diese gegangen war, begannen die beiden zu plaudern, und zwar auf mahrattisch, der Muttersprache der Maharani, der zweiten Muttersprache Major Safkas.

„Es gibt viel zu besprechen, Privates ... Zunächst: Vor seinem Tode sagte mir der Maharadscha, Sie dächten daran, zu heiraten."

„Ja, Eure Hoheit." – „Denken Sie noch daran?"

„Ja, Eure Hoheit." – „Wie alt sind Sie?" – „Sechsunddreißig."

Sie brummte nachdenklich vor sich hin. „Wenn Sie kräftige Kinder zu zeugen beabsichtigen, müssen Sie bald damit anfangen."

Er lächelte. „Solang der Stock tüchtig ist und man noch zeugen kann, spielt das Alter keine Rolle. Wir sind nur Samenträger und lassen der Saat ihren Lauf."

„Pah! Eure Wissenschaft hat viele Theorien, die jeder einfache Bauer euch durch Beispiele widerlegen könnte." Sie öffnete ihre rubinenbesetzte Golddose, nahm ein paar Kardamomkörner und fing an zu kauen. „Sobald wieder annehmbare Zustände herrschen, schicke ich nach dem Mädchen und ihren Eltern." Sie sah ihn verschlagen an. „Daß sie nur Halbinderin ist und zur andern Hälfte Westlerin, das heißt Amerikanerin, macht Ihnen nichts aus?"

„Nein, Eure Hoheit. An der eurasischen Frage ist nicht die Rassenmischung schuld, sondern allein die Kreuzung schlechter Rassenvertreter: europäischer Schmarotzer mit minderwertigen Weibern niederer Kaste. Seine Hoheit sprach mir schon von dem jungen Mädchen ..."

Wieder der verschlagene Blick. „Sie haben keinen Unsinn im Kopf ... eine Liebesheirat?"

„Nein, Eure Hoheit, das heißt, in gewissen Grenzen. Ich wünsche mein Weib zu kennen, bevor ich es heirate. Man würde damit beiden Teilen gerecht."

„Es steckt ein gut Teil Unvernunft in der sogenannten Liebesehe des Westens. Es gibt nichts Traurigeres, als wenn in der Ehe die Leidenschaft befriedigt und damit getötet wird. Sie ist ein famoses Mädchen. Wenn ich noch Söhne hätte, ich gäbe sie einem von ihnen zur Frau."

„Ich vertraue auf Eurer Hoheit Urteil."

„Zweitens: der Fall Ransome. Er arbeitet gut?"

„Er hätte die Arbeit nicht besser machen können, Eure Hoheit, und sie war keineswegs leicht. Er hat kaum geschlafen."

„Und wie steht's mit dem Trinken?"

„Meines Wissens hat er seit nahezu vier Tagen keinen Alkohol zu sich genommen."

„Das beweist nichts. Whisky ist jetzt schwer zu kriegen."

„Für ihn wäre es leicht, Eure Hoheit. Er hat einen guten Keller, aber er hat alles dem Hospital gestiftet. Ich habe ihm selbst einen

Trunk offeriert; er lehnte ab. Ich bot ihm an, er könne jederzeit Branntwein haben; auch darauf ging er nicht ein."

Still und beschaulich saß sie wie ein Buddha im gelben Lampenschein, erwog seine Worte und sagte dann: „Er gefällt mir. Vielleicht ließe sich etwas aus ihm machen."

„Er ist ein Pessimist, aber ein guter Mensch, Eure Hoheit. Er ist krank. Er war wohl von jeher krank."

„Wenn es möglich wäre, möchte ich ihm gern helfen ... Manchmal erinnert er mich an den alten Erzieher Seiner Hoheit; Sie werden sich kaum mehr an Lawrence erinnern, er starb vor mehr als zwanzig Jahren. Er lebte in einer ganz anderen Zeit als der heutigen und der seinen ... Ich glaube, diese Zeit hat Ransome krank gemacht." Sie klappte wieder die goldene Rubinendose auf. „Ob er wohl für meinen Staat arbeiten würde?" – „Ich weiß es nicht, Eure Hoheit."

„Damit wäre ihm wohl am besten geholfen. Was ist das für eine Geschichte mit der vergewaltigten Missionarstochter?"

„Ich weiß nichts Näheres, Eure Hoheit, aber ich kenne Ransome, und daher glaub' ich nicht dran. So etwas liegt nicht in seiner Natur."

Ihre schwarzen Augen wurden schmal. „Nachts beim Bankett im Schloß hat es zwischen ihm und Lady Heston etwas gegeben."

„Ja, Eure Hoheit." – „Meinen Sie, daß es irgendeine Bedeutung hatte?" – „Nein, meiner Ansicht nach nicht."

„Schade, daß er sich zu so etwas hergibt."

„Sie sind beide unglücklich, beide krank."

„Warum will sie hierbleiben? So ein Unsinn!"

„Ich weiß nicht, Eure Hoheit. Ich glaube, sie ist auf der Suche nach irgend etwas. Wie soll ich es nennen? Vielleicht: Wirklichkeit, aber das ist nur ein schwacher Ausdruck."

„Sie haben ihr erlaubt zu bleiben; Sie bewundern sie wohl?"

„Ja, Eure Hoheit."

Sie zog die Stirn in mißvergnügte Falten. „Warum?"

„Verzeihung, Ma Saheb", antwortete er nach kurzem Stocken, „aber sie hat einiges von Ihnen an sich."

Die Falten des Mißvergnügens vertieften sich. „Wieso?"

„Auch sie ist furchtlos. Auch sie hat etwas Unverwüstliches. Auch sie liebt schöne Männer. Auch sie hat einen festen Charakter. In den letzten zwei Tagen wurde ihr vielleicht zwanzigmal am Tage bei der Krankenpflege schlecht, aber sie ließ ihre Arbeit nicht im Stich. Das ist ein guter Test. Sie lügt sich nichts vor. Sie läuft vor nichts weg. Sie muß wohl vor langer Zeit auf die falsche Bahn geraten sein."

Während dieser Worte entging es dem guten Beobachter keineswegs, daß sich die eigenwillige alte Dame an ihnen ergötzte. Die Falten des Mißvergnügens glätteten sich, ja, er glaubte sogar ein für jedes andere Ohr unhörbares Kichern zu vernehmen. Er aber vernahm es, weil er die Maharani genauer kannte als irgendein anderer, und wußte daher auch die Gründe ihrer heimlichen Heiterkeit. Es ergötzte sie, daß er sie so ausgezeichnet verstand und Eigenschaften an ihr entdeckte, die sie vor aller Welt verborgen zu haben vermeinte, vor allem aber, daß er so keck und aufrichtig war und ihr, wie schon öfters, auch diesmal offen die Meinung sagte.

Doch sie kannte auch ihn und fragte darum: „Ist Lady Heston daran schuld, daß Sie sich heut abend verspäteten?“

„Ja, Eure Hoheit“, antwortete er mit gutgespielter Zerknirschung.

„Und wird das nicht Ihrer Verheiratung im Wege stehen?“

„Nein, Eure Hoheit. Lady Heston ist nicht dazu geschaffen, Kinder zu gebären. Die Heirat ist eine patriotische Pflicht, denn sie dient dem Wohl des Ganzen.“

„Freut mich, daß Sie vernünftig sind. Wann geht sie nun weg?“

„Das kann ich Eurer Hoheit leider nicht sagen.“

„Wenn die andere kommt, muß sie fort sein.“ – „Gewiß.“

„Sorgen Sie dafür! Es könnte sonst zu großen Unannehmlichkeiten führen – für alle Beteiligten. Drittens: Man erzählt mir von einer alten Dame, die bei Smileys wohnt.“ – „Es ist die Tante von Mrs. Smiley.“

„Sie leistet trotz ihres Alters anscheinend schwere Arbeit, kocht, nimmt Flüchtlinge auf?“ – „Ja. Eine ganz außergewöhnliche Person.“

„Ich möchte sie kennenlernen.“

„Ich kann sie Ihnen schicken. Bestimmen Sie nur die Zeit!“

„Morgen um drei. Wie heißt sie?“ – „Mrs. Phoebe Bascomb.“

„Schreiben Sie mir's auf; solche Namen behalte ich nicht!“ Er schrieb den Namen auf seinen Rezeptblock und gab ihr den Zettel. „Ist die Eisenbahnbrücke passierbar?“

„Ja, man hat Planken über die Schienen gelegt.“

„Dann sagen Sie, wenn Sie gehen, dem Adjutanten, er solle die alte Dame in der Ochsenkutsche Seiner Hoheit abholen lassen.“

„Sie kann auch gehen, Eure Hoheit; sie ist noch sehr rüstig.“

„Nein, ich schicke ihr lieber den Wagen. Ich will ihn von nun an auch selber benutzen. Das Geschaukel auf dem Elefanten schadet meiner Verdauung. Viertens: Miss Dirks . . . Noch nichts gefunden?“ – „Nein, Eure Hoheit.“ – „Stimmt es, daß sie schon eine Sterbende war?“ – „Ja, Eure Hoheit.“

„Sie war ein guter Mensch", sagte die Maharani nach kurzem Schweigen. „Ich habe sie zwar nie verstanden, aber sie war ein guter Mensch. Wenn die Zeiten wieder besser sind, müssen wir ihr ein Denkmal setzen. Und die andere ... Miss Hodge?"

„Ist geistesgestört, Eure Hoheit."

„Wo ist sie? Kümmert sich jemand um sie?"

„Ja, Lady Heston." – „Lady Heston!?" – „Das arme Ding weicht ihr nicht von der Seite."

Die Maharani schüttelte den Kopf und gab dabei fast den gleichen glucksenden Ton von sich wie Tante Phoebe, wenn sie gerührt oder erstaunt war. „Ganz unerwartet ... Sind doch merkwürdige Leute, diese Engländer." – „Sie sind sentimental, Eure Hoheit, und genieren sich deswegen schrecklich."

„Wir wollen Miss Hodge eine Pension aussetzen." Sie las ihre Dosen und andere Dinge zusammen. „Sie sollten jetzt aber gehen, Sie brauchen gewiß Ruhe."

Der Major dankte. Sie stand auf und begab sich in eine andre Abteilung des Zeltes.

Dort läßt sich die Herrscherin entkleiden, massieren und Kopfhaut und Gesicht mit wohlriechenden Ölen einreiben. „Wo ist die Russin?" fragt sie die Kammerfrau. „Noch nicht zurück?" – „Nein, Ma Saheb."

Die Herrin wird wütend. Sie hatte die Absicht, sich von ihr vorlesen zu lassen und sie bei dieser Gelegenheit wieder ein wenig zu martern; ohne das kann sie nicht einschlafen.

‚Ich entlasse die Lischinskaja', beschließt sie. ‚Ich setze ihr eine Pension aus und schicke sie nach Europa. Mit ihrem verrückten Getue wird sie mir nachgerade lästig.' Es befriedigt die alte Fürstin nicht einmal mehr, ihre Russin zu quälen, und diese ist nun noch das letzte Band, das sie mit dem Europa der Spielsäle, Galadinners und Juwelierläden verbindet, Grund genug, dies europäische Element aus Indien und damit aus ihrem Leben zu entfernen. Mit der Lischinskaja ist sie Europa los und wieder reine Inderin wie einst als Jungvermählte, als sie noch dachte, von Europa etwas lernen zu können.

II.

Sie braucht Maria nicht wegzuschicken. Maria ging freiwillig. Sie war schon tot. Im Lichte des sinkenden Mondes hing sie an ihrem Schal im Großen Tor an einem der Eisenhaken, welche vordem den Sikhs als Lanzenstützen dienten. Dort fand sie Tom Ransome bei seiner Rückkehr vom Jagdzelt.

VIERTER TEIL

I

Nicht nur das eine erwartete Flugzeug, sondern gleich drei auf einmal tauchten am folgenden Tag kurz vor Mittag über dem nebelverschleierten heiligen Berg im dampfenden Regen auf und führten mit sich Ballen und Pakete voll Vorräten sowie drei Krankenschwestern, die eine aus England, die zweite eine Parsin, die dritte eine Anglo-Inderin. Der schwarzäugige Gopal Rao, der den Transport leitete, war hochbefriedigt, ja sogar etwas aufgeblasen, denn er hatte den britischen Gouverneur von Bombay gesprochen und ihm die Katastrophe in allen Einzelheiten geschildert. Geschwellt von Selbstbewußtsein, begab er sich unverzüglich zur Maharani und kündigte ihr weitere Lufttransporte und nach Wiederherstellung des Bahnverkehrs größere Zufuhren von Lebens- und Heilmitteln an. Raschid Ali Khan, falkenhaft finster, hager und mehr denn je einem Reiter Babers ähnlich, und Oberst Ranjit Singh wohnten der Unterredung bei. Sie kamen auf Elefanten vom Berge Abana, wo sie vernommen hatten, daß man auch hinter der Felsenenge jenseits des Berges an der Arbeit war und die Wiederaufnahme des Eisenbahnbetriebs nur noch eine Frage von Stunden sei. Des fernern berichtete Gopal Rao, die Bombayer Regierung werde schon morgen den Leiter des Instituts für Tropenkrankheiten mit zwei tüchtigen Assistenten auf dem Luftweg nach Ranchipur schicken – lauter günstige Nachrichten, die in den abgekämpften Gesichtern der Maharani, Ranjits und Raschids für kurze Zeit neue Siegeshoffnung aufleuchten ließen. Dann entfernten sich Gopal und der Oberst. Raschid als Polizeiminister blieb, denn ihm oblag die unangenehme Aufgabe, die Untersuchung betreffs des Selbstmords der Lischinskaja zu führen. Ransome, Safka und zuletzt Harry Bauer erschienen zur Vernehmung.

Der Schweizer war nicht mehr kühl, frisch und reinlich, wie ihn Tom in der vorigen Nacht gesehen hatte. Sein weißer Drillichanzug war zerknittert und fleckig. Bauer blickte trübe und stumpf. Seine strahlende Gesundheit schien von schweren Schatten bedroht. Auf seiner linken Wange sah man zwei lange Kratzwunden.

Major Safka bestätigte, Maria Lischinskaja habe sich selbst das Leben genommen; daran bestehe kein Zweifel. Sie war auf einen Stuhl gestiegen, hatte sich das eine Ende ihres Schals um den Hals geschlungen, das andere am Haken befestigt und dann den Stuhl weggestoßen. Sie hatte den festen Entschluß zu sterben, denn der Schal dehnte sich. Als man sie fand, berührten ihre Füße den Boden. Sie hätte sich noch retten können. Als Ransome sie entdeckte, war ihr Körper noch warm, der Tod also erst vor Minuten eingetreten. Der Torwächter hatte geschlafen und daher nichts gemerkt.

Ransome sagte aus, er habe sie schon am Abend, als er mit Oberst Ranjit Singh am Großen Becken entlangging, von Baum zu Baum, von Schatten zu Schatten huschen und endlich mit irrem Schlußsprung an den Leichen vorbei in das Haus der Musik und der Cholera stürzen sehen. Auch der Oberst habe sie erkannt, doch seien sie einig gewesen, nichts davon zu erwähnen.

Nun kam die Reihe an Harry Bauer. Er war verschlossen, schwierig und einsilbig. Vergrämt starrte er auf den Boden des Zeltes. „Ich wußte nicht, daß sie kam“, sagte er leise. „Sie hat mich besucht, hat eine Zeitlang geredet und ist wieder weggegangen.“

Polizeiminister Raschid gab sich damit nicht zufrieden. „Sie war doch Ihre Geliebte, nicht wahr?“ – „Ja.“ – „Seit wann?“

„Seit bald zwei Jahren. In Karlsbad hat's angefangen. Ich habe sie nie geliebt, aber es war hier für mich am bequemsten. Ich wollte Schluß machen, aber sie wollte, ich solle sie heiraten, und ich will doch, sobald ich wieder heim kann, eine aus Vevey heiraten. Ich hab's ihr auch gesagt. Es hat aber nichts genützt. Sie hat immer mit Selbstmord gedroht; ich hab's ihr aber nicht geglaubt. Ich hielt sie für leicht verrückt. Ich hätte gern mit ihr gebrochen, aber sie war ja so aufdringlich, ist immer zu mir ins Zimmer gekommen und mit mir ins Bett gegangen.“ Er starrte noch immer zu Boden. Die hängenden Achseln zuckten. „Was konnte ich tun? Ich bin ein gesunder Mensch. Hier ist es heiß. Die Speisen sind stark gewürzt; da sagte ich mir: Na, schön! Warum nicht?“

„Sonst haben Sie nichts zu sagen? Verlief das Gespräch ruhig?“ – „Ja.“

„Miss Simon sagte aus, sie habe Sie aufsuchen wollen und einen Streit gehört. Die Verstorbene habe gerufen: Ich töte dich und mich!“

„Das ist wahr.“ – „Sie haben miteinander gestritten?“

„Nein. Sie hat mich angegriffen.“

„Haben Sie davon die Schrammen im Gesicht?“ – „Ja.“

„Worum ging der Streit?“

Bauer zögerte, bis er leise damit herauskam: „Sie wollte, ich solle mit ihr schlafen. Sie hat scheußliche Sachen gemacht und abscheulich geredet.“ – „Weil Sie nicht wollten?“

„Ja. Es war widerwärtig und unanständig, wirklich nicht der richtige Ort dazu ... mit all den Leichen und Sterbenden überall. Ich wollte einfach nicht. Ich hätte es gar nicht fertiggebracht. Sie war mir ekelhaft." (‚So also war es', dachte Ransome, ‚seine schweizerische Anständigkeit fühlte sich abgestoßen!') „Sie war mir widerwärtig, ich hab's ihr auch gesagt, und da wollte sie mich umbringen. Wie ein Panther ist sie auf mich los, und da habe ich ihr eine versetzt." – „So?" – „Ich gebe es ja zu. Dann war sie still. Sie ging in eine Ecke und hat die Hände vors Gesicht gehalten." – „Sagte sie etwas?"

„Erst gar nichts, ganz lange. Sie hat geweint, aber nicht wie sonst so besessen und wütend, sondern ganz still. Das war auch das einzige, was mich nachher, wie sie weg war und ich allein war, so beunruhigt hat; sie war so merkwürdig still."

„Sie hat aber doch irgend etwas zu Ihnen gesagt?"

Das glatte, hübsche, dumme Gesicht blickte erstaunt. „Sie hat sehr leise gesprochen, was, weiß ich nicht mehr genau. Wie sie die Hände vors Gesicht gehalten hat, hat sie gesagt – ungefähr: ‚Was geschah mir? Ich bin wahnsinnig ...' Ja, und dann: ‚Entschuldige, daß ich auf dich los bin. Verzeih mir! Ich kann nicht sterben, wenn du mir nicht verzeihst.' Und da hab' ich gesagt: ‚Gut, ich verzeih' dir, aber jetzt ist Schluß. Ich will dich nie wiedersehen. Du bist schrecklich.' Dann hat sie die Hände vom Gesicht genommen und gesagt: ‚Gut. Du siehst mich nie wieder. Ich werde dich nicht mehr beunruhigen, keinen Menschen werde ich mehr beunruhigen, mich selber auch nicht. Ich hätte es längst tun sollen, schon längst, schon vor Leipzig und Dresden.' Und dann sagte sie: ‚Leb wohl! Ich hoffe nur, daß dein wunderschöner Leib, der das einzige ist, was du liebst, einmal so leidet wie ich.'" Seine Stimme wurde leiser und leiser. Er endete seine Aussage: „Es war, als spräche sie mit sich selbst. Ich hätte nie gedacht, daß sie es wirklich tut. Sie hat schon immer gesagt, sie wolle sich das Leben nehmen, und hat es nicht getan." Er hielt noch immer die Augen gesenkt. „Ich will weiter nichts als in Ruhe und Frieden hier weg. Ich will wieder in die Schweiz und dort heiraten und ein ruhiges Leben haben. Wäre ich bloß nie hierhergekommen!"

Schweigen. Raschid wandte sich an die Maharani: „Ist irgendwer von dem Todesfall in Kenntnis zu setzen, Eure Hoheit? Angehörige? Freunde?"

„Nicht daß ich wüßte. Vielleicht finden Sie etwas in ihren Papieren. Mir sagte sie immer, ihre Angehörigen und alle Bekannten seien tot oder verschollen."

„Es genügt. Sie können gehen", entließ Raschid den Schweizer. „Sobald sich eine Möglichkeit bietet, schicke ich Sie weg; vielleicht kann Sie eines der Flugzeuge mitnehmen."

„Weiter will ich ja nichts", wiederholte Bauer dumpf, „nur heim! Weg aus diesem verfluchten Land!"

In Angst wie ein von Krankheit befallenes Tier taumelte er zum Zeltausgang, strauchelte und wäre hingefallen, hätte er sich nicht an die Portiere geklammert. Entsetzt sahen sich Ransome und Safka an. „Begleiten Sie ihn", raunte dieser, „sonst kommt er nicht bis zum Konservatorium."

II

Unterwegs muß Ransome den Schweizer unterfassen, ein Sturz wäre sonst unvermeidlich. Beim Großen Becken lehnt sich Harry Bauer gegen die Umfassungsmauer und erbricht. Da weiß Tom, dem Manne ist nicht mehr zu helfen. Mit Hilfe eines zufällig vorbeikommenden Lastträgers bringt er ihn bis nach Hause in jene Kammer, in der sich der Unglückliche mit soldatischer Genauigkeit so nett eingerichtet hat.

Teilnahmslos vor sich hinstarrend, sitzt er auf seinem Bettrand. Tom zieht ihm das weiße Jackett aus, knöpft ihm den Hemdkragen auf. Stumm läßt er alles mit sich geschehen. Nun blickt er mit unnatürlich geweiteten Augen zu Ransome auf, doch scheint er ihn nicht zu erkennen. „Ich will heim, ich muß heim", stammelt er mühsam auf französisch, „bringt mich weg aus diesem furchtbaren Land", und erbricht wieder und wieder. Sein ganzer Körper von Kopf bis Fuß ist von dem Anfall geschüttelt.

„Ich hole den Arzt", sagt Ransome, als der Kranke endlich zur Ruhe kommt.

In der Vorhalle stößt er auf Safka, der sagt: „Ich kam so schnell wie möglich; die alte Dame hatte noch mit mir zu reden."

„Glauben Sie, daß noch Hoffnung besteht?"

„Die Flugzeuge haben zwar Medikamente gebracht, man kann ihn behandeln, aber ich fürchte, es ist umsonst!"

„Wer soll an seine Stelle treten?" – „Ich weiß nicht."

„Ich werde es tun." – „Sie? Sie werden anderweitig gebraucht."

„Dort wird man ohne mich fertig. Gopal Rao leistet schon meine Arbeit." Er sieht den Major eindringlich an. „Ich will es."

„Kennen Sie die Gefahren?" – „Ja."

„Es wird der alten Dame nicht recht sein."

„Ich will es. Ich muß es."

„Ich kann Sie verstehen. Nehmen Sie jetzt ein Bad, Ihre Kleider werfen Sie weg und reinigen Sie Ihre Hände mit Alkohol! Der Schweizer war denkbar sauber, und es hat doch nichts genutzt."

III

Am Rande des Großen Beckens, während er Harry Bauer stützte, faßte Tom den Entschluß. An dem Erbrechen erkannte er, daß es zu Ende war und der Schweizer morgen ein Toter ist. Wie vor vielen Jahren verhärtete sich sein Geist in Gegenwart des ihn umgebenden Massensterbens. Den Einzelfall nahm er kalt, ungerührt hin. Seine Arme stützten einen Leib, der schon fast gestorben war und nur noch einige Stunden dahinvegetierte, gnädig betäubt und irre durch die ihn vernichtende Krankheit, einer von vielen Tausenden, eine einzelne Ameise im großen Ameisenhaufen, in welchen Gott vor vier Tagen achtlos hineintrat. Nun, da sich die Russin am Haken im Großen Sarazenentor erhängte, wird sein Tod für niemanden etwas bedeuten außer für ihn, den Schweizer mit seiner bäuerisch-materialistischen Selbstsucht und seinen Plänen: heimkehren, heiraten, eine Familie gründen, Grundbesitz erwerben und einen Sohn hinterlassen, auf daß dieser seinen alltäglichen Namen und sein alltägliches Ich fortpflanze, dieses Ich: Harry Bauer, das Gottes Fuß fern von den Weinbergen Veveys zertrat.

Wie, wenn nun hier am Rande des Großen Beckens Tom Ransome statt Harry Bauer stünde, von einem Fremden gestützt, und sein Leben ausspuckte? Auch er wäre nur eine fremde Ameise aus einem andern Ameisenstaat, die weggerannt war, geflohen, um sich in dem unermeßlichen Ameisenhaufen Indien zu verlieren. So war es. Heut, morgen oder übermorgen kann Thomas Ransome achtlos zertreten werden. Und plötzlich am Beckenrand, als Bauer zu brechen aufhörte und sich in seinem zerknitterten, besudelten Anzug schwer würgend an ihn lehnte, sah sich Thomas wohl zum erstenmal klar, und von dem, was er da sah an Nutzlosigkeit, Selbstsucht, Heuchelei und Verstellung, wandte sein Geist sich mit Entsetzen ab. Nun wußte er, was er zu tun hatte. Sich selbst mit allem Vergangenen, allen Fragen und Zweifeln, dem ganzen Nebel zweckloser Gedanken, die ihn von Kind auf lähmten, mußte er auslöschen, alles zerstören, was einst Tom Ransome war, mußte dies Ich in Ranchipurs rote Erde treten, vernichten. Demütigen und niederreißen mußte er diesen unklaren Denker, diesen liberalen Don Quichotte und selbstquälerischen Egoisten. Weder in dieser Welt, in der er jetzt stand, noch in jener faulen alten, die er verlassen hatte, war für einen solchen Tom Platz. ‚Eine Unze Aktion ist eine Tonne Gedanken wert. Philosophie ist ein Luxus der Weichlinge, Zurückgezogenheit das Laster der Müßiggänger.‘ Dies alles muß er vernichten und dann auftauchen so einfach, so nackt wie Bannerjis Diener, als er im schwindenden Licht dort auf der Galerie stand und über das vernichtete Ranchipur blickte.

Diesmal verließ die Vision ihn nicht, schwand nicht ins unverständliche, unglaubhafte Dunkel, sondern verharrte, während er den Sterbenden in das Haus der Musik schleppte, ihn entkleidete und den Arzt holen ging.

Sie ist auch noch da, die Vision, als er am Chattee steht, den nackten Körper mit lauem Wasser übergießt, sich mit dem kostbaren, zu Ende gehenden Stückchen Seife abseift und abschrubbt. Sie steht lebendig vor ihm, als er an Dr. Safka denkt; er weiß, dieser muß etwas davon gespürt, den veränderten Blick seiner Augen gesehen haben, denn Safka verstand ihn.

Wieder spürt er in sich die warmen Quellen der Freundschaft für Safka, Raschid, die Smileys und auch die alte Maharani. Er war ihnen Freund gewesen, doch immer von ihnen gesondert, durch eine vage Schranke getrennt, hinter der er vereinsamt und all seine Freundschaft unfruchtbar blieb. Nun ist es anders. Nun kennt er sie, ahnt er den innersten Kern ihres Seins. Er muß an diesem neuerrungenen Verstehen festhalten. Er darf sich seine Vision nicht, wie ehedem manches Mal, wieder entgleiten lassen. An seinen eigenen Stiefelschlaufen muß er sich hochziehen, bis er auf festem Boden steht, und dann – jenem alten, leeren, klagseligen Selbst für immer den Rücken kehren.

Er zieht sich rasch an, sucht Fern und findet sie in ihrer Stube, jenem Büroraum, in dem einst der bescheidene Konservatoriumsdirektor Das nach europäischem Muster eine konfuse Buchhaltung führte. Beim Eintreten schon sieht er sie neu, als sei sie hervorgetreten aus einem Schatten, in dem er sie nur undeutlich erkannte und ihr daher Eigenschaften zuschrieb und einen Charakter daraus konstruierte, die nur seinem alten Ich Nahrung boten. Jetzt sieht er sie, wie Tante Phoebes Arglosigkeit und Alter Fern Simon in jener Nacht erkannten, da er sie aus seiner Wohnung zu Smileys brachte. „Harry Bauer stirbt …“, beginnt er. „Ich weiß“, sagt sie, und er fährt fort: „Ich trete an seine Stelle.“

Erst schaut sie bestürzt: „Nein, das sollst du nicht, du bist dazu viel zuviel wert."

„Ich bin überhaupt nichts wert. Ich muß es einfach", betont er und sieht auf einmal, sie freut sich, sie ist entflammt. „Es ist soweit alles in Ordnung, Fern, zeige mir nur, was ich zu tun habe, und gib mir etwas Alkohol; ich muß mir die Hände waschen!"

Sie gibt ihn, bleibt neben Tom stehen und sieht ihm zu. „Wir haben heut weniger Eingänge. Das bedeutet vielleicht, meinte der Major, daß man der Epidemie Herr wird."

„Und Todesfälle?"

„Soviel wie immer. Von zehn, die man bringt, sterben neun." Das abgespannte Jungmädchengesicht zeigt eine Würde, wie er sie mitunter im Antlitz Phoebes beobachtete. „Zum Glück tritt der Tod schnell ein. Sie leiden kurz und machen andern Platz."

Eine andere Fern steht vor ihm, ein neues Weib, so kostbar und liebenswert, wie ihm noch nie eine Frau war. Leidenschaftlich zieht er sie in die Arme und preßt sie an sich. „Wir arbeiten jetzt zusammen, oh, das ist gut!"

Kaum hörbar haucht sie: „Ich habe immer solche Angst ..."

„Es ist gut, ich weiß es, Fern, alles wird gut!" Es wird gut, wenn die Vision ihm bleibt und er an ihr festhält; wenn er vernichtet, was ehedem in ihm war. Dann wird er „nie wieder von ihr gehen", sie nie mehr der einsamen Angst überlassen.

„Aber du darfst nicht in Bauers Stube schlafen!"

Er sieht sie prüfend und liebevoll an. Dann gibt er Bescheid: „Ich will hier im Büro ein Bett aufschlagen."

Da sieht er sie zum erstenmal seit der Erdbebennacht lächeln und hört ihre Antwort: „Das habe ich mir gewünscht: daß du ganz nahe bei mir bist. Alles ist leichter, Tom, wenn du bei mir bist."

„Kein Mensch wird darüber klatschen."

„Und wenn auch! Mir ist es gleich." Ihr Gesicht schmiegt sich an ihn. „Ich schäme mich ..."

„Warum?"

„Weil ich so glücklich bin."

Er kann erst nicht antworten. Dann aber sagt er: „Du brauchst dich nicht zu schämen, Fern. So mußte es kommen. Die Welt ginge sonst nicht weiter."

„Tom! Wir müssen die Runde machen. Ich zeige dir, was zu tun ist. Einige sind wohl gestorben."

IV

Um fünf stirbt Harry Bauer. Während des ganzen Nachmittags ging Ransome immer wieder zu ihm in die Kammer, in der sich der reinliche Schweizer fein säuberlich eingerichtet hatte, und verabreichte ihm die verordnete Kaolinlösung und Natrium- und Kalziumchlorid; er hatte es sich in den Kopf gesetzt, den Mann am Leben zu erhalten. Bauer mußte gesund in die Schweiz, in sein natürliches Leben zurückkehren! Miss MacDaids belebende Willenskraft, die sie ihren Kranken und Sterbenden mitteilte, spürte Tom auch in sich. Jedesmal, wenn er sich über den halbtoten Körper neigte und ihm den Schaum von den glühenden Lippen wischte, dachte er: ‚Du mußt leben. Du darfst nicht sterben.' Doch Harry Bauer lag stumm und reglos. Nur zuweilen zogen sich seine Beine in qualvollem Krampf bis unter das Kinn. Safka hatte richtig gesehen, es gab keine Hoffnung. Ein frischer, junger, gesunder Körper, der aus dem Okzident kommt, ist der beste Nährboden für Cholerabazillen. Als Tom kurz vor fünf wieder die Kammer betrat, sah er sogleich, daß etwas anders war. Mit zurückgeworfenem Kopf und offenem Mund lag Harry sehr still. Kein Zeichen von Atmung, kein Puls war mehr festzustellen. ‚Nun kommt er nicht mehr nach Vevey, nie mehr', dachte Tom, ‚er ist tot', und rief Fern Simon, die mit den Anzeichen des Choleratodes schon vertraut war.

Sie beugte sich über den Schweizer und sprach: „Es ist aus." Dann gingen sie und ließen den Leichnam allein.

Kurz nach sechs kommt Safka ins Hospital und begibt sich mit Ransome in Bauers Kammer. Als dieser den Puls berührt, ist er noch heiß vom Fieber.

Safka jedoch zieht das Leintuch zurück und weist auf das sicherste Kennzeichen. „Schauen Sie!" Der muskulöse, schöne Leib, von dem Maria sagte, er sei das einzige, was Harry geliebt habe, ist nicht mehr weiß. Die Muskeln sind dunkelbraun. Wie die Muskeln eines anatomischen Präparates heben sie sich von dem Grau der übrigen Haut ab. Doch mit einem Mal bewegt sich ein Bein langsam, zuerst nach oben und dann wie bei einer Ballettänzerin nach außen. „Er bewegt sich!" ruft Tom.

„Das tut die Cholera", erklärt der Arzt und zieht das Laken hinauf. „Sie sehen: der Körper ist eine Maschine. Der Geist entfloh. Die Muskeln arbeiten noch wie ein Schwungrad, das ausläuft."

V

Gegen Mittag sandte Major Safka Tante Phoebe die Nachricht, das Ochsengefährt werde sie abholen und zur Maharani bringen. Daß er nicht ihre Antwort erbat, verdroß sie ein wenig. Das klang ja wie ein Befehl! Außerdem raubte ihr der Besuch vier bis fünf Stunden kostbarer Zeit, und das ärgerte sie noch mehr. Als Bertha aus dem Waisenhaus kam, teilte sie ihr die Neuigkeit mit und fragte: „Was soll das nun deiner Meinung nach heißen?"

„Sie wird wohl von dir gehört haben und dich gern kennenlernen wollen; sie ist nämlich furchtbar neugierig."

„Da muß ich mich wohl feinmachen?" – „Natürlich." – „Vielleicht mein neues Foulardkleid", überlegte die Tante, „und dazu den Battenberg-Spitzenkragen?"

„Ja, und die Korallen."

„Glaubst du, daß wir miteinander auskommen?"

„Ich denke, ja. Sie ist gar nicht steif und erhaben, und" – sie suchte nach einem Vergleich – „sie ist genau wie eine von deinen früheren Freundinnen in Beaver Falls, du brauchst gar keine Angst zu haben."

„Habe ich auch nicht", sagte die Tante, „ich weiß nur nicht, wie ich mich benehmen soll."

„Das ist leicht, ich werde es dir zeigen. – Also du bist jetzt die Maharani, und ich bin du. Und das ist die Tür, zu der du hereinkommst. Ich komme also herein, und dabei halte ich die Hände so! Jetzt mache ich eine Verbeugung und sage: ‚Guten Abend, Eure Hoheit!' Dann sagt sie etwas; sie redet gern, also unterbrich sie nicht so oft! Sie wird dich sicher eine Unmenge fragen."

„Hätte sie mir nur Zeit gelassen, mich richtig anzuziehen."

„Du bist ja gleich fertig. Sie achtet nicht auf dein Kleid und deine Frisur. Du darfst nur nicht vergessen, immer Eure Hoheit zu ihr zu sagen; das hat sie gern."

„Ich werde mir's merken." Sie ging in die Küche, aber Bertha hielt sie fest. „Laß nur, mit der Küche werde ich allein fertig. Homer ist noch im Waisenhaus. Ich bleibe hier, bis du abfährst. Zieh dich jetzt an! Das Foulardkleid muß vorher geplättet werden, es ist von der Hitze außer Façon."

Unter Gebrumm und Gemurr verzog sich die Tante in ihre Stube. Nachdem der Ärger über die kategorische Einladung verflogen war, fühlte sie sich doch etwas aufgeregt. Sonst hätte sie Bertha niemals gestattet, das Essen mit Hilfe eines der Buben zu richten.

Die Damen Simon und Hogget-Clapton wohnten noch in der Mission. In Hogget-Claptons Villa zu schlafen, trauten sie sich nicht; sie waren nur tagsüber dort, um das Haus in Ordnung zu bringen, doch zu den Mahlzeiten und auf die Nacht kamen sie regelmäßig zu Smileys, wo sie noch immer im Lagerraum hausten. Während Phoebe ihr Foulardkleid aus dem Eukalyptusschrank nahm, dankte sie Gott, daß die beiden ihren Streit, weiß der Teufel um was, glücklich begraben hatten und wieder die dicksten Freundinnen waren. Mrs. Simons Mississippi-Faulheit und Mrs. Hogget-Claptons Cockney-Schlamperei störten sie immer noch weniger als die blödsinnige Angewohnheit, in einem fort zu reden, auch wenn sie nicht das geringste zu sagen hatten. Und dann diese elende Feigheit der beiden Weiber! Immer hatten sie Angst, sie könnten einem Inder nahe kommen, hatten sogar von der Tante verlangt, sie solle den Pariajungen, der in der Küche half, entlassen; er schleppe aus der Stadt Cholera ein! Aber da hatte ihnen Phoebe bissig Bescheid gesagt: „Meinen Sie, daß das hilft? Europäer verbreiten die Cholera auch; nach Ansicht Dr. Safkas sogar besser als Inder. Die Cholerabazillen lieben das frische Blut vom Westen; die Europäer sterben wie die Fliegen an Cholera." Nach Tante Phoebes Meinung bedurfte es keiner andern Vorsichtsmaßnahme als gehöriger Reinlichkeit. ‚Wenn du die Cholera bekommst, bekommst du sie eben. Vielleicht ist es Gottes Absicht, vielleicht auch bloß Zufall, aber tun kannst du dagegen nichts.'

Anfänglich hatte sich die Hogget-Clapton mehr als die Simon gefürchtet, doch als die Epidemie immer größere Ausmaße annahm, packte beide die gleiche wahnsinnige Angst, die bei der Bankiersgattin höchstens noch durch den Brandy gesteigert wurde, den sie in ihrem Keller, von der Plünderung unberührt, wiedergefunden hatte.

Die Tante fuhr mit dem Bügeleisen über den Foulard und sah zum Fenster hinaus. Von der Brennerei her näherten sich ihre zwei lästigen Gäste in Erwartung des Mittagsmahls, und da es wieder regnete, hatten sie Schirme aufgespannt und außerdem trugen sie Koffer; Tante Phoebe wußte schon, was drin war: nichts als Hogget-Claptonscher Pennykitsch.

Seit vorgestern schleppten die beiden Weiber das Zeug aus der Villa zu Smileys; eine Ecke des Lager- und Schlafraums war schon mit Messing- und Kupfergeschirr, minderwertigen Schals, Saris, bestickten Kissen und eingelegten Taburetts vollgestopft. Eine Nähmaschine, einen Regulator und drei Messingtabletts hatte die Polizei bereits aufgefunden und die diebischen Bhils in der Philkana, dem

Elefantenzwinger, hinter Schloß und Riegel gesteckt. Des vergrößerten kolorierten Porträts der Hogget-Clapton in ihrer Jugend Maienblüte war man allerdings noch nicht habhaft geworden. Tante Phoebe bügelte weiter.

Nun aber stellte sie das Plätteisen hin. Auf der Straße kam eben ein indischer Lastträger den beiden schwer Bepackten entgegen. Das mußte sie sehen!

Der Mann war noch über zwanzig Schritt von den beiden entfernt, als diese schon Reißaus nahmen und seitwärts in die schlammigen Äcker sprangen. Erst als sie fast fünfzig Meter vom Straßengraben entfernt waren, schrien sie ihm in miserablem Hindostanisch zu, er solle ihnen um Himmels willen vom Leibe bleiben. Der Kuli blickte kurz auf und ging ruhig seines Weges der Stadt zu. Erst nachdem die „Ansteckungsgefahr" vorüber war, kehrten die zwei auf die Straße zurück.

Die Tante gluckste und bügelte weiter an dem von der feuchten Hitze faltig gewordenen Foulardkleid. ‚Die orthodoxesten Brahmanen', dachte sie, ‚könnten es weiß Gott nicht ärger treiben!'

Bald darauf hörte sie die zwei Unnützen unter unaufhörlichem Geplapper ihre Schätze im Lagerraum abladen. Als sie wieder zum Fenster hinausschaute, sah sie auf dem Anfahrtsweg einen mahrattischen Polizisten aufs Haus zukommen.

Er kam von Gopal Rao mit einer Zustellung für Mrs. Hogget-Clapton, worin ihr mitgeteilt wurde, auf Veranlassung ihres Gemahls solle eines der neuangekommenen Flugzeuge sie nach Bombay in Sicherheit bringen, und da außerdem noch ein zweiter Sitz frei sei, dürfe sie noch jemand mitnehmen. „Gott sei gelobt!" rief sie, als sie die Mitteilung gelesen. „Wir sind gerettet", und sank auf einen Küchenstuhl.

„Wie? Was? Wieso gerettet?" schnatterte Witwe Simon.

„Herbert" (von ihr „Erbert" gesprochen) „hat uns ein Flugzeug geschickt. Ich wußte, er denkt an mich!"

„Du kannst fort. Ich kann Fern nicht im Stich lassen."

Tante Phoebe, die sich nichts entgehen ließ, hatte das grad noch gehört, und ehe die Bankiersgattin noch antworten konnte, erklärte sie: „Fern will nicht weg, ich passe schon auf sie auf, machen Sie sich nur keine Sorgen." – „Nein, ich kann nicht fort!"

„Es ist das einzig Mögliche. Wenn Sie Cholera kriegen und sterben, ist Fern Vollwaise. Hübsch, was? Dann können Sie sich erst recht nicht mehr nach ihr umsehen."

„Da hat sie recht, Mary", pflichtete die Hogget-Clapton bei. „Zumal sie doch bald heiratet, mußt du ein einziges Mal auch an dich denken, nicht bloß immer an Fern."

Sie wolle es sich durch den Kopf gehen lassen, versprach die Witwe, aber die Tante drängte: „Packen Sie schnell zusammen, was Sie mitnehmen wollen! Die Flugzeuge müssen vor Einbruch der Dunkelheit weg. Nur keine Angst, ich versteh' mich mit Fern. Bertha und ich werden sie nicht aus den Augen lassen."

„Dann muß ich sie aber erst noch sprechen!"

„Was?" tobte Mrs. Hogget-Clapton unter der Einwirkung des vorher genossenen Brandys. „Ich verbiete dir, einen Fuß in das Pesthaus zu setzen! Da bringst du Bazillen mit; dann lassen sie uns in Bombay gar nicht erst landen! Ausgeschlossen! Bedenke doch, Fern ist verlobt und macht eine so gute Partie! Sei doch vernünftig, in solchen Zeiten muß man vernünftig sein!"

„Packen Sie!" wiederholte die Tante gelassen.

„Ich will mir's überlegen." Mrs. Simon fing zu weinen an. „Ich bin in meinem Leben noch nie geflogen!"

„Ich auch nicht", erklärte die andere, „aber lieber fliege ich, als daß ich hier sterbe wie eine Ratte im Loch. Smileys können mein Messing- und Kupfergeschirr in Verwahrung nehmen; das macht Ihnen doch nichts aus?"

„Nein", versicherte Bertha Smiley, und Phoebe Bascomb bestätigte: „Wir werden gut darauf aufpassen."

Mary Simon flennte noch immer. „Es ist zu arg! Daß Fern auch alles verschlimmern muß und in dieser gräßlichen Stadt bleibt. Aber so war sie von jeher: immer nur an sich denken!"

„Los, los!" mahnte die Tante. „Wenn Sie bis drei Uhr bereit sind, können Sie mit mir in die Stadt fahren."

„Wir können unmöglich den ganzen Weg zu Fuß gehen", klagte Mrs. Hogget-Clapton.

„Sollen Sie auch nicht", sagte die Tante, „die Maharani schickt mir ihren Ochsenwagen. Ich nehme Sie mit", und sie ging stillvergnügt wieder an ihre Arbeit, als sei das eben Geäußerte kein Giftpfeil, sondern eine Selbstverständlichkeit.

Mrs. Simons Tränen versiegten, sie eilte mit ihrer Freundin in den Lagerraum, um sich für die Reise zu rüsten; aber sobald sich die Tür hinter ihnen schloß, sprach sie auch schon ihrer beider Gedanken aus: „Wie sie das bloß fertiggebracht hat! Eine Einladung zur Maharani! Und wird auch noch abgeholt!"

Mrs. Hogget-Clapton rollte die Augen, wühlte in ihren Habseligkeiten herum, suchte und musterte aus, was sie mitnehmen und was sie hierlassen wollte, und brummte endlich: „Ich kann nur sagen, hier ist alles ohne Sinn und Verstand. Aber in Bombay, da sorg' ich dafür, daß Herbert bei der Bank seinen Abschied nimmt und mit mir nach England fährt. Er mit seinem Talent findet dort jederzeit eine glänzende Stellung, und wenn nicht, lassen wir uns gemütlich in Shropshire nieder, ich habe dort so viele Verwandte, du weißt ja, lauter Großgrundbesitzer; ich werde doch nicht meine besten Jahre in Ranchipur versauern." Sie grunzte empört. „So ein alter Stockfisch wie die wird von der Maharani eingeladen und abgeholt!"

Witwe Simons Vorbereitungen zur Reise waren mehr als einfach. Ihr ganzer Besitz lag unter den Steinen, die einmal ihr Haus gewesen waren.

Mit Mrs. Hogget war sie soweit wieder versöhnt. Als der erste Nervenschock überwunden war, blieb ihnen nichts anderes übrig, als einander in die Arme zu sinken. Denn außer Smileys, die sie beköstigten, beachtete sie kein Mensch in ganz Ranchipur. Aber das Ansehen der Bankiersgemahlin war bei der Missionarswitwe nicht wiederhergestellt. Vielmehr hielt diese ihr Wissen um den geheimen Suff der einst Bewunderten gleich einem Damoklesschwert über ihrem Haupt, und da die Katze nun einmal aus dem Sack war, soff die Hogget-Clapton nun nicht mehr heimlich nur des Abends daheim, sondern jederzeit, wo, wie und soviel sie nur Lust hatte, und hielt sich so für das verlorene Ansehen schadlos. Sie nannten einander vor allen Leuten „Lily" und „Mary", und die Tatsache, daß letztere sich bereits als zukünftige Schwiegermutter des Bruders und Erben eines Earl ausgab, sicherte ihr ein unbedingtes Übergewicht über die einstige „Herzogin". Aber im Herzen haßten die beiden einander mit dem Haß von Nebenbuhlerinnen, die sich von jeher mißtrauten und nie hatten leiden können.

Während die Säuferin auf ihrem Schemel herumrutschte und in ihrem Firlefanz herumwühlte, weinte die Witwe auf ihrem Bett, beteuerte unaufhörlich: „Ich kann nicht, ich kann Fern nicht verlassen, sie ist mein alles auf dieser Welt", und empfand stärker als vorher den Verlust ihres Mannes und Hazels. Nun hatte sie kein Publikum mehr, wenn sie ihre Anfälle bekam, niemand regte sich mehr darüber auf und besänftigte sie mit tröstlichen Worten. Ohne mit der Wimper zu zucken, suchte Mrs. Hogget-Clapton aus dem großen Haufen einzelne Gegenstände und stapelte sie rechts und links ihres Schemels auf. Es sah beinahe aus, als ordne sie sie, aber sie machte bloß Unordnung, tat die Sachen einmal auf diesen, ein andermal auf jenen Stapel, schmiß sie dann wieder auf den Haupthaufen, bis sie aus dem verzweifelten Durcheinander auffuhr und zum Bett hinüberschrie: „Zum Donnerwetter, Mary, hilf mir endlich mit dem Zeug da!"

„Alles, nur das nicht!" stöhnte Mrs. Simon.

Da stand Mrs. Hogget-Clapton auf, stierte die Daliegende an, erwog ihre Worte mit teuflischer, trunkener Treffsicherheit und sagte: „Du bist allein, Mary, all right! Hast niemand, Mary, all right! Also pack dich, Mary, und geh wieder nach Unity Point zu deinen alten Negermammies. Wenn du denkst, deine Fern kommt je wieder zu dir, bist du schief gewickelt. So dumm ist die nicht."

Als habe sie einen Schlag empfangen, stieß Mary einen Schrei aus und preßte ihr Gesicht in beide Hände. Aber sie hatte kein Publikum. Lily drehte ihr einfach den Rücken und versank wieder im Durcheinander ihres „Sortierens".

VI

Das Ochsengespann der Maharani hatte eine halbe Stunde Verspätung. Die drei Frauen saßen schon wartend auf Küchenstühlen, Mrs. Hogget-Clapton umgeben von Paketen und Bündeln, die ihre Schätze enthielten. Die beiden „Freundinnen" sprachen kein Wort miteinander. Zwischen ihnen saß Phoebe und weidete sich boshaft vergnügt an der völligen Niederlage ihrer alten Feindin, die in ihre Hand geliefert war wie selten ein Mensch auf Erden. Die Missionarswitwe schnob von Zeit zu Zeit und betupfte die Augen mit ihrem Taschentuch. Den Hut und das Kleid aus chinesischer Seide hatte sie sich noch vor der bitteren Kränkung von Mrs. Hogget-Clapton ausgeborgt. Das Kleid war ihr viel zu weit und verlieh ihr ein ebenso kummervolles wie lächerliches Aussehen.

Von weißen Mysore-Ochsen mit vergoldeten Hörnern gezogen, erschien das ersehnte Gefährt und war ganz anders, als es sich Tante Phoebe vorgestellt hatte. Da sie den königlichen Ochsenwagen nie zu Gesicht bekommen hatte, schwebte ihr etwas Ähnliches vor wie die Pferdekutschen, die immer daheim in Beaver Dam am Bahnhof gewartet hatten und in denen reichlich Platz für Fahrgäste und Reisegepäck war. Was aber mußte sie sehen? Eine Art Thron auf vier Rädern mit einem Vordersitz für den Ochsenlenker. Wohl war der

Thron geräumig, doch mit den Sitzflächen der drei Harrenden konnte er es nicht aufnehmen. Wenn Lily und Mary noch rechtzeitig zum Abflug kommen wollten, mußte man sich, so gut es eben ging, helfen. Nach einigem Hin und Her saß Phoebe in der Mitte, das schmale Hinterteil zwischen die umfangreichen der beiden Mitfahrenden eingequetscht. Auf und über den dreien türmten sich Mrs. Hogget-Claptons Pakete und Ballen. Der königliche Ochsenlenker beschaute das ganze Theater mit argwöhnischem Unwillen. Denn nie zuvor hatte das majestätische Fuhrwerk als Omnibus gedient, und angesichts der immer größer werdenden Verspätung fürchtete er den Zorn seiner Herrin. Der merkwürdige Jargon, in dem ihm die Damen abwechselnd, und manchmal auch alle drei zusammen, Befehle erteilten, machte ihn vollends verwirrt. Dazu regnete es in Strömen.

Als die drei Frauen glücklich unter dem schwanken Thronhimmel untergebracht waren, sah Phoebes Foulardkleid aus, als habe es nie mit dem Bügeleisen Bekanntschaft gemacht. Eilig erklomm der Lenker den Bock, stieß den zwei brüllenden Ochsen ins Hinterteil, und die Fuhre rollte dahin, den Missionsweg hinunter.

Das Gespann ist von edelster Zucht, würdig der langen Ahnenreihe, der stolzen Vorfahren zu Mysore, die schon Tippu Sahibs Geschütze zogen. Jeden Morgen werden sie nach der Fütterung abgewaschen, die Vergoldung der Hörner wird aufgefrischt. Nie waren sie etwas anderes gewohnt, als den dahingeschiedenen Maharadscha auf abendlichen Ausfahrten zu ziehen. Eine plebejische Last wie diese, bestehend aus Tante Phoebe, Mrs. Simon, Mrs. Hogget-Clapton und Gepäck, kannten sie nicht, und nun piekt sie noch dieser kopflose Treiber, der seinen Fahrplan nicht einhalten kann, in die Hinterbacken!

Laut schnaubend, brüllend setzen sie sich auf der Chaussee in ihren berühmten Ochsentrab, eine ausnehmend holprige Gangart, der das leichte Gefährt nur in gewaltigen Sprüngen zu folgen vermag. Lily und Mary leiden höllische Qualen. Endlich ist es erreicht, daß sie in einer Hofkutsche sitzen dürfen; doch wem verdanken sie diese Ehre? Nur Smileys Tante und dem Umstand, daß sie das Land Ranchipur wohl für immer verlassen.

Das Trabrennen geht unter furchteinflößendem Brüllen und Schnauben der Zugtiere bis zur Eisenbahnbrücke. Hier mäßigt sich notgedrungen die Gangart. Wie leicht könnte sonst eine der lockeren Planken hochschnellen und den Thronwagen in die Tiefe schleudern! Der Strom geht nicht mehr so hoch wie am Tage, da ihn Bates überschritt; immerhin braust er noch recht gefährlich knapp einen halben Meter unter den Planken. Lily wird schwindlig, sie schließt die Augen, lehnt sich zurück und denkt benebelt: ‚Das wurde mir nicht an der Wiege gesungen; doch wenn ich jetzt sterben muß, will ich nicht auch noch dabei zusehen!' Mary schließt gleichfalls die Augen. Ihr Ächzen mischt sich in das Gebrumm und Geschnaube des widerwilligen Ochsengespanns.

Nur die Tante sitzt kerzengerade und starrt, zwei Hogget-Claptonsche Ballen umklammernd, auf die Stadt Ranchipur. Seit vier Tagen zehrte an ihr das Verlangen, mit eigenen Augen zu sehen, was aus der Stadt geworden ist; doch sie fand keine Minute Zeit, ihre Wißbegier zu befriedigen.

Der Lenker flucht und wettert auf seine Ochsen herunter, und unter den Rädern hüpfen und knallen die losen Planken. Endlich erreichen sie festen Boden. „Gott sei Dank!" seufzt Mary, öffnet die Augen und verhüllt Mund, Nase und Augen mit einem indischen Schleier, was Lily ungesäumt nachäfft.

An den Straßenrändern liegt keine Leiche mehr, nur da und dort das Gerippe eines Esels, einer Kuh, eines Aashundes, von Geiern weiß und sauber genagt. Im Schlamm zwischen den Häuserruinen hat das Stadtvolk schwanke Schutzdächer errichtet, unter welchen allenthalben Gesichter hervorlugen, angelockt von dem wunderlichen Schauspiel der brüllenden Ochsen, ihrer goldenen Hörner und des königlichen Thronwagens mit drei unter Gepäck begrabenen Europäerinnen, von denen zwei wie Moslemfrauen verschleiert sind.

An mehreren Stellen räumen Kuli-Abteilungen den von der Flut angeschwemmten Unrat und Abfall hinweg. Lily vergißt ihre Angst, tut einen kräftigen Zug aus der Flasche und sucht sich das Bild in ihr umnebeltes Hirn genau einzuprägen, ‚denn – denkt sie dabei – wenn Herbert den Abschied genommen hat und wir wieder in England sind, kann ich prächtig davon erzählen!' Vor dem Konservatorium verbrennen Leichenträger Leichname zuhauf. Sie fahren dicht daran vorbei.

Beim Großen Tor überreden die drei Frauen in mangelhaftem Hindostanisch den Lenker, der nur Mahrattisch kann, mit Mühe und Not zu einem kurzen Halt. Doch kaum steht der Wagen still, als Mrs. Simon von neuem in Tränen ausbricht. Der Anblick der brennenden Leichname und des Konservatoriums hat ihr die letzte Fassung geraubt. Etwas wie Mutterliebe wallt in ihr auf. Sie besteht darauf, sie müsse Fern Lebewohl sagen.

Aber die Hogget läßt sich darauf nicht ein. „Unsinn", erklärt sie, „ich sage dir: wenn du nur in die Nähe des Pesthauses gehst, kommst du mir nicht ins Flugzeug."

Gopal Rao tritt aus seinem Büro. Die jungen Mahrattenaugen funkeln belustigt. Er hebt die Gepäcklast von den drei Weibern herunter, dieweil Lily und Mary unentwegt miteinander weiterzanken. Ihre Worte klingen gedämpft durch die Schleier, die sie noch immer krampfhaft vor Mund und Nase halten. „Da irrst du dich sehr", schnaubt Lily, „wenn du dir einbildest, ich bleibe hier hocken und atme Cholerabazillen ein, während du deine Fern in dem Pesthaus besuchst! – Heda, Boy!" ruft sie anmaßend, beschwipst dem Mahratten Gopal zu. „Wo steckt denn mein Flugzeug?"

In den schwarzen Augen des Angeredeten flackert die Wut auf, legt sich aber sogleich, und er grinst: „Hinter dem Turm des Schweigens auf einem Hirsefeld."

„Ja, wie soll ich denn da hinkommen?"

„Ich bedaure unendlich: zu Fuß." Sein mahrattischer Humor hat wieder die Oberhand. Er verhöhnt die Ältliche mit der vollendetsten Höflichkeit. Mit echt indischer Intuition durchschaut er die beiden lächerlichen Gestalten und weiß, daß sie auch für europäische Begriffe bedeutungslos sind. Einen Mahratten wie ihn, den Abkömmling heldenhafter Eroberer, kann eine solche Person nicht beleidigen.

„Unmöglich!" jammert diese. „Schauen Sie nur meine Füßchen!" und enthüllt die kleinsten Schuhe mit den höchsten, kokettesten Absätzen. Sie hat sich natürlich nicht für eine Flucht, sondern nur für die Ankunft in Bombay gekleidet.

„Madame", antwortete Gopal Rao liebenswürdig ironisch, „wir können Ihnen das Flugzeug nicht hierherbringen, denn es braucht Raum, um sich in die Lüfte zu schwingen. Es bleibt Ihnen also leider nichts anderes übrig."

„Aber da ist doch der Ochsenwagen", antwortet die Madame, wendet sich nach demselben um, doch dieser ist schon mit höchster Geschwindigkeit unterwegs, die Ochsen brüllen und schnauben lauter denn je, getrieben vom Stachel des Lenkers, der selber vom Stachel der Furcht vor dem Zorn der Herrscherin vorwärts getrieben wird.

Während sie ihrer entschwindenden Hoffnung entgeistert nachstarrt, betreten zwei neue Gestalten den Torweg: Lady Heston und Miss Hodge, beide in Pflegerinnentracht und Hand in Hand, wie zwei Schulmädchen.

„Guten Abend, Lady Heston!“ begrüßt Mrs. Hogget-Clapton nur diese. „Guten Abend“, erwidert Edwina kurz. Auch Mrs. Simon, noch zitternd vor Aufregung, wünscht guten Abend.

Nun aber glaubt Lily Hogget eine Chance zu sehen. „Ich fliege nach Bombay“, erklärt sie der Millionenerbin, „und hätte noch einen Platz neben mir frei. Wenn Ihnen ein Gefallen damit geschieht, will ich Sie gern mitnehmen.“

Mrs. Simon sperrt hinter dem Schleier den Mund auf. Einen solchen Verrat der einstigen Freundin hätte sie nicht für möglich gehalten. Sie ist sprachlos. Doch bedarf es auch nicht ihres Einspruchs, denn schon antwortet die Lady: „Besten Dank für das Angebot, aber ich bleibe hier. Angenehme Reise!“ und geht mit ihrer Begleiterin weiter.

Gopal Rao belud inzwischen drei Lastträger mit dem Gepäck. „Es ist Zeit“, sagt er jetzt, „der Flieger muß vor Dunkelheit in Bombay sein. Kommen Sie, ich zeige Ihnen den Weg“, und geht ohne weitere Umstände mit den drei Kulis und dem Gepäck voran.

Die beiden Weiber starren ihm nach. Wieder erfaßt sie die Angst vor Ranchipur, Cholera, Tod, und folgsam wie Kälber, die man zur Schlachtbank führt, trotten sie hinter den rasch Vorausschreitenden durch Matsch und Dreck zum Turm des Schweigens. Mrs. Hogget-Clapton wankt und schwankt auf ihren hohen Absätzen. Bei jedem Schritt schwabbelt ihr Busen.

VII

Die Maharani schien über Mrs. Phoebe Bascombs Verspätung nicht weiter erstaunt, kam ihr vielmehr im Zelte entgegen, begrüßte sie mit kräftigem Händedruck und warf damit Bertha Smileys wohlgemeinte Instruktionen völlig über den Haufen. Ihre Diener hatten sogar einen Schaukelstuhl aufgetrieben, in welchem die Tante Platz nehmen durfte. Hierauf stellte sie ihr die Fürstin von Bewanagar vor, und auch diese schüttelte Phoebe die Hand und setzte sich zu ihr auf einen Klappstuhl, während die Maharani sich nicht wie sonst auf einem Sitzkissen niederließ, sondern auf einem aus dem Schloß geretteten Empiresessel. „Schön, daß Sie mich einmal besuchen“, eröffnete sie das Gespräch, „ich wollte Sie schon längst gerne kennenlernen, meine Zeit ist nur leider von tausenderlei Dingen in Anspruch genommen.“

„Eure Hoheit“, sagte die Tante korrekt, „es war sehr gütig von Eurer Hoheit, mich kommen zu lassen.“

„Ich hörte, Sie haben bei der Katastrophe viel für mein Volk geleistet."

„Ich habe getan, was grad nötig war", sagte die Tante schlicht, „entschuldigen Sie nur die Verspätung, Eure Hoheit, aber der Ochsenlenker hatte Verspätung, und dann die zwei Frauen, die mußte ich unbedingt in die Stadt bringen."

„Welche zwei Frauen?"

„Mrs. Simon und Mrs. Hogget-Clapton, Eure Hoheit."

Die Maharani runzelt die Stirn. „Die konnten wohl nicht zu Fuß gehen?"

„Doch, Eure Hoheit. Aber ich wollte ganz sicher sein, daß sie auch wegkommen."

Aus dem Stirnrunzeln wird ein leises Schmunzeln. „Mrs. Hogget-Clapton ...? Die Frau des Bankdirektors?"

„Ja, Eure Hoheit."

„Und die andere ist die Missionarsfrau?"

„Stimmt, Eure Hoheit."

„Ich erinnere mich, sie war auch schon im Schloß."

Schweigen. Tante Phoebe, ein wenig zappelig, beginnt sich leise zu schaukeln. Ein Diener erscheint mit Tee, und während die Fürstin Bewanagar eingießt, bemerkt die Maharani freundlich: „Ich bin Ihnen und Smileys sehr dankbar für alles."

Mit der Teetasse in der Hand fühlt sich die Tante schon fast wie zu Hause. Sie sah die Maharani bisher nur zuweilen an heißen Abenden aus der Entfernung in ihrem Rolls-Royce. Da starrte sie vor sich hin und schien niemanden zu bemerken; sie kam Tante Phoebe stets so entrückt, unwirklich, fast nicht mehr menschlich vor, wie ein aus Stein gemeißeltes Götterbild. Jetzt erst sieht sie, die Maharani ist wirklich aus Fleisch und Blut. Nach der vorsichtigen Art, wie sie sich in dem Empiresessel niederließ, schien sie sogar an etwas Hüftweh zu leiden.

„Zwei sehr alberne Frauenzimmer!" sagt die Herrscherin plötzlich, und da Phoebe sogleich erfaßt, wer gemeint ist, antwortet sie: „Ja, Eure Hoheit. In solchen Zeiten sind Frauen wie diese zwei eine rechte Last."

„So gewöhnlich", ergänzt die Maharani, kann dann aber ihre Neugier nicht länger im Zaum halten und fragt: „Warum verließen Sie Amerika und kamen hierher?"

„Ich wollte gern Indien sehen, Eure Hoheit, und als ich hier war, gefiel es mir." – „Und gefällt Ihnen noch immer? Noch jetzt?" –

„Ja, Eure Hoheit, noch jetzt. In meinem Alter hat man vor nichts mehr Angst."

„Wie alt sind Sie?"

„Ich werde im September zweiundachtzig."

So wurden die beiden warm. Tante Phoebe liebt Freimut und verabscheut leeres Geschwätz, und die Maharani gibt sich gern, wie sie ist, und sagt geradeheraus, was sie will. „Erzählen Sie mir etwas von sich! Wie lebten Sie in Amerika?"

„Was ist da groß zu erzählen, Eure Hoheit?"

„Von Ihrer Familie . . . In was für einem Haus haben Sie gewohnt? Wie war Ihre Jugend?"

Phoebe Bascomb versteht die Maharani. Diese möchte sich über Amerika, die Leute dort und über sie genauso unterrichten, wie sie selber immer den Wunsch hatte, etwas von Indien und Menschen wie der Maharani zu erfahren. Da fängt sie denn also an und erzählt von Iowa, von ihrer Mädchenzeit, von den Eltern, den Großeltern; sie beschreibt ihre Farm, den rauhen Winter, die Erntezeit, bei der es manchmal so heiß ist wie in Ranchipur in der Regenzeit, und ist nicht im mindesten aufgeregt oder zappelig mehr. Die Maharani fragt und fragt und erkennt aus den Antworten: in dieser alten Frau, die sich da ein wenig befangen sanft schaukelt, ist Weisheit und Einfalt und Würde, Humor und Güte und tiefes Verstehen, zugleich aber auch Ungeduld und ein bißchen Boshaftigkeit gegen Eitle und Unvernünftige. So gut verstehen und unterhalten sich die zwei Frauen, daß Tante Phoebe, den Unterricht ihrer Nichte vergessend, schon nicht mehr bei jedem Satz „Eure Hoheit" sagt, sondern gelegentlich frank und frei „Sie". Und es dauert nicht lang, da erzählt auch die Maharani von ihrer eigenen Kindheit und Jugend, vom kargen Dasein auf jener fernen, unwirtlichen, rot-staubigen Hochebene, die sie gebar und die sie seit ihrem dreizehnten Lebensjahr nie wieder gesehen hat, und fühlt sich richtig wohl in Gegenwart dieser alten Dame aus dem Mittleren Westen der Vereinigten Staaten.

Mrs. Phoebe Bascomb schmeichelt ihr nicht und macht sich nicht wichtig; man sieht, sie ist nur zum Tee, zu einem Plauderstündchen gekommen. Sie sucht keine Gunst, sie will die Situation nicht ausnützen. Sie wirkt angenehm und gerade durch ihr hohes Alter wundervoll beruhigend, und so erobert Phoebe schaukelnd und plaudernd der Maharani Herz, wie sie die Herzen Raschids und Ransomes und Safkas und des armen Jobnekar für sich gewonnen hatte.

Zuweilen unterbricht die Fürstin von Bewanagar ihre königliche Freundin und bemerkt lächelnd: „So war es aber nicht“, oder: „Sie irren, Ma Saheb, es war in dem Jahr, als die große Dürre herrschte.“

„Aber das ist ja sehr interessant!“ meint, während die Maharani erzählt, zwischendurch die Tante oder auch: „Man möchte es nicht für möglich halten“, und wird schließlich sogar wieder ein wenig zappelig; sie möchte ihre Nichte im Waisenhaus ablösen, Bertha braucht schließlich auch einmal Ruhe. Doch denkt sie daran, was diese ihr einschärfte: sie müsse warten, bis die Maharani sie entläßt.

Erst gegen sechs steht diese auf, drückt ihr die Hand und sagt: „Sie müssen bald wiederkommen; ich schicke Ihnen den Ochsenwagen.“

„Danke schön. Ich komme gern, es war ein genußreicher Nachmittag“, erwidert Phoebe und schüttelt der dicken, alten Bewanagar die Hand. Ein Adjutant geleitet sie zum Ochsenwagen, und sie besteigt ihren Thron. Die weißen Mysore-Ochsen setzen sich in Bewegung, und während sie zwischen deren vergoldeten Hörnern auf die Straße schaut, denkt Tante Phoebe sich aus, was für einen inhaltsreichen Brief sie nun nach Iowa an ihre Kinder schreiben wird.

Wie die Leute behaupten können, Inder seien so anders als wir, will ihr nicht in den Kopf. Ihr wurde ordentlich warm ums Herz: So alt sie ist, hat sie an diesem einen Nachmittag zwei neue Freundinnen bekommen. ‚Mit Freundinnen habe ich neuerdings Glück‘, denkt sie: ‚Lady Heston . . . Fern Simon . . . Wenn ich wieder in die Stadt komme, muß ich doch mal ins Hospital gehen, sie besuchen.‘

VIII

Als die neuen Krankenschwestern eintrafen, ergab sich für Edwina Heston die erste Gelegenheit, auszugehen. „Sie sehen gottsjämmerlich aus“, meinte Miss MacDaid, als sie ihr auf dem Korridor begegnete, „gehen Sie etwas Luft schnappen!“ Froh, dem Krankenhaus, wenn auch nur in die Trostlosigkeit Ranchipurs auf kurze Zeit zu entrinnen, machte sie sich auf den Weg. Sie wollte endlich einmal allein sein; es galt, über so vieles in Ruhe nachzudenken. Doch schon kam ihr Miss Hodge völlig aufgelöst nachgerannt und plärrte: „Wo wollen Sie hin? Sie wollen mich doch nicht allein lassen?“ Es blieb nichts anderes übrig, als Elizabeth wie ein Kind bei der Hand zu fassen und mitzunehmen.

Gewiß, die Ärmste belästigte sie in keiner Weise, sie war glücklich, stumm neben ihr hertrotten zu dürfen. Sie wäre nur so gerne einmal ein bißchen allein gewesen. Seit vier Tagen war dies unmöglich; nur in den stillen Stunden ihrer Nachtwache war sie die Begleiterin los, aber dann umgaben sie mehr denn zweihundert Kranke und Sterbende. Zum erstenmal im Leben dämmerte es Edwina, welch hohes, köstliches Gut die Möglichkeit, für sich allein zu sein, für den Menschen ist; bisher hatte sie es für selbstverständlich gehalten. Nun aber erschien ihr ein eigenes Zimmer als Paradies. Sie war nicht für Frauen, und mit einem Weibe, auch wenn es so harmlos dumm war wie die Hodge, das Schlafzimmer zu teilen, bedeutete für sie eine Marter, gegen die sich ihr ganzes Nervensystem und ihr Instinkt aufbäumten. Wohl sagte sie sich in einer besinnlichen Stunde auf Nachtwache: ‚Auf der ganzen Erde müssen Menschen ihr ganzes Leben ohne eigenes Zimmer verbringen, die meisten müssen es wohl', aber das war nur ein schwacher Trost.

Allein sie nahm sich zusammen, mochte die Schlafkameradin Fern ihr die kostbare Hälfte des Spiegels stehlen, mochte Elizabeth sich neben ihr aufpflanzen und ihr beim Nägelpolieren und Frisieren zusehen, ja sogar hinter ihr herrennen, wenn sie auf das provisorische Klosett ging, und vor der Tür stehenbleiben und wie ein Hund geduldig auf die Herrin warten, bis sie fertig war – immer beherrschte sie sich: Miss MacDaid sollte keinen Anlaß haben, ihr den Laufpaß zu geben. Aber diese Erwägung machte den Verlust jeden Privatlebens nicht erträglicher, sondern eher noch schlimmer. Nach Ankunft der drei Krankenschwestern fürchtete sie erst recht, entlassen zu werden.

Aber sie konnte nur gehen, konnte nur sein, wo sie ihn sah, sei es auch nur im Vorübergehen im Gang, auf der Treppe oder nachts auf Wache. Manchmal eilte er an ihr vorbei und achtete so wenig auf sie, als sei sie ein Tisch oder Stuhl. Nur zweimal, seit er mit ihr beim Schein der Totenfeuer, der durchs Fenster drang, von seinem und ihrem Geheimnis sprach, hatte er sie angesehen, ganz kurz nur, aber der eine Blick zeigte ihr, er habe nichts von dem Gesagten vergessen, und beide Male wurde ihr wunderbar warm ums Herz, verwirrt wandte sie die Augen ab, und ihr schwindelte. Den Rest des Tages unterzog sie sich den widerwärtigsten Aufgaben, ihrer Umgebung nicht achtend. Sie ging dahin wie auf Wolken.

Als sie nun durch die verfallenen Straßen zum Schloßpark ging und Elizabeth selig neben ihr herzottelte, war sie voll Staunen über das, was ihr widerfuhr: sie liebte zum erstenmal! Daß solches nach ihrer Vergangenheit möglich war, ließ das Wunder nur noch wundersamer erscheinen. Wie manches Mal hat sie verzweifelt gewähnt, sie werde nie finden, wonach sie in Leben und Traum gesucht hatte, ohne selber zu wissen, was es denn sei. Nun wußte sie es.

Es war anders als alles bisher Erlebte oder Erdachte; es war, fand sie, wie eine Naturoffenbarung, wie wenn unter der wärmenden Sonne eine Blume sich öffnet, Blättchen um Blättchen. Ihr war, als wüchse in ihr die Seele und weite sich. All ihre Sinne verfolgten geschärft, wie sich das Wunder vollzog. Sie ging durch den Schlamm, und es war, als ob sie schwebe; ihr Körper schien ohne Gewicht. ‚Ich bin jung', rief es in ihr, ‚es ist das erste Mal; ich war nie jung.' Vor vielen Jahren wurde die Siebzehnjährige in eine rauhe, berechnende Welt gestoßen, die Welt ewiger Unrast, Verzweiflung, Mordlust und Niedertracht. Es war keine Zeit für die Jugend und kein anderer Ort für das junge Leben als die Schlachtbank des Krieges.

Wie ungewöhnlich anders war doch dies neue Gefühl, wie wenig körperliches Begehren verband sich damit, wie wenig sexuelle Neugier und fast nichts von jener grauenhaften Langeweile und dem gierigen Drang nach Befriedigung, der sie in allen früheren Abenteuern beherrscht hatte, selbst bei ihrem ersten, vor langer Zeit, dem mit Tom Ransome . . .

Nie verspürte sie wie jetzt das Verlangen, ihre Körperlichkeit zu beherrschen, ja zu erniedrigen. Das körperliche Begehren schien ihr bedeutungslos, ihr genügte zu dienen, für immer ihm nahe zu sein, wie jetzt, arbeitend, beglückt und zufriedengestellt durch ein Wort, einen Blick. Sie dachte an seinen Ausspruch: für den Arzt und Chirurgen sei der Leib nicht mehr und nicht weniger als ein Apparat; die Sinne bringen ihm Lust und Schmerz, aber das sei nicht entscheidend. Das Wichtige, ohne das die vollkommene Wonne unmöglich sei, stehe über dem Leiblichen.

Bei dem öden Geplapper Elizabeths, die wie ein Gewicht an ihrer Hand hing, kam ihr der sonderbare Gedanke, dies neue Wissen, diese Seligkeit sei darum möglich, weil in ihrer bewegten Vergangenheit, bei ihrer ganzen Vielmännerei der Leib nie mehr als ein Apparat war, den sie kalten Blutes handhabte, so daß ihr eigentliches Ich bewahrt blieb. Sie hatte mit keinem Manne geschlafen, den sie nicht verachtete: Ransome ob seiner Schwäche und seines Mangels an Selbstbewußtsein, Heston ob seiner Roheit, Louis, den Boxer, dessen Tierhaftigkeit ihr Vergnügen bereitete, ob seiner Dummheit und die übrigen – sie waren in ihrer neuen Welt nicht mehr vorhanden; sie konnte sich kaum noch erinnern, wie sie redeten, wie sie küßten oder auch nur, wie sie aussahen. Der erste Mann, vor dem sie Achtung hatte, war Safka. Ihm wollte sie ähnlich werden, ihr Selbst in dem seinen aufgehen lassen, arbeiten wie er und sich seiner Achtung wert zeigen. Öde und Langeweile waren dahin, dahin für immer; sie glaubte es fest. In den letzten paar Jahren saß ihr das Grauen im Nacken, sie werde bald wie jene alten, häßlichen, geilen Weiber sein, die im fernen Europa Nachtlokale und Kurorte heimsuchen und sich schöne Jünglinge halten. Dem war sie nun entronnen, war frei und wünschte kein anderes Vorrecht, als ihm nahe zu sein, für ihn zu wirken und manchmal mit ihm zu sprechen.

Auf ihrer Wanderung mit Elizabeth gewahrte sie nichts von der trostlos verwüsteten Stadt, spürte weder die drückende Hitze noch den Regen, der sie in raschen Schauern durchnäßte, sie sah nur ein rosiges Glühen, das über den ganzen Himmel zu reichen schien. ‚Nun vollzieht es sich', dachte sie. ‚Darum kam ich nach Indien. Hier soll mir das Letzte, das Größte zuteil werden.'

Sie sah den Ochsenwagen und das Durcheinander um ihn herum, die Gestalten Gopal Raos, Tante Phoebes, der Hogget-Clapton, der Simon, der Kulis, die Masse Pakete und Bündel, doch alles nur skizzenhaft; sie hörte die Ochsen brüllen, die Hogget-Clapton sie ansprechen, wußte auch, was sie zu antworten hatte, doch stärker als dies war in dieser Minute in ihr das Gefühl für den Reichtum des Daseins und die Komik des Auftritts unter dem Großen Tor. Sie war so erregt, als sei sie ein Kind, das einen ersten Blick in die große Welt wirft.

Als sie sich vom Großen Tor und den Leuten darunter rasch abwandte, fühlte sie sich von Elizabeth bei der Hand gezerrt. „Schauen Sie, dort ist unser Haus! Gehen wir doch hinein! Vielleicht ist Sarah zurück."

Da es ihr gleich war, wohin sie ging, vielleicht auch aus Neugier, stieß Edwina das Gartentor auf. „Sie sollen nur sehen", sagte Miss Hodge auf dem Gartenpfad, „wie nett wir das Häuschen eingerichtet haben; man möchte es nicht für möglich halten, daß man in Indien ist, es ist ganz wie daheim."

Die Haustür war angelehnt, Elizabeth öffnete sie und rief: „Sarah!" und nochmals: „Sarah! – Merkwürdig, das verstehe ich nicht; sie läßt doch sonst nicht die Tür offen, wenn sie ausgeht!"

In Miss Hodges zerrüttetem Geist, erkannte Edwina, hatte die Flut das Häuschen nie angetastet; da war alles am gleichen Fleck wie zuvor: Kissen, Deckchen, Serviettchen und die gerahmten Ansichten der geliebten Heimat. Aber in Wirklichkeit war das Wohnzimmer, das sie betraten, voll Schlamm, die photographierten Landschaften waren heruntergefallen und lagen zerbrochen am Boden. Es roch abscheulich nach Schimmel und Moder. „Sarah! Sarah!" rief Elizabeth abermals, und dann sah sie klar. Aus den tiefsten Gründen ihres zerrütteten Geistes stieg für einen lichten Moment die Wahrheit auf. Sie ließ Lady Hestons Hand los, lehnte sich an die Tür; in ihren Augen stand das Entsetzen.

„Es wird schon wieder gut werden", suchte Edwina zu trösten, „in den nächsten Tagen kommen wir her und bringen alles in Ordnung."

Elizabeth schien es nicht zu hören. „Ich weiß jetzt. Sarah ist tot", sprach sie leise, „sie kommt nie wieder. Ich weiß jetzt, sie ging hinaus in die Flut, um nach Schulbüchern zu sehen. Arme Sarah! Warum habt ihr mir nicht gesagt, daß sie tot ist?" und glitt am Türrahmen ohnmächtig zu Boden.

Da das Haus gegenüber dem Großen Tor stand, war es aus Furcht vor dem Wachtposten von den Bhils nicht geplündert worden. Alles war noch wie damals, als Elizabeth auf das Dach flüchtete. Auf dem Tisch standen das Glas und die Flasche Branntwein, wie Sarah sie hingestellt hatte, um ihre Freundin betrunken zu machen, damit sie selbst fliehen und sterben könne.

Edwina roch an der Flasche und flößte der Ohnmächtigen Branntwein ein. Als diese die Augen aufschlug, war der grausame lichte Moment vorüber. „Wo bin ich?" fragte sie schwach.

„In Ihrem Haus. Wir wollten nachsehen, wie es jetzt aussieht."

„Entschuldigen Sie", sagte die Geisteskranke, sich aufrichtend, „ich hatte schon als Kind solche Ohnmachten." Ein unheimlich irres, fast ein selbstzufriedenes Schmunzeln umspielte die Augen und breiten Mundwinkel. „Es kommt von den anderen Umständen; da wird man ohnmächtig. Ich muß bald einmal Major Safka zu Rate ziehen!" Ein Schatten fiel über das flache Gesicht. „Glauben Sie, daß Sarah einsehen wird, daß ich nichts dafür kann?"

„Natürlich sieht sie das ein. Aber jetzt müssen wir wieder ins Hospital", drängte Edwina aus Furcht, der unbarmherzige lichte Moment werde sich wiederholen und dem glückseligen Wahn ein Ende bereiten.

Vor dem Konservatorium bat sie: „Warten Sie hier unter dem Baum auf mich; ich gehe nur einen Moment hinein", aber Elizabeth widersetzte sich: „Ich will auch. Lassen Sie mich bitte mit!"

„Es ist ein Seuchenlazarett, voll Cholerakranker."

„Das tut mir nichts. Ich habe keine Angst, ich habe immer Glück."

„Tun Sie es mir zulieb!" bat Edwina freundlich.

„Gut. Wenn Sie mich so drum bitten . . .", gab Elizabeth nach, setzte sich unter den Pagodenbaum auf die Umfassungsmauer des Großen Beckens und schaute mit friedlichem Lächeln auf ihre Hände.

Edwina ist endlich allein.

In der unwirtlichen Vorhalle ist kein lebendes Wesen zu sehen. Drei Männerleichen liegen in Dhotis gehüllt am Boden, die Beine fast bis zum Kinn in die Höhe gezogen. Neben ihnen eine mächtige Pfütze. Durch das beschädigte Dach prasselt der Regen.

Von der Trostlosigkeit des Anblicks erfaßt, steht sie still und empfindet fast Eifersucht, daß es hier noch schrecklicher ist als bei ihnen im Hospital und man Fern Simon hierherversetzt hat. ‚Man hat zu ihr mehr Zutrauen als zu mir.'

Sie wollte Fern besuchen, ihr rasch guten Abend sagen – doch wo? Wer soll ihr in dieser trostlosen Halle den Weg weisen?

Ein Kuli mit Bürste und Blecheimer kommt vorbei. Hat er sie neugierig angesehen? Sie fragt ihn auf englisch, er schüttelt den Kopf und geht weiter, unbewegten Gesichts, wie ein Taubstummer.

Und überall der unheimliche Geruch der Cholera. ‚Dort wird sie sein!' denkt Edwina und klinkt eine Tür auf. Im trüben Lichte des Regenhimmels sieht sie in dem langen, schmalen Raum zwei Reihen Cholerakranker am Boden. Der schrecklichste Gestank schlägt ihr ins Gesicht, es überfällt sie Brechreiz und Angst. Sie macht kehrt, schlägt die Tür hinter sich zu und sieht in dem düsteren Gang jenseits der Pfütze Tom Ransome.

Er erkennt sie, kommt auf sie zu: „Was suchst du hier?"

„Ich habe eine Stunde frei, ich wollte Fern besuchen."

„Sie schläft. Seit die neue Schwester da ist, hat sie es ein wenig leichter. Der Schweizer ist gestorben."

„Cholera?" – „Ja." – „Bist du deswegen hier?"

„Nein. Ich bleibe hier. Ich führe das Lazarett zusammen mit Fern und der Schwester." – „Da bist du nicht zu beneiden, Tom."

„Es ist allerdings kein Vergnügen. Du hättest nicht kommen sollen. Halte dich nicht länger auf! Es führen zu viele Wege zur Cholera, und alle sind unerforschlich." – „Und was ist mit dir?"

„Der Tod hat bei mir noch nie Glück gehabt. Außerdem vertraue ich auf die Desinfektion." Er nimmt sie beim Arm. „Komm! Sprechen wir lieber draußen im Freien!"

Sie folgt. Sie findet ihn sehr verändert, ohne doch sagen zu können, in welcher Beziehung. Vielleicht ist er weniger negativ, nicht mehr so gleichmütig, zeigt nicht diese Selbstironie, wie früher ... ,Kommt es daher, daß er jetzt nüchtern ist ...?'

Vor dem Haus erzählt er ihr, er habe sich um ein Amt beworben, glaube jedoch, es werde von kurzer Dauer sein; auch im Hospital werde man ihn und sie nicht mehr lange brauchen. „In längstens zwei Tagen gehen wieder Züge; sie bringen geschulte Kräfte. Amateure wie wir sind dann überflüssig."

„Traurig – ich meine für uns. Ist es nicht schön, sich einmal als nützliches Glied der Menschheit zu fühlen?" Keine Antwort. „In zehn Minuten muß ich im Hospital sein. Laß dich bald einmal bei uns sehen, wenn du Zeit hast, Tom!"

„Wir dürfen nicht ins Hospital, nicht einmal in die Nähe. Der Major wünscht es nicht. Du solltest auch so gescheit sein und lieber nicht hierherkommen."

„Ich werde ein ganzes Bad in Alkohol nehmen, beruhige dich nur!"

Er kehrt zurück in den Gestank, aus dem Kulis die Leiber der zuletzt Gestorbenen heraustragen und auf einen frisch errichteten Holzstoß schichten. Sie kehrt zurück zu Elizabeth Hodge unterm Pagodenbaum. „Haben Sie Fern nicht getroffen?" fragt diese. – „Sie schläft."

„Mr. Ransome ist ein reizender Mensch, so nett und galant. Er hat Sarah und mich auf Freitag zum Tee eingeladen." Sie kommen zum Hospital.

Kurz vor ihnen gingen zwei Personen die Anfahrt hinauf: die Dame Bannerji und hinter ihr die Murgatroyd. Sie trug nicht mehr ihr unmögliches geblümtes Blaßblaues, sondern Tennisdreß. Beide Frauen verschwanden in Miss MacDaids Büro.

In ihrer Kammer sinken Edwina und Elizabeth völlig erschöpft auf ihre indischen Betten. Das macht der Monsun. Ein einziger Gang durch den Regen, und man ist aller Lebenskräfte beraubt. Edwina spürt einen schmerzhaften Druck im Kopf, als presse von innen her ein Gewicht gegen ihre Augäpfel. Stumm liegen beide da. Selbst die Hodge kann nicht mehr schwatzen.

Schon kommt Miss MacDaid, Edwina zum Dienst zu rufen. „Bannerji hat Cholera", teilt sie mit, „er wollte heut mit einem der Flugzeuge fort und die Asche seines Vaters nach Benares bringen. Als er sein Haus verließ, fiel er um. Er liegt bewußtlos. Da ist wohl nichts mehr zu wollen."

Edwina steht auf, wäscht sich Gesicht und Hände im lauen Wasser, preßt die Hände gegen den schmerzenden Kopf, der denkt: ‚Und diese MacDaid schuftet nun Jahr für Jahr in dem verruchten Klima! Sie muß stark wie zehn Ochsen sein ...‘, und denkt gleichzeitig: ‚Mr. Bannerji ... du armer, dummer Teufel ...‘; ihr ist, als stürben alle dahin, einer nach dem andern, die ganze Einwohnerschaft von Ranchipur.

IX

Es war schlimmer, als Ransome für möglich gehalten hatte, nicht die Arbeit an sich, sondern die gräßlichen Begleiterscheinungen der Cholera, der Gestank, die Exkremente, das Erbrechen, das Zucken der Leichen, lange nachdem der Geist aufgegeben ist ... Für einen weniger Empfindsamen wäre es vielleicht erträglicher.

Die neue Schwester, Miss Cameron, ist eine Kraft, eine wirkliche Hilfe. Sie stammt aus Ulster und hat eine gewisse Ähnlichkeit mit Miss MacDaid. Schon eine halbe Stunde, nachdem man Harry Bauers Leiche hinausgetragen hatte, richtete sie sich in dessen Kammer häuslich ein und begab sich mit so sachlicher Selbstverständlichkeit an ihre Arbeit, als habe sie seit frühester Jugend inmitten von Epidemien gelebt. Ein besonderes Gefühl von Zuversicht ging von ihr aus. Wo Fern und Bauer tapfer, doch ohne Sachkunde gearbeitet hatten, griff sie, ohne Zeit und Kraft zu vergeuden, planmäßig organisierend ein. Die drei Stunden, die Fern schlief, arbeitete sie mit Ransome; dann schickte sie ihn auf eine Weile zu Bett und nahm Fern mit auf den grausigen Rundgang.

Bis zu ihrer Ankunft war das Konservatorium nichts als ein Ort, an dem man die Cholerakranken so lange isoliert hielt, bis sie starben, eine Art Wartesaal vor dem Scheiterhaufen, der bei den westlichen Stufen des Großen Beckens Tag und Nacht loderte. Jetzt war es anders. Es gab nicht allein Medikamente, es gab auch eine Krankenschwester, die dieselben so anzuwenden wußte, daß doch für einige der Beklagenswerten, die schicksalsergeben in Reihen den Boden bedeckten, noch Hoffnung war, und es gab vor allem Beleuchtung, so daß die Säle des Musikhauses nicht mehr im Finstern lagen. ‚Wieviel das Licht inmitten des Unglücks bedeutet!‘ dachte Tom. „Licht und Feuer“, hatte der alte Maharadscha einmal gesagt, „sind unter allen Errungenschaften der Menschheit die wichtigsten.“ Um Licht zu erzeugen, ließ er vor vielen Jahren den unheilvoll zusammengebrochenen Staudamm erbauen, auf daß selbst in den abgelegensten Dörfern des Landes das Licht seinen Einzug halte.

Tom ißt noch etwas kalten Reis mit Curry, legt sich auf sein aus Schulbänken gezimmertes Bett und sinkt in Schlaf, nein, es ist eher eine schwere Ohnmacht; jeder Nerv, alle Empfindungen scheinen abgetötet.

Derweil geht Fern mit Schwester Cameron, die sie über Kaolinlösungen unterrichtet und über das heilsame Kalzium- und Natriumchlorid. Ihr Vorrat ist nur bescheiden, doch er reicht, bis die Flugzeuge mehr davon bringen und die Bahn wieder verkehrt.

Zwar fühlt sich Fern entkräftet, weil sie zuwenig Schlaf und Essen hat, doch der Gestank stört sie nicht; das Stöhnen hört sie kaum mehr. Sie ist wie eine Maschine, getrieben von innerer Lebensfülle und einer Kraft, die sie bisher nicht kannte, und das Bewußtsein ungeahnter Kraftreserven erfüllt sie mit ungeheurem Triumph. ‚Ich bin zäh und stark', denkt sie heiteren Sinns, ‚ich glaube, ich schaffe noch alles, was sein muß', und schämt sich nicht mehr der „Perle des Orients, Blythe Summerfield"; dies liegt ja so weit, so weit zurück, als habe das schmollende Mädchen, das zur Abschiedsfeier der Mutter mit schlapper Pose die Treppe hinunter und in den Garten ging, nicht vor acht Tagen, sondern vor vielen Jahren gelebt. Und wieder denkt sie: ‚Sonderbar, daß nicht die Uhrzeiger dein Leben messen, sondern das, was mit dir und in dir geschieht. Die letzten paar Tage waren viel länger, viel inhaltsreicher und wichtiger als mein ganzes übriges Leben zusammengenommen.'

Die Runde ist beendet. „Ruhen Sie sich jetzt aus!" sagte die Große aus Ulster. „Ich kann gut eine längere Wache halten, ich bin frisch. Um Mitternacht wecke ich Ihren Mann."

‚Es ist nicht mein – Mann', will das Mädchen rufen, schluckt es aber hinunter. ‚Wie soll ich es ihr erklären? Dazu bin ich jetzt viel zu müde, es ist auch zu umständlich.'

Es bedarf wohl keiner Erklärung; die Neue hat das ganze verfallene Haus besichtigt und gesehen, daß ihre Begleiterin im gleichen Zimmer schläft wie Mr. Ransome. Wozu also Worte? Sie ändern nichts. Fern Simon geht in das Zimmer, das einst dem Direktor Das als Büro diente, schließt die Tür hinter sich ab, tritt leise an das Lager des Schlafenden, setzt sich vorsichtig, ihn nicht zu wecken, zu ihm aufs Bett, sieht ihn an, und ihr Wollen wird klarer und klarer.

Sie will in Ranchipur bleiben, für immer vielleicht. Miss MacDaid soll sie in allen Dingen unterweisen. Sie kann auf den Dörfern arbeiten. Sie wird mit Smileys, mit Raschid Ali Khan, Major Safka und Miss MacDaid befreundet sein. Sie wird etwas sein in einer Welt, die so wirklich ist wie die Welt der Oberschwester MacDaid und der Schwester Cameron. Sie wird Tom bei sich haben, immer, und wird gut auf ihn achten. Sündhaft dankt ihr Herz Gott, daß er eine Katastrophe sandte, die ihr Leben von Grund aus umgestaltete. Zart, fast zaghaft rührt ihre Hand an die seine.

Sie fühlt die gleiche Seligkeit, die gleiche Wonne, die Edwina so spät noch erfuhr. So sitzt sie lange, beglückt, spürt nicht den Todesgeruch, der das Haus erfüllt, denn in ihr lebt das Wort, das Tom bei seinem Eintritt hier zu ihr sprach: „So mußte es kommen, die Welt ginge sonst nicht weiter."

Dann aber sagt sie sich: ‚Du mußt unbedingt schlafen, sonst kannst du nachher nicht schaffen', legt sich auf den Boden neben die Ruhebank und denkt, während der Schlummer naht, ‚ich bin älter als er. Eigentlich war ich immer älter ... als Tante Phoebe ... Frauen sind wohl immer älter ...'

X

Die kurzen Augenblicke, die Safka für sich hatte, waren von Gedanken an Lady Heston erfüllt. Sie beschäftigte ihn mehr, als er wünschte und je für möglich gehalten hatte. In das eigenartige Gefühl, das er für sie hegte, mischten sich Mitleid, physische und psychische Neugier und Anziehungskraft. Zum ersten Mal war ihm ein Weib mehr als ein wonniger Zeitvertreib, doch warum dies just bei Edwina der Fall war, wußte er nicht zu sagen, es sei denn, weil ihm noch nie eine so aufrichtige, so widerspruchsvolle und so liebeskundige Frau begegnet war wie sie. Sein realistisches Denken wurde mit ihr nicht fertig. Sie verblüffte ihn. Immerzu mußte er an sie denken, beim Einschlafen, auf seinen Wegen zur Maharani, zum Choleralazarett, zur Stadt und wieder zum Hospital. Er empfand sie zuweilen wie eine Abnormität, welche sein Geist, um sie restlos zu ergründen, sezieren müsse.

Aber bei dieser Seelensektion ließ er keinerlei Irrtümer aufkommen. Er stellte fest: sie reizte ihn wie bisher kein Weib; da gab es zuweilen eine Handbewegung, eine Kopfwendung, einen Blick, die ihm Scheu, ja Ehrfurcht einflößten vor so viel Rasse, Vollendung und Haltung. Er bewunderte ihre Ehrlichkeit, die nüchterne Klarheit in ihren Augen, die doch von Hoffnungslosigkeit überschattet waren. Er liebte sie auch, weil sie so skeptisch war und scheinbar an nichts glaubte, selbst nicht an die Freuden, die ihr der eigene Leib schon gespendet hatte. Es gibt wenig derartige Frauen und Männer, und nur darum konnte er so zu ihr sprechen wie in jener Nacht auf Krankenwache vor Morgengrauen. So offen konnte er nie mit Miss MacDaid reden; in ihr steckte immer noch ein Stück Sentimentalität. Er wußte und sah, denn er verstand sich darauf, er könnte Edwina Heston heut ebenso leicht haben wie an jenem späten Nachmittag im Alten Sommerpalast, doch heute sie zu besitzen, wäre ein grenzenlos reicheres Erlebnis, als es damals gewesen wäre. Mochte er die Liebe auch noch so sehr auf wissenschaftliche Art medizinisch betrachten, sein Herz wußte es anders, und eben dies, der überwältigende Inhalt des ihm bevorstehenden Erlebnisses, rührte ihn mächtig auf. Hier trat etwas Unberechenbares in Erscheinung, das er nicht zergliedern konnte. Im Westen nennt man es Liebe und arbeitet es in Romane, Märchen, Theaterstücke, Gedichte und Filme hinein, und nur wenige wissen dort, daß, wenn man das Ding seziert, es nichts anderes ist als eine Mixtur aus chemischen Bestandteilen, Drüsen, Instinkt, aus der Furcht vor der Einsamkeit, die jedem menschlichen Wesen innewohnt, und dem unwiderstehlichen Drang, der zum Zeugen zwingt wie zum Atmen, zum Essen und Schlafen.

Das war es, aber da war noch etwas mehr: eine unberechenbare Größe X, die sich nicht festnageln und analysieren ließ, und diese elementare Größe war in jenem Moment in Erscheinung getreten, als er nach seiner glücklichen Rückkehr ins Leben, zum Spitalfenster hinausschauend, eine Frau in Mrs. Smileys Kattunkleid die Auffahrt heraufkommen sah.

Er war vor der Größe X auf der Hut. Ihre Unberechenbarkeit konnte ihn zu den verrücktesten Streichen verführen, daß er ihr Alter nicht sah, nicht ihre tolle Vergangenheit, nicht ihren Rang in der Welt des Westens, der jede dauernde Verbindung mit ihm unmöglich machte, nicht die Mission, der er treu bleiben mußte bis zum Tode, nicht seine wissenschaftlichen Ziele, für die er arbeitete, ohne sich von Gefühlen beeinflussen zu lassen, für die er seine Kraft, seinen Körper bewahren mußte als Präzisionsmaschine des großen Werkes, das seiner in Ranchipur, in Indien harrte und das sich vielleicht noch einmal auf den ganzen Orient erstreckte. Darum winkte die Maharani ihn zu sich und drängte auf seine Vermählung. In ihrer Weisheit ahnte sie die Gefahr, und wenn er sich selbst nicht zu retten wußte, würde sie mit allen Mitteln kämpfen, um ihn vor Torheiten zu bewahren. Denn sein Leben gehörte ja seltsamerweise nicht ihm, sowenig das Leben der Maharani jemals ihr selber gehörte. Sonst wäre sie vielleicht Tänzerin geworden; sie hatte das Zeug dazu. Doch sie wurde und blieb Königin und war nie eine Törin.

Aber er fragte sich – die Frage lag ja so nah, und auch Edwina mußte sie sich mehr als einmal gestellt haben, er ahnte es –: ‚Ist dies Leben nicht mein? Ich lebe nur einmal. Warum soll ich mit meinem Leben nicht anfangen, was mir gefällt? Warum nicht genießen, was das Schicksal mir in den Schoß wirft? Warum mich abwenden und Freuden verschmähen?‘ Und in ihm sprach eine Stimme: ‚Sie wird dich zerstören.‘ Trotz ihrer Tapferkeit, ihrer Aufrichtigkeit, trotz jenem wundersam kindlichen Zug, den er wie Ransome an ihr gewahrte, umwitterte sie etwas Schlechtes, eine uralte Verderbtheit, die nicht so sehr ihrer Vergangenheit als ihrem Blute entstieg.

Und doch, es war so schwer, ihr zu widerstehen, um so schwerer, als ihm klar war, daß es in seinen Händen lag, ihr den endlich gefundenen Glauben zu erhalten und sie zu erretten, ja zu erlösen. Wandte er sich von ihr ab, stieß er sie in die Welt, aus der sie kam, zurück, so war sie für immer verloren.

Plötzlich lachte er auf. Mitten in seinen Gedanken sah er sich aus der Distanz und schalt sich aus: ‚Gottverdammter Esel, du sentimentaler Narr, Kindskopf, der du bist! Was geht sie dich und was gehst du sie an? Vergiß! Du hast Wichtigeres zu tun. Sei ein Mann und kein kalbsäugiger junger Bulle!‘

Doch sonderbar, wie die unberechenbare Größe X seinen gesunden, logischen Menschenverstand untergrub!

Nicht seine Einsicht, sondern dies X, das man im Westen Liebe nennt, veranlaßte ihn noch vor Mitternacht, seinen verbeulten Wecker auf kurz vor vier Uhr früh zu stellen, damit er aufstehen und sich zu ihr an den Tisch setzen konnte, an welchem sie Todkranke und Sterbende hütet. Denn mit ihr kann er sprechen wie mit sonst niemandem. Sie versteht alles, was er ihr sagt, und vieles, was er ihr nicht sagt. Bei den Typhuspatienten ist der einzige Ort, an dem er sie sprechen kann, ungestört von Miss MacDaid, der verrückten Miss Hodge, Schwester Gupta, Dr. Pindar und all den anderen Hunderten, Tausenden, die ihn aufsuchen und um Hilfe bitten. Jene Viertelstunde, die er mit ihr dort verbrachte, war die kostbarste seines Lebens, nicht als ob sie voll Freude oder Ergötzen gewesen wäre, sondern weil sie einander verstanden hatten, weil auf kurze Frist keine menschliche Einsamkeit existierte. Diese Frau verlangte nichts von ihm, und er nichts von ihr. Aber sie waren im Geiste vereint.

XI

Um drei Uhr früh weckt der kleine Dr. Pindar die Helferin Heston. Der Regen hat aufgehört. Er hat die Luft reingewaschen. Kein Hauch bewegt die Blätter der sprießenden Pflanzen und Bäume. Edwina erwacht nur langsam; ihr Kopf ist noch ganz von dem Pulver benommen, durch das sie den schmerzhaften Druck in den Augenhöhlen loszuwerden gedachte. Aber der Druck ist noch da, und ihr ist heiß. Es ist nicht die feuchte Monsunhitze, sondern ein trocknes Brennen von innen heraus.

Sie weiß erst gar nicht, wo sie ist. Erst die groteske Gestalt des kleinen Doktors mit dem Lichtstümpfchen bringt es ihr zum Bewußtsein. Schläfrig setzt sie sich auf und steckt ihre Kerze an seiner an. „Gehen Sie nur zu Bett, Doktor, ich bin sofort unten."

Er übergibt ihr die Nummernlisten, sie wirft einen Blick darauf. Es sind heute weniger, auf der Liste der Hoffnungslosen nur zwei, auf der andern drei. Die Wundbrandkranken sind fast alle gestorben.

„Miss MacDaid löst Sie um sechs ab", sagt Pindar und geht.

Die Krankensäle bieten das gleiche Bild wie am Vortag, nur brennt da und dort an der Wand ein Licht zum Troste der Kranken; es soll ihnen etwas Mut machen. Die Flämmlein brennen, ohne zu flackern, wie in unbewegter Luft, so still ist der Raum.

Die Einsame nimmt den Bleistift, schreibt wiederum auf das eine Blatt „stirbt", auf das andere „todkrank"; sie muß heute besonders aufpassen, daß ihr kein Fehler unterläuft, und sieht vom Tisch nach dem nächsten Bett. Die Frau, die stumm um Wasser bat, liegt nicht drin. Das Bett ist leer. ‚Das erste Bett, das leer steht! Es scheint besser zu werden', denkt sie, ‚doch nein, es steht nur leer, weil gar so viele sterben und hinausgeschafft werden.'

Als sie den großen Steinkrug hebt, um das abgekochte Wasser in die Kannen zu füllen, wankt sie. Der Krug entgleitet ihr. Zum Glück kommt er im Fall aufrecht zu stehen; nur wenig von dem kostbaren Naß spritzt ihr über die Beine. Doch die Erschrockene fürchtet sich wie ein Kind, die Oberschwester könne hereinkommen und ihre Ungeschicklichkeit wahrnehmen. Sie nimmt den Krug gleich wieder vom Boden auf und hebt ihn bis auf den Tischrand. Da hat sie wenigstens eine Stütze, füllt eine Kanne und macht sich auf, die Emailbecher auf den kleinen Gestellen zu füllen.

Schon bei den ersten Schritten fühlt sie, wie ihr der ganze Körper weh tut. Sie spürt das Gewicht der Kanne von den Handgelenken über die Ellenbogen bis hinauf zu den Schultern. Es zerrt, es reißt, und sie steht in Angst, nicht vor Krankheit oder Tod, sondern nur, weil sie vielleicht nicht arbeiten, den Major enttäuschen und der Oberschwester einen Vorwand liefern könnte, sie zu entlassen. ‚Ich will nicht krank sein', befiehlt sie sich krampfhaft, ‚ich darf keine Krankheit aufkommen lassen; ich muß sie durch Willenskraft überwinden!' Das Versehen in der vorgestrigen Nacht, als sie aus demselben Glase getrunken hatte wie die inzwischen Gestorbene, kommt ihr in den Sinn. ‚Nein', sagt sie sich, ‚das kann es nicht sein; typhöse Ansteckung wirkt nicht so schnell, es ist sicher nur Übermüdung; jetzt, wo die Aufregung nachläßt, macht sie sich eben geltend. Ich habe mir zuviel zugemutet; alles nur Nervensache!'

Mühsam schleppt sie sich weiter und führt ihre Runde zu Ende. Als sie wieder am Tisch angelangt ist, ist die Hitze unerträglich. Ihr Leib glüht. Die Haut ist ganz trocken. Außer sich denkt sie: ‚Ich muß Aspirin nehmen, um zu schwitzen', nimmt aus der Tischschublade drei der raren Tabletten und gibt sich abermals den Befehl: ‚Nicht krank werden! Du warst in deinem ganzen Leben nicht krank. Du bist nicht krank; alles bloß Einbildung!' und wunderbarerweise fühlt sie sich eine Weile wohler.

Die Zeiger der billigen Weckuhr halten ihren Blick in Bann. Sie sieht sie langsam, unerbittlich von der Stelle rücken; jedesmal, wenn eine Minute vorbei ist, springt der große Zeiger dem Zeitpunkt näher, an dem sie wieder das Höllengewicht der Kanne von Bett zu Bett schleppen muß. ‚Vielleicht', hofft sie, ‚kommt er auch heute und hilft mir. Wenn er nur käme! Wenn ich ihn bei mir am Tisch sitzen sehe, habe ich wieder Kraft und denke nicht mehr an diese niederträchtige Schwäche!' Tränen schießen ihr in die Augen, nicht aus Wehleidigkeit, nein, nur aus Wut, weil ihr Körper, dieser verfluchte Apparat, sie so treulos im Stich läßt. Sie wendet den Blick von der teuflisch hypnotisierenden Uhr und den blechernen Zeigern, die langsam, unaufhaltsam über das fleckige, häßliche Zifferblatt wandern, und schaut zum Fenster.

In dessen Rahmen steht das Bild des Großen Beckens. Der sinkende Mond wirft eine Bahn goldenen Lichtes über die Wasserfläche. Sie fühlt sich bei seinem Anblick leichter, nicht mehr zum Ersticken, und plötzlich hört sie sich sprechen, wieder und wieder: ‚Lieber Gott, bring ihn her heute nacht, lieber Gott, gib, daß er zu mir kommt!' Wenn sie ihn jetzt nicht sieht, glaubt sie, ist sie verloren. Wie schwach sie sich fühlt . . .! Wo ist ihr Selbstvertrauen . . .? Nie spürte sie so wie jetzt, wie grausam die Einsamkeit würgt.

Schwaches Ächzen dringt undeutlich an ihr Ohr. Sie erhebt sich, geht von Bett zu Bett und kommt endlich an eines, in welchem ein Mädchen liegt, das zu schwach ist, seinen Becher zu heben. Sie beugt sich über das Lager, richtet die Junge auf, bringt ihr den Trank an die Lippen, und als sie fertig getrunken hat, legt sie sie wieder zurück.

Als sich Edwina umwendet, um wieder zum Tisch zu gehen, steht Safka lächelnd im sanften Kerzenschimmer am Fußende des indischen Bettes. „Ich konnte nicht schlafen“, gibt er vor, „und da dachte ich, ich gehe ein bißchen zu Ihnen und wir sprechen miteinander.“

Trotz ihrem erschöpften Zustand weiß sie, er lügt, und die zurückkehrenden Lebensgeister künden ihr: ‚Er kam, weil er dich wiedersehen mußte, so wie du ihn. Aber ich darf ihn von meiner Unpäßlichkeit nichts merken lassen!‘ schärft sie sich ein, erwidert sein Lächeln und antwortet schlicht: „Ich bin froh.“

Sie gehen in die Zentrale zurück, und wie vor zwei Tagen setzt er sich auf den Tisch. „Sind Sie nicht müde?“ fragt er.

„Nein.“

„Es ist dies die einzige Zeit, in der wir allein sein können. Ich habe nicht die Wahrheit gesagt. Ich habe den Wecker gestellt.“

„Das hätten Sie nicht tun sollen. Sie haben ohnedies zuwenig Ruhe.“

„Man kann auf verschiedene Art ruhen. Diese ist hier besser als Schlaf . . . Was ich vorgestern nacht sagte, war die Wahrheit.“

„Seitdem bin ich glücklich.“

Sie spürt nichts mehr von Krankheit. Die qualvolle Hitze scheint wie durch ein Wunder zu weichen. Die Glieder schmerzen nicht mehr. Es hat sich erfüllt, was sie dachte: ‚Wenn ich ihn bei mir am Tisch sitzen sehe, habe ich wieder Kraft . . .‘, und sie schaut zu ihm auf; ohne Scheu, ohne Scham betrachtet sie sein Gesicht, und es schließt für sie alle Schönheit der Erde in sich. Es ist müde, viel schmaler als bei ihrer ersten Begegnung im Schloß, doch gibt ihm die Hagerkeit eine neue Schönheit. Die graublauen Augen lächeln; die vollen, sinnlichen Lippen kräuseln sich leicht in den Mundwinkeln.

‚Ich bin glücklich‘, denkt Edwina, ‚ich wußte nie, was Glück ist. Ich werde nie mehr begehren als dies.‘

„Sie haben jetzt mehr Zeit zur Erholung“, sagt er, „morgen treffen noch zwei Ärzte und drei Schwestern ein. Sie sollten lieber wieder zu Smileys.“

„Ich will aber hierbleiben“, ruft sie bestürzt, „ich muß schaffen, ich will weiterarbeiten.“

„Das können Sie trotzdem: an den Vormittagen. Sie haben es dort nur etwas bequemer, Ihr eigenes Zimmer ...“

„Es geht nicht. Ich möchte Miss Hodge nicht allein lassen.“

Er zündet an der Kerzenflamme eine der kostbaren Zigaretten an, die Harry Bauer in seiner Kiste unter dem Bett verwahrte, starrt einen Augenblick in die Flamme, dann reicht er Edwina die Zigarette und steckt sich eine neue an. „Ich riet es nur aus Selbstsucht, weil ich nicht möchte, daß dir etwas zustößt; ich muß dich in Sicherheit wissen.“

Da ist sie wieder, die unberechenbare Größe X! Wohl dringt aus dem Hintergrund seines zwiespältigen Ichs eine dünne Stimme: ‚Wärest du bloß nicht hierhergekommen!‘ Doch andere Stimmen schreien sie nieder: ‚Nimm diese Freuden! Nur Böses entsteht, so man wegwirft, was einem die Götter reichen.‘ Die warnende Stimme verhaucht. Ohne dieses Weib ist er nur halb.

Ihre Hand hält die Zigarette weit vom Mund weg; sie kann den Geruch nicht ertragen, aber ‚er darf es nicht merken, ich lasse sie ausbrennen‘, denkt sie, sagt aber: „Was soll mit uns werden? Was sollen wir tun?“

„Das soll uns nicht quälen. Es mußte so kommen. Wir können nicht mehr dagegen an.“

‚Zu spät!‘ möchte sie aufschreien. Doch sie schweigt. Sie drängt die Tränen des Glücks, die Tränen der Schwäche zurück. ‚Nun komme, was kommen mag ...!‘

Von weitem, von jenseits des Großen Beckens weht durch das Fenster der Ton zweier Trommeln herüber, der „männlichen“ tiefen, der „weiblichen“ hellen, von andächtigen Händen gerührt. Langsam, melodisch taucht in die Klänge der Ton einer Flöte.

Sie schaut weg von ihm und hinaus. Des Mondes Bahn auf der Wasserfläche verblaßt im zarten Dämmer des Morgens.

Er lauscht und spricht: „Der Tempel Wischnus begrüßt einen neuen Morgen.“ Er ergreift ihre Hand, und ihr Herz jubelt: ‚Ich danke dir, Gott! Dank für die Schönheit der Morgenfrühe, die Schönheit des Lebens und aller Dinge!‘ Ihr ist, als müsse sie ohnmächtig umsinken, sie sucht seinen Blick und sieht aus seinen graublauen Augen das Lächeln verschwinden; in seinem geliebten Gesicht steht die Angst. „Du hast Fieber“, stößt er hervor, „du bist krank.“

„Nein.“

„Du darfst nicht hierbleiben."

„Ich bin nur müde, sonst nichts."

„Von Müdigkeit hat man kein solches Fieber. Ich übernehme die Wache. Du mußt dich hinlegen." – „Nein, wirklich, es ist nichts."

Der Arzt ist unheimlich erregt. Er hält noch immer ihre Hand. „Du mußt tun, was ich sage." Er ist aufgestanden. „Es darf dir jetzt nichts geschehen, Edwina."

„Mir geschieht schon nichts. Unkraut vergeht nicht."

Ohne zu antworten, beugt er sich von seiner Höhe zu ihr hinab und hebt sie vom Stuhl empor. „Ich bringe dich zu Bett."

Sie wehrt ihm nicht. Sie kämpft nicht länger. Sie fühlt sich von seinen Armen umschlungen; ihr Kopf ruht an seiner Schulter. Ihr Ohr hört den Schlag seines starken Herzens; auf ihrem Haar fühlt sie den Kuß seines Mundes. Er trägt sie hinaus, die Stiegen hinab in die Kammer, die Elizabeth mit ihr teilt.

Der Weg ist kurz. Sie aber wünscht, er möge ewig kein Ende nehmen. Sein Herz schlägt an ihr Ohr. Sie ruht für immer in seinen Armen. Und es ruft ihr Geist, es jubelt ihr wehes Hirn:

‚Dank dir, Gott! Dank dir, Gott! Alles ist gut. Jetzt fand ich, was ich suchte, nun kenne ich es.'

In der kleinen Kammer legt er sie sacht auf das harte Ruhebett, öffnet die Knöpfe der unansehnlichen Diensttracht und sagt: „Ich gehe Miss MacDaid wecken; für sie ist das nur eine Stunde mehr."

„Komm wieder, bleib nicht weg!"

„Ich bin gleich wieder da."

Er geht. Sie sinkt zurück. Die Fieberschauer beginnen und schütteln den Leib so heftig, daß das Lager wankt und die Verschnürung knarrt.

Im Bett gegenüber regt sich Elizabeth, ächzt, doch ein gnädiger Schlaf läßt sie nicht aufwachen.

XII

Als sich die Oberschwester leicht an der Schulter geschüttelt fühlt, hat sie sofort die Augen offen und sieht im ersten Morgendämmer den Major über sich gebeugt. „Ja? Was gibt's?" fragt sie gewohnheitsmäßig.

„Lady Heston ist krank. Ich habe sie zu Bett geschickt."

Miss MacDaid setzt sich auf, wobei sie die Bettdecke züchtig zur Kehle emporzieht. Schön war sie nie, doch im Licht des grauenden Morgens hat das unausgeschlafene, schlaffe Gesicht mit den verquollenen Augen etwas abstoßend Häßliches. Pflichtgemäß fragt sie: „Was fehlt ihr?"

„Ich weiß noch nicht. Hohes Fieber. Vielleicht Malaria, aber wahrscheinlich Flecktyphus."

Eitel trotz Pflichtgefühl bittet die Häßliche: „Gehen Sie, bitte! Ich ziehe mich nur an."

Sie braucht ihre Kerze nicht anzuzünden. Sie wäscht im zunehmenden Morgenlicht Gesicht und Hände in lauem Wasser, zieht sich an, ordnet das dünne Haar und verspürt währenddessen etwas wie eine Genugtuung darüber, daß Lady Heston geschlagen ist. Schwerarbeit, Schmutz und widerwärtige Aufgaben aller Art hielt sie zwar ein paar Tage aus, aber schließlich klappte sie dennoch zusammen! Millionen unsichtbarer Mikroben warfen sie um. ‚Sie ist aus dem Rennen ausgeschieden. Wenn sie wieder aufkommt, kann man sie zur Erholung nach Bombay schicken. Einmal dort, fühlt sie sich wieder dem Westen nah und vergißt die verrückte Idee, hierbleiben zu wollen!'

Rein objektiv kann die Schottin der Lady für die Art, mit der sie die harten Anforderungen erfüllte, ihre Bewunderung nicht versagen, aber subjektiv haßt sie die Frau wie noch nie einen Menschen, selbst nicht Natara Devi, die Arme, die sie ja auch nur zuweilen von weitem in der kleinen roten Tonga ausfahren sah. Mit Natara hatte es keine Gefahr; sie war ihm nie mehr als ein schöner Leib. Doch Lady Heston –? Seit vorgestern fürchtet sie dieses Weib. Zweimal sah sie seitdem den Major mit ihr einen Blick wechseln, der nur den Bruchteil einer Sekunde währte und doch der furchtbarste Schlag für sie war, denn es sprach aus ihm eine Intimität, wie sie ihr selbst nie zuteil wurde. Dieser Blick deutete an, wonach sie immer getrachtet, was sie immer gesucht hatte, und erregte die Gute so maßlos, daß sie sich aus einer hart arbeitenden Frau von Grundsätzen und starkem Charakter in einen Dämon, eine Hexe verwandelte, in eine Mörderin im Geist. Wohl war sie beide Male danach über sich selber entsetzt, ihr wurde geradezu schlecht, dann aber schrie ihr altes, verbittertes jungfräuliches Herz: ‚Warum soll sie ihn haben? Warum ihn zugrunde richten? Sie, der Gott alles gab!'

Und sie antwortete ihrem gepeinigten Herzen: ‚Nein, das wird nie geschehen. Eher töte ich sie. Es wäre vor Gott eine gute Tat.'

Dann hielt die Vernunft wieder Einzug; so konnte es doch nicht weitergehen! O dieser tierische, gewalttätige Aufstand eines Organismus, der doch allein dem, was man unter „Miss MacDaid" verstand, zur Behausung zu dienen hatte! Sie stürzte sich in die Arbeit, suchte die Lady und den Major zu vergessen, beide. ‚Auf beide kommt es nicht an; sie sind alle beide nicht wichtig!‘ Doch sogleich strafte eine weise Stimme in ihrem Innern sie Lügen und sprach: ‚Sie sind beide wichtig, denn sie gehören zu den Begnadeten. Wohin sie auch gehen und was sie auch tun – du und alle, die um sie sind, werden zu ihnen aufsehen; stets wird es Menschen geben, die sie bewundern und lieben. Deine ganze Arbeit und Selbstaufopferung gab dir nicht solche Macht, nie solche Rechte. Sie aber kamen damit zur Welt.‘ – ‚Das ist ungerecht!‘ bäumte ihr Herz sich auf.

‚Ist die Seelenwanderung‘, fragte sie sich in beruhigteren Augenblicken, ‚vielleicht doch kein leerer Wahn? Warum werden sonst Menschen mit allem geboren, was Herzen und Augen erfreut, und andere mit gar so wenigem?‘ Und mitten in ihrer Arbeit sah sie die beiden mit einem Mal nicht anders, als seien sie Gott und Göttin, sie selber jedoch eine Wilde und blicke in Ehrfurcht zu ihnen empor. Mit einer Art mütterlichen Neides bewunderte sie Edwina, und am Rande von Schlaf und Traum fühlte sie sich mit ihr eins und erfuhr die Entzückungen des begnadeten Leibes.

Doch jetzt, im grauen Dämmer, ist sie bloß verdrossen, empört und denkt verächtlich: ‚So krank wird sie wohl nicht sein, daß sie nicht ihre Wache aushalten könnte! Ich an ihrer Stelle, ich wäre nicht vom Posten gewichen, es wäre nicht das erste Mal! Schwächliches Frauenzimmer . . .! Oder – hat der Major sie ins Bett beordert? Wer weiß, was sich da abgespielt hat, als die beiden allein waren?! Woher wußte er überhaupt, daß sie krank ist? Was hat er um diese Zeit auf der Abteilung verloren, der einzigen Zeit, wo er ein bißchen ausruhen kann?‘ Sie klatscht in die Hände, bestellt sich beim Diener Tee, geht in die Zentrale und tritt an den Tisch, auf dem der Major vorhin bei Edwina gesessen hatte.

Da liegen noch die zwei Listen, auf welche die Wachende „stirbt“ und „todkrank“ schrieb, um sie nicht zu verwechseln.

Der Diener kommt mit dem Tee. Die Schottin sitzt und trinkt und kann den Blick nicht von den zwei Zetteln wenden. Sie nimmt – ehe sie noch die Tasse ausgetrunken hat und ihre Runde antritt – einen Bleistift aus dem Täschchen in der Hemdbluse am jungfräulichen Busen, schreibt unten auf Liste „todkrank“ die Worte: „Lady Heston, Gemahlin des Ersten Barons Heston“, nimmt die Liste auf und hält sie in die Flamme der heruntergebrannten Kerze.

Nun ist das Blatt Asche, die Kerze erlischt. Der hexenhafte Ausdruck schwindet aus den Augen der Hassenden. Ihre starken, großen, wohltätigen Hände heben den schweren Steinkrug und füllen die beiden Kannen. Die Runde beginnt.

Bei Bett 74 stutzt sie. Der alte Mann, der da liegt, stand nicht auf der Liste der Sterbenden, sondern auf der der Todkranken – und ist unbemerkt hinüber ins ewige Nichts gegangen. Sein Kopf liegt friedlich auf der Seite; der Mund ist wie bei einem Schnarcher halb offen. Er ist tot. Sie kennt das Antlitz des Todes genauer als irgendein anderer . . .

Sein Tod – nur einer mehr aus jenem Millionengewimmel, für welche das Sterben besser ist als das Leben – bedeutet ihr nichts. Doch die Tatsache, daß er auf dem verbrannten Zettel stand, nimmt sie als Omen.

XIII

Drei Flugzeuge tauchen am Vormittag hinter dem Abana auf. Sie bringen Oberst Moti vom Institut für Tropenkrankheiten, zwei seiner Assistenten und Vorräte an Permanganat, Chlorid und anderen dringend benötigten Medikamenten. Der Oberst, ein Sikh, vierzig Jahre alt, hager, sehnig, mit feurigen schwarzen Augen, ist ein äußerst befähigter, leidenschaftlicher, unnachgiebiger Mensch, es hieß, er sei Kommunist oder gar Anarchist, aber Indien und der Osten können ihn nicht entbehren; er versteht von Tropenkrankheiten und deren Bekämpfung mehr als irgendwer auf der ganzen Welt.

Er ist ein großer Skeptiker, verbrachte sein ganzes Leben im Kampf gegen Krankheit und Seuchen auf der Suche nach Seren, die das Massensterben verhüten sollen, und fragte sich dabei immer wieder, ob es nicht richtiger wäre, die Menschheit aussterben zu lassen. Seit langem ist er mit Safka befreundet, der ihn sogleich ins Zelt der Maharani geleitet. Dort beginnt seine erste Besprechung mit Raschid Ali Khan und Oberst Ranjit Singh, deren Sikhs die Aufgabe haben, radikale Maßnahmen zur Austilgung der Seuchen mit Gewalt durchzuführen.

Kurz nach zwei, ohne vorherige Mahlzeit, sind Oberst Moti und seine Assistenten, ein junger Bengale und ein Malabari aus Trivandrum, bereits am Werk, jeder in einem anderen Stadtteil und gefolgt von einem kleinen Sikh-Detachement und einer Abteilung Straßenarbeiter.

Binnen kurzem sind Gräben gezogen, das versumpfende Wasser abzuleiten; verfallende Häuser werden niedergebrannt – es ist, als wüte von neuem das Feuer des Untergangs. Auf dem Hauptmarkt, wo bereits wieder Gemüsegärtner auf neu errichteten Ständen Melonen, Mangonen, Limonen, Guaven und Rettiche feilhalten, wird die ganze Ware in Permanganat getaucht oder gespritzt. Brunnen auf Brunnen wird mit Chlor desinfiziert.

Überall, wo die Arbeitertrüppchen auftauchen, erhebt sich ein Zetergeschrei wegen der Zerstörung von Privateigentum und der Verletzung oder Nichtachtung abergläubischer Vorschriften, rotten sich Hindus zusammen, drohen mit offenem Widerstand, doch Moti mit seinen zwei Assistenten beachtet sie nicht. Er hat den Auftrag der Maharani, nach eigenem Ermessen vorzugehen. Den ihn mit aufgepflanzten Bajonetten umgebenden Sikhs wäre nichts willkommener als ein gewaltsames Einschreiten und Blutvergießen.

So spielt denn der Oberst Gottvater, und zwar mit wahrer Besessenheit. Zum ersten Male hat er freie Hand zu zerstören, Schlupfwinkel der Ratten, Moskitos und Flöhe zu vernichten, niederzubrennen, die Wohnstätten der Unsauberkeit und die Mikroben zu töten, die an Früchten, Gemüse und Süßigkeiten haften.

Hinter seiner fanatischen Wut steht halb bewußt das Gefühl, durch sein Zerstörungswerk zugleich, gleichsam symbolisch, die Unwissenheit, den Aberglauben und eine entartete Religion auszurotten, welche sein Volk, seine Heimat seit Jahrtausenden in Banden hielten. Heftiger als Ratten, Flöhe, Mikroben haßt er die brahmanischen Priester, und sobald einer von ihnen beschwörend in seinen Kreis tritt, speit er vor ihm aus und heißt ihn in herrischem Hindostanisch, sich wegzuscheren. Seit dreißig Jahren sitzt in ihm unterdrückt das Verlangen, eine veraltete Welt zu zerstören, auf daß eine neue geboren werde. Jetzt hat er die Möglichkeit und eine leidenschaftliche Freude daran.

So begann das zweite große Feuer und wütete über der Hauptstadt. Die Ruinen des Basars wurden zugleich an zwölf Stellen angezündet. Bald war das ganze Trümmerfeld ein einziger Hochofen; die unbezähmbaren Flammen ergriffen die Ruinen des Alten Sommerpalastes, des niedergebrochenen Kinos, verbreiteten sich, vom Monsunwinde gefächelt, über den hölzernen Alten Palast und verzehrten ihn samt seinen finstern Tyrannenlegenden von Giftmord, Halseisen und Erdrosselung. Bis zum Strom drang das Feuer, doch mied es das Konservatorium, weil es vom Großen Becken geschützt war, und das von ausgedehnten Freiflächen umgebene Hospital.

Gegen sechs Uhr sind von der heimgesuchten Stadt nur noch glühende Aschenhaufen vorhanden und da und dort an der Peripherie ein paar verfallene Häuser und Schuppen. Aber Moti, triefend von Regen und Schweiß, wütet weiter, läßt unverbrannte Reste mit Petroleum begießen und anzünden. Die Höhere Mädchenschule mit der kostbaren Bücherkiste, zu deren Rettung Miss Dirks in den Tod ging, und das geliebte Häuschen der Lehrerinnen mit seinen Spitzen, Kissen, Andenken und dem kostbaren Service der Ostindischen Kompanie gehen in Flammen auf.

Vom Eingang ihres gestreiften Jagdzeltes auf der Anhöhe im Schloßpark verfolgte die Maharani das Werk der Zerstörung, anfangs erschrocken, doch da sie den Sinn der Vernichtung erfaßte, beruhigte sie sich und war dem Fanatiker der Hygiene dankbar. Sie sah ein, die Einäscherung ihrer Stadt war ein Segen, welchen herbeizuführen sie selbst sich niemals getraut hätte, zog es sie doch noch tagtäglich zu den Überlieferungen und Bräuchen der Vorzeit; manch alter Aberglaube saß ihr im Blut. Doch als sie da mit der alten Bewanagar in ihrem Zelteingang saß, verstand sie allmählich, daß selbst das Erdbeben und die Flut so etwas wie ein Segen waren. Der alte Maharadscha hatte nur behutsam gekämpft und mit den unübersehbaren Imponderabilien der alten Vergangenheit Kompromisse geschlossen. Nun war dies alles hinweggefegt, eine neue Hauptstadt kann sich sauber und licht aus der Asche erheben. Ihre Tempel sind aus Stahl und Eisenbeton. Da gibt es kein Pariaviertel mehr, keine finsteren, elenden Hütten, in denen gleich Giftvipern beständig Typhus, Pest und Cholera lauern, stündlich bereit, ihr Haupt zu erheben und sich mit unheimlicher Schnelle auf ihre Opfer zu stürzen. Ist erst das neue Staubecken mit dem Wasserwerk und dem Damm errichtet, dann werden die städtischen Brunnen, diese Bazillenherde, für immer geschlossen, und es gibt nur noch reines, gesundes Gebirgswasser.

Aber der Anblick der großen Zerstörung erregte und beglückte das Herz der mahrattischen Herrscherin noch in anderer Weise. So haben vormals mahrattische Scharen auf wilden Heerzügen Dörfer und Städte zerstört. Heute noch schrecken bengalische Mütter ihre Kinder mit der Drohung: „Sei brav, sonst holen dich die Mahratten!"

Nach Einbruch der Dunkelheit betritt Oberst Moti ihr Jagdzelt. Sie empfängt ihn sehr ernst, er entschuldigt sich feierlich und förmlich, ihre Hauptstadt versehentlich niedergebrannt zu haben. Sie läßt ihn reden, bald aber merken, daß sie die Hohlheit seiner Angaben durchschaut und trotzdem zufrieden ist, daß er die Reste von Ranchipur „versehentlich" verbrannte. Sie schätzt Moti wegen seiner rücksichtslosen Konsequenz und der grandiosen Grundgedanken. Er gefällt ihr. Während er weiterspricht, leuchtet es heller und heller in ihren schwarzen Augen, und aus diesem Grunde gefällt sie auch ihm. Als Major Safka kurz nach neun eintrat, fand er die beiden am Boden sitzend über einen blanken Bogen Reispapier gebeugt, auf welchen Moti den Plan der neuen Hauptstadt zeichnete. Sie soll nach amerikanischem Muster aus eisenarmiertem Beton und Ziegelstein errichtet werden, ähnlich wie Raschids Haus und die Abendschule für Knaben niederer Kaste; beide Häuser überdauerten Erdbeben, Überschwemmung und Brände. Ein Entwässerungssystem wird der tückischen Anopheles-Stechmücke, „dem schlimmsten der Feinde", wie Moti sie nennt, die letzte Zuflucht nehmen und auch die Malaria zum Verschwinden bringen, die zwar seltener tödlich verläuft, aber die Lebenskraft eines ganzen großen Volkes untergräbt. „Wir bauen eine neue Stadt", ruft Moti begeistert, „wie es noch keine in Indien gab oder gibt, eine Stadt, die dem Anprall der Seuchen standhält. In einer bis zwei Generationen wohnt hier ein neues Volk, Inder anderer Art! Die Amerikaner haben es in ungesunden Gegenden, wie auf Kuba, in Panama und auf den Philippinen, fertiggebracht. Hier wird man es auch!" Dies ist sein Traum. Seine schwarzen Augen blitzen.

Während zu ihren Füßen die Stadt noch in Brand steht, läßt sich die Maharani von Motis begeisternden Träumen gefangennehmen. Alle Enttäuschung und Schwäche fällt von ihr ab. Sie will leben, immer weiter und weiter leben und die Vision des vernichtenden Schwärmers verwirklichen. Sie wird viel Geld dazu nötig haben, wird gegen die orthodoxen Hindus und selbst gegen den alten Dewan und seine überalterten Anschauungen und alle Traditionen kämpfen müssen, doch Raschid, Safka und die kleinen Smileys stehen ihr zur Seite und arbeiten still und unbeirrt weiter.

Auch den Major packte der Enthusiasmus. Er lauschte und staunte und dachte nicht mehr der Verzweiflung, die ihn noch eben auf dem Wege zum Jagdzelt erfüllte; er vergaß alles, sogar, daß Edwina wohl sterben würde, und wurde wieder, was er vor der Flut, vor dem Erdbeben war: der unpersönliche, fanatische Harte, der sich mit nichts befaßt als mit der Wissenschaft und dem politischen Kampf.

XIV

Denn als er auf seinem Fahrrad die glatte Missionsstraße langsam durch die Nacht dahinfuhr, vom Widerschein der brennenden Stadt beglänzt, war ihm gewiß, es gab keine Hoffnung mehr für Edwina.

Er konnte nicht sagen, warum; es war ein Gefühl, das er nicht zu ergründen suchte. Während des abgelaufenen Tages rang er in ständiger Wirrnis bald siegreich, bald unterlegen mit den Engeln des Todes. Die Kranke schlief fast den ganzen Tag ruhig wie ein Kind, aber das Fieber zehrte an ihr und verzehrte sie. Immer wieder betrat er die Kammer, in der die unförmige Elizabeth Hodge steif auf einem groben Schemel saß und stundenlang ununterbrochen auf das Bett und die darin Liegende stierte. Als sie einmal bei seinem Eintritt aufsah, kam ihm der sündhafte Gedanke: ‚Warum warfen sich die Mikroben nicht lieber auf sie? Soll sie doch sterben! Muß Gott auch alles verpfuschen? Edwina, die armen Jobnekars, Sarah Dirks nimmt er weg und läßt eine Miss Hodge, die brahmanischen Priester, die Kapitalisten am Leben!‘ Er oder Moti hätten an Gottes Stelle es wahrlich besser gemacht.

Als er um vier wiederum nach ihr sah, lag sie wach, die Augen vom Fieber verschleiert, die Wangen glühend heiß. Schon zeigten sich die schwachen, rötlichen Flecken, das eindeutige Zeichen der Krankheit. ‚Sie kann sich nicht hier, sie muß sich schon vor dem Erdbeben angesteckt haben, vielleicht schon im Norden auf der Herfahrt durch die versengten, staubigen Steppen‘, dachte er.

Sie sah ihn an und lächelte: „Ich habe auf dich gewartet", und streckte die Hand nach ihm aus. Er ergriff sie und setzte sich zu ihr aufs Bett.

Miss Hodge stand auf, zappelte im Zimmer herum, verrückte die Wasserkanne, zupfte und klopfte an ihrem Deckbett – sie achteten nicht darauf; Safka bemerkte es nicht einmal. Was galt ihm die arme Irre! Jetzt galt es nur, Edwina zu retten.

„Ich weiß, woher es kommt", flüsterte sie, „von dem Glas."

„Was für ein Glas?"

Sie erzählte ihm, sie habe in Gedanken der Alten, die dann an Flecktyphus starb, aus ihrem Glase zu trinken gegeben und nachher selber daraus getrunken. „Es war, nachdem du bei mir warst und mir halfest. Was du zu mir gesagt hast, hat mich so glücklich gemacht, daß ich alles darüber vergaß."

Er suchte sie über ihr Versehen zu beruhigen, die Infektion sei sicher schon lange vorher erfolgt. Aber sie ließ sich von dem Gedanken nicht abbringen. „Es war gut. So mußte es kommen . . ., daß endlich das Glück da ist und mich ins Unglück stürzt."

„Hast du dich vor der Reise nicht gegen Typhus impfen lassen?" fragte der Arzt.

„Ich gab an, ich sei schon geimpft, damit mein Mann Ruhe gab, denn ich wollte mich nicht damit plagen; ich glaube nicht dran", antwortete sie. Sein wissenschaftlicher Sinn fühlte sich verletzt. „Sehr leichtfertig!" tadelte er. „Sehr unklug!"

„Ich dachte nur: Wenn mich nicht der Typhus packt, tut's eine andere Krankheit; es kommt auf dasselbe heraus."

Er schwieg und hielt nur ihre Hand noch fester. Sie war leichtsinnig; es war dumm von ihr, daß sie solch fatalistischen Unsinn glaubte, und dennoch liebte er sie, weil sie so und nicht anders war, eine sorglose Spielernatur, die nicht weinte, wenn sie verlor. Merkwürdig, daß ihn schließlich eine Frau gefangengenommen hatte, die in allem das Gegenteil dessen war und tat, was er für richtig hielt.

„Du hättest es jedenfalls gleich Miss MacDaid sagen sollen", belehrte er, „aber die Infektion kommt nicht von dem Glas. Kann sein, daß sie dadurch verschärft wurde."

„Ich sagte ihr nichts; ich schämte mich meiner Unachtsamkeit und hatte Angst, sie würde mich entlassen, und ich konnte doch nicht fort und dich nie mehr wiedersehen, nachdem du so zu mir gesprochen hattest." Sie wandte den Kopf nach dem engen Fenster. „Es brennt . . . ? Was ist geschehen? Was brennt denn?"

„Die ganze Stadt. Überall Feuer."

„Es ist hier ein klein bißchen wie in der Hölle."

„Dieser Stadtbrand ist wahrscheinlich wohltätig."

Nach längerem Schweigen fragte sie: „Wie lang ich wohl krank sein werde?"

„Ich weiß nicht", antwortete der Arzt, „es kommt darauf an, wieviel Widerstandskraft du aufbringst. Flecktyphus ist eine langwierige Sache." – Sie dachte nach und fand: „Ich bin hier zur Last." – „Nein."

„Wäre es nicht gescheiter, man brächte mich wieder auf die Mission?"

„Vielleicht . . . nur ist da niemand, der dich richtig pflegt."

Wiederum dachte Edwina nach. „Miss Hodge könnte mitkommen und die grobe Arbeit tun; es macht ihr nichts aus."

„Ja", rief Miss Hodge, die den Vorschlag gehört hatte, „lassen Sie mich mit; ich tu' es gern!"

„Es ist hier so traurig", fuhr die Kranke fort, „und ich habe das Gefühl, ich bin bloß im Wege."

„Ich müßte erst Tante Phoebe fragen. Sie hat die ganze Arbeit."

„Ich mache ihr nicht viel Arbeit, ich bin die bravste Patientin. Du brauchst nur Miss Hodge zu erklären, was sie zu tun hat."

Es war ein unvernünftiger Einfall. Trotz der gegenwärtigen Arbeitsüberhäufung war die Spitalpflege das einzig richtige. Auf der Mission kann er sie nicht so leicht besuchen und muß sich die Zeit für die drei Wegmeilen bis zu Smileys von seiner ohnedies knapp bemessenen Ruhezeit stehlen. Andererseits soll die Kranke sich möglichst wohl fühlen, glücklich sein, wieder gesund werden und nicht jetzt, da das wahre Leben für sie beginnt, in den Tod gehen. Er fühlte den brennenden Wunsch, sie glücklich und gesund zu sehen.

Da sagte sie: „Ich wäre dort soviel glücklicher."

„Ich gehe hin und frage Tante Phoebe." Seine beiden Hände umschlossen ihre kleine, vollendet schöne Rechte, „ich gehe sofort hin. Aber du schlafe jetzt schön; das ist für dich das allerbeste. Der Schlaf heilt."

„Danke, du Lieber ..." Sie schloß folgsam die Augen und lag still. Er wartete eine Weile, und als er dachte, sie sei eingeschlafen, löste er seine Hand aus der ihren und stand auf. Sie aber öffnete wieder die Augen und bat: „Ich möchte gern Tom Ransome sprechen."

„Tu es lieber nicht; es ist zu gefährlich. Er sollte nicht vom Konservatorium hierher ins Hospital kommen."

„Gut. Adieu." Sie schloß die Augen.

Kaum war der Arzt draußen, als sich Elizabeth wieder neben das Krankenbett setzte. Es war das erste Mal, daß Edwina richtig krank war, und darum lehnte ihr Körper wie ihr Geist sich dagegen auf.

Stumpfe Hitze lag wie eine Filzdecke über dem Hospital. Der Rauch des Stadtbrandes erfüllte die Luft. In ungestümen Wellen wogte das Fieber. Man hatte kein Eis; das Wasser war nur lau. Ihr Geist wurde durch Nebelfelder der Qual und Betäubung getrieben und wieder hinauf ins Bewußtsein geweht. Dann dachte sie: ‚Dies ist wohl das Fegefeuer.' Sie fühlte Hitze, Hitze rings um sich her, doch nimmer genug, sie zu töten.

Dank der eingenommenen Mittel geriet sie in heftigen Schweiß. Das Bett und das grobe Nachthemd wurden naß, und Elizabeth eilte hinaus, frische Wäsche zu holen. Als sie zurückkam, war Edwinas Leib von erschreckend heftigen Fieberfrösten geschüttelt. Aber auch sie legten sich langsam, die Temperatur sank, und sie lag still.

Sie dachte nicht, daß sie sterben könne; das hatte sie niemals gedacht. Der Tod konnte alle, die um sie waren, dahinraffen; an ihr ging er vorbei ..., sie hatte nur das unbestimmte Gefühl, ihre Krankheit werde sich lange hinziehen, Wochen, Monate; es war ihr nicht wichtig, nicht mehr ... Nur eines haftete fest in ihrem getrübten

Denken, und dies war der Entschluß, nicht einzuschlafen; inzwischen konnte er wiederkommen und bei ihr sitzen, ohne daß sie es wahrnahm.

Damit ihr ein paar Minuten des Glücks nicht entrinnen, wagt sie nicht mehr zu schlafen.

XV

Da die Straßen hinter dem Großen Becken infolge des Feuers nicht mehr befahrbar waren, mußte Major Safka einen Umweg machen und jenseits des Hauptmarktes sein vom Hausdiener geliehenes Fahrrad durch die roten, verschlammten Felder bis zur Eisenbahnbrücke schieben.

Der Brand, erkannte er, war kein Zufall. Es war ihm klar, daß Oberst Moti ihn vorsätzlich veranlaßt hatte, und er staunte, wie ein Mensch, der in wissenschaftlichen Dingen eine solche Selbstdisziplin bewies, in sozialer Hinsicht so zügellos sein konnte. Seit über zwei Jahren hatte er den unbändigen Sikh-Doktor nicht mehr gesehen und fand nun, der Mann habe zugleich etwas Gefährliches und Hinreißendes an sich.

In der kurzen Zeit, die er nach seines Kollegen Ankunft in Ranchipur mit ihm zusammen war, stand er ganz unter dem Eindruck dieser dunkel lodernden Augen. Die Begrüßung, die knappen Fragen über die Epidemie und deren bisherige Bekämpfung – auf mehr erstreckte sich ihre Zwiesprache nicht –, riefen in ihm ein Gefühl von Scham hervor; wie ein richtiger Schlappschwanz kam er sich vor; er bedeutete für den Oberst seit ihrem letzten Zusammensein wohl eine tiefe Enttäuschung. Doch während er so neben seinem Rad dahinging, prüfte er sich und stellte fest, daß er von der gleichen Leidenschaft für die Sache Indiens beseelt war wie dieser Sikh, nur politisch weniger radikal und vor allem nicht derartig rücksichtslos. Mit geradezu verzweifelter Notwendigkeit drängt es Moti stets zur Aktion, als sei es immer zu spät, sein Leben zu kurz für all das, was er durchführen müsse. Er war der Typ des Fanatikers.

Auf dem Brennereiweg konnte Dr. Safka wieder aufsitzen. Vor sich im Regen sah er das Gesicht des Freundes, den harten Mund, die knochige Stirn, den starken Bartwuchs, der ihn auf den ersten Blick als Sikh kennzeichnete, obwohl er sich dreimal täglich rasierte. Vor allem aber die Augen! Sie brannten vor Ungeduld und Unduldsamkeit gegen seine Mitmenschen, gegen deren Schwäche und Torheit.

Nie würde ein Oberst Moti einer Schwachheit zum Opfer fallen wie jener, deren er selbst sich nun schuldig fühlte. Das Weib war für diesen Mann nicht vorhanden, nicht einmal als Apparat der Sinnenlust. All seine Energien, seine gesamte Schaffenskraft sammelte und verdichtete sich zu einer nadelspitzen blauen Stichflamme, welche der blutigen Kali Willen vollstreckte: zu zerstören, das Alte niederzubrennen, auf daß etwas Schöneres, Besseres an dessen Stelle entstehe. In Moti war keine Größe X enthalten. ‚Nie könnte er eine Torheit begehen wie ich', dachte der Doktor.

Aber sein Herz konnte den Freund nicht beneiden. Er gedachte der letzten drei Tage, der kurzen, beglückenden Augenblicke, die sie ihm gewährt hatten, da es keine Einsamkeit mehr für ihn gab, keinen Fanatismus, keine Zielstrebigkeit, keinen Egoismus, und empfand etwas wie Mitleid für Moti und die Dürftigkeit seines Daseins.

*

Er fand Tante Phoebe und Homer Smiley in ihrer Küche, wo sie ein kleines, dunkelhäutiges Mädchen der Daji-Kaste fütterten, das Smiley auf einer Wanderung an der Peripherie zwischen verkohlten Hütten gefunden hatte; Eltern und Geschwister waren verschwunden. Das Kind aß mit der Gier eines kleinen Tieres. Nur einmal schaute es schräg von unten auf, als fürchte es, geschlagen zu werden.

Bestürzt hörte man Safkas Bericht von Lady Hestons Erkrankung. Als er fast schüchtern ihren Wunsch, herzukommen, vorbrachte, meinte Homer: „Im Hospital hat sie es sicher besser. Wir können ihr so wenig Bequemlichkeit bieten."

„Miss Hodge will mitkommen. Sie ist zwar irr, aber harmlos. Dank ihrer restlosen Ergebenheit könnte sie wohl von Nutzen sein."

Tante Phoebe tat der ausgehungerten Kleinen noch Reis auf den Teller und sagte: „Mir macht es nichts aus. Es ist hier zwar nicht komfortabel, aber wenn Lady Heston Lust hat, werden wir unser möglichstes tun. Ich gebe ihr meine Stube und schlafe im Lagerraum; er ist ja jetzt wieder frei."

„Nicht als ob wir sie nicht haben wollten", erklärte Homer, „ich überlege nur, was für sie das beste wäre, Sie verstehen doch?"

Der Arzt dachte nach. „Ich verstehe. Ich habe zuerst das gleiche gedacht wie Sie, aber ich glaube, es war nicht richtig. Es ist kein gewöhnlicher Fall. Es handelt sich hier nicht allein um das Medizinische. Sehen Sie: Sie möchte hierher, weil sie sich hier glücklicher fühlt, und das scheint mir ein ausschlaggebender Faktor."

„Es liegt nur bei Ihnen, Major."

„Also dann schicke ich sie Ihnen, sobald es sich einrichten läßt. Ich weiß, es ist viel verlangt, aber Sie haben dafür Verständnis; ich wußte es gleich."

Die Kleine hörte plötzlich zu essen auf, als sei es unmöglich, auch nur noch ein einziges Reiskorn in den unschönen, übergroßen Mund zu stopfen, legte überraschenderweise die ausgemergelten Händchen zusammen und machte den Salaam-Gruß.

„Ich muß Sie leider verlassen", entschuldigte sich Smiley, „ich will ins Waisenhaus, nach diesem Brand werden wir noch viel mehr Leute beherbergen müssen." Er nahm die Kleine bei der Hand und ging. Sein Fahrrad schob er neben sich her.

Safka sah ihnen nach, bis sie aus dem schwachen Lichtkreis, der aus der Küchentür fiel, im Regen verschwanden. Als er sich umwandte, sagte Phoebe: „Ich werde mich selbst um sie kümmern. Im Waisenhaus ist für mich nicht mehr soviel zu tun, und ich habe sie doch so gern."

Sie tranken noch eine Tasse Tee, sprachen zum erstenmal seit der Katastrophe von kleinen häuslichen Angelegenheiten, bis Safka, wenn auch ungern, aufstand und ihr bis morgen Lebewohl sagte. Bei der Tür sagte die Tante plötzlich: „Grämen Sie sich nicht! Ich will gut für sie sorgen. Ich verstehe mich auf Flecktyphus. In Beaver Dam hatten wir auch einmal eine Epidemie. Im Jahr achtundneunzig. Ich habe damals zwei Brüder und einen Neffen gepflegt."

Erquickt, beruhigt durch die wenigen Minuten in Phoebes Gesellschaft, fuhr er davon. Ihre Gemütsruhe gab ihm zu denken, stammte sie doch aus westlicher Aktivität und nicht aus östlicher Resignation, Selbstverneinung und Kontemplation, wie etwa bei Bannerjis Vater, nein, aus reinem, selbstlosestem Schaffensdrang – sonderbar! Dort Selbstverneinung, hier Selbstlosigkeit – das Selbst mußte also auf jeden Fall ausgeschaltet werden, sonst gab es weder Frieden noch Weisheit. Es hieß entweder wie Tante Phoebe leben, rastlos und wachsam bis zur Grenze der Leistungsfähigkeit, oder, wie der alte Bannerji, allem Leiblichen, allem Materiellen entsagen. Der Weg Phoebes schien Safka von diesen zwei Wegen zum Frieden der Seele der weisere und vor allem der menschlichere.

‚Wir könnten', sann er, ‚zusammen ins Ausland, nach Malaya oder Indochina oder auch China gehen und dort von vorne anfangen. Ich finde auch dort genug nützliche Arbeit und könnte meine Forschungen fortsetzen, und sie fände innere Ruhe . . .' Doch sogleich sagte er sich, das sei alles Unsinn, Phantasterei, wie aus einem Roman oder Film des Okzidents! Wie könnte er von hier fort, ohne sich zu zerstören und damit auch sie! Nie konnte er dies grausame, herrlich erhabene Indien lassen, es war ja sein Lebensblut. Nicht Cambridge, nicht das medizinische Studium, keine von allen den neuen Ideen, auch nicht die Frauen, die er dort im Westen kennengelernt, hatten etwas daran geändert. Er war nicht vom Westen. Er gehörte hierher: in das Ungeheuer der brennenden Dürren, der gewaltigen, jähen Fluten, der Erdbeben, der vielen Tempel, Hungersnöte und dichten Dschungeln, die sich hart an die Tore der Großstädte drängen. Das große Heimweh, das ihn in all den Jahren im Westen verfolgt hatte, stand in seiner Erinnerung auf. Er durfte nicht daran denken, Indien je zu verlassen.

Dort vor ihm huschte im Widerschein der brennenden Stadt ein Schakal über den Weg. Über ihm raunten im Regen die Blätter javanischer Feigenbäume die Worte: ‚Sie stirbt, sie stirbt ...' Und tief erschrocken erkannte er: die Worte, sie kamen aus seiner eigenen Brust. Weisheit, so alt wie Indien, sprach aus ihnen, das Wissen, daß sie sterben müsse; so sei es beschlossen von Anbeginn, denn dies sei ihr Schicksal und seines.

Wußte er es denn nicht von der ersten Minute an, da er sie unter dem glitzernden, bienengefüllten Kronleuchter des Schlosses erblickte? Nun verstand er, wieso er sich nach dem ersten Blick, der sie verlockend licht und leicht und lasterhaft fand, rasch abgewandt und den ganzen Abend vermieden hatte, sie noch einmal anzusehen. Es war ein Unrecht. Es sollte nicht sein. Es hätte nie so weit kommen dürfen.

Doch diese Erkenntnis erstickte nicht seine Sehnsuchtsqual; sein Leib schrie nach ihr voll Verlangen.

Doch in den Bäumen raunte es wieder und wieder: ‚Sie stirbt, sie stirbt ...'

Als er sich der Eisenbahnbrücke näherte, kam ihm aus seiner Seele Tiefen ein weiteres Wissen. Er erkannte, sie wolle es selbst; sie starb, weil ihre Seele zu müde war, sich noch Mühe zu geben, um weiterzuleben. Er hatte es gespürt, als er bei ihr auf dem Bett saß und mit ihr sprach. Darum wollte sie auch mit Ransome reden. Sie war wie diese armen halbverhungerten Menschen niederer Kaste, die sich nicht bemühen zu leben, weil sterben leichter ist.

XVI

Am Morgen wackelt der erste Zug vorsichtig langsam über den eilig erneuerten Schienenstrang. Er bringt Lebensmittel, Medikamente, Krankenschwestern, Ärzte. Auch der alte Dewan, begleitet von einem Sohn, einem Enkel und einem Neffen, entsteigt ihm, wie immer makellos, den weißen Bart sorgsam gepflegt, das Gewand aus reinem, feinem bengalischem Linnen. Zu seinem Empfang erscheint sein alter Widerpart im Rat, Raschid Ali Khan, abgemagert durch zweiundsiebzigstündige Arbeit.

Beide begeben sich auf der Stelle zum Jagdzelt der Maharani.

Die alte Herrin begrüßt den Dewan mit geteilten Gefühlen und nicht ohne Besorgnis. Wohl freut es sie, daß er ungeachtet der schrecklichen Monsunhitze aus dem Gebirge herabstieg, denn seine Weisheit und Schlauheit können von unermeßlichem Werte sein, aber zugleich ist sie bedrückt; sie weiß zu gut: er wird sofort von den Finanzen anfangen, den hohen Kosten, wird bremsen, wo er nur kann, und sie brennt doch vor Ungeduld, vor ihrem Tod die Hauptstadt Ranchipur neu erstehen zu sehen. Sie ist von der rücksichtslosen Begeisterung Motis, der mit ihr die ersten Pläne für eine neue Stadt entwarf, hingerissen und überzeugt. Der Dewan jedoch stellt das feinste, verschlagenste Altindien dar, sein Blick reicht bis zu den Ursprüngen indischer Kultur und indischen Glaubens. Starrköpfig und verschlagen wird er bei jeder Beratung, in weißes Linnen gehüllt, sich gegen jede westliche Neuerung sperren, denn nach seinem Willen und Wunsch soll Indien sich selbst gehören und gleich ihm zu den Quellen einstiger Größe zurückkehren. Moti aber, das ist der neue Inder, voll Begier, das Gute zu nehmen, das der Westen zu bieten hat, und voll Eifer, das Alte zu zerstören, alles Alte, Schlechtes wie Gutes, und neu zu beginnen.

Ihr eigenes Gefühl ist einfacher als das der beiden, weiblich intuitiv und von großer Ungeduld. Morgen schon möchte sie Neu-Ranchipur vor sich sehen als leuchtendes Vorbild für All-Indien, als ein Trutz allen Europäern, die behaupten, Indien sei nicht imstande, mit seinen Problemen selbst fertig zu werden, und als Genugtuung und Rechtfertigung ihres grenzenlosen Stolzes, der ihr so bluteigen ist wie ihre Rücksichtslosigkeit.

Der bärtige Alte ist von dem, was er sehen mußte, entsetzt. Der zweite Brand hat sein Ranchipur in einen rauchenden Aschenhaufen verwandelt. Die Tempel sind verkohlt, der verwunschene Alte Palast vernichtet, die alten Wahrzeichen, die seinem Geiste so viel bedeuteten, sind dahin. Was blieb, sind nur die modernen, häßlichen Baulichkeiten nach westlichem Muster. Triumphierend ragen sie aus den schwelenden Ruinen des antiken Indiens: die Abendschule für Knaben der Unberührbaren, das Technikum und das schmucklos kahle Spital. Fast alles andere ist verschwunden.

Er fragt die Herrscherin, wie es kam, daß die Zerstörung so vollständig ist; doch als diese ihm auseinandersetzt, das zweite Feuer sei infolge eines Zufalls ausgebrochen und durch den Monsunwind über die Stadt verbreitet worden, glaubt er kein Wort. Sie sieht es ihm an, er läßt sich nicht täuschen. Als Motis Name fällt, verengen sich seine schwarzen, stechenden Augen, ja, er erbebt ein wenig. Mehr als der Brite ist Moti sein und Indiens Feind. Mit Briten wurde er bis dahin noch immer durch Schmeichelei und List fertig, er fand sie stupid, starr, dickköpfig, doch leicht an der Nase herumzuführen, wofern er nur mit Behutsamkeit vorging.

Über sechzig Jahre wirkte er nun auf seine, auf altindische Art, lockte die Fremden sacht in die Falle, so wie in jener Nacht im Schloß Albert Heston. Unmerklich, Schritt für Schritt, führte er sie in ihren Untergang und rettete damit alles, was ihm an Indien teuer war. Seine Methode hatte Erfolge. Könnte er noch ein Jahrhundert lang leben, er sähe sein Indien, ein Indien der Tradition, der Würde und Ehre, selbständig und unversehrt. Der Brite zerstört sich schon selbst. Er wird verschluckt, wie Indien noch jeden Eindringling verschlang. Nun aber erhoben sich Moti und Konsorten, wahnwitzige Hitzköpfe, und zerstörten alles, was wahre Inder wie er allmählich mit großer Geduld zuwege gebracht hatten. Die Radikalen und Moti waren für ihn und sein Indien ärgere Feinde als Großbritannien. Dieses begnügte sich damit, Indien als Kapitalsanlage, die größte der Welt, zu betrachten; Geist und Seele Indiens ließ es unangetastet; es kümmerte sich gar nicht darum. Moti und seine Heißsporne hingegen wollten die Seele Indiens genau wie Ranchipurs Überreste zerstören.

Die Maharani läßt den alten Dewan nicht aus den Augen. Sie liest seine Gedanken. Seit Jahren verstand sie seine verschmitzten Pläne so gut wie seine Erfolge, stand ihm mitunter sogar bei, doch weder er noch sie ließen sich je das geheime Wissen um die Absichten und Gedanken des andern anmerken. Und nun bedenkt sie sein hohes Alter: schier neunzig Jahre. „Älter als Brahma", wie der Inder sagt. ‚Er kann nicht mehr lange leben. Die rasche Rückkehr in die Hitze, die Kämpfe mit Moti, Raschid und mir werden ihn töten. Schade.

Er war kein schlechter Fechter. Aber er will nichts einsehen . . .' Seit sie mit Moti sprach, weiß sie es. Und sie hat unumschränkte Gewalt. Wenn er ihr lästig wird, kann sie ihn absetzen. Denn sie ist endlich, wonach sie sich zeitlebens sehnte: die unumschränkte Mahrattenkönigin. ‚Ich werde ihn nicht zu entlassen brauchen; er wird sterben. Der Gram über das zerstörte Alt-Ranchipur und die für ihn unerträgliche Hitze werden statt meiner ihn für immer seines Postens entheben.'

Aber sie weiß ebensogut, daß Moti und seine Heißsporne letztlich auch darauf aus sind, sie selbst und die andern indischen Fürsten zu vernichten, alle, vom mächtigen Nizam und dem märchenhaft reichen Baroda bis zum kleinsten, unselbständigen Duodezfürsten. Doch bis es dazu kommt, wird sie vieles erreicht haben, was den Hitzköpfen, wenn sie die Macht erringen, niemals gelingen kann. Denn sie gebietet als absolute Herrscherin innerhalb der Grenzen des Staates. Jene werden es nie . . . Plötzlich kommt ihr der Beiname in den Sinn, den Ransome ihr gab und den der Major ihr verriet: „Die letzte Königin."

Aber der alte Dewan macht keine Einwände gegen Oberst Moti. Bis auf das leichte Erbeben und den Blick aus den verengten Augen gab er kein Zeichen von Mißbilligung, weder dessen, was hier geschah, noch dessen, was auf Grund des phantastischen neuen Stadtplans geschehen sollte. Denn nicht in offenem Kampf erreicht er sein Ziel.

Er wird auf seine schleichende Art in aller Stille vorgehen, jeden Plan, jede Änderung, jeden Entwurf sabotieren, bis sie endlich zugrunde gerichtet sind, wie so viele Dinge, die an Indiens Schlaffheit und Trägheit erstickten. Er entfernt sich alsbald. Er wolle, sagte er, in der Asche seines Hauses „ein wenig stochern" und werde sich in der Abendkühle hier wieder einfinden.

Die Maharani erteilt den Befehl, ein Zelt für ihn nahe dem ihrigen aufzuschlagen. Auf diese Weise können ihre Spione sie über sein Kommen, sein Gehen und seine Gespräche auf dem laufenden halten, vielleicht sogar über seine Gedanken . . . Sie zweifelt nicht daran, daß auch er erfahren wird, wann Moti und Raschid bei ihr sind und, ungeachtet aller Vorsichtsmaßnahmen, was sie bei diesen Gelegenheiten verhandeln. Nur für eines hat sie den Alten nötig: den Verkauf ihres Schmuckes; da würde ihr kein Mensch auf den Juwelenmärkten des Westens einen so guten Preis erzielen wie er.

Wer wird ihre herrlichen Steine kaufen? Große Kokotten des

Westens, vulgäre Weiber der „Arrivierten" und Schieber, die sich am Zerfall der westlichen Zivilisation mästeten. Ihre Brillanten, Rubinen, Perlen und Gold kehren zurück in die Läden der Place Vendôme, der Bond Street, der Fifth Avenue. Sie ist eine alte Frau. Ihre Passion für Juwelen erlosch; was nun aus ihnen wird, ist ihr ziemlich gleichgültig. Wenn nur recht viele Millionen Rupien daraus gelöst werden, um Ranchipur wieder aufbauen zu können und aus der Stadt, den Dörfern und den Landkreisen einen Musterstaat zu machen, zum Vorbild und Nutzen des übrigen Indiens und des Ostens.

Dazu bedarf es junger Kräfte, gewandter Männer, wie Raschid, Safka und Moti, nicht zu vergessen Homer Smiley und seine bisherigen Leistungen und künftigen Möglichkeiten, und auch für Thomas Ransome war ein Platz. Für beide sah die Herrscherin ein Amt vor und ließ sie sogleich nach des Dewans Abgang holen, ungeachtet der Warnung Safkas, Ransome unmittelbar aus dem verseuchten Konservatorium hierherkommen zu lassen. Bald darauf fanden er und Smiley sich ein.

Und nun macht die Maharani Homer Smiley den Vorschlag, er solle den Missionar an den Nagel hängen und statt dessen das Ministerium für öffentliche Wohlfahrt übernehmen mit Thomas Ransome als Mitarbeiter. Bis dahin gab es ein solches Amt nicht. Erst Moti legte ihr dessen Notwendigkeit und Bedeutung dar. Er kannte Smiley und seine Rekordleistung und erklärte ihn für den einzigen in Ranchipur, vielleicht in ganz Indien, der für einen derartigen Posten in Frage käme.

Auch ein neuer Repräsentant der Unberührbaren, der den Platz des dahingeschiedenen Jobnekar einnehmen soll, wird sich finden lassen, denn die Zeiten, da „unberührbare Feger" auf der Stufe von Tieren in einem abgesonderten Viertel gehalten wurden, sind, wenn auch noch nicht sehr lange, vorüber. Es gibt kluge Köpfe unter den Parias, die sich die neuen Bildungsmöglichkeiten zunutze machten. Auch ein Ersatz für die wackere Sarah Dirks ist heut rascher gefunden als vor einem Vierteljahrhundert. Es leben genug fähige, gründlich ausgebildete Inderinnen, die imstande sind, die Erziehung der Mädchen und Frauen zu leiten, so zum Beispiel Mrs. Naidu, die Freundin des hitzköpfigen Obersten Moti.

Als alle gegangen sind, schickt die Maharani nach Gopal Rao, der augenblicklich zur Stelle ist. Sie ernennt ihn zu ihrem persönlichen Sekretär. Er sagt ihrem Geschmack in jeder Beziehung zu. Er ist jung, zäh, gescheit, hat eine gute Figur und das gleiche mahrattische Blut und Temperament wie sie selbst. Er solle, bescheidet sie ihn, auf der Stelle für seine bisherige Arbeit einen Ersatzmann bestimmen, damit er noch heut seine Tätigkeit bei ihr aufnehmen könne. Damit entläßt sie ihn und begibt sich, neu gestählt, erfüllt von Jugendkraft, wieder in ihr privates Zeltgemach.

Der alte Dewan bereitet ihr keine Sorgen mehr. Umgeben von ihren jungen Paladinen wird sie über ihn siegen, denn sie sind stärker als er, ‚und an Gerissenheit', denkt sie in sich hineinkichernd, ‚kann ich es allein mit ihm aufnehmen! Bin ich „die letzte Königin", gut, dann will ich auch als „die Große" in der Geschichte Ranchipurs und Indiens fortleben.'

XVII

Bepackt mit Lebensmitteln und Medikamenten, die ihm Motis Assistent aushändigte, eilte Homer Smiley zu Fuß aus dem Jagdzelt heimwärts. Vor der Zufahrtstraße zur Mission gewahrte er vor sich vier Kulis mit einer Tragbahre, und neben ihnen trabte Miss Hodge, die ihren Regenschirm über die auf der Bahre liegende Lady Heston hielt. Er holte sie ein und entbot seinen Gruß.

Da schlug Edwina die Augen auf und sagte: „Es ist sehr lieb von Ihnen, daß Sie mich bei sich aufnehmen wollen." Homer versicherte, sie störe durchaus nicht und werde sich hoffentlich bei ihnen wohler fühlen als im Spital, worauf sie wieder die Augen schloß und sich der schaukelnden Vorwärtsbewegung des Krankentransports überließ. Ihre Glieder schmerzten, es pochte in ihrem fiebrigen Kopf. Sie sank in eine Bewußtlosigkeit, die keinem Schlummer, sondern eher dem Tode glich.

Smiley ging neben ihr her. In seiner Brust sang sein Herz. Nun war er aller Dürftigkeit ledig, der Rückberufungsdrohungen des knickrigen Missionsamtes in Iowa, und die Intrigen und Denunziationen von Leuten wie Mrs. Simon konnten ihn fürder nicht anfechten. Nicht mehr gehemmt, vielmehr gefördert, konnte er seiner Arbeit nachgehen. Hinter ihm stand Ranchipurs Reichtum. Nichts Köstlicheres hätte er vom Himmel erbitten können. Welche Freude für seine Frau und Tante Phoebe und welches Glück, daß er Ransome zur Seite hat! Endlich vermag er dem Freunde Helfer zu sein wie seit Jahren den Menschen niederer Kaste.

Als ihnen die Maharani vorhin ihren Plan auseinandersetzte, fürchtete er schon, Tom werde ablehnen, wie er bisher jede Verantwortung von sich wies; doch dieser nahm das ihm angetragene Amt mit einer Entschlossenheit an, die etwas Verblüffendes hatte, und als sie gemeinsam das Zelt verließen und nach dem Konservatorium abbogen, sagte Ransome: „Hoffentlich haben Sie nichts gegen meine Zusage", und Homer antwortete: „Wie sollte ich, mein lieber Kamerad!"

„Ich habe noch nichts geleistet, was Zutrauen rechtfertigen könnte. Da gibt es Dutzende anderer, die Ihnen lieber wären."

„Ich wüßte keinen."

Schweigend gingen sie weiter. Beim Großen Becken trennten sich ihre Wege. „Fern Simon", sagte Tom plötzlich, „möchte gern hierbleiben und Krankenschwester werden. Sie denkt speziell an eine Tätigkeit in den Landbezirken."

„Das freut mich", antwortete Smiley, „ein prächtiges Mädchen."

Sie blieben stehen. Vor ihnen führten die breiten, niedrigen Stufen zum Wasser. Auf den Steinen klopfte ein Weib schmutzige Leintücher.

Tom betrachtete sie mit entrücktem Blick. Er schluckte. Smiley fühlte, wie schwer den Freund das Sprechen ankam. Tom schluckte abermals, dann sagte er: „Ich verstehe jetzt, glaube ich, was Sie und der Major und die Oberschwester vor sich sehen, ich verstand es früher nicht, nicht in vollem Umfang. Ich will mithelfen."

„Gut", antwortete Homer und war fast ebenso verlegen wie Ransome. „Schön."

„Noch etwas."

„Ja?"

„Fern und ich wollen heiraten."

„Na, das ist ja eine Überraschung. Das ist schön, ich meine, es freut mich herzlich, meine besten Glückwünsche! Da werden Bertha und Tante Phoebe staunen."

Ransome antwortete nicht, es werde seiner Meinung nach für die Tante keine besondere Überraschung sein, sondern sagte: „Ich weiß nicht, ob es recht ist. Ich wollte mich gern darüber mit jemand beraten und glaube, Sie sind der Geeignetste. Ich bin kein Jüngling mehr, ich bin so viel älter als Fern."

„Hauptsache, wenn Sie sich gern haben."

„Von mir weiß ich es. Mir scheint nur, alle Vorteile liegen auf meiner Seite."

„Fern ist ein prachtvoller Mensch und wird sicher die beste Ehefrau."

„Noch etwas . . . ich muß Ihnen etwas beichten."

„Ja?“

„Fern und ich leben bereits zusammen.“

Fast bestürzt sah Smiley ihn an. Es war keine Entrüstung, nur Fassungslosigkeit, weil er vor einem Manne von so viel Welterfahrung und Frauenkenntnis gar so ahnungslos unschuldig dastand. Er wurde furchtbar verlegen, sein friedliches, schmales Gesicht rosenrot. „Ich wußte es nicht“, kam es entschuldigend leise von seinen Lippen, und dazu ein Verlegenheitshusten. „Ja, woher hätte ich es denn auch wissen sollen?“ Er kam sich vor, als sei einzig allein er der Sünder, weil er außer Berthas häuslicher Liebe nie etwas anderes gekannt hatte. Die hellen Augen hinter der großen Brille blickten gedankenvoll.

„Ich will mich gewiß nicht entschuldigen“, sagte Ransome, „aber ich glaube, Fern wünschte es ebensosehr wie ich, es kam ganz von selbst; es war unvermeidlich, möchte ich sagen. Nicht sie, nicht ich tat etwas dafür oder konnte ernsthaft etwas dagegen tun.“

„Lieber Ransome, es fällt mir nicht ein, mich hier als Sittenrichter aufzuspielen. Dazu fehlt es mir, von allem anderen abgesehen, an der nötigen Erfahrung. Aber wenn ihr jetzt heiratet, scheint mir, ist ja alles gut, und niemand hat einen Schaden.“

„Es könnte auch sein, daß unter den gegebenen Umständen Heirat die größere Sünde wäre.“

Ein Lächeln zog über Homers abgearbeitetes Faltengesicht, weil Ransome die Dinge wieder einmal allzusehr komplizierte. „So schwierig ist es ja gar nicht. Nur Ruhe, dann ergibt sich alles von selbst“, sagte er und fühlte sich fast wie ein ältliches Tantchen, dessen Auge mit Wohlgefallen auf zwei jungen Liebenden ruht. Er hatte Ransome gern, er hatte Fern gern, wollte ihnen gern aus ihrer bisherigen Freudlosigkeit heraushelfen, wollte sie gern nahe bei sich behalten; und wenn das junge Paar nach der Hochzeit in Ransomes großes gelbes Haus zöge, was wohl das beste wäre, könnten sie jeden Samstag mit Raschids und den übrigen Freunden zum Mittagessen zu ihm, Tante Phoebe und Bertha kommen. Ja, diese Heirat wird das Leben in Ranchipur für alle angenehmer gestalten.

„Würden Sie die Trauung vornehmen?“ fragte Tom.

„Gewiß, am besten bei uns auf der Mission.“

„Wenn es geht, so schnell wie möglich!“ bat der Bräutigam. Er hatte schon auf der Zunge, zu sagen: ‚Wir haben nämlich keine Vorsichtsmaßregeln getroffen‘, unterdrückte jedoch die Bemerkung in der richtigen Annahme, daß Smiley von derlei Dingen bestimmt keine Ahnung habe.

„Gern", antwortete dieser, „so ist es wohl am besten."

„Morgen oder übermorgen bin ich im Konservatorium fertig. Man braucht dort keine Amateure mehr. Dann kann die Hochzeit sein."

„Sie brauchen nur zu sagen, wann." Damit ergriff Homer Smiley Toms hagere Rechte und sprach: „Ich bin ja so froh. Das ist eine glückliche Neuigkeit. Aber einen guten Rat möchte ich Ihnen geben", lächelte er.

„Der wäre?"

„Lassen Sie nie Mrs. Simon auch nur einen Schritt in Ihr Haus setzen!"

„Unbesorgt!" lachte Tom.

„Darf ich es schon Tante Phoebe und meiner Frau erzählen?"

„Gewiß, ich bitte sogar darum; sie waren ja beide gewissermaßen mit im Spiel. Aber..." setzte Tom eilig hinzu, „Sie sollen nicht denken, daß es schon in der Nacht, als ich Fern zu Ihnen brachte, zwischen uns zu etwas kam. Ich habe Sie nicht angeschwindelt. Wir wurden erst später eins, bei der Flut, im Hause Bannerji . . . als ich mich mit der Gondel verirrt hatte."

„Aha!" machte der kleine Smiley und sah wieder betroffen drein.

„Und nun auf Wiedersehen! Es gibt noch einiges für mich zu tun, aber der morgige Zug bringt uns noch mehr Personal."

Smiley klopfte ihm freundschaftlich sacht auf den Rücken, ging rasch seines Wegs zur Mission, während sich Ransome zum Konservatorium wandte, und dachte: ‚Merkwürdig! Den Mann habe ich gar nicht richtig gekannt, obwohl ich ihn immer als Freund betrachtete', und ihm war, als seien sie bei aller Freundschaft, bei allen engen Beziehungen, selbst bei den heiteren Mahlzeiten in der Küche wie durch eine Wand voneinander getrennt gewesen. Nun war es anders, mit Smileys, mit Raschid, mit Safka und vor allem mit Fern. Es war, als sei ein böser Dämon von ihm gewichen und an dessen Stelle etwas andres getreten. Was war es wohl? Einfachheit und Unbefangenheit, geboren aus Todesleid und Niedrigkeit, das war es wohl.

Das Große Becken, die vertrauten Pagodenbäume, die Schwüle, der Regen, die ganze Welt erschienen Tom anders und neu. Sein Leib war müde und lechzte nach Alkohol, aber sein Geist trug kein Verlangen danach, sich vom Brandy eine falsche, bessere Welt vorgaukeln zu lassen, denn die wirkliche Welt rings um ihn her in all ihrer Tragik war eine gute Welt. So schimmernd, erfüllt von Abenteuer und Wagemut war sie ihm nicht mehr erschienen, seit er als Knabe zu Besuch nach Ohio zur Großmutter fuhr.

Am Rande des Großen Beckens sah er die Murgatroyd auf sich zukommen. Zum Ausweichen war es zu spät; sie hatte ihn schon gesichtet und besaß nicht genug Takt, ihn nachsichtig in Richtung des Hospitals entweichen zu lassen. Mit der ihr eigenen hypernervösen Aufdringlichkeit streckte sie ihm die Hände entgegen und schrie: „Ich freue mich so-o, Mr. Ransome, Sie wiederzusehen, nach all Ihren Heldentaten; Sie sollen sich ja im Spitaldienst fabelhaft auszeichnen!"

„Ich habe dort gearbeitet", antwortete er trocken und notgedrungen. Die Schrecken im Hospital und Konservatorium wurden in ihrem Mund falsches Theater. „Wo waren Sie inzwischen?" fragte er.

„Immer zusammen mit der armen Mrs. Bannerji. Von Mr. Bannerji haben Sie doch gewiß gehört?" fügte sie hinzu.

„Ich hörte eben, er sei gestorben."

„Es ging sehr schnell, in ein paar Stunden war er weg."

„Wie geht es Mrs. Bannerji?"

„Gut. Sie reist ab; sie zieht nach Kalkutta."

„Und die Asche des Alten Herrn?"

Die Murgatroyd zögerte erst und fing dann zu kichern an.

„Mrs. Bannerji hat sie vorhin nach Einbruch der Dunkelheit in den Ranchipur-River geworfen. Der sei gut genug für den alten Gauner, hat sie gesagt, und sie denke nicht daran, sich weiterhin in dem öden Kaff hier zu langweilen; Kalkutta sei tausendmal lustiger und amüsanter."

Also so war es. Kein eisiger Glanz umwitterte die Dame Bannerji, sie war nur dumm; da gab es keine geheimnisvollen Tiefen, sondern nur einen gähnenden Abgrund der Langeweile. Aus seiner eigenen inneren Öde, Unrast und Lüsternheit hatte er ein anziehendes Phantom geschaffen, um sich seine Umwelt interessanter zu machen.

„Und was haben Sie vor?" fragte er.

„Hierbleiben, in meiner Stellung als Bibliothekarin", seufzte sie. „Es wird nicht zum Aushalten sein ohne die Gesellschaften bei Bannerjis; das ist überhaupt kein Leben mehr."

In ihrer Stimme war ein Bruch, auch in dem hysterischen Gelächter, das sie abermals anschlug, und Ransome bemitleidete sie. ‚Jetzt hat sie nicht einmal mehr ihre Herrin, die sie quält; sie weiß es und kichert, um nicht losheulen zu müssen. Sie macht Bannerjis lächerlich, um sich einzuschmeicheln und mir eine Belustigung zu bieten. Ein geschlagenes, schweifwedelndes Hündchen ...!' „Ich muß wieder an die Arbeit", erklärte er, „aber sobald die Zustände hier wieder normal sind, wird es auch wieder Gesellschaften geben. Vielleicht organisieren wir einen Badminton-Klub."

Das unreine, finnige Gesicht der Bibliothekarin war plötzlich von Freude durchblutet. „Das wäre wunderbar", rief sie. Sich verabschiedend drohte sie ihm kokett mit dem Finger: „Ich werde Sie dran erinnern, Mr. Ransome!"

„Das brauchen Sie nicht", sagte dieser.

‚Sie wird es trotzdem tun', dachte er grimmig und wollte weiter, als sie von neuem begann: „Wie geht es denn Lady Heston?"

„Sie ist krank."

„Davon habe ich gehört. Bestellen Sie ihr bitte meine besten Wünsche, wenn Sie sie besuchen! Während der Flut hat sie sich in der Tat sportlich gehalten", und in einer Haltung, als sei sie wirklich von jenem mythischen Friedensrichter in Madras erzeugt, betonte sie: „Ja, auf uns Engländer ist in der schlimmsten Lage Verlaß." Damit ging sie, und er begab sich wieder ins Konservatorium. Auch diesmal hatte sein Magen sich umgedreht.

XVIII

Daheim angelangt, wartete Homer mit seinen Neuigkeiten, bis Tante Phoebe die kranke Edwina untergebracht hatte, und zwar in ihrem eigenen Schlafzimmer, wo sie das Bett dicht zum Fenster rückte, damit die Kranke jederzeit frische Luft schöpfen und beim Erwachen auf Phoebes hängende Petunien- und Orchideengärten einen Blick werfen könne. Und wirklich: nachdem die Tante unter Elizabeths Beistand die Lady mit kühlem Wasser aus dem Chattee gewaschen hatte, sah dieselbe zum Fenster hinaus und sagte: „Es ist hier viel schöner, ich fühle mich nicht mehr bedrückt." Dann sank sie wieder in Schlaf.

Die Tante überließ Elizabeth die Krankenwache und ging in die Küche, wo Smiley vor Ungeduld schon verging. „Ich habe allerhand Neuigkeiten für dich!" begann er.

„Gute?" zweifelte Tante Phoebe.

„Ich bin Exzellenz", platzte er heraus: „Minister. Seine Exzellenz Homer Smiley!"

Sie dachte erst, es handle sich um einen Witz, ein kindisches Wortspiel, denn in Amerika wie in England ist minister zugleich auch eine Bezeichnung für „Geistlicher", und sagte daher: „Das bist du doch schon, solang ich dich kenne!"

„Kein solcher minister; das bin ich jetzt nämlich nicht mehr, auch kein Missionar!"

„Wenn du kein Missionar bist, was bist du denn dann? Man meint, du wärest Mrs. Simon, die hat auch immer so geredet."

„Ich bin Minister für öffentliche Wohlfahrt. Die Maharani hat mich vorhin dazu ernannt", antwortete er und erklärte, was dies zu bedeuten habe; und Tante Phoebe war davon so beeindruckt, daß sie sich setzen mußte und ihm eine Aufmerksamkeit und einen Respekt widmete wie noch nie, denn bisher hatte sie ihn nicht anders behandelt, als sei er ihr Sohn.

„Das ist aber noch nicht alles", fuhr er fort: „Ransome ist mein Stellvertreter", und nachdem auch dies entsprechend gewürdigt war: „Er heiratet Fern!"

Anscheinend rief diese Nachricht bei Phoebe den stärksten Eindruck hervor. „Das freut mich", rief sie, „jetzt ist alles gut; ich hatte schon Angst."

„Weshalb?"

„Ach, nichts. Das ist ein Geheimnis; das weiß niemand als ich."

Homer schwieg heldenhaft und dachte: ‚Laß ihr die Freude; sie soll ruhig denken, ich wüßte nichts davon.'

„Aber jetzt mach, daß du zum Waisenhaus kommst und es Bertha erzählst!" kicherte sie. „Dieses verdammte Missionsamt in Iowa kann uns jetzt nicht mehr belästigen." Und er jubelte: „Ich bekomme so viel Geld, wie ich für Schulen, Bibliotheken und Versuchswerkstätten brauche. Ransome und ich, wir zwei können jetzt Wunder verrichten!"

„Nun kommt er endlich in Ordnung. Ihm hat nichts gefehlt als die richtige Frau und eine Häuslichkeit. Ich habe niemals einen so vereinsamten Menschen gekannt wie ihn. Für Fern ist es auch gut. Die zwei sind doch gar nicht so dumm! Ich wette, er säuft jetzt auch nicht mehr. Wann soll denn die Hochzeit sein?"

„Vielleicht morgen, vielleicht auch erst übermorgen."

Während er die mitgebrachten Vorräte einteilte und einiges davon auspackte, war sie still, und erst als er Abschied nahm, sagte sie: „Es ist nicht zu fassen, was sich in den paar Tagen alles ereignet hat!"

Mit dieser Erkenntnis wandte sie sich ihrer Hausarbeit zu, kochte das Abendessen, bereitete die Brühe, die Safka der Kranken verordnet hatte, und dachte dabei: ‚Schrecklich, wie die arme Lady Heston in den paar Tagen heruntergekommen ist! Miss MacDaid hat sie viel zu sehr hergenommen; sie ist ja nur noch Haut und Knochen.' Ach, das war nicht mehr dieselbe Frau, die in den Straßengraben sprang, als die Bhils vorbeizogen, um Mrs. Hogget-Claptons Villa zu plündern; es war nicht die kräftige Nackte am Chattee, die sich ungeniert vor den Augen der Tante mit kaltem Wasser übergoß. Sie war dünn wie ein Zwirnsfaden, ohne Mut, ohne Kraft. ‚Morgen kommt mit der Eisenbahn Weißmehl; dann gibt es endlich wieder anständiges Brot!‘ dachte die Emsige und schürte das Feuer im indischen Herd.

XIX

Am übernächsten Tag gibt es für Fern und Ransome im Konservatorium nichts mehr zu tun. Mit der Ankunft der neuen Ärzte und Pflegerinnen ist ihre Aufgabe erledigt. Sie gehen zusammen ins Hospital. Fern soll im Magazin helfen und Tom, wo eben Not am Mann ist. Doch als die Oberschwester das Mädchen sieht, ruft sie: „Zuallererst legen Sie sich ins Bett und schlafen so lange, bis Sie von selbst wieder aufwachen; dann sind Sie wieder einigermaßen brauchbar. So wie Sie jetzt sind, ist mit Ihnen nichts anzufangen.“

Als Fern den Fuß aus dem Konservatorium setzte, ließ sich die angesammelte Müdigkeit wie ein Gewölk auf ihr nieder, drückte auf ihre Augenlider und lastete auf dem schmerzenden Rücken. Als sie mit Tom am Großen Becken entlang zum Spital ging, konnte sie vor Erschöpfung kein Wort hervorbringen. Doch unter der Wolke der Müdigkeit wohnte ein seliges Gefühl, weil sie den Kampf unbesiegt überstanden hatte.

Miss MacDaid aber knurrt ungerührt: „Für eine, die von all dem keine Ahnung hat, haben Sie es gut gemacht.“

Da bricht das Mädchen in Tränen aus, schluchzt fassungslos, bis man ihr eine Einspritzung gibt, die ihr Ruhe und Schlaf bringt. Die Veteranin MacDaid weiß sehr wohl, was es mit Überarbeitung auf sich hat; und daß eine solche Arbeit die Jungen weit ärger mitnimmt als Ältere, weiß sie aus eigener Erfahrung. Heute mit fünfzig macht es ihr weniger aus als bei jener Epidemie, welche die junge Miss Eldridge dahinraffte.

Auch Ransome klappt nun zusammen. Auf einem Stuhl in Safkas Klause streckt er die Beine von sich, sein Kopf fällt nach hinten gegen die Rücklehne, die Augen fallen ihm zu, er hört den Major sagen: „Sie sind ja kaputt“, reißt wieder die Augen auf und widerspricht: „Nein, aber eine Handvoll Schlaf täte mir gut.“

„Ich wollte Sie schon aufsuchen“, sagt Safka, und seine Stimme klingt sonderbar matt, „es handelt sich um Lady Heston; Sie möchten so gut sein und zu ihr auf die Mission kommen. Bisher hielt ich es nur für zu gefährlich, aber wenn es Ihnen jetzt möglich wäre, könnten wir zusammen zu ihr gehen, sobald Sie desinfiziert sind."

‚Kommt es nur mir so vor, weil ich erledigt bin', fragt sich Tom, ‚oder klingt seine Stimme wirklich so tonlos?' Er richtet sich auf, sieht den Freund zum ersten Mal, seit er bei ihm eintrat, genauer an und merkt, er hat recht gehört. Nicht nur die ungewohnt sanfte Stimme, der ganze Mensch ist matt und niedergebeugt; Kummer und Hoffnungslosigkeit sprechen aus seinem Blick. Es liegt nicht nur daran, daß er so abgemagert und überarbeitet ist. Es scheint, als sei das innere Licht der Zuversicht, das von ihm ausstrahlte und ihn von allen anderen abhob, mit einem Mal verdunkelt, vielleicht gar erloschen, als hätten die Götter, die ihn hoch über sterbliche Hinfälligkeiten hinaushoben, ihn, ihren Liebling, verstoßen.

Vor Tom taucht das Bild seines breiten, behaglichen alten Bettes auf; es ist wie eine Vision. Johannes der Täufer hat es ihm sorglich gerichtet, er braucht nur hineinzusinken und hat zum ersten Mal seit Tagen, seit Jahren, seit Anbeginn Frieden, Vergessen. Wozu Edwina besuchen? Sie wird ihn nicht verstehen, wird ihn als verliebten Toren verlachen. „Müssen wir unbedingt hin, Major?"

Der Gefragte blickt auf die Papiere vor sich auf dem Tisch und spricht vor sich hin: „Ich glaube, wir müssen; aber per Rad. Die Rennbahnbrücke ist wieder instand."

„In Gottes Namen", seufzt Tom, „wie geht es der Lady?"

„Nicht gut."

Tom fährt auf. „Das soll doch nicht heißen . . ."

„Doch", sagt der Major leise, als spräche er mit sich selbst, „das soll es heißen."

‚Unmöglich!' wehrt sich Tom gegen den Gedanken. ‚Edwina kann doch nicht sterben, sie, die voll Leben ist', sieht entgeistert auf Safka, und mit einem Mal erkennt er die Zusammenhänge . . . nun sieht er klar: was er von Anfang befürchtete, ist eingetreten, trotz allem . . .

Und er versteht den gramvollen Ausdruck der graublauen Augen des Freundes. Es ist die Tragödie des Arztes, der zahllose Leben gerettet hat und jetzt ohnmächtig dasteht, da es gilt, das Leben zu retten, das ihm am teuersten ist. ‚Also auch ihn packte es einmal, wie andere Männer. Auch mit ihm haben die Götter keine Ausnahme gemacht; sie verfuhren bei ihm nur noch tückischer. Sie sparten ihn für eine Lady Heston auf . . .'

Da aber wallt es wundersam in ihm auf, eine Welle mitfühlender Zärtlichkeit flutet. Er steht auf, geht zu Safka hinüber, und um ihm zu zeigen, daß er ihn versteht und mit ihm fühlt, legt er dem Freund die Hand auf die Schulter und spricht: „Sie ist ein Ausnahmemensch, sie kann nicht untergehen, sie wird nicht sterben, sie stirbt nicht, denn sie will nicht sterben, sie ist unzerstörbar."

„Ich fürchte", sagt der Major, ohne von seinen Papieren aufzublicken, „sie will sterben; das ist das Unglück. Sie hat den Kampf aufgegeben."

‚Was ist in sie gefahren? Was hat sie so von Grund aus verändert? Edwina Doncaster, Ronald Doncasters Tochter, Lord Hestons Gemahlin, die Unverwüstliche, die Perverse – schon aus purer Perversität, um den Knochenmann um ihren Besitz zu prellen, müßte sie den Kampf aufnehmen!'

Safka erhebt sich. „Es ist Zeit. Duschen Sie sich und waschen Sie die Hände mit Alkohol ab! Ich nehme Miss MacDaids Rad; Sie können das des Hausdieners haben."

Schweigend fahren sie an der standhaften Statue der Königin Viktoria vorüber, die dasteht, als gehe sie das ganze Unheil nichts an, fahren stumm vorüber am Park der ertrunkenen Tiere, vorbei an Bannerjis Haus, in dem nichts mehr haust als der Geist des ausgemergelten Dunklen, den Ransome von der Galerie in sein Boot rettete, stumm vorüber an Ransomes und an Raschids Haus, dessen sieben Kinder dort unter dem großen Banyanbaum spielen.

Tante Phoebe empfängt sie in der Mission. „Sie ist wach. Sie will nicht schlafen, sosehr ich ihr zuredete. Sie sagte, sie will auf Sie warten. Es scheint ihr etwas besser zu gehen."

„Die Temperatur?" fragt der Arzt.

„Noch unverändert."

„Das geht so nicht weiter." Er wendet sich an Ransome. „Sprechen Sie erst mit ihr; sie wartet schon lange auf Sie!"

XX

Kissen im Rücken, die Metallkassette, die Bates überbrachte, auf den Knien, sitzt Edwina in Phoebes Bett. Sie ist sehr schmal. Nur die Typhus- und Fieberflecken geben ihr Farbe. Sie trägt eines von Berthas dünnen Baumwollnachthemden. Ihr Haar hängt schlaff um das heiße Gesicht; längs des Scheitels zeigt es dunklere Streifen. Erschüttert sieht Tom sie liegen, reißt sich aber zusammen, um sich nichts anmerken zu lassen, und begrüßt sie mit kindlich gespielter Heiterkeit: „Na, du stellst ja schöne Geschichten an!"

Ihn hörend, springt Elizabeth Hodge von ihrem Stuhl auf, rückt ihm denselben beflissen ans Bett, sagt guten Tag und: „Wir erwarten Sie schon lange, Mr. Ransome, ich bin froh, daß Sie endlich da sind", machte aber keine Anstalten, sich zu entfernen, bis Edwina sie ermahnt: „Miss Hodge, haben Sie vergessen, daß Sie Tante Phoebe helfen sollen, solange Mr. Ransome hier ist?"

„Ja, richtig!" strahlt Elizabeth. „Ich bin in letzter Zeit zu vergeßlich! Unserer Patientin geht es heute besser, Mr. Ransome. Wenn Miss Dirks kommt, wird sie schon wieder aufstehen können." Wie ein gescheuchtes Huhn rennt sie hinaus und schließt die Tür hinter sich.

Ransome tritt an das Lager, setzt sich und nimmt Edwinas Hand. „Ich wollte dich schon seit Tagen besuchen."

„Du siehst abgespannt aus, Tom. War wohl recht unangenehm im Konservatorium?"

„Recht unangenehm."

„Und wie steht es mit Fern?"

„Gut. Wir heiraten."

„Tante Phoebe hat es mir unter dem Siegel der Verschwiegenheit anvertraut." Sie seufzt auf. „Du bist doch ein Glückspilz!"

„Scheint mir auch so. Es hat aber lange gebraucht, bis sich mein Stern wendete."

„Ein großes Glück, daß du in deinem Alter ein junges Geschöpf gefunden hast, das dich liebt!"

‚Es wird sie aufheitern', hofft er, ‚wenn ich ihr die Geschichte von Anfang an erzähle', und beginnt lächelnd: „Die Zeit unserer jungen Liebe, jetzt kann ich es dir ja sagen, war etwas Phantastisches; du hast auch eine Rolle darin gespielt, Edwina. Du hast Fern sozusagen vor Schändung bewahrt."

„Wieso?" Sie blickt gespannt zu ihm auf, und er erinnert sie leicht grinsend an das Schloßgemach à la Elinor Glyn mit obligatem Pantherfell, an ihre stimmungslose Umarmung im Eiltempo, erzählt, wen er dann bei seiner Heimkehr in seinem Schlafzimmer antraf und wie Fern fest entschlossen war, die Nacht in seinem Bett zuzubringen; ihn aber habe es infolge der vorausgegangenen Sättigung und seines moralischen Katers wenig Anstrengung gekostet, der Verführung zu widerstehen und die Verführerische zu Smileys zu bringen. Edwinas Miene verdüsterte sich, sie schien nur halb hinzuhören. Einmal sagte sie leise vor sich hin: „Wir waren unnatürliche Narren ...", und als seine Geschichte zu Ende ist, fragt sie: „Was geschah, als du mit ihr nachts allein bei Bannerjis warst, da geschah doch etwas?" Und er berichtet ihr auch diesen Teil der Liebesgeschichte, etwas verlegen, doch überzeugt, sie werde es verstehen und im gleichen Lichte sehen wie er. „Hier passieren ja die unwahrscheinlichsten Dinge", bemerkt er, „aber daß mir altem Teufel noch so was widerfahren könnte, das hätte ich zuallerletzt für möglich gehalten!"

Nein, aufgeheitert hat sie die Erzählung nicht; sie hat kaum zugehört, und damals, nachts, vor dem Erdbeben, hatte er sich in seiner Betrunkenheit eingebildet, sie werde sich darüber totlachen, daß sie durch ihre kalte Begehrlichkeit die Unschuld einer Unbekannten gerettet habe.

Jetzt sieht er: seine Geschichte ist ja ganz anders, nicht im mindesten komisch! Diese Edwina, die da vor ihm liegt, hält sie durchaus nicht für lustig. Wie schlechtes Blei in Gold, so verwandelte sich das Abenteuer vor ihrer beider Augen in etwas anderes, denn sie sind selber verwandelt. ‚Wir sind', denkt er, ‚Menschen geworden.' So weit er zurückdenken kann, war Edwina wie ihm etwas Unmenschliches eigen.

Sie hat den Kopf weggewandt. „Ich muß dir auch etwas gestehen. Entschuldige, wenn ich dich dabei nicht ansehe; es ist eine Art Beichte. Ich schäme mich."

Er ahnt, was kommt. „Erzähle nur ruhig, mein Gutes, ganz, wie du es fühlst!"

„Es ist ja lächerlich, Tom, so alt zu werden wie ich ... ich war mein Leben lang schlecht, und dann auf einmal verliebe ich mich zum erstenmal, es ist verrückt von mir ..."

„Ich kann mir schon denken, Edwina ..."

„Es ist der reinste Wahnsinn, man kann nur darüber lachen oder sich schämen. Dieses Gefühl ... Aber wenn er nur kommt und fünf Minuten hier auf dem Stuhl sitzt, ist es mir mehr als alles, was ich jemals genossen habe."

Er drückt ihr schweigend und zart die Hand und denkt bei sich: ‚Es ist, weil du so bist wie jetzt, ungeschminkt, im dürftigsten Nachthemd, das Haar entfärbt, drum liebt er dich, denn so bist du schöner als je, die kindliche Unschuld ist nicht mehr verdeckt und verdunkelt von Lüge und Blendwerk, sondern liegt klar zutage; die Abmagerung enthüllt die Zartheit dieses Gesichts, jedes einzelnen feinen Knochens, den Adel der Züge, die überfeinerte Züchtung; überirdisch er-

scheinen die blauen Augen, so groß, so schimmernd und frei ...'
Ähnlich dachte er wohl bei Bannerjis schrecklichem Dinner: ‚schimmernd und frei', doch nun ist sie nicht mehr frei.

Langsam, mühsam, wie unter schwerem Druck spricht sie weiter: „Man kommt auf die merkwürdigsten Gedanken ... ich war doch nie fromm, aber jetzt ist mir, als sei mir alles vorgeschrieben gewesen, von frühester Kindheit an durch Jahre und Jahre bis zu dieser Stunde, alles. Daß ich nach Indien mußte, daß ich in Ranchipur blieb; sogar das Erdbeben gehört dazu, es ist ein ganz sonderbares Gefühl ..." Sie wendet den Kopf wieder zu ihm hin und sieht ihn an. „Aber es ist ein schönes Gefühl, es beglückt, es ist die Erfüllung; ich habe mein Leben gelebt, und was nun noch kommt, ist ohne Belang. So muß sich ein Maler vorkommen, der ein Bild vollendet hat und damit zufrieden ist." Sie drückt ihm die Hand. „Irgend jemandem mußte ich davon sprechen, und du und ich, Tom, wir haben uns immer verstanden. Aber du konntest mir nicht aus der Gosse helfen und ich dir nicht. Dazu mußten zwei andere kommen."

„Ja, wir haben uns immer verstanden, Edwina, verteufelt gut!" Er steht auf, er hält ihre Hand noch in der seinen. „Ich komme bald wieder. Jetzt, wo ich nicht mehr im Konservatorium arbeite, kann ich dich ja besuchen, sooft du willst."

„Du willst doch nicht schon gehen?" sagt sie erschrocken. „Bleib, bitte, ich bin gar nicht müde. Was hast du nun vor?"

„Ich bleibe in Ranchipur, wahrscheinlich für immer."

„Ist Fern damit einverstanden? Sie ist noch sehr jung."

„Es entspricht ihrem eigenen Wunsch. Sie will Krankenschwester werden."

„Ist Miss MacDaid davon erbaut?"

„Ich denke schon. Es ist allerdings schwer zu sagen, wann Miss MacDaid von etwas erbaut ist."

„Der alte Stockfisch hat sein möglichstes getan, mich zu erledigen." Sie lächelt. „Ich tadle sie nicht; es war ihr gutes Recht."

Er erzählt ihr von seinem neuesten Amt, und wieder meint sie: „Du bist ein Glückspilz. Die alte Maharani muß doch ein famoser Kerl sein. Schade, daß sie mich nicht ausstehen kann. Mir gäbe sie nie so eine Chance."

„Der erste Eindruck, den sie von dir empfing, war eben nicht das, was man bestechend nennt, aber ich zweifle sehr, ob sie dich wirklich nicht ausstehen kann. Sie liebt überhaupt keine Frau unter siebzig, doch sie erkundigt sich immer nach dir."

„Ich wollte eigentlich etwas Geschäftliches mit dir besprechen, Tom. Schließ bitte diese Kassette auf!"

Er gehorcht. Sie nimmt Papiere heraus und ein Schächtelchen, das sie öffnet. Es enthält einen Ring mit einem einzigen, außergewöhnlich großen, platingefaßten Saphir. „Du hast sicher noch keinen Ring für Fern. Gib ihr den! Ich möchte gern, daß er zu euch kommt."

„Das ist ja bezaubernd von dir, du meine Liebe! So ein kostbares Geschenk!"

„Hat sie Saphire gern?"

„Ich weiß wirklich nicht, ich glaube kaum, daß sie den Unterschied kennt."

„Vielleicht besucht sie mich einmal? Es würde mich freuen."

„Sie kommt sicher gern; ich will es ihr ausrichten."

„Ich habe nie ein Testament gemacht, auch nicht über mein eigenes Vermögen; darüber wollte ich mit dir sprechen. Jetzt, wo ich diese Unmenge Geld habe, sollte ich doch irgendwelche Bestimmungen treffen."

„Aber nicht heut, Edwina, das hat ja Zeit!"

„Nein", sagt sie lächelnd, „ich habe mir vorgenommen, mich zu bessern. Dinge, die mir lästig waren, habe ich immer zu sorglos behandelt. Drum habe ich mich nicht gegen Typhus impfen lassen und muß jetzt dafür büßen. Allen Kleinkram habe ich immer gehaßt und auf andere abgeschoben." Sie sinkt in die Kissen zurück. Das viele Sprechen strengt sie anscheinend an.

Er fragt: „Und was willst du bestimmen?"

Ohne auch nur zu versuchen, sich hochzurichten, antwortet sie: „Für den Fall, daß mir etwas zustößt, möchte ich über einen Teil des Geldes bestimmen, über das ganze kann ich es nicht, es ist zuviel, ich wüßte gar nicht, wohin damit. Von dem Juristischen verstehe ich nichts. Aber es genügt wohl, wenn ich ein paar Vermächtnisse mache und vor Zeugen unterschreibe? Das ist doch, denke ich, möglich, zumal unter solchen Umständen?"

„Ich bin kein Anwalt; aber Raschid wird als Jurist sich gewiß darauf verstehen." Er streichelt ihre Hand. „Aber das ist ja alles Unsinn; es eilt weiß Gott nicht."

Sie überhört seinen Einwand und fragt: „Wenn ich dir angebe, was ich will, würdest du es für mich zu Papier bringen?"

„Ja."

„Was nur aus Alberts Sekretär, Mr. Elsworth, geworden ist, daß er nichts von sich hören läßt? Er fuhr nach Bombay."

„Auf Mr. Elsworths Veranlassung kam das erste Flugzeug. Gewiß hat er jetzt wahnsinnig zu tun. Als man in England Lord Hestons Tod erfuhr, war sicher der Teufel los: Industrie, Presse, Banken – der arme Elsworth!"

Ihr Blick schweift still hinaus ins Freie. Nach einer Weile kommt sie auf Heston zurück: „Daß man ihn so wichtig nimmt! Er war doch im Grunde ein ganz unbedeutender Mensch."

„Am besten, du sagst mir jetzt, was du wünschst, und während Major Safka nach dir sieht, werde ich es in möglichst gesetzlicher Form aufschreiben. Dann hast du aber für heute genug geredet."

„Erstens Miss Hodge. Sie soll es für den Rest ihres Lebens gut haben. Sie hatte es schauderhaft, diese arme Person. Zwanzig- bis dreißigtausend Pfund möchte ich ihr gern hinterlassen."

Tom zieht einen Bleistiftstumpf aus der Tasche und das Blatt Papier, auf dem er vorgestern die Arzneivorräte des Konservatoriums notierte. Zwanzigtausend Pfund, findet er, sei etwas zu reichlich, um Miss Hodge zu versorgen; auch sei sie bereits laut deren Aussage Erbin der verstorbenen Dirks und solle von der Maharani eine Pension beziehen. Doch Edwina mahnt: „Nicht kleinlich sein, Tom; es ist so viel Geld da, was soll ich denn sonst damit anfangen?"

Da hält er es für das Beste, nicht weiter zu widersprechen, und schreibt auf die Rückseite des Blattes: „Miss Hodge . . . 20000."

„Wenn erst wieder zivilisierte Zustände herrschen, braucht die Arme wohl auch eine Pflegerin oder Wärterin; es täte mir leid, wenn sie in eine geschlossene Anstalt käme. Könntest du nicht", fragt sie nach kurzem Nachdenken, „ihre Vormundschaft übernehmen? Sie meint, sie dürfe vor Miss Dirks' Rückkehr nicht nach England, und ich hielte das auch gar nicht für gut. Wie sie mir sagte, hat sie dort nur noch ein paar Cousinen; die werden sich sicher nicht mit ihr belasten wollen. Man würde sie drüben aller Voraussicht nach ins Irrenhaus sperren, während hier kein Mensch auf sie achtet, und einmal wird sie ja auch verstehen, daß Miss Dirks nicht mehr lebt."

„Ja, das ließe sich einrichten."

„Zweitens möchte ich unserm Hospital hier zweihunderttausend Pfund zu freier Verwendung stiften."

„Einverstanden."

„Und fünfzigtausend für Smileys." Sie sieht ihn an. „Meinst du, das langt?"

„Ich denke doch. Geld bedeutet Smileys nicht viel. Für sich persönlich werden sie es gewiß nicht verwenden."

„Ich habe noch eine alte Tante und einen jüngeren Vetter, der bei der Marine ist. Seit zwei Jahren habe ich beide nicht mehr gesehen. Ich möchte jedem fünfzigtausend vermachen. Notiere dir die Namen: Lady Sylvia Wellbank und Leutnant Arthur Wellbank. Sie wohnt im Pfarrhaus von Parmely bei Salisbury; das ist auch seine Adresse." Sie schließt die Augen, dreht ihm den Rücken und denkt halblaut vor sich hin: „Da liegt man nun und kann Vorsehung spielen und das Lebensschicksal von Menschen umgestalten, bloß weil man vor Jahren aus Armut nachgab und einen Albert Heston heiratete." Sie seufzt. „Jetzt habe ich schon ein Vermögen verschenkt und dabei erst über einen Bruchteil von dem verfügt, was da ist ... Es muß doch lästig sein, sich immer mit Geld abzugeben ... ekelhaft, reich zu sein. Ich habe mich nie drum gekümmert. Lange Zeit hatte ich alles, wonach ich Verlangen trug. Ich möchte dir gern auch etwas vermachen, Tom. Fünfzigtausend oder soviel du willst, sag's nur!" Sie lacht. „Nenne die Ziffer, egal wie hoch! So eine Chance hat der Mensch selten. Oh, würde sich Albert ärgern, wenn er wüßte, daß alles Geld, das er zusammengegaunert und -geräubert hat, um in der Welt eine Rolle zu spielen, an einen Edelmann fällt! Er strebte immer danach, adelig zu werden, aber man kann halt aus einem Schweinsohr keine Seidenbörse machen!"

„Ich habe genug", dankt Tom, „dafür hat meine Großmutter gesorgt. Außerdem ist es gesetzlich nicht zulässig, daß ich in einem Testament bedacht werde, das ich selbst abfasse, aber" – kommt ihm ein Einfall – „wenn du schon so mit Geld um dich schmeißt, könntest du unserm Ministerium für öffentliche Wohlfahrt etwas zuwenden; Smiley und ich hätten den Nutzen davon."

„Schreib Hunderttausend! Oder mehr?"

„Es reicht, danke!"

Sie setzt sich wieder auf. „Ich kann nicht mehr nachdenken, ich bin zu müde; der Kopf tut mir zum Verrücktwerden weh. Sollen sie mit dem übrigen anfangen, was sie wollen! Albert hat ja noch einen Bruder, den ich nie sehen durfte; er wohnt irgendwo am Rande von Liverpool. Das wäre ein Spaß, anzusehen, wie der Goldregen von einer Million Pfund auf sein Dasein wirkt! Um das übrige Geld kann noch eine schöne Rauferei entstehen."

Ransome steckt die Notizen ein und steht auf. „Ich will die Niederschrift anfertigen. Denk du jetzt nicht mehr dran und sieh zu, daß du ein wenig ruhst!" Er nimmt die Kassette von den Beinen der Kranken, hält diese mit einem Arm aufrecht und legt ihr die Kissen zurecht. Edwina ist leicht wie eine Feder. „Dies Kästchen", sagt sie, während er sie bettet, „enthält meinen Schmuck. Gib ihn Fern!"

„Ach, Unsinn!"

„Nein, Tom, kein Unsinn. Hat dein Bruder einen Sohn?"

„Nein."

„Denke doch: Wenn ihr einen Sohn bekommt, wird er einmal Earl von Nolham, wird heiraten, und seiner Frau werden vielleicht diese schönen Juwelen nicht schlecht gefallen, auch wenn sie von einer englischen Dirne kommen, die einst in Ranchipur bei der großen Katastrophe von 1936 ums Leben kam ... Denke nur, was sie da bei langweiligen Dinners für ein nettes Gesprächsthema hat! Unsere Snobs sind sehr für solche Geschichten." Wieder ein Seufzer. „Keine Widerrede, Tom! Schreib ruhig ins Testament: die Juwelen gehen an Fern Ransome, geborene Simon aus Ranchipur."

Lächelnd schlägt sie die Augen zu ihm auf: „Ich glaube, so ist es, wenn man seine Sünden bereut und ins Kloster geht." Ihre Stimme erlischt: „Ich verzichte auf alle weltlichen Güter ...", und kaum noch hörbar: „Ach, ist das angenehm ..."

Ransome verläßt das Zimmer.

Als er die Küche betritt, springt Safka auf, forscht angstvoll in seinen Mienen; der Arzt sucht Trost bei dem Laien, dem „Amateur".

„Ich glaube", sagt dieser, „der Besuch tat ihr gut. Ich soll eine Art Testament für sie aufsetzen. Ich sagte ihr zwar, es sei überflüssig, aber sie war nicht davon abzubringen, und da ließ ich ihr ihren Willen. Sie kommt mir nicht so krank vor, wie ich befürchtete."

Er weiß nur zu gut, es ist nicht die Krankheit an sich. Es ist die völlige Apathie, ihre unheimliche Gewißheit, daß es mit ihr zu Ende ist; die Selbstverständlichkeit, fast möchte man sagen die Begeisterung, mit der sie sich in ihr Schicksal fügt.

Safka versprach sich von Ransomes Besuch eine Besserung; er brachte ihn der Sterbenden wie eine Wundermedizin, die da hilft, wo alles andere versagte. ‚Wie sehr dieser Mann sie lieben muß!' denkt Tom. ‚Man braucht ihn nur anzusehen ...' Was er von Anfang an ahnte und mit seinen schwachen Kräften zu hindern suchte, trat ein. Ja, es kam noch schlimmer, als er gefürchtet hatte. Er hatte gedacht, sie werde den Inder verlocken, verführen und, wenn sie ihn satt habe, auf und davon gehen und sich in ihre schamlose englische Welt zurückziehen. ‚Nun ist alles anders gekommen, und es gibt kein Entrinnen mehr. Sie weiß es selber am besten. In einem anständigen Klima, einer weniger wilden Welt könnten ihr Lebenswille und die

Kraft ihres gesunden Leibes, selbst gegen ihren bewußten Willen, sie durchbringen. Hier aber, in Indien, wendet sich alles gegen das zarte Gebilde, das wir Menschenleib nennen.'

Major Safka wußte es vorher. Er las es in ihren graublauen Augen. Ransome versteht nun die Worte des Freundes: „Das ist das Unglück; sie hat den Kampf aufgegeben", und der Tod berührt ihn zum ersten Mal als greifbare Wirklichkeit, nicht als Vision, wie im Krieg oder beim Erdbeben, nicht wie das schattenhafte Verdämmern seiner unseligen Mutter, das Ableben des ungeliebten Vaters. Selbst der Tod der geliebten Großmutter erschien ihm bei deren hohem Alter mehr wie ein schmerzloses Einschlafen, etwas Naturgegebenes. Jetzt aber steht es deutlich und klar vor ihm: Edwina stirbt, und keiner vermag sie zu retten. ‚Es ist der Zerfall, und es ist furchtbar, wie sie verfällt.'

Doch er versteht die tiefen Ursachen dieses Untergangs. Vor einem Monat hätte das gleiche ihm widerfahren können.

XXI

Tante Phoebe geht zum Schrank und bringt Ransome Tinte, Feder und Briefpapier mit dem Aufdruck „Amerikanische Mission Ranchipur, Sektion Erziehung", und nun sitzt er da und sucht krampfhaft, sich die juristischen Floskeln der Testamente des Vaters und der Großmutter ins Gedächtnis zu rufen. „Ich erkläre hiermit und hinterlasse . . ." Wie albern das klingt! ‚Ach, die ganze Juristensprache klingt ja so hirnverbrannt, umständlich und vermodert!'

Als die Tante an ihm vorbeigeht, sagt sie leise, scheinbar gleichmütig: „Ich hätte es nicht für möglich gehalten . . ." Er weiß, was sie damit meint, und es bewegt ihn tief, daß in ihrem mageren, abgearbeiteten alten Leib noch eine solche Empfänglichkeit für das Wunder der Liebe lebt; doch eben daraus, erkennt er, zieht sie ihre Kraft, ihre Nahrung, die ihrem Alter so etwas wie ewige Jugend verleiht. Ihm und Edwina war diese Aufgeschlossenheit für das Wunder der wahren Liebe niemals eigen. Vielleicht ist sie nur sehr wenigen Auserwählten gegeben. ‚Kann man sie lernen?' fragt sich Tom. ‚Stehe ich im Begriff, das Wunder zu fassen . . .?'

Auf der andern Hälfte des Küchentisches, an dem er schreibt, knetet Phoebe den Brotteig und murmelt dabei: „Ich bin jetzt zweiundachtzig Jahre alt, und lerne doch immer noch was dazu."

Hinten in einer Ecke sitzt Elizabeth Hodge beim Jamswurzelschälen. „Sie ist so lieb", hört man sie auf einmal vor sich hinsagen, „eine echte Lady."

XXII

Als Dr. Safka eintrat, schlug Edwina die Augen auf und lächelte ihn an. Kurz, fast steif stellte er einige Fragen und war so ärztlich wie an jenem Nachmittag im Alten Sommerpalast, als sie ihr möglichstes tat, ihn in einen Liebhaber zu verwandeln. „Es geht dir bedeutend besser", log er ihr vor, „du hast eine erstaunliche Vitalität."

„Ich bin dauerhaft wie ein Nagel."

„Morgen soll eine Eismaschine ankommen, ein bedeutender Fortschritt!"

„Eis ...? Wunderbar! Ich möchte auf Eis schlafen. Ich glaube, ich kann es gar nicht kalt genug bekommen."

Der Major schien immer steifer, immer starrer zu werden. Das war nicht mehr der Mann, der in erster Morgenfrühe auf Krankenwache mit ihr gesprochen hatte, es war ein Fremder, der in Qualen an ihrem Bette saß und mit dem Entsetzen rang, doch nicht dem Entsetzen vor ihrem Absterben; was seine Starrheit zu überdecken suchte, lag tiefer. Nie zuvor hatte er, nicht einmal andeutungsweise, ein solches Grauen empfunden. Doch es war ihm bekannt wie eine Krankheit der Vorzeit, eine längst überwundene, die sich von neuem erhebt, und dies Erkennen erhöhte noch sein Entsetzen. ‚Ich muß mich zusammennehmen', befahl er sich. ‚Wenn ich mich gehenlasse, zerbreche ich, ich breche weinend, heulend zusammen; ich bin imstande und führe mich auf wie der Esel Bannerji! Bin ich denn wirklich so? Bin ich nicht vom neuen Indien? Es darf mich nicht packen; nein, so bin ich nicht!' Er grub die Fingernägel in seine Handflächen, sein starker Leib bebte; ihm war, als müsse er sich auf dem Boden wälzen, weinend und wehklagend sich an die Brust schlagen, sich das Haar zerraufen, das Haupt mit Asche und Kuhmist bestreuen und im Staube liegen.

‚So war es mit mir doch noch nie!' dachte er verzweifelt. ‚Nie hätte ich geglaubt, daß diese Gefahr, dieser Verrat der Gefühle, der Indien so oft in den Abgrund drängte, der unsere Niederlagen ermöglichte und unsere Hoffnungslosigkeit und Grausamkeiten erzeugte, auch in meiner Brust wohne.' Tiefer bohrten die Nägel sich in das Fleisch der Hände, und in ihm schrie es: ‚Ich darf die Brüder nicht preisgeben, von allen Indern am wenigsten ich, der ich ihnen bewies, so etwas gebe es nicht! Ich darf an mir selbst nicht zum Verräter werden, sonst bin ich verloren, komme, was kommen mag! Ich bin kein Bannerji, ich bin kein winselnder Neurotiker!' Und er fluchte seiner Rasse, seiner Brahmanenkaste, seinem Erbe und dem grausam-gräßlichen Klima, das aufrechte Männer zu pathologischen Schwächlingen werden läßt. Er verfluchte Indiens innerste Seele.

Um sich selbst zu entfliehen, beginnt er wieder zu reden, doch seine Sprache ist ohne Empfindung, flach, trocken, tot, als käme sie nicht aus seinem eigenen Leib, diesem treulosen Apparat, sondern aus weiter Ferne. Durch den Mechanismus des angstbefangenen gebrechlichen Körpers hört er sein Ich, oder was sonst dessen Stelle vertritt, sich leichthin äußern, als handle es sich nur um einen Abstecher nach Delhi oder Bombay: „Du bist über das Schlimmste hinaus. Ich habe inzwischen alles vorbereitet. Sobald du dich wohl fühlst, reisen wir weiter nach Osten in die Malaienstaaten oder sonst ein indisches Land, wo uns niemand kennt“ – aber man kennt ihn ja überall –, „und beginnen ein neues Leben. Meine Pläne sind fertig; wir bauen uns eine neue Welt, es ist nicht schwer, und wir werden glücklich sein.“

Da fühlt er ihre Hand auf der seinen, hört ihre Antwort: „Ja, das wird schön, es wird wunderbar“, und abermals fängt sein ungehorsamer Leib an zu beben und will sich zu Boden werfen und in hoffnungsloser Verzweiflung alle Kraft und Tapferkeit, Ehre und Selbstvertrauen von sich werfen. „Was hast du, Liebster?“ hört er sie fragen. „Was fehlt dir? Du zitterst?“

Scham überflutet ihn; er schämt sich seiner und dieses überfeinerten brahmanischen Apparats, der sein Körper ist. Er kann ihr nicht sagen, was ihn erbeben läßt; sie darf es nicht einmal ahnen, sie nicht, die klaglos durch eine Hölle von Qualen ging und, eine Heldin, im Sterben liegt. Oh, wie er sein Indien haßt und mehr als alles seinen versagenden indischen Körper!

Und wieder hört er seine flache, trockne, tote Stimme von weit her ihr antworten: „Es hat nichts zu sagen, es geht schon vorüber, es ist nur rein physische Überanstrengung, es wird schon wieder gut werden.“ Aber das Grauen geht nicht vorüber; es schlägt seine Pranken panthergleich in das nackte Fleisch seiner Seele. Es sprang ihn an aus seinem Einst, aus dem Einst seiner Eltern, der Vorzeit, der fernsten Ahnen, und war ein Ding, das Edwina nie auszudenken vermöchte, auch Freund Ransome nicht und erst recht nicht Raschid, der ein grobschlächtiger arabischer Türke ist, ja nicht einmal die alte Maharani, denn sie stammt aus ungestüm stolzem Mahrattenblut.

Neben ihm sind sie alle nur Eingewanderte Indiens. Dies Unvorstellbare aber, das ihn befiel, ist älter, verderblicher als alles in ihrem Geblüt. Er hört seine entrückte Stimme fortfahren: „Nun aber sprich nicht mehr, es strengt dich zu sehr an!“

Die Tür geht auf. Ransome tritt ein mit Feder, Papier und Tinte, hinter ihm Tante Phoebe, die sich das weiße Mehl von den Fingern stäubt, und wieder beschwört sein verstörter Geist den abtrünnigen Leib: ‚Nicht jetzt, nicht vor ihren Augen; sie glauben an mich! O Rama, o Wischnu, o Gott!' In seinen Ohren klingt das grauenhafte Geheul des verstorbenen Bannerji.

Er hört Ransomes Worte: „Also, meine Liebe, ich habe mein möglichstes getan. Tante Phoebe habe ich als Zeugin hinzugebeten; der Major kann als zweiter Zeuge fungieren. Miss Hodges Zeugnis würde leider nicht als vollgültig anerkannt."

Auch Ransomes Worte klingen unecht und matt. Ihre Färbung enthüllt Safka alles, was in dem Freunde vorgeht. Auch er leidet, ist einem Zusammenbrechen nahe; doch lebt in ihm etwas, das ihm noch so viel Kraft gibt, einen Glauben vorzutäuschen und den Kampf durchzustehen. Die Verzweiflung, die Tom zermürbt, ist weniger schrecklich als das abgründig hoffnungslose Entsetzen, das den Brahmanen zu verschlingen droht. Tom Ransome kann noch so tun, als spielte sich vor seinen Augen kein tragischer Untergang ab, als solle Edwina nur ihre Unterschrift unter irgendein belangloses Schriftstück setzen.

Dies Vorbild gibt Dr. Safka so viel Kraft, daß er vor dem Schlimmsten bewahrt bleibt. Er steht auf, wendet sich ab, schaut zum Fenster hinaus; er tut wenigstens so, bedeckt das Gesicht mit den Händen, preßt die Finger gegen die Schläfen, der Schmerz schafft ihm Erleichterung; doch noch immer schüttelt und wirft es ihn, indes Ransome leise den Letzten Willen zur Verlesung bringt. „Ist es so recht?" fragt er, als er damit zu Ende ist.

„Ja, wenn ich es auch nicht ganz verstehe . . ."

Tom hält ihr das Papier hin. Sie unterschreibt. Er reicht die Feder der Tante, zuletzt dem Major. Phoebes Unterschrift ist krakelig, aber fest, die Dr. Safkas unsicher, zittrig, wie die eines Greises.

„Wann kommst du wieder?" fragt Edwina den Geliebten.

„Heute abend, sobald es dunkel ist", antwortet er mühsam mit erstickter Stimme. Er hat den verräterischen Körper noch immer nicht in der Gewalt.

„Dürfte ich Tom noch einen Moment allein sprechen?" fragt die Kranke.

Der Major sieht ihn an: „Ich warte draußen auf Sie. Wir fahren zusammen zurück." Wieder hält ihn das Grauen umfangen, die Angst vor der weiten, roten Ebene, dem Stromgebrause, den javanischen

Feigen- und Banyanbäumen am Straßenrand, den eingeäscherten Tempeln. Sie könnten den Einsamen zurück in Schlünde der Vorzeit ziehen, in die Welt böser Geister, in der ein Bannerji sein ganzes entsetzenerfülltes Dasein verbrachte. Bis er wieder er selber ist, muß er sich dicht an Tom Ransome halten.

Ehe er Miss MacDaid unter die harten schottischen Augen tritt, muß er den irren Unfug abschütteln. Sie kennt den Osten und Indien besser als alle die andern. Sie braucht ihn nur anzusehen und weiß Bescheid und wird am Abend verächtlich bemerken: „Sie sind also wieder Hindu geworden . . . das hätte ich nicht von Ihnen gedacht", und sich zu ihrer neuerdings wiederaufgenommenen abendlichen Spazierfahrt auf ihr Fahrrad schwingen.

Tante Phoebe verläßt mit dem Doktor die Krankenstube. Edwina ist wieder mit Ransome allein. „Was hat er?" fragt sie.

„Er ist müde und hat ein Recht, es zu sein. Sonst ist mir nichts an ihm aufgefallen." – „Es ist noch etwas anderes . . ."

Tom zuckt die Achseln, als verstünde er nicht, was sie meint und ausspricht: „Du glaubst nicht, er könne sich etwas antun?"

„Nein. So etwas liegt ihm nicht", widerspricht der Freund, doch sein Herz, sein Instinkt verneinen seine Worte. Er kennt sich nicht mehr aus. Der Mann, der da eben die Stube verließ, scheint ihm ein völlig Unbekannter.

„Wirst du ihm beistehen, so gut du nur kannst?"

„Ich helfe ihm, so gut ich kann", antwortet Ransome und weiß, es wird nicht leicht sein, fühlt, wie ihm der Major in diesen letzten Tagen entglitt. ‚Vielleicht, daß erst im Leid des Aufgewühltseins die Unterschiede zutage treten! Etwas Indisches mag in ihm stecken, das der Europäer in mir nie erleben und nie nachfühlen kann. Aber auf diesem Wege', ruft er sich zur Ordnung, ‚verlierst du dich in die mystische Schwafelei des „Osten ist Osten", die landläufige Wendung der Kiplingleser, die Indien nur aus den Garnisonen, den Klubs und der Provinzpresse kennen.'

„Mir fiel noch etwas ein", sagt Edwina. „Ich möchte noch Geld zu dem Zweck hinterlassen, daß Osten und Westen einander besser verstehen lernen. Ich weiß nicht, wie man es anfangen soll, aber vielleicht denkst du dir etwas aus. Ich kann es nicht mehr, ich bin zu müde zum Denken."

Bitter antwortet Ransome: „Da gibt es nur eines: man muß einen Fonds für Rattengift stiften, um damit die Dummen zu vertilgen, die Habgierigen und die Spießer. Man müßte Menschen wie ‚unsere

Jungens', den alten Dewan, die Händler und Wechsler, alle Lord Hestons, die Priester, die Finanziers und Unverbesserliche wie Pukka-Lil, Mrs. Simon und General Agate einfach ausrotten."

Sie lächelt. „Auch dies wäre nicht unmöglich, wenn man nur schlau genug zu Werke geht. Du weißt ja, ich kenne keine Skrupel. Die bürgerliche Gesellschaft nennt das wohl sündhaft; Gott aber, glaube ich, hält es für eine Tugend."

Sie wälzt sich herum. Ihr Blick fällt durchs Fenster ins Freie. „Schau!" ruft sie.

Er folgt ihrem Blick und sieht den Wagen der Maharani, von den goldgehörnten Ochsen gezogen, den Anfahrtsweg zur Mission heraufkommen.

„Schöne Tiere", findet Edwina.

„Es ist die Maharani. Sie will sich wohl nach deinem Befinden erkundigen."

„Sage, ich lasse ihr danken!"

„Gewiß." Er steht auf. „Alles ist nun geregelt. Du wirst sehen, du kommst schon wieder in die Höhe."

Sie wendet sich nach ihm um. Die unwahrscheinlich großen Augen in dem entsetzlich bleichen, schmalen Gesicht auf ihn gerichtet, fragt sie: „Und wenn ich gesund bin, was dann?"

Er fühlt, sie weiß besser als irgendwer sonst: es gibt keinen Ausweg. Doch er antwortet: „Zerbrich dir darüber nicht den Kopf; laß die Dinge an dich herankommen!"

„Ich tat es immer, Tom, und jetzt siehst du, was für verdammte Dinge an mich herankamen!"

Er wendet sich zum Gehen. Miss Hodge steht bereits in der halbgeöffneten Tür. „Kommen Sie nur herein, Miss Hodge", ermuntert er sie, „ich bin im Begriff zu gehen", und läßt die beiden allein.

Elizabeth sitzt wieder neben dem Bett. Edwina hat ihr den Rücken zugewandt, die Augen geschlossen, und die Irre erzählt ihr von einem Gespräch, das sie soeben mit ihrem Bischof und Lady Soundso führte.

XXIII

Die Maharani stieg nicht ab. Sie sei, erklärte sie, nur aus zwei Gründen gekommen: um nach Lady Hestons Befinden zu fragen und Tante Phoebe auf morgen zum Tee zu bitten. Doch während die Ochsen unwillig schnoben und brüllten und alles den Wagen umstand, äußerte sie noch den Wunsch, den Major kurz allein zu sprechen, worauf dieser dicht an den Wagen trat und sich die übrigen ein Stück zurückzogen.

Sie beugte sich zu ihm hinab. „Ich habe von den Eltern des Mädchens Nachricht. Es ist in Puna. Sobald der Regen aufhört, kommen sie mit ihm hierher."

„Sehr wohl, Eure Hoheit."

„Sie ist sehr hübsch, gescheit, scharmant und wohlerzogen."

„Ich bezweifle es nicht, Eure Hoheit."

„Sie finden an ihr eine gute Frau, und dies fehlt Ihnen; ein Heim und Kinder." Hierauf nickte die Maharani den andern rasch Lebewohl zu, hieß den Lenker fahren, worauf er den Ochsen den Stachel gab und diese unter erneutem Klagegebrüll anzogen und der Wagen in raschem Trab den Fahrweg hinabrollte.

Der Major sah ihr nach. Sein Körper bebte nicht mehr. Der Geist hatte wieder die Oberhand. Er war gefaßt wie Ransome und Edwina. Kraft und Selbstachtung durchfluteten ihn. Er wandte sich an Tom und fragte ruhig, gelassen: „Kann es jetzt losgehen?"

Er hatte die alten Ängste, den uralten Seelenterror, die Anfechtungen der Ahnen überwunden und wußte, sie kehren nie wieder, ihn zu entmannen.

„Sofort", antwortet Tom, „ich will nur sehen, was man da eben bringt", und deutet auf zwei mahrattische Polizisten, die sich mit einem schweren, flachen Gegenstand dem Hause nähern; anscheinend ist es ein größeres Bild in Teakholzrahmen. Vor dem Haus setzt der eine sogleich ab, der andere richtet das Bild auf und mustert es mit der Miene eines begeisterten Kenners.

Es ist die kolorierte Aufnahme Mrs. Hogget-Claptons in Lebensgröße, so wie sie in ihres Lebens Lenze im „Gestiefelten Kater" mitwirkte, vollbusig, hellblond und sehr dazu angetan, trotz Fett-, Rauch- und Wasserflecken und zertrümmerter Glasscheibe die Leidenschaft dunkelhäutiger Bhils zu entfachen.

Der erste Polizist rapportiert dem Major, und dieser übersetzt das Vernommene den Umstehenden. Bei der Fahndung nach Diebesbeute habe man das Gemälde in einer der zerstörten Moscheen der Totenstadt El-Kautara gefunden. Dort, wohin niemals ein Weib und nie ein Bildnis gelangen durfte, hatten die Bhils die Vergrößerung Pukka-Lils als Götterbild aufgestellt. Als die Polizisten eindrangen, erwiesen eben die Wilden dem Bildwerk göttliche Ehren.

Da packt Tom Ransome ein überwältigender, seelenbefreiender, schwermutzerreißender, toller Lachreiz voll Hohn und Spott über alle Pukka-Lils und Bhils, Götzenanbeter und Generale, auf den Orient und den Okzident, auf Politiker, Diktatoren und Finanzgrößen, über das ganze Menschengeschlecht, am meisten aber über sich selbst. Es löst sich die unerträgliche Spannung der letzten Stunde, und während die Polizisten, versunken in die Betrachtung der vollbusigen Blondine, sich aus angriffslustigen Terriern in glotzende Mondkälber verwandeln, verbirgt er sein lachendes Antlitz, scheinbar, um sich den Schweiß abzuwischen, hinter der ihm als Taschentuch dienenden Verbandsgaze und steht abgewandt, bis endlich Tante Phoebe Major Safka darum ersucht, er möge den Polizisten sagen, sie sollen das Götterbild zu den anderen Sachen der Hogget-Clapton in den Lagerraum tragen. „Ich schlafe jetzt dort. Hoffentlich kann ich den Anblick ertragen."

XXIV

Vor dem Gartentor seines Hauses sagt Tom: „Ich steige hier ab, Major; das Rad schicke ich Ihnen durch meinen Diener. Ich muß unbedingt schlafen."

Auch Safka hält und ergreift die Hand des Freundes. „Ich danke Ihnen." Seine graublauen Augen suchen den Blick des andern; er setzt zum Sprechen an, dann aber blickt er beiseite und bemerkt nur: „Wir sehen uns ja morgen früh. Schlafen Sie wohl! Sie haben es redlich verdient." Damit tritt er in die Pedale und fährt die naßglänzende Straße dahin.

Tom blickt ihm verwundert nach, bis er um die Ecke beim Haus Bannerji verschwindet. Welch abermalige Veränderung ist mit dem Freunde erfolgt? Was wollte er ihm soeben noch sagen? Vielleicht hätte es manches Unerklärliche erklärt und ihre Freundschaft vertieft und befestigt ... Er kann sich nicht vorstellen, was es sein könnte. Doch sagt ihm sein innerstes Gefühl, daß sie in dieser Sekunde einander näher waren denn je. ‚Wäre ich Inder, er hätte sich ausgesprochen!'

Er ist versucht, ihm nachzufahren, ihn einzuholen, ihm zuzurufen: ‚Was hatten Sie auf der Zunge? Keine Angst, der Mensch ist ein einsames, eingekapseltes Wesen. Sprechen Sie! Sagen Sie, was Sie irgendwem anvertrauen müssen!' Er tut es nicht. Er bleibt unter dem großen Banyanbaum stehen, denn von Jugend an lehrte man ihn, solch impulsives Handeln sei sentimental und lächerlich. ‚So etwas tut man nicht.' Er steht wie gelähmt.

Wieder fällt Regen. Er wendet sich um und tritt in sein altes Reich. Seit über einer Woche, seit die Flut nachließ, hat er es nicht mehr gesehen. Es scheint ihm so fremd. ‚Vielleicht', denkt er, ‚weil der Mann, der da durch die Pforte tritt, nicht mehr der gleiche ist, der sich damals betrunken durch schweflichtes Dämmerlicht zu Bannerjis Dinner begab.' Doch auch an und für sich hat sich das Anwesen seitdem verändert. Das Gartenhaus liegt in Trümmern um den alten Buick, den Johannes der Täufer mit Segeltuch zudeckte, das er irgendwo auftrieb. Ein Stück Hausdach ist eingebrochen. Aber die größte Verwandlung riefen die Bäume, die Blumen, Büsche und Schlingpflanzen hervor. Alles Blattwerk wurde ein einziger tiefgrüner Glanz, jedes Blumenbeet zu einem Dickicht, überquellend von Ringelblumen, Rosen, Eibisch, Kapuzinerkresse, Fuchsien und Goldblumen. Über Außenwände und Mauerwerk breiteten Begonien, Bougainvilleen, Winden, Wicken und rotes Schlinggewächs gierig wuchernde Triebe nach allen Seiten, rankten sich über Fenster und Türen, verstopften die Wasserspeier, umflochten die Gesimse und klommen kreuz und quer über das leicht abschüssige Dach.

Während noch Ransome in Schauen versunken vor seinem Hause stand und ihn die Wunder des großen Regens wie jedes Jahr von neuem bewegten, tauchte bereits aus der eingefallenen Torfahrt die glänzende, dunkle Gestalt des Täufers auf.

Der kleine Hagere tritt auf ihn zu, ihm das Rad abzunehmen. „Geht's gut?" fragt ihn Ransome. „Hatten Sie auch genügend zu essen?"

John bejaht. „Ich bin froh, daß der Sahib wieder da ist", setzt er in seinem weichen Pondicherry-Französisch hinzu.

„Ich bin hier, um zu schlafen. Ist mein Bett in Ordnung?"

„Ja, Sahib, Ihr Bett war immer in Ordnung." Der Blick, mit dem ihn der Diener betrachtet, dünkt den Herrn staunend, starr, als gelte er einem Unbekannten. Doch schon schweifen die neugierigen Augen zur Seite wie an jenem Abend, da sie Tom im Spiegel beobachteten.

„Will Sahib essen?"

„Noch nicht. Nur schlafen!"

„Gut, Sahib."

„Holen Sie morgen den Gärtner; er soll die Ranken schneiden. Man hat ja sonst weder Luft noch Licht."

„Der Gärtner ist tot, Sahib."

Einen Augenblick packt Ransome wieder das Grauen; dann sagt er: „Such einen andern!"

„Ja, Sahib."

Er betritt sein Zimmer, wirft die Kleider ab und tritt hinaus ins Freie. Warmer Regen prallt auf den nackten Körper.

Erquickt und rein kehrt er ins Haus zurück und fällt aufs Bett und sinkt in traumlos gesunden Schlaf, den ersten seit unvordenklicher Zeit.

XXV

Die Woche geht zu Ende. Die anomale Menge der Niederschläge läßt nach. Wohl erfolgt noch jede halbe Stunde ein jäher Wolkenbruch, doch regnet es nicht mehr Tag und Nacht ununterbrochen, so daß der Strom über die Ufer treten und die Felder zum See werden könnten. Zwischen den einzelnen Regenschauern kommt zuweilen die Sonne zum Vorschein, nicht die rotglühende, staubumhüllte der trockenen Jahreszeit, sondern eine Sonne, welche Landstraßen, Plätze und Höfe aufdampfen läßt und das Land in eine einzige weiße Wolke verwandelt. Und durch Hitze und Dampf tobt Moti, der Glutäugige, mit seinen Gesellen gleich Höllengeistern, räumt auf, reißt ein, desinfiziert und berichtet am zehnten Tage anmaßend, siegesgeschwellt der Maharani und ihrem Rat, er habe mit seinen zwei Assistenten den bösen Geist Indiens geschlagen und überwunden, und wenn die Behörden seinen Weisungen künftighin nachkämen, bestehe keine Gefahr eines neuen Ausbruchs der Seuche.

Vor seiner Abfahrt erklärt er der Herrscherin und ihren Räten, es sei ihre Pflicht, nach Fertigstellung der Pläne für die neue Stadt sich zwecks weiterer Direktiven an ihn zu wenden, und nimmt Abschied, trotzig, herausfordernd, lodernd und leidenschaftlich, getragen von seiner Idee, sehnig und feurig wie immer und ungeschwächt von Arbeit, Hitze und Krankheit.

Der Kampf der Maharani mit dem alten Dewan kam nicht zum Austrag. Am Morgen nach jener Ratssitzung wachte der Greis nicht mehr auf, zerfressen vom Haß auf Moti, verzehrt von der Verachtung für den Übermütigen, von der Hitze ausgetrocknet. Er starb nach Angabe seines Sohnes im dreiundneunzigsten Jahre, aber genau konnte es niemand sagen. Man wußte nur, er war der Letzte in seiner Art.

Zwei Tage danach starb Lady Heston in dem bewußtlosen Zustand, in den sie bald nach Ransomes und Safkas Weggang gesunken war. Fern hatte sie dreimal seitdem besucht, doch jedesmal vergebens. Das erste Mal lag Edwina in Fieberdelirien, die beiden folgenden

Male betäubt. Kurz vor ihrem Hinscheiden kam sie noch einmal zu Bewußtsein.

Major Safka saß bei ihr und hielt ihre zarte Hand fest umfaßt. Sie sah ihn lächelnd an. Zum Sprechen war sie zu schwach. Er aber redete zu ihr wie in jener frühen Morgenstunde, da er sie auf einsamer Krankenwache besucht hatte, und seine Worte stärkten und erleichterten ihre Seele. Er hüllte sie ganz in die Wärme seines großen Geistes, und ihr war, als hebe er sie wieder in seinen Armen empor und trage sie fort. Er redete nicht mehr von ihrer Zukunft, ihrem Zusammenleben; er suchte sie nicht in den Glauben zu wiegen, sie werde wieder gesund, denn er wußte, wonach sie verlangte; er verstand ihren Wunsch und wußte in seiner Vereinsamung: sie war weiser als er.

Sein Körper setzte ihm nicht mehr zu; die krankhaften Angstzustände kehrten nicht wieder, und in den lichten Momenten, zu denen sie aus großer Dunkelheit auftauchte, erkannte sie, daß der Geliebte wieder so sicher stand, als habe sie niemals Hoffnungslosigkeit und Ruin in sein Dasein gebracht.

Kurz bevor ihr Geist für immer ins Dunkle zurückglitt, konnte sie ihm noch einmal die Hand drücken und hauchen: „Miss Hodge ... schickt sie nicht weg ... ich versprach ihr, du läßt es nicht zu ..." Er gab ihr sein Wort darauf, beugte sich über sie und legte sein Gesicht an das ihre. Sie aber entglitt ihm ins Dunkle.

Als sie starb, waren Phoebe und Elizabeth bei ihr. Die Tante, die schon an manchem Totenbette gesessen, fühlte Edwinas Hände erkalten, schickte sogleich den Pariajungen mit dem Rad zu Ransome und dem Major; aber als diese kamen, war schon das Leben entflohen. Verzweifelt schluchzend warf sich Elizabeth Hodge über die Tote. Die Tante suchte vergebens, sie zu beruhigen.

Das arme, alte Geschöpf sah noch nie einen Menschen sterben. Sarah Dirks unternahm ja nur einen Gang in Schulangelegenheiten: vielleicht wird sie für Miss Hodge niemals tot sein. Allein ihre Freundin, die Lady, hat sie sterben sehen, hat gefühlt, wie die Hand kalt wurde, die Hand ihrer großen Freundin, von der sie so viel dem Bischof erzählt hatte und der englischen Aristokratie! Sie schrie erschüttert, sie flehte die Tote an, nicht fortzugehen, sie nicht hilflos alleinzulassen auf dieser Welt. Sie ließ sich nicht beruhigen, bis Ransome ihr sagte: „Sie sind nicht allein; der Major und ich sind Ihre Freunde und Tante Phoebe ist Ihre Freundin. Wir verlassen Sie nicht, bis Miss Dirks wieder da ist."

Mit irrem Blick, das Teiggesicht verquollen, sah Elizabeth die drei schluchzend an, und Tom fuhr fort: „Lady Heston hat mich darum gebeten, für Sie zu sorgen; auch Miss Dirks bat mich darum; ich habe beiden mein Wort gegeben. Wenn es Ihnen recht ist, können Sie in meinem Haus wohnen."

Der verstörte Geist konnte die Worte nicht sogleich fassen. Dann aber verstand sie das Wunder, das ihr da widerfuhr: sie war eingeladen, in das Haus eines Mannes der ersten Gesellschaftskreise zu ziehen, zu Mr. Ransome! Ihr Schluchzen stockte, und zaghaft fragte sie: „Schickt sich das denn auch?"

„Das macht nichts; selbstverständlich schickt es sich", antwortete Tom und klopfte ihr auf die Schulter, worauf sie ganz vernünftig die Antwort gab: „Sehr freundlich von Ihnen, Mr. Ransome, ich komme gern", und als er aufbrach, folgte sie ihm in sein Haus, woselbst Johannes der Täufer ein Zimmer im Erdgeschoß für sie richtete.

Als sie dies sah, kamen ihr wieder die Tränen. „Sie sind zu gut zu mir!" rief sie. „Was ich alles durchgemacht habe! Ich hätte nie gedacht, daß Menschen so gut sein könnten. Wenn Sarah kommt, wird sie sich deswegen noch extra bedanken; ich bin darin ungeschickt."

Sie schien getröstet und glücklich, speiste mit Mr. Ransome zu Nacht und erzählte ihm viel von Bischöfen und Aristokratinnen. Ihre Vergewaltigung und die sich daraus ergebende Schwangerschaft hatte sie anscheinend vergessen. Kurz nach neun jedoch kam Johannes der Täufer zu Ransome ins Schlafzimmer und meldete, die fremde Mem Sahib laufe gerade weg.

Tom konnte sie eben noch auf dem Zufahrtsweg festhalten. Sie sagte, sie müsse zu Lady Heston. „Ohne mich weiß sie sich nicht zu helfen!"

Geduldig, mit freundlichen Worten, überzeugte sie Tom, die Lady sei gestorben und für die Toten könne man nichts mehr tun.

XXVI

Am Ende der Woche gaben Smileys und Tante Phoebe das erste Samstagessen seit dem Beginn des großen, furchtbaren Regens. Unter vier Augen sagte Phoebe zu Tom: „Ich fürchte, es wird nicht so fröhlich wie früher werden, aber ich glaube fest an die heilsame Macht der Gewohnheit. Nichts läßt uns Schweres leichter vergessen, als wenn es im alten Trott weitergeht." Und so saßen um die Mittagsstunde in Smileys Küche an der langen Tafel die alten Mitglieder der

Samstagrunde, und nur der treue Jobnekar fehlte. Aber an seine Stelle waren zwei neue getreten: Fern Ransome und Elizabeth Hodge, und diese hatte nun gleich ein förmliches Komitee von Beschützern: Tante Phoebe, Ransome und Frau, Homer und Frau, Safka, Raschid und Miss MacDaid. Den unseligen Zwischenfall mit dem Sikh und die anderen Umstände hatte die Irre vergessen, sprach nur noch selten von Sarah und schien selbst Lady Hestons Tod verwunden zu haben.

Sie ging von nun an des öfteren von Ransomes Haus zur Mission, gelegentlich auch bis zum Spital und führte auf ihren Wegen lange Gespräche mit unsichtbaren Personen. In Europa riefe dergleichen natürlich Aufsehen, Spott oder gar Widerstand hervor, aber in Ranchipur kannte sie jedermann, und niemand nahm Anstoß. Sie vergaß Sarahs und Edwinas tragisches Ende, sei es, weil die Kindliche nun auch noch kindisch geworden, sei es, weil sie nun frei war und ihr nichts mangelte. Die Arme, die sich ein Vierteljahrhundert danach gesehnt hatte, auszugehen und interessante Menschen kennenzulernen, errang als Geisteskranke endlich das Ansehen und die Selbständigkeit, die ihr im normalen Zustand vorenthalten geblieben waren.

Minister Smiley und sein Mitarbeiter Ransome kamen zu diesem Essen unmittelbar vom Ministerium für öffentliche Wohlfahrt, das sein Büro vorläufig im Waisenhaus aufgeschlagen hatte und sich mit der Ausgabe von Reis und Hirse sowie der Aufstellung eines Verzeichnisses verunreinigter Brunnen beschäftigte.

Miss MacDaid fuhr nicht wie früher in einer Tonga zu Smileys, sondern des Trainings halber auf ihrem Fahrrad. Fern Simon kam mit ihr; und während sie so durch die Stadt Seite an Seite dahinfuhren, stellte die Oberschwester eine Art Prüfung an.

„Sie sind also fest entschlossen, Schwester zu werden?“ – „Ja, ich bin's“, antwortete die Junge. Da die Ältere gerade eine Pfütze umfuhr, mußte sie die folgende Frage aus der Entfernung herüberbrüllen: „Welche Gründe haben Sie dazu?“

Fern trat stumm die Pedale, bis sie wieder bei ihrer Vorgesetzten war, und sagte dann: „Ich habe Gründe genug, und alle laufen darauf hinaus, daß ich hierbleiben und Pflegerin werden will.“

„Es hieß immer, Sie schimpften auf Ranchipur; Sie haßten es.“

„Früher ja“, gab die Junge zu und bekam einen roten Kopf, „aber heut ist nicht früher.“ Ihr Rad geriet in eine Vertiefung. Um nicht umzukippen, mußte sie einen weiten Bogen beschreiben, der sie ein ganzes Stück von der Oberschwester entfernte.

„Heut ist es hier aber viel ärger als früher“, schrie diese zu ihr hinüber, und Fern Simon brüllte zurück: „Nein – so ist es nicht! Ich will in Ranchipur bleiben und arbeiten. Ich weiß nichts, ich habe nie etwas gelernt, aber wenn ich Pflegerin werde, kann ich mich nützlich machen!“

Bis zur Ecke der Brennerei strampelte Miss MacDaid schweigend weiter und grübelte über die Eigenarten der Menschen im allgemeinen und Fern Simons im besondern. Sie glaubte den Grund zu wissen, weshalb sich das Mädchen so auffallend geändert hatte. ‚Aber‘, sagte ihr der kühle Menschenverstand, ‚auf einen solchen Grund kann man nicht bauen. Gewiß, ohne Liebe geht es nun einmal nicht, aber als junges Mädchen soll man nicht sein ganzes künftiges Leben durch Gefühlsmomente bestimmen lassen. Die Strohfeuer-Begeisterung ist rasch verflogen. Nachher handelt es sich darum, wieviel Schinderei eine aushält, ohne die Meinung zu ändern und den ganzen Dreck hinzuschmeißen. In Ranchipur nehmen die Schindereien niemals ein Ende ... das grausige Klima, die Schikanen der Hindus, die primitiven Zustände, der Klatsch; immer kommt etwas anderes. Außerdem ist das Kind viel zu hübsch zur Pflegerin; so etwas geht nicht. Es ärgert die weiblichen Patienten und regt die männlichen auf. Eine richtige Schwester‘, fand die Oberschwester und trat noch fester in die Pedale, ‚muß aussehen wie ein alter Ackergaul, so wie ich‘, und rief über die ganze Straßenbreite hinüber: „Sie müssen sich erst vollkommen im klaren sein!“

„Ich bin mir im klaren“, kam es zurück. Sie war es, fühlte sich aber Miss MacDaid gegenüber noch immer befangen. Diese Frau, die beim Verbinden von Wunden so zart und liebevoll vorging, war gegenüber menschlichen Schwächen hart und rauh. Doch wäre auch bei ihr keine Befangenheit mehr vorhanden, so hätte Fern dennoch die Gründe nicht sagen können, warum sie ihrer Sache so sicher war: daß nicht die Liebe zu Tom die Ursache war, sondern die Tatsache, daß sie seit jener ersten bei Smileys verbrachten Nacht so mancherlei neu entdeckt hatte, darunter auch das, was man gemeinhin „gesunden Menschenverstand“ nennt. Sie konnte dem alten Schlachtroß unmöglich erklären, daß seit jenem Abend, da Ransome sie im Wagen aus seinem Hause fuhr, ihr alle Dinge auf dieser Erde anders erschienen, weil in ihr selbst eine Wandlung erfolgt war; das Schlachtroß hätte sie sonst für übergeschnappt erklärt. Konnte sie ihm klarmachen, daß alle Jugendeselei und Verschrobenheit in dem Grauen des Hospitals und des Konservatoriums für immer von ihr gewichen waren? Daß dies Ranchipur, durch das sie nun Seite an Seite radelten, völlig verschieden von jenem war, in dem sie fast ihr ganzes bisheriges Leben verbrachte? Nicht das Erdbeben, nicht das Hochwasser hatte die Wandlung vollbracht, sondern ein innerer Vorgang und etwas, das sie in Tom Ransome, in Smileys, in Tante Phoebe, in Miss MacDaid, ja auch in der armen Edwina Heston entdeckt hatte, und dieses Etwas hieß Aufrichtigkeit, Geradheit und Güte. Nein, Miss MacDaid würde sie bestimmt für verrückt erklären, wollte sie ihr erzählen, daß ihr jetzt jeder Stein am Straßenrand, jedes Blatt am Baum, jeder Ochsenkarren und jede Hütte neu und voll erregenden Inhalts erschienen. Wie erregend war es allein schon, jetzt hier über die Rennbahnstraße zu fahren, mit Miss MacDaid zu sprechen und sich dabei vorzustellen, sie werde in wenigen Minuten bei ihrem Manne sein, sein seltsames Lächeln sehen und unterm Tisch den Druck seiner Hand spüren! Da brauchte man wahrlich keine „Perle des Orients, Blythe Summerfield" mehr! Selbst ihres Vaters und der armen Schwester Tod berührte sie kaum noch. Dies war vor vielen Jahren in einem anderen Leben geschehen.

Die kräftigen Beine der Oberschwester traten unentwegt. Ihr sachliches Denken arbeitete rascher und rascher. Bald war sie so weit, gegen alle bisherige Erfahrung und ihren kühlen Verstand an dies junge Ding, das da neben ihr herfuhr, zu glauben. Sehnlichst wünschte sie sich einen Menschen, dem sie einmal die Leitung des Hospitals übertragen konnte, wenn sie selber zu alt dazu und zu kraftlos war, ein junges Menschenkind, „stark wie ein Ochse", so wie sie es selbst immer gewesen – da war diese Fern, wenn sie so hartnäckig durchhielt, ganz die Gegebene. Sie war gesund, hatte bis heute das gleiche ausgehalten wie sie und immer noch ihre frischen, roten Backen.

Die Alte suchte nach Gegengründen, doch stand sie jedesmal wieder vor der unumstößlichen Tatsache: im Spital wie in den Totensälen des Konservatoriums hatte die Junge klaglos durchgehalten und eine Aufgabe bewältigt, vor der manche ausgebildete, langerprobte Pflegerin versagt haben würde, und sie sprach vor sich hin: ‚Du kannst nicht leugnen, das Mädchen hat Kraft und Mut!'

Selbst als sie nun in die grauen Leidenszüge Major Safkas blickte, empfand Miss MacDaid keine Trauer. Sie wußte, er würde sich über kurz oder lang von seinem Leid erholen. Jetzt war keine Zeit, dem Kummer nachzuhängen. ‚Unsere Arbeit wird ihn heilen und die Wunden vernarben lassen', hoffte sie und gab sich in ihrer unbedingten Aufrichtigkeit erst gar nicht den Anschein, als ob sie Lady Hestons Ableben bedauere. Sie nahm es vielmehr als Fügung der Götter, und schließlich war ja die Lady selber dran schuld; ihr Tod war die Folge ihres seichten Lebens mit all seinen Torheiten und luxuriösen Eitelkeiten. Hätte sie sich zur Typhusimpfung bequemt, so wäre sie jetzt noch am Leben. ‚Doch nehmt alles in allem: für das Spital, für unsere Arbeit, für den Major und die Tausende, die auf seine Hilfe angewiesen sind, vielleicht sogar für Lady Heston selbst ist ihr Tod ein Segen.' Nur eines beunruhigte das Gewissen der Oberschwester: die Erinnerung, daß sie den Namen der Lady auf den Zettel der Todkranken schrieb und mit ihm verbrannte. ‚Aber das ist ja purer Unsinn', suchte sie sich zu beruhigen, ‚das hat doch damit nichts zu tun!' Aber sie schämte sich trotzdem gründlich, daß sie, das Haupt des Hospitals Ranchipur, so tief sinken konnte, an Hexerei und ähnlichen Hokuspokus zu glauben, ja, sie grübelte öfters in diesen Nächten, ob da nicht doch gewisse geheime, finstere Mächte im Spiele waren, von denen die Schulweisheit sich nichts träumen läßt.

Die Samstaggesellschaft war, wie Tante Phoebe vorausgesehen, nicht heiter. Doch war sie von jenem Geiste der Freundschaft und Einigkeit beseelt, welcher die kleine Schar so manches Jahr schon vereinigt hatte. Außer Elizabeth Hodge vermochte keiner die Gedanken an jene abzuschütteln, die nicht zugegen sein konnten, an Jobnekar, seine Frau, seine Kinder, an Sarah Dirks, an Edwina, drüben Hazel und Burgess Simon und alle die vielen anderen. Sie schienen in der kühlen, geräumigen Küche Smileys zugegen zu sein, und selbst als man die Pläne der neuen Stadt besprach und in Safkas Augen für einen Moment das alte Feuer aufleuchtete, wollten die Schatten nicht weichen.

Immer werden sie dasein. Sie sind ein Teil der großen Veränderung. Doch Woche für Woche, Monat für Monat und Jahr für Jahr wird ihre Anwesenheit unwirklicher, „denn", sagte Phoebe, „die Toten sind nicht mehr da, und den Lebenden bleibt leider so wenig Zeit, alles, was nötig ist, aufzuarbeiten, daß man an Trauer und Träume nicht denken kann."

Um vier erheben sich Miss MacDaid und der Major. Sie müssen wieder ins Hospital. In den Augen der ersteren zeigt sich wieder der glückliche, aufgeregt regsame Blick, wie einst, ehe Edwina Heston nach Ranchipur kam. Sie hat, für einige Zeit wenigstens, den Major für sich, und seit er ihr nach jener Nacht auf der Brücke, da sie ihn tot glaubte, wiedererstand, gehört er ihr auf eine neue, beglückende Art.

Auch Homer und Tom müssen wieder an ihre Arbeit.

Vor dem Büro des Wohlfahrtsministeriums erwartet sie ein kleiner Dicker mit Spitzbauch. Er hat den blassen Teint des Engländers, der schon zu lange in Indien lebt. Er ist der typische, aufgeblasene Bankdirektor des Ostens, Mr. Hogget-Clapton, und, wie er erklärt, „herbeigeeilt, um Smileys für die seiner Gemahlin erwiesene Güte zu danken und den Penny-Tand mitzunehmen, den sie unter Tante Phoebes Obhut zurückließ". Es gehe ihr im übrigen gut; sie sei nur von all den Leiden noch etwas herunter und aufgeregt. Er gedenke sie zur Erholung zu ihren Angehörigen nach England zu schicken.

Als er dies den beiden Herren sagte, entfuhr ihm ein kaum vernehmbarer Seufzer der Erleichterung. Er weiß ebensogut wie diese, daß seine Frau nie mehr nach Indien zurückkommt. Man kennt das von vielen anderen Fällen. Sie fährt heim und taucht in dem Sumpf der Mittelmäßigkeit unter, verliert sich unter „Leidensgefährten", welche das böse Indien zwackte, bleichte und gallig machte.

‚Einen Vorteil hat sie wenigstens vor manchen andern voraus', denkt Tom: ‚sie säuft. Im Rausch kann sie sich immer noch einbilden, sie sei wer.'

Als Mr. Hogget-Clapton im Haus verschwand, sagte Tom lächelnd zu Homer: „Die Pukka-Lil wird mir doch fehlen. Sie hinterläßt eine Lücke. Jeder indische Staat braucht eine Pukka-Lil zum Lachen. Sie gehört in die Szenerie wie Tempel und Schlangen."

„Keine Angst!" lacht Homer. „Jede Minute kann eine neue des Weges daherkommen. Vielleicht entsteigt schon morgen eine dem Zug."

XXVII

Die Sonne sinkt, und Ransome sitzt auf der Veranda seines Hauses. Sein Blick schweift über die Rennbahn und die rote, verschlammte Ebene, die sich bis zum geheiligten Berge Abana und der toten Mogulstadt El-Kautara erstreckt. Es gibt in Ranchipur weder Brandy noch Whisky, doch einer der ersten Züge brachte Wacholderschnaps, Import des unternehmungslustigen parsischen Händlers Bottlewallah. Tom mag zwar keinen Wacholder, doch in Ermangelung eines besseren trinkt er ihn.

Unter dem hohen Banyan beim Gartentor hockt Johannes der Täufer mit zwei Freunden. Zwei Trommeln und eine Flöte ertönen. Jenseits der Straße wallt über die glatte Fläche der Rennbahn ein langer Zug Wasserbüffel und Kühe der sinkenden Sonne zu. Ein kleiner, dunkler Kobold stachelt sie von hinten mit einer langen Bambusstange.

Dies ist Ransome die liebste Stunde des Tages.

Es ist die Stunde, da dem Jasmin, der nun das halbe Haus umrankt, die stärksten Düfte entströmen und sich mit den Gerüchen brennenden Holzes, des Mistes und mannigfacher Gewürze vermischen. Der Regen hat eine Weile aufgehört. Die untergehende Sonne läßt die zerrissenen Regenwolken wundersam golden und rot aufleuchten. Über der Ebene liegt violettes Licht wie ein Nebelstreif und verwischt die Konturen der heimwärts ziehenden Herde.

Ransome ist müde von dem vollbrachten Tagewerk in der Dampfhitze, von der wimmelnden, streitenden, heischenden Horde am Vorratshaus, mehr noch von der angestauten Anstrengung der verflossenen Tage. Er trinkt gemächlich seinen Wacholder mit Wasser und denkt: ‚Gleich wird Fern dasein.'

Doch immer wieder kehren seine Gedanken zu Edwina zurück; sie weilten bei ihr auf dem ganzen Heimweg vom Waisenhaus, bei ihrem verworrenen Lebenslauf und ihrem Schicksal, das sich nirgends anders als gerade in Ranchipur vollenden sollte. ‚Traurig, daß sie nicht an unserem Samstagtisch sitzen konnte', muß er auf einmal denken, ‚es hätte ihr zugesagt', und er erkennt überrascht, wie gut sie in diese Gesellschaft gepaßt hätte, besser als in jene bei Bannerji und im Schloß. Doch diese Erkenntnis kommt viel zu spät; sie hat ihr Leben vertan, nur der Gedanke wirft auf ihr widersinniges, eigentümliches Wesen ein neues Licht.

Er zündet sich eine Zigarre an und sieht dabei auf der Straße von fern den Ochsenwagen der Maharani in jenem raschen Trab, den die Herrscherin liebt, ihre Ochsen aber verabscheuen, näher und näher kommen. Kurz vor dem Hause zügelt der Lenker die Tiere zu ruhiger Gangart.

Vor dem Tor der Gartenmauer blicken hinter dem vergoldeten Lederverdeck zwei Köpfe hervor und ziehen sich bei Toms Anblick sogleich wieder zurück, doch nicht schnell genug, als daß er nicht die Maharani und Tante Phoebe erkannt hätte. ‚Die letzte Königin und die letzte Demokratin fahren zusammen aus!' lacht er in sich hinein, und fühlt sich emporgetragen von einer mächtigen Welle der Liebe zu diesem unsinnigen, erschreckenden, herrlichen Lande, dem Land Indien, darin Tragödie und Schwank dicht unter der Oberfläche des Lebens untrennbar nah beieinanderliegen.

Beim Anblick der herrschaftlichen Ochsen warfen sich der Täufer und seine Freunde zum Salaam-Gruße zu Boden. Nun raffen sie sich wieder auf und beginnen von neuem zu musizieren. Die Klänge schweben über die rote Ebene und verwehen in dem sich verbreitenden, dunkler werdenden violetten Licht.

Ransome sitzt mit geschlossenen Augen, kaum mehr lauschend, nichts Einzelnes mehr bedenkend, nur noch erfüllt von Staunen über die Verwicklungen und die unbegreifliche Schönheit und Grausamkeit menschlichen Daseins.

Die Sonne taucht unter den Horizont, und im gleichen Augenblick ertönt der langgezogene, einsame Schrei eines Schakals. Toms Körper krampft sich zusammen. Der Schrei war so ähnlich dem Klageschrei, der aus der sterbenden Stadt aufstieg, als die Wasser sie überfluteten. Ein zweiter Schakal heult auf, ein dritter. Dann fällt die Finsternis ein gleich einem schwarzen Vorhang, und zwischen eilenden Wolken stehen die Sterne. Sie glitzern in der gereinigten Atmosphäre wie die Diamanten der Herrscherin. Am Gartentor unter dem uralten Banyan verschwimmen die schwarzen Gestalten des Täufers und seiner Freunde in der Dunkelheit, doch die Musik der Flöte und der Trommeln tönt und tönt durch die dampfende Stille.

Ende

Januar 1933, Coch Behar,
bis Juli 1937, New York.